KB262189

1920년대 문학의 재인식

상허학회

1920년대 문학의 재인식

상허학회

책을 내면서

상허학회에서 또 한권의 연구서 〈1920년대 문학의 재인식〉을 낸다. 지난해 출간된 〈1920년대 동인지 문학과 근대성 연구〉의 후속 작업인 셈이다. 지난 특집에서 부족했던 점을 보충하려 노력하였다. 여러 연구자들의 따뜻한 박수와 애정 어린 비판을 기대한다.

지난 호의 특집이 동인지를 중심으로 꾸려진 까닭에 1920년대 문학 전체를 조명하기에 부족했다는 것이 우리의 판단이었다. 그런 판단에서 우리는 현대문학의 원류를 형성했다 할 수 있는 1920년대 문단의 제반 조건들을 찬찬히 살펴보아야 할 필요를 느꼈다. 권두에 실린 문단의 형성과정과 주요 잡지의 역할에 대한 글은 이런 문제 의식의 소산이다. 『개벽』과 『조선문단』을 통독하는 작업은 학회 연구 모임에서 공동으로 이루어졌다. 어려운 작업에 참여하신 여러 회원들과 이를 정리해주신 두 분 회원의 노고에 감사드린다.

희곡과 문학비평에 대한 글 역시 이 시기 문학을 이해하는 데 큰 도움을 줄 것이라 생각한다. 두 논문 모두 현재 우리 문학을 형성한 근원이라는 관점에서 1920년대를 다루었다. 지난 호에서 약속했던 작가론을 세 편 싣는다. 김동인, 염상섭, 주요한에 대한 논문이다. 모든 작가를 아우르기는 애초에 불가능한 일이지만 필자의 개인 사정으로 최서해가 빠진 점은 아쉬움으로 남는다.

　이태준 연구에는 두 편의 논문을 싣는다. 이태준 문학에서 자주 다루어지지 않는 동화와 장편 소설을 다룬 글이다. 우리 학회의 관심이 굳이 상허에 머무는 것은 아니지만 상허 연구는 앞으로도 진행형으로 남겨놓을 생각이다.

　일반 논문으로는 시, 소설, 희곡을 다룬 논문 한 편 씩을 실었다. 원고가 쇄도한 탓에 많은 회원들의 글이 반려되었다. 우리 학회의 특성상 특집 원고가 많은 양을 차지하는 것이 관례였고 이번에도 그렇다. 분량 때문에 좋을 글을 싣지 못해 아쉽고 또 죄송스럽다.

　상허학회는 언제나 젊은 연구자들의 패기를 존중해 왔다. 편안한 길을 가기보다 쉬운 길도 돌아가려는 의욕을 중시한다. 이번 호의 글들에서도 이런 패기와 의욕이 넘치고 있다고 자부한다. 남이 가지 않은 길이나 남들이 스쳐간 길을 차근차근 짚어가기를 우리는 주저하지 않는다. 그런 만큼 힘든 일도 많지만, 뜻을 함께 하는 여러 연구자들의 지속적인 관심과 애정으로 그 길에서 행복해질 것을 믿는다.

2001년 8월 15일
상허학회 편집위원회

목   차

책을 내면서

I. 특집 – 1920년대 문학의 재인식

II. 이태준 연구

III. 일반 논문

『개벽』의 근대적 성격

최 수 일*

1. 머리말

애초에 필자가 잡지 『개벽』에 관심을 갖게 된 이유는, 잡지출간을 둘러싼 제반조건이 극도로 열악했던 1920년대 초중반 어떻게 그런 난관들을 극복하고 한 시대를 풍미한 잡지가 될 수 있었는가였다. 72호를 발간하는 동안 압수당할지 모른다는 "공포와 불안이 그의 過半하였고, 삭제와 압수가 거의 相半"[1]이었을 정도로 일제의 탄압이 심했고, 인구의 90%이상이 문맹이며 신문잡지 구독자수가 모두 합쳐 10만이 되지 않는 상황에서, 매호 8,000 내지 9,000부를 발행하고 평균 7000부를 판매했다는 것은 놀라움 자체이기 때문이다. 『개벽』의 출판과 유통[2] 나

---

* 성공회대학교 강사.
1) 박달성, 「작년 이때를 생각하면서」, 『개벽』 72호, 1926. 8. 1.3쪽.
2) 졸고, 「『개벽』의 출판과 유통」, 『민족문학사연구』 16, 소명, 2000.

아가 편집체계에 대한 필자의 관심은 바로 이런 대중적 성공의 원인을 규명하기 위한 출발이었다.

특히 『개벽』의 내용·편집분야는 유통에 대한 접근만으로는 해명하기 어려웠던 『개벽』의 대중적 인지도와 인기를 날것으로 체감할 수 있는 지점이라 생각한다. 물론 『개벽』의 성공은 천도교의 조직기반을 바탕으로 한 체계적인 유통망에 기인한 바가 크다. 하지만 제천의 한 농부가 소작농의 처지를 보고하는 글을 보내오고,[3] 평양에 '개벽상회'가 생기며,[4] 어려운 살림에도 불구하고 시대의 요청에 부응해 잡지를 신청했으나 요금을 연체해서 강제집행을 당하게 되었으니 집행일자를 연기해 달라는 호소문까지 나오는 상황은[5] 유통의 문제를 넘어서는 것이다. 이는 『개벽』의 내용과 편집이 독자들을 사로잡은 직접적인 원인임을 분명히 하는 것이다. 『개벽』의 성공에 있어 유통체계와 나란히 편집체계가 중요해지는 것은 이 때문이다.

그런데 『개벽』의 편집체계를 살피는 작업은 출발부터 논란과 의문에 싸이게 된다. 먼저 『개벽』은 종교잡지인가? 『개벽』의 사상 내지 이념을 무엇으로 볼 것인가? 하는 문제는 해묵은 것이지만 여전히 논란거리이다. 전자의 경우는 바라보는 관점이나 사안의 층위에 따라서 천도교 기관지라는 해석에서부터 민족 내지 계급운동지라는 다양한 스펙트럼이 존재한다. 후자의 경우는 더욱 복잡하다. 종교이념을 바탕으로 해석하는 것은 물론이고, 문화운동과 관련하여 개조론과 문화주의로 보는 경향, 민족운동이나 계급운동과 연관지어 민족주의 사회주의 혹은 이견들을 종합하여 절충적인 결론을 도출하는 경향까지 다양한 견해가 도출된다.

잡지 내용을 구체적으로 살펴보는 과정에서 새롭게 제기되는 의문

---

3) 최중갑, 「금일 조선의 노자관계」, 附「소작인 만길의 생활」, 『개벽』 15호, 1921. 9. 1, 39쪽.
4) 『개벽』 16호(1921. 10. 18)에는 평양의 '개벽상회' 광고가 실려 있다. 20-21쪽 사이 광고.
5) 목춘학인, 「개벽사동인 제형」, 『개벽』 4호, 1920. 9. 25, 133쪽 참조.

들도 적지 않다. 『개벽』은 왜 종합지를 표방했을까? 천도교측에서 발행하는 잡지임에도 불구하고 정작 천도교 관련기사가 적은 이유는 무엇일까? 천도교의 역사·종교적 변모상과 『개벽』의 흐름이 갖는 연관성은 없는가? 왜 논설과 문학을 그토록 중요하게 취급했을까? 『개벽』의 문학작품들은 다른 잡지의 작품들과 양식상 어떤 차이가 있나? 편집진은 정치·시사에 왜 그토록 집착했을까? 『개벽』의 이념적 변모양상에 공통된 기반은 존재하지 않는가? 등등 『개벽』에 관한 근본적인 질문들이 나올 수 있다. 따라서 이 의문들에 답을 구하는 것은 곧 『개벽』의 잡지성격을 규명하는 것이 된다. 즉 내용의 문제, 편집체계의 문제는 상업적 성공의 원인을 찾는 것이면서도 자연스럽게 잡지성격을 규명하는 문제로 옮겨가게 되는 것이다.

하지만 위의 의문들에 답하는 것, 다시 말해 『개벽』 편집체계의 특성들을 분석하는 작업은 그리 간단하지 않다. 무엇보다도 『개벽』에 게재된 기사들을 항목별로 정리하고 통계내는 작업이 필수적이다. 전체 기사 중 종교 기사는 얼마나 되고 또 천도교관련 기사는 몇 편인지? 논설은 비중이 얼마나 되고 그 중심내용은 무엇인지? 문학관련 기사는 모두 얼마며 중심작가는 누구누구이고 또 얼마나 많은 작품을 게재했는지 등에 대한 통계가 작성되면, 『개벽』에 관한 개괄적이고 추상적인 지식을 근거로 잡지성격을 선규정하려는 시도는 줄어들 것으로 보인다. 가령 『개벽』에 실린 천도교관련 기사(천도교의 교리를 해설하거나 혹은 기사의 상당부분을 천도교에 관한 내용으로 채운 기사들)의 비중을 전체기사들과 비교하게 되면, 『개벽』을 천도교기관지 내지 종교잡지로 치부하려는 기존 연구의 경향에 고개를 갸웃하게 된다.

아울러 『개벽』의 동인들이 편집지침을 세우는 데 영향을 미친 내외적(內外的) 상황 내지 조건을 섬세하게 고려할 필요가 있다. 필자가 개괄적으로 선별한 것은 대략 다섯가지인데, 첫째 천도교의 역사적 전개와 종교교리의 변천 상황, 둘째 시세의 변천과 민족운동의 변화, 셋째 일제의 식민정책과 출판정책의 변모, 넷째 조선의 지적 풍토와 독서대중의 상황 마지막으로 『개벽』 창간의 주체들에 대한 성격분석 등이다. 이들은 『개벽』의 성격과 관련된 하나의 사안에 보통 둘 이상이 복합적으로 관련해 있다고 보인다. 예컨대 『개벽』은 왜 종합지였나?하는 문제는 당대 조선의 지적 기반과 독서대중의 상황을 복합적으로 고려해야 하고, 나아가 『개벽』 주체들의 창간의도 그리고 일제 식민정책의 변화 등을 고려 대상에 넣어야 합리적 결론에 도달할 수 있을 것이다. 마찬가지로 천도교기사의 상대적 빈곤은 천도교의 역사적 전개와 교주 손병희의 대외적 태도 그리고 잡지 창간의 주체였던 이돈화 김기전 박달성 등 주체들의 입장 등이 고려돼야 한다. 또 정치·시사 문제는 일제의 출판정책과 맞물린 사안으로, 출판법과 신문지법의 차등 적용과 관련하여 일제와 천도교측 혹은 『개벽』 주체들 사이의 관계를 살펴보아야 한다. 아울러 『개벽』과 문학의 관계를 해명하는 데에는 당대의 전반적 문학풍토 속에서 당대 독자들의 요구가 『개벽』 주체들의 문학에 대한 태도와 맞물리는 지점을 포착해내야 한다.

따라서 『개벽』의 잡지성격을 해명하는 것을 목표로 한 이 글의 서술방식은 분명하다. 『개벽』의 성격에 대해 앞서 나온 질문들을 제기하고 그에 답변하는 방식이다. 그리고 그때마다 다섯가지의 내외적 상황들이 복합적으로 논의 속으로 이끌어질 것이다. 아울러 『개벽』 전체에 대한 구체적 통계자료를 제시하여 논의의 구체성을 보강할 것이다. 글의 대상은 편의상 1-72호까지로 한정했다.[6]

---

6) 『개벽』은 1920년 6월 25일부터 1926년 8월 1일 강제 폐간될 때가지 발행된 72호 외에도 4호짜리 '속간호'와 9호짜리 '복간호'가 더 있다. '속간호'란 1934년 11월부터 1935년 3월 1일까지 차상찬이 발행한 것을 말하고, '복간호'는 광복 후 1946년 1월 김기전이 편집겸 발행인으로 73호부터 호수를 이어 1949년 3월 25일 통권 81호까지 발행한 것을 가리킨다. 이들에 대한 검토를 하지 못했기 때문에 이 글에서는 다룰 수 없었다. 아울러 이 글은 가장 최근에 영인된 『개벽』영인본(박이정, 1999)을 주 텍스트로 삼았음을 밝힌다.

2. 편집원리 1 : 대중성

『개벽』을 읽다보면 행간에서 우리는 어렵지 않게 잡지주체들의 자부
심 내지 성공에 대한 자신감과 만난다. 이는 호수를 더해갈수록 더 빈번
하게 확인된다. 특히 잡지내용에 대한 자부심은 대단했다.

> 이것 저것을 다 -後日로 延期하고 곳 來意를 말하는 同時에 K君의 後援
> 을 要求하엿습니다. (중략) 「C군…… 後援이 다 무엇이오 自己가 보고 싶으
> 면 볼 것이지 남이 보란다구 보기 실흔 것도 볼가 나는 실혀요」(중략) K君은
> 甚히 貴치 아니한 얼굴로 「他人이 왓스면 도저히 應할 수 업지만 C君이 왓
> 스니 C君을 보아서 나나 한 冊 사지 後援은 못해요」 하고 三個月 先金을 내
> 면서 「雜誌는 아니 보내도 關係 업서요」한다. (중략) 그러나 아니 바들 수가
> 업다. 첫재는 親舊의 誼요 둘재는 雜誌가 二三個月 가고만 보면 自然 읽게
> 되리라 아즉 우리의 맛을 모로니싸 ……하고 밧고 십지 아니한 돈을 恭遜히
> 바드면서 感謝하다는 (하략)[7]

인용문의 내용은 신설지사(新設支社)의 직원이 친구에게 독자모집
후원을 거절당하고, '잡지는 안보내도 상관없다'는 말에 '잡지가 이삼
개월 가고만 보면 자연 읽게 되리라 아직 우리의 맛을 모르니까' 라며 돈
을 받아왔다는 것인데, 잡지내용에 대한 주체들의 강한 자부심이 드러
나 있다. 즉 일개 지사의 직원이 수모를 묵묵히 감내하고 후일을 기약할
정도로 그 내용이 독서대중에게 호소력을 지녔다는 것이다. 여기서 주
의할 것은 이 자신감을 상업적 성공에 들뜬 장사치들의 신바람 정도로

---

7) 추원생, 「독자를 얻고저 지방을 순회하는 동안의 소감」, 『개벽』18호, 1921. 12. 1. 문예면
   103-104쪽 참조(강조 인용자).

해석해서는 안 된다는 점이다. 『개벽』이 상업적 성공을 하고 있었던 것은 사실이지만, 이는 자신들의 의도대로 독서대중이 호응을 보이며, 크게는 조선전체의 상황이 계획대로 전개되고 있음을 확인하는 차원의 문제였을 것이다. 『개벽』의 주체들은 조직운동의 차원에서 움직이고 있었으며, 『개벽』의 발간은 치밀한 계획을 통해 추진된 사업이기 때문이다. 이는 뒤에서 상론하겠다.

이처럼 『개벽』이 주체들의 의도와 독서대중의 욕구가 만나 상승작용을 일으키는 장(場)이었다고 한다면, '종합지'는 그 장(場)의 기본형식이다. 한편으로는 『개벽』 주체들의 의도에 부합되는 형식으로, 다른 한편으로는 당대 독서대중의 욕구에 부합되는 것으로 종합지가 채택되었다고 하겠다. 따라서 주체들의 의도를 염두에 둔다면 『개벽』이 생존을 위한 필연적 선택으로 종합지를 표방했다는 말은 틀린 말이 아니다. 그렇다면 당대 독서대중들의 요구가 어떠했기에 종합지를 채택하게 되었을까?

1) 종합지와 개방성

『개벽』의 기사영역은 종교, 사상, 정치, 경제, 산업, 역사, 천문, 지리, 문학, 미술, 음악, 제도, 기술, 풍속과 풍물, 인물, 시사 등을 아우르고 있었으며, 현란하고 화려한 광고들에서 보듯이 유통되는 상품 내지 근대문물 전체에 관심을 갖고 있었다. 종합지의 강점인 '다양성'의 진면목을 보여주고 있었다고 하겠다. 이 새로움과 다양함은 당대 독서대중들, 특히 『개벽』의 주된 독자였던 청년층과 지식층의 욕구를 정확히 반영한 것이다. 필자는 이 욕구의 다양성을 조선사회의 과도기적 상황과 연관지어 생각할 필요가 있다고 본다. 즉 이 다양성(종합성)의 욕구는 개인적인 선택이 아니라 당대 조선사회의 특수한 분면으로부터 보편적으로 강제된 것이라는 생각이다.

　가장 중요한 것은 1920년대 초중반 조선사회가 미분화된 사회였다는 사실이다. 당대 조선사회의 정체성(停滯性)은 상품-화폐관계의 지체에 따른 자본주의적 분화의 지연으로 정의할 수 있는데, 이는 봉건적 제관계가 청산되지 못한 점과 지식산업기반의 미비에 주된 원인이 있었다. 특히 일제의 식민정책은 "일본 자본주의를 위한 식량기지화에 중점을 두었기 때문에" 식민지적인 반(半)봉건적 지주-소작관계를 온존 강화하는 경향을 갖고 있었다.[8] 당대 조선의 직업분화율은 매우 저급한 수준으로, 1900만[9] 인구를 직업별로 보면 원시산업(농업·어업·목축 등-인용자)에 종사하는 자가 전 인구의 대부분(1,486만여명/85%이상)을 차지하고, 상업인(구멍가게 수준의 식품점까지 포함-인용자)이 100만명(6%)가량, 공업종사자는 38만명가량이었다.[10] 특히 공업노동자 중 임시고용자와 일당노동자를 제외하면 순수 공업노동자는 73,000명에 불과하였다.[11] 이처럼 사회분화의 척도라고 할 수 있는 직업분화가 제대로 이루어지지 못했다는 것은 조선사회의 미분화성을 방증하는 것이라 할 수 있다.

　사회전반의 분화지체는 결정적으로 조선의 지적풍토에 영향을 미쳤다. 우선 사회를 선도한다고 할 수 있는 지식층 내부에서조차 전문인의 탄생이 극히 제한되었다. 당대 동경유학을 마친 사람이 2000명 이상 있었지만 대다수가 본과가 아닌 전문과 출신들로[12] 사실상 '학자나 전문

---

8) 서울사회과학연구소 편, 『한국에서 자본주의의 발전』, 새길, 1991, 61-62쪽 참조.
9) 총독부의 통계에 따르면 1922년 조선의 인구는 약 17,400,000명 정도였으며, 이중 외국인이 400,000명을 차지하고 있었다. 『개벽』 30호, 1922. 12. 1. 권두언 참조.
10) 이순탁, 「조선인의 인구통계」, 『개벽』 71호, 1926. 7. 1, 26쪽 참조.
11) "이 시기 노동자 계급은 임시고나 일고 등의 미숙련 단순육체노동자가 큰 비중을 차지하였고, 광범한 반농반노군으로 인해 그 계급적 경계가 불분명하였"는데 1920년대 중반까지 공업부분 노동자의 수는 73,000여명, 1928년에는 약 10만명 가량 되었다. 서울사회과학연구소 편, 『한국에서 자본주의의 발전, 새길, 1991. 55쪽; 강만길, 『한국현대사』, 창작과 비평사, 1985, 61쪽 참조.
12) 박달성, 「일본동경에 유학하는 우리 형제의 현황을 들어써」, 『개벽』 9호, 1921. 3. 1, 83쪽 참조.

가'로 보기 어려웠다.[13] 뿐만 아니라 지식인들은 대부분 두개 이상의 직업을 갖고 있었다. 문인들의 경우 창작을 하면서 언론사나 출판사에 출근하거나, 교사나 강사로 출강하는 경우가 많았다. 강의를 하더라도 자신의 본업과 관련이 먼 역사나 윤리 등의 과목을 맡는 경우도 허다했다.[14] 이돈화가 "우리의 사회는 아직 전문의 형식을 갖추지 못하여 이에 일인의 식자가 있다하면 그 사람을 교육가로도 볼 수 있으며, 학자로도 볼 수 있으며, 정치가로도 볼 수 있으며, 실업가로 볼 수도 있다"고[15] 말한 것은 이런 상황을 지적한 것이다. 지식층의 형성 자체가 엷고, 한 분야의 전문지식만으로 생존할 수 없는 상황의 필연적인 결과였다.[16] 당대 조선의 농민들이 살아남기 위해서 농사기술 이외에 굴뚝청소, 구들놓기 등의 잡기(雜技)라도 갖고 있어야 했던 상황과 다르지 않다.

이는 엄밀히 말해 지식이 생존방식을 결정한 것이 아니라 통용되는 생존방식이 지적풍토를 결정지은 것이라고 할 수 있다. 즉 생존을 위해 지식인들은 깊이 아는 것보다 널리 두루 아는 것을 중요시한 셈이다. 문제는 이런 생존방식 내지 지적풍토에 가장 민감한 계층이 바로 청년학생들이며 이들이 『개벽』의 주요독자였다는 데 있다. 이들이 복잡한 과도기 조선의 환경에서 살아남기 위해서 다양한 제분야의 지식들을 종합

---

13) 이광수가 '조선사회의 지적파산'(『개벽』 19호, 1922. 1. 25)을 말하면서 학자와 전문인의 부족을 거론한 것은 이런 상황을 염두에 둔 언급이다. 그는 다른 글에서 조선의 문사를 자칭하는 사람 중 문학본과를 졸업한 자가 극히 적음을 지적하기도 했다.

14) 대표적 문인이라고 할 수 있는 춘원도 이 시기 최린이 원장으로 있는 종학원에 강사로 출강했는데 그 과목은 철학, 윤리학, 심리학, 종교철학, 논리학 등이었다. 김윤식, 『이광수와 그의 시대』 3권, 한길사, 1986, 763-764쪽 참조.

15) 이돈화, 「생활의 조건을 본위로 한 조선의 개조사업」(속), 『개벽』 16호(임시호), 1921. 10. 18, 24쪽.

16) 문인들의 경우 원고료만으로 생활하기는 사실상 어려웠다. 원고료가 얼마 되지 않았기 때문이다. 물론 상대적으로 원고료가 후한 경우도 있었으나(개벽사의 경우 시 한편에 10원, 산문은 1장에 1원을 주었다.) 대다수 신문, 출판사는 시 한편에 3원, 단편소설 한편에 5원 정도를 원고료로 지불했다.(윤병로, 『박종화의 삶과 문학』, 성균관대학교 출판부, 1992, 59-62쪽 참조) 1920년 문흥사에서 정한 공식 원고료는 문사·일반인의 구별없이 1페이지(원고지 4매)당 '50전이상 1원 이하'로 김동인의 분노를 사기도 했다. 김동인, 「글동산의 거둠」(附雜評), 『창조』 5호, 1920. 3. 31. 98쪽.

적으로 요구하는 것은 필연적이었다. 물론 여기에 장년층과 부녀자층의 다양한 흥미와 관심을 덧보탤 필요가 있다. 절대적으로 읽을 거리가 부족했던 것이 조선의 보편적 상황이었기 때문이다.

한편으로 청년학생층의 다양한 지적 욕구가 있고, 다른 한편으로 박물적 지식인들이 공존한다고 할 때, 잡지의 생존전략은 당연히 종합지였다. 동일한 문맥에서 전문성을 내세우며 등장했던 문예지들은 시대를 앞섰다고 할 수 있지만 바로 그 때문에 조기명멸했다. 어쨌든 『개벽』이 종합지를 표방한 것은 이런 사회 상황과 맞물린 조치였으며, 이를 통해 대중의 다양한 욕구를 수렴할 수 있는 기초를 닦았다.

하지만 당시로서 평균 190쪽[17]에 달하는 지면을 다양하고 풍부한 기사로 채우는 일은 쉬운 일이 아니었다. 사내기사(社內記事)만으로는 불가능한 일이었고, 사외기사(社外記事)를 받는다고 해도 간단한 일이 아니었다.[18] 이는 당대 잡지들이 공히 겪었던 어려움으로 수준있는 글을 쓸 만한 논자가 절대적으로 부족했기 때문에 발생하는 문제였다. 『개벽』이 잦은 압수와 삭제에 따른 경영압박에도 불구하고 다른 잡지나 신문에 비해서 상대적으로 높은 원고료를 지급한 것도 수준있는 글들을 게재하기 위한 방편으로 보아도 무방하다. 『개벽』이 독자투고를 적극적으로 수용한 것도 같은 문맥으로 이해할 수 있다. 그 결과 72호까지 2074개 기사 중 1032개가 사내기사고, 1042개는 사외기사로 채워졌다. 전체기사의 50% 이상이 외부투고였던 것이다.[19]

『개벽』이 보인 이런 개방성은 『창조』를 비롯한 문예 동인지의 폐쇄성 내지 배타성과 여러 모로 대비가 되는 사항이다. 『백조』와 『폐허』는

---

17) 이것은 1-32호까지의 총쪽수 6120쪽을 호수(32)로 나눈 것으로 기념호와 특집호를 모두 포함시켰다. 이후에 가서도 쪽수상의 큰 변화는 없다.
18) 당시에는 원고수집이 쉽지 않은 일이었다. 원고를 얻으려면 작자를 일일이 찾아가서 부탁을 해야 했고, 또 삼사차 찾아가 독촉을 해야 했기 때문이다. 엽서나 편지로 하는 원고수집은 상호간 특별히 친한 경우가 아니면 예의에 벗어난 것으로 인식되었다. 박영희, 「신흥문학의 대두와 『개벽』시대회고」, 『조광』 32호, 1938, 59-60쪽 참조.

동인 이외의 글은 거의 게재하지 않았으며, 『창조』의 경우 외부인사의 글이나 독자투고를 인정하였으나, 글이 게재되기 위해서는 동인들의 추천이 있어야만 했다. 특히 『백조』는 "경향각지에서 기고하신 분이 만흐섯는데 사랑으로 보내신 뜻은 감사함니다. 그러나 본지는 동인제임으로 미안하오나 동인으로 추천되기 전에는 지상에 올리 수는 업슴니다"라고 그 배타성을 공개적으로 천명하기까지 했다.[20] 이런 배타성은 동인지 상호간에도 그대로 이어져 동인지간 몰서(沒書)는 흔한 일이었다. 그런데 문예 동인지의 폐쇄성은 스스로의 다양성을 제약하고 나아가 잡지의 대중성 획득을 어렵게 만들었다. 특히 독자투고를 배제하는 것은 독서대중의 자발적인 흥미와 관심을 부정하고 스스로 대중으로부터 멀어지는 결과를 낳았다. 이런 점에서 『개벽』의 개방성은 대중성 실현을 위한 필수적인 사안이며, 독서대중의 지속적인 흥미를 유도하는 수단이었다.

이처럼 『개벽』은 종합지를 표방하고 다양한 기획, 즉 독자투고나[21] 지방통신란의 신설,[22] 조선10대위인투표,[23] 전래동요모집,[24] 조선13도호의 발간[25] 등을 통해 성공적으로 대중에게 다가설 수 있었지만, 그 전에

---

19) 여기서 사내기사는 개벽사 직원으로 확인된 26명(전반기 11명, 후반기 22명)과 그외 창간동인이었던 박사직·조기간·차상찬(후반기 직원) 등이 작성한 기사를 말한다. 1032개(전반기 342개, 후반기 690개) 기사중 작성자를 확인할 수 있는 것은 모두 597개(전반기 236개, 후반기 361개)로 강인택이 5개, 박사직 3개, 김기전 112개, 노수현 4개, 이돈화 69개, 민영순 8개, 박달성 136개, 박용회 4개, 방정환 10개, 현철 56개, 이두성 1개, 조기간 4개, 차상찬 118개, 이재현 5개, 최린 3개, 권동진 3개, 박승철 9개, 박영희 47개씩을 작성했다. 나머지 435개 기사는 여러 면에서 직원들이 작성한 기사임이 분명하지만 '편집실, 아무개, 일기자' 등 정확한 작성자를 확인할 수 없는 경우다. 엄밀함을 기하기 위해 직원이 아니었던 시기에 게재된 글들은 사내기사에 포함시키지 않았다. 가령 현철은 퇴사한 후에 1편의 글을 더 썼지만 통계에는 반영하지 않았다. 필명이 확인되지 않은 경우는 모두 사외기사로 처리했기 때문에, 필명 확인 작업이 좀더 진전될 경우, 사내기사의 비율이 높아질 가능성이 있다.
20) 「六號雜記」, 『백조』 2호, 1922. 5. 25, 164쪽, 홍사용의 말 참조.
21) 편집실, 「독자교정란」공고, 『개벽』 4호, 1920. 9. 25, 134쪽 참조. 「독자교정란」은 '독자통신'과 독자들의 문학기고를 담은 '문림'으로 이루어져 있고, 5호부터 12호까지 지속되었다.
22) 32호 「지방래신」(78쪽)에서 비롯되어 35호 「육호통신」으로 구체화된 이 난은 박달성의 확장 건의에 따라 41호 이후 「지방통신」, 「자유통정」, 「남신북통」 등으로 발전한다.
23) 편집실, 「위인투표공고」, 『개벽』 11호, 1921. 5. 1, 85쪽 참조.
24) 편집국, 「조선고래동화모집」 공고, 『개벽』 26호, 1922. 8. 1, 112쪽 참조.

선결할 과제가 있었다. 그것은 종교색이었다. 『개벽』은 천도교조직에서 조직사업의 일환으로 발행한 잡지였고, 특히 편집진이나 유통체계에서 종교색을 감추기 어려웠다. 따라서 『개벽』이 종교적 장벽을 넘어서 대중성을 확보하기 위해서는 이 문제를 돌파해내야 했다.

2) 종교기사의 절충과 배제

　『개벽』 편집상 가장 큰 특징은 종교적인 글이 별반 실리지 않은 것이다. 『개벽』1호부터 30호까지 실린 전체 기사수 765개에서 종교기사는 모두 31개,[26] 그중 천도교와 직접적인 관련이 있는 기사는 15개이다. 나머지 734개 기사는 문학, 사상, 정치, 경제, 여성, 아동, 농촌, 노동, 역사, 과학, 의학, 인물, 시사 등에 분포해 있다. 이런 기사 배치 사항을 표로 정리하면 아래와 같다.

호 수	1호	2호	3호	4호	5호	6호	7호	8호	9호	10호	11호	12호	13호	14호	15호
기사수	37	28	29	30	28	22	38	27	24	21	21	22	38	21	17
종 교	2	1	1	1	1	1	4	2	3	1	1	1	1	1	1
문 학	12	9	10	11	13	12	16	12	9	9	9	7	17	5	6
논 설	11	8	9	5	7	4	8	6	5	7	5	4	6	6	5
잡 문	2	6	5	8	4	3	7	3	4	2	5	9	11	4	4
시 사	·	·	·	·	·	·	·	1	1	·	·	·	·	2	1
과 학	3	2	2	4	1	·	1	1	·	·	·	·	·	·	·
기 타	7	2	2	1	2	2	3	2	2	2	1	1	3	2	·

---

25) '조선문화기본조사'라는 취지에서 이루어진 일종의 13도의 답사보고서로, 34호(경남도호)에서 시작되어 36호(경북도호) · 38호(평북도호) · 42호(강원도호) · 43호(함북도호) · 46호(충남도호) · 47호(경기도호) · 48호(경성호) · 51호(평남도호) · 53-54호(함남도호) · 58호(충북도호) · 60호(황해도호) · 63호(전남도호)를 거쳐 64호(전북도호)로 종료되었다.
26) 정확성을 기하기 위해 조금이라도 종교적인 경향이 있는 글은 모두 통계에 반영하였다. 가령 미신에 관련된 기사나 종교로 보기에 다소 무리가 있는 유교나 도교에 관한 시리즈물도 종교물에 포함시켰다.

호 수	16호	17호	18호	19호	20호	21호	22호	23호	24호	25호	26호	27호	28호	29호	30호	계
기사수	23	21	22	29	24	22	24	18	23	31	23	23	21	29	29	765
종 교	·	·	·	·	1	1	·	2	2	2	·	·	1	·	·	31
문 학	11	12	10	13	13	10	11	7	12	15	12	10	11	12	11	327
논 설	3	4	3	7	3	4	7	5	4	6	3	5	2	7	2	161
잡 문	5	2	4	4	5	4	4	2	2	1	4	4	2	·	3	125
시 사	2	·	2	3	1	1	1	1	1	3	2	2	3	8	12	45
과 학	·	·	·	·	·	·	·	·	·	1	·	·	·	·	·	15
기 타	2	3	3	2	1	2	1	1	2	3	2	2	2	2	1	61

　* 표는 목차에 기재된 기사를 기초로 했는데, 일제에 의해 삭제된 경우는 목차에 없더라도 통계에 반영했다. 단 목차에 기재되지 않은 쪽기사나 공고들은 제외했다. 잡문(보고, 인물, 역사, 일화, 언어, 지방소식, 통신 등), 과학(천문학, 의학 등), 기타(구회, 부록, 권두언 등), 문예(문학, 음악, 미술, 사진, 만화 등), 시사(정치담, 시사평, 국제정세, 시국사건 등). 각 기사에 대한 분류는 김근수의 선행작업을 참조했고,[27] 착오로 누락되거나 기사내용과 분류내용이 큰 차이를 보일 때는 필자의 판단을 따랐다.

　천도교관련 기사 15개를 세목별로 보면 「인내천연구」(1-9호), 「인내천주의의 창시자 최제우선생」(20호), 「조선동학사상의 정체」(21호), 「손선생의 최후에 대한 여의 인상」(24호), 「민중의 거인 손의암선생의 일대기」(24호), 「손의암선생의 묘를 배관함」(25호), '동양실 주인'의 「만인주시의 흥미중에 싸인 금후의 천도교」(28호) 등이다. 문제는 이돈화의 「인내천연구」시리즈를 제외한 나머지 기사들이 종교적 목적을 위해 게재된 기사가 아니라는 데 있다. 「인내천주의의 창시자 최제우선생」은 '조선십대위인 투표'의 결과물이며, 21호의 글은 전호의 기사를 보충한 글이다. 또 동양실 주인의 글을 제외한 나머지 2개의 기사는 시

---

27) 김근수는 기사들을 '권두언·논문·소설·수필·시·각본·잡조' 등으로 분류했는데, 몇 가지 문제점이 있어 이를 그대로 적용하기 어려웠다. 무엇보다 기사가 누락되거나 분류가 잘못된 경우가 많았고, '논문'으로 분류된 기사들의 경우 세부구분이 되어 있지 않았다. 김근수 편, 『한국잡지개관 및 호별 목차집』, 한국학연구소, 1973, 285-319쪽 참조.

기상 교주 손병희의 사망(1922. 5. 19) 직후에 쓰인 글로 추모의 성격이 짙은 글들이다.[28] 여타 종교의 경우도 이와 비슷한 상황이다. 강춘산의 「동양도학의 체계여하」(9-15호)를 제외하면 사실상 몇 편 되지 않는다.

종교관련 기사와 관련하여 이후의 상황은 더 시사적이다. 31호부터 72호까지 1309개 기사 중 종교관련 기사가 32개, 이중 6편이 천도교와 관련이 있다. 이창림, 「새삼스럽게 음미되는 조선의 최수운주의」(40호)·이돈화, 「천도교의 인내천주의에 대한 일별」(45호)·김기전 외, 「평양의 천도교회」(51호, 함경도호의 일부)·일기자, 「인내천주의의 주창자 최수운선생의 탄생 100년 기념에 취하야」(53호)·일기자, 「종교계의 석금」(57호, 불교·기독교·천도교의 상황보고)·이돈화, 「갑오동학과 계급의식」(『수운심법강의』에서, 68호)이 그것이다. 여타 종교의 경우도 반기독교 운동과 관련된 특집기사 9편(63호)를 제외하면 몇 개 되지 않는다. 이를 표로 정리하면 아래와 같다.

호 수	31호	32호	33호	34호	35호	36호	37호	38호	39호	40호	41호	42호	43호	44호	45호
기사수	35	28	32	32	27	29	27	26	26	27	43	22	19	32	25
종 교	·	·	·	·	·	2	1	1	·	2	·	·	·	·	4
문 학	15	12	9	6	11	7	10	9	9	8	9	9	7	21	6
논 설	2	6	8	3	5	1	·	2	3	4	3	2	4	2	7
잡 문	9	6	10	19	6	15	11	12	7	12	17	10	5	6	3
시 사	7	3	2	2	3	3	4	1	6	·	14	1	3	2	4
과 학	1	·	·	·	1	1	·	·	·	·	·	·	·	·	·
기 타	1	1	3	2	1	·	1	1	1	1	·	·	·	1	1

---

28) 이정복은 이 기사들을 「인내천연구」와 마찬가지로 천도교 교리 보급을 위한 글로 보고 있다. 「천도교 청년당과 신문화운동」, 한국사상연구회편, 『최수운연구』(한국사상 12), 1974, 435쪽 참조. 하지만 이 기사들이 게재된 정황이나 문맥을 살폈을 때 천도교 교리 보급을 위한 것으로 보기는 어렵다.

호 수	46호	47호	48호	49호	50호	51호	52호	53호	54호	55호	56호	57호	58호	59호	60호
기사수	33	21	29	43	37	40	35	32	33	33	44	27	36	23	46
종 교	·	·	2	1	1	2	·	1	1	·	1	1	·	·	·
문 학	12	8	7	13	18	7	22	10	8	15	26	11	13	8	12
논 설	4	4	1	3	7	3	3	4	3	8	5	4	6	5	6
잡 문	10	5	16	17	9	25	4	15	13	6	6	8	15	5	24
시 사	6	3	3	8	2	3	6	1	7	2	5	3	2	4	3
과 학	·	·	·	·	·	·	·	·	·	·	·	·	·	·	·
기 타	1	1	·	1	·	·	·	1	1	2	1	·	·	1	1

호 수	61호	62호	63호	64호	65호	66호	67호	68호	69호	70호	71호	72호	소계	누계	비고
기사수	45	35	41	27	34	27	23	22	25	29	28	31	1309	2074	
종 교	1	·	10	·	·	·	·	1	·	·	·	·	32	63	
문 학	14	8	6	8	19	8	9	8	12	10	14	7	461	788	
논 설	4	4	2	1	6	11	5	2	4	1	1	2	161	322	
잡 문	20	19	15	8	3	3		2	1	10	7	9	423	548	
시 사	5	3	8	9	5	5	8	8	8	8	6	12	198	243	
과 학	·	·	·	·	·	·	·	·	·	·	·	·	3	18	
기 타	1	1	·	1	1	·	1	1	·	·	·	1	31	92	

　* 종교색(특히 천도교의 경우)이 짙은 기사는 글의 종류와 상관없이 종교기사로 분류하는 것을 원칙으로 했다. 다만 논란의 여지가 있는 기사들은 통계에는 반영하지 않고 본문에서 이를 거론했다.

　개괄하면, 72호까지 2074개의 기사 중 종교기사가 63개, 그중 21개만이 천도교 기사에 배당된 셈이다. 여기에 개벽사상과 직접적인 관련이 있는 논설(문화운동 내지 사상운동 관련)[29]과 기타 글[30] 20편 가량을 합한다 해도 천도교 관련 기사는 40여편(전체기사대비 2%)에 불과하다. 기사배치 상황만으로도 『개벽』이 종교잡지 내지는 천도교 기관지가

---

29) 「세계를 알라」(1호)·「사람성의 해방과 사람성의 자연주의」(10호)·「시대정신에 합일된 사람성 주의」(17호)·「사람성과 의식태의 관계」(59호) 등 10편 가량의 기사가 여기에 해당된다.
30) 「개벽1」·「창간사」·「우주개벽설의 고금」(1호)·「개벽의 아침」·「개벽이여」(2호)·「홍경래와 전봉준」(5호) 등 10편 가량의 기사들이 여기에 해당된다고 할 수 있는데, 기사의 목적이나 방향 등을 고려할 때 엄밀한 의미의 종교기사 내지 천도교 관련 기사라고는 할 수 없다.

아님을 알 수 있다.[31] 따라서 "개벽사는 천도교의 일부분으로 볼 수 있으니 **물론 그곳의 기관지였다**"[32]는 박영희의 주장이나 "**천도교 보급과 교리연구에 역점**을 두었다"[33]는 조남현의 주장은 사실이 아니다.[34] 특히 『개벽』에 관련된 서지사항을 총정리했다고 할 수 있는 김근수의 주장은 더 큰 오해를 불러일으킬 수 있다. 『개벽』이 "**거의 매호에 빠짐없이 인내천주의를 고취한 것 등**으로 보아 천도교의 기관지는 아니라고 하더라도 천도교와 불가분불가리의 관계에 놓여 있었음은 부인할 수 없"으며 "**천도교의 준기관지적 존재**"[35]였다는 것인데, 개벽사상 내지 인내천 사상과 관련이 있는 논설은 7-8편에 불과하며[36] 대부분 창간 초기에 몰려 있다. 그의 주장 중 상당부분이 사실이 아니라는 것이다.

천도교 사상을 통한 민족 계몽운동은 대략 논설이 실린 『개벽』지의 호수 차례로 보아 **1920년 초에서 더욱 많이 취급되었고 호수를 거듭할수록 적어져서 1923년(31호-인용자)부터는 몇 편밖에 안 실려졌으며 1924년(40호) 경부터는 거의 안 실리다 싶이 되어 있다. 이 점은 바로『개벽』지가 1920년 초와 1923-1924년 그리고 1925년 이후에 걸쳐 새로운 방향으로 문화운동을 이끈 증거라고 보겠으며 순수한 천도교적인 민중운동이 계급의식을 앞세운 사회개혁운동에로 전이한 발자취를 읽을 수 있다.**[37]

---

31) 천도교의 공식기관지는『천도교일보』(1910. 8. 15 - 1937. 5. 15, 통권 295호로 종간)이다. 주로 신앙과 교리에 관한 기사들이 실린 이 잡지는 목차만으로도『개벽』과의 구별이 가능하다.
32) 박영희, 「신흥문학의 대두와『개벽』시대회고」,『조광』32, 1938. 52쪽, (강조는 인용자).
33) 조남현,『한국현대문학사상논구』, 서울대 출판부, 1999, 129쪽 참조.
34) 이점에서는 이종수 역시 비슷한 견해를 피력했다. "개벽은 인내천을 강의하는 등 천도교 색채가 농후하나 그 지면을 일반적으로 공개해방하야 대정 11년(1922-인용자)부터 15년(1926년)까지는 조선사회현상을 잘 반영하고 있다." 李鍾洙, 「조선잡지발달사」,『신동아』, 1934. 5, 60-61쪽 참조.
35) 김근수, 「『개벽』지 소고」,『한국잡지개관 및 호별목차집』, 한국학연구소, 1973, 280 · 283쪽, (강조는 인용자).
36) 어디까지를 천도교적 논설로 볼지가 문제지만 최대한 넓게 잡아도 20편을 넘지 못한다. 이는 논설기사 대비 12%에 해당하고, 전체기사에서는 2%를 차지한다.
37) 김윤경, 「1920년대 경향문학의 특성」(프린트본), 1973, 15면. 이정복, 「천도교 청년당과 신문화운동」, 한국사상연구회편,『최수운연구』(한국사상 12), 1974. 435-436쪽 재인용 (강조는 인용자). 그는 인용문의 앞 부분에서『개벽』에 천도교적 색채가 짙은 문화운동 논설이 40여편 있다고 주장하는데, 필자가 보기에 이는 지나친 확대해석이다.

천도교측 스스로 『개벽』의 사상이 오직 천도교주의에 있음을 천명했고[38], 『개벽』에 "자주 인내천주의의 내정돌입을 볼 수 있다"[39]는 'XY생'의 평가가 있지만, 40여개의 기사(전체기사대비 2%)를 가지고 『개벽』전체의 성격을 논단하는 것은 아무래도 무리가 있다. 오히려 전체적인 기사 배치 상황과 기사내용을 종합해 볼 때, 『개벽』이 종교적 색채가 적었다는 평이 설득력이 있다.

> 개벽은 출생이래로 월간잡지로서는 我邦에서는 覇者의 態度를 유지한 듯합니다. (중략) **또 개벽은 천도교의 원력과 지배를 바드면서도 기독교후원 혹은 경영의 잡지와 달라 종교적 취미를 씌지 아니하고**[40]

그런데 창간과정부터 유통체계에 이르기까지 천도교와 밀접한 연관을 가진[41] 『개벽』에 정작 천도교관련 기사가 적다는 사실은 무엇을 의미하는 것일까? 천도교관련 기사에 대해서는 일정한 편집지침, 즉 배제 내지는 가급적 싣지 않는다는 내부 지침이 마련되어 있었다는 것이 필자의 판단이다. 여기에는 두가지 이유가 있다. 첫째는 대중성의 문제다. 『개벽』이 독서대중에게 두루 읽히게 하기 위해서는 일차적으로 종교적인 벽을 허물 필요가 있었고, 제목이나 유통상황체계에서 드러나는 종교색을 지우려고 했을 것이기 때문이다. 둘째는 좀더 근본적인 문제로 천도교의 역사와 관련된 '피해의식'이다. 주지하다시피 천도교는 개교(1860년)이래 끊임없이 현실문제에 관여해 왔고 그때마다 혹독한 대가를 치러야 했다. 갑오농민전쟁을 전후로 1-2대 교주가 처형당했고, 수

---

38) 공 탁(鎭恒), 「이상에서 조직으로-천도교도의 자립문제와 그 경제기관조직방법에 관하야」, 『신인간』 47호, 1930. 5. 1, 18-19쪽 참조.
39) XY생, 「현하신문잡지에 대한 비판」, 『개벽』 63호, 1925. 11. 1.(53면)
40) 통명산인, 「개벽에 대한 소감」, 『개벽』 37호, 1923. 7. 1, 58쪽 (강조는 인용자).
41) 이에 대해서는 졸고, 「『개벽』의 출판과 유통」 『민족문학사연구』16호, 2000을 참조.

많은 교인이 관의 탄압과 수탈의 대상이 되었다. 또한 3·1운동에 주도적인 역할을 했다는 이유로 교주 손병희를 비롯한 교단의 주요인물들이 옥살이를 했다. 따라서 교주 손병희가 3·1운동이나 학교운영에 있어서 종교색을 철저히 감추려 했고[42] 『개벽』 주체들 또한 이러한 경향을 따랐다면 이는 천도교의 역사적 경험들과 밀접한 관련이 있다.

> 『개벽』은 천도교라는 하나의 종교 단체에서 간행된 잡지였지만, 그 취지나 목적을 단순히 교리의 전도나 교세의 확장에 두지 않았다. 이것은 천도교라는 한국적 종교가 그 발상이래 걸어온 자취에서도 드러나는 사실로 3·1운동이라는 거족적 운동을 주도하면서도 결코 敎色을 노출시키는 일이 없었으며, 한때 校勢가 기울어진 사학 보성전문학교를 인수 운영하면서도 추호도 학교 운영이나 교육내용에 종교적 색채를 내세운 일이 없었다.[43]

한마디로 그것은 역사적 경험이 가져온 '피해의식'의 산물이다. 이와 관련해 『개벽』 주체들이 삼남지역 지사설립시 도지사·군수·경찰부장 명의의 축하광고를 집중적으로 게재한 사건은[44] 시사하는 바가 크다. 천도교가 더이상 탄압과 수탈의 대상이 아님을 홍보하기 위한 이 같은 조치는 동학과 관련한 삼남지역민과 『개벽』 주체들의 피해의식이 어느 정도인지를 잘 보여준다.

그러나 처음부터 배제의 원칙을 적용할 수는 없었다. 『개벽』의 성공을 위해서 천도교는 없어서는 안 될 동력이었기 때문이다. 따라서 잡지가 어느 정도 궤도에 오를 때까지 천도교 관련 내용을 절충하는 방안이 모색되었다. 천도교 관련 글들이 1호부터 9호까지 집중되어 있다는 사

---

42) "문화사업으로는 교회경제가 허하는 극한까지 학교의 경영을 행하야 하등의 종교적 색채를 불첨하고 순연히 사회적 교육을 시행케 하였으며" 일기자, 「민중의 거인 손의암선생의 일대기」, 『개벽』 24호, 1922. 6. 1. 86쪽.
43) 인권환, 「『개벽』지의 문학사적 고찰」, 『최수운연구』, 1974, 475쪽 참조, (강조는 인용자).
44) 『개벽』 17호에 실린 '전남지사 설립 광고들을 말한다. 도청, 도지사, 과장들, 경찰서장, 군수 등의 명의로 축하광고가 집중적으로 게재되어 있다.

실이 이것을 방증한다. 즉 9호까지 연속 게재된 이돈화의 「인내천 연구」는 『개벽』을 천도교 교구와 신도들 사이에서 원활하게 유통시키기 위한 편집진의 고육책이었던 셈이다. 천도교관련 기사를 상황에 따라 조절하는 절충의 방식은 타종교를 가진 독자들의 거부감을 희석시켰고, 상대적으로 늘어난 여타 지면을 통해 각 계층의 다양한 욕구들을 반영할 수 있었다. 이 절충의 방식이 잡지의 대중성에 기여했음은 물론이다.

3. 편집원리 2 : 계몽성

앞에서도 말했듯이 『개벽』의 대중성이 상업적 성공의 중요한 원인임은 분명하지만, 상업성을 대중성의 지상목표로 바라보게 되면, 우리는 『개벽』이 표방한 대중성의 실체에 접근할 수 없다. 아울러 근대전환기에 있어 문학·예술의 대중화란 무엇인가라는 진지한 질문도 던져질 수 없다. 그러한 시각은 대중화가 가질 수 있는 한쪽 끝, 즉 독자추종과 저속한 흥미성과 통속화만을 보기 때문이다. 그렇다면 『개벽』의 문학작품들, 혹은 『개벽』 잡지 전체를 상업성에 매달려 독자를 추종하고 또 저속한 흥미에 영합했다고 말할 수 있는가?

물론 『개벽』은 상업적 성공을 위해 노력했다. 하지만 상업적 성공 이후에도 통속잡지 내지 저속한 대중잡지와는 격을 달리했다.[45] 『개벽』의

---

45) 『개벽』에 실린 초기 광고들은 그 격이 천차만별이다. 종교서적에서 금은 세공품, 치약 그리고 화류병 치료약 광고까지 등장한다. 하지만 잡지가 어느 정도 대중적 성공을 거둔 시점에 이르자 자질구레한 일상용품에 대한 광고는 급격히 감소한다. 특히 아들낳는 약, 화류병 치료약 광고 등은 지면에서 자취를 감춘다. 이는 『개벽』 주체들이 창가 초기에는 저급광고들을 필요악으로 바라보았고, 조건이 성숙하자 매체의 위신을 해칠 수 있는 것들을 선별한 것으로 보인다.

대중성은 끊임없이 무엇인가에 견제되고 있었기 때문이다. 바로 천도교 조직운동이다. 1920년대 천도교 조직운동의 핵심에 있었던 것은 '천도교청년당'이고, 그 출발은 1919년 9월 2일 서울에서 발족한 '천도교 청년교리강연부'라고 할 수 있다. 3·1운동에서 천도교측은 조직의 힘을 적극 발휘하지만 그 결과 교주 손병희를 비롯하여 권동진, 오세창, 최린 등 교단의 주요인물들이 구속된다. 이에 이돈화, 정도준, 박달성, 김옥빈, 박래홍 등의 젊은 교인들은 선배스승들의 정신을 계승하여 교리의 연구·선전과 신문화의 향상 발전을 목적으로 '천도교 청년교리강연부'를 조직한다. 3·1운동 이후 민족운동에 소극적 태도를 취해온 '천도교 중앙총부'와는[46] 달리 민족운동에 훨씬 적극적이었던 이 단체는 전국적인 지부를 설립해 가던 1920년 3월 '천도교청년회'로, 1923년 9월 2일 '천도교청년당'으로 거듭난다. 천도교 '1차분규'와 손병희 사망의 와중에서 탄생한 '천도교청년당'은 1934년 '오심당사건'으로 탄압을 받고, 1937년 중일전쟁으로 상황이 악화되자 결국 지하로 잠적하고 만다.[47]

이처럼 '천도교청년당'이 천도교측 민족운동의 핵이었다고 할 때, 『개벽』의 출간은 언론기관으로서 그 중추적 역할을 했던 개벽사의 첫 사업이었다. 아울러 『부인』(『신여성』의 전신), 『어린이』, 『새벗』, 『별건곤』, 『학생』, 『혜성』 등으로 이어진 출판문화사업의 시작이기도 했다. 『개벽』은 단순한 출판물이 아니었던 것이다. 즉 변화된 정세에 발맞춘 '민족운동'의 일환이었다고 볼 수 있다. 『개벽』이 '계몽성'을 띠는 것은 당연한 결과였다.[48]

---

46) 황선희, 『한국근대사상과 민족운동』 1, 혜안, 1996, 293쪽.
47) 이에 대해서는 이정복, 「천도교 청년당과 신문화운동」(『최수운연구』, 1974) 참조. 보다 구체적인 내용은 조기간, 『천도교청년당소사』, 동당본부, 서울, 1925, 참조.
48) 황선희는 『개벽』이 1920년대 천도교청년당의 출판문화운동의 핵이자, 대중계몽의 중추적 역할을 했다고 평가한다. 『한국근대사상과 민족운동』 1, 혜안, 1996. 292쪽 참조.

1) 논설과 연설

'계몽성'과 관련하여 중요한 사항은 『개벽』에 논설이 많다는 것이다. 『개벽』에는 모두 322개의 논설이 실려 있는데, 이는 문학 788개, 잡문 548개 다음으로 많은 숫자다. 구체적 내역을 보면 사상이 120개, 정치 시사가 67개, 경제문제 32개, 농촌문제 26개, 교육문제 17개, 여성문제 8개, 노동문제가 5개, 기타논설이 47개를 차지하고 있다. 먼저 전반기(1-30호)를 살펴보면 전체 161개 기사 중 사상관련 논설이 81개로 가장 많고 경제 20개, 농촌 13개, 여성 6개, 정치(시사)가 5개, 노동과 교육이 각각 4개, 그리고 기타 논설이 28개를 차지하고 있다. 흥미로운 것은 사상논설이 가장 많은 수를 차지한다는 것과 정치·시사가 금지되었음에도 5개의 정치논설이 들어 있다는 것이다.[49]

호 수	1호	2호	3호	4호	5호	6호	7호	8호	9호	10호	11호	12호	13호	14호	15호
기사수	11	8	9	5	7	4	8	6	5	7	5	4	6	6	5
사 상	5	5	5	3	2	2	3	2	5	3	2	4	4	4	1
경 제	1	·	·	1	·	·	2	3	·	·	·	·	·	·	2
여 성	·	1	2	·	1	·	·	·	·	·	·	·	·	·	·
노 동	1	1	·	·	·	·	·	·	·	1	·	·	·	·	·
농 촌	·	·	·	·	1	1	·	·	·	·	·	·	·	·	1
교 육	1	1	·	·	1	·	·	·	·	·	·	·	·	·	·
정 치	·	·	·	1	·	·	·	·	·	1	·	·	·	·	·
기 타	3	·	2	·	2	1	3	1	·	2	·	·	2	2	1

호 수	16호	17호	18호	19호	20호	21호	22호	23호	24호	25호	26호	27호	28호	29호	30호	계
기사수	3	4	3	7	3	4	7	5	4	6	3	5	2	7	2	161
사 상	3	3	2	6	1	1	2(1)	3	2	2	·	4	·	1	1	81(1)
경 제	·	·	·	·	1	1	1	·	1	1	·	·	1	1	1	20
여 성	·	·	·	·	1	·	1	·	·	·	·	·	·	·	·	6
노 동	·	·	·	·	·	·	·	·	·	1	·	·	·	·	·	4
농 촌	·	·	·	·	·	·	1	·	·	2	2	·	4	·	·	13
교 육	·	·	·	·	·	·	·	1	·	·	·	·	·	·	·	4
정 치	·	·	·	·	·	·	·	·	·	·	1	1	·	1	·	5
기 타	·	1	1	·	·	2	2	1	1	·	·	·	1	·	·	28

* 정치(시사, 시평, 계급운동, 정치운동, 국제정세, 계급론 등), 기타(도덕, 수양론, 민족감정, 소년운동 등)

후반기(31-72호)에도 전반기와 동수(同數)의 논설이 실리는데, 그 내역에 있어서는 변화가 심하다. 특히 사상분야 논설이 상대적으로 축소되고 정치·시사 논설 수가 급증했다. 각각 39개와 62개가 실린다. 농촌문제는 13개, 경제문제는 12개로 꾸준히 관심의 대상이 되고 있다. 여성문제가 상대적으로 소홀히 취급된 인상을 주는 것은, 『부인』의 창간(1922. 6. 1)으로 영역구분이 생긴 이유일 것이다. 당대 핵심문제였던 노동문제가 줄어든 것은 분류상의 문제로, 계급사상을 다룬 논설이나 정치시사와 겹치기 때문에 통계에 반영되지 못했을 뿐, 실제 비중이 작아진 것은 아니다. 기타 논설은 19개로 줄어든다. 이를 표로 제시하면 아래와 같다.

호 수	31호	32호	33호	34호	35호	36호	37호	38호	39호	40호	41호	42호	43호	44호	45호
기사수	2	6	8	3	5	1	·	2	3	4	3	2	4	2	7
사 상	1	3	3	2	2	·	·	1	·	1	1	1	3	1	4
경 제	1	1	2	1	·	·	·	·	·	1	1	·	·	·	·
여 성	·	·	·	·	·	·	·	·	·	·	·	·	·	·	·
노 동	1	1	·	·	·	·	·	·	·	1	·	·	·	·	·
농 촌	·	2	1	·	·	·	·	·	·	1	1	·	·	·	·
교 육	·	·	2	·	1	·	·	·	·	·	·	·	·	1	·
정 치	·	·	·	·	·	1	·	·	2	1	·	1	·	1	2
기 타	·	·	·	·	2	·	·	1	1	·	·	·	·	·	1

호 수	46호	47호	48호	49호	50호	51호	52호	53호	54호	55호	56호	57호	58호	59호	60호
기사수	4	4	1	3	7	3	3	4	3	8	5	4	6	5	6
사 상	1	·	1	·	·	·	1	·	·	3	·	1	·	1	·
경 제	·	·	·	·	·	·	·	·	·	·	·	·	·	1	2
여 성	·	2	·	·	·	·	·	·	·	·	·	·	·	·	·
노 동	·	·	·	·	·	·	·	·	·	·	·	·	·	·	·
농 촌	·	·	·	·	·	·	1	1	·	1	2	·	·	·	·
교 육	·	·	·	1	1	·	·	1	·	1	·	·	4	·	·
정 치	2	·	·	·	6	2	1	2	3	3	1	2	2	3	2
기 타	1	2	·	2	·	1	·	·	·	·	2	1	·	·	2

호 수	61호	62호	63호	64호	65호	66호	67호	68호	69호	70호	71호	72호	소계	누계	비고
기사수	4	4	2	1	6	11	5	2	4	1	1	2	161	322	
사 상	·	·	1	·	1	·	1	1	2	1	1	·	39	120	
경 제	1	·	·	·	1	·	·	·	·	·	·	·	12	32	
여 성	·	·	·	·	·	·	·	·	·	·	·	·	2	8	
노 동	·	1	·	·	·	·	·	·	·	·	·	·	1	5	
농 촌	1	1	1	·	·	·	·	·	·	·	·	·	13	26	
교 육	·	·	·	·	·	·	1	·	·	·	·	·	13	17	
정 치	·	2	·	1	3	11	3	1	2	·	·	2	62	67	
기 타	2	·	·	·	1	·	·	·	·	·	·	·	19	47	·

그런데 『개벽』에 이처럼 논설이 많다는 것은 시사하는 바가 많다. 이는 1920년대 초중반이 1910년대와 마찬가지로 여전히 '계몽의 시대' 였음을 말하는 것이며, 계몽의 주체나 대상에게 논설형식이 효과적 소통방식으로 인정받고 있었음을 말해주는 것이다. 여기서 문제가 되는 것은 논설이 어떻게 한 시대를 풍미한 계몽형식이 될 수 있었는가? 하는 것이다. 계몽의지를 가진 『개벽』 주체들로서는 가장 강렬하고 직접적인 논설을 선호했을 터이지만 독자들의 입장에서는 논설이 호감가는 소통방식이 아닐 수도 있기 때문이다. 이 문제의 답은 당대 보편적인 계몽형식으로 자리하고 있었던 '연설'에서 찾아야 할 것 같다.[50] 즉 연설의 유행이 논설의 보편화에 직접적인 도움을 주었다는 것이다. 그렇다면 1920년대 초중반 얼마나 많은 연설과 강연이 행해졌던 것일까?

강연! 강연단! 이 말은 오늘 우리 사회의 한 유행어가 되었다. 시가의 판장이란 판장은 강연회의 주최를 광고하는 「비라」로써 도배되엇스며 신문지의 제삼면-중에도 제사면(지방란)은 거의 그만 여러 강연회의 회보가 되고 말은 감이 잇도다. 모처의 조사에 의지하면 지난 칠월중(1921년-인용자) 조선전토 안에 나타난 순회강연단이 오십일개 단체를 헤이게 되엇다 한다.(중략)

---

49) 이에 대해서는 뒤에 상론할 예정이다.
50) 물론 연설과 강연의 유행에는 조선의 낮은 지적풍토가 결정적 역할을 했다. 계몽주체의 일방적 설득과 대상의 전적인 수용을 전제로 하고 있는 계몽의 특성상, 연설과 강연 같은 소통방식은 주체와 대상의 지적 낙차가 크면 클수록 더 절대적인 계몽형식으로 굳어지기 때문이다.

> 이 강연이 우리 사회현상의 한 과목을 이룰 것은 사실이며(하략)[51]

인용문에서 중요한 대목은 '강연'이 '유행어'가 될 정도로 성행했으며, 1921년 7월 조선에 있었던 순회강연단이 무려 51개나 되었다는 대목이다. 51개라는 숫자는 하기방학을 맞아 집중적으로 강연단이 꾸려진 결과라는 점을 감안하더라도 강연의 유행을 입증하기에 충분하다. 더구나 당시 경성에는 "월중 몇회식" 명사의 공개강연이 정기적으로 있었고, 지방 청년회는 계절마다 찾아오는 순회강연단으로 인해 골머리를 앓아야 했을 정도였다.

> 아-강연대의 후원-인력 금력이 공히 핍한 아모 실력업는 회체로서 이삼일의 일차식 후원은 실로 자괴의 점도 만치마는 두통나는 일이 만습이다. 금년 하기로만 해도 조선청년연합회강연대, 고학생갈돕회강연대, 학생대회·천도교청년회 동경지회·학우회·동우회·불교청년회·동경여자 청년회의 강연대 기타 극단, 활동사진반 실로 매거키 난한 각 단체가 만히 단여갓습니다.[52]

『개벽』이 일찍이 웅변술에 관심을 보인 것이나,[53] 「강연월단」(17-18호)·「학생논단」(22·23·25호) 등을 통해 사회명사들과 학생들의 강연에 지속적인 관심을 표명한 것은 이러한 사회분위기와 직접적으로 맞물려 있다고 할 수 있다. 어쨌든 이런 강연과 연설에서 논자로 나선 이들은 사회의 명사들과 학생들이었고, 주최측은 각종 청년회나 사회·언론단체 그리고 학교 등이었다. 특히 인용문에서 보듯이 '갈돕회', '불교청년회' 등 1920년대 초중반 급성장한 청년단체들은 이같은 문화운동

---

51) 김기전, 「청천백일하에서」, 『개벽』 14호, 1921. 8. 1, 14쪽 참조.
52) 박달성, 「회고하로 칠천리」, 『개벽』 16호(임시호), 1921. 10. 18, 44쪽 참조.
53) 박용회의 「웅변묘법」(『개벽』 2호, 1920. 7. 25)은 웅변술에 대한 상세한 지침서라 할 수 있다.

의 구심점에 서 있었다.[54] 『개벽』 창간을 주도한 '천도교청년회'도 예외가 아니었다. 편집부 사업으로 창립된 개벽사를 주축으로 "여성운동·소년운동·체육운동을 전개하였고 순회강연을 실시하여 대중계몽에 선도적 역할을 하였"던 것이다.[55] 아울러 청년회 혹은 개벽사 자체적으로 정기적인 강연회가 마련되어 있었다.[56]

흥미로운 것은 『개벽』에 실린 논설 중 상당수가 각종 강연모임에서 발표된 강연·연설문이었을 가능성이 높다는 것이다. 그 단적인 증거가 「강연월단」과 「학생논단」이다. 「강연월단」은 기자가 각종 단체 주최로 열린 강연회에 참석하여 강연내용을 속기하거나 혹은 연사의 초고를 그대로 옮겨적은 것이며, 「학생논단」은 개벽사 후원으로 이루어진 강연회에서 강연한 것을 연사들이 손질해 보내온 것을 게재한 것이다.

> 본기사 중에는 혹은 본인(연사)의 초고에 준한 것도 잇스나, 그러나 대개는 편집상 시간의 관계와 기타 여러 가지 관계로 인하야 다시 本초고에 준하지도 못하고 졸필의 속기한 그대로 적엇스니 원체 불완전한 것은 물론이 올시다.[57]

> 본기사의 전부는 선자학생대회의 주최로 본사의 후원에 係(依의 오자-인용자)한 조선전문학교연합학술강연회에서 강연한 그것을 각 강사의 필로써 更히 정사한 그것이며 지면의 관계로 인하야 차를 차호에까지 延揭하는 것이니 관계자 제씨는 차를 恕諒하라[58]

---

54) 1920년대 초반 각종 청년단체는 1920년에 251개, 1921년에 446개, 1922년에는 448개로 급성장을 보였다. 이정복, 「천도교 청년당과 신문화운동」, 한국사상연구회편, 『최수운연구』, 1974, 428쪽 참조.
55) 황선희, 『한국근대사상과 민족운동』 1, 혜안, 1996, 289쪽 참조.
56) 『개벽』 29호에 공식 천명된 '월 일회의 시국강좌'는 청년회 혹은 개벽사 자체의 정기강연회를 보다 발전적 형태로 바꾼 것이라 판단된다. 물론 정치·시사에 대한 게재허가(1922년 9월 12일부)가 그 직접적 계기가 되었을 것이다.
57) 강인택, 「강연월단」, 『개벽』 17호, 1921. 11. 1, 69쪽 기자의 '謝告' 참조.
58) 문태선 외, 「학생논단」, 『개벽』 22호, 1922. 4. 1, 94쪽 기자의 서문 참조.

특히 김기전·이돈화·박달성·차상찬 등『개벽』의 핵심 논자들의 글은 강연이나 연설의 초고였을 가능성이 크다. 그들은 '천도교청년회'나 '개벽사' 순회강연단의 중심인물이었을 뿐만 아니라, 선전과 계몽을 겸한 지방답사에서도 매번 강연을 해야 했기 때문이다. 아울러 그들이 자주 지방 출장(답사)을 다니면서도 매달 한두편 이상의 기사를 빠짐없이 싣고 있다는 점도 감안할 필요가 있다. 기사 작성의 절대시간이 부족했던 그들은 이동중 기차나 자동차 안에서 작성한 연설문 등을 연설이 끝난 후 약간의 손질을 거쳐『개벽』에 게재했던 것으로 보인다.[59] 물론 이런 상황은『개벽』에만 나타나는 특수한 현상은 아니었다. 대다수 잡지에서 흔히 볼 수 있는 일로, '학우회' 기관지『학지광』에서도 비슷한 사례를 확인할 수 있다.

> 역사 모르는 사람이 역사를 말함은 맛치 쟝임의 단청구경이다. 그러하지만은 朴某의「東洋史上 東學黨」이란 강연을 듯고서 내의 얼골이 붉엇섯다. 더구나 우리 청년의 기관될만한 학지광上에까지 발표함에 이름은 과연 내의 눈에 물이 나랴고 한다.[60]

인용문을 정리해보면『학지광』20호에 실린 박승철의「東洋史上의 東學黨」이란 글은『학지광』에 게재되기 전에 이미 연설로 발표된 것이었음을 알 수 있다. 이 글이 졸업생 기념논문인 점을 미루어 짐작하건대, 졸업생 축하모임에서 행해진 연설문임을 알 수 있다. 학우회가 각종 공식 행사(총회, 신입생환영회, 졸업생축하회 등)에서 연설과 강연을 상례화하고 있었고, 순회강연 그리고 분회별·부서별 강연회가 정기적으

---

59) "학우회에서는 강연대로, 동우회에서는 연극단으로(중략) 이러케 만장의 기개로 동경을 써난 우리는 각자 문화안을 강구하기에 역로의 풍경은 볼 여가도 업거니와 강연안을 집성하노라 또한 별 감상도 업섯슴이 사실입니다." 박달성, 「회고하로 칠천리」, 『개벽』 16호, 1921. 10. 18, 40-41쪽 참조.
60) 고광규, 「동학당과 갑오역」, 『학지광』 21호, 1921. 1. 21, 56쪽 참조.

로 행해진 점을 감안할 때,[61] 위와 같은 경우가 결코 적지 않았을 것으로 보인다.

이렇게 볼 때, 『개벽』의 주된 계몽형식이 논설이었다는 사실의 저변에는 열악한 지적기반 위에서 번진 계몽적 연설문화가 자리하고 있음을 알 수 있다. 또한 당대 행해진 연설의 상당수가 초고형태 그대로 혹은 약간의 손질을 거쳐 『개벽』등 제잡지에 게재되었음을 알 수 있다.

2) 정치·시사에 대한 집착

『개벽』에 논설이 많다는 것, 그리고 그 논설 중심의 소통체계가 당대 사회를 풍미한 연설문화와 밀접한 연관이 있다는 사실은 잡지의 '계몽성'을 선명히 드러내는 대목이지만 이것이 『개벽』의 '계몽담론'이 지향하는 핵심을 말해주지는 못한다. 다시 말해서 『개벽』이 가진 '계몽성'의 함의는 무엇이냐?라는 문제가 여전히 남는다. 이 문제는 『개벽』의 논설들을 체계적으로 분석하고 다시 종합함으로써 해결될 사안이지만, 그 과정에서 반드시 고려해야 할 사안이 일제의 탄압이다. 즉 『개벽』 주체들이 그 담론을 펼치는 데 있어 '검열의 문제'는 항상 일차적인 장벽이 되었다. 따라서 『개벽』의 '계몽성'의 핵심은 '검열'의 문제와 불가분의 관계이다.

그렇다면 『개벽』의 '계몽성'이 일제의 검열과 정면으로 충돌하는 지점은 어디인가? 다시 말해 『개벽』 주체들이 일제의 탄압에도 불구하고

---

61) 학우회는 "토론연설 또는 체육을 장려"한다는 취지 아래 "웅변회 혹은 토론회를 수시 개최"(학우회세칙)했다. 초기엔 지육부(智育部)와 각 분회(分會)들이 연설회와 토론회를 주도적으로 이끌었고, 이후엔 편집부와 변론부가 이를 주도했다. 학우회 주최의 명사연설회나 강연회가 수시로 있었음은 물론이고, 졸업·입학축하회, 망년회나 각종 행사 때도 연설 혹은 강연이 행해졌다. 유학생 순회강연단이 처음 꾸려진 것은 1920년 6월이었다. 「강연단소식」, 『학지광』 21호, 75 쪽 / 「회고 하로 칠천리」, 『개벽』16호, 40쪽 참조. 그 외 각 학교동창회나 기독청년회·조선학회 등이 주관한 연설회나 강연회가 자주 열렸다. 『학지광』 각호의 「소식(우리소식)」란 참조.

포기할 수 없었던 영역이 무엇인가? 여기서 우리는 『개벽』이 애당초 '신문지법'에 의해 허가된 잡지임에도 1922년 9월 12일(27호까지)까지 '정치·시사' 기사를 싣지 못했다는 사실을 상기할 필요가 있다.[62] 3·1 운동 이후 문화정치를 표방한 일제가 다른 부문(교육이나 실업, 여성과 아동문제 등)에 대해서는 상대적인 자유(?)를 부여하면서도 '정치·시사'에 대해서는 철저히 금했다는 것은 이것이 양보할 수 없는 사안이었음을 보여준다.[63] 반대로 '언론잡지'를 표명한 『개벽』 주체들로서는 이 영역에 대한 기사화를 포기할 수 없었다. 『개벽』이 72호를 끝으로 폐간되기까지 압수·발매금지 37회 이상, 정간 1회, 벌금 1회[64]의 탄압을 받았다는 사실은 정치·시사를 둘러싼 일제와의 충돌이 상상 이상이었음을 증명한다.[65]

그렇다면 『개벽』 주체들의 정치·시사에 대한 집착은 구체적으로 어느 정도였을까? 전체 기사에서 정치·시사에 관한 기사는 논설(322개) 다음으로 많은 243개이다. 논설 중에서 정치·시사로 분류된 67개의 기사를 더하게 되면 모두 310개, 전체기사 대비 14.9%의 기사가 이 부문에 할당된 셈이다. 이는 논설만큼이나 비중이 높았다는 말이 된다. 더

---

62) 미상, 「귀중한 경험과 고결한 희생」, 『개벽』 28호, 1922. 10. 1, 3쪽 참조.

63) 일제는 정치시사에 대한 게재허가를 내준 후에 신문(조선·동아·시사신문)과 잡지(『개벽』·『신생활』·『조선지광』)에 대한 감시를 더욱 강화했다. 그 결과 1922-1924년까지 『동아일보』가 40회, 『조선일보』 39회, 『신생활』 8회, 『조선지광』이 4회 압수된다. 『개벽』은 잡지로는 가장 많은 13회의 압수를 당했다. 「재경신문, 잡지차압횟수」, 『개벽』 49호, 1924. 7. 2, 106쪽 참조.

64) 「개벽사약사」에 따르면 『개벽』은 72호까지 발매금지 34회를 당했다고 하는데, 실제 제시된 목록을 헤아려 보면 33회이다. 계산이 잘못된 것이다. 이 33회라는 것도 발매금지된 상당수 제호들이 누락된 숫자다. 1번 압수되었다는 70호는 71호 「편집후기」에 따르면 '號外의 號外까지' 3번 압수되었으며, 임시호가 발행된 25호는 거론조차 되어 있지 않다. 이런 저간의 사정을 고려해 압수 및 발매금지 횟수를 다시 산정하면 최소한 37회 이상이라는 결론이 나온다. 물론 판본간의 비교작업이 진전되면 숫자는 더 늘어날 수 있다. 지면관계상 '압수호 목록'은 제시하지 않았다.

65) 압수·삭제된 기사 목록을 살펴보면, 이 정치·시사부문(일제 정책에 대한 비판이나 독립운동 혹은 사회주의 사상운동 및 계급운동 등)이 탄압의 직접적인 원인임을 알 수 있다. 가까운 시기에 압수·삭제된 기사 목록을 제시할 예정이다.

구나 정치·시사에 대한 게재허가가 난 28호(1922.10.1)부터 이 부문에 대한 기사가 급격하게 증가하는 모습에서 『개벽』 주체들이 정치·시사를 얼마나 열망했는지 짐작할 수 있다. 특히 중요한 것은 정치·시사에 대한 게재가 허가되기 이전에도 이 부문에 대한 기사가 25개(논설 3개 포함)나 실려 있다는 것이다. 구체적 내역을 살펴보면, 「사회의 聲」(8호)을 시작으로 「智之端」(14호), 「속토분록」(15호), 「범신유의 회고」(18-19호), 「천지현황」(19호부터), 「사회일지」(20호부터) 등인데 사회의 각 부문운동의 구체적 실상과 국제정세의 변화 등에 대한 보고와 논평이 들어 있다. 검열 때문에 일제의 식민정책에 대한 비판이나 정치적 발언은 쉽지 않았지만 그렇다고 무조건 굴복하는 모습을 보이지는 않았던 같다. 가령 「범신유의 회고」는 정치·시사적 정보를 제공하기 위해 마련된 일종의 기획기사로 1921년(신유년)에 있었던 여러 사건들을 다루면서 정치적으로 '민감한 사건'들을 끼워 넣었다.

> (앞부분 삭제) 최경학사형집행, 극단의 독립운동자―밀양경찰서의 폭탄범인 최경학은 팔일(7월―인용자) 오후 세시 대구감옥에서 **그만 사형을 당하였다.**(중략) 양근환무기징역, 이월 십육일 동경역에서 민원식을 살해한 양근환은 이일(8월―인용자) 동경지방법원에서 무기의 언도를 수하다.[66]

20호부터 시작된 「사회일지」는 일지형태에 정치·시사적 기사들을 끼워넣는 방식을 정착시켰고, 「사회의 성」, 「지지단」, 「사회일지」 등은 검열에 대비하여 크기가 작은 6호활자로 작성되었다. 검열을 피하려는 『개벽』의 다양한 노력이[67] 항상 성공한 것은 아니지만 이런 노력이 있었기에 상해임시정부나 독립운동가의 활동이 기사화될 수 있었다고 생각

---

66) 일기자, 「범신유의 회고」(下), 『개벽』 19호, 1922. 1. 10, 73쪽 참조, (강조는 인용자).
67) 활자크기축소, 끼워넣기 등이 소극적인 방식이라면, 인쇄일자를 속여 잡지를 미리 배포하는 과감한 방법도 사용되었다. 압수당한 제호가 오늘날 남아 있는 것도 이 덕분이다.

한다.

　『개벽』 주체들이 이처럼 일제의 가혹한 탄압에도 굴하지 않고 정치·시사에 집착한 가장 큰 이유는 식민치하 민족현실을 극복하기 위해서는 국민 대중의 정치의식적 각성이 필수적이라고 보았기 때문이다. 다시 말해서 사상, 교육, 산업, 여성, 노동, 농촌, 아동 등 각 부문운동의 선결과제로서, 혹은 문화운동의 궁극적 지향으로서 민족의식적 각성이 요구되었다는 것이다. 일제로서는 그런 조선인의 정치적(민족적) 각성을 방관할 수 없었고, 조금이라도 그런 경향이 보이는 기사는 삭제하거나 잡지 자체를 압수했다. 따라서『개벽』의 전반기를 말 그대로 '문화운동'에 충실했던 시기로 규정하는 것이나, 후반기를 '계급운동기'로 규정하는 것은 모두『개벽』의 정치·시사를 위한 주체적 노력을 소홀히 취급한 결과라고 할 수 있다. '문화운동'과 '계급운동' 사이의 논리적 변별에 집착한 나머지 '연속성'의 차원에서 '계몽성'의 함의를 도출하는 데 실패하고 있으며, '불연속성'의 차원에서는 변화를 이끈 계기를 주체적으로 포착하는 데도 실패하고 있다. 이 모두가『개벽』이 가진 '계몽성'의 핵심을 제대로 파악하지 못하는 것과 관련이 있다. 만약『개벽』 주체들이 전반기에 '문화운동' 자체에만 충실했다면, 앞서 말한 정치·시사를 위한 세심한 노력을 기울일 필요도 없었을 것이며 수십개의 기사가 삭제되고 또 수차례에 걸쳐 발매금지를 당하는 사건은 일어나지 않았을 것이다.

　정치·시사에 대한 게재가 허용된 후반기도 마찬가지다. 이 시기『개벽』이 급격히 '계급운동' 쪽으로 방향을 선회한 것은 사실이지만 그 저변에는 여전히 식민지 민족현실을 타개하려는 노력이 깔려 있었다. 이는 크게 두 방향에서 이루어졌는데 일제의 식민정책에 대한 비판과 '민족에 대한 재발견'으로 정리될 수 있다. 전자는 일제의 경제적 수탈 강화와 정치적 탄압 강화에 따른 민족적 저항이라는 의미를 띠었다. 정치·시사로 분류된 대부분의 기사들과 잡문으로 분류된 기사의 상당수가 이와 관련된 기사들을 다루고 있는데, 정치·시사가 허가된 직후부터 폐간되기까지 지속적으로 기사가 실렸다. '寺內'와 '齋藤'을 '육군'과 '해군'에 빗대면서 일제의 문화정치를 비꼰「천현지황」(28호)과 조선에 대한 일본의 경제적 침탈을 분야별로 조명한 '재조선 외국인 세력 검찰' 특집기사(30호)를 비롯하여, 동척의 토지침탈과 3·1운동 후 일제의 치안강화현황(경찰소, 주재소, 파출소) 등을 구체적 통계를 통해 조명한 57호의 특집기사들, 그리고 보안법·제령7호에 이어 1925년 5월 12일 발효된 치안유지법에 대해 노골적인 비판을 가하고 있는「재래할 삼중 악법령」(58호) 등등 당대 여느 잡지도 흉내낼 수 없는 반일 저항의식을 꽃피우고 있다.

아울러 상해임시정부의 활동과 만주의 여러 무장투쟁단체에 대한 관심도 지속적으로 이루어지고 있다. 중국전란에 참가한 조선독립군의 구체적 현황을 밝히고 있는「전란와중에 입한 재중 칠십만 동포」(52호, 일부삭제), 독립단·정의부의 활약상을 자세히 소개하고 있는 이돈화의「남만주행」(61호), 이동휘·서재필·이승만·노백린·남만춘·신채호 등 이름만 들어도 알 수 있는 해외 민족인사들을 소개하는 특집기사「밧게 잇는 이 생각」(62호)은 그 대표적인 예이다. 특히 62호는「밧게 잇는 이 생각」의 게재로 압수되고,『개벽』은 2개월간 정간을 당하였다.

한편 '민족의 재발견'이란 차원에서 가장 주목할 만한 사안은 '조선문화의 기본조사'라는 취지에서 추진된 '조선13도호'의 발간이다.『개벽』전체를 통틀어 가장 큰 기획이었던 이 사업은 '경남도호'(34호)에서 시작되어 36호(경북도호)와 38호(평북도호)·42호(강원도호)·43호(함북도호)·46호 (충남도호)·47호(경기도호)·48호(경성호)·51호(평남도호)·53-54호(함남도호)·58호(충북도호)·60호(황해도호)·63호(전남도호)를 거쳐 64호(전북도호)로 종료되었다.[68] 각 도의 문화와 산업 종교, 특산과 명승 등을 개괄하고, 해당 군의 특색을 구체적으로 제시하고 있는 기사들은 조선 각도가 처한 냉엄한 현실을 직시하고, 민족의 저력을 발견하여 앞길을 개척한다는 의미를 띠었다. 내용을 읽다보면 조선민족에 대한 자부심으로 발전하고 있음을 알 수 있다. 이조 오백년의 역사를 담담히 응시한 '조선오백년호'(『개벽』70호)와 조선의 자랑거리를 나열한 '조선자랑호'(『개벽』61호)의 기본 취지가 이것이며, 특히 61호에 실린 22개의 기획기사들('조선의 자랑'과 '외국인이 본 조선의 인상' 등)은 그 구체적 예이다. 전반기『개벽』주체들이 서구중심의 관점에서 민족을 검열하고 비판하였다고 한다면 후반기에 들어서는 좀더 주체적인 관점에서 스스로를 정립하였다고 할 수 있겠다. 다시 말해 보편의 시선을 자기검열처럼 달고 다니던 모습에서 벗어나 역사와 전통 속에서 스스로를 정립시키려 노력했음을 알 수 있다.[69] 이 시기 문학이 전통에 대한 관심을 보이는 것, 가령 김소월의 민요시나 방정환 등이 전래동요와 전래동화에 대해 관심을 기울이는 것 등은 이런 저간의 사정과 밀접한 관련이 있다. 그러고 보면 선후관계를 따질 수는 없지만 '일제에 대한 저항'과 '민족의 재발견'이 서로 긴밀한 관련이 있음이 틀림없다. 특히 대표적인 전통부정론자였던 춘파(春坡) 박달성이 보편의 시선을 털어내고 민족적인 것에 대한 애정과 관심을 갖게 되는 도정은 시사하는 바가 크다. 그의 이런 의식변화에 결정적 역할을 한 것이 식민통치의 민족현실이며, 일제에 대한 적개심이기 때문이다.[70]

　이런 사정들을 고려할 때, 『개벽』의 창간 동기가 "민족을 위함이라

---

68) 전국 13도에 대한 일종의 답사보고서인 이 사업이 처음 기획된 것은 1923년(「조선문화의 기본조사」공고, 『개벽』31호, 1923. 1. 1. 100쪽 참조)으로, 정치·시사가 허용된 직후 이루어진 가장 큰 사업이다.

69) 1920년대 지식인들이 가졌던 보편의 시선과 자기검열의 양상에 대해서는 졸고, 「1920년대 동인지문학의 심리적 기초」, 『대동문화연구』 36집, 성균관대 대동문화연구원, 2000, 101-105쪽 참조.

70) 1920년대 지식인의 전통단절의 방식과 전통회복의 과정에 대해서는 섬세하고 구체적인 논의가 필요하다. 논지 전개상 이는 다음 기회로 미루겠다.

하는 직각적 열성"[71]에 있다는 선언이 가식은 아니며, 새소리를 빌려서
라도 국권상실의 아픔과 국권회복의 열정을 표하고자 한 노력이 거짓이
아니었던 것이다.

> 금쌀악
> 北風寒雪 가마귀 집 貴한 줄 새 닷고 家屋家屋 우누나
> 有果不居 저-가치 집 일흠을 부끄러 可恥可恥 짓누나
> 明月秋堂 귀쑤리 집 일흘가 저허서 失失失失 웨놋다[72]
>
> 編輯을 마치고 나서 귀를 기우리니 復國새(뼈꾸기-인용자)의 구슬픈 소리
> 가 사방에 들인다.[73]

한편, 후반기의 '계급운동'이 식민지 조선의 민족운동의 흐름과 연
계돼 있는 점도 감안할 필요가 있다. 『개벽』이 급격히 '계급운동'으로
논조를 틀게 된 데에는 '문화운동'의 반동화 · 친일화가 직접적인 원인
이 되었다는 것이다. 1920년대 들어서 계급사상과 운동이 점차 세력을
확산시키고 있었던 것은 주지의 사실이지만, 『개벽』이 처음부터 이에
동조한 것은 아니다. 필자는 『개벽』의 논조에 큰 변화가 감지되는 지점
을 대략 40호(1923년 말경)를 전후한 시기로 보고 있는데[74] 정백(鄭栢)
의 「사회주의 학설대요」(40호, 계리언의 강연 팸플릿), 이성태의 「왼편
을 향하여」(38호) · 「적색공포와 백색공포」(39호, 삭제) 등 계급사상론
이 연속해서 게재되는 등, 이전과 확연히 구별되는 양상을 보이기 때문

---

71) 미상, 「귀중한 경험과 고결한 희생」, 『개벽』 28호, 1922. 10. 1, 2쪽 권두언.
72) 김기전, 「금쌀악」, 『개벽』 창간호, 1920. 6. 25, 49쪽.
73) 편집국, 「餘滴」, 『개벽』 70호, 1926. 6. 1, 문예면 67쪽, 편집후기 참조.
74) 박찬승은 1920-1921년을 거쳐 소개된 사회주의 사상(운동)이 1922년에 들어서 크게 세력화
　　되었고, 1923년 봄 이후에 는 "문화운동 내에서 분화해간 사회주의자들이 이제 거꾸로 문화
　　운동을 비판하는 작업에 나서게 되"는 양상을 보였으며, 문화운동의 주요 기관지였던 『개
　　벽』까지도 사회주의자들과 유사한 입장에서 문화운동을 비판했다고 한다. 『한국근대정치사
　　상사연구』, 역사비평사, 1992, 313-314쪽 참조.

이다. 이런 시기상의 격차가 『개벽』의 변화가 단순히 사회주의 사상의 도입에 따른 단순반영이 아니라는 것을 입증함은 물론이다. 더구나 『개벽』의 주체들은 이 시기 '문화운동'이 급격히 친일화되는 상황에 있었음을 분명하게 인지하고 있었고, 이를 심각하게 문제삼고 있었다. 이 점에서 『개벽』44호의 「점점점 이상해 가는 조선의 문화운동」은 중요한 자료다. 이 글은 조선의 민족운동이 독립운동에서 문화운동으로 다시 사회운동으로 변천했고, 각 운동 내부에 '급진파(硬派)'와 '온건파(軟派)'가 생겨 분화되는 과정에 있는데, 그중에서 문화운동의 온건파 즉 실력양성파가 가장 문제적이라고 지적하고 있다. 즉 그들은 '민족일치와 대동단결'을 부르짖으면서도 실상은 '인도의 국민회의나 필리핀의 독립청원문제' 즉 자치론이나 참정권 문제에 집착하는 반동적 행태를 보인다는 것이다.[75]

　　論보다도 사실, 위선 독립운동의 편에서 보아라. 그 중의 경파는 사회00이나 무력00의 길노 돌아지고, 연파는 실력양성, 다시 말하면 문화운동의 편으로 돌아섯다. 다음, 문화운동은 엇던가, 이역 양삼년을 지내오는 동안에 경파는 사회운동(여긔에서 말하는 「사회운동」이라 힘은, 근래의 노동운동, 또는 여긔에서 일보를 진한 운동싸지를 포함함)으로 돌아지거나, 또는 0000주의로 환원햇스니(중략) 그런데, 이 중에서 가장 문제가 되는 동시에 **우리로서는 특별히 주시치 안하서는 안되겟다고 생각하는 것은 오늘 조선내지에 잇는 문화운동자, 다시 말하면 아직 사회운동으로 돌아서지 안코, 또는 무력00주의로 환원치 안코, 오직 실력양성주의를 고조하고 잇는 그네들이다.** 그네들(문하운동자주의 연파 혹은 구파)는 언필칭 우리 조선사람으로서의 「민족일치」, 「대동단결」을 주창한다. **일구이사년인 금년에 드러와서는 그 주장이 점점점 분명해저서, 인도의 국민회의(밧구아 말하면 조선회의), 비율빈의 독립청원문제 가튼것을 써 들어 낸다. 작년래로 지방의 몃군대에**

---

75) 1920년대 초중반 자치운동 내지 참정권 운동의 성격에 대해서는 박찬승, 『한국근대정치사상사연구』, 역사비평사, 1992, 4장 참조.

**도민대회가 열리고, 각지의 부면협의원의 선거가 일층 활발히 되고, 각도도
평의회의 기사가 별로 유력하게 보도됨과 가튼 것은 모다 이 실력양성주의
의 진화의 예시가 아닌지,** 이다쑨이냐, 그네는 토산을 장려한다하야 유산계
급과 더불어 손을 잡고, 교육을 보급한다하야 자유주의자(사회주의장에 대
비해서 하는 말)와의 연결을 급히 하고, 인권을 확장한다하야 관청출입을 빈
번히 하는 등, 그 행동은 흡연히 엇던 나라의 특권계급의 소위에 방불하다.
**다시 말하면 며 한편에서 금방 일어나는 사회운동에 대한 일종의 견제, 아니
반동운동과 가튼 행동을 하고 잇다.**[76]

결론적으로 『개벽』의 논조변화는 민족의 독립을 전제로 한 것이었
으며, 이 점에서는 전반기와 후반기가 일관돼 있다고 할 수 있다. 아울
러 『개벽』의 주체들이 정치 · 시사를 통해 이룩하고자 했던 것은 '계몽'
이며, '민족의식적 각성(정치적 각성)'에 그 핵심이 놓여 있다고 할 수
있다.

4. 편집원리 3 : 현실성

『개벽』의 사상은 1923-1924년을 기준으로 전반기를 개조론 혹은
문화주의로, 후반기를 계급주의로 개괄하는 것이 보통이다. 하지만 그
속을 구체적으로 들여다 보면 이러한 일별이 너무 편의적인 것이 아닌
가 하는 생각이 든다. 특히 '문화주의'와 '계급사상'이 식민지 조선의
민족현실이나 내적 요구와 무관하게 일방적으로 수용되었다는 식으로

---

76) 미상,「점점점 이상해가는 조선의 문화운동」,『개벽』44호, 1924. 2. 1, 2-3쪽 참조, (강조
는 인용자.

논의가 진전될 때는 당혹감마저 드는 게 사실이다. 너무나 몰주체적이기 때문이다. 그렇게 되면 이러저러한 사상을 띠었다는 사실 자체가 부각될 뿐, 그 사실의 밑바닥에 있는 대상의 특수한 분면들은 조명될 수 없다. 필자가 관심을 갖는 부분은 왜『개벽』의 논자들이 '개조론' 내지 '문화주의'를 채택하였는가? 거기에는 어떤 요인들이 작용했는가? 하는 문제, 즉 주체의 문제, 현실의 문제이다.

이 현실성의 문제가『개벽』의 '계몽성'·'대중성'과 밀접한 관련이 있음은 물론이다.『개벽』의 대중성을 견제하는 것이 '계몽성'이라고 한다면, 현실성의 문제는 계몽의 성패를 좌우하는 것이기 때문이다. 그것은 이념의 차원에서 현실정합성의 관건이며, 대중성의 차원에서 '핍진감'의 보루이다. 문학이 결국 현실의 문제이듯, 사상도 현실의 문제인 셈이다. 따라서 '계몽'을 목적으로 하고 있는『개벽』의 논설들, 특히 사상관련 논설들을 조명할 때, 이 문제는 꼭 염두에 둘 필요가 있다.

1) 개조론과 현실

앞서 보았듯이『개벽』에는 전후반 각각 161개, 전체적으로 322개의 논설이 실려 있고, 그중 가장 많은 비중을 차지하는 것이 사상분야로 모두 120개의 기사가 배치되어 있다. 30호까지 81개, 그 이후에는 다소 줄어 39개의 기사가 있다. 사상관련 논설들이 중요한 이유는 이것들이 여타의 논설들을 포괄하면서, 사실상『개벽』의 논조를 이끌어가기 때문인데, 가령 후반기 39개 계급사상 논설은 정치·시사는 물론이고 여성·노동·농촌·교육부문의 논의를 주도하고 있으며, 잡문이나 문학 등 다른 영역과도 밀접한 연관을 갖고 있다.

이 장에서 주목하고자 하는 대상은 전반기, 30호까지 실린 81개의 논설들이다. 이것들은 하나의 외래사상이『개벽』이라는 매체를 통해 조

선의 민족현실과 만나는 생생한 장면을 제공하고 있기 때문이다. 이제
이 논설들을 통해 하나의 사상이 개인이나 민족과 만나고, 종교이념과
교접하는 모습을 구체적으로 살펴보자.

전반기 『개벽』의 사상관련 논설을 한마디로 개괄한다면 '개조론'으
로 요약할 수 있다. 창간호의 「세계를 알라」는 이를 단적으로 함축한다.

> 우리는 들엇노라. **날마다 날마다 우리의 이막을 타동하는 개조개조의
> 성—그 소리야 매우 흥취잇고 의미잇고 그리하야 힘잇고 정신잇도다.** 이소리
> 가 가는 곳에 우리의 행복이 목전에 쏘다지는 듯하도다. 개조개조 그 무엇을
> 의미함인가 세계라 운하는 이 활동의 기계를 뜨더 고쳐야 하겟다함이로다.
> 과거 여러 가지 모순이며 여러가지 불합리 불공평 불철저 부적당한 기계를
> 수선하야 원만한 활동을 엇고저 노력하는 중이엇다.(중략)이를 추상적으로
> 말하면 **정의인도의 발현이오, 평등자유의 목표라 하겟고** 구체적으로 말하면
> **강약공존주의, 病健相補主義라 하리라. 강자의 겻헤 약자가 잇지만은 둘이
> 다 권리의 조화를 엇고저. 부자의 겻헤 빈자가 잇지만은 둘이다 경제의 평균
> 을 엇고저. 優者의 겻헤 劣者가 잇지만은 두리다 가치의 權衡을 얻고저.** 사
> 자의 노는 곳에 小洋도 놀고 猛鷙가 나는 곳에 小雀도 나래를 펼 시대가 돌
> 아 오도다.[77]

아울러 「신시대와 신인간」(3호), 「외래사조의 흡수와 소화력의 차
이」(5호), 「문화주의와 인격상 평등」(6호), 「사상계의 거성 츄랜드 러셀
씨를 소개함」(11호), 「생활의 조건을 본위로 한 조선의 개조사업」(16호),
「새시대의 새사람」(19호), 「공론의 인으로 초월하야 이상의 인, 주의의
인이 되라」(23호), 「개조문제에 관여하는 사회연대의 정신」(27호) 등 전
반기의 대표적 글들은 제목만으로도 '개조론'과 밀접한 관련이 있음을
알 수 있다. 그렇다면 '개조론'은 어떤 사상인가?

---

77) 미상, 「세계를 알라」, 『개벽』 창간호, 1920. 6. 25, 6-7쪽 참조, (강조는 인용자).

‘개조론’ 내지 ‘개조주의’는 1차대전 이후 제국주의 열강의 침략주의 군국주의에 대한 전 인류적 비판의 목소리가 높아지자 ‘정의·인도’와 ‘평등·자유’를 내세우며 일어난 사상으로, 파리강화회의가 열리고 국제연맹이 결성되는 등 변화된 국제정세 속에서 세계 사상계에 강력한 영향력을 미쳤다. 일본의 다이쇼데모크라시 운동의 배경으로 작용한 것이 이 ‘사회개조’ 사상이며, 1920년대 조선의 ‘문화운동’은 이 사상에 힘입은 바가 크다. 1920년대 초 일본을 통해 수입된 개조론은 실로 놀라운 전파력을 지녔으니 “1920년대 초 문화정치의 시작과 함께 새로이 발간하기 시작한 각 신문, 잡지의 지면에서는 ‘개조’라는 용어가 하나의 유행어가 되고” 있을 정도였다.[78] 아울러 ‘개조’라는 용어는 ‘1차대전 후의 세계관계 재편’과 ‘노자간의 계급문제 해결’이라는 본래의 의미를 넘어서 단순한 생활상의 변개행위에까지 두루 적용되고 있었다.[79]

> 즉금 「개조」라 하는 말이 도처에 퍽 만히 유행이 된다. 왈 세계의 개조, 왈 정치의 개조, 왈 종교의 개조, 왈 교통기관의 개조, 왈 통신기관의 개조, 왈 무엇, 왈 무엇해서 심지어 변소개조까지 찻게 되고 부르지지게 되엇다. 사면 팔방 범백사물에 개조풍이 불지 안이하는 데가 업게 되엇다. 참 개조의 성행 시기다.[80]

이처럼 개조론이 국내에 소개되자마자 폭발적인 세력을 얻게 된 배경에는 여러 가지가 있을 수 있다. 우선 ‘서구따라잡기’에 집중하고 있었던 국내 지식인들의 입장에서 ‘개조론’의 수입은 필연적이었다고 할 수 있다. ‘개조론’ 자체가 근대화의 선두주자였던 서구열강들의 사상이며, 동시에 이미 세계사적 추세로 보편성을 획득하고 있었기 때문이다.

---

78) 박찬승, 『한국근대정치사상사연구』, 역사비평사, 1992, 176쪽 참조.
79) 한점돌, 「1910년대 한국소설의 정신사적 연구」, 서울대 박사학위논문, 1992, 72-73쪽 참조.
80) 김준연, 「세계개조와 오인의 각오」, 『학지광』 20호(정정재판), 1920. 7. 6, 부록, 17쪽 참조.

한편으로는 더딘 근대화와 식민지로의 전락이라는 조선의 암울한 현실이 거론될 수 있다. 낡은 사상과 사회제도에 찌들려 있었던 식민지 백성들에게 새로운 사상은 '새로운 현실'을 의미할 수 있기 때문이다.

필자는 엄밀히 말해 후자에 좀더 무게를 둔다. 즉 '개조론'이 서구의 신진사상이며 세계사적 조류라는 점보다는 '개조론'의 내용 자체가 당대의 조선민족이 처한 현실 혹은 민족적 요구와 잘 부합되었기 때문에 '시대정신'이 될 수 있었다는 것이다. 무엇보다도 개조론의 핵심이 식민지 조선의 민중들과 지식인들에게 우호적으로 받아들여질 만한 것임에 주목할 필요가 있다. '정의인도', '자유평등'이라는 개조론의 핵심이 민족간 문제에 있어서 약소민족의 권익을 옹호하는 것이고, 한 사회 안에서 대접받지 못하는 노동자, 농민, 여성과 아이들의 권리를 보호하며, 교육과 산업을 발전시켜 약자들의 생활과 나아가 민족 전체의 삶을 개선하자는 것이라면 식민지 조선의 민중들이 그것을 거부할 이유는 없어 보인다.

하지만 이것은 논리의 차원에서 그렇다는 것이지 생활의 차원, 즉 장사하고 농사짓고 혹은 사업하는 차원, 장보고 빨래하고 가족들의 의식주를 준비하는 일상의 차원에서 실감되는 것은 아니다. 즉 '정말 못살겠다'는 실감(實感)이 먼저고 논리는 이에 수반되는 과정에 불과했다. 조선의 대중들에게 '개조론'에 공감하게 했던 것이 식민지 조선의 일상적 삶과 여기서 비롯되는 실감이라고 할 때 무엇보다도 이 시기가 '금융공황기'였다는 사실은 주목할 필요가 있다.

사월 중의 통화 유통고

사월중순경 조선내의 통화유통고를 문한 즉 총액 一億 二百九十二萬 七千 七百四十二圓이며 소액지폐가 二百三十三萬 四千一百五圓이며 조선은행권이 九千二百十九萬 七千二圓인데 전년동기에 비하면 합계 四千六百四十一萬 五千五十圓의 감소를 시하였다.[81]

> 경제계의 불황도 이제는 그만
> 한창째에는 一億八千萬圓 통화의 유통고를 견하든 우리 조선이 근래에는 減縮又減縮되어 단九千萬圓의 유통고를 見하기에 至하였다. 통화가 이만큼 축소되엇스니 조선경제계가 어쩌 말성이 아니리오. 경성 대가로에 경매종이 亂鳴하는 것도 면할 수 업는 일이오. 일반의 인기가 문득 소침된 것도 이에 원인됨이 컷슬것이다.[82]

한때 1억 8천만원이든 통화량이 1920년대 초 2년간 절반으로 감축될 정도로 금융공황이 심했다면 이것은 단지 산업계와 상업계의 문제만은 아니었을 것이다. 회사가 도산하고 곳곳의 상점들이 철시하는 상황에서 사람들이 겪은 생활상의 곤란은 심각한 것이었다. 어린아이들조차 굶주림에 지쳐 일본으로 고용살이를 떠나야 했을 정도다.

> 사십일명의 가련한 아동 ―먹기에 궁하야 일본으로
> 부산항 출범 연락선을 기다리는 십사세 십오세 가량의 어썬형제 사십일명의 일대가 잇섯다. 그 아이들은 모다 자기 집 살림의 곤난으로 얼굴빗은 심히 창백하고, 전신은 수척하야(중략) 그들은 모다 동경시에서 유리제조업하는 일본인 高淸次廊 군의 유리공장에 직공으로 모집되어 동경으로 향하는 것이엇는데 그 중에는 십삼사세 미만의 유아도 잇섯스며 고용으로 팔려가는 기간은 만 삼개년이며 고금은 일급 육십전이엇섯다.[83]

일제의 경제적 수탈로 인한 삶의 질곡은 상시적이었으니 그렇다치고, '경성 대가로에 경매종이 난명'하고, 굶주린 아이들이 먹고 살기 위해서 몇푼 일당에 일본으로 팔려가는 상황이 일상적으로 펼쳐진다면

---

81) 미상, 「우리 사회의 실상과 그 추이」, 『개벽』 11호, 1921. 5. 1, 79쪽 참조.
82) 세검정인, 「도선암중의 만필십육제」, 『개벽』 27호, 1922. 9. 1, 8쪽 참조.
83) 일기자, 「社會의 聲」, 『개벽』8호, 1921. 2. 1, 80쪽 참조.

'못살겠다' 란 실감이 '改造' 로 전환되는 것은 어려운 일이 아니었을 것이다. '개조론' 의 폭발적 유행은 여기에 근본적인 원인이 있다.

식민통치하에서 "범인간적 민족운동의 성과를 재래하는 유일한 잡지"[84]이기를 천명했던『개벽』이 이런 현실의 문제를 고민하지 않았을 리 없다. 민족의 현실을 구체적으로 알리기 위해서 전국 13도를 발로 뛰었고,[85] 추론보다는 체험과 통계를 중시하면서[86] '민족적 현실에 착목하라' 고 주장했던『개벽』이 아니던가? 따라서『개벽』이 이 '실감' 의 차원에서 개조론을 수용했다는 것 자체가『개벽』의 현실성을 방증하는 것이라고 할 수 있다.

2) 종교이념의 현실화

한편,『개벽』의 개조론 수용에는 이런 외적 현실의 문제만이 작용한 것이 아니다. '천도교청년회' 를 중심으로 한『개벽』주체들의 상황과 천도교의 이념 등 내재적 요인들이 있었다. 주지하다시피 문예부장 현철을 제외한 대부분의 개벽사 직원들은 천도교인이었는데, 편집인 이돈화, 주간 김기전, 사회부장 박달성, 차상찬 등은『개벽』의 논지를 사실상 이끌면서 민족의 현실적 문제를 개척한다는 태도를 견지했다. 이들이 교단의 중심격인 '천도교중앙총부' 의 소극적인 태도와 달리 좀더 적극적인 현실개혁 의지를 표명한 데에는, 선배들의 뜻을 이어받는다는 민족적 소명의식과 젊음의 열정이 혼융된 결과일 터이지만 무엇보다도

---

84)「개벽사 사우제의 설행에 관한 취지와 규정」,『개벽』29호, 1922. 11. 1, 114-115쪽 참조.
85) 13도호의 발간시 기자들(박달성, 차상찬, 이돈화 등)이 직접 해당지역의 각 지방을 직접 답사한 사실을 말한다.
86) 필자가 아는 한,『개벽』만큼 한 사안에 대해 구체적 수치와 통계를 제시하는 기사들이 많은 잡지는 보지 못했다.「조선인의 인구통계」(71-72호)와 같이 통계가 필수적인 기사는 그렇다 치고, 성격상 그렇게 하지 않다도 될 법한 기사에도 구체적 수치나 통계를 제시한 경우가 많다. 가령 선우전의「조선인 생활문제의 연구」(20-22, 24호) 시리즈는 조선인의 생활지수를 계층별로 분석하면서, 의복비 · 거주비 · 오락비까지도 세분해 통계를 제시할 정도다.

이것이 종교적 신념 속에서 자라났다는 점을 간과해서는 안 된다. 즉 그들의 열정과 민족적 소명의식은 종교이념의 실현이라는 좀더 크고 원대한 체계의 일부분이라는 것이다. 따라서 이들의 개조론 수용은 종교이념의 문제와 무관한 사안이 아니다.

이 시기 천도교의 핵심문제는 '근대'라는 변화된 환경에 발맞추어 종교이념을 '근대화'하는 것이었고, 그 체계화 작업의 핵심에 있었던 인물이 야뢰(夜雷) 이돈화였다. 그는 "서양 문물의 수입, 이른바 개화에 대처하"며 "직접적으로는 구국과 민족의 활로를 개척"한다는 현실적 목표 아래 '인내천주의'와 '지상천국의 건설'을 연계했고, 이를 위해 스피노자 · 라이프니츠 · 데카르트 · 베르그송 등 서양철학자의 사상을 적극 이용했다.[87] 그의 체계화 작업을 한마디로 정의한다면 종교의 철학화 내지 근대사상화라 할 수 있는데, 이는 종교의 현실적 기능을 강조하면서 이념적 변모를 거듭했던 천도교의 역사적 변천의 필연적 결과였다. 최제우의 시천주사상이 최시형대에 사인여천으로 한 차례 종교성을 희석하였고, 손병희대에 와서는 인내천으로 결정적인 변모를 하였으며, 이돈화는 최제우의 후천개벽사상을 3대개벽사상(정신개벽 · 민족개벽 · 사회개벽)으로 현실화했던 것이다.[88]

따라서 '현실화'된 천도교의 이념은 자체적으로 『개벽』의 핵심사상으로 표방될 여지가 충분했다. 하지만 여기에 몇가지 문제가 있었다. 앞서 살핀 대로 천도교의 역사적 경험에 기인한 피해의식이 일차적 장애요인이 되었다. 동시에 잡지의 대중화에 종교색이 하나의 장애가 될 수 있다는 판단도 작용했다. 자신들의 종교이념을 표방할 수도 그렇다고

---

87) 황문수, 「야뢰에 있어서의 인내천사상의 전개」, 한국사상연구회편, 『최수운연구』, 원곡문화사, 1974, 402-425쪽 참조.
88) 황선희는 천도교 사상의 발전 경위를 "시천주(侍天主)-〉사인여천(事人如天)-〉인내천(人乃天)의 단계로" 설명하면서, 이 과정을 "종교성이 희석되는 과정"이자 동학사상이 "근대사회사상 수용으로 철학화되는 과정으로 설명한다. 필자는 이 과정이 천도교가 신비주의를 탈각하고 현실화되는 과정으로 보고 있다. 황선희, 『한국근대사상과 민족운동』 1, 혜안, 1996.

이를 저버릴 수도 없었던 딜레마에서 그들을 구한 것은 '절충의 원리'
였다. 그들은 자신들의 종교이념을 포장할 대용물을 찾았고 개조론이란
더 없이 좋은 대상을 발견할 수 있었다. 이 둘의 결합은 무엇보다도 천
도교의 이념이 현실화된 결과이기도 하지만, 이 종교이념이 개조론의
핵심과 무리없이 결합할 수 있는 체계와 특성을 띠었다는 데 직접적인
원인이 있다. 천도교의 '후천개벽' 사상은 이돈화에 의해 정신개벽, 민
족개벽, 사회개벽의 3대 개벽설로 체계화된 것으로 이 3대개벽은 새세
상의 '열림'을 의미했다. 개조론의 핵심이 정의·인도, 평등·자유의
원칙에 입각하여 강자와 약자, 부자와 빈자가 조화롭게 공존하는 세상
을 건설하는 것이라고 할 때, 개벽사상은 개조론과 마찬가지로 이상주
의적 성격이 짙은 것이었다.

> **개벽잡지의 주의는 개벽이라 하는 「열임」이 이 곳 그 주의가 되는 것이니
> 물질을 열며 정신을 열며 과거를 열며 현재를 열며 미래를 열며 내지 萬有의
> 正路을 열어 나아감이 그 주의인지라.** 그럼으로 개벽은 어대 지든지 현상
> 을 부인하고 현상이상의 신현상을 발견하야 신진의 정로를 개척함이 그 둘
> 이며, 개벽의 사업에는 스스로 엄정한 비판을 요하는 것이라. **불편부당, 공
> 정엄명한 고찰로 邪를 파하고 正을 顯하야 사회를 정돈하며 신운동을 조장
> 하야 정견과 正思, 正言, 正立의 道를 진흥함이 그 셋이며 개벽은 구체적으
> 로 사회운동 농촌계발운동 등의 정면에 입하야 스스로 신사회건설의 전책임
> 을 부담함이 그 넷이다.**(하략)[89]

더욱이 그것은 물질계와 정신계의 구별을 넘어서고 과거와 현재 미
래까지를 포괄하는 사상이었던 바, 일차대전 후 자본주의의 병폐에 대
한 비판의 소리로 제기된 개조주의를 감싸안기에 충분한 것이었다.[90] 개
조론과 개벽사상이 섞여 혼재하는 것은 당연한 결과다.

---

89) 미상, 「돌이켜보고, 내켜보고」, 『개벽』 37호, 1923. 7. 1, 3쪽 참조, (강조는 인용자).

왼 世界는 燦爛한 光의 世界로다. 平和의 소리가 높도다. **改造를 부르짖도
다.** 왼 人類는 新鮮한 自由의 人類로다. 運이 來함이냐? 時가 到함이냐? 아
니 **이것이 開闢이로다.**[91]

사람은 神의 進化한 者로 萬物을 代表하야 漁獵을 始하며 農業을 營하며
商工業을 起하야 進化에 進化를 加하는 中 오늘날 **이 世界大改造라하는 革
新의 氣運을 맛보게 되엇나니, 이 곳 開闢의 開闢이엇도다.**[92]

世界의 今日은 이러틋 浮散한 中에 잇도다. 過渡하면서 잇는 今日이엇다.
**改造하는 道程에 잇스며 進一步 向上進步하는 中에 잇나니 우리는 이것을
보고 黎明이라 하며 開闢이라 하도다.**[93]

이처럼『개벽』의 개조론 수용에는 민족현실에 발딛고자 했던『개벽』
논자들의 주체적 노력과 천도교 종교이념의 현실화과정이 작용했다는
점에서, '현실성'은『개벽』의 편집원리로 자리매김될 수 있다. 그러고
보면 '문화운동'에서 '계급운동'으로의 변천에 있어 그 실질적 동력을
제공한 것도 다름 아닌 이 '현실의 힘'이었다.

---

90) 이 같은 맥락에서『개벽』에는 개조론의 주창자인 러셀이나 카펜터를 소개하는 글이 여러 번
   게재된다. 김기전, 「사상계의 거성 뻐츄랜드 러셀씨를 소개함」,『개벽』11호, 1921. 5. 1; 박
   사직, 「개조계의 일인 에드와드 카펜타아를 소개함」,『개벽』12호, 1921. 6. 1.
91) 미상, 「개벽」,『개벽』창간호, 1920. 6. 25, 1쪽 참조, (강조는 인용자).
92) 미상, 「창간사」,『개벽』창간호, 1920. 6. 25, 2쪽, (강조는 인용자).
93) 미상, 「세계를 알라」,『개벽』창간호, 1920. 6. 25, 7쪽, (강조는 인용자).

5. 편집원리와 잡지의 성격

『개벽』의 편집원리는 대중성·계몽성·현실성으로 요약할 수 있는데, 이 세 가지 원리는 잡지의 기본형식과 방향을 결정지었고, 특정 기사를 싣느냐 마느냐하는 문제에도 작용했던 것으로 보인다. 종합지를 선택하고, '대중계몽'을 지향했으며, 천도교 관련기사의 비중이 적은 것 등이 그 증거라고 할 수 있겠다. 물론 사안에 따라 비중은 달랐다. 가령 종교영역은 대중성에 무게중심을 두었고, 논설 영역은 계몽성과 현실성에 초점을 맞추며, 문학 영역은 이 삼자의 종합에 골몰하면서도 현실성의 원리가 주요한 역할을 담당했던 것으로 보인다. 특히 이 시기 문학은 '근대성'의 실현이란 화두에 봉착하면서 이 세가지 원리가 더욱 밀접한 상호관계를 갖을 수밖에 없었던 듯하다. 즉 대중성의 실현, 대중성을 견인하는 계몽성, 또한 이것의 성패를 좌우하는 '사실성'의 문제가 문학 내적으로 제기되면서 잡지 전체의 편집원리가 문학의 생성 지침으로 전환되는 양상을 보여준다는 것이다.[94]

한편, 이 편집원리들은 결국은 『개벽』 주체들의 특정한 목적을 실현하기 위한 것이었다는 점에서 잡지 자체의 성격을 규정하는 것이기도 하였다. 즉 『개벽』은 대중적 종합지요, 민족운동을 선도한 계몽지이면서 다른 어떤 잡지보다도 '현실'을 강조한 잡지였다. 이를 좀더 세분해 보면 『개벽』은 대중성을 얻기 위해 종합지와 기사개방을 천명했으며, 종교지 내지 천도교 기관지이기를 스스로 거부했다. 아울러 민족의 의식각성을 촉구한 잡지로서 일제의 수없는 탄압을 감내해야 했고, 문화

---

94) 이 글에서는 지면상의 관계로 문학부문(소설)에 대해서는 언급할 수 없었다. 이는 다음 기회로 미룬다.

운동에서 계급운동으로의 민족운동의 전변을 주도했다. 특히『개벽』이 다른 어떤 잡지보다도 구체적 현실 내지 사실을 중시한 잡지였다는 것은 우리 근대초기 정신사의 궤적을 살피는 데 있어『개벽』의 위치를 독보적으로 만든다. 정치 종교 역사 문화 사상 등 전 부문에 걸쳐 구체적 사실들을 빼곡히 기록하고 있는 셈이다. 이런 사실 중시의 경향이 1920년대 초반 문학의 궤적을 뒤바꾸는 현실적 '힘'이었음은 물론이다.

주제어 :『개벽』, 계몽성, 대중성, 현실성

◆참고문헌

『개벽』영인본(개벽사, 오성사, 한일문화사, 박이정)
『학지광』영인본(역락)
『창조』·『폐허』·『백조』영인본(태학사)
『천도교월보』
「개벽사약사」·「개벽시대를 추억하며」, 『별건곤』30, 1930. 7. 1.
이돈화편, 『천도교창건사』, 천도교중앙종리원, 1932. 11.
이돈화, 「천도교요의」(팜플렛), 천도교청년회, 1946.
조기간, 『천도교청년당소사』, 동당본부, 서울, 1925, 참조.
천도교중앙총부, 『천도교백년약사』상, 미래문화사, 1981.
김근수 편, 『한국잡지개관 및 호별 목차집』, 한국학연구소, 1973.
강만길, 『한국현대사』, 창작과비평사, 1985.
고정기, 「민중을 위한 민중의 잡지『개벽』」, 『신인간』, 1986. 4.
공 탁(鎭恒), 「천도교도의 자립문제와 그 경제기관조직방법에 관하야」, 『신인간』
          47호, 1930. 5. 1.
김근수, 「개벽지 소고」, 『아세아연구』고려대, 1966.9.
김윤경, 「1920년대 경향문학의 특성」(프린트본), 1973.
김윤식, 『이광수와 그의 시대』3권, 한길사, 1986.
박영희, 「신흥문학의 대두와『개벽』시대회고」, 『조광』32호, 1938.
박찬승, 『한국근대정치사상사연구』, 역사비평사, 1992.
백순재, 「일제의 언론정책과 필화사건-『개벽』지를 중심으로」, 『신동아』, 1967. 5.
서울사회과학연구소 편, 『한국에서 자본주의의 발전』, 새길, 1991.
윤해동, 「한말 일제하 천도교 김기전의 근대수용과 민족주의」, 『역사문제연구』
          창간호, 역사비평사, 1996.
이광순 외, 「『개벽』에 얽힌 회상」-개벽영인본출판 동인간담회, 『신인간』, 1973. 2-3.
이종수, 「조선잡지발달사」, 『신동아』, 1934. 5.

정진석, 「인물로 본 한국언론 100년」 13-잡지 출판인들, 『신문과 방송』, 1992. 8.

조남현, 『한국현대문학사상논구』, 서울대 출판부, 1999.

조용만 외, 『일제하의 신문화운동사』, 민중서관, 1970.

최수일, 「1920년대 동인지문학의 심리적 기초」, 『대동문화연구』 36집, 성균관대
　　　　대동문화연구원, 2000.

최수일, 「『개벽』의 출판과 유통」, 『민족문학사연구』 16, 소명, 2000.

한국사상연구회편, 『최수운연구』(한국사상 12), 1974.

황선희, 『한국근대사상과 민족운동』 1, 혜안, 1996.

◆ SUMMARY

Modern characteristics of *Gaebyuk*

Choi, Su-Il

The purpose of this thesis is to explore the editing principles of *Gaebyuk*. For this purpose, I examined what field each article is belonged to and how many each field' s articles are, etc. In conclusion, it is to be certain that 'popularity', 'enlightenmentness' and 'reality' are the editing principles of *Gaebyuk* It seems that this tree principles regulate and determine primary format, a whole direction and the problems what articles to publish in the magazine. It is proved that editors of *Gaebyuk* made their media an all-around magazine to enlighten popular, and decreased weight of articles related to *Chundogyo*. Of course, importance of each principle is differently applied to each article. Editors of *Gaebyuk*, for example, emphasized 'popularity' in articles of religious field, 'enlightenmentness' and 'reality' in those of editorial field, and 'reality' in those of literal field, though, which showed a unity of these three principles.

It is held that these principles decided characteristics of the magazine itself. As it were, *Gaebyuk* was a popular an all-around magazine, not only media for enlightenment which leaded national movement but also magazine to pay attention to 'realities' of colonized Korea. To see carefully, *Gaebyuk* proclaimed to publish various articles besides religion's, to be an all-around magazine. In short, *Gaebyuk* refused itself to be a religious or *Chundogyo's* media, to obtain readers in popular. Moreover, as media for the awakening of national consciousness, it underwent all sorts of suppressions by Japan , and played the leader in the change of a national emancipation movement, from cultural one to classical one. The fact that *Gaebyuk* had a sense to see realities make its position to be without a rival, which can show many concrete realities over politics, religion, history, culture and thought, etc in korean early modern times.

However, these three principles are significant problems in korean literature of that times besides *Gaebyuk* It means that 'popularity', 'enlightenmentness' and 'reality are concepts which form the modern intellectual. This thesis tried to clear the position and characteristic of *Gaebyuk*, which, I think, can be to be starting point for researches to explore how the modern intellectual in Korea was formed in 1920's.

『조선문단』에 대한 재인식
- 1920년대 중반 문학의 변화 양상과 관련하여 -

이 경 돈*

1. 1920년대 문학의 판도 변화와 『조선문단』

    1920년대는 우리 근대 문학의 기틀이 확립된 시기로 여겨진다. 근대적 주체 또는 내면의 발견과 예술의 독자성으로 평가되는 동인지 문학. 리얼리즘을 우리문학의 대표적 양식으로 자리잡게 한 신경향파 문학과 프로문학. 이들은 각각 1920년대의 전반기와 후반기를 양분하며 한국 근대 문학의 원류를 보여준다고 해도 지나친 말이 아니다. 그야말로 동인지 문학과 신경향파 문학의 전개과정은 근대 문학의 진로를 보여주는 결절점들인 것이다.

    각각 한 시대를 대표하는 흐름이었던 만큼 이 두 경향은 우리 근대

---

* 세명대학교 강사.

문학의 연속성상 변증적 발전의 경로로 이해되어 왔고, 당연히 한국문학사를 종적 체계 안에서 해명하고자 한 문학사들도 사조적 전환의 일반론 안에서 이들의 관계를 서술하고 있다. 구 경향에 대한 회의와 저항으로 신 경향이 산출되고 지속적인 지양과 투쟁으로 신 경향이 주류를 점하게 된다는 것이다. 물론 신경향파의 형성과정도 이 자장을 벗어나지 않는다.

그러나 문학사의 대부분은 이 부정의 변증법을 명시적으로 드러내지 않는다. 왜냐하면 동인지 문학과 신경향파 문학의 사이에서 적극적인 부정과 저항을 찾기가 쉽지 않기 때문이다. 몇몇 저항의 흔적을 찾아낸다 해도 문학적 전환의 근본문제에 영향을 주었다고 하기에는 미미한 것들뿐이다. 따라서 변증적 해명에서 부정과 저항의 부재를 은폐함으로써 동인지 문학과 신경향파 문학간의 계보적 연속성을 묵시적인 형태로만 인정하고 있는 것이다.[1]

내적 연속성 없이 문학의 계보를 체계화할 수 없고 그렇다고 우리 문학의 가치를 스스로 폄훼하는 이식문학의 논리를 따를 수도 없다. 따라서 기존 문학사에서 동인지 문학의 신경향파 문학으로의 전환에 대한 해명은 매우 모호하고 막연한 내용으로 채워져 있다. 이식문학의 특성상 프로문학이 수입되면서 구사조가 쇠퇴하고 신사조가 그 자리를 대신했다는 정도의 당위적 언급, 신경향파 작가들이『백조』에서 활동했었다는 조직적 관계로의 해명 정도가 그 전부인 것이다.

---

1) 작품의 공시적 특성을 서술의 중심에 둔『한국현대문학사』(조연현, 성문각, 1957)나 사적 체계화 자체에 회의적 시선을 두고 있는『한국현대소설사』(이재선, 홍성사, 1979)는 논외로 하더라도,『조선신문학사조사』(백철, 수선사, 1948)와『한국문학사』(김현 · 김윤식, 민음사, 1973),『한국소설사』(김윤식 · 정호웅, 예하, 1993) 등은 내재적 저항과 부정의 부재를 은폐하여 사적 연속성을 암묵적으로 당연시한 대표적 경우라 할 수 있다. 이에 비해 비교적 변증적 설명을 시도했다고 할 수 있는 임화의「조선신문학사론 서설」(『조선중앙일보』, 1935.10.9~11.13)이나『한국근대민족문학사』(김재용 외, 한길사, 1993)는 오히려 목적론적 계열화의 의지가 두드러져 저항과 부정의 근거를 제시하기보다 목적에 부합하는 연대기적 배치를 중심으로 삼았다는 점에서 역시 부정의 과정을 충분히 드러냈다고 하기는 어렵다.

저간의 사정이 이러하다 할 때, 동인지 문학과 신경향파 문학을 연속적으로 이해하는 것과 이를 다시 이식의 역사에서 찾는 방식은 위태로운 지탱 방식이다. 서로 모순되는 이론을 함께 적용한다는 것은 상황에 따라 논리를 취사선택하는 자기합리화에 불과하기 때문이다. 그렇다고 내적 연속성을 거부할 수도, 이식의 역사를 부정할 수도 없다. 사적 체계화를 시도한 대개의 문학사가 당위를 앞세운 타협의 논리를 구사할 수밖에 없었던 이유는 바로 이 식민지 문학사의 아이러니 때문일 것이다. 의혹은 있으되 해법이 없는 문학 연구의 난제라 할 것이다.

그러나 일견 모순의 미궁으로 보이는 이 문제를 엄밀히 들여다보면, 문학사들의 공통된 규칙을 확인하게 된다. 이광수에서 김동인, 염상섭 등의 동인지 문학 다시 신경향파와 프로문학이라는 거의 도식에 가까운 주류(主流) 중심주의가 그것이다. 문학 연구의 대상 자체가 선험적으로 규정된 범주를 가지고 있는 것이다. 이들은 선각 혹은 선행이라는 명분 하에, 시대적 흐름 속에서의 주류라기보다는, 주류이기 때문에 시대적 흐름을 대변하는 것으로 여겨진다.

근대의 후진국이며 식민지였던 1920년대 한국에서 근대적 선각과 선행의 가장 빠른 길은 이식이었고 당연히 이식된 사조가 곧 당대의 주류가 될 수밖에 없다. 따라서 주류라는 것은 곧 이식되었다는 것과 동의어가 되고, 이식된 문학적 흐름으로는 문학사의 내적 동력을 온전히 설명하지 못하게 되는 것이다. 이 역전된 판단이 시대의 흐름을 왜곡하여 내재적인 흐름을 포착하는데 걸림돌로 작용하고 있다고 본다.

이는 중심적 현상들에 대한 천착에 앞서 도외시되었던 문학 현상에 새삼 주목할 것을 요구한다. 고평되는 작품을 분석하고 그것으로 한 시대를 평가하기 이전에 그 작품의 주변을 감싸고 있는 소소한 현상들이 흘러가는 방향을 고려하지 않으면 안 된다는 것이다. 그렇다고 기왕에 평가되어온 작품들을 폄하하자는 의미는 아니다. 다만 잡다하고 무가치한 듯 취급된 문학 현상들 속에서 우리문학의 자체적 반발력에 의한 변화 즉 내적 질서를 설명해줄 단서를 기대한다는 것이다.

물론 문학의 외래 이식성과 내적 연속성의 관계를 해명하는 것이 이 글의 목표는 아니다. 그럼에도 이미 상식적 의혹이 되어버린 이 불화의 연속성을 서두에서부터 논의거리로 제시하는 까닭은, 1920년대 중반 동인지 문학과 신경향파 문학의 교체 가운데 사조적 전환보다 더욱 발본적인 문학의 지형적 변화가 존재하고, 그 변화에의 천착이 식민지시대 문학이 포유한 불화의 연속성을 해명할 수 있는 실마리를 제공한다고 보기 때문이다.

1920년대 중반은 외적 논리와 내적 논리의 상충이라는 일반론적 의문 외에도, 대중문예지의 출현, 신진 작가군의 등장, 동인지 시대 작가들의 변모 등 실증으로부터 제기되는 문제들이 적지 않다. 대표적 매체였던 동인지 형식이 왜 소멸했으며 대중문예지라는 새로운 형식은 왜 필요했는지, 새로운 경향의 작가들이 대거 등장할 수 있었던 이유는 무엇이며 이들의 의미는 어디에 있는지, 또 동인지 시대의 대표적 작가들이 이 시기에 이르러서야 대표작들을 내놓게 되는 이유는 무엇인지, 기존의 논의는 이러한 문제들에 해답을 주지 못한다.

동인지 문학과 신경향파의 사조적 전환이라는 기존의 방식으로는 해명하기 어려운 이 1920년대 중반 문학의 난제들 사이에 『조선문단』이 놓여 있다. 『조선문단』은 1924년 10월 창간되어 20년대에만 통권 20호를 간행한 문예지로서 20년대 중반 우리 문학의 변화를 설명해줄 수 있는 중요한 단서가 된다. 동인지 시대의 폐막과 신경향파의 탄생이라는 시기상의 위치도 그러하지만, 대중지향성과 주목받지 못한 작품을 접할 수 있는 잡지라는 점에 있어서도 당대 문학의 지형적 변화를 보여주는데 부족함이 없다.

뒤에 자세히 논급되겠지만, 『조선문단』은 1920년대 초반 동인지 문학의 폐쇄성과 자족성을 거부하고 대중 속에서 문학의 정체성을 찾고자 시도했다. 그 결과 대중문예잡지의 선언과 흥미 중심적 편집을 감행하게 했고, 더불어 신진작가들을 대거 등용시켜 자신의 자양분으로 삼았다. 작품들도 경험과 생존의 문제에 천착하거나 내면의 은밀한 욕망을 탐색함으로써 보편적인 가치를 부각시켰다. 이러한 매체의 특성과 작품의 경향은 세계에 대한 객관적 인식, 현실 중심의 태도라는 틀에서 행보를 같이 하였다.

동인지 시대와 완연히 다른 『조선문단』의 이러한 특성들은 동인지 시대와 프로문학 시대로 양분되는 20년대 중반 문학에 대한 평가를 재고하게 한다. 이식된 동인지시대의 근대적 관념이 또다시 수입된 프로문학으로 전환된 것이 아니라, 동인지 문학의 끊임없는 자가변모 속에서 잉태된 보편적이고 가치를 추구하는 커다란 흐름 속에 신경향파 역시 하나의 흐름으로 등장했던 것이다. 이는 또한 신경향파 문학이 프로문학의 예비 단계가 아니며, 오히려 신경향파를 포함한 현실 추구의 세력이 프로문학을 만들어낸 한 축이었음을 뜻한다.

하지만 『조선문단』을 통해 볼 수 있는 객관 지향, 현실 추구의 힘은 신경향파의 대두와 프로문학의 태동이라는 현상적 지표에 가려 몇몇 작품만이 동인지 시대의 연장선상에서 논의될 뿐 그 존재의 의미를 존중받지 못하고 있다. 논의가 있었다면 선별된 몇몇 작품들을 동인지 시대와 동궤에서 이해하는 방식이나 『개벽』을 중심으로 한 프로문학의 정치색을 부각시키기 위한 대립항으로 그 역할을 한정하는 방식이었을 뿐이다. 이러한 이해는 신경향파와 나아가 프로문학을 동인지 문학 이후의 새로운 계통으로 부각시키는 데에는 성공했을 몰라도 프로문학의 생성 토대와 그 동시대적 질서를 설명하는 데 있어서는 실패할 수밖에 없다. 그럼에도 이 이해의 방식은 상당한 영향력을 발휘하여, 『조선문단』을 20년대 중반 문학의 변방으로 몰아내고, 결국 문학사에는 동인지 문학과 프로문학이라는 화해할 수 없는 계보만이 앙상하게 남겨진다.

　이제 이 글에서 『조선문단』의 재조명을 통해 해명하고자 하는 바는 자명하다. 먼저 『조선문단』이 대중문예지로서 동인지와는 구별되는 매체적 특성이 존재함을 확인하고, 이와 함께 신진 작가군의 대대적 등장과 작품의 경향적 특징을 구명함으로써 매체상의 변모와 작품 경향의 변화가 일정한 흐름을 띠고 있음을 증명하고자 한다. 이 일련의 과정은 20년대 중반 지형적 변화를 확인하고 전환과 격변의 중심을 재조정함으로써 우리문학의 내재적 발전 가능성을 드러내고자 하는 것이다.

2. 동인지 시대의 종언과 대중 문예지 시대의 개막

　『조선문단』은 1924년 10월 1일부터 1936년 1월 1일까지 통권 26호가 발행되었다. 식민지 시대 대부분의 동인지들이 그러했듯이, 『조선문단』도 자금난으로 인한 휴·속간을 반복했다. 그 과정을 간략히 살펴보면, 통권 13호(1925년 11월호)를 발행하고 3개월을 휴간하였고, 통권 17호(1926년 6월호)를 발행한 후 다시 휴간했다가, 『조선문예』라는 이름으로 잡지를 계획하던 남진우에게 인수[2]되어 6개월만에 속간된다. 그러나 통권 20호(1927년 3월호)를 마지막으로 남진우 역시 손을 떼자 근 10년의 공백기를 갖게 된다. 1935년 2월 이학인에 의해서 다시 속간되지만 이 역시 통권 26호를 넘기지는 못한다.[3] 그 발행 기간은 20년을

---

2) 남진우, 『조선문단』 통권 18호, 「편집후기」, 1927. 1. 1.
　　이하 모든 『조선문단』에 관한 사항은 태학사의 영인본을 기준으로 한다. 또 『조선문단』의 서지는 잡지명을 생략하고 '통권 ○호'로 지칭한다.

넘어서고 있지만 간행된 것은 통권 30호를 채우지 못했던 것이다. 발행 기간과 부수 모두 문예 전문 잡지로서는 기록적이지만 기간에 비해 부수는 많지 않았다고 할 수 있겠다.

　『조선문단』을 본격적으로 논하기 전에 이 같은 서지적 사항에 주목하는 것은, 휴간과 속간의 반복 속에『조선문단』을 새삼스럽게 주목해야 하는 이유가 감추어져 있기 때문이다.『폐허』,『백조』등 익히 알려진 동인지들은 통권 2, 3호를 끝으로 종간되었고, 그 중 최고의 발행 횟수를 보유한『창조』역시 통권 9호를 마지막으로 종언을 고했다. 이렇게 대부분의 동인지들은 창간호가 곧 종간호가 되는 단명의 역사를 가지고 있었다. 이에 비해『조선문단』은 통권 26호, 20년대만 하더라도 3년에 걸쳐 통권 20호가 발행된다. 더군다나 그것은 2번에 걸친 발행인의 교체 속에서 축적된 것이었다. 자금난으로 인한 휴간과 속간, 발행인과 편집인이 교체 속에서도『조선문단』이 그 명맥을 유지할 수 있었다는 사실은, 다만 오랜 기간 많은 발행 횟수를 보유했다는 시간과 분량의 의미를 벗어난다.

　남진우는 통권 18호(27년 1월호)「편집후기」에서, '대조선문학의 건설'을 위해『조선문예』라는 새로운 문예지를 기획했다가 그 계획을 포기하고『조선문단』을 인수했다고 했고, 또 이학인도 통권 21호(35년 2월호)의「속간사」에서 '조선에서 완전한 문예잡지 한아는 갖어야겠다'는 생각으로『조선문단』을 인수하여 이에 이광수와 방인근에게 인계를 받았다고 밝혔다. 이들이 새로운 잡지를 기획하는 과정에서『조선문단』을 인수했다는 사실이나, 무려 7년여를 휴간해 거의 폐간되었다고 할

---

3) 이학인 발행의『조선문단』은 비록 동일한 제명을 사용했지만, 경영 및 편집진의 변화는 물론 10년이라는 시대적 격차로 인해 필진의 변화와 내용 변모를 통일적으로 해명할 수 없다는 점에서 방인근 발행의『조선문단』이나 남진우 발행의『조선문단』과 구별된다. 따라서『조선문단』을 통해 20년대 중반 한국문학의 지형 변화를 살피고자 하는 이 글의 목적에 따라 30년대 간행된 이학인 발행의『조선문단』은 논의에서 제외한다.

수 있는 『조선문단』을 인수했다는 사실은, 어떤 이유에서건 『조선문단』이 새로운 잡지를 계획하는 이들에게 매력적이었음을 방증하는 것이다. 즉 이들이 조선의 문학, 조선의 잡지를 계획하면서 『조선문단』에 눈을 돌린 사실은 기존의 잡지와는 다른 『조선문단』만의 고유한 특성이 존재할 것이라는 추측을 가능하게 한다.

『조선문단』만이 보여준 면면한 연속성에 설명해주는 단초는 『조선문단』에 대한 거의 유일한 언급인 백철의 『신문학사조사』에서 찾을 수 있다. 백철은 채 한 줄을 넘지 않지만, 프로문학에 대항하는 민족주의적 경향이라는 지적과 함께 '新文學史上 첫 번의 문단 저어널리즘誌'라는 사실 확인 차원의 언급을 덧붙이고 있다. 이 언급은 단순한 치장을 넘어서는 중요한 의미를 담고 있다. 『조선문단』이 전 시대를 풍미했던 동인제와 동인지 형식을 파괴했다는 것을 의미하기 때문이다.

동인지와 대중 문예지는 조직과 지향, 대상과 편집 내용에서 상당한 차이를 요구한다. 전자가 구성원들의 내적 동질성에 기반하여 선구적인 지향을 보이고 이에 따라 목적에 동의하는 한정된 독자만을 대상으로 하고 그 편집도 자족적인 형태를 갖추게 된다. 이에 비해 대중 문예지는 문학대중 전체를 대상으로 하기에 소수의 편집자를 제외하고는 원칙적으로 개방된 조직을 구성하고 그 지향도 대부분의 문학대중이 동의할 수 있는 보편적 형식을 취한다. 다양한 측면의 차이를 일별해 보면 결국 개방성 및 폐쇄성의 유무가 곧 동인지와 대중 문예지를 가르는 판단 기준이라고 할 수 있을 것이다. 실제 1920년대에 통용되던 동인제와 대중 문예지의 차이는 염상섭의 견해 속에 잘 드러나 있다.

우리에게는 동인의 탈퇴를 강박밧은 자가 업슴과 가티 강박한 사실도 업거니와 비록 사실이라 할지라도 조금도 기이한 열외의 사(事)가 안일가 한다. 원래 동인조직은 그 대체의 사상경향이 유사한 자가 일종의 문예운동을

이르킴으로써 출현의 이유가 잇고 기분의 통일, 의기의 혼융투합(渾融投合)
으로써 존속의 가능성을 멱출(覓出)하는 바이다. 하고보면 혹시에 이합산중
(離合散衆)가 잇음은 피차의 개성을 존중하고 공동 목적을 위함에 부득이한
바이 안인가. 만일 우리가 이해와 의리우정으로써 결속된 세속적 상업적 실
무적 혹은 협객배 간에 통용되는 일종의 도덕적 의미로 단결됨이얏더면 한
심타함도 용혹무괴(容或無怪)로되 우리는 우리의 사업의 성질상 정신적 공
명과 기분의 묵합(默合)을 가장 중요시 안을 수 업다.[4]

이 글에서 동인제는 '사상 경향이 유사한 자가 일종의 문예운동을
일으키'는 데에 존재의 이유가 있다고 했다. 즉 공동의 목적이 동인 출
현의 제일 명제가 되는 셈이다. 여기에 정신적 공명, 기분의 묵합이라는
기준이 덧붙여진다. 그 기준에 따라 동인의 이합집산은 오히려 당연한
것이 되고 황석우의 탈퇴 역시 개성의 존중과 공동 목적을 위한 부득이
한 사정이 될 수 있는 것이다.

이 때 정신적 공명과 기분의 묵합이라는 기준은 매우 모호한 표현인
동시에 또한 매우 정밀한 개념이기도 하다. '정신적 공명과 기분의 묵합
은 매우 자의적인 기준이지만, 반대로 목적에 공감한다고 하더라도 총
체적 가치관과 분위기까지 일치할 것을 요구하는 것으로 볼 수 있기 때
문이다. 따라서 그것은 동인 조직의 폐쇄성과 배타성을 강조하는 단서
이기도 하다. 혹 까다로운 조건을 만족시킨다 하더라도 배척할 수 있으
며, 때로 기준에 미달해도 참여의 기회를 줄 수 있는 것이기 때문이다.
따라서 남궁벽이 '오즉「갓튼 자만 갓튼 자를 이해하는 것이다」. 우리
는, 그「갓튼 자」의 출현을 흔구(欣求)하며 전진할 뿐이다'[5]라고 까지
할 수 있었던 것은 이러한 동인제의 성격을 단적으로 드러내는 것이라

---

4) 염상섭, 「樗樹下에서」, 『폐허』 2호, 55쪽.
  염상섭은 W군(황석우)의 퇴사(동인 탈퇴)와 관련하여 세간의 『폐허』비판을 재비판한다.
5) 남궁벽, 「廢墟雜記」, 『폐허』 2호, 152쪽.

할 수 있다. 이 외에도 추천과 동의를 얻지 못하면 동인이 될 수 없었던 『창조』의 예[6]나 동인이 되기 전에는 투고조차 실어주지 않았던 『백조』의 경우[7]에서도 동인제의 폐쇄성을 확인할 수 있다.

이에 비해 『조선문단』은 목적, 조직, 대상 등 각 측면에서 동인지와 대별되는 대중지로서의 지향을 담고 있었다. 『조선문단』의 목적에 대한 언급이 처음 등장하는 것은 2호의 「편집여언」이다. '참된 문예, 건전한 문학'으로 정리되는 방인근의 발언은 이후에도 지속되는 『조선문단』의 자기 정체성이었다. 창간기념호인 통권 12호의 「조선문단일주년감상」에서도 '조선문단의 색채는 여러 가지로 보시겠지마는 다만 건전한 조선민중예술을 목표로 삼고 나갑니다.'라고 재삼 확인한 '참된 문예', '건전한 문학', '조선민중예술'은 사실상 '신문학'이라는 개념과 다르지 않은 언급이다.

「조선문단일주년감상」의 후반부는 경제적 사정이 극히 어려움에도 불구하고 '신문학운동'만큼은 포기할 수 없다는 내용이 실려 있고, 그 맡은 바 책무를 『조선문단』이 헤쳐나가고 있다는 논지의 끝에 '건전한 조선민중예술'을 목표로 한다는 언급이 결어로 붙어 있는 만큼, '참된 문예', '건전한 문학'이라는 것은 신문학운동과 동의어로 보아도 무방하리라 본다.

이 때 동인지들이 내걸었던 신문학운동의 의미와 『조선문단』이 언급한 신문학운동은 질적 차이를 갖는다. 동인지들의 신문학운동은 명백히 구문학을 대타항으로 설정, 근대적 문학을 세우고자 했던 생성적 의미의 운동이지만, 『조선문단』에 있어 신문학운동이란 새로운 무엇에 대한

---

6) 『창조』 창간호의 「나믄말」에서 편집자는 지면의 부족으로 독자 투고를 싣지 못한다면서 우송료를 동봉하면 첨삭은 해주겠다고 했다. 또 '或其中' 특출한 작품은 '동인의 추인'으로 지상에 올린다고 적고 있다.

7) 홍사용, 「六號雜記」, 『백조』2호, 152쪽.
   "경향(京鄕) 각지에서 기고하신 분이 만흐섯는데 사랑으로 보내신 것은 감사합니다. 그러나 본지는 동인제임으로 미안하오나 동인으로 추천되기 전에는 지상에 올릴 수는 업슴니다."

시도가 아니라 이미 성립된 신문학을 확대재생산한다는 확산적 의미의 운동이었다는 점이다. 이는 『조선문단』의 표면적 대타항이 이미 구문학이 아닌 프로문학이었다는 점에서도 확인된다.

따라서 『조선문단』은 신문학의 확산이라는 지향 이외의 구체적인 목표는 사실상 없다고 하는 것이 타당할 것이다. 물론 동인지들의 운동 목표 역시 신문학운동의 창달 외에 없었다고 할 수도 있지만, 동인지 시대 신문학운동의 창달은 그 자체로 분명한 이념적 목적성을 지니고 있는 지향이었다. 이에 비해 『조선문학』이 표명한 건전한 신문학운동은 이념적 목적성이 탈각된 양적 증폭을 지향하고 있는 만큼 뚜렷한 이념적 목적성은 없다고 할 수 있는 것이다. 따라서 신문학으로 간주될 수 있는 작품이면 어떤 경향, 어떤 성격의 작품도 『조선문단』의 포괄 범주를 벗어나지 않았다. 이에 따라 여전히 계몽적 성향을 유지하던 이광수와 예술의 독자성을 표방하던 『창조』의 동인들, 그리고 새로운 문학적 경향으로 나아가던 신진 작가들이 『조선문단』 안에서 공존할 수 있었던 것이다. 남궁벽이 말한 바 '갓은 자'의 의미는 소멸된 것이다.

다른 한편으로 조직의 문제에 있어서도 『조선문단』은 동인지들과 상당한 거리를 가지고 있었다. 『조선문단』에도 '동인'이라는 표현이 등장한다. 이광수는 '우리 同人도 報酬업시 돈과 時間을 내는 것이니…'[8]라고 해 『조선문단』이 동인에 의해 운영됨을 말하였고, 방인근도 '우리 同人의 主張삼는 것은 오직 「眞實」입니다.'[9]고 해 동인의 존재를 인정하고 있다. 애초 『조선문단』도 4인의 동인으로 출발하는 것이다. 그러나 통권 3호 이후 '동인'이라는 명칭은 전혀 사용되지 않았다. 또 통권 6호의 「조선문단합평회」에서는 방인근과 최서해가 동인이 아닌 '기자'라는 직함으로 참여하기도 해, '동인'이라는 개념은 1, 2호를 낼 당시 이

---

8) 이광수, 『조선문단』 통권 2호, 「편집여언」, 1925. 11. 1, 83쪽.
9) 방인근, 『조선문단』 통권 2호, 「편집여언」, 1925. 11. 1, 84쪽.

광수, 주요한, 전영택, 방춘해 4인이 주도했다는 정도의 인식으로 이해된다. 즉『조선문단』에서 사용된 '동인'이라는 용어는 동인제의 잔존물일 뿐 사실상 동인제는 처음부터 성립되지 않은 셈이다.

동인제를 폐지했다는 이유만으로『조선문단』을 대중문예지로 파악하는 것은 자칫 성급한 추측이 될 것이다. 그러나 동인제의 폐지는 연속적인 변화의 시발점으로 충분한 역할을 수행하게 된다.『조선문단』은 대중으로부터의 고립을 통해 자신의 정체성을 확인했던 동인지와 달리 대중 속에 뿌리내림으로써 스스로를 확립하고자 했기 때문이다.

창간호를 비롯한 매호에는 사고(社告)의 형식으로「투고모집 규정」을 싣고 있는데, 모집하는 글의 종류와 매수제한 등을 밝히고 있다. 이에 근거하여 창간호에 최서해의「고국」이 추천소설로 실린 것을 비롯해 입선작품이 적지 않고[10], 2호부터 입선작은 물론 정식기사의 많은 부분도 편집진 외 문인들이 차지하고 있다.『조선문단』을 통해 등단한 이들 중 최서해, 김태수(白洲), 임영빈 등은 이후『조선문단』의 중추적 필진으로 활동하기도 하고 채만식, 이태준, 계용묵 등은 다음 시대의 문학을 대표하는 작가로서 성장한다. 이는 동인제도를 철저히 고수하며 투고문을 아예 거부하던 동인지의 폐쇄성과는 사뭇 다른 태도라고 할 수 있다. 적어도『조선문단』은 대중에게 읽혀지기를 희망하는 것을 넘어 대중으로부터 스스로를 보충하고 그것으로 다시 대중을 매혹하는, 대중 속에서의 정체성을 확립하고자 했다고 할 수 있다.

다음 방인근의 회고는『조선문단』이 동인지와는 다른 대중 문예지로서 기획되었음을 더욱 분명히 보여준다.

그때 잡지로는『개벽』이 있었고 문예지는 하나도 없었으며 일반이 문예

---

10) 최학송「고국」(추천소설), 전준「황혼의 때」(추천시), 정태연「바람에나붓기는갈대를볼째」(추천시) 외 입선시 8편, 가작 7편이 실렸다.

지의 출현을 고대하던 판이요, 그야말로 문학열은 심한데 그 고갈을 면하게 할 만한 것이 없던 때라 『조선문단』이 나오자 크게 환영을 하였던 것은 사실이다. 기성문인으로도 발표 기관이 없었고 더구나 문학 청년으로서 헤매는 이가 많았는데 이 『조선문단』으로 그들은 쏠려 들게 된 것이다. 특히 문단 등용문이라는 미명하에 독자 문단을 모집하고 추천을 하여 신진을 많이 골라낸 것도 사실이다.[11]

이 글은 『조선문단』이 최초의 기획단계에서부터 독자 대중들과 호흡할 것을 염두에 두었음을 보여주는 한편, 대중으로부터 문단을 풍요롭게 할 가능성을 탐색하고 있었고 또 실제로 그러한 의도를 실행에 옮겼음을 확인하게 한다. 그렇다면 대중문예지로서의 거듭남을 증거할 남은 문제는 대중 문예지로서의 위상을 실현하는 잡지의 편집 내용이 될 것이다.

3. 흥미 중심적 편집과 대중성

『조선문단』 창간호의 표지 맨 앞줄에는 동인지들에서는 볼 수 없었던 '主宰 李光洙'라는 문구가 새겨져 있다. 방인근이 회고[12]했듯이 이 문구는 독자들의 관심을 유발시키려는 목적 하에 이광수가 가진 지명도를 이용한 것이다. 특정 작가의 유명세를 이용하여 잡지의 홍보에 이용하는 것은 당대로서는 암묵적 금기였기 때문에 상당한 비난을 받았음은 오히려 당연하다.[13] 그러나 이러한 주변의 비난에도 불구하고 '주재 이

---

11) 방인근, 「『조선문단』시절」, 『조광』 32호, 1938.
12) 방인근, 「『조선문단』시절」, 『조광』 32호, 1938.
13) 방인근, 「『조선문단』시절」, 『조광』 32호, 1938.

광수'라는 문구는 결국 이광수가 주재를 사퇴하기 전까지 계속된다. 어
하간 이는 지극히 상업적인 발상에 속하는 것으로 동인지 시대에는 찾
아 볼 수 없었던 『조선문학』의 의도를 분명히 보여주는 상징적 표식이
라 할 수 있다.

이 새로운 발상은 다만 주재를 내세우는데 그치지 않는다. 「文士들의
이 모양 저 모양」[14], 「處女作 發表 當時의 感想」(6호), 「諸作家의 쓸 때의
氣分과 態度」(8호), 「諸家의 戀愛觀」(10호)이란 제목으로 유명 작가들의
감상문, 생활문을 기획 기사로 다루었다. 이 기사들이 주목을 끄는 이유
는 유명 작가들의 문학 외적 활동, 외모와 근황, 관심사와 사생활에 이르
기까지 문학 자체와는 관계없이 독자들의 흥미를 유발시키는 기사들이
라는 점 때문이다. 물론 이런 기사에는 나름의 문학성을 갖춘 부분이 없
지 않고, 또 당시 수필과 생활문, 논문까지도 문학의 일부로 간주되고 있
었다는 점에서 재고해야 할 여지는 남겠으나, 이러한 기사들이 작품보다
작가들의 지명도에 더 의지하고 있음을 부정하기는 힘들다. 즉 작품과
더불어 작가를 관심 촉발의 대상에 포함시키고 있는 것이다.

이러한 흥미 유발성 기사 중에서도 가장 노골적이었던 것이 – 결국
실패했지만 – 「조선문사투표」[15]이다. 「조선문사투표」는 『조선문단』의
독자들이 '가장 조화하는 現代朝鮮文士를 한사람이 한사람식을 투표'
함으로써 작가들의 인기도를 조사하고 이를 공개한다는 기획이었다. 하
지만 '처음 생각에는 독자 諸位의 재미ㅅ거리가 될가하고 無心히 始作
한 것'이었지만 '文士 諸位의게 未安'하고 '여러분의 異議도 多少間 잇
서 不得已 發表를 中止'하게 된다.[16] 이는 『조선문단』의 새로운 발상이

---

14) 창간호부터 7호까지(6호 제외) 매호 작가들의 동정을 소개한 짧은 글. 창간호에는 '바다生'
   이라는 필명을 사용하여 편집을 담당한 방인근이 정리한 글임을 확인할 수 있다. 이후 「문사
   소식편」(10, 11호)이라 제목을 바꾸어 게재됨.
15) 『조선문단』 통권 4호, 社告, 판권간지 앞쪽.
16) 『조선문단』 통권 5호, 社告, 판권간지 앞쪽.

어떤 범주에 있었는지를 극명하게 보여주는 예라 할 것이다.

대중의 흥미 유발과 문학을 접목시키고자 하는 시도는 여기서 그치지 않는다. 「여자부록」(4호)을 기획해 상대적으로 소외되어 있던 여성 작가들에게 기회를 제공하는 한편 여성 문예 대중의 관심을 자극하기도 하고, 「최남선론」(통권6호), 「김동인론」(통권9호) 등 대중적 작가들에 대한 인상기와 활동 내역 등을 소개하는 등 작품 자체를 통해 독자들의 욕구를 충족시키는 방식을 넘어 작품 이외의 기사로 독자들의 흥미와 관심사를 끌어내려는 시도는 지속되었다.

이러한 예들은 『조선문단』의 대중지향성을 보여주는 분명한 예인 동시에, 그 상업적 속성도 드러내는 것이라 볼 수 있을 것이다. 작품을 문예 대중에게 향유토록 하도록 함으로써 그 수익으로 문예지의 간행을 유지하고 조선 문학의 발전을 도모하는 것이 '건전한 문학'을 추구하고 '대조선문학'을 건설하는 목적에 부합하는 것이라 할 때, 작품을 향유토록 하는 선을 넘어 작가의 지명도를 차용하거나 의도적으로 작가 자체를 상품으로 판매하는 것은 분명 '대조선문학'의 건설이라는 취지와는 동떨어진 상업성의 표현으로 비춰지기 때문이다.

만약 이 의도가 분량에 있어 문예작품을 압도했다거나 작품의 저질화로 연결되었다면 『조선문단』은 문예지의 외피를 두른 상업 잡지에 불과했겠지만, 『조선문단』은 거기까지 나아가지 않는다. 문학사에 오르내리는 수많은 작품이 증거하듯이 여전히 편집의 중심은 문예 작품에 있었으며, 흥미 유발성 기사는 특집 수준으로 다루어져 문예 작품의 중심성을 침해하지는 못했던 것이다. 이 사실은 『조선문단』이 지향했던 대중성이 상업성과 한 궤로 설명하기 어렵다는 것을 방증한다. 그렇다면 이 흥미 유발에 초점이 맞추어진 발상은 어디로부터 연유하는 것인가?

상업성과 문학성 사이에서 교묘한 줄타기를 시도하는 와중에서 『조선문단』은 상당한 비난을 감수했었다. 비난 여론에 몰린 「조선문사투표」의 포기는 그 좋은 예라 할 수 있다. 신성한 문학과 속된 영리가 명백하게 나뉘어, 영리와 문학을 결합시키려는 시도가 매우 불순하게 받아들여지던 시대[17]였기에 비난을 받은 것은 오히려 당연한 일일 것이다. 그럼에도 불구하고 문단의 비난에 저항하며 대중들의 흥미를 유발시키려는 시도를 멈추지 않은 것은 『조선문단』이 어떤 의지를 품고 있었음을 간접적으로 보여준 것이라 할 수 있다.

흥미 유발의 발상법이 어디서 연유한 것인지를 논하기에 앞서 먼저 상업적으로 실패한 『조선문단』에 대해 언급해야 할 것이다. 『조선문단』의 지향이 상업적 완결성을 갖는데 있지 않았음을 밝힘으로써, 흥미 유발성 기사들을 실었던 의도가 상업주의와는 궤를 달리하는 시도였음이 드러나기 때문이다.

상업적 시도들로 비춰지는 갖은 시도에도 불구하고 『조선문단』은 실제 상업적 측면에서 그리 성공했다고 볼 수 없다. 『조선문단』의 휴간은 결국 자금난에 의한 것이었기 때문이다.[18] 『조선문단』은 출범 당시 성공을 가늠할 수 있는 여러 희망적 요인을 구비하고 있었다. 앞선 방인근의 회고를 통해서도 볼 수 있듯이 문학청년의 수는 급격히 증가했으나 이를 수용할 만한 문예지는 『개벽』의 문예면을 제외하고는 전무했으며, 방향은 다르지만 『개벽』이 대중적으로도 성공하는 예를 보여줌으로써 대중 문예지의 가능성을 확인시켜 주었다. 더군다나 독자 수가 2십만에

---

17) 『창조』와 한성도서주식회사의 합병이 실패했을 때, 김동인을 찾아 와 합병 무산의 이유를 전달하는 백악의 주장은 '속된 영리회사'와 '신성한 『창조』'는 함께 갈 수 없다는 것이었다. 주식회사로의 전환을 기대하면서도 '속된 영리회사'와 손잡기를 꺼렸던 것은 당시 문단의 전반적인 풍토였을 것으로 보인다. (김동인, 「문단회고」, 『매일신보』, 1931. 8. 23~9. 2 참조)

18) 『조선문단』의 휴간은 주로 자금난이었던 것으로 보인다. 방인근이 경영을 담당했던 초창기는 그가 고향의 전답을 정리한 자금으로 근근히 유지되기는 하였으나 자금이 고갈되면 무기한 휴간에 들어갔던 것이다. 일례로 지방 서점의 대금 수납을 요구하는 글이 사고(社告)를 통해 자주 보이다가, 급기야 13호의 경우처럼 지방에서 주문하는 모든 도서의 구입, 우송을 대신하는 도서소매를 계획하거나(14쪽), 대금 수납이 되지 않는 지방 서점에 대해 잡지 발송을 중단하는 방법(98쪽)을 도모하기도 한다. 방인근의 회고에 따르면 『조선문단』을 휴간하고 경영에서 퇴진한 이유도 이 자금난을 감당하지 못한 때문이라고 한다. (방인근, 「『조선문단』 시절」, 『조광』 32호, 1938)

서 3십만에 육박하는 일본의 출판계를 동경하여, 2천~1만 정도 밖에 되지 않는 조선도 조만간 일본의 독자 수에 육박할 것으로 기대하고 있었다.[19] 『창조』가 주식회사로의 전환을 시도했던 이유도 여기에 있었다고 할 수 있다.[20]

그러나 문제는 문예 대중의 창작열이 높다 하더라도 창작열의 고조와 구독자의 증가가 꼭 비례한다고는 할 수 없으며, 혹 비례한다고 하더라도 잡지의 성공은 보장받을 수 없다는 점에 있다. 왜냐하면 잡지를 발간비용과 원고료, 기타 운영비 등의 수급을 맞추기 위해서는 일정한 수 이상의 정기적인 구독과 대금의 수납 그리고 자금력이 갖추어져야 하기 때문이다.

동시대의 유력한 종합지였던 『개벽』의 경우, 천도교의 자금 동원력, 유통에 있어서의 천도교 조직, 평균 7000부에 이르는 판매 부수와 지면 비율 10%에 육박하는 상업광고 유치 등에 의해 대중적인 성공[21]을 이룰 수 있었던 반면, 『조선문단』은 방인근 개인의 재산에 의존한 자본과 평균 2, 3천부[22] 밖에 안 되는 판매고, 대금수납이 되지 않는 지방 서점과 극히 적은 상업광고[23] 등 경제적인 문제에 있어서는 비교가 되지 않는다.[24] 이 같은 상황은 창간 1주년을 기념하는 글에서 방인근으로 하여금 '문예운동에도 무에니무에니해도 돈이 외다. 사상으로도 되겠지마는 돈

---

19) 방인근, 「『조선문단』일주년감상」, 『조선문단』 통권 12호, 179쪽.
20) 『창조』 7호, 「株式會社創造社發起趣旨文」, 71쪽.
21) 최수일, 「『開闢』의 출판과 유통」, 『민족문학사연구』 제 16호, 2000. 6, 152~167쪽.
22) 방인근의 회고에는 "그때는 고작해야 4, 5천 부요 그렇잖으면 2, 3천부에 불과했다. 그것으로 수지가 맞을 리 만무하다."고 기록되어 최대 5천부까지도 팔렸던 것으로 기록되어 있다. 그러나 창간호의 초판본 1500부가 동나는 상황에 스스로 감격하며 재판에 들어갔다는 기록 (이광수, 통권 2호, 「편집여언」, 83쪽)과 통권 2호의 초판 2000부가 다 팔려 재판을 계획한다는 기록(방인근, 통권 3호, 「편즙후에」, 81쪽)으로 보아 최대치를 추산한다고 해도 5천부 미만이었을 것으로 보인다.
23) 본격적인 상업광고는 창간호 3편, 2호 1편, 3호 2편, 신년특대호인 4호의 경우에도 4편에 불과했으며 10호의 경우에는 특대호인데도 상업광고는 한편도 실리지 않는다. 이러한 광고 실적은 이후에도 별다른 변화를 보이지 않는다. 평균적으로 2~3편, 특대호의 경우도 5편을 넘지 못하는 실정이며, 대부분을 자사 판매 혹은 판매 서점의 서적 광고로 채우고 있다.

이 있어야 합니다. 우리 문예계에도 돈이 없어 아모 것도 못합니다.' 라
는 자조 섞인 발언을 하게 한다. 결국 자금 문제로 인한 비관적 전망은
현실화되어 사무실의 전화기를 팔고, 방인근이 집까지 내놓고도 휴간에
들어가야 하는 상태에 이르게 된다.

　물론 평균 2, 3천부를 판매한다는 것은 당시로서 그리 적지 않은 판
매고이다.[25] 그러나 분명한 성업적 의도를 드러내고 판매를 촉진하기 위
한 여러 방법을 취한 것에 비하면 그리 많다고는 할 수 없을 것이다. 더
군다나 『조선문단』이 작가와 독자들에게 상당한 인기를 누리고 있었다[26]
는 점을 고려한다면, 적어도 독립적인 운영이 가능했어야 당연한 것이
다. 그러나 『조선문단』은 인기에도 불구하고 '곶감 빼먹듯' 방인근의 사
재를 털어내며 결국 휴간하게 된다. 상업적 시도를 지속하던 『조선문단』
이 상업적으로 성공하지 못한 것이다.

　이렇게 볼 때 『조선문단』의 흥미 유발적, 상업적 시도들이 단순히 판
매고를 높이기 위한 방책이었다고 보기 어렵다. 더구나 자금 수급에 있
어 별다른 문제가 없었던 초기부터 이러한 시도들이 지속되었다는 점을
추가로 고려할 때, 이들의 시도가 상업성을 목적으로 하지 않았음은 더
욱 분명해 진다. 그렇다면 『조선문단』이 보여준 상업성과의 화해는 어
디에서 연유하였으며 무엇을 지향하고 있는가? 이 문제에서 대중성과
상업성의 차이가 드러나게 된다.

---

24) 김동인은 『조선문단』의 휴간을 유흥비 때문이라고 했지만, 자금의 유통 사정으로 판단하건
　　대, 김동인의 발언은 술자리와 친분 관계를 강조하기 위한 언급으로 판단된다. (김동인, 「속
　　문단회고」, 『매일신보』, 1931. 11. 11.~22)
25) 가장 오래 유지된 동인지 『창조』가 한번도 2천부를 팔지 못했다는 김동인의 말에 비추어 볼
　　때, 『조선문단』의 판매고가 그리 적은 편은 아니었던 것으로 보인다. (김동인, 『창조』 9호,
　　「남은말」, 96쪽)
26) 김동인의 회고에 따르면 『조선문단』은 출간 초기부터 상당한 인기를 누렸던 것으로 보인다.
　　"『청춘』 이래 오래 볼 수 없던 춘원의 단편소설이 『조선문단』에 발표되었다. 그밖에 기성 문
　　인 전부가 거기 집필을 하였다. 이러한 일 등으로서 『조선문단』의 인기는 놀랄 만큼 좋았다.
　　조선에 새로운 문예가 생겨난 지 십 수년, 잡지 『조선문단』이 발행될 때와 같이 흥성스러운
　　때가 없었다." (김동인, 「속 문단회고」, 『매일신보』, 1931. 11. 11.~22)

　『조선문단』이 지향한 흥미 유발의 의도가 어디에 있었는지를 확인해 주는 동시에 『조선문단』이 대중 문예지로서의 새로운 편집의 의도를 가장 적절하게 실현한 것으로 「조선문단합평회」(이하 「합평회」)를 들 수 있다. 「합평회」는 이광수, 김동인, 염상섭, 현진건, 나도향, 박종화, 김억, 양건식, 박영희, 김기진 등이 평자로 활동하고, 방인근과 최서해가 사회와 기록을 맡아, 전월에 발표된 각 작품을 공동으로 토론하고 평가하는 모임이다.[27] 이들은 6호에서 11호까지(10호 제외) 총 5회에 걸쳐 진행하다가 『개벽』과의 갈등[28]을 계기로 중단하게 된다.

　이러한 비평의 방식은 허술한 준비와 미숙한 진행에도 불구하고 평자의 독단으로부터 비평을 건져 올리는 중요한 역할을 하게 된다. 비평에 대한 합의된 기준이 성립되기 전이었다는 점[29]에서 보면 다수의 평자들이 공유할 수 있는 평가의 기준이 마련되는 자리였다고 할 수 있다. 비록 공유된 기준은 '감흥', '기교' 등을 중심으로 한 '인상'과 '느낌'의 수준을 넘지 못하지만, 보편적 평가의 기준이 형성되었던 최초의 자리였다는 점에서 상당한 의미부여가 가능해 보인다.

　「합평회」의 비평사적인 위치도 더욱 세밀한 검토를 필요로 하는 부분이지만, 다른 한편 「합평회」의 진행 방법에도 주목할 필요가 있다. 표면적으로 「합평회」는 거의 난상토론에 가까운 무형식을 지향하는 듯 보인다. 평자들의 자세는 진중하지 않고 준비된 견해를 내놓기 보다 그때그때 생각나는 대로 발언하기가 일쑤다. 그러나 「합평회」의 이러한 진

---

27) 이중 박영희는 한번도 참가하지 않았고 김기진 역시 단 1회 참석하는데 그친다. 또 이광수와 김동인, 김억 역시 참석율이 저조했다. 따라서 사실상의 합평은 염상섭, 현진건, 나도향, 박종화 그리고 양건식에 의해 이루어졌다고 할 수 있다.

28) 「조선문단「합평회」에 대한 소감」, 『개벽』 60호, 101~108쪽, 1925. 6. 1.

29) 김동인과 염상섭의 비평에 대한 논쟁, 현철과 황석우의 논쟁 등은 그 자체로 비평사의 일부이기는 하다. 그러나 이들의 논쟁이 문학 현상이나 작품에 대한 견해의 차이보다는 비평의 위상과 역할, 포괄 범위 등의 내용으로 채워졌다는 것, 즉 비평 개론 차원의 논쟁으로 확대되었다는 것은 비평에 대한 개념적 인식 차이가 작지 않았다는 점과 비평의 대략적 기준이 마련되지 못했던 상황임을 방증한다.

행 방식은 그 의도가 다만 비평사적인 평가에 머물지 않는 이면을 드러
낸다.

합평의 진행 원칙을 결정하는 첫 자리에서 나도향은 가볍지만 중요
한 발언을 내놓는다. 나도향은 회화체로 평가를 하자는 주장에 동의하
면서 '좀 재미잇는 말도 석거가면서'라는 발언을 하게 된다. 그리고 참
여자들의 암묵적 동의를 얻게 된다. 이 언급은 우발적인 것으로 간주되
기 쉬우나 이후 합평의 운영 방식을 규정하는 매우 중요한 의미를 갖고
있다. 그것은 「합평회」의 목적이 비평의 정착에만 있었던 것이 아니라,
독자들의 문학에 대한 흥미를 증폭시키기 위한 도구로서 인식되고 있다
는 것을 뜻하기 때문이다.

나도향의 발언 뿐 아니라, 합평회의 분위기와 평자들의 행동까지 마
치 희곡을 쓰듯 기록된 최서해의 필기 방식도 이러한 「합평회」의 취지
를 보여주는 예라고 할 수 있다. 「합평회」의 서기를 담당한 최서해는 평
자들의 웃음소리며 몸짓을 지문으로 삽입하고 그들이 던지는 농담조의
언급까지 놓치지 않고 기록한다. 후에 『개벽』의 비판에서 이 희화된 특
징에 착목해 '문인 비평극'이라고 비난한 이익상의 지적은 「합평회」가
지닌 이면의 성격을 잘 보여주는 대목이라고 할 수 있겠다.

이로서 확인되는 바, 「합평회」의 목적은 발표된 제 작품에 대한 집단
적 비평을 조직함으로써 비평 문화를 정착시키고 작품에 대한 평가를
문단 전체가 공유할 수 있는 규준점을 마련할 뿐 아니라, 다른 한편으로
는 작가들의 평가와 토론 자체를 흥밋거리로서 제공하여 대중들의 문학
적 관심을 자극하는데 있었음을 말해주는 것이다.

이런 점에서 일본의 유행(일본 신조사의 「소설합평회」, 부인잡지의
부인문제 합평회 등)을 좇고 있다는 지적이나 판매정책상이나 페이지
보충책으로 좋다는 백기만의 비판은 대중성의 확보라는 『조선문단』의
의지에 비추어 볼 때 일면 적확한 사실 확인을 해주고 있는 셈이다. 즉

「합평회」는 작품과 작품에 대한 평가를 중심으로 대중들의 관심과 흥미를 유발시키고 이를 통해 대중 문예지의 정착을 기도한 노력의 산물이었던 것이다. 상업성과 문학성이 절묘하게 결합한 예라 할 것이다.

『개벽』과의 논란 이후 「합평회」는 파탄을 맞게 된다. 염상섭과 현진건이 「합평회」를 옹호하고 『조선문단』의 비당파성을 주장[30]하지만 문학에 대한 공유점이 많지 않고, 치밀한 계획이 부족했던 「합평회」는 『개벽』의 단 1회 공격에 무너지고 만다. 그러나 「합평회」를 공격했던 『개벽』 역시 「『개벽』 합평회」를 계획했었다는 김기진의 말[31]을 되새겨 봐야 한다. 「합평회」의 존재 의미를 부정하며 격렬히 비판했던 『개벽』 역시 「합평회」를 준비했다는 것은 「합평회」가 '페이지 보충책'이나 판매고를 높이기 위한 기획이 아니었음을 확인하게 해준다. 「합평회」는 흥미유발의 방법을 채용함으로써 대중화를 지향하고, 비평을 공개하고 합의할 수 있도록 함으로써 객관성을 확보하고자 했던 것이다. 「합평회」는 대중들과의 교감을 필요로 하던 시대적 요구 속에서 새로운 비평의 형식을 시도함으로써 비평 문화의 확산에 기여해, 이후 『개벽』을 중심으로 한 비평문화의 비약적 발전을 예비한 기획이었다고 할 수 있다.

『조선문단』이 실현시키고자 애쓰던 목표는 바로 이 「조선문단합평회」와 같은 형식의 산출에 있었다. 판매와 경영의 방책이 아니라, 대중들의 문예에 대한 관심과 흥미를 지속적으로 유지시켜 문예 대중의 폭을 확대하고, 그 안에서 다시 문예를 산출해 내기 위한 끊임없는 모색과 시도였던 것이다. 평균 7천부를 상회하는 『개벽』의 발행부수에 비해, 상당한 인기몰이에 성공하고도 평균 2~3천부의 발행에 머문 『조선문

---

30) 염상섭, 「조선문단 및 그 합평회와 나」, 『조선문단』 통권 10호.
　　빙허, 「조선문단과 나」, 『조선문단』 통권 10호.
31) 염상섭, 「조선문단 및 그 합평회와 나」, 『조선문단』 통권 10호.
　　염상섭은 『개벽』도 합평회를 준비하고 있었다는 김기진의 발언을 공개하며 『개벽』이 합평회를 열었다면 자신도 도왔을 것이라고 했다.

단』이 극복해야 했던 과제는, 『개벽』이 포괄하고 있던 생활 대중을 문예 대중으로 탈바꿈시키는데 있었기 때문이다. 이것이 『조선문단』으로 하여금 숱한 비판을 감수하면서도 흥미성 위주의 기사를 통해 대중과의 접촉을 넓히기 위한 노력을 멈출 수 없게 한 근본 취지였으며, 또 빈약한 자금력과 전무한 조직력의 『조선문단』으로서는 '건전한 조선문학', '대조선문학'을 이룰 수 있는 유일한 길이었기 때문이다.

따라서 『조선문단』의 흥미 유발성 기사들는 상업성의 징표로 이해되어서는 안 된다. 대중들의 문학에 대한 관심 확대라는 대중성의 범주에서 해석되어야 하는 것이다. 비록 대중성에 대한 지향이 분명한 이념적 지표를 가지지 못하였고 그에 따라 상업적 외피를 빌기는 했으나, 그 본질은 신문학의 저변을 확대하기 위한 대중화의 의지였던 것이다.

4. 신진작가군의 출현과 작품 경향의 변화

매체의 성격 변화와 작품의 경향 변화는 문학에 대한 인식과 태도라는 점에서 무관하지 않다. 고립적이고 자족적인 매체 형식에서 공개적이고 대중적인 매체 형식으로 전환한다는 것은 대중에 대한 불신 즉 대중과 문학 인텔리 사이에 존재하던 신속의 이분법[32]이 무너지고 보편적 인간으로서의 의미가 부각되었다는 것을 뜻한다. 신성한 문학과 속된 세상의 이분법 속에서 대중에 대한 신뢰를 갖는 것은 불가능하다고 할 것이다. 역으로 대중화를 지향한다는 것은 신속의 양분을 부정하고 보

---

32) 김흥규, 「1920년대 초기시의 혼돈과 환상」, 『문학과 역사적 인간』, 창작과비평사, 1981.

편적 인간으로서의 자신을 확인하는 것이라 할 수 있다.

계몽의 주체로서가 아니라 보편적인 인간으로서의 자신를 발견했다는 것은 동시에 세계에 대한 객관적 인식 태도가 있었음을 말해주는 징표다. 타자의 시선으로 주체를 들여다보는 객관성은 주체와 타자가 동일시되는 보편성의 원리를 전제로 하는 이유이다. 따라서 대중화의 지향은 객관성과 보편성이라는 두 인식 태도로부터 기인한다고 할 수 있을 것이다. 다시 말해『조선문단』이 대중성을 지향했던 것은 바로 이 보편성과 객관성이라는 시대적 화두를 매체 속에서 실현하고자 한 시도였다는 것이다.

이 논리대로라면『조선문단』에 실린 작품들의 특성과 경향적 변모는 매체의 대중화와 함께 당대 사유 양식의 특성을 드러내는 것이 될 것이다. 또 일반적인 경우 작품 경향의 변화는 인적 변화를 동반하는 바, 여기서는 신진 작가들의 진출과 그들의 작품 경향을 기존 동인지 시대의 연장선에서 살필 수 있는 작가들과 구별하여 각각 그들의 경향이 어떤 진로를 가리키고 있는지 살피고자 한다.

위에서 이미 동인지들의 폐쇄적 특성을 살핀 바 있거니와, 『조선문단』은 문예 대중들에게 지면을 개방하고 체계적으로 등단의 통로를 마련한다. 매호의 판권간기에는 「독자투고규정」을 홍보하고 투고 중 추천·당선작을 게재함으로써, 작가를 꿈꾸던 문학 대중으로부터 작가를 수혈 받고 그들의 작품으로 다시 대중과 접촉하는 형태를 취하는 것이다. 최학송의 추천소설인 창간호의 「고국」, 6호의 「탈출기」를 비롯해 김태수의 「寡婦」(2호), 채만식의 「셰길로」(3호), 한설야의 「그날밤」(4호), 박화성의 「추석전야」(4호, 「여자부록」), 이태준의 「五夢女」(10호)[33], 계용묵의 「相換」(8호), 「최서방」(20호) 등 그 수는 기성 작가들의 작품에 육박한다.[34]

방인근은 『조선문단』이 배출한 신인 작가로 최서해, 박화성, 채만식, 임영빈을 지목하고 성해, 주요섭, 낭운, 최독견, 양백화, 이종명 등도 간접적으로『조선문단』을 통해 등단한 것으로 간주했다.[35] 물론 실제는 이보다 훨씬 많아 소설부문의 신인만 총 20여명을 배출한다. 대부분의 동인지들이 투고조차 거부하던 기존의 관행에 비추어 볼 때, 이는 주목할 만한 변화라 하지 않을 수 없다.

그러나 신진 작가의 배출보다 더 관심을 끄는 것은 이들이 공통된 어떤 흐름을 타고 있다는 점이다.『조선문단』의 추천을 통해 등장한 이들 중 지속적인 작품 활동을 보이는 몇몇은 물론, 1, 2회의 작품 발표 후 다시 모습을 드러내지 않은 이들도 이 흐름에 동참하고 있어 새삼스레 20년대 중반의 문학적 지형을 조명할 필요가 있다는 것이다.

최학송, 김태수, 이영섭, 채만식, 박화성, 임영빈, 이태준, 계용묵, 백파 등으로 대표되는 이들은 최학송 1인을 제외하고는 20년대 중반의 문학적 조명에서 제외된 이들이었다. 그러나 이들은 기존의 동인지문학 시대와는 상당한 차이를 두고 자신들의 시대적 흐름에 부응하는 작품들

---

33) 이태준의「五夢女」는『조선문단』통권 10호(7월호)에 당선되었으나 부득이한 이유로「시대일보」에 실렸다. 방인근,「조선문단 합평회」,『조선문단』통권 11호.

34)『조선문단』은 추천, 입선, 당선 등의 이름으로 신진 작가의 소설 22편을 소개하고 지속적으로 지면을 할애하여 작가로 성장할 수 있는 길을 터 주었다. 소설 뿐 아니라 시의 경우도 총 230여 수를 게재하였으며 그 외 희곡과 소품, 논문과 감상, 산문 등도 다수 소개하였다. 당선된 소설과 시의 편수는 아래 표와 같다.(통권 1호~20호 까지)

	1호	2호	3호	4호	5호	6호	7호	8호	9호	10호	11호	12호	13호	14호	15호	16호	17호	18호	19호	20호
소설	1	2	3	5	1			1	1	1	1	1	1			1	1	1		1
시	6		10	26	26	8	10	1	9	13	17	17	39	19		10	11			

당대에는 합의된 등단 규정이 없었으므로 지속적인 활동을 하지 않은 사람들은 당선되었다 하더라도 등단으로 인정을 받지 못하는 경우가 많았다.「상환」(통권 8호)이 당선되었지만「최서방」(통권 20호)이 재차 당선소설로 뽑힌 계용묵의 경우는 그 단적인 예이다. 따라서 재차 삼차의 투고를 하게 되는데, 당선된 작가의 재차 투고 및 발표까지 포함하면 신진 작가들의 작품은 소설만 30편을 넘을 것으로 보인다.

35) 방인근,「『조선문단』시절」,『조광』32호, 1938.
『조선문단』을 통해 등단한 시인으로 정주랑, 이은상, 유도순, 이장희, 김소월을 들었고 간접적으로 활동한 이들로 양주동, 김동환, 홍사용, 이병기, 이일, 김석송, 이상화, 오상순, 백기만, 변영로, 정인보, 김여수, 노자영, 김동인, 김영진 등을 포함시켰다.

을 내놓는다.

그 흐름의 하나는 익히 알려진 바대로 『조선문단』 창간호의 추천작 「故國」을 쓴 최학송으로 대표된다. 그의 초기 소설들이 거의 그렇듯 「고국」도 간도에서의 체험을 중심으로 한 단편소설이다. 이 소설은 형상화라는 측면에서 그리 성공적이지는 못하지만 체험에 근거한 서사가 당시 작가들에게 신선한 충격을 주었던 것으로 보인다. 「고국」의 당선 이후 최학송은 「拾參圓」(5호)과 「脫出記」(6호), 「朴乭의 죽엄」(8호), 「飢餓와 殺戮」(9호)를 내놓으며 일약 문단의 전면에 떠오른다. 그러나 최서해의 등장이 하나의 흐름 속에 합류하는 방식은 프롤레타리아트 계급의식이라든가 사회주의적 리얼리즘 혹은 이데올로기적인 제반 문제와는 다르다. 그러한 평가는 이후 프로문학이 문단의 주류를 이룬 시점에서 역으로 환산한 결과일 뿐, 당시 최서해의 작품이 문단에 던졌던 충격은 다른 곳에 있었다.

최학송의 경향은 「십삼원」과 「탈출기」에 대한 「조선문단합평회」에서의 평가와 같이, 체험이 주는 실감과 생존 문제를 통한 세계인식으로 대표되었던 것이다.[36] 물론 이 경향은 종국에 프로문학과 합류할 수밖에 없는 태생적 운명을 타고난 것이지만 적어도 당대의 최서해는 정치적 이데올로기나 계급적 당파성이 아닌 체험의 묘사라는 형상화의 형식과 생존 문제라는 세계인식 때문에 특별할 수 있었던 작가였던 것이다. 임화가 말한 바, 최서해적 경향과 박영희적 경향[37]이라는 신경향파 문학의 두 흐름은, 20년대 중반 문학적 지형변화와 프롤레타리아 문학 운동이 조우하는 지점을 지적한 것에 다름 아니다.

이 특징은 최서해 만의 것은 아니었다. 먼저 2호의 입선작인 이영섭

---

36) 「조선문단 합평회」, 『조선문단』 통권 6호, 125~126쪽.
　　「조선문단 합평회」, 『조선문단』 통권 7호, 81~82쪽.
37) 임화, 「조선 신문학사론 서설」, 『조선중앙일보』 1935. 11. 8~9, 임규찬 · 한진일, 『임화 신문학사』, 한길사, 1993, 363쪽에서 재인용.

의 「도적질」도 생존 문제를 통한 세계 인식과 실감나는 묘사를 동시에 충족시키는 작품이라는 점에서 최학송의 흐름에 합류한다.

「도적질」은 물레방아 간 안에서 두 사내가 곡식을 찧으며 두런거리고 그들을 몰래 감시하는 또 다른 사내가 있다는 정황 설명으로 시작한다. 앓아 누운 아내, 미친 딸을 거느리고 사는 경수는 굶주림의 극한에 몰려 물레방아간의 곡식을 노리고 있는 것이다. 경수는 자신이 저지르려고 하는 짓에 스스로 치떨려 하면서도 커다란 곡식 자루에서 눈을 떼지 못한다. 가족과 자신의 생명을 지키려는 욕망이 내면의 윤리의식과 충돌을 일으키기도 하고, 공포심과 수치심에 몸을 떨기도 하지만 결국 경수는 물레방아를 망가뜨려 사내들의 관심을 돌린 후 민첩하게 쌀가마를 지고 줄행랑을 친다. 굶주림에 힘을 쓰지 못할 것 같았던 경수지만 맨발에서 피가 나는 줄도 모르고 새벽닭이 울 때까지 내내 달리는 것으로 이야기는 종결된다.

이 소설은 오직 생존을 위해서 두려움과 수치심을 넘어 결국 도적질을 하고 마는 경수의 이야기를 통해 생존한다는 것이 무엇인가를 질문하는 주제의식에 접근하고 있다. 더불어 도둑질을 하기 전의 망설임과 기상감, 이리저리 갈등하는 심리, 그리고 결행 중의 황망함과 결행 후의 허탈함 등에 대한 묘사가 돋보이는 작품이다. 결말 부분에서 설명조의 서술이 다소 많아지면서 경험의 질박함이 다소 잦아들고 있으나, 극한적 생존의 문제를 제기하고 그것으로 기존의 상식을 부정하는 주제의식과 실감나는 심리의 묘사가 「탈출기」와 동궤에서 파악될 수 있는 것이다.

이 외에도 「삼십원」(5호), 「박돌의 죽엄」(8호), 「기아와 살육」(9호) 등 최서해의 작품들은 물론, 임순영의 「일요일」(3호), 곰보의 「최첨지」(12호), 채희목의 「잠뱅이」(17호), 조중곤의 「産婆役」(19호), 최독견의 「乳母」(17호), 「바보의 진노」(20호) 등 소설과 임영빈의 희곡 「복어알」(10호)도 같은 부류에 속한다고 볼 수 있다. 그러나 여기서 주의할 것은 취재에 있어서는 유사하지만 계급의식에 기반한 작품이 등장한다는 점이다. 박화성의 「추석전야」(4호)의 경우가 그 대표적 예라고 할 수 있겠는데, 여공의 가난과 고통을 그리고는 있지만 궁핍의 생존적 절박함을 실감나게 묘사하기 보다는 계급적 분노를 중심에 세우고 당파적 계급성을 선전하고 있다는 점에서 수입된 계급의식에 기반해 창작된 작품으로 판단된다.

생존의 절박한 상황을 실감나게 묘사함으로써 문단의 충격으로 등장한 최서해를 선두로 한 일군의 신진 작가들 외에 또 하나의 새로운 경향이 있다. 이들 또한 갈등하는 심리를 생생하게 묘파해 낸다는 점에서 앞선 경향과 유사점을 가지고는 있으나, 기아나 가난 등의 생존적 문제로부터 오는 아픔과 고통을 부각시키기보다 인간 내면의 욕망을 탐색하는 태도를 취하고 있다. 대표적 작품으로 김태수의 「寡婦」(2호) 「인도주의자와 자전차」(14호), 채만식의 「세길로」(3호), 「불효자식」(10호), 백파의 「사내들」(4호), 한설야의 「그날밤」(4호)과 「주림」(14호), 임영빈의 「亂倫」(4~6호), 계용묵의 「相換」(8호), 「최서방」(20호), 이태준의 「五夢女」(10호), 이영섭의 「解惑」(13호) 등을 들 수 있다.

이들은 성욕과 관련된 결정적 선택의 상황에서 벌어지는 미묘한 감정의 변화와 심리적 갈등을 포착하여 인간의 본성적 영역에서 욕망이 무엇인가를 탐색하고자 한 소설들이다. 따라서 극악하고 절박한 고통을 무겁게 그려냄으로써 공감을 호소하는 형식보다는 어떤 행위의 실체가 무엇인지를 확인하고 위선과 가식을 벗겨냄으로써 스스로의 윤리적 부담을 벗어 던지는 형식을 취하게 된다.

김태수의 「과부」는 결혼 5년 만에 남편이 병으로 죽자 아이를 업고 고향을 찾아 기차에 오르는 장면에서 시작된다. 밤의 외로움과 살아갈 길의 막막함에 고민하는 그녀의 옆으로 한 신사가 멈칫거리며 지나간다. 결혼 직전 그녀가 그림을 배우고 연정을 주고받던 남자였다. '순히'

는 그를 배반하고 죽은 남편과 성대한 결혼식을 올렸던 것이다. 그는 지금 어린애를 보듬은 한 여자와 함께 있었다. 그러나 '순히'는 시기와 질투의 감정을 속이지 못하고 그와 함께 살고 싶은 욕망에 휩싸이고, 아이에 대한 죄책감과 옛 애인을 향한 욕망 사이를 배회하다가 고향 역에 다다른다. 아이를 업고 역에 내린 그녀는 친정어머니에게 아이를 버리다시피 맡긴 채 기차에 다시 오르는 것으로 마무리된다.

성적 욕망과 생계의 곤란이 교묘히 결합되어 윤리적 정당성과 갈등하고, 결국 욕망의 승리로 결말지어진 이 소설은 젊은 과부인 '순히'를 내세워 부도덕하다고 손가락질 받는 욕망의 보편성과 편협한 윤리에의 거부를 시사하고 있다. 비록 생계의 곤란이라는 요소가 첨가되어 있으나 이는 주인공이 정신병적 상태에 있지 않은 매우 보편적인 인간임을 부각시키기 위한 장치이지 그녀의 선택에 결정적 역할을 하는 요소는 아니다. 따라서 이 소설의 주요 갈등은 '순히'의 내면에 도사린 성적·경제적 욕망과 전통적 부부·모자의 윤리가 빚어낸 모순 속에 있다고 할 수 있다. 「과부」의 관심사가 인간 내면의 욕망에 있음을 보여준다고 할 때, 탐색 혹은 관찰의 의도가 분명한 작품으로 채만식의 「세길로」를 늘 수 있다.

「세길로」 역시 공간적 배경은 열차 안에서 시작된다. '나'는 서울로 오는 열차 안에서 육감적인 여자를 보고 마음을 빼앗긴다. 나는 그녀의 주변을 관찰하다 전문학교 학생인 듯한 남자가 그녀의 관심을 끌기 위해 애쓰는 모습을 보게 된다. 그런데 그녀는 오히려 나와 자주 시선이 마주치는 것이었다. 나는 남 몰래 승리감에 도취되었다. 하지만 결국 접근에 성공하는 것은 내가 아닌 그 학생이었고 나의 기분은 순식간에 열패자의 그것으로 바뀌게 된다. 그러나 종착역인 남대문 역에 내리자 그녀는 사라지고 나와 그 학생도 각기 다른 방향으로 흩어졌다. 다음날 우연히 길에서 마주친 그 학생과 나는 의미있는 미소를 교환하는 대목에서 끝맺음된다.

소설의 대상은 한 여성의 환심을 사고 싶다는 욕망과 그로부터 파생된 심리라 할 수 있겠지만 그로 인한 어떤 행위는 거의 없다고 할 수 있다. 행위가 있다면 그저 시선을 따라 움직이는 고갯짓과 열차에서 내리는 행위 정도라 할 것이다. 일반적으로 소설에서 욕망과 심리는 사건 유발과 관계하지만 적어도 이 작품에서만큼은 욕망과 심리적 변화가 사건에 개입하지 않는 특성을 가지고 있다. 따라서 욕망과 심리는 그 자체로 하나의 탐색 혹은 관찰의 대상이 되고 있다고 할 수 있는 것이다.

이러한 경향은 줄곧 계속되어 14호의 한설야 작 「주림」에서도 여전히 유지된다. 「주림」은 아내와 사별한 젊은 경일이 옆 방에 사는 C의 아내를 훔쳐보며, 성적 욕망에 휩싸이는 과정을 그려내었다. 그는 C에 대한 두려움과 아내 생각 사이에서 내적 갈등을 보이다가 결국 허망한 공상으로 결론지어지는데, 역시 성적 욕망에 대한 관심과 탐구를 명료하게 드러낸 작품으로 판단된다.

길 가던 한 여성을 두고 뒤를 따라 가던 두 남자의 심리를 묘사한 백파의 「사내들」의 경우도 「세길로」와 거의 같은 형식을 취한다 할 수 있을 것이고, 이외 「그날밤」, 「해혹」, 「난륜」, 「상환」, 「불효자식」, 「오몽녀」, 「최서방」 등도 이들 작품과 동일한 범주에서 논한다해도 무리가 없는 작품들이라 할 수 있다.

그러나 생존을 문제삼아 그 절박한 아픔을 형상화한 최서해 류의 소설들과 인간 내면에 실재하는 욕망의 진정한 모습을 묘사한 채만식 류의 소설은 공통적으로 기존의 동인지 문학이 보여주었던 소설의 감상적이고 실험적인 소설들과 구별되는 독자적인 문학적 흐름을 형성했다고 할 수 있다.

다시 말해 이 두 경향은 관심사와 방법론적인 차이를 넘어서는 사유의 형식에 있어서는 같은 흐름으로 간주된다는 것이다. 동인지 시대에

‘참 자기’라는 근대적 주체의 인식이 가능하게 되었고 주체의 성격에 대해서 ‘개성론’이 자리를 잡았다고 한다면, 대중문학의 시대인 20년대 중반에는 그 고립적이고 이상적이던 주체가 객관적 시각을 시도하는데 도달하고 있다고 할 수 있겠다.

즉 스스로와 세계를 객관적이고 보편적인 시각 속에서 해석하고자 하는 것이다. 최서해 류의 소설들이 민중들의 고통이 어디서 연유하는지 관심을 갖는 것과 채만식 류의 소설들이 인간의 본질을 현실 속에서 찾고자 하는 시도는, 시선이 닿은 도착지는 틀릴지언정 그 출발점은 보편적이고 객관적인 주체와 세계에 대한 인식으로부터 연유하는 것이다.

각 인간의 개성에 몰두한 「개성과 예술」에서 한 단계 뛰어 올라 구체적인 생활적 세계에서 보편인으로서의 살아가는 「생활과 예술」의 논리가 성립할 수 있었던 것은 이러한 사유 양식의 변화과정과 궤를 같이하고 있는 것이다. 이것이 이들을 동시대의 공유지점으로 안내하고 있는 거대한 지형적 변화의 핵심이다.

그렇다면 기존 작가들 이를테면 김동인, 염상섭, 현진건, 나도향 등 동인지 문학 시대 대표적 작가들의 작품 경향은 이러한 변화의 시대를 맞아 어떤 모습을 갖추게 되는지 확인해 볼 필요가 있다. 만약 이들이 별다른 변화를 보이지 않는다면 20년대 초반과 중반은 단절적 격차를 가지고 각기 다른 시대적 범주를 구성했다고 할 수 있겠지만, 반대로 일정한 전환을 보이고 있다면 20년대의 초, 중반은 변화를 인정하는 동시대의 범주로서 이해할 수 있을 것이다. 따라서 비록 5년여의 짧은 기간이지만 동시대성의 범위를 어떻게 이해할 것인가라는 측면에서 이들의 변화를 살피는 것은 무시할 수 없는 의미를 내포한다.

물론 이들은 신진 작가들과 달리 이미 나름대로의 경향을 고정시킨 작가들이라 할 수 있으므로 위에서 살핀 것과 같은 명료한 변화의 지점을 찾아내기는 어려울 것이다. 다시 말해 이들에게서도 공통적인 변화의 기류가 발견된다면 그것이 비록 사소한 것일지라도 변화된 문학적 지형을 반영하는 것으로 간주될 수 있다는 것이다.

동인지문학 시대를 이끌던 주요 작가들 중 김동인은 「감자」(4호)로, 현진건은 「B사감과 러브레타」(5호)로, 나도향은 「물레방아」(11호)로 각각 자신의 특징적 면모를 발휘하는 성과물을 남긴다. 김동인의 「감자」는 익히 알려진 바와 같이 복녀의 욕망과 그 욕망이 결국 도달하게 된 비극을 이야기하고 있다. 복녀는 원래 규율있는 농부의 딸이었으나 결혼한 남편은 천하의 게으름뱅이였고 결국 칠성문 밖 빈민굴로 쫓겨나고 말았다. 그곳에서 이러저러한 허드렛일을 하며 생계를 유지하던 복녀네는 송충이 잡이를 나간 어느날 감독의 꾀임에 응하여 매음을 하게 되었고 그 후 그녀는 매음만으로 생계를 유지하였다. 왕서방의 밭에서 감자를 훔치다 들킨 복녀는 왕서방의 공인된 첩처럼 매음을 하다가 왕서방이 장가를 들게 되자 분노를 이기지 못해 그를 살해하려 한다. 그러나 오히려 그녀는 자신의 낫에 목숨을 잃고 왕서방의 돈 몇 원에 그녀는 공동묘지에 버려진다.

「감자」의 주요한 대립 구도는 가난과 생존권을 둘러싸고 벌어지지는 않는다. 복녀는 첫 매음 요구에 순순히 복종했고, 이는 왕서방과의 관계에서 더욱 분명해 진다. 경제적 궁핍과 생계는 보편인으로서의 복녀를 부각시키고, 소설 내적 논리로는 매음을 복녀 스스로 합리화하는 장치로 기능을 발휘할 뿐, 가난 자체가 복녀의 매음을 강요한 것은 아니었다. 그녀가 왕서방의 결혼 소식에 분노하여 살해를 기도한 것은 그녀가 왕서방에게서 성적 만족을 포함한 배우자로서의 만족을 얻고 있었다는 점 때문이다. 따라서 이 소설은 복녀라는 보편적 여성을 통해 인간의 욕망이 가지는 갖가지 모양 중 하나를 형상화한 것이라 할 수 있다.

「B사감과 러브레타」의 경우는 'B사감'의 숨겨진 본능을 엄격한 규율과 대립, 폭발시킴으로써 성취를 거둔 대표적 예라 할 것이고, 「물레방아」역시 방원의 아내를 통해 욕망의 탐색에 주의를 기울이고 있다. 이렇게 보면 이들 두 작품은 20년대 초반 작가들이 보여주었던 모습과는 상당한 거리에 놓여 있음을 발견하게 된다. 즉 김동인은 「약한자의 슬픔」이나 「배따라기」의 관념적 참인생으로부터, 참인생의 실체로서의 욕망이 위치한 영역에 관심을 돌려 그 욕망의 미로를 탐색하고 있다고 할 수 있고, 현진건은 근원의 욕망을 그려내는 데 관심을 기울이고 있음을 볼 수 있다. 나도향의 「J의사의 고백」(16호)은 미완이지만 그 설정이 성적 욕망과 관련되어 있음을 엿볼 수 있고, 염상섭의 「초련」(14호) 역시 미소년에 대한 성적 욕망과 연관된다. 이러한 변화의 연장선상에서 현진건의 「해뜨는 지평선」(18호)을 본다면 추리소설 기법을 시험하고 있는 또 다른 측면의 변화를 발견할 수도 있을 것이고 나도향의 「꿈」(13호)에서는 전근대적 귀신이야기를 빌려온 그의 색다른 변모를 찾을 수도 있을 것이다.

논지에서 조금 벗어난 듯하지만 이러한 일련의 변화들은 20년대 중반 우리 문학의 변화 양상 속에서 설명될 수 있는 가능성을 담고 있다. 단지 수입된 사조의 연속적 전환이 아니라 주체와 세계를 보는 시각에 대한 끊임없는 질문 속에서 내적인 변화의 동력을 찾았던 것이 식민지 시대의 문학이었으며, 20년대 중반 『조선문단』은 은폐된 자료였기에 오히려 그 변화의 본질에 접근하기를 허용하는 것이기도 하다.

어쨌든 『조선문단』은 대중 문예지를 지향하는 가운데 신진작가들을 대거 발탁하여 그들의 새로운 경향을 흡수하게 된다. 따라서 기존 동인지 문학이 유지해 오던 신성한 예술과 속악한 현실의 이분법적 상상력을 넘어 실제하는 세계와 주체에 대한 탐구가 이뤄지는 것이다. 이 영역에서 「탈출기」와 같은 생존의 세계인식도 가능했고, 또 도사린 욕망의 모습도 형상화되기 시작한다고 할 수 있다. 이러한 변화의 조짐이 다만 신진작가들에 국한된 일종의 유행병이 아니라는 것은, 동인지 작가들의

대표적 작품이 대부분 이 시기에 산출되었다는 점과 이들에게서 보여지
는 변화의 모습이 신진작가들의 그것과 유사하다는 점에서 증명된다.

5. 1920년대 중반, 문예운동의 새 국면

『조선문단』이전, 즉 동인지 시대는 말 그대로 '동인'이라는 지향과
친분에 기반한 조직과, '동인지'라는 실험적인 작품으로 채워진 매체,
그리고 몇몇 구성원의 희생에 의존한 경영 등 작품에서 매체, 경영에 이
르기까지 고립적인 체제로 운영되었다. 다시 말해 소규모의 폐쇄적이고
자족적인 형식이었던 것이다. 그러나 『조선문단』이 등장하면서 폐쇄성
과 자족성을 특징으로 하는 동인지 체제는 붕괴된다. 『조선문단』은 소
수의 고정된 편집진을 제외하고는 당대의 작가들 대부분에게 공개되어
있었을 뿐 아니라, 다수 대중으로부터 투고를 받아 추천하는 등 전면적
인 개방을 시도하고 있다. 특히 문예 대중을 존립의 토양으로 삼았다는
점은 이미 폐쇄성과 자족성을 부정하고 개방성과 대중성을 지향하는 새
로운 형식이라는 점에서 주목받아 마땅하다. 이는 잡지라는 포괄적 개
념으로 『조선문단』과 동인지가 함께 논의될 수 없음을 말해주는 것이기
때문이다.
　『조선문단』을 동인지와 구별하는 또 다른 이유는 그 편집의 내용과
관계된다. 전 시기 시와 소설을 중심으로 한 문학 작품만이 편집의 대상
이었던 반면, 『조선문단』은 작가의 인상과 사생활까지 편집 내용으로
삼으며 흥미 유발적 기사들을 적극 게재하고 있는 것이다.
　매체의 형식이 명확한 변화의 징후를 설명한다면 작품의 변모는 그

지향이 무엇이었는지를 보여준다. 동인지 시대가 접히고 신경향파 문학 나아가 프로문학의 태동이 이루어지던 시기, 동인지 문학의 대표작으로 거론되는 작품들이 산출되고 있다는 점에 주목할 필요가 있다. 『조선문단』에 실린 작품만 하더라도 김동인의 「감자」와 나도향의 「물레방아」, 현진건의 「B사감과 러브레타」 등이 있다. 기존 논의에서 이 작품들은 동인지 문학의 연장선에서 설명되었지만 작품의 성격상 그리고 시간적 거리상 동인지 시대의 작품들과 동궤에서 이해하기 힘들다.

이 뿐만이 아니다. 같은 시기에 최서해, 채만식, 이태준, 한설야, 계용묵, 박화성 등 20년대 후반과 30년대를 대표하는 작가들이 대거 등장하고 있다는 사실도 간과할 수 없다. 새로운 작가들이 등단과 추천이라는 형식을 거쳐 진출했다는 것 자체도 상당한 의미를 지니고 있다. 그것은 문단의 재생산 구조가 형성되었다는 측면에서도 중요한 사건이지만, 신진 작가의 대거 진출 또는 문단의 재생산 구조의 성립이 이 시기일 수밖에 없었던 이유 또한 흥미로운 사실이다. 앞서 언급한 대로 동인지문학을 이끌던 작가들이 이 시기에 대표작들을 내놓게 된 이유, 매체에 있어 동인지 형식이 붕괴하고 대중문예지가 성립된 이유와 무관하지 않기 때문이나. 결과적으로 잡지의 목적과 형식에 있어 『조선문단』은 분명한 대중 지향성을 보여주었다고 할 수 있다.

이들의 작품 경향은 동인지 시대의 작품들과 상당한 차이를 가지고 있다. 『조선문단』의 작품들은 대개 2가지 경향으로 나뉠 수 있는데, 하나는 궁핍과 가난의 생존문제를 중심으로 한 최서해 류의 작품들이고 다른 하나는 욕망의 실체를 확인하고자 한 채만식 류의 작품들이다. 이들은 내용 면에서 차이를 가지고 있지만 보편적 인물을 등장시켜 그들이 어떤 모습으로 살아가는지를 추적함으로써 객관적인 시선으로 당대의 세계와 개인의 모습을 그려내고자 했다는 점에서 공통적이다. 물론 이들의 관심사는 다르지만, 적어도 그들이 취하는 태도는 현실을 직시하려는 시선 즉 객관성과 보편성의 범주에서 벗어나지 않는다는 것이다. 시선이 가닿은 소실점은 다르지만 출발점과 방식은 동일하다고 할 수 있다. 신성하지만 관념적이었던 동인지 문학은 세계와 자신에 대한 객관적 시각이 대두하며 탈각되었던 것이다.

정리해 보면, 매체의 변화라는 측면에서 이들의 변화는 선도와 계몽의 대상으로 간주되던 대중을 문학 생산 주체의 토양으로 간주하고 대중 속에서 작품 생산의 주체를 발굴하여 다시 대중 속에서 향유될 수 있는 체계를 실현시키려 했다. 즉 이들의 지향은 문학의 존재방식을 대중 속에서 찾는 문학의 대중화에 맞추어져 있던 셈이다. 다른 한편 작품의 변화라는 측면에서는, 궁핍과 가난이라는 보편적 생존문제를 통해서 실제의 세계를 형상화하거나 자신의 욕망을 객관적으로 관찰함으로써 내면에 대한 관념적 환상을 부정했다. 이 두 경향의 시선이 가 닿은 곳은 사회와 개인이라는 서로 다른 범주이지만, 그 시선의 성격은 모두 객관성과 보편성을 특징으로 한다는 점에서 공통적이다.

이 두 측면 즉 매체의 성격 변화와 작품의 경향 변화는 문학에 대한 인식과 태도라는 점에서 무관하지 않다. 고립적이고 자족적인 매체 형식에서 공개적이고 대중적인 매체 형식으로 전환한다는 것은 대중에 대한 믿음 즉 대중과 문학 인텔리 사이에 존재하던 신속의 이분법이 무너지고 보편적 인간으로서의 의미가 부각되었다는 것을 뜻한다. 보편적인 인간에 대한 발견 뒤에는 세계에 대한 객관적 인식 태도가 있었음을 말할 필요도 없다. 결국 『조선문단』이 대중성을 지향했던 것은 바로 이 보편성과 객관성이라는 시대적 화두를 매체 속에서 실현하고자 한 시도였다고 할 수 있을 것이다. 이렇게 볼 때, 흔히 언급되듯이 프로문학의 대립항으로서의 민족주의나 잡다한 경향의 혼합체로서 『조선문단』을 평가하는 것은 다분히 프로문학 중심주의의 산물에 다름 아닌 것이다.

대개 1920년대 문학에 대한 이해는 동인지문학 시대에서 프로문학

시대로, 낭만주의와 자연주의 문학을 거쳐 계급주의 문학으로 변화한 것으로 보는 것이 일반이다. 그것은 이미 많은 문학사에서 무수히 반복해온 일종의 암묵적 동의 혹은 명시적 묵계였다. 그러나 『조선문단』의 궤적을 통해 드러나는 바, 프로문학의 수입 이전 즉 신경향파 문학의 생성시기, 세계에 대한 새로운 인식의 가능성은 이미 열리고 있었다. 욕망에 대한 탐색과 생존의 문제를 경험적 세계인식의 문제로 부각시킨 이 경향은 프로문학이 가능할 수 있었던 토대였으며 20년대 중반 급변하는 문예운동의 모습을 보여주는 단적인 예라고 할 수 있다. 더불어 새로운 경향의 확산은 다만 작품의 내용적 차원에 국한되지 않고 매체의 선택과 편집의 기획에 이르기까지 폭넓게 확산된 문예운동의 한 국면이었던 것이다.

따라서 1920년대 초반 동인지문학 시대의 연장과 프로문학의 대두 속에 끼어 능동적인 변화의 지평을 부각시키지 못했던 20년대 중반 문학의 그 은폐된 질서는, 대중 속에 스스로의 정체성을 수립해간 대중문학시대, 신속(神俗)의 이분법을 넘어 객관적 현실 세계와의 대면을 시도한 실천의 시대로 평가되어야만 한다.

김동인은 『소신분난』의 공을 세 가지로 나누어 이야기한 바 있다.[38] 첫째는 조선의 문학을 안정적 궤도에 올려놓은 것이고, 둘째는 창조파, 폐허파, 백조파 등의 분파주의를 폐지한 것, 마지막으로 신진 문인의 산출과 시조부흥운동이 그것이다. 이 지적은 이미 대중문학 시대의 두 가지 특징에 착목한 것으로 간주된다. 조선 문학을 안정된 궤도에 올렸다는 평가와 분파주의를 폐지했다는 지적은 대중문학 시대 『조선문단』이 보여준 대중문예지로서의 특성에 기인하는 것이고, 신진 문인을 산출했다는 것은 대중문예지의 질서를 구축하는데 불가결한 요소였기 때문이

---

38) 김동인, 「속 문단회고」, 『매일신보』, 1931. 11. 11~22.

다. 여기서는 미처 살피지 못했지만 이 시기 변화의 흐름에 동참하고 있
는 시의 변화 ─ 주요한과 김소월을 필두로 민요시에 대한 관심이 높아
지면서 시 역시 상당한 변화를 겪게 된다 ─ 도 그는 지적하고 있다.

　　근대 초기 사유의 변화는 급진전하고 있었다. 근대적 주체의 형태가
모습을 드러내고 개성이라는 관념적 내면도 형성되었다. 그 다음 시기,
즉 폐쇄적이고 내면이 극복의 대상이 되었을 때, 『조선문단』은 보편인
으로서의 자각과 객관적 세계인식이라는 시대적 사명을 온전히 체현하
고 있었던 것이다.

주제어 : 문학의 내재적 발전, 대중성, 대중문예지, 흥미 중심적 편
　　　　집, 신진작가군, 생존문제, 욕망 탐구, 보편적 가치, 객관
　　　　적 세계 인식

◆참고 문헌

자료 : 『창조』, 『폐허』, 『백조』, 『개벽』, 『조선문단』

김동인, 「문단회고」, 『매일신보』, 1931. 8. 23 ～ 9. 2.

김동인, 「속 문단회고」, 『매일신보』, 1931. 11. 11 ～ 22.

김윤식 · 정호웅, 『한국소설사』, 예하, 1993.

김재용 외, 『한국근대민족문학사』, 한길사, 1993.

김현 · 김현식, 『한국문학사』, 민음사, 1973.

김흥규, 「1920년대 초기시의 혼돈과 환상」, 『문학과 역사적 인간』, 창작과비평
     사, 1981.

방인근, 「『조선문단』시절」, 『조광』 32호, 1938.

백철, 『조선신문학사조사』, 수선사, 1948.

이재선, 『한국현대소설사』, 홍성사, 1979.

임화, 「조선신문학사론 서설」, 『조선중앙일보』, 1935.10.9～11.13.(임규찬 · 한진
     일 편, 『임화 신문학사』, 한길사, 1993)

조연현, 『한국현대문학사』, 성문각, 1957.

최수일, 「『개벽』의 출판과 유통」, 『민족문학사연구』 제 16호, 2000. 6.

◆ SUMMARY

Reconsidering *Chosunmundan*
- About Literature' s changing aspect in the mid 1920s -

Lee, Kyeong-Don

The aims of this thesis is to study the characteristics of *Chosunmundan* and literature of the mid 1920s. In the early 1920s, Korean literature was self-sufficient. Organization which was called Donginji was closed to the public. Works was experimental. And magazine (Donginji) management was amateur. But as *Chosunmundan* had appeared, Donginji system which represented for the early 1920s was destructed. *Chosunmundan* was opened to most of contemporary writers in the early 1920s. Also the general public were contributor to *Chosunmundan* and some of them were recommended. This means *Chosunmundan* had popular feature. *Chosunmundan* was based on the general public, and thus we can say *Chosunmundan* was new form of pursuing openness and publicity. Therefore *Chosunmundan* should be observed.

That is why we should differentiate *Chosunmundan* from

Donginji literature. The necessity we differentiate *Chosunmundan* from Donginji relates to their editing contents. Before 1920s, only poetry and novel were involved in editing. But *Chosunmundan* involved writers' eternal features and private lifes in its editing.

So these articles were interesting to readers. If magazines' forms show signs of changes, works' forms show the last purpose of the change.

There were many famous works in *Chosunmundan*. For example, Kimdongin's *Gamja*, Nadohyang's *Mullaebanga*, Hyunjingun's *B sagamgua Love letter*.

Existing arguments said these works were affected by Donginji literature . But it is difficult to understand these works are affected by Donginji literature when we consider works' feature and it's different period.

It is not all. Also, we can not overlook Choiseohae, Chaemansik, Leetaejun, Hanseolya, Gaeyongmuk, Parkhwaseong--who represented for the '20s, '30s appeared suddenly in *Chosunmundan*. These new writers took the rostrum and reproduction of taking the rostrum was made in the period. This is very interesting point.

Their works was divided into two groups : Choisoehae group, Chaemansik group. The former group' s subject was survival from poverty and the later group' s subject was exploring inner world. Nevertheless they have same way of thinking. That is to say, they had universal and objective point of view. Donginji literature disappeared by appearing objective way of thinking.

Now, Summarizing my opinion, first *Chosunmundan's*

distinction was openness. Second distinction of *Chosunmundan* was concentrating on interest. These two distinctions show that *Chosunmundan* was purposed to win popularity. Changing of media' s feature closely relates to changing of works' tendency.

We should not overlook works in *Chosunmundan* had objective, universal distinctions. These facts show objectivity and popularity were the stream of the mid 1920s.

1920년대 초반 동인지 문단 형성 과정
- 한국 근대 부르주아 지식인의 분화와 자기정체성 형성과 관련하여-

차 혜 영*

1. 연구사와 문제제기

이 글은 1920년대 전반기의 문단형성과정을 고찰하려는 글이다. 한국 근대문학 연구에서 '문단'에 관한 독립된 연구는 그렇게 활발하지 못한 편이다. 작가론이나 작품론, 주제론, 문학사론, 개별 장르론 등과 비교할 때 '문단'이라는 대상에 대한 연구는 양적으로나 질적으로나 그렇게 활발하지 못했다고 볼 수 있다.

그간 우리 문단에 대한 논의는 '문단측면사'적인 성격의 초창기 문인들의 회고담[1]이 거의 대부분을 차지하고 있고, 이런 회고에 근거해서 '이광수 최남선의 2인 문단시대를 거쳐 1920년대『창조』『폐허』『백조』

* 한양대학교 강사.

등의 동인지 창간을 필두로 본격적인 근대문단이 성립되었다' 는 시각이
일반화되어 있다. 김동인, 박종화, 박영희, 김기진 등의 각종 회고적 성
격의 문단사에서는, 최초주의적 자부심과 사적인 경험에 대한 회고, 그
리고 3·1운동 후 상대적으로 자유로워진 문화 정치 공간이라는 객관적
상황이 결합되어 우리 근대문단에 관한 이런 일반화된 시각을 형성해
왔다고 할 수 있다. 그러나 이런 회고에 근거해서 문단의 실체성과 기원
을 설정하는 방법은, 사실상 그 실체성과 기원의 당사자임을 주장하는
주체에게 직접적으로 의존하는 것이기 때문에 객관적인 논의로서는 본
질적인 한계를 갖는다. 이런 회고적 성격의 문단사를 아우르고 그것에
근거하면서도, 그것이 가진 단편성과 경험에 대한 사적 기억의 성격에
서 벗어나 비교적 총체적인 시각에서 실증적 사실들을 규명하고 역사적
인 흐름을 개관하고 있는 것이 김병익의 『한국문단사』[2]이다. 이 저서는
한편으로는 문단사적인 실증적 사실들의 역사를 기술하는 관점과 다른
한편으로는 오늘날 우리가 문단이라고 이름붙인 최초의 기원을 규명하

1) 김동인, 「문단 30년의 자취」, 『신천지』, 11948.3-1949, 8,
          「시의 문학도 30년」, 『백민』, 16호.
          「문단회고」, 『매일신보』, 1931.8.23-9.2.
          「속문단회고」, 『매일신보』, 1931.11.11-22.
          「문단15년 측면사」, 『조선일보』, 1934.3.31-4.6.
          「나의 문단생활 회고기」, 『신인문학』, 1934.11.
          「조선문학의 여명『창조』회고」, 『조광』 4권6호(특집:「잡지편집자가 본 조선문단 측면사」).
   박영희, 「신흥문학의 대두와『개벽』시대 회고」, 같은책.
   방인근, 「문학운동의 중추『조선문단』시절」, 같은 책.
   이광수, 「문단생활 30년을 돌아보며」, 『조광』 2권 4호(1936.4).
   주요한, 「나와『창조』시대의 문단」, 『자유문학』 1호(1956.6).
   전영택, 「나의 문단적 자서전」, 『자유문학』 1호(1955.6).
          「성장기」, 『신동아』, 1968.3.
          「창조시대-문단의 그 시절을 회고함」, 『조선일보』, 1933.9.20 .
          「나의 문학수업」, 『문학예술』, 1956.5.
   박종화, 「젊은 시절의 염상섭」, 『현대문학』 101호(1963.5).
   염상섭, 「횡보문단회상기」, 『사상계』 114호(1962.11).
          「나의 소설과 문학관」, 『백민』, 16호(1948.10).
   최남선, 「한국문단의 초창기를 말함」, 『현대문학』 1호(1955.1).
2) 김병익, 『한국문단사』, 일지사, 1973.

는 관점 두 가지가 종합되어있다. 그러니까 지금 현재 당대성의 기원을 거슬러 올라간다는 점에서 근대성의 기원에 관한 물음과 그런 시초에서부터 현재까지의 실증적인 사실에 대한 역사적 기술이라는 두 축에 의해 형성된 것이다. 이로써 한국근대 문단사의 실증적 사실과 사실들의 사적흐름은 대략 객관적으로 정리되었다고 할 수 있다.[3]

그러나 이런 실증적인 사실 확인을 마치고 나면, 문단이라는 개념은 더 이상 문제화되기가 쉽지 않다. 문단을 구성하는 작가 개인들에 대해서는 사상사, 작가론, 시기별 문학사상으로, 『창조』나 『백조』 등 매체에 대해서는 그 잡지가 주로 수용한 문예사조의 경향으로, 기타 다른 영역은 사적 회고담으로 분산 수용되고 정작 사적 흐름의 개괄을 넘어서는 '문단' 론은 쉽게 성립되지 않는다.

이는 '문단' 이라는 대상 혹은 개념의 독특한 성격에서 기인하는 바클 것이다. '문인들의 집단' 이라는 문단은 분명한 지시대상을 갖고 있지만, 그것을 이루는 실체--사람과 매체--를 분해하고 나면 사실 문단이라는 것은 일종의 '이름뿐인 어떤 가상의 약속' 혹은 '암묵적으로 전제하지만 언표된 적은 없는 제도적 틀' 같은 것이라고 밖에 할 수 없기 때문이다. 사실상 문단이란, 글을 쓰고 발표하는 등의 문학행위가 이루어지는 가장 기초적인 '장', 나아가 그 문학행위를 가능하게 만들고 추동시키는 '장' 이라고 할 수 있다. 그러나 이 '장' 은 중립적인 제도라기보다는, 어떤 글을 좋은 글로 혹은 그렇지 못한 것으로 가치화하거나 묵인을 통해 아예 배제해버리기도 하는, 때로는 논쟁이나 진영화를 통해 합종 연횡하면서 가치와 담론을 생산하는 어떤 장치 혹은 매카니즘이라고 할 수 있을 것이다.

---

3) 이런 시각은 현재까지도 이어지고 있다. "문단 형성의 전제조건인 발표매체의 구성과 창작자의 배출이란 문단의 제도적 요소가 이루어졌다. 그러니까 20년대 전반기에 오늘날 우리가 문단이라고 이름 붙이는 것의 골격이 형성된 것이다." 김병익, 「근대문단의 형성과 그 이후」, 『문학과 사회』, (1998. 가을), 896쪽.

　이런 문단, 문단 작동방식, 문단형성과정에 대한 연구는 궁극적으로는 제도로서의 문학이나 문학개념의 토대에 대한 연구로 이어질 수밖에 없기 때문에 역설적으로 문학 개념을 탈신비화하고 자명성을 해체하는 경향으로 나아가게 된다. 달리 말해 문단에 대한 논의는 문학이라고 약속된 '장'으로 들어가는 일종의 경계 표지석 같은 지위 때문에, 겉보기에는 자연스러운 문학행위들을 스스로 메타화하는 시각을 도입하게되고, 문학이나 문학연구의 기본전제인 문학 개념 그 자체의 당위성이나 확고부당성을 스스로 해체하는 경향을 잠재적으로 갖고 있는 것이다. 따라서 우리문학에 있어서의 문단형성을 살펴본다는 것은 우리 문학이나 문단형성의 구조적 핵심에 자리한 근대적 미학주의적 전제와 이념적 측면에서의 민족주의적 전제를 대상화하는 시각을 도입하는 것과 동궤의 과정일 수밖에 없다.

　그렇다면 이러한 문단에 관한 연구, 실증적 사실의 정리와 당사자들의 회고를 넘어서는 학적 개념으로서의 문단에 관한 연구는 어떻게 이루어져야할까? 이는 문단개념을, 텍스트나 작가와 같은 의미에서의 실질적인 대상은 아니지만, 그럼에도 그 관념적으로 생산된 '가치와 이념적 상'에 근거해서 '실질적이고 가시적인 문학행위'가 이루어진다는 점에서 물질적 토대라는 성격을 갖는 것으로 보아야한다. 이는 텍스트나 작가를 존재하게 만든 어떤 구조적 힘이나 동력이라는 관점, 곧 우리 근대성의 작동원리로서의 내적 매카니즘이라는 관점에서 보아야한다는 말이다. 이 내적 매카니즘이란 문학예술을 담당한 주체, 그것도 예술가 개인이 아니라 동종의 이해와 관점을 같이하는 일군의 집단이 기존의 토대와 전통에 반역하고 긴장하면서 얽혀들어가는 '연루의 방식'을 말한다고 하겠다. 때문에 이는 그 주체가 발딛고 선 토대인 구조 자체의 성격과 그 구조에 의해 생산된 주체의 역동적이고 필연적인 긴장관계라고 할 수 있다.[4] 그래서 문단을 대상으로 해서, 현재와 같은 문단의 최초의 기원이 언제 시작되었는지 기원을 거슬러 올라가는 시각, 그 초창기 문단의 존립양상이 오늘날과 유사하다는 의미에서 우리 근대성의 어떤 '발전단계'를 증명해주는 증거나 재료로 등록하는 시각을 지양할 필요가 있는 것이다. 우리 근대성 형성의 특성과 과정의 하나로서의 문단, 즉 우리 문학행위가 어떤 작동원리를 기초로 해서 만들어졌는지를 문단 구성과 작동방식을 통해서 살펴보아야 하는 것이다.

2. 개념, 전사, 문제상황

'문단'이란 통상적으로 글쓰는 것을 직업으로 하는 시인 소설가 비평가를 포함한 문인들의 집단을 말하는 것이다. 이는 하위범주로는 '시단'이나 '비평계'라는 분류개념을, 동등한 유개념으로는 '화단'이나 '무용계' 같은 개념을, 그리고 그것들을 포함하는 상위개념으로 문학과 예술로서의 문예 개념을 동시적으로 전제한다. 곧 문단은, 문학 예술 과학 수학과 같은 근대적 학문체계의 분화와 그 내부에서 문학 미술 음악과 같은 근대적 문예개념을 전제로 하는 개념이라고 할 수 있는 것이다. '독립된 분과학문들의 체계화'는 곧 그 분야 외부의 권위나 규율원리에 의해 제어되지 않는 전문분야를, 그래서 내부에서의 자율적인 자기작동원리를 전제하는 근대적 분화의 개념이라 할 수 있다.[5]

---

4) 따라서 이는 우리 근대 문학의 작동원리를 일본을 통한 근대의 이입사로 대치하는 관점과 구별되어야 한다. 원본과의 비교하에 그 유사성을 확인함으로써 내적 작동원리를 이식으로 대체해버리는 것도, 혹은 원본의 작동 매카니즘과의 비교하에 이곳의 작동 매카니즘을 부실, 왜곡으로 가치평가하는 것도 우리 근대 자체의 내부작동의 매카니즘을 배제해버리는 것이라 할 수 있기 때문이다.

5) 막스 베버, 이상률 역, 『직업으로서의 학문, 직업으로서의 정치』, 문예출판사, 1994.

그리고 다른 한편으로는 '문인'이란 시, 소설, 비평 나아가 광범위한 의미에서 글을 쓰는 사람, 문필업에 종사하는 사람이라는 의미에서의 근대적 지식인 범주에 포괄되는 개념이다. 이런 종류의 지식인 집단이 전근대의 시기에 없었던 것이 아님에도 전근대 시기의 문학인들과 그들의 집단적 존재를 '문인'이나 '문단' 개념에서 배제하는 것은 그 사회적 존립 양상에서의 차이 때문일 것이다. 전근대 시기의 문학인들이 일종의 관료 혹은 관료예비군이었던 것과 달리, 근대적 문인들은 자의든 타의든 그런 지위로부터 해방되고 추방된 독립된 문필가인 것이다. 또한 이 문필업이라는 직업도 세습적인 신분에 의해 보장되는 것이 아니라 일정한 학교과정을 이수한 교양계층들이 후천적으로 획득하는 자격이라 할 수 있다. 이 자격이나 능력을 부여하는 교육 역시 신분에 의해 접근기회가 차별화 되는 봉건적인 방식이 아니라 만인이 평등한 국민으로 호명된 상태에서 그 접근기회가 평등하게 개방된 상태의 학교교육을 말하는 것이고, 그 내용 또한 유교적 한학 교육이 아니라 서구적인 근대교육내용임은 물론이다.

이는 근대적 문인들이 가진 글쓰는 재능 혹은 전문지식이라는 것, 그리고 그런 근대적 문인들이 만들어낸 문단이라는 것이 이런 기본적인 근대적 제도화를 전제로 한, 그것의 산물임을 의미하는 것이다. 봉건적인 신분제의 해체, 학교라는 근대적 교육기관의 제도화, 그로 인한 지식에 대한 접근가능성에 있어서의 제도적 평등화, 근대 계몽기의 각종 신문과 학회지 등을 비롯한 언론매체와 그것을 가능케 한 인쇄 출판 유통의 최소한의 자본주의적 분업환경, 그리고 내용상 근대적인 분과 학문의 체계화와 그런 학문체계화가 수반하는 문학예술의 독립성이 제도화된 이후의 결과라는 것이다. 이런 것들이 전제된 이후에 일종의 근대적 직능집단으로서의 문단, 글쓰는 사람들의 집단이라는 '동종직업종사자집단'으로서의 '문단'이 개념적으로도 실질적으로 구성될 수 있는 것이다.[6] 때문에 1920년대 문단회고록의 당자들이 갖는 영웅주의적이고 낭만적인 회고취향의 최초주의적 발언들은 그리 중요하지 않다고 할 수 있을 것이다. 문단은, 다른 근대적 제도장치와 마찬가지로 누가 최초로 만들었건 상관없이 만들어질 수 있는 가능성 속에서 만들어지는 것이기 때문이다. 더구나 근대화 과정에 있어서 한말 지배층이 경제적 부와 지위를 일제하에서 유지 존속했던 것, 그리고 일반 민중들의 생활세계의 영역에서 지속되는 봉건적 삶의 영역과 달리, 근대교육으로 대표된 계몽운동을 통해 만들어진 지식인계층, 문화담당층은 그 어느 분야보다 급격한 질적 변동에 의해 창출된 계층이라는 점에서 이들은 근대 계몽기가 만든 변동과 해방의 산물이면서 동시에 그 수혜자 집단이라고 할 수 있다.[7]

그렇다면 우리 근대성의 '형성'의 관점에서 문단과 문인을 살펴보기 위해서는 그들을 근대적 미학주의나 문학의 자율성을 제도적으로 전제한 상태의 개념인 '시인'이나 '작가'보다는, 먼저 그것보다 상위범주이자 전사에 해당되는 '지식인' 개념으로 살펴보아야 할 것이다. 이 때 문인, 작가를 근대 이후 신학문의 수혜를 통해 형성된 지식인 집단으로 볼 때, 지식인의 사회적 존재형태에 대한 관점을 어떻게 설정할 것인가가 문제가 된다. 문필업에 종사하는 지식인이 그가 속한 사회 속에서 어떻게 존재하는가를, 도덕적인 관점에서 가치화하거나 계급적 양극분해의 관점에서 접근하는 방식[8]을 지양하기 위해서는 '구조 속에서의 지위와 효과'의 관점, 일종의 기능적 관점에서 볼 필요가 있다.[9] 그들이 가진

---

6) 루이스 코저는 17.8세기 서구 지식사회의 형성을 살펴보면서 지식인들의 사회적 활동을 촉진시킨 사회적 배경을 살롱과 커피하우스, 학회와 정기간행 평론지, 문학시장과 출판계, 정치적 당파, 보헤미안 사회와 동인지를 들고 있다. 루이스 코저, 이광주 역, 『살롱, 카페, 아카데미, 지식인과 지식사회』, 지평문화사, 1993.
7) 박찬승, 「식민지 시기 도일 유학생과 유학생의 민족운동」, 『아시아의 근대화와 대학의 역할』, 한림대학교 아시아문화연구소, 2000.
　　김한구, 「일제시대 일본유학생의 실태와 의식갈등」, 『한국의 사회와 문화』 9집, 한국정신문화연구원, 1988.

'지식'이 그들을 다른 집단이나 계층과 구별시켜주는 표지의 역할을 한다는 것, 그 지식을 소유한 특권에 의해서 한 사회 내에서 어떤 특별한 이념적 지위를 부여받는다는 것, 그런 이념적 헤게모니를 스스로 인식하고 특권화하는 방식으로 자기정체성을 증명하고 사회적 지위를 획득하는 집단으로 볼 필요가 있는 것이다.

그럴 때 지식인의 특수성이나 정체성은, 도덕적 당위나 계급적 부동성에 의해 당위적으로 평가되기보다는 '지식, 특히 일본유학을 통해 획득한 신지식이라는 특권적 기호를 통해 사회적 권위와 자기정체성을 형성해가는 전문가군'으로 볼 수 있을 것이다. 이런 지식인 개념은 우리 근대 형성기의 지식인이라는 사회적 존재와 그들이 처한 상황이 어떤 방식으로 관계를 형성하고 정체성을 형성하는가를 보다 확대된 시야에서 조감할 수 있게 해준다. 즉, '전통적 지식인'과 '근대적 지식인', 신학과 구학, 유교적 선비와 민족지도자로서의 계몽기 지식인의 존재 방식의 차이라는 내적 변동을 조감하게 해줄뿐더러, 이 후자의 근대 계몽기 지식인들을 '근대 형성기의 교양계층'이라는 근대적 공통성 속에서 사유할 수 있게 하는 출발점이 될 수 있는 것이다. 물론 이들 공통적인 공민층, 혹은 교양층으로서의 지식인들과 그들의 사회 내 존재양상은, 그들을 포함하고 있는 각기 다른 근대사회의 성격에 따라 다를 수밖에 없을 것이다. 이들이 만들어내는 실제적인 지식인의 상, 이데올로기들은 근대 일반의 상이나 이데올로기가 아니라, 각각의 '다른 근대'의 상

---

8) 이에 대해 서구 지식사회학과 인텔리겐차이론에 의거 계급적 부동성에서 그 양극 분해를 통한 정체성 형성으로 보는 경우, 그리고 우리 역사적 특수성의 관점에서 친일과 항일 등 이념적 순결성과 도덕주의적으로 가치평가하는 경우가 가장 보편적이라고 할 수 있다. 전자는 근대적 보편성의 관점에서 사실에 대한 해석과 분류, 후자는 우리 근대의 특수성에 입각한 도덕적 가치평가의 관점이라 할 수 있을 것이다. 그러나 전자가 지식인이 미래에 변화할 수 밖에 없는 상태를 상정함으로써, 후자가 변화되어 마땅한 당위를 상정함으로써, 지식인이 존재하는 현재적 상태 그 자체의 매카니즘은 취급되지 않는다고 하겠다.

9) 이는 알튀세와 제임슨의 구조적 인과성(structual casuality)의 개념에 의거한 것이다. F.Jameson, *Political Unconscious: Narrative As Socially Symbolic Act*, (New York; Cornell University Press, 1981)

이나 이데올로기일 것이다. 독일의 경우, 미발달된 시민사회와 과도하게 발달된 관료적 전문가 집단의 틈바구니에서 교양계층이 강단중심으로 구성 발전하는 것[10], 반면 영국의 경우 '커피하우스' 같은 개방된 토론 공간 속에서 지식 담론이 대중화되고, 왕립아카데미를 통해서 쉽게 실용화되는 풍토가 이런 각기 다른 지식의 존재형태들일 것이다.[11] 또한 중국의 노신의 경우 사회운동가로서의 지식인의 면모와 작가로서의 지식인의 면모가 일으킨 분열, 대응 방식의 이중성이 그의 글쓰기의 이중성으로 나타났다는 점[12]도 동아시아 근대 지식인의 한 유형일 것이다.

우리 근대형성기의 교양계층이라고 할 수 있는 '민족지도자'들은 '식민지 근대사회'에서 교양계층이 취하는 사회적 존재형태의 하나라고 할 수 있을 것이다. 이들이 갖는 지적, 이념적 권위와 사회 전체의 이데올로기 생산에 참여하는 방식에서 이들이 보여주기도 했고, 이후의 역사에서 끊임없이 가치화함으로써 그 권위와 헤게모니를 더욱 공고히 하기도 했던 '저항적 민족주의'와 '지사'로서의 지식인 상은, 제3세계 식민지하에서의 근대 지식인의 이데올로기의 하나의 유형일 것이다. 우리 근대 형성기 계몽지식인들은, 존재하는 국가 체제 내에서 관리나 실용적 지식의 모델로 기능하지도 않고, 그 국가 체제에 대한 비판적 담론이 요구되지도 허용되지도 않은 상태에서, 거의 모든 지적 담론이 미래의 민족국가 형성을 향한 잠재적 가능태와 문명개화로 대표된 국민 계몽이데올로기로 향해졌고, 바로 그런 이데올로기로 장악된 물질적 제도들--각종의 개화기 언론 매체와 학회지, 개화기 교과서와 역사서류의 편찬활동 등-- 속에서 형성된 것이다. 윤리적 정결성이나 저항적 민족주의는 이런 우리 근대 형성기 지식인에게 요구된 가장 '정당화된' 이

---

10) 노명식, 「19세기 유럽의 시민계급」, 『시민계급과 시민사회, 비교사적 접근』, 한울, 1993.
11) 루이스 코저, 앞의 책.
12) 왕푸런, 유세종 역, 「「광인일기」 자세히 읽기」, 진형준 역음, 『루쉰』, 문학과 지성사, 1997.

데올로기였고, 바로 그런 이데올로기를 통해서만 소수지식인의 지적 담론이 사회전체 속으로 권위화되고 대중을 장악할 수 있었다고 할 수 있다. 그리고 이런 지식인 상과 이데올로기는 합방이후 식민지 사회에서도 지속되었다고 할 수 있다. 비록 상당수의 지식인들이 합방과 함께 중국등지로 망명했고 합방이전에 존재하던 사립학교 등이 폐쇄되기도 했고, 20년대 이후에는 각종 부문운동이 활성화되고 그럼으로써 다양한 이데올로기와 지적담론이 생산된 것이 사실이긴 하지만, 식민지 시대 대표적인 언론매체였던『동아일보』를 비롯한 신문과『개벽』등이 주도적으로 전개한 '개조론'과 '개조운동'의 기초인 실력양성과 준비론적 민족주의는 이런 저항적 민족주의의 하나였다고 할 수 있다.[13] 그러니까 우리 근대 형성기의 지식인 교양층을 형성시키고 그들을 '사회적으로' 존재하게 한 주도적 이데올로기, 그리고 그들의 지적 담론이 대중적으로 정당화 되도록 권위화 하는 기제는 잠재적 국권회복과 이를 향한 저항적 민족주의였다고 할 수 있다.

그러나 이런 사실이 곧바로 식민지 시기 대다수 민중들의 민족의식을 '반영' 하는 것으로, 또는 지식인들이 당대에 주어진 가장 긴급한 '과제에 부응' 한 것으로 해석될 수만은 없을 것이다. 이는 지식인과 그들이 가진 지식이나 이데올로기가 사회적으로 정당화되는, 전체 사회를 장악하는 통로가 '도덕적' '심정적' 통로밖에 없었다는 것으로 해석될 수 있을 것이다. 지식인의 대중장악력, 지식이 권위화되는 기제가 이런 심정적 도덕적 정당성의 통로밖에 없다는 것은, 이들의 '지식' 이나 '이념' 이 '사회전체의 작동시스템' 을 장악하지 못했다는 말이고 마찬가지로 지식과 전체사회를 움직이는 작동논리가 서로 별개의 것으로 괴리되어있음을 말해준다고 하겠다. 일원화할 수는 없겠지만 서구사회

---

13) 박찬승,『한국근대정치사상사연구』, 역사비평사, 1992.

를 대표하는 '자유'나 '평등' 같은 부르주아 자유주의 이데올로기가 부
르주아 계급이익을 대표하는 것이면서 동시에 전체사회 나아가 인류
전체의 이데올로기로까지 보편화될 수 있었던 것은, 그런 이데올로기
가 서구사회 자체의 작동논리인 자본주의 사회의 작동시스템인 자유경
쟁과 교환의 논리로 상호 장악, 보증되는 체계에서 가능했던 것이라 할
수 있다. 식민지 조선에서, 국가 관료 시스템에서도 경제 작동논리의
측면에서도 물질화되지 못한 지식이나 이데올로기가 대중화되고 사회
적 영향력을 발휘하면서 살아 움직이는—물질화된 이념이 되는—길은
이런 '도덕적' '심정적'인 길이거나 아니면 이후에 전개되는 것처럼
'문화적'인 길이었을 것이다. 이와 관련해 우리 근대의 대표적인 지식
인이었던 이광수가, 1910년대 단독자적인 개인자아를 강조하면서 전통
과 단절하는 신지식인의 모델에서 1920년대 들어서 「민족개조론」이나
「문사와 수양」등 통해 도덕적 수양을 강조하는 민족주의의 면모를 강
하게 드러내는 것은 참으로 시사적이라 하겠다. 이광수라는 지식인 개
인의 사상사에서 이 변모가 갖는 의미가 무엇이든, 이런 변모를 통해서
그는 근대를 지향하는 일군의 일본유학생 지식인 집단에서 유일하게
식민지 시기 내내 가장 영향력있는 민족지도자로 위치할 수 있었다고
할 수 있다. 그리고 그럼으로해서 식민지 조선이라는 전체 사회의 작동
시스템 속에서 필연적이고도 영향력있게 '정당화되어간' 거의 유일한
존재가 된 것이다.

　이 글에서 살펴려고 하는 것은 1920년대를 중심으로 하는 우리 근
대 문단의 국면이다. 1920년대 전반기의 문단은 기존의 문학사에서 '이
광수 최남선의 2인 문단시대를 거쳐 1920년대 『창조』『폐허』『백조』등
의 동인지 창간을 필두로 본격적인 근대문단이 성립되었다'는 시각이
거의 정설처럼 일반화되어 있다.[14] 그러나 근대적 문단의 기원과 실체성
이 1920년대 전반기, 정확히 동인지 문단으로부터 시작된다는 것이 분

명 문학사적인 사실이라면, 위에서 살핀 계몽기 우리 근대 형성시기에 보여준 지식인 교양계층의 면모와는 분명 거리가 있다. 문단사 속에서 1920년대를 최초로 설정하는 서술 속에서는 정치적 담론에 의해 추진된 계몽기 저항적 민족주의와 지사적 면모가 배제되었거나 적어도 그 위상이 변화되어있기 때문이다. 구체적으로는 20년대 이전의 계몽기의 문학들, 창가나 신소설이나 역사물, 정치적 시사적 담론들은 하나로 뭉뚱그려져서 근대적이지 못한 것으로 아예 등록되어있지 않다. 이 근대적이지 못한 것의 개념 속에서 세련되지 못한 '조야함'과 계몽기의 '정치적'이라는 상이한 개념이 하나로 처리된다. 조야함과 정치적인 것이 하나로 뭉뚱그려지고 그에 대해 대타적으로 가치화 되는 것은 '근대' '본격' '순수'이다.[15] 20년대 동인지 문단이 최초의 기원으로 설정되는 가치개념인 이런 근대, 본격, 순수개념은 특히 동인지 문단의 전사로 2인문단시대만을 설정하는 근거 속에 명확히 드러난다.

육당 최남선에 의해 주도된 신문관이나 조선광문회 등의 출판사, 『소년』『붉은 저고리』『새별』『아이들보이』『청춘』 등의 잡지를 비롯한 매체와 제도적 환경의 구축을 통해서 근대문학이 발전되나갈 토대를 구축한 것에서 그의 문단적 공적을 설정한다. 그러니까 근대'문학'의 영역에서 최남선의 시조나 신체시에 대해서는 전근대성, 혹은 세련되지 못함으로 그래서 문학적이지 못한 것으로 처리되지만, 제도와 매체구성

---

14) "문인조직이 태동하고, 원고 시장이 형성되었다는 것은 육당과 춘원 '2인문단시대'로부터 10년 미만에 한국문단이 얼마나 급속도로 발전확대되었는가를 설명해준다. 『창조』가 창간되던 1919년부터 조선문단이 창간되는 24년까지 5년동안 159종의 잡지가 창간되었는데…그 대부분이 단명하고 불안정한 수준을 넘지 못했지만 『개벽』『조선문단』이 든든하게 문단활동의 발표장으로 제공되고 『동아』, 『조선』, 『시대』 등의 일간지가 잡지 못지 않은 지면으로 논문과 작품은 실리며, 신문 연재 소설이 제도화되고 적으나마 원고료제도가 실시되어 한국문학은 이제 문학청년들의 동인지 시대를 지양, 오늘날과 같은 성숙한 문단 배경에서 다양하게 발전하게 되었다." 김병익, 『한국문단사』, 일지사, 1973, 78쪽.

15) 이런 개화기나 1910년대 문학들은 문단이 아닌, 문학사나 주제론적 측면에서 접근되어 왔다. 근대, 본격, 순수가 상정하는 미학주의적 형식적 차원이나, 합리화되고 전문화된 문단의 개념에서는 배제되어 있는 것이다.

에 있어서 그가 이룬 공적을 문단사 속에서 전사로 포함되는 것이다.[16] 그렇다면 20년대 동인지 문단 중심의 문단사는 그 근대성의 근거를 매체의 분화와 발전의 관점, 기술 진보로서의 근대화의 관점에서 역사성을 인정하는 한편, 바로 그 환경을 '근대' 문단이게 하는 본질적인 내적 특징으로서의 문학성은 자신들, 동인지 문인들에게 귀속시킴으로써 성립되었다고 할 수 있다.

앞서 언급했듯, '근대', '본격', '순수'가 상호 지시적인 의미체를 이루는 이런 근대문단, 근대문학의 개념적 상은 그 대타 개념으로 정치적인, 계몽적인, 대중적인, 세련되지 못한 조야한, 비전문적인 개념들을 거느리고 있다. 이 시기 근대 문단의 기원으로 설정된 20년대 동인지 문인들은 '순수'라는, 문학적 전문성과 세련성 그리고 기술진보에 의한 매체와 제도의 분화를 전제로 하는 개념적 상을 통해서 자신들의 문화적 우월성과 최초의 기원을 설정했다고 볼 수 있는 것이다. 이런 틀은 20년대 중반 경 '순수' 개념이 민족주의와 결합하면서 다른 개념적 상을 구축하기까지 지속된다.

이런 개념적 상은 모든 이데올로기나 개념이 그렇듯이 그 자체 개념만의 변천, 결합, 대립으로 이루어지지 않는다. 개념을 만들고 구축해내는 이데올로기적인 혹은 헤게모니적인 그래서 물질적인 싸움이 그 밑에 놓여있는 것이다. 이 싸움은 지식이나 이념이 사회적으로 유통되고 정당화되는 방식에 있어서 기존까지와는 다른 지각변동을 통해서 전문분야로서의 문학, 문단이라는 것을 창출해가는 '지식의 정치학'이라는 기획이라고 할 수 있다. 정치적인 '민족지도자'에서 '전문가' 논리로 지

---

16) 물론 이런 육당의 문단사적 지위는 동인지 문단이 출발하는 시기의 제도사적인 관점에서의 지위일 뿐이다. 동인지 문단이 변화를 맞이하게 되는 1920대 중반, 그러니까 근대적 전문화의 논리로 자기정체성을 구성하는 동인지 단계로부터 대가시스템으로 자기정체성을 구성하는 『조선문단』으로 이동하면서 육당의 지위는, 시조부흥과 '조선적인 것' 등의 민족주의 담론을 통해서 다른 이데올로기적 지위로 재규정된다.

식패러다임을 변경함으로써 문학이라는 전문분야에서의 우월성과 최초성을 설정하는 기획인 것이다. 여기서는 바로 이런 지식정치학의 기획의 관점에서 1920년대 전반의 문단형성 과정을 살피고자한다.

3. 전문가 논리와 지식 패러다임의 변경

1) 1910년대 자비 유학생 그룹의 세대적 정체성과 내적 분화

사실상 1920년대 초반에 잡지매체가 동인지만 있었던 것도 아니고, 그 지위가 전체 지식인 사에서 비중이 컸던 것도 아니다.[17] 동인지의 출현과 같은 시기에 개조운동에 사명을 걸고『개벽』과『동아일보』등이 창간되었고, 식민지 이전부터 존재했던 종교계통의 민족 지도자 지식인들이 이 개조운동에 활발히 앞장서고 있었던 것이 사실이다. 문학사에 중요한 비중으로 다루어지는 동인지의 출현은 그런 상황, 한국 근대의 일반성--실력양성과 개조운동--속에서 문학 전문가를 자처하는 청년집단이 자기정체성을 표명하는 가장 최초의 적극적인 방식이었다고 할 수 있다. '문학이란 정치따위와는 상관없는 것이다', '도학자적인 구투의 문학 대신 소설이 무엇인가를 보여주겠다' 라고 선언하는『창조』의 등장[18]은 실제 그들 구성원이 그런 태도를 공유했는지[19], 이후 그들이 행한 문학이 그에 합당했는지 등과 상관없이 바로 그런 차별화된 담론으로 자기를 선언하는 방식에 의미가 있는 것이다.

---

17) 1910년대 잡지의 경우 문예잡지는 5종에 불과 했고, 종교 계통의 잡지는 24종을 비롯해 여타 학술, 종합, 청소년 잡지가 압도적 다수를 이룬다. 1920년대의 경우 창간된 잡지의 수가 엄청나게 폭증했지만, 전체 구성 비율에서 문예지는 여전히 소수이다. 김양수,『한국잡지개관 및 총목차』, 한국학 연구원.

이 새로움을 표명하면서 등장하는 집단은 동인지 문인뿐 아니라, 그들을 포함한 『학지광』으로 대표된 일본 유학생 지식인들이라고 할 수 있다. 그들은 1910년대 중반부터의 소개되기 시작하는 예술론과 시, 문학론 속에서 공통된 의식지향을 드러내고 있다.[20] 「금일아한청년의 정육」이나 「문학의 가치」 「현상소설 고선여언」 「문학이란 하오」와 같은 초기 춘원의 문학론도 이런 맥락 속에 놓을 수 있을 것이다.

계몽기 이후 신지식인의 계보를 살필 때 이들 『학지광』에 글을 싣는 필진들은 이전 세대와 차별화 할 수 있는 상대적 차별성과 그들끼리만으로 집단화할 수 있는 공통성을 보인다. 1910년대 중반, 식민지화된 이후 애국계몽의 주역들은 해외로, 의병투쟁으로 나아가면서 애국계몽과 문명개화의 매체였던 국내에 있던 언론기관이나 사립학교들이 폐쇄되었던 시기에 유학을 간 세대이고 최초의 자비 유학생 세대이며, 그래서 신지식을 추동하는 시대적 에피스테메가 애국계몽으로부터 한풀 꺾인 상태이다. 동인지 문인을 포함하는 1910년대 자비유학생그룹은 적어도 세대와 연배에 있어서 합방이전의 흐름과는 단절된 채 사춘기 무렵에 일본으로 건너가서 당위나 보편적 가치체계가 독립이나 애국이라기보다 서구적 근대 개념인 개인, 자아, 자유 이념으로 교육받고 그런 가치를 내면화한 세대라고 할 수 있다.[21] 이런 점이 이들이 앞세대, 근대

---

18) "우리의 속에서 니러나는 막을 수 없는 요구로 인하여 이 잡지가 생겨낫습니다. 각가지 곡해와 오해는 처음부터 잇슬 줄로 밋습니다. 그러나 우리는 다만 참으로 우리뜨슬 알아주시는 적은 부분의 손을 잡고 나가려합니다……우리가 참되다고 생각하는 바를 우리가 올타고 밋는 바를……처음부터 우리말을 드르시려는 여러분, 여러분은 우리의게서 무어슬 어드시려하시닛가. 한낫 재미있는 니야기꺼림닛가? 저 통속소설의 평범한 도덕임닛가?……우리는 귀한 예술의 장기를 가지고 저 언제던 얼굴을 찌푸리고 게신 도학선생의 대언자가 될 수는 업습니다……우리는 다만 우리의 생각하고 고심하고 번민한 기록을 여러분께 보이는 바 올시다." -『창조』 창간호, 1919.2.81쪽.
19) 『창조』에서 중요한 축이었던 전영택이나 주요한은 이런 김동인의 태도와 동일화할 수는 없을 것이다. 이런 '다른' 관점이 『조선문단』 창간에서 이광수 주재하에 초기 동인을 구성할 수 있게하는 요인일 것이다.
20) 구인모, 「학지광 문학론의 미학주의」, 한국근대문학회, 『한국근대문학연구』, 태학사, 2000, 창간호.

계몽기 지식인과 갖는 세대적 차별성일 것이다. 이런 세대적 차별성을 통해 동질화되는 유학생층은 근대 개인주의적 자기의식을 공유하고, '문학' '예술' '미'에 대한 인식에 있어서도 고산저우를 비롯한 일본의 예술론으로부터 영향받은 심미주의적 예술지상주의적인 태도를 보인다는 점에서 그들은 하나의 공통성으로 묶여진다. 문학, 예술에 대한 선구자적 의식과 이전시대의 문학행위들을 가치론적으로 배제하는 태도[22] 등 적어도 문학예술에 관한 한 『학지광』이나 1910년대의 이광수나 동인지문인들은 거의 비슷한 의식을 공유하고 있는 것이다.[23]

그러나 이런 세대적 동일성으로 묶일 수 있는 '전체' 유학생 지식인들과 이후 근대문학사에서 굳건한 지위를 갖는 『창조』를 비롯한 '동인지' 문인들의 지위는 동일하게 묶일 수만은 없는 것이 사실이다. 『학지광』의 필진 중에는 이후 동인지 문인 속으로 포괄되지 않는 지식인들도 다수 존재하고 있고 이런 내적 차별성은 동인지 문단기획에서 상당히 중요하게 작용하기 때문이다. 그러니까 『창조』가 출발하면서 설정한 두 개의 부정의 대상, "정치적인 것"과 "도학자적 구투의 소설"로 상정하는 타자, 이전세대란 개화기 신소설 작가 같은 그렇게 까마득한 조상을 일컫는 것이 아닐 수도 있다. 그들이 문단기획적인 부정의 대상으로, 공격대상으로 설정한 타자는 훨씬 가까이 있는 동시대 유학생 계층 내부의 선 후배 동료들이었다고 볼 수 있는 것이다.

이들은 대략 세 그룹으로 차별화 할 수 있다. 동인지 문인들보다 앞선 선배에 속하면서 2.8독립선언과 3·1운동의 '민족지도자' 역할을

---

21) 김윤식, 『염상섭 연구』, 서울대 출판부, 1987.
22) 개화기 시가 역사소설, 번역이나 번안, 신소설에 대한 그들의 침묵이나 무관심은 의도적 배제이기보다는 경험적으로 접해보지 않고서 유학했을 가능성이 크다. 시라카와 유타카, 「한국근대문학 초창기 문인들의 일본체험고」, 동국대학교 한국문학연구소, 『한국문학과 근대성의 형성』, 아세아문화사, 2001
23) 사실상 전영택, 주요한, 박석윤, 최승만, 김억 등은 동인지 문인들의 주축이면서 『학지광』의 편집인이거나 주요 필진이기도 했다.

하는 그룹, 신학문을 이수한 후 '식민지 관료층'으로 흡수되면서 상층 부르주아를 형성하는 그룹, 그리고 초기에는 미약하지만 3·1운동 이후 다양하게 분화되어가는 '사상운동'의 흐름들이 그것이다. 동인지 문인들은 이처럼 1910년대 이후 부유층 출신의 자비유학생 그룹[24] 내에서 각기 분화되어 가는 사상의 흐름과 지적 담론, 각기 다르게 규정되고 규정받는 지식인의 역할과 정체성이 격렬하게 분화되어가는 과정 속에서 존재하는 것이다. 그들이 이후 우리 근대 문학사에서 갖는 거의 '신성화된 기원'이라는 지위에 비하면, 당대 이런 분화와 변모, 헤게모니 투쟁의 장 속에서의 그들의 지위는 불안하고 미약하기 그지없었다고 할 수 있다.

먼저 첫 번째 그룹은 이광수 최남선 현상윤 장덕수 진학문등 유학생 내에서 지도자 그룹에 속하면서 2·8독립선언의 주역들이며 3·1운동의 지도자 그룹을 형성하는 유학생 선배세대이다. 이들은 귀국후의 행로에 있어서 "한국의 엘리트 트리오"로 이름 난 현상윤 김성수 송진우처럼 민족지도자나 언론인 교육자와 같이 동인지 문인들과는 다른 행보를 보인다. 동인지 문인들은 이들 유학생 선배세대에 대해 몇가지 미묘한 반응을 보인다. 김동인은 이광수에 대해 공격적 태도를, 박종화는 최남선이나 진학문에 대해 영역을 달리하는 이질감을 보이고,[25] 나아가 동인지 문인 전체는 『학지광』의 주요 필진이었던 현상윤이나 1910년대 문인들에 대해 집단적이고 문학사적인 침묵의 태도를 보인다. 문학사 구성은 사실 동인지 문인들이 회고 취향의 문단 측면사를 기초로 해서 구

---

24) 김동인은 회고사에서 "창조파는 다 제 밥술이나 먹는 집 자제들로서 생활이 안정되어 있었다"라고 적고 있다. 「문단 15년사」, 『김동인전집』 6, 삼중당, 15쪽.
25) 이는 염상섭이 기획했던 '조선문인회'에 관한 월탄의 회고록을 통해 표현된다.
  "염군은 내 편지를 받고 나는 문인회에 입회한 회원 명단을 오군한테 물어보니 염상섭, 변영로, 오상순 이외에 동아일보의 장덕수, 송진우, 『동명』의 최남선, 진학문이라고 했다. 나는 껄껄 웃으며 문인회에 입회하는 것을 사절했다. 육당과 고하와 설산이 어찌해서 문인이 될 수 있는가. 문인회는 순수한 문인만이 모여야하지 않느냐 하고 반문했더니…" 「월탄 회고록」, 『한국일보』, 1973.10.5(김윤식, 『염상섭 연구』, 254쪽)에서 재인용.

성되었다고 할 수 있다는 점에서, 그리고 이후의 문인들은 동인지로부터 구획된 전문 문학분야 내에서의 후속세대라는 점에서 이들의 1910년대 문학에 대한 문학사적 침묵, 문단사적 침묵은 결정적인 것이라고 할 수 있다. 이런 태도들은 일견, 기존 연구에서 상당부분 상세히 해명[26]된 대로, 선배들이 가진 민족지도자로서의 당대적 사회적 권위에 대한 동인지 문인들의 경쟁심, 부담감과 열등감으로 볼 수 있다. 연령상으로는 그리 큰 차이가 없었음에도 3·1운동의 과정에서 동인지 문인들은 철저히 학생 대중의 입장이었고 이들 선배들은 민족전체의 지도자격이었다고 할 수 있다. 사실 동인지 문인들의 대다수가 3·1운동에 참가했고 감옥체험까지 했었음에도 불구하고 그런 체험이 소설 속에서 심리적인 체험으로 변용될 뿐, 3·1운동의 역사적 무게와는 동떨어져 존재한다. 그러면서도 해방후 회고사에서는 패배에 따른 우울이나 저항적 민족주의적 담론으로 과장적으로 처리되고 있는 것이다. 일본 대판에서 염상섭이 2·8독립 선언과 3·1운동에 뒷북을 치듯이 혼자 기획한 단독시위도 이런 맥락에서 해석된다. 더구나 동인지 문인들 중에 명실상부하게 문학예술을 전공했다고 할 수 있는 학력의 소유자가 거의 없다는 사실을 상기한다면 이 소수성이나 나이어림은 단순히 시간적이거나 양적 소수가 아닌, 그들이 신봉하는 근대적 가치체계의 관점에서 볼 때 더욱 분명한 열등감일 수 있다.

이들 민족지도자로 성장하는 선배세대 외에도 동시기 폭증한 자비유학생 계층들 내부에는 법정이나 상과 등 다른 학문을 전공한 이들이 문과에 비해 압도적으로 다수 존재하고있었고,[27] 이들중의 일부가 식민지 관료군을 형성하기도 했다. 은행이나 회사에 취직하거나 극히 소수

---

26) 김윤식, 『염상섭 연구』, 서울대학교 출판부, 1987.
    김윤식, 『김동인 연구』, 민음사, 1987.
27) 박찬승, 「식민지 시기 도일유학생과 유학생의 민족운동」, 이광주 외 『아시아의 근대화와 대학의 역할』, 아시아문화연구소, 2001. 168쪽.

이긴 하지만 의사 변호사 교사 신문기자 언론인 같은 지식 전문가그룹을 형성하고 있었다. 이중 동인지 문인들이 공식적으로 차지했던 사회적 지위는 신문기자나 교사였다고 할 수 있다. 그러나 이 신문기자와 교사라는 지위는 선배 민족지도자들이 가졌던 지위에 비하면 보잘것없는 지위였다. 설사 신문기자나 교사가 지식인으로서 존경받는 지위였다 해도 그 존경의 성격은 민족지도자인 선배들에게 부여되는 존경의 시선과도, 또 법정이나 상과 계통을 졸업하고 식민지 사회 내에서 안정적으로 출세한 상층 부르주아에 대한 시선과도 다를 수밖에 없다.[28]

신문기자와 교사에게 부여된 권위란 사실 '정치적인 것', '계몽적인 것'에 대한 존경과 권위이고, 이런 권위의 서열에서 동인지 문인들은 항상 뒤쳐질 수밖에 없는 것이다. 이런 권위의 서열이란 지식인이 사회적으로 '정당화' 되는 서열인 것이고, 이점에서 민족지도자라는 지사 상을 권위화하는 기준이 존립하는 한 이 서열은 변할 수 없을 것이다. 이런 상황에서 동인지 문인들은, 뒤에서 살펴보게 되듯, 권위의 '기준'을 변경하고, 상대화시킴으로써 권위의 '서열'을 바꾸는 기획으로 대응한다.

그러나 동인지 문인들이 동시대 지식인 계층 내에서 대타화 해야하는 대상, 그래서 집단적이건 이데올로기적인 방식이건 해결해야하는 타자는 이들 출세한 식민지 상층 부르주아나 민족지도자 선배들만이 아니었다. 3·1운동과의 관련에서 두드러지지만, 유학생계층 내에서도 각종의 학우회와 그 기관지들이 우후죽순격으로 등장한다. 이는 국내에서 3·1운동이후 폭발적으로 증가한 각종의 노동 농민단체등 부문운동들과 관련되기도 한다. 아나키즘 그룹인 흑우회의 『민중운동』이나 동경조

---

28) 부르주아 출신의 자비 유학생 그룹 내에서 식민지 사회에서 출세한 계층들에 대해서 이들 문학청년들이 보이는 열등감은 「빈처」에서 주인공 소설가가 보이는 주변의 친인척에 대한 자의식이나, 동인지 습작적 소설(김환, 「신비의 막」, 『창조』 1호; 동원, 「몽영의 비애」, 『창조』 4호 등)에 자주 등장하는 법정계통의 일본 유학생들과 자신들의 내면적 예술적 이상을 차별화하는 태도, 그리고 김동인의 「음악공부」에서 표명된 자의식으로 나타난다.

선노동동맹회의 『노동동맹』, 형설회의 『자유생활』 공산주의 계통의 북
성회의 『척후대』등은 당시 일본 내에서 활발하게 일어났던 사상운동이
나 국내에서 일어나고 있던 각종부문운동과 일련의 연관 속에서 존재하
는 유학생 지식인그룹들이다.[29] 그러나 이들은 동인지가 출발한 시기보
다는 약간 늦게 출발했고 국내보다는 일본에서의 사상운동과 영향관계
속에 존재했기 때문에 동인지가 출발하면서 직접적인 타자로 설정되지
는 않는다. 이들은 조금 후에 승자로 군림한 동인지로 하여금 자기변신
을 강요하는, 그래서 동인지 문단에서 『조선문단』의 대가시스템으로의
변화를 추동하는 '이후의 타자'로 부상하는 존재이다.

여기서 흔히 동인지문학 발생의 원인으로 인식되는 3·1운동의 계
기성에 대해 다시 생각해 볼 필요가 있다. 동인지 문단을 언급하는 대부
분의 문학사에 등장하는 3·1운동의 계기설은 상당히 널리 퍼져있고 거
의 전제없이 받아들여지는 관점이다. 시기적 일치성과 그 일치를 설명
하는 우울과 패배의 정서, 염상섭 초기작으로 대표되는 환멸과 우울은,
시기적 사실과 정서와 창작이 삼위 일체가 되어 사실로 굳어지게 만들
었다고 할 수 있다. 그러나 자세히 보면 이런 운동 실패와 우울과 데카
낭스는 다르게 보아야할 측면 또한 다분하다. 그리고 그들이 내세우는
실패에 따른 우울의 정서나 환멸감과 달리 실제로 식민지에서 성장해서
태어나서 처음 접한 문화정치의 상대적으로 열린 공간의 혜택을 가장
최초로 가장 철저히 본 이들이 바로 이 동인지 잡지 신문에 종사하던 필
진들이라고 할 수 있다. 유학 후 돌아와 가지고 있던 지식을 남김없이
쏟아내면서 지식자랑하고 우월감에 빠져들고 자기들끼리만의 문화와
동아리를 만들고, 그 동아리를 유지시켜줄 미적 이데올로기와 문화적

---

29) 김영모, 「3·1운동의 사회계층적 배경」, 『한국의 지배층연구』, 일조각, 1971.
    박인기, 『한국현대시의 모더니즘 연구』, 단대출판부, 1988.
    일본에서의 사회주의 사상운동에 대해서는 하마구찌 하루히코, 김석근역, 『근대일본의 지식
    인과 사회운동』, 삼지원, 1988 참조.

공동체 그리고 이를 물질적으로 인맥상으로 보증하는 매체를 만들고 거기서 지사와는 다른 '문사'라는 사회적 지위와 아우라를 만들어 낸 것이 그들이기 때문이다.

그렇다면 3·1운동의 계기성은 다른 관점에서 재고되어야한다. 운동을 실패와 성공으로 규명하는 역사적 관점보다는, 여기서 중요한 것은 오히려 실패와 성공으로 일원화할 수 없는 '분화의 시점'이라는 것이다. 3·1운동에 관한 최근의 연구에서는, 지식인, 민족지도자 상층에서는 안이한 정세인식하에, 민족자결주의에 입각한 독립 청원식의 비폭력적인 관점을 유지했다면, 운동에 참여한 대중들은 운동과정에서 점차 폭력운동화 되어가는 등 상.하층간 분리가 진행되었다는 것이 공통적으로 지적된다. 그리고 3·1운동 이후 문화 정치라는 공간이 열리기도 했지만, 이 공간 속에서는 각종 노동운동이나 소작쟁의, 사회주의 사상운동과 같은 부문운동들이 활성화되어갔다는 점 또한 주지의 사실이다. 이런 '분화'의 마당에서 그 전까지 계몽기로부터 이어져온 저항적 민족주의가 한편으로 굳게 상존하면서, 다른 한편으로 운동에 참가한 각기 다른 계층들의 이익과 입장이 분화되어 드러나는 시점으로 볼 수 있을 것이다.[30]

앞서 동인지 문인들이 대타화한 세 층위의 유학생 층 역시 이 분화의 계기로서의 3·1운동과 관련될 것이다. 사회적 분화와 지식인 내부의 분화의 한 계기로서의 3·1운동의 지위는 부르주아 지식인과 그 이데올로기의 대사회적 정당성의 분화와 상응하는 것이다. 부르주아 지식인이 가진 지식이나 이념이 사회, 민족 전체의 이해를 대변할 수 있는가의 여부, 부르주아 계층의 이데올로기가 민족전체의 이데올로기 수 있느냐의 관점에서 이전까지의 '민족지도자' 상으로 일원화될 수 없는 분

---

30) 신용하, 「3·1운동의 사회경제적 배경」, 『한국사 연구논문선』 37권.

화와 지각변동, 지식 패러다임의 변동의 시점이라는 것이다.

앞서 언급한 것처럼 동인지와 같은 시기에 창간된 『개벽』지와 『동아일보』 등에서 전개시킨 개조운동은 식민지시기 내내 대중운동의 가장 주요한 흐름을 형성한다고 할 수 있다. 이 실력양성과 민족주의는 식민지화 이전, 그러니까 분화 이전의 부르주아 이데올로기가 식민지 내내 민족의 이름으로 각기 다른 계층이나 부문의 이데올로기를 봉합하는 공분모 이데올로기 역할을 한 것으로 볼 수 있다.[31] 이는 지식의 대중장악력, 지식의 헤게모니가 언제나 식민지 이전의 패러다임 속에 있다는 것이고, 식민지 시기 부르주아 지식인의 당대적 이념은 한번도 대중을, 사회 전체를 장악하지 못했다는 말이다. 사회를 장악하기 위해서는 민족주의라는 봉합의 이데올로기와 결합함으로써만, 즉 어떤 의미에서는 이념의 퇴행을 감수함으로써만 전체를 장악할 수 있었음을, 사회를 움직이는 실질적인 동력이 될 수 있었음을 의미한다. 3·1운동은 그런 동력과 통합의 가능성, 그리고 그 내부에서 잠재하는 분화의 내적 필연성이 폭발하게되는 임계점이라고 할 수 있는 것이다.

이런 상황에서 합방 이후 일본유학을 통해 형성된 서구적 근대의 자유주의와 개인주의로 자기의식을 형성한 청년 엘리트층의 이념은 당대 분화 이후의 민족 전체를 향도할 이데올로기일 수 없었고, 이점에서는 동인지 문인이나 카프, 혹은 사회주의적 지식인의 이념들 역시 그 부문성, 국소성에서는 마찬가지였다고 볼 수 있다. 이런 사회적 역할의 부재 혹은 부문성은 곧 지식인의 자기존립의 정당성의 부재 혹은 부문성을 뜻한다. 이 '부재하는' 정당성을 '만드는' '지식의 정치학'이 동인지 문단형성 매카니즘이라고 할 수 있는 것이다.

---

31) 이광수는 지식을 가진 유식자계급과 부를 소유한 유산자계급이 조선중추계급을 이루어 사회를 통합할 계획을 제안한다. 이광수 「중추계급과 사회」, 『개벽』, 1921. 7월; 김기전 「유산자, 유식자」, 『개벽』, 1922. 6월.

즉, 지식인이 사회적으로 정당화되는 권위 자체가 일원적일 수 없게 된 '분화'의 시점에서, 이들 동인지 문인들은 현존하는 권위의 기준 자체를 '상대화'시키고 무력화시키는 방식으로 자기정당성을 만들어간 것이다. '정치적인 것', '계몽적인 것', '도덕적인 것'이라는 권위의 기준을 상대화, 과거화하는 『창조』의 모토가 이에 해당된다. 이런 상대화된 과거의 권위 기준을 대신해서, 근대적 분화와 전문화의 논리인 '문학이라는 것' '소설이라는 것'의 전문성을 새로이 권위화하는 것이다. 이처럼 일원화된 권위의 서열의 패러다임에서 전문영역들간의 중립적인 차이의 패러다임으로 변경시키고, 여기서 더 나아가 '정치적인 것'과 '문학적인 것'을 가치론적 역전을 통해 전선화함으로써, 소수자의 열등한 지식과 이데올로기적 지위를 정당화시켜간 것이다. 이 매카니즘이 작동하는 과정은 곧 1919-20년대 초반이라는 극히 짧은 시기 동안의 '사회적 분화의 공간'에서 '문학분야'의 전문가임을 자처하는 일군의 지식인 집단이 벌여나간 정체성 획득 투쟁과 그 승리의 과정이라고 할 수 있다.

그렇다면 이들 문학예술전문가를 자처하는 동인지 문인들이 차지한 문학사적 지위, 문단사적 지위라는 것이 그렇게 자명한 것도, 자연스러운 발전의 산물도 아닐 것이다. 오히려 우리 문학사에서 그들이 갖는 지위는 이런 이데올로기적인 헤게모니싸움의 한 전승물이라고 할 수 있을 것이다. 이 일본 유학생 지식인들로부터 우리 근대문학의 주류를 이루는 문학사를 사상사나 주제적인 관점에서 볼 때, 그리고 그 미학주의적 기원을 일본 사상가로부터의 이입과 영향으로 볼 때, 그리고 전기적인 관점에서 앞 세대에 대한 심리적 열등감의 관점에서 볼 때 이런 세 겹의 타자 속에서 자기정체성을 형성해야하는 집단적이고 정치적인 문단기획의 면모, 이 기획을 추동시킨 지식이나 이데올로기가 사회구조와 맺는 관계, 그리고 사회구조의 변동에 상응하는 지식패러다임의 변동은 잘 드러나지 않는다. 그러나 근대문학의 주류라는, 일본 유학생 지식인 으로부터 동인지, 그리고『조선문단』으로 이어지는 문인들이 갖는 문단 사적 지위와 그 내적 질로서의 순수문학으로 대표되는 예술지상주의적 특성은 이데올로기적 투쟁의 장 속에서 지식인의 자기정당성을 '전문 가' 논리를 통해 조직적인 방식으로 획득해가는 집단적인 자기증명의 과정 속에서의 전승물인 것이다.

2) "참예술"-순수의 기호학, 탈정치의 정치학

그 이데올로기적 투쟁의 방식은 앞서 언급했듯, "정치적인 것과 문 학적인 것"을 전선화한다는 점에서 '순수의 기호학', '탈정치의 정치 학' 이라고 이름 붙일 수 있다. 세 겹의 타자 속에서 자기증명하기 위해 '문학' 이라는 영역을 전문화하고 이것을 문학이외의 것과 대립시키는 것이다. 특히 우리의 경우 그 문학이외의 영역을 정치적인 것으로 일원 화해서 질적 차별화하고, 이를 정치적인 것과 문학적인 것으로 대비시 키는 매카니즘인 것이다.[32]

이는 문학이라는 개념의 지위를 일반적인 지적 담론, 특히 개항이래 권위화된 종합적인 '신학문 일반' 의 차원으로부터, 신학문 내부의 다양 한 영역들 중의 하나의 '전문분야' 로 전환함으로써 가능하게 된다. 이 는 지식 패러다임에서의 엄청난 지각변동이라고 할 수 있을 것이다.[33] 이런 전환의 논리가『창조』의 모토인 "정치는 그 방면의 사람에게 맡기

---

32) 서구의 경우 이런 순수의 정치학, 자율적 문학관은 '경제' 논리를 중심으로 운용된다. 즉 속 물적인 것 상품적인 것으로 문학적인 것, 순수한 예술의 자율성과 대립시키는 자본과 반자본 의 이분법이 그것이다. 그러나 이 자본과 반자본의 이분법은 궁극적으로 경제적 자본의 논리 에 들어가는, 혹은 자본의 논리가 문화와 예술의 영역을 통해서 자기를 관철해가는 방식이기 도 하다. 피에르 부르디외, 하태환 역,『예술의 규칙』, 동문선, 2000.
33) 이광수는 이런 지각변동의 경계에서 이전 시기의 패러다임을 선택하고 대신 이전 시기의 패 러다임이 가진 미분화와 통합의 패러다임으로 대중 장악력을, '민족지도자' 라는 지식인상을 선택한 것이라고 할 수 있다.

고”의 논리라고 할 수 있다. 정치적 패러다임하에서의 기존 지식의 대중 장악력을 ‘도학자적 계몽성’이라고 명명함으로써 시대에 뒤떨어진 것으로 가치절하하고, 자신들의 소수자로서의 열등한 지위를 근대적 ‘전문가 논리’로, 지식 영역간의 ‘차이의 패러다임’으로, 그리고 후속세대의 프리미엄인 ‘새로움’의 권위로 전환시키는 매카니즘인 것이다.

동인지 문인들이 유학생 선배들에 보인 무시에 가까운 침묵이나 아예 영역의 다름을 설정하는 태도-이는 대표적으로 조선문인회를 둘러싸고 표면화된다-, 그리고 김동인이 「춘원연구」를 통해 이광수에 대한 공격을 이론화하려는 기획이나 「소설작법」의 연재를 통해 기교에 집착하고 전문적인 소설이론을 만들고자하는 것은 심리적인 차원의 열등감이기보다는 이런 지식 패러다임 전환으로 해석할 수 있을 것이다.[34]

이 전환을 통해 그들이 새롭게 가치화하는 ‘예술’, ‘미적인 것의 영역’을 분화 독립시켜 사회의 제반 영역과 다른 차원으로 이상화하고 그것에 초월적 지위를 부여하는 순수문학의 ‘미학주의’가 성립되었다고 할 수 있다. 동인지 문학담론에서의 “참자기”와 “참예술”로 대표되는 예술지상주의가 그것이다. 앞서 본 문단정치적 기획에 있어서 ‘정치’에 대한 부정과 반정립을 통해 자기를 하나의 주체로 만드는 방식이 순수의 기호학이라면, 예술이데올로기 차원에서의 이 “참”의 수사학 역시 일종의 질적 부정의 기호로 작용하는 순수의 기호학이라고 할 수 있을 것이다. 동인지 예술론에서 상정하는 “참예술”로서의 미이념은 ‘참’을 통해 진정성을 상정하지만, 그 참은 항상 지시된 것에 대한 부정을 통해 초월적이고 이상적인 ‘미의 있음’을 가리키는 방식으로, 미의 초월적

---

34) 이런 전문가 논리로서 순수문학적인 미학주의는 이후의 『조선문단』에서도 민족주의적인 담론 기획과 함께 지속적으로 주요한 축을 형성한다. 동인지 초기의 소수 도전자(아방가르드)적인 태도에서 ‘대가’적인 태도로 변경되었지만, 이 ‘대가다움’을 전문성을 통해서 입증하려는 기획이 『조선문단』의 주요한 흐름이라고 할 수 있다. 이는 김억, 주요한 등의 「시작법」 김동인의 「소설작법」, 그리고 이광수의 「문학강화」, 문학 개론서, 교과서적인 연재물 기획을 통해 드러난다.

가상적 성격을 통해서 구상되기 때문이다.[35] 이렇게 형성된 미적인 것의 이데올로기, 예술의 초월적 권위에 힘입어 『빈처』에서처럼 "저까짓 것이 예술가의 아내야?"라는 예술가의 자의식이나 김동인의 「음악공부」에서 보이는 거리화가 가능하게 되는 것이다.

이는 근대적 분화에 의해 창출된 지식인 집단이 그 분화를 낳은 지식체계를 이데올로기화하고 그것에 적응하는 한 방식이라는 점에서 근대적인 경로라고 할 수 있을 것이다. 그러나 '순수의 기호학'이라 이름할 이 근대적인 경로가 실현되는 방식이 자기와 다른 모든 것들의 내적 질을 정치적인 것으로 동일화하고 그에 대해 자기를 반정립함으로써 질적으로 가치화시키는 '탈정치의 정치학'이라는 점이, 근대가 관철되는 우리 고유의 방식이라고 할 수 있을 것이다.

'참의 수사학'으로 표현되는 이런 순수의 기호학이 정치적인 차원이나 예술론의 차원에서 대타적인 분리와 내적인 초월을 보증하는 동인지 구성의 이데올로기적 측면이라면, 그와 다른 또하나의 축은 동인지가 실질적으로 동인들에게 내적 결속의 장으로서의 역할을 수행하는 '문화적 공동체'라는 측면이 있다. 동인지에는 '수필'과 '기행문' '서간문' '감상' 능 각송의 글들이 실리고 있다. 이 글들은 미정형의 장르라는 특징도 있지만, 그보다 이 글들이 대부분 동인들끼리는 다 알고 있는 사적인 일들을 기록하고 있다는 점을 주목할 필요가 있다. 인물들의 이니셜로 표현되었다 해도 동인들끼리 알고 있는 사적인 경험이나 우정, 연애 사건, 일본에서 고향까지의 오고가는 기행의 풍경 등 지극히 사적인 글쓰기로서, 정제되지 않은 사생활을 공유하는 '끼리끼리의 매체'의 역할을 해주는 것이다. 그래서 소설이나 시나 비평으로 본격적으로 정립되

---

35) 이런 예술에 관한 담론이 번역과 소개, 감상, 소설론 등 동인지 산문의 주요한 한 축을 형성한다. 동인지 산문을 통해 형성된 예술이념의 상세한 내용과 성격은 문단론이 아닌 다른 관점에서 살펴야할 과제이다.

기 전의 미완의 상태이거나 교량적 역할을 한다는 의미도 있지만, 이런 미정형의 글이 동시기 신문이나『학지광』,『개벽』등에는 거의 실리지 않는다는 것은 이를 다르게 해석해야할 필요성을 제기한다.

'문단'이라는 것은, 앞서 언급한 것처럼 세대적 자기정체성과 분화되어가는 동시대 지식인 사회 내에서의 자기정체성을 기획하는 정치적인 기획이라는 것, 그리고 이런 외적 대타성에 맞서서 자기 내부를 질적으로 구성하는 예술 이데올로기에 의해 성립되었다고 할 수 있다. 이런 집단적, 이데올로기적 기획과 함께 또 다른 측면, 그러니까 그들 구성원들이 함께 같은 문화를 숨쉬고 있고, 공통의 문화적 공동체 속에 실질적으로 거주하고 있다는 '구체적이고 실천적인 감각'과 그것을 보증하는 '매체의 지평'이 문단의 필수적인 구성요소라고 할 수 있는 것이다.[36] 이런 세가지 요소가 이루어내는 장 속에서 우리끼리의 문단감각, 동아리의식이 가능하게 된다. 이 때의 문단이란 동종직종 종사자들의 모임이기도하고 매체와 지면이 확보되는 그들의 토대이기도하면서 동시에 동일한 감수성과 이상을 공유하고 그것을 사적으로 확인하는 '친밀한 감정의 공동체' '정서적 문화적 공동체'이기도 하다. 문단 회고록에 나타나는 과도한 회고 취향의 '향수'는 이런 측면에서 볼 필요도 있을 것이다.

이 마지막 요소, 공통의 문화 속에 거주한다는 집단적 감각과 매체

---

35) 이는 동인지 중 특히『백조』의 면모에서 두드러진다고 하겠다.『창조』,『폐허』이후에 나온 시기적 상황으로 볼 때, 초기 동인지가 만들어 낸 이념의 자장과 감수성, 분위기 '속에서' 문학을 시작하고 있다고 추측할 수 있는 것이다.『폐허』처럼 헤게모니적으로 이념적 포즈에 있어서 상대를 의식하는 태도 표명을 통한 새로움으로서의 포즈나,『창조』처럼 전위의 선언이 아니라, 그것들이 전제된 상태에서, 그 미학이념과 '분위기' 속에서 문학을 시작하고 있는 것이다. 따라서 그들의 낭만적 성향이 '울분'이나 '패배'가 원인이 아니라, 이미 구성된 문학담론 내부에서 그 분위기를 흠뻑 받아들이고 향유하는 태도의 산물이라 볼 수 있는 것이다.『백조』가 창간된 이후의 문단이라는 것이『창조』,『폐허』그리고 점차 전문성의 획득하면서 특화되어 가던『개벽』지의 문예면에서 보듯 '문단'이란 것이 미학이념을 공유하는 동류집단으로서의 정체성을 뚜렷이 하고 이들이『개벽』이라는 유력한 종합지와 신문의 문예면, 그리고 자기들끼리만의 동인지의 창간과 폐간을 통해서 이미 성립되어 있는 시기인 것이다.

의 측면에서 문단을 본다면, 이 '순수의 기호학'과 '탈정치의 정치학'
에 의해서 성립된 동인지 문단으로부터, 어쩌면 우리 근대 최초의 '청년
문화'가 성립된다고 할 수 있다. 근대 계몽기이래 모든 지식담론들에 있
어서 새로운 것의 수입과 소개가 주요한 추동력이었지만, 그 수입과 소
개가 민중이나 민족 전체를 대상으로 하는 계몽과 설득을 위한 목적론
적 관점에 입각했었다는 것은 주지의 사실이다. 그렇다면 동인지로부터
시작되는 '우리끼리'만의 문화, 새것이 모두에게 좋은 것이 아니라 부
문성, 국소성을 전제하고 그 내부에서 공유되고 소통되는 문화적 예술
적 취미에 의해 가름되는 '또래집단'의 자기 정체성을 내건 '청년문화'
가 시작되었다고 볼 수 있는 것이다. 이는 곧 '지식', 혹은 '지식의 쓸
모'에 있어서의 지각변동, 지식 정치학의 패러다임의 변모라고 할 수 있
는 것이다.

4. 우리 근대성의 작동 방식과 동인지 문단의 위상

　　부르디외는 서구 사회를 대상으로 이런 지식의 정당성과 헤게모니
획득의 매카니즘을 설명하면서, 경제적 논리를 거부하는 자율적 예술,
순수미학으로 헤게모니를 획득하지만 이렇게 획득된 정당성과 헤게모
니가 궁극적, 장기적으로는 경제적 이득을 요구하고 보장해주는 시스템
으로 작동한다고 분석한다.[37] 이는 자본주의적 근대세계 안에서 예술이
자기정당성을 확립하고 바로 그 자본주의적 근대 사회 내에서 생존하는

---

37) 부르디외, 앞의 책.

방식을 말한 것이라 볼 수 있다.

그러나 이런 서구적 논리가 곧바로 우리의 근대 작동논리가 되지는 않는다. 이는 특히 문학, 문단이라는 정신적 이념적 생산물이 오고가는 '장'의 특성 때문이라고 할 수 있을 것이다. 정신적 이념적 생산물이라는, 소통(유통)되는 상품이 갖는 특징 때문에, 전문가 논리—근대적 분화와 가치중립성을 표방하는—는 그 자체로 자율적으로 작동하지도 않고 작동할 수도 없다. 그것은 일반적인 사용가치와 교환가치에 의한 교환체계 속에서 작동하는 것이라기보다 자기정체성을 주장하는 방식이 원천적으로 헤게모니, 정당성을 통해서 구성되는 것이다. 이 헤게모니와 정당화 메카니즘이야말로 진공상태의 근대 일반의 그것이기보다는 구체적인 '다른 근대'의 구조적 특성과 가치체계에 의존하는 것이라 할 수 있다.

서구에서 순수, 자율성, 전문가 논리는 '탈자본' '반속물성'의 모토로 전개되지만, 우리에게 순수, 자율성은 '탈정치'를 모토로 전개된다. 탈자본, 탈상품의 논리가 바로 그런 등록상표를 통해 자본제 상품논리 속으로, 그래서 근대의 장 속으로 들어가는 독창적 기호—이는 상품가치로서의 독창성, 희소성이기도 하다—라 할 수 있고, 그래서 예술을 포함한 상위의 사회 시스템이 바로 자본과 상품논리로서 자기전개되어가는 근대의 매카니즘을 말한다고 할 수 있다. 반면 우리의 경우 탈정치의 등록상표를 통해서 진입해야하는 시스템, 그리고 탈정치를 통해서 획득한 지위가 궁극적으로 보장해 주는 것은, 경제적인 이득이 아니라 일종의 이념적 정당성으로서의 권위, 넓은 의미에서의 정치적인 헤게모니라고 할 수 있다. 끊임없이 탈정치를 통해 정치적 지위를, 탈이념성을 통해서 이념적 정당성을 확보해들어가는 '순수문학'을 중심으로 한 우리근대 문단의 작동논리는, 상품이나 자본제가 아니라 '정치적' 근대논리라고 할 수 있다. 탈정치의 등록상표는 지극히 정치적인 논리로 굴러가는 근

대의 장에 자기정체성을 증명하고 자기위상을 자리잡는 하나의 이름
표-독자성의 기호이자 권위의 기호-라고 할 수 있다.

문학사적 '현상'으로 본다면, 1920년대 동인지 문인들은 우리나라
최초의 자비유학생집단이고, 그들의 문면에 나타난 의도가 무엇이었든
우리 나라 최초의 전문작가그룹이다. 문학적 숙련과 기교에 대해 자의
식적으로 집단적인 담론을 이루고, 동종직업 종사자로서의 울타리를 의
식하고 자신들의 지위를 일의 의도나 목적이 아닌 그 일의 전문적이고
숙련된 성취 여부에서 가리는, 그리고 바로 그 때문에 최초로 비평논쟁
을 만들기도[38] 한 이들이다. 그리고 그들은 무엇보다 직업문인으로 역사
에 등록된 첫 세대라고 할 수 있다. 그러니까 이들은 신채호나 최남선이
나 이광수와는 다른 삶의 지평에 선 사람들이고, 이런 점은 특히 이후
단계에서 카프와의 대비에서 민족주의로 일원화 될 때 잘 드러나지 않
는 면이기에 더욱 강조될 필요가 있다. 이런 점들 때문에 동인지 문인들
이 우리 '근대' 문단의 시작으로 위치지어지는 것일 것이다. 그러나 그
럴 수 있기 위해서는 그런 동인지 문인군의 갑작스러운 등장에 의해 어
느날 갑자기 이루어지는 것이 아니라, 지식인 세대의 교체, 부르주아 중
간층의 이데올로기적 위상의 변화, 지식 정치학의 패러다임의 변화 속
에서 이루어진 것이었다. 그리고 이런 변화를 가능케 한 시기인 3·1운
동의 시기는 운동의 실패와 환멸이 아닌, 근대적 '분화'의 한 결절점으
로 위치지어지는 것이다. 동인지 문단이 갖는 문학사적 문단사적 지위
는, 이 사회적 분화 시점에서 부르주아 지식 이데올기의 분화와 지식이

---

38) 김동인과 염상섭 간의 비평의 위상을 둘러싼 논쟁, 현철과 황석우 간의 '시의 정의' 논쟁, 박
　종화와 김억간의 '비평의 책임' 논쟁 등이 이에 해당된다. 원색적인 감정싸움과 비논리적인
　확장으로 나아가는 등 부정적인 측면이 많은 것이 사실이지만, 이런 비평 논쟁의 자연적인
　발생은 이러 논쟁이 야기되는 테두리로서의 문단에 대한 공통감각을 증명해줄 뿐아니라, 동
　종직 종사자 서로가 공유하는 전문적 기준의 필요성을 인식하는 계기 역할을 했다고 볼 수
　있다. 이는 이후 간헐적으로 월평과 총평으로 이어지고 『조선문단』에서 전문적으로 기획된
　지도비평으로 이어진다.

사회구조와 맺는 관계 패러다임의 변화와 분화 과정 속에서, 문학전문가를 자처하는 신지식 층의 집단적인 자기증명, 정체성 획득과정의 전승물이라고 볼 수 있는 것이다. "참예술"이라는 이들의 예술이데올로기와 동인지 지면과 인맥이 구성해준 문화적 공통감각이 이런 지식의 정치학 속에서 발명된 내적 질이라고 할 수 있다.

그러나 이러한 전문가논리를 동원한 헤게모니 싸움을 통해 획득된 이들의 문단적 지위는, 그 전문가 논리를 동원하게 한 토대의 구조적 성격에 의해 언제나 규정, 재규정 될 수밖에 없다. 서구의 순수문학, 예술의 자율성이 궁극적으로는 자본 반자본의 구별화를 통해 자본제적 근대에서 유통되고 생존해가는 방식이라면, 우리의 경우, 이들로하여금 전문가 논리를 통원하게 한 추동력은 기본적으로 '지식과 지식인의 사회적 권위와 정당화 욕구'라고 할 수 있다. 이 '이념적 정당성'이라는 상위의 가치체계에 따라서 3·1운동이라는 일시적인 분화의 시점을 통해 헤게모니를 획득했던 전문가 논리는 다시 변화되는 자기운동의 면모를 보여준다. 동인지 시기 드러나지 않았던 제3의 타자와의 대응과정에서 전문가 논리는 대가시스템과 민족주의라는 이념적 정당화 방식으로 변모하는 것이『조선문단』이라고 할 수 있다. 이는 고를 달리하여 살펴야 할 과제이다.

주제어 : 부르주아 지식인의 문화, 지식인의 정체성, 전문가 논리,
        지식패러다임, 탈정치의 기호학

◆참고문헌

1. 자료

『창조』, 『백조』, 『폐허』, 『영대』, 『조선문단』, 「한국 잡지 개관 및 호별 목차」

김동인, 「문단 30년의 자취」, 『신천지』, 1948.3-1949. 8.

「여의 문학도 30년」, 『백민』 16호.

「문단회고」, 『매일신보』, 1931.8.23-9.2.

「속문단회고」, 『매일신보』, 1931.11.11-22.

「문단15년 측면사」, 『조선일보』, 1934.3.31-4.6.

「나의 문단생활 회고기」, 『신인문학』, 1934.11.

「조선문학의 여명『창조』회고」, 『조광』 4권 6호(특집: 「잡지편집자가 본 조선문
        단 측면사」)

박영희, 「신흥문학의 대두와『개벽』시대 회고」, 같은 책.

방인근, 「문학운동의 중추『조선문단』시절」, 같은 책.

이광수, 「문단생활 30년을 돌아보며」, 『조광』 2권 4호, 1936.4.

주요한, 「나와『창조』시대의 문단」, 『자유문학』 1호, 1956.6.

전영택, 「나의 문단적 자서전」, 『자유문학』 1호, 1955.6.

전영택, 「성장기」, 『신동아』, 1968.3.

전영택, 「창조시대-문단의 그 시절을 회고함」, 『조선일보』, 1933.9.20.

전영택, 「나의 문학수업」, 『문학예술』, 1956.5.

박종화, 「젊은 시절의 염상섭」, 『현대문학』 101호, 1963.5.

염상섭, 「횡보문단회상기」, 『사상계』 114호, 1962.11.

염상섭, 「나의 소설과 문학관」, 『백민』 16호, 1948.10.

최남선, 「한국문단의 초창기를 말함」, 『현대문학』 1호, 1955.1.

2. 참고문헌

김병익, 『한국문단사』, 일지사, 1973.

김윤식, 『염상섭 연구』, 서울대 출판부, 1987.

김윤식, 『김동인 연구』, 민음사, 1987.

P.부르디외, 하태환 역, 『예술의 규칙』, 동문선, 2000.

이광주 외, 『아시아의 근대화와 대학의 역할』, 한림대학교 아시아문화연구소, 2000.

노명식 외, 『시민계급과 시민사회』, 한울, 1993.

루이스 코저, 이광주 역, 『살롱, 카페, 아카데미, 지식인과 지식사회』, 지평문화
    사, 1993.

박찬승, 『한국근대정치사상사연구』, 역사비평사, 1992.

막스 베버, 이상률 역, 『직업으로서의 학문, 직업으로서의 정치』, 문예출판사, 1994.

F.Jameson, *Political Unconscious: Narrative As Socially Symbolic Act*,
    (New York; Cornell University Press, 1981)

박인기, 『한국 현대시의 모더니즘 연구』, 단국대 출판부, 1988.

하마구찌 하루히코, 김석근역, 『근대 일본의 지식인과 사회운동』, 삼지원, 1988.

3. 논문

김한구, 「일제시대 일본유학생의 실태와 의식갈등」, 『한국의 사회와 문화』 9집,
    한국정신문화연구원, 1988.

시라카와 유타카, 「한국근대문학 초창기 문인들의 일본체험고」, 동국대학교 한국
    문학연구소, 『한국문학과 근대성의 형성』, 아세아문화사, 2001.

신용하, 「3·1운동의 사회 경제적 배경」, 『한국사 논문선』 37권.

왕푸런, 유세종 역, 「「광인일기」 자세히 읽기」, 진형준 역음, 『루쉰』, 문학과 지성
    사, 1997.

구인모, 「『학지광』 문학론의 미학주의」, 한국근대문학회, 『한국근대문학연구』,
    2000. 창간호.

김영모, 「3·1운동의 사회계층적 배경」, 『한국의 지배층연구』, 일조각, 1971.

◆ SUMMARY

Literary world's formation of early 1920s coterie magazine
- In relation to the division and identity of Korean modern intellectual -

Cha, Hea-Young

This thesis is studying on the formation of Korean modern Literary world by the viewpoint of 'politics of knowledge' and 'ideological hegemony'. Writers of coterie magazine establish their identity through 'professional speciality' and made an attack on the past so-colled 'national leader's authority.

In this process the confrontations between 'national leader and professional writer' and 'politics, enlightenment, ethics and pure literature, a speciality of literature' was operated as new value criterion in the new age. Consequently 3 · 1 movement operate as a point of 'specialization and differentiation', not as 'melancholy and disillusion owing to failure'.

Within literary circles they share with aesthetic ideology(참-Cham-眞-Real), cultural sensibility, medium of magazine and writing opportunity···etc. So they shaped a youth culture, going a step forward the 'same age's cultural power'.

Through this process modern literary system is established as autonomy of art, pure literature as special province, and writer as professional specialist. This literary world's formation is a node of Korean modernity formation.

1920년대 초기 문학비평 연구[*]

박 근 예[*]

1. 머리말

근대 문학비평은 이광수의 「문학이란 하오」에서부터 본격화되었다고 할 수 있다. "문학은 무엇인가"라는 물음은 문학을 이해하고 있었던 기존의 방식에 대한 부정을 포함한 의문이며, 새롭게 제기되는 문학에 대한 해명의 요구이기도 했던 것이다.[1] 이광수는 서양의 문학(literature)의 역어로서 재래의 문학과는 구별되는 새로운 문학으로 근

---

[*] 이 글은 돌샘 송주춘 장학금(2001년 1학기)의 지원을 받았음.
[*] 이화여대 박사과정.
[1] 문학론과 마찬가지로, 시론이나 소설론의 전개도 각각의 장르들이 자리를 잡아가는 과정에서 형성되었다. 문학이란 무엇인가라는 물음과 유사하게 시란, 소설이란 무엇인가라는 자기정의에서부터 출발하는 이론적인 비평의 형성이 문학 텍스트 자체에 대한 분석과 해석, 평가보다 먼저 시작되었던 것은 재래의 것과는 다른 새로운 문학 형식을 서구적인 것에 대한 학습을 통해 배웠기 때문으로 보인다.

대문학을 정의하였다.[2] 그런데 이광수는 「문학이란 하오」에서 문학을 논문, 시, 소설, 희곡으로 분류하고, 비평은 '논문'[3]의 하위 범주로 다루었다. 아직 비평이 시, 소설, 희곡이라는 문학의 여타 장르들과 동등한 위치에서 인식되지 못했기 때문으로 보인다. 즉 문학 비평은 "문학적 작품, 즉 논문이나 소설, 시, 극 등에 표현된 주지를 자가(自家)의 두뇌 중에 일차 용입(溶入)하였다가 갱(更)히 자가의 논문으로 발표"하는 것인데, 비평의 대상이 되어야 할 텍스트의 생산이 풍부하지 못했던 것이다. 작품에 대한 분석, 해석, 판단을 통해 형성되는 문학비평은 근대적인 문학작품이 생산이 많아지고, 그것에 대한 분석과 가치 평가가 요구되는 시점에서 시와 소설 등의 장르와 동등한 위상을 지닐 수 있게 되는 것이다. 이처럼 문학비평은 당대의 문학이 어떠한 것인가라는 질문에 대한 해답을 구하는 것이고, 시, 소설, 등의 문학 텍스트들에 대한 분석, 해석, 판단을 내리는 행위라고 할 수 있다.

문학비평이 소설, 시, 등과 동등한 위치에서 문학의 한 영역으로 자리잡기 시작한 것은 1920년대 들어서면서부터라고 할 수 있을 것이다. 물론 개별적인 작품론[4]은 1910년대 말부터 이미 나타나기 시작했기만, 비평은 어떠한 것인가에 대한 의문이 직접적으로 제기 된 것은 1920년대 초반이다. 이 시기의 작품평은 주로 선후평, 월평, 총평 등의 형식을 띤 초보적인 형태였고,[5] 이러한 비평들은 비평이 아직 문학적 제도로서

---

2) 황종연은 문학이라는 역어가 종래의 문학을 형성한 역사적 장르들과 그것들의 서열에 대한 관념에 수정을 가했고, 시, 소설, 희곡이라는 장르의 삼분법 속에서 문학적 글의 가능성을 인식하게 되었으며, 문학의 민족적 분립에 대한 인식(조선문학에 대한 인식)이 동시적으로 공식화되었다고 지적하였다. (황종연, 「문학이라는 역어」, 『한국문학이란 무엇인가』, 민음사, 1995, 365-369쪽)

3) "논문—물론 정치적 우(又)는 과학적 논문을 지(指)함이 아니라 소설가가 소설로, 시인이 시로, 발표하려는 바를 소설과 시의 기교적 형식을 취하지 아니하고, 〈말하듯이〉 발표함을 위함이니, 도연명의 「귀거래사」, 소식의 「적벽부」, 굴원의 「이소경」, 등 고래(古來) 소위 문학이라던 자의 대부(大部)와 서양의 카알라일, 에머슨 등의 저서와 여(如)한 자가 차에 속하느라. 차 외에 근대에 신성(新成)한 일체(一體)가 유(有)하니, 즉 소위 비평문, 우는 평론문이라."(이광수, 「문학이란 하오」)

4) 김기전, 「『무정』 제122호를 독하다가」, 『매일신보』, 1917.6.15-17.

정착되지 않은 단계에서 온 낯설음과 비평에 대한 작가의 본능적인 거부감 등으로 인해 논쟁을 불러 일으켰다.[6] 비평가의 역할을 놓고 벌였던 염상섭 김동인 논쟁[7], 시의 정의를 둘러싸고 벌어졌던 현철 황석우 논쟁[8], 비평의 태도를 논했던 박종화 김억 논쟁[9]등은 당시의 비평을 이해할 수 있는 좋은 자료가 되었고 우리 문학비평을 논쟁을 통해 이해하려는 연구에서 출발점이 되곤 하였다.[10] 논쟁은 문학이나 비평에 대한 뚜렷한 입장의 차이가 드러날 때 발생하는 것인데, 각종 잡지들과 문학 동인지들이 발간되면서 작품들이 쏟아지고, 그러한 작품들에 대한 분석과 평가가 뒤따르면서 논쟁적 국면이 형성될 수 있었다. 그러나 논쟁에서는 1920년대 초반의 문학 비평의 쟁점들만 부각되므로 소설론과 문학론의 전개도 고려 대상으로 삼아야, 이 시기 비평의 실상을 파악할 수 있을 것이다.

　　당시에 쓰여진 월평이나 총평의 대부분이 비평의 필요성과 역할에 대한 인식을 전제로 출발하고 있다. "비평이 따르지 않는 작(作)같이 고독한 자는 없다"[11]는 황석우의 언급이나, "매일 문단에 현출(現出)하는

---

5) 김윤식, 「초창기 문학론과 비평의 양상」, 『근대한국문학연구』, 일지사, 1973, 87-95쪽.
6) 신재기, 『한국근대문학비평론 연구』, 고려대학교 민족문화연구소, 1996, p.34.
7) 김동인 염상섭 논쟁은 김환이 발표한 작품 「자연의 자각」(『현대』1호, 1920.1)에 대한 염상섭의 작품평 「「자연의 자각」을 보고서」(『현대』 2호, 1920.3)에 김동인이 비판을 가함으로써 촉발되었고, 창조파와 폐허파의 대립, 작가와 비평가의 대립, 비평의 범주와 역할에 대한 논쟁 등으로 평가되어 오고 있는 최초의 비평 논쟁이라고 할 수 있다.
8) 『개벽』 5호(1920.11)에 지면의 여백을 메우기 위해 실린 짤막한 글 「시의 정의」를 둘러싸고 개벽의 문예부장이었던 현철과 황석우를 중심으로 전개된 논쟁으로, '개인의 감정문제'로 비하되어 김윤식이 '욕설비평'이라고 평했던 상태에 도달하여 잡지 차원에서 중단시키게 된다.(「편집실에서」, 『개벽』9호, 1921.3, 118쪽 참조) 신시에 대한 새로운 내용을 담보하지 못한 상태에서 상호비방이 오갔기 때문에 그리 연구자의 관심을 끌지는 못했지만, 논쟁이 가지는 문제적 측면을 잘 보여주고 있다.
9) 박종화의 「문단 1년을 추억하야」(『개벽』31호, 1923.1)에 대한 김억의 비판에서 촉발된 논쟁이다. 비평가의 태도가 주관적이냐 객관적이냐 하는 문제가 중심이 되었고, 김억이 자신의 시에 대한 박종화의 평가에 반발함으로써 비롯되었기 때문에 비평가와 작가의 대립 구도 속에서 파악되기도 한다.
10) 홍문표, 「한국현대문학논쟁의 비평사적 연구」, 『어문논집』 제12집, 고대국어국문학연구회, 1970.
　　김영민, 『한국근대문학비평사』, 소명출판, 1999 등이 대표적이다.

허다 작품을, 비판 없이 일속삼문(一束三文)으로 매거(埋去)하면 일대 손실일뿐더러, 건전한 신문단을 건설하는 사업에 불소한 장애를 초래" 하리라는 염상섭의 언급은 작품에 대한 비평이 이루어질 때 비로소 작품이 완성될 수 있고, 작품의 가치에 대한 평가를 통해 문단이 풍성해질 수 있음을 지적한 것이다.[12] 그렇지만 당시의 작품평들은 엄밀한 비평이론의 토대 위해서 전개된 것은 아니었다. 따라서 비평의 개념과 기능, 비평의 태도 등에 대한 평자들 나름의 다양한 입장들이 존재하고 있었다.[13] 때문에 필자는 이러한 비평에 대한 입장들을 통해서 1920년대 초기 문학비평이 어떻게 자기를 정립시키는지를 파악하고, 당대의 문학에 대한 이해방식과 어떻게 연결되고 있는지에 대해 살펴보고자 한다.

2. 비평에 대한 세 가지 접근 방식

문학을 사외석 세봉을 위한 효용성의 차원에서 이해했던 이광수에 대한 반발과 저항에서 순문학적인 가치를 옹호하게 된 것이 1920년대

---

11) 황석우, 「최근의 시단」, 『개벽』 5호, 1920.11, 89쪽.
12) 비평은 "창작의 의욕을 격동(激動)하고 창작의 경향을 비판하여 그 작품의 진가(眞價)를 보장하고 그 작품의 야비(野卑)를 출론(黜論)하여 써 그 예술의 권위를 옹호하고 민중의 감상(鑑賞)을 대언(代言)"하는 중요한 역할을 하는 것이다. (박종화,「오호 아문단」,『백조』2호, 1922.5. 141쪽 참조)
13) 비평이 확고하게 자리잡지 않은 상태이기 때문에 이러한 입장 차이는 "첫째는 작가와 평가(平家)와 또는 독자와의 이해를 얻을 수 없는 것, 곧 평이 좀 혹(酷)에 들면 그 평가와 작자와의 우의(友誼)가 끊어질 지경의 감정문제가 생겨나며 따라서 독자는 그 평의 관(寬) 혹(酷)에 의하여 작가와 비평가와의 친(親) 불친(不親)을 저울질하려 하며 둘째는 작가는 항상 그 작(作) 가치 이상 천만배 이상의 비평을 얻으려 하며 또는 평가는 남의 작의 비평을 통하여 자기의 성가(聲價)를 높이려는 허영, 악욕을 가지며, 셋째는 하등 조건과 이유 없이 작가는 평을 믿지 아니하고 평가는 남의 작(作)을 업수히 여기는 것" 등의 문제적 측면들을 포함하고 있었다고 볼 수 있다. (황석우, 위의 글, 89쪽 참조)

문학의 특징적 일면이다. 이광수가 재래의 문학에 대한 부정과 새로운 문학에 대한 정의로서 근대문학을 출발시켰던 것처럼, 독보적 존재로 군림하던 이광수에 대한 부정과 저항에 의해 예술미를 지닌 자율적인 문학이 새롭게 주장되었던 것이다. 이러한 배경 하에서 비평에 대한 인식은 사회적인 맥락과는 거리를 둔 채 작가, 작품, 독자 사이에서 비평가가 어느 정도까지 개입할 수 있는가 하는 비평의 기능과 영역의 설정에서 차이를 보이게 된다. 필자는 1920년대 초기의 비평에 대한 이해를 작품의 내재적 비평, 작가의 개성의 표현으로서의 비평, 비평가의 주관적 감정 표현으로서의 비평이라는 세 가지 측면에서 살펴보고자 한다.

1) 작품의 내적 원리의 규명으로서 비평

작품의 분석과 해석을 통해 내적인 구성원리를 규명해야 한다는 비평관은 김동인과 김억에게서 찾아 볼 수 있다. 김동인이 「제월씨의 평자적 가치를 논함」에서 염상섭의 비평에 대한 비판을 가했던 근거는 작가에 대한 '인신공격'을 했다는 점이다. 즉 비평가의 작품에 대한 비평은 '작품의 조화된 정도'에 관한 것이어야지 작가에 인격에 대한 비평이 되어서는 안 된다는 것이다. "소설작법을 모르는 사람은 소설평자될 자격이 없다"[14]고 한 것도 작품을 구성하는 내적 원리를 이해해야만 작품의 결점을 제대로 비평할 수 있다는 이유 때문이다. 결국 비평은 작품 창조자의 입장에서 작품의 예술적인 가치를 논하는 것이 된다.

김억도 비평은 비평가의 주관적 감상이 아니라 "작가의 내(內)생활 또는 작품에 대한 근본적 이해"를 토대로 한 객관적인 태도로, 즉 "좋다 좋지 못하다 하는 주관적 감정"이 아니라 시평의 경우에는 시상의 분석,

---

14) 김동인, 「제월씨의 평자적 가치를 논함」, 『창조』6호, 1920.5, 73쪽.

리듬, 무드 등의 조화와 부조화가 이루어져 있는가 하는 내적인 원리의 객관적 규명에 의해 이루어지는 것이라고 파악한다. 이처럼 김동인과 김억은 비평가보다는 작가의 입장에서 작품을 분석하고 해석하는 비평을 옹호하고 있으며, 이는 비평가가 작품 내적 구성의 원리를 밝히는 소설과 시의 이론에 대한 이해를 전제로 할 때 가능하다고 본다.[15]

그렇기 때문에 비평의 역할은 문학에 대한 지식이 부족한 일반독자에게 작품을 이해시키는 것에 국한되고 작가의 인격이나 집필 의도에 대한 외부적 평가는 배제되고 있다.

> 비평은 작가를 지도하는 것은 아닙니다. 비평은 민중을 지도합니다. 감상력이 부족한 민중에게 감상법을 가르치는 것―이것이 비평의 직책이오, 비평이 존재할 필요입니다. 그러면 비평가는 가장 침중(沈重)한 태도로 작품을 접하여, 모든 결점, 선점을 가르치지 않으면 안 됩니다. (……) 비평가가 비평을 할 때는 선입주관이 있어서는 안됩니다. (……) 비평가로서 어떤 작품을 비평을 하려면 그 작품 작가와 같은 기분 아래 자기를 두고, 그 작품을 관하지 않으면 안 됩니다. (……) 그런데 비평가의 대개는 작품을 본 감상문을 평이라 합니다. 작품에 대한 감상과 평과는 엄연한 구별이 있습니다. 감상에는 자가의 이견이 존개할 어기기 있지만, 평에는 실내로 사기의 의견이라고는 있지 못합니다.[16]

문학에 대해 잘 모르는 일반 독자를 지도하는 역할만을 가져야 하며, 문학의 창조자로서의 작가 고유의 영역을 침범해서는 안 된다는 주장은 비평을 작가의 창조물인 텍스트를 독자에게 전달하는 '활동사진의

---

15) 작가로서 김동인과 김억은 각각 소설과 시에 대한 이론을 발표한 바 있다. 김억의 시론은 서구 상징시의 소개와 근대 자유시론의 전개로 특징지워질 수 있는데 1910년대 말에 주로 이루어졌기 때문에 여기서는 논외로 하고자 한다. 김동인의 소설에 대한 이론은 작품의 내적인 구성 원리에 주목한 비평을 강조하고 있기 때문에 그러한 내적 구성 원리를 어떻게 설명하고 있는지는 뒤에서 좀더 구체적으로 살펴보도록 하겠다.
16) 김동인, 「비평에 대하여」, 『창조』9호, 1921.5.

변사'로서 규정하고 있는 김동인의 작품 내적인 접근을 중시하는 비평론의 특징이다. 김동인이 독자를 언급하고 있기는 하지만 이는 작품의 향수자로서의 독자의 역할을 인식한 것은 아니다. 김동인에게 일반 독자는 문학에 대한 이해와 감상능력이 부족하므로 지도를 받아야 하고, 비평가는 '선입주관'을 엄격하게 배제하고 작품 내부에 존재하는 예술성과 구성적인 원리를 규명함으로써 작품을 분석하고 해석해야 하는 존재이다. 따라서 김동인에게 독자란 작가가 창조한 작품을 분석과 해석을 통해 이해할 수 있는 존재로만 가치가 있을 뿐이다. 작가는 "자기가 창조한 세계를 자기 손바닥 위에 올려놓고 자기가 조정하"면서 그 안에서 만족하는 것에 가치를 두고 있다.[17]

2) 작가의 개성에 주목하는 비평

김동인과 달리 염상섭은 비평가의 입장에서 '작가의 집필의도'나 '인격' 같은 전기적 측면까지 고려해야 한다는 외재적 접근 태도를 인정하는 형태로 비평을 이해하고 있다. 그가 김환의 「자연의 자각」에 대한 평에서 가장 큰 문제로 본 점은 "소설의 중심생명이라고 할만한 개성"이 결여되어 있고, '노골적인 자아광고'[18]에 불과하다는 것이었다.[19] 여기서 개성은 등장인물의 개성적 성격만을 지칭하는 것이 아니라 소설을 통해서 발현되어 나타나는 작가의 개성을 의미한다. 따라서 비평가는 작품의 내적인 구성 원리뿐만 아니라 작품 안에 녹아 있는 작가의 사상이나 인격을 평가할 수 있다. 이러한 염상섭의 비평을 작가에 대한 과도

---

17) 김동인, 「자기가 창조한 세계」, 『창조』7호, 1920.7.
18) 염상섭은 '자기 표현'과 '자아광고'는 엄밀하게 다른 것인데, 김환이 매일신보에 실은 「향촌의 누이로부터」라는 글을 썼는데, 여기서 보면 작가 김환이 K라는 작중인물과 동일인이라는 점 때문에 노골적인 자아광고였다고 밝히고 있다. (염상섭, 「여의 평자적 가치를 논함에 답함」, 『동아일보』, 1920.5.31-6.2, 『염상섭전집12권』, 민음사, 1987, 15쪽 참조)
19) 염상섭, 「백악씨의 「자연의 자각」을 보고서」, 『현대』2호, 1920.3.

한 인신공격이라고 비판한 김동인에게 반대하여, 비평가는 '재판관'처
럼 작가에 대한 평가와 지도를 할 수 있다는 입장을 견지할 수 있는 것
도 이러한 그의 비평에 대한 인식에 근거하고 있다.

> 내가 백악군의 「자연의 자각」을 평하는 일문 중에 과연 백악군의 인격을
> 평하였는지 아니 하였는지 별문제려니와 하여간 그 작가의 인격이 작물(作
> 物)의 배후에 잠복함은 어떠한 평가의 론이든지 일치하는 바며 또 사실상 그
> 러한 것이다. (……) 평가(平家)가 일개의 작을 평코자 할진대 반듯이 그 작
> 자의 집필하든 당시의 경우, 성격, 취미, 년령, 사상의 경향... 등 제 방면에
> 면밀한 고찰이 유(有)하여야 완전함을 기할 수 있으며, 또 비등(比等) 제 조
> 건이 실로 일 개인의 인격을 구성하는 바인 이상 작을 평함에 제하야 그 작
> 자의 인격을 음미함이 당연한 사(事)가 아닌가? 그러하나 이 인격이라는 말
> 은 결코 재래의 도덕을 유일한 표준으로 삼고 사정(査定)하는 바는 아니다.
> 오직 진리에 살겠다는 예술가로서의 양심에 비추어서 논평함이다.[20]

염상섭은 비평가가 일반독자에게 어떤 영향을 주는가하는 문제보다
는 작가의 집필 의도, 인격 등이 중요하다고 보고 있는 것이다. 염상섭
이 작품을 평할 때 음미하고자 하는 작가의 인격을 재래의 도덕적인 표
준이 아니라 '예술가로서의 양심'이다. 이것은 염상섭이 문학을 비평할
때 중요한 준거로 사용하고 있는 작가의 개성과 관련이 있다. 개성과 예
술의 관계에 대한 심화된 이해는 「개성과 예술」에 잘 드러나 있다. 문학
이나 예술에서 중요한 개성은 '자아의 각성'이며, 근대인은 모든 것을
'의심'하고 "현실폭로의 비애, 또는 환멸의 비애"에 빠져 있으면서도
도리어 그 안에서 자아각성을 촉진하게 된다.[21] 이러한 자아 각성의 상
태는 자기학대와 자기분열의 노예적 상태의 극복에서 찾을 수 있다.

---

20) 염상섭, 「여의 평자적 가치를 논함」, 『염상섭전집12권』, 민음사, 1987, 14쪽.
21) 염상섭, 「개성과 예술」, 『개벽』22호, 1922.4.

　　우리는 무엇보다도 적라(赤裸)의 개인으로, 자기로 돌아가야 하겠습니다.
노예적 모든 관습으로부터, 기성적 모든 관념으로부터 적라(赤裸)의 개인에!
이것이 우리의 〈못트〉가 아니면 아니되겠습니다. 자기 심령(心靈)을 잠식하
는 자기가 심령 속에 속속들이 미만(彌漫)된 우상 권위와 성벽으로부터 해방
되어야 하겠습니다. 자기기만 자기포기 자기학대로부터 자기해방에? 인성
(人性)유국(蹂　)로부터 개인해방에!........ 이것이 정치적 사회적 경제적 도
덕적 일체의 외적 해방의 발족점이요, 제일요건이외다. (……) 자기가 자기
의 노예인 동안은 대외적인 해방을 요구할 자각도 없고 권리도 없습니다.
(……) 숙명적인 성격과 자연적인 그 발로는 자기 자신도 간섭할 수 없는 것
이외다. 그 질(質)의 여하(如何)를 순 객관적으로 비평할 수는 있지만은, 그
러나 윤리적 관조는 불허할 바올시다.[22]

　　‘숙명적인 성격과 자연적인 그 발로’ 인 ‘적라의 개인’ 으로서의 자아
의 각성이 바로 염상섭이 추구하는 개성의 일면이라고 할 수 있다. 이러
한 개성은 윤리적인 관조나 간섭을 허용하지 않는, 마음 속에 차 있는
우상과 권위로부터의 해방이다. 김동인이 작가에 의해 창조된 작품 내
적인 구성의 통일성과 단일성에서 문학비평의 준거를 발견한다면, 염상
섭은 예술미를 작가의 개성, 즉 “작가의 독이적(獨異的) 생명을 통하여
투시한 창조적 직관의 세계”와 “그것을 투영한 예술적 표현”에서 찾고
있다. 따라서 개성의 표현과 약동에 미적인 가치가 있고, 예술은 생명을
지니게 된다.[23] 이처럼 염상섭이 강조하는 작가의 개성은 위에서 언급한
작가의 인격이나 집필의도 등의 작품 외적인 것을 통해서만 규명되는
것은 아니다. 작가의 개성을 통해 바라본 세계뿐만 아니라 예술적인 표
현 역시 중요하게 파악한다. 즉 작가의 개성이 곧 작품의 개성까지도 결
정하는데, 예술의 생명이 바로 개성의 독창성에 있기 때문이다.

---

22) 염상섭, 「자기학대에서 자기해방에-생활의 반성」, 『동아일보』,1920.4.6-9.
23) 염상섭, 「개성과 예술」, 『개벽』 22호, 1922.4.

3) 비평가의 주관을 살리는 비평

작품의 내적 원리나 작가의 개성을 비평의 중요한 요소로 보았던 두 가지 입장과 구별되는 또 하나의 비평에 대한 접근은 비평가의 주관을 중요시하는 입장이다. 이는 김유방과 박종화의 비평에서 잘 드러난다. 두 사람 모두 비평의 종류를 의고비평, 설리비평, 과학비평, 인상비평, 감상 비평 5가지로 구분하고[24] 이 중에서 비평가의 주관을 통해 작품을 감상하는 것을 올바른 비평이라고 파악한다. 두 사람이 지향하는 비평의 방법에는 약간의 차이가 있지만 근본적으로 비평가의 주관적인 측면을 작품이나 작가보다 중요한 준거로 삼는다는 점에서 공통된다.

김유방은 염상섭과 김동인의 논쟁을 정리하고 평가하는 차원에서 비평 유형을 구분하면서 자신의 비평론을 제시하게 된다. 그에 따르면 작품에 대한 비평은 작품에 대한 불평에서 나오는 것이며, 위대한 것과 옳은 것을 주창하기 위한 '선전'도 아니다. 따라서 '작품에 대한 비평가'는 불필요한 존재라는 입장을 취한다. 작품에 대한 해부와 실체의 규명을 위한 가치 평가를 행하는 것은 객관적인 가치를 수립함으로써 창조적인 작품 자체와 모순되게 되고, 그렇기 때문에 비평가는 자신의 주관을 몰각하고 "예술에 대한 감수성이 결핍된 것"을 가장 큰 특징으로 가지게 된다. 이러한 비평가의 오류를 극복하기 위해서 비평가는 자신

---

24) 신재기는 이러한 5가지 구분을 '비평유형론'으로 다루고 있는데, 5가지 비평 유형에 분류 기준이 분명하지 않은 점을 지적하면서 서구 비평의 역사적인 전개 과정에서 비롯된 것으로 파악하고 있다. 의고비평은 고전주의적 비평, 과학비평은 테느의 자연과학적 실증적 비평으로 보고, 인상비평과 감상비평은 두 사람이 차이를 비교하면서 언급한다. 설리비평은 최신의 비평이라는 공통된 언급이지만 뚜렷한 방법이 제시되지 않았지만 분석비평의 일종이 아닌가 추정하였다. 김윤식은 일본의 문예사전에서 볼 수 있는 상식화된 것이 아닌가 추정한 바 있다. 1920년대 초반은 비평 이론에 정통한 비평가는 사실상 찾아보기 힘들다는 현상적인 측면을 고려할 때 추정 이상의 깊은 논증은 어려울 것으로 보인다. (신재기, 앞의 책, 54-57쪽, 김윤식, 앞의 책, 103쪽 참조)

의 주관적 감정에 따른 비평을 행해야 하고, 그러한 비평 행위가 제2의 예술 창작 행위가 되어야 한다고 주장한다.

> 비평가라는 예술가는 반드시 어떠한 작품을 물론하고 그 작품에 대한 비평이나 또는 선전을 하지 말아야 하겠다.… 그는 다못 어떠한 예술작품을 창작하여야 할 것이다. … 비평가의 지위에 처한 예술가는 모든 예술가가 어떠한 사실 또는 어떠한 물상에 대한 자기 자신의 경험한 감정을 취재(取材)로 하여 한 작품을 창작함과 같이 그의 어떠한 작품에 대한 자기 자신의 경험한 감정을 취재로 하여서 제2의 작품을 구성하여야 할 것이다. (……) 나는 예술적 작품은 한갓 그 위에 표현된 무-드 그것이 스스로 그 작품의 운명을 좌우할 것이며 결코 비평가가 어떠한 이론으로써 그 작품의 가치를 논단할 바는 못된다고 생각하는 동시에 비평가는 다못 예술적 가치 있는 수단으로써 어떠한 작품에서 감득한 자기의 감정을 그 다른 양식으로서 표백한다는 감상비평을 취하려 한다."[25]

김유방은 이처럼 작품에 대한 객관적 기준을 제시하는 비평이 아니라 창작되는 예술적 작품으로서의 비평에 의의를 두고 있다. 이러한 비평을 감상비평으로 명명하고 있는데, 이는 작품에 대한 해석과 분석과 평가라는 비평의 의미를 새로운 창조로서의 비평으로 재해석한다는 점에서 고무적이다. 이러한 창조적 비평을 행하기 위해서 비평가가 갖추어야 할 요건은 창작자로서의 소질, 작품에 대한 소개나 해설을 배제하고 비평가 자신의 감정을 고백하는 것, 예술적 가치가 있는 여러 형태의 수단, 가령 산문, 운문, 회화, 음악 등의 형식을 통해 자신의 감정을 표현하는 것, 세 가지이다. 이러한 입장은 김동리가 비평을 작품에 대한 분석과 해석으로 규정하고 있었던 것과 비교하면 비평가를 창조작인 작가와 동등한 위치로 파악한 것이라 할 수 있다.[26]

---

25) 김유방, 「작품에 대한 평자적 가치」, 『창조』 9호, 1921.5, 68-69쪽.

비평가의 주관을 중시하는 박종화의 경우는 비평가를 창조적 예술 가로까지 격상시키는 김유방과는 다르게, 비평가의 주관을 우위에 두 고 작품의 가치를 평가하는 입장을 취한다. 비평가로서 박종화는 객관 적 태도를 취하지 않고 주관적 태도로, 즉 "객관적 구애와 형식을 떠나 나의 주관으로써 그 작품을 맛보아 그 결점과 미점을 비판"하는 것을 원칙으로 한다. 이러한 박종화의 비평에서는 작품에 대한 비평가의 주 관적 판단이 비평기준이 되므로, 객관적 비평을 하지 않아 무책임하다 는 김억의 비판은 수용되기 어려운 것이다. 박종화는 자신의 비평적 태 도를 "일체의 객관비평에서 떠나서 작품 그것을 주관으로 감상하여 그 미점을 찾고 그 결점을 찾는" 감상비평과 "작품의 좋고 나진 것을 설명 하는" 설리 비평의 결합으로 보고 있다.[27] 이처럼 작품에 대한 가치평 가와 비평가의 주관을 결합시키는 것은 박종화 비평의 중요한 특성이 되고 있다.

그런데 1920년대 초반에 등장한 비평가의 주관을 중시하는 비평방 법은 엄밀한 이론적 토대에 기초해서 등장한 프로문학론이 지배적인 영 향력을 행사하는 1920년대 중반 이후의 문단에서는 위축되었다가 1930년대에 가서 김환태와 김문집 등의 비평가에 의해서 비로소 자리 를 잡게 된다.

---

26) 작가와 비평가를 창조자로서 동등하게 파악하는 이러한 입장은 신식의 글에서도 드러난다. "예술적 창조의 충동도 필경은 그 기인이 고락을 같이하고 애린을 같이하려는 감정에서 일 어난다. 그리하여 우리는 동정동감에 서로 호응하는 거기서 지은 예술품을 감상할 수 잇는 것이다. 그 창조 작용을 이해하는 동시에 다시 새 창조가 거기에 일어날 것이다. 그것이 곳 창작에 대한 비평이다. (……) 혹은 비평이라 하면 물론 자의(字意)와 같이 작품에 대하여 비 난평정하는 것이니까 창작에 역행하는 것 같지만 이미 동일한 작용에 선 이상에는 그는 거기 에 역행함이 아니고 추반(追伴)하는 것이다." (신식, 「문학의 본체」, 『개벽』24호, 1922.6.1, 8쪽 참조)
27) 박종화, 「항의같지 않은 항의자에게」, 『개벽』35호, 1923.5.

3. 텍스트 분석의 준거로서의 소설론

　1920년대 초반의 문학은 그 이전 시기와는 크게 구별된다. 앞에서도 언급했듯이 문학을 사회적 계몽의 수단으로 파악했던 이광수에 대한 저항과 반발에서 문학을 자율적인 예술의 한 분야로서 인식하는 '예술을 위한 예술'이라는 예술지상주의적 경향과 유미주의가 출현하였다. 유미주의적 경향이 사회 개조론과 결합해 개조의 정신의 토대로서 미를 파악하면서, 그러한 미의 담지자로서 예술의 가치에 주목하기도 하였다. 이러한 경향들 속에서 문학의 한 영역으로 자리를 굳혀가고 있는 문학비평이 심화되는 한 양상으로 소설의 내적인 원리들을 규명하는 소설개론들이 등장하였다. 이광수가 '문학'이라는 개념의 정의를 시도했던 것처럼, 소설 장르의 내적 구성 요소들을 밝힘으로써 소설이란 무엇인가에 대한 대답과 함께 텍스트 분석의 다양한 기준들을 제공해주었다. 또한 문학에서 표현되는 감정이나 사상들에 대한 관심도 생겨난다.

　작가에 대한 판단이 아니라 작품 내적인 구성 원리에 대해 분석하고 해석하는 비평을 주장했던 김동인이 「소설작법」을 쓴 것은, 소설작법에 대한 이해가 없는 비평가는 소설을 비평할 자격이 없다고까지 말했던 사실을 염두에 둘 때 당연한 수순으로 보인다. 물론 김동인이 소설에 대해 쓴 최초의 글은 1919년 1월 『학지광』18호에 발표한 「소설에 대한 조선 사람의 사상을...」이다. 이 글에서 이미 현실 사회보다는 '예술적 진화'를 문명의 척도로 파악하는 예술지상주의적 태도가 나타난다. "예술은 인생의 정신이요, 사상이요, 자기를 대상으로 한 참사랑이요, 사회 개량, 신인합일을 수행할 자"[28]라는 언급에 예술을 통한 사회 개량까지

---

28) 김동인, 「소설에 대한 조선사람의 사상을...」, 김치홍 편, 『김동인 평론전집』, 삼영사, 1984, 31쪽.

도 가능하다는 입장이 들어 있기는 하지만, 김동인은 예술작품의 창조
행위와 그것을 통해 구축된 독자적 세계에 더 주목하였다. 그렇기 때문
에 김동인이 유미주의적 예술지상주의자로 명명되는 것이다.

그런데 유미주의를 견지한 현철의 경우, 『개벽』17호에 발표한 「모름
이 미로부터」에서 개조의 정신에서 예술의 힘이 중요한 역할을 한다고
언급하였다. 조선의 현실의 문제점을 '미의 고갈'에서 찾고 부자연한
사회에 대한 자각에 의해 발생하는 '반항적 개조'의 정신을 윤택하게
하는 예술의 힘이 중요하다는 것이다. 그래서 현철은 예술을 개별 작품
들이 아니라 "인생생존의 미를 규지(窺知)케 하는 수단"인 미의 담지자
라는 확대된 개념으로 이해하고 있다.[29] 유미주의적 입장을 동일하게 견
지하면서도 각자의 소설론에서 지적되는 소설 텍스트의 내적 구성 요소
들이 차이를 보이는 것은 이런 입장 차이에서 비롯된다고 할 수 있다.

사실 김동인은 사회개량보다는 신적인 경지에까지 작가를 끌어올려
서 자기가 창조한 세계인 텍스트를 구성하는 방법에 더 관심이 많았고,
소설작법도 모르고 비평하는 행위에 대한 반발은 그에게 소설 텍스트의
내적 구성을 분석할 준거를 제시하지 않을 수 없게 했던 것이다. 현철이
『개벽』1-4호까지 연재한 「소설개요」와 「소설연구법」 역시도 소설의
구성원리와 성분을 밝히고 소설을 연구하는 방법까지 논한 것으로 김동
인의 것과 비교해서 시기적으로 앞서 발표되었을 뿐만 아니라 내용상으
로도 크게 뒤떨어지지 않는 글이다. 그런데 현철의 글은 "동경예술좌 연
극학교에서 수업한 필기"를 근거로 해서 작성된 것이다.[30]

김동인은 "소설을 쓰는 방법은 다만 세 가지밖에 없다. 먼저 이야기

---

29) 현철, 「모름이 미로부터」, 『개벽』17호, 1921.11.1.
30) 김동인이 소설가로서 당시의 우리 작품들에 대한 충실한 분석을 곁들인 것과 달리 현철은 자
   신이 일본에서 학습한 내용을 정리하고 있어서 이론적인 견고함을 지니고 있다고 볼 수 있다.
   김영민은 이러한 현철의 소설론을 일본문학, 서구 소설론 등과 비교하여 연구하였다.(김영민,
   「1920년대 한국문학비평연구」, 『한국근대문학비평사연구』, 세계, 1989, 218-223쪽 참조)

의 가음(plot)을 만들어 가지고 거기 인물을 배치하는 것이 첫째. 먼저 어떤 성격을 가진 인물을 만들어 가지고 그런 성격의 사람이면 전개될 만한 사건이나 국면을 발견하는 것이 둘째. 셋째는 어떤 분위기를 붙들어 가지고 그 분위기에 맞을 만한 국문이며 인물을 만들어 내이는 것."이라는 스티븐슨의 말을 '소설작법의 근본'으로 삼고 있다. 그리고 이러한 플롯에서 중요한 것으로 '단순화(單純化)', '통일(統一)', '연락(連絡)'을 지적한다. 소설은 복잡한 인생을 연락 있고 통일된 사건을 토대로 단순화하는 것이라는 것이다.[31] 따라서 이 세 가지 요소가 제대로 구성되어 있는가는 소설에 대한 비평에서 작품을 평가하는 중요한 기준이 된다. 단순하고 구조적으로 잘 짜여진 소설에 가치를 두는 이러한 김동인 태도는 작품의 서술방식인 시점에도 주목하게 만든다. '문체' 항목에서 다루고 있는 4 가지 유형의 시점인 '일원묘사체' A형, B형, '다원묘사체', '순객관적 묘사체' 들은 1인칭 주인공 시점, 1인칭 관찰자 시점, 전지적 시점, 작가 관찰자 시점 등과 상당한 유사점을 가지고 있다. 이러한 김동인의 소설론은 "상당한 수준에 올라 있는 소설구조론"으로 서구 형식주의 비평에 비견될 수 있다.[32]

　한편, 김동인이 실제 작품의 분석을 토대로[33] 소설작법을 전개하는 방식은 작가가 창조한 작품 이외의 요소로 비평을 해서는 안 된다는 내재적 비평의 태도와 긴밀하게 연결된다. 이러한 생각은 앞에서 언급했듯이 「자기가 창조한 세계」에서 인형을 조종하듯이 자기가 창조한 세계를 통일적이고 단순하게 구성하고 있는 톨스토이를, 복잡한 세계를 복잡하게 그리는 도스토예프스키보다 우월한 예술가로 보는 근거이기도 하다.

---

31) 김동인, 「소설작법」, 김치홍 편, 앞의 책, 37-42쪽.
32) 김영민, 앞의 책, 211-213쪽 참조.
33) 춘원의 「무정」, 국초의 「귀의 성」, 상섭의 「해바라기」, 도향의 「별을 안거든 우지나 말 걸」과 「계집하인」, 동인의 「마음이 여튼 자여」, 등의 소설들을 예로 들어 분석하였다.

예술이란 자아적인 사랑이 나는 '자기를 위하여 자기가 창조한 자기의 세계' 라는 정의를 세워 놓고-즉 예술가란 '한 개의 세상-혹은 인생이라 하여도 좋다-을 창조하여 가지고, 종횡 자유로 자기 손바닥 우에 놀릴만한 능력이 있는 인물' 이라는 정의를 세워 놓고 도스토예프스키와 톨스토이를 비교하면 그들은 과연 어느 편이 승(勝)하고 어느 편이 열(劣)한고. 도스토예프스키는(……) '사랑으로써 모든 것은 결정된다' 는 인생을 창조하였다. 그러치만 그 뒤가 틀렸다. 그는 자기가 창조한 인생을 지배치를 않고 그만 자기 자신이 그 인생 속에 빠져서 어쩔 줄을 모르고 헤매었다. (……)톨스토이는 어떠냐. 그도 한 인생을 창조하였다. 하기는 하였지만 그 인생은 틀린 인생이요, 소규모의 인생이다.(……) 그는 참 인생과는 다른 인생을 창조하였다. 그리고도 그는, 그 인생에 만족하였다. 그리고 그 인생을 자유자재로, 인형 놀리는 사람이 인형 놀리듯 자기 손바닥 위에 올려놓고 놀렸다. (……) 자기 마음대로 그 인생을 조종하였다. 톨스토이의 위대한 점은 여기 있다.[34]

예술작품은 사회적인 목적이나 텍스트 외적인 논리와 무관하게 독립적으로 존재할 뿐만 아니라 실제 현실과는 다른 단순화되고 작가에 의해 조종되는 통일된 세계이다. 예술가는 단순화되고 통일적인 작품의 내적인 원칙성에 반속하는 손재이다. 따라서 비평도 이런 방식의 기준만을 적용하는 것이 김동인에게는 타당한 것이다. 그러나 이러한 김동인의 소설론은 김동인 자신이 지향하는 방향에서 나온 것이기 때문에 다른 작가들의 작품을 비평하는 데 있어서는 이러한 기준에만 전적으로 의존할 수 없는 어려움이 있다.[35] 왜냐하면 소설 구성의 단순성과 통일성이라는 기준이 좋은 소설을 판단하는 절대적 기준은 아니기 때문이다.

김동인이 예술가에 의해 '창조된 세계' 로 파악한 예술작품이 현철에

---

34) 김동인, 「자기가 창조한 세계」, 『창조』7호, 1920.7.
35) 김동인의 형식주의적 소설론이 문학이론의 기초적인 작업으로서는 타당하지만 전반적인 문학을 이해하는데 있어서는 한계가 있다고 지적한 신동욱의 평가는 그런 점에서 유의미해 보인다.(「김동인의 형식주의 비평」, 『문학의 비평적 해석』, 단대출판부, 212쪽 참조)

게는 '실제의 재현'으로 이해된다. '사실 그대로의 묘사'가 아니라 사
실로부터 작가에 의해 추출된 것을 재구성하는 방식으로 문학이 정의되
기 때문이다.

> 그러나 한번 생각하여 보면 문학이 한 예술이다. 예술인 이상에는 아무리
> 하여도 오즉 천연 그대로 현출할 것이 아니고 무슨 공부와 고심으로써 표현
> 하지 않을 수가 업는 것이다. (……) 실제의 사물을 그대로 묘사하는 것이 아
> 니고 그 사물이 문학자의 심중에 소여된 바 인상을 기술하는 것이다. 누구의
> 육안에든지 보이는 천연을 그대로 쓰는 것이 아니고 작자의 심안에 비췬 천
> 연(天然)을 쓰는 것이다. 적어도 시간과 공간에 있어 무한하고 무궁한 천연
> 의 가운데로부터 작자가 가장 천연을 대표할만한 그 천연을 묘사하는 것이
> 다. (……) 이와 가티 비록 실제의 세간을 묘사한다고 하더라도 그 중에 인생
> 을 대표하고 인생의 진리를 암시할만한 것을 선택하지 아니할 수 업는 것이
> 다. 그러함으로 문학에 표현되는 천연의 실제는 실제 그대로가 아니고 실제
> 의 재현이 아니면 아니되겠다.[36]

그러므로 문학 작품은 '문학자의 심중에 소여된 바 인상을 기술하는
것'이 되고, 때문에 문학자의 인생관이나 작품을 쓰는 목적이 현철의 소
설론에서 5대 성분 중의 하나로 자리할 수 있게 된다. 이런 현철의 생각
이 그의 유미적인 태도와 전적으로 배치된다고 보기는 어렵다. 앞에서
살펴보았듯이 예술이 사회 개조의 반항적 '취체(取締)'를 수행하고 정
신을 윤택하게 만드는 미의 담지자로서 파악되고 있기 때문이다. 현철
에게 문학의 진정한 가치는 사실주의(寫實主義)와 자연주의(自然主義)
처럼 실제 세계의 사실을 묘사하는 데 주력하는 것이 아니라, 인생의 진
리를 드러낼 수 있는 문학작품에 존재한다.

「소설개요」[37]에서 현철은 소설의 5대 성분을 제시하는데 제 일은 '사

---

36) 현철, 「문학상으로 보는 사상」, 『개벽』16호, 1921.10.18.

건의 마련', 제 이는 인간됨(성격), 제 삼은 장소와 시간으로서의 배경, 제 사는 문장 혹은 문체, 제 오는 작가의 목적(인생관 사회관 등)으로 제시하고 이것들의 구체적 요소와 방법들을 체계적으로 정리하고 있다.

사건은 인생의 진상을 표현하는 가치 있는 것이어야 하고, '마련'은 플롯에 해당하는 것으로, 사건을 조직하는 방법인데, 사건들을 긴밀하게 조직하느냐, 느슨하게 조직하느냐, 복잡한 조직이냐, 단순한 조직이냐의 차이가 있겠으나 현철은 이러한 것들의 우열을 섣부르게 가르지는 않고, "사건이 가장 자연으로 전개되어 독자로 하여금 실사회를 보고 있는 것 같이 심리에 전철(展徹)되면" '마련이 완전한 소설'이라고 설명한다. 이런 특징이 있는 마련을 쓰는 방법으로 작가가 직접적으로 서술하는 '직접화설법', 작중의 주인공의 경험을 말하게 하는 '자서적 담화법', 편지로 구성된 서간체 담화법, 타인의 담화를 필기하듯이 쓰는 가탁적 담화법, 4가지를 제시하는데, 근대소설에서 쉽게 발견되는 서술 양식들과 관련이 있다. 인물을 묘사하는 방법으로는 인물을 관찰하고 성격을 설명하는 '해부적 방법'과 대화와 행동을 통해 인물을 묘사하는 '희곡적 방법'으로 구분하고 있다. 배경은 사건과 인물의 상태와 주화되고 심화시키는 형태로 배치되어야 한다. 이러한 소설의 성분들은 소설 텍스트를 분석하고 이해하는 중요한 기준이 된다.

텍스트 자체의 내적 구성 원리로서 인물, 사건, 배경, 서술 양식들이 소설의 구조와 형식을 이해하는 방법이라면 작가의 인생관은 주제와 가치 평가라는 부분과 관련이 있다. 김동인의 소설론은 구조와 형식을 밝히는 차원에 머물렀지만 현철은 형식적인 부분과 함께 주제와 가치에 대한 판단을 가능하게 하는 '작가의 인생관'을 소설의 한 성분으로서 다루고 있다. 김동인에 의해서는 배제되었던 작가의 인격과 집필 의도

---

37) 현철, 「소설개요」, 『개벽』1-2호, 1920.6.25-7.25.

등의 요소들을 다룸으로써 비평이 텍스트 자체의 내적 구성 원리인 형식뿐만 아니라 작가에 대한 가치 평가도 내릴 수 있도록 하였다. 이런 측면에서 작가의 사상이나 인격, 집필의도와 같은 외적 요소들의 검토와 작가의 개성의 발현을 중요한 비평의 기준으로 삼았던 염상섭의 비평태도와의 연결점을 찾을 수 있다.

> 소설가가 붓을 들 때에 일부로 윤리사상에 적합하도록 쓰며 권징주의에 표제를 붙이면 이는 소설이 아니요 수신담이며 설교책이니 소설가의 흉중은 항상 허심(虛心)평기(平氣)로 그 흉중의 심경에 비쳐오는 인간만반의 사물 중 특히 인생의 진상과 사회의 진면목을 표시할만한 사건이 물론 많을 것이다. 그 사상을 집착하야 구상적으로 —수신서와 설교책과 같이 이론은 말고—묘사하야 세상의 진미와 정확을 발휘하는 것이 참으로 소설이라 할 수 잇고 또한 소설가의 인생관을 실현하였다 하겠으며 겸하여 소설이 예술로써 영원한 생명이 있다 하겠도다.[38]

참된 인생과 사회를 작가가 재현해낼 때 소설가의 인생관이 작품 안에 녹아들고, 그렇게 함으로써 예술로서의 생명을 획득하게 된다는 주장은 미의 담지자로서의 예술의 생명성을 작가의 사상이나 감정의 표현과 직접적으로 관련시키는 것을 전제로 하고 있다. 즉 작품은 작가의 사상이나 감정을 내적인 구성 방법들을 사용하여 재현해내는 것이라고 할 수 있다. 현철은 이러한 재현의 과정을 이성의 두 가지 작용을 통해서 설명한다. 이성은 외계의 사물을 우리의 눈으로 인정하는 사실(fact)과 사물에 대한 판단과 비판을 반동적으로 외계에 반출하는 고찰(reflection)이라는 두 가지 작용을 하는데 이 둘을 통칭하여 사상(thought)이라 부른다.[39] 작가가 작품을 쓸 때는 인생이나 사회의 사실

---

38) 현철, 위의 글.
39) 현철, 「문학상으로 보는 사상」, 『개벽』 16호, 1921.10.18.

을 토대로 작가 자신의 판단을 가미하여 작품을 생산한다는 것이다.

물론 이때의 사상이나 감정은 염상섭이 파악한 '근대적 개인의 자아 각성'과 결부되는 개성보다는 포괄적인 것이다.[40] 현철은 감정[41] 이나 사상의 문학적 표현과 재현과정에 대해서는 치밀하게 언급하고 있지만, 작가의 감정과 사상의 구체적 내용이 무엇인가에는 별로 주목하지 않는다. 소설가가 도덕가나 철학자일 수 있으며 문학은 재현을 통해서 '시적인 진리', 즉 허구성과 진실성의 결합을 추구하는 것이라는 점을 거듭 강조할 뿐이다.

소설의 구성 요소들에 대한 구체적 내용들의 차이에도 불구하고 1920년대 초반의 소설론은 뚜렷한 이론적 뒷받침 없이 등장했던 비평론에 대한 심화된 인식을 보여주고, 작품을 분석하고 해석하는 분석의 준거들이 구체화시켰다고 볼 수 있다. 그러나 문학과 현실과의 관계를 전적으로 분리시킬 수 있다는 김동인의 예술지상주의적인 문학관과 비평론은 실제로 작품의 가치에 대한 판단이 요구된다는 점에서뿐만 아니라 사회와의 관계를 전혀 배제할 수 없다는 이광수로 대표되는 효용론적인 문학관에 의해서 비판을 받게 된다. 현철은 유미주의적 태도와 작가의 인생관을 실제의 재현으로서의 예술 개념에 결합함으로써 그러한 비판의 지점에서 벗어난다.

---

40) 염상섭의 「개성과 예술」이 현철의 글보다 시기적으로 후에 쓰여졌다.
41) 현철은 사상뿐만 아니라 문학에 표현되는 감정에 대해서도 언급하고 있는데, 감정을 불멸의 감정과 가변의 감정으로 구분하여, 문학은 불멸의 감정을 표현하는 것이 좋다고 보았다. 또 개인적 감정, 국민적 감정, 세계적 감정으로 구분하여 감정의 접촉 범위가 넓을수록, 즉 보편적인 감정일수록 가치가 있다고 보았다. 이러한 보편적인 감정을 문학에 잘 표현하기 위해서는 지성에서 우러나오는 감정, 즉 보편성과 특수성을 지닌 감정을 포착해야 한다고 주장한다. (「문학에 표현되는 감정」, 『개벽』 9호, 1921.31)

4. 예술지상주의적 문학에 대한 비판

1920년대 문학의 출발점에서 부정의 대상이 된 바 있었던 이광수는 '예술을 위한 예술'이 아닌 '인생을 위한 예술'이라는 태도로, 1920년대 동인지 중심의 문학 경향에 대한 비판을 가하면서 문학의 사회적인 역할에 과도하게 의미부여하는 입장을 여전히 고수하고 있다. 그의 이러한 태도는 소설가나 작가, 혹은 비평가보다 그가 더 선호하는 '문사'[42]라는 명칭에서 찾아볼 수 있다. 「문학이란 하오」에서 재래의 것을 부정하고 서구적 형태의 근대문학을 주창한 바 있는 그가 '문사'라는 명칭을 선호하는 것은 사회적 효용이나 목적에 의해 문학활동을 했다는 점, 도덕성과 민족적 사명을 지닌 지도자로 자처했다는 점에 그 이유가 있어 보인다.

때문에 문학 작품에 대한 분석과 해석과 판단에 의해 자기를 정립해 온 1920년대 초반의 비평에서 이광수의 비평적 입지는 축소될 수밖에 없었다. 다만 문학을 예술이라는 독자의 영역으로 설정했던 1920년대 초반의 문학론에 대한 비판자의 위치에서만 그 의미를 찾을 수 있을 것이다. 이광수에 대한 비판과 저항에도 불구하고 그가 건재하고 있음을 확인시켜 주는 것인 동시에 예술지상주의적인 문학이 민중들과 괴리되어 있다는 문제인식의 제시와 관련이 있다.

이광수는 '예술을 위한 예술'은 다른 문화 영역으로부터 예술을 독

---

42) 이광수는 문사의 인격은 한 민족의 흥망을 결정하는 건전한 문학의 생산에 중요한 역할을 하므로 '데카당스의 망국 정조'에 빠지지 말아야 한다고 주장하고 있다. "문사는 돈을 벌자는 직업이 아니외다. 장난삼아 소일거리로 하는 직업은 더구나 아니외다. 문사라는 직업은 적게는 일민족을, 크게는 전인류를 도솔(道率)하는 목민(牧民)의 성직이외다. 원고지 위에 붓대를 두르는 이는 강단 위에 성경을 펴는 이와 같이 신성한 직무를 동포에게 행하는 것이외다." (「문사와 수양」, 『창조』 8호, 1921.1)

립시킨다는 의미는 인정하지만, '개인은 자유라' 라는 개념을 무제한으로 사용하는 것과 같은 종류의 해악을 준다고 전제하면서 예술지상주의에 대한 비판을 행한다. 그 내용은 일반 대중들이 쉽게 접근할 수 없는 어려운 문학을 한다는 점이고, '데카당스한 망국정조' 가 들어있는 문학이라는 점이다. 때문에 이광수가 추구하는 문학은 소인의 정신을 전달하는 '소인의 작품' 이 아니라 인격을 갖춘 군자의 정신을 담는 '군자의 작품' 이다.[43]

또한 이광수에게 예술은 인생을 위해서 존재하는 것이므로 "인생에게 기쁨을 주고 활기를 주고 향상을 주고 사회생활에 교훈을 주는 예술은 생의 예술"이고, "고통과 낙담과 타락과 갈등을 주는 예술은 사의 예술"이다. 김동인이 그를 '도학선생' 이라 했듯이 건전한 도덕과 활기를 강조하는 이광수의 예술론은 문학이 민중에게 건전한 도덕과 사회적 교훈을 제공해야 한다는 목적론적 효용에 중요한 강조점이 있다. 그렇기 때문에 소수의 집단만이 향유하는 문학이 아니라 대중적으로 수용되고 대중의 정서에 부합하는 문학의 생산이 중요하다. "예술은 가장 널리 감상할 수 있음, 가장 적은 금전으로 감상할 수 있음, 가장 적은 소양으로 감상할 수 있음 등의 자격"을 갖추어야 한다는 것이다.[44] 이런 세 가지 요건을 갖추면서도 대중에 영합하는 통속으로 떨어지지 않으려면, 예술가는 고원하고 건전한 예술적 이상을 견지하면서 예술감상자인 조선민중의 생활과 심리를 이해하는 작품을 생산해야 한다고 주장한다.

그런데 일반적으로 값싸고 널리 읽히는 작품들이 통속소설들임을 염두에 둘 때 그 경계는 실제 작품에서 그렇게 분명하지 않을 것으로 보인다.[45] 다만 동인지 중심의 문학들이 대부분 자기충족적인 소수의 전유

---

43) 이광수, 위의 글.
44) 이광수, 「예술과 인생」, 『개벽』19호, 1922.1.
45) 사실상 상식적인 수준의 도덕과 해피엔드의 결말이 부각되는 소설들이 통속적인 경향이 있고, 이광수의 소설들의 통속성에 대해서도 지적되는 것을 보면 알 수 있다.

물이었다는 점에서 대중적이고 민중적인 예술 향유의 문제를 제기한 것
은 가치가 있다. '예술의 민중화'에 대한 자각적 인식의 필요성을 제기
한 글이 있다.

> 환언하면 예술을 사회의 한 구석이나 인생의 한 특권계급에다가 편치(偏
> 置) 또는 전임(專任)치 말고 그것을 온 사회의 전면에다 공개하여 우리는 다
> 같이 그 소유권을 주장하고 가장 공평한 태도로 비평의 요구를 제출도 하며
> 주문도 할 것이다. 즉 '예술의 민중화'이다. 과도시대의 예술은 너무나 전문
> 적이오 귀족적이오 특권적이었었다. 일 구의 시 일 절의 문도 한 특별한 학
> 사가 아니면 토로할 자격이 업었다. (……)그는 과도시대뿐 아니라 지금도
> 그런 현상이 곳곳마다 많이 잔천(殘喘)을 그대로 보전하고 있다. 그러나 시
> 간은 온갖 것의 파괴자인 동시에 또는 건설자니라. (……)예술을 민중화하라
> 하는 요구가 점점 고조케 되었다. (……) 문예는 전문가의 예속물이 아니오
> 극장은 특권계급의 전유물이 아니다. 그럼으로 우리는 예술을 자기들과 가
> 장 거리가 먼, 곳 고상심원하야 앙망(仰望)할 수 없는 것으로 알아서는 오해
> 이다. (……)예술은 당연히 우리들의 일상생활에 대한 상식품이 아니 되어서
> 는 아니 될 것이다. 이 예술의 상식품(常食品)을 가진 사람이라야 또는 사회
> 라야 행복있는 인격, 취미있는 사회가 될 것이다. 그때라야 우리는 처음으로
> 가치 있는, 의미있는, 생명있는 또는 계조(階調)가 정연한 인간생활을 할 수
> 가 있을 것이다. 예술이 목적을 완성할 것이다.[46]

예술을 특권계급의 고상한 전유물이 아닌 일상생활에서 향유할 수
있는 '상식품'으로 만들자는 것은 예술작품을 특정 계급이나 집단에서
만 소유하고 향유하는 전문적이고 귀족적이고 특권적인 상태에서 해방
시켜 누구나 공유할 수 있어야 한다는 주장이다. 이러한 '예술의 민중
화'의 요구는 예술지상주의적인 예술에 대한 전면적인 부정과 비판이
된다. 이러한 비판의 핵심에는 일반 대중과 분리된 채, 예술을 특권화시

---

46) 신식, 「오인의 생활과 예술」, 『개벽』18호, 1921.12.1.

키고 전문화시키는 예술가에 대한 부정이 놓이는 것이다.

자신이 창조한 세계 안에서 만족하는 예술가는 다수의 대중을 예술에 무지한 존재로 치부하고, 작품을 이해할 수 있는 비평가들에게 이들을 지도할 역할을 주었다. 김동인의 텍스트 내적인 비평의 지향은 비평가는 작가의 의도대로 창작된 작품의 내적 구성원리를 무지한 일반독자에게 이해시키는 존재라는 생각과 관련이 있는 것이다. 즉 이광수가 '문사'로서 추구하는 작품의 창작과 무지한 독자들에 대한 교육이라는 두 가지 역할을 분리하여 예술가와 비평가의 역할로 정의한 것이다. 물론 여기서 교육은 '문학'이라는 자율적인 독립 영역의 교육을 의미한다. 때문에 예술가는 일반 독자와 직접적인 교류를 하지 않게 된다. 그런데 자각한 다수의 대중들이 문예작품을 공유하고 비평할 수 있는 능동적인 향수자가 되어, 예술의 사회적 공유를 요구하게 되면, 자율적인 독자 영역으로 존재하고 있는 소수의 소유였던 예술작품은 사회로 끌어내려지고, 동시에 예술가로서의 특권 의식이 약화될 것이다.

물론 이광수가 예술지상주의를 비판하고, '인생을 위한 예술'을 주장하는 이면에서 능동적인 향수자로서의 독자 개념을 읽어내기는 어렵다.[47] '문사'는 다수의 민중을 지도하고 선도해야 할 성직자적 사명을 지니고 있는 존재이므로 독자로서의 조선민중은 가르침을 받는 수동적인 위치에서만 파악된다. 비평가의 존재는 아직까지는 작품을 읽고 해석하는 독자로서보다는 작품의 생산자인 작가의 작품에 더 가까이 있는 존재이다. 따라서 김유방이나 박종화가 주장했던 비평가의 주관적 감정을 중시하는 비평이 일반화될 수 있을 때[48] '예술의 민중화'에 한발짝 다가갈 수 있을 것이다.

---

47) 신식은 자신의 글이 자신의 독특한 생각에서 비롯되지 않고 다른 사람의 글을 번역하고 그것을 나름대로 정리하는 차원에서 쓰여졌음을 고백하고 있음을 볼 때, 능동적 향수자로서의 민중의 자각의 필요성을 인식하기 시작한 초기의 형태로 보아야 할 것이다.

앞에서 살펴보았듯이 이광수의 예술지상주의에 대한 비판은 데카당스한 망국정조나 대중에게 많이 읽히기 어려운 작품을 생산한다는 사실에만 머물러서, 도덕적인 수양과 예술가의 이상과 대중정서의 결합이라는 대안을 제시하고 있다. 이러한 이광수의 비판과 대안이 문학예술이 독립적인 영역으로 자리잡게 된 의미를 인정하면서 그것을 넘어서는 방식의 문제제기가 되지 못한 채, 도덕적 수양과 민족의 흥망성쇄와 문학을 관계를 이상화하는 한계를 노출하게 된다. 그런 의미에서 예술의 민중화의 싹을 보여주는 신식의 글은 예술지상주의의 문제적 측면을 적절하게 지적한 것으로 보여진다.

4. 맺음말

지금까지 1920년대 초기 문학비평의 제 양상들을 비평이 자기를 정립시키는 세 가지 접근 방식, 텍스트 분석의 준거로서 비평의 이론적인 심화를 가져온 소설론, 1920년대 초반의 중심적 문학논리의 하나였던 예술지상주의에 대한 비판이라는 측면에서 고찰하였다.

비평의 자기 정립은 사회적 계몽의 수단으로 문학을 파악한 이광수에 대한 저항과 비판에 의해서 예술의 독자적 영역을 설정하려 한 유미주의적 예술지상주의적 경향들처럼, 시, 소설, 희곡 등의 장르와 동등한

---

48) '저자의 죽음'을 선언한 롤랑 바르트의 경우 텍스트는 더 이상 작가의 의도를 파악하기 위해서만 읽혀지는 것이 아니다. 생산적 독자에 의해 의미가 생산되고 새롭게 재창조될 수 있는 것이 된다. 이러한 의미에서 비평은 작가를 죽음에 이르게 만들 수 있는 것이다. 하지만 예술지상주의자인 김동인이나 이를 비판한 이광수나 비평가라는 존재는 작가와 작품에 가까이 있기 때문에, 이광수의 비판은 도덕적인 인격의 유무나 독자에게 많이 읽히는 작품을 생산하는 문제에 머물고 있는 것이다.

위상을 점할 수 있는 문학의 한 독립 영역으로서, 그 의미와 역할을 결정하였고, 비평 태도의 차이를 만들어내게 되었다. 작가, 작품, 독자의 관계를 염두에 두고 볼 때 이 시기의 비평에 대한 인식은 작품의 내적 원리를 분석하고 해명하는 비평, 작가의 개성의 발현으로 문학작품을 파악함으로써 작가와 작품에 동시에 주목하려는 비평, 작품을 읽는 주체인 비평가의 주관적인 감상을 작가나 작품보다는 더 중요시하는 비평 세 가지로 유형화될 수 있다.

첫 번째 유형은 김동인과 김억의 비평에서 드러나는데, 비평가는 작가에 대한 판단이나 비평가 자신의 주관을 배제하고 작품의 내적인 구성 원리를 객관적으로 분석하고 해석하여, 문학에 무지한 일반독자에게 전달하는 '활동 사진의 변사'와 같은 역할을 해야 한다는 입장이다. 두 번째 유형은 염상섭의 비평에서 대표적으로 드러나는 것으로, 작가의 집필 의도나 목적과 인간됨을 고려해야 하고 문학 작품이 그러한 작가의 개성을 발현시키고 있는가 하는 측면에서 비평이 이루어져야 한다는 입장이다. 염상섭의 '개성'은 의심하는 근대인의 자아각성에서 그 의미를 발견하고, 예술미의 표현으로 연결된다. 세 번째 유형은 작품을 읽는 수체인 비평가의 주관적 감상을 작가나 작품 자체보다 우선해야 한다는 입장이다. 김유방은 비평가의 주관적 감상을 토대로 새로운 형태의 창조물을 만들어내야 한다는 쪽으로, 박종화는 비평가의 주관적 감정을 통대로 작품에 대한 가치평가를 내려야 한다는 쪽으로 비평의 방법을 결정하였다.

비평의 대상이 되는 작품, 특히 소설 텍스트의 분석에 도움이 될 수 있는 소설론의 등장도 이 시기 비평의 한 특성이다. 문학을 사회적 효용의 측면에서 파악하지 않고 독자적인 예술로 파악하게 되면서, 소설의 내적인 구성 원리를 규명하기 위한 소설론의 요구는 필연적인 것이다. 유미주의적이고 예술지상주의적인 입장이 강한 김동인과 유미주의자이면서도 예술이 사회 개조의 토대가 되는 미의 담지자로서 역할을 해야 한다는 입장을 지닌 현철이 각각 소설에 대한 이론을 전개하였다. 김동인은 소설의 구성 요소인 인물, 사건, 배경을 언급하고, 그것을 조직하는 플롯은 복잡한 실제 현실과는 다르게 통일되고 연락 있는 사건을 단순화시켜야 한다고 주장한다. 그리고 김동인만의 독특한 시점이론을 전개하였는데 서구의 형식주의 비평과도 비견될 수 있는 것이다. 현철은 소설을 5가지 성분으로 구분하고 있는데 김동인와 유사하게 인물 사건 배경을 언급하고 문장과 작가의 인생관을 덧붙인다. 현철의 소설론은 개론적인 성격이 강해서 김동인처럼 단순성과 통일성, 인형조종술 같은 구체적인 기준들을 제시하지는 않는다. 대신에 마련을 구성하는 여러 방법과 글쓰기 방식, 인물을 묘사하는 방법이 근대소설의 특성을 파악할 수 있도록 하는 것들이다. 비평적 차원에서 볼 때 현철의 소설론에서 주목할 수 있는 부분은 작가의 인생관을 소설의 구성 요소로 본다는 것이다. 인생관이 염상섭의 '개성'처럼 구체화된 것은 아니지만, 실제 현실이 작가의 인생관에 의해 재구성된 것, 즉 실제의 재현이 문학이라는 인식은 작가와 작품을 함께 고려할 수 있는 비평의 원리를 제공한 것이라 할 수 있다.

예술 지상주의적인 경향은 이광수에 대한 부정으로서의 1920년대 문학의 출발점에서 중요한 위치에 있었던 만큼 그 의미는 큰 것이다. 이광수는 이러한 예술지상주의, 즉 '예술을 위한 예술'에 대한 비판으로서 '인생을 위한 예술'을 천명하면서 자신의 비평적 입지를 세운다. 그의 비판 지점은 예술 지상주의가 '데카당스한 망국정조'에 입각해 있다는 점과 일반 민중이 접근하기 어려운 글을 쓴다는 것이다. 따라서 건전한 도덕적 수양을 갖춘 예술가가 대중의 정서를 파악하고 이해하는 방식으로 작품을 써야 한다고 주장한다. 그가 문학의 주체로 내세우는 '문사'는 민중을 지도하는 성직자적 위치에 있기 때문에 독자들은 수동적인 위치에 머물게 된다. 따라서 그의 예술지상주의에 대한 비판은 예술 지상주의적 태도가 확립해놓은 문학의 자율적 영역의 토대 위에서 구축 되지 못하고 계몽적인 지도자로서의 문사와 수동적인 일반 대중들만을 고려하는 한계를 지닌다. 그런 의미에서 신식이 소수에 의해 소유되고 향수되는 예술들을 능동적으로 공유하고 비평할 수 있도록 예술의 민중 화가 이루어져야 한다고 본 것은 고무적인 일이다.

　이처럼 문학비평은 1920년대 초기부터 서서히 문학의 한 독립 영역 으로서 자리를 구축해가기 시작하고, 비평 자체에 대한 이론적인 체계 가 아직 갖추어지지 않은 상태에서 논쟁을 통해 비평의 의미와 역할, 비 평의 방법들이 논의되었다. 그러한 과정은 비평의 대상인 작품에 대한 이론적인 심화로서 소설론이 등장한 것은 비평적 측면에서도 중요한 의 의를 갖는다. 한편으로 당대의 주류적 경향인 예술지상주의에 대한 비 판은 문학과 대중의 관계에 대한 재고를 요구하게 되었다. 이처럼 1920 년대 초반은 문학비평이 문학의 한 영역으로 자리를 구축한 시기라고 볼 수 있다. 그러한 과정에서 비평에 대한 다양한 입장들이 표출될 수 있었던 것이다.

주제어 : 문학 비평, 개성, 소설론, 예술의 민중화

◆참고문헌

1. 기본자료
『창조』, 『백조』, 『페허』, 『개벽』, 『동아일보』 등

2. 단행본
김영민, 『한국근대문학비평사』, 소명출판, 1999.
김윤식, 『근대한국문학연구』, 일지사, 1973.
김치홍 편, 『김동인평론전집』, 삼영사, 1984.
문학과 사상 연구회, 『염상섭 문학의 재인식』, 깊은샘, 1998.
염상섭, 『염상섭전집12』, 민음사, 1987.
이광수, 『이광수전집』, 삼중당, 1971.
이선영 외, 『한국 근대문학 비평사 연구』, 세계사, 1989.
상허학회, 『1920년대 동인지 문학과 근대성 연구』, 깊은샘, 2000.
신재기, 『韓國 近代 文學批評論 硏究』, 고려대학교 민족문화연구소, 1996.
신재기, 『한국근대문학비평가론』, 월인, 1999.
전기철, 『한국현대문학비평입문』, 자유사상사, 1995.
전기철, 『한국근대문학비평의 기능』, 살림터, 1997.

3. 논문
김영민, 「1920년대 한국 문학 비평 연구 - 문학론의 전개 양상을 중심으로」, 연
　　　세대박사논문, 1986.
서준섭, 「한국근대문학비평 연구의 새로운 지평 : 서구적 근대성과 탈근대성 사이
　　　의 한국근대문학 연구」, 『한국학보』 99집, 2000. 6.
신동욱, 「김동인의 형식주의 비평」, 『문학의 비평적 해석』, 연대출판부, 1981.
홍문표, 「한국현대문예논쟁의 비평사적 연구 - 초기 문예 논쟁을 중심으로」, 『어
　　　문논집』 제12집, 고대국어국문학연구회, 1970.

전기철, 「開化期 知識階級 論說의 發達과 近代批評의 形成」, 『어문연구』 한국어
　　　문교육연구회 97(1998.3)

◆ SUMMARY

Study on Literary Criticism in Early 1920s

Park, Geun-Yea

This study inquired into the general aspects of literary criticism in early 1920s from the three viewpoints of three approaches of criticism to define self, a novel theory which brought about the theoretical depth of criticism as a standard of text analysis, and the criticism of "art for art' s sake", one of the main literary theories in early 1920s. First, the approaches to criticisms at that time can be stylized into three types: the criticism in which critics analyze and explain internal principles of works, the criticism in which critics put the same emphasis on a writer and a work by regarding a work as an expression of a writer' personality, and the criticism in which critics as active readers emphasize their own appreciations more than writers and works.

Second, the appearance of a novel theory is characterized as one of the criticism in early 1920s, which can help out text analysis. The contemporary writers had the similar understanding of the basic elements of a novel such as characters, events, and sets. However, Kim Dong-in valued the internal completion of texts and Hyun chu tried to observe even the process of creating a literature as a representation of reality.

Finally, the criticism of "art for art' s sake", the main literary trend in early 1920s shows two different ways. One is that Lee Kwang-su criticized "art for art' s sake" for producing too difficult literatures for the public to understand and being based on "a decadent feeling ruinous to the country". The other is that Sin Sik asserted that the arts which the class of specialist only enjoyed had to be shared with the public as active receptors. These two criticisms led need to reconsider the relationship between the public and the literature.

1920년대 희곡인식 연구
- 현철의 「玄堂獨吠, 第四說 戲曲의 槪要」 -

이 종 대*

1. 서론

현철은 1920년 11월 자신이 학예부장으로 있던 《개벽》에 「희곡의 개요」를 발표하였다. 창간호인 1920년 6월호부터 4회에 걸쳐 연재한 「소설개요」를 통해 독자들의 호응을 확인한[1] 그가 당시로서는 새로운 문학 양식에 속하는 소설과 희곡, 특히 희곡의 형성원리와 형성소에 대해 소개하면서 그는 상당한 자부심을 가진 듯 하다. 의학과 법학 수업을 위해 도일(渡日)했지만 충격적이었던 일본에서의 연극체험으로 인하여 시마무라 호게쓰(島村抱月)의 연극학교에서 본격적으로 연극수업을 받은 바 있는 그로서는 당연한 일이었는지도 모른다. 더욱이 상해에서의 연극학

---

* 동국대학교 교수.
1) 현 철, 「玄堂獨吠, 第二說 小說研究法」, 《개벽》 3, 1920.8, 123쪽.

교 운영, 서울에서의 예술학원 설립 등의 그의 이력은 그의 자부심을 더욱 증폭시켰을 것이다. 현철의 「소설개요」와 「희곡의 개요」가 발표되기 이전에도 문학 전반을 다룬 문학론으로 최두선의 「문학의 意義에 관하여」[2], 이광수의 「문학이란 하오」[3], 백대진의 「문학에 대한 신연구」[4], 안확의 「조선의 문학」[5] 등이 발표된 바 있지만 문학개설이 아닌 각 장르의 특성과 형성원리를 밝힌 글이 부재했다는 사실만으로도 현철의 자부심은 수긍할 만하다[6]. 1915년에 발표된 안확의 「조선의 문학」은 한문학을 포함한 '전통문학'의 관점에서 문학의 개념과 기원, 그리고 '조선문학'의 역사를 간략히 기술한 글로, 1910년대 지식인의 문학과 장르에 대한 인식이 드러난 글이다. 그 글에서 안확은 문학의 목적이 즐거움의 제공과 사상의 심화·확대라는 것[7]과 문학의 종류를 시가, 소설, 서사문, 서

---

2) 《학지광》 3, 1914.12, 26~28쪽.
3) 《매일신문》, 1916. 11. (권영민 편, 『한국의 문학비평』, 민음사, 1995, 88~90쪽)
4) 《신문계》 4권2호, 1916.2.
5) 『학지광』 6, 1915.7, 64쪽.
6) 1920년 이전에 시와 소설, 특히 소설에 대한 글이 전혀 없었던 것은 아니다. 1911년 4월 6일부터 『매일신보』에 연재되다가 1912년 6월에 단행본으로 간행된 이해조의 〈花의 血〉의 서문과 후기에 이해조 자신의 소설론을 간략하게 개진한 바 있고, 1917년 1월 《그 민간 새》에도 별 시를 일 수 없는 「소설가의 작법」이 발표되었으며, 1919년 8월에 발행된 《학지광》 18호에 김동인이 「소설에 대한 조선사람의 사상을…」이 발표되기도 했다. 비록 서구 소설이론에 대한 단편적 지식이나 과거 소설과의 상이함을 피상적으로 밝히는 내용이지만 1920년 이전에 소설에 대한 담론은 어렵지 않게 찾을 수 있는 반면에 희곡에 관한 독립된 글은 소략적인 형태의 것도 찾아보기 어렵다.(『韓國新小說全集』, 乙酉文化史, 1968, 504쪽; 《朝鮮文藝》 創刊號, 1917, 86쪽; 《學之光》 18, 1919, 55쪽; 金東仁, 「霧月氏의 評者的 價値」, 《창조》 6, 1920.5, 72~73쪽; 春園, 「答默海」, 《每日申報》 1918.3.30; 石香, 「學生과 前途-어찌하면 文學者가 될까」, 《每日申報》, 1920.3.14; 崔南善, 「文學의 意義에 대하야」 3, 1914.12, 27쪽; 極熊, 「文藝에 대한 雜感」, 《創造》 4, 1920.2, 49쪽; 李寶鏡, 「文學의 價値」, 《大韓興學報》 11, 1910.3, 17쪽 등 참조)
7) "娛樂의 料와 消閑의 具가 될 뿐이나, 然이나 他面으로 보면 또한 人의 思想을 活動시키며 理想을 振興시키는 機械니라. 蓋 吾人이 生存競爭間에 立하여 其 複雜히 使用하는 心思를 高潔케하고 深遠케 하고 滿足케 하고 理想의 境에 遊치 않기 不可하니 是가 文學의 終極的 目的이라. 然則, 道의 上으로 말하면 人의 精神을 左右함은 文學·美術이나 宗敎가 無異할 듯하나 其實은 不同하니, 宗敎는 命令的이요 又 敎導的이나 文學과 美術은 旦 感銘을 與할 뿐이니라. 故로 文學·美術의 獨立은 敎訓的 意識을 去하고 自由의 思想을 藝術上에 顯하되, 習慣的 時代 及 法規와 如한 것은 必脫하여 宇宙의 大法과 人心의 最後 要求 等을 取하여야 完全한 文學·美術이라 하느니, 故로 文學은 道德과 宗敎와 繩墨과 秩序에 默從치 아니함이 其 原理니라."(安 廓, 「朝鮮의 文學」, 『學之光』 6, 1915.7, 64쪽).

정문 등의 순문학과 서술문과 평론문의 잡문학으로 구분하고 있는데 이같은 안확의 문학에 대한 이해는 문학의 여러 관점 가운데 유독 효용론에 치우쳐 있고, 장르에 대한 인식은 미흡할뿐더러 용어가 정련되지 못한 문제점을 지니고 있다. 그러나 그보다 더 주목되는 것은 이미 동시대에 연극(신극, 신연극, 신파극)이 공연되고 1912년에는 조중환의 창작 희곡[8] 〈병자삼인〉이 발표되었음에도 불구하고 극문학(희곡)이 배제되어 있다는 점이다. 안확이 일본의 니혼대학에서 수학했고, 우리 근대극의 출발이 일본 유학생 중심이었다는 것을 감안하면 그가 연극과 희곡의 존재를 몰랐을 리는 없으며, 또한 서사문, 서정문, 서술문과 평론문 등의 용어가 그가 말하는 '구문학'의 용어가 아니라는 사실을 환기하면 의도적으로 희곡을 배제했다고 볼 수 있다. 안확의 「조선의 문학」이 급격하게 확산되는 '신문학'에 대한 경계의 글이며, 그 신문학과 '구문학'과의 조화를 이루어 '조선문학'의 부흥을 바라는 곡진한 내용의 글이기 때문에 신문학의 대표적 장르에 속하는 희곡을 의도적으로 제외시킨 것으로 추정된다.[9] 안확의 글이 '전통문학'의 관점에서 쓴 글이라면 이광수의 「문학이란 하오」는 당대의 신문학이 종래의 문(文)과는 전혀 다른 것이라는 것을 전제로 새로운 문학의 정의와 그것의 질료인 감정, 재료, 일상적 삶과의 관련, 효용, 종류 등에 관해 비교적 소상하게 자신의 견해를 피력한 글로, 서양과 일본이 경험한 근대문학의 형성과정을 이 땅에 적용시키려는 첫 시도라는 의미를 지닌 글이다.

---

8) 〈병자삼인〉이 서구의 극작술에 의한 최초의 창작희곡이라는 종래의 견해에 조심스런 반론이 제기되기도 한다. 양승국은 〈병자삼인〉에 나타난 인물들의 직업을 면밀히 검토한 끝에 그러한 직업이 당대의 현실이라기 보다는 일본의 교육제도, 의료제도 아래에서나 가능하다는 결론을 맺고 〈병자삼인〉이 번안일 가능성을 제기하고 있다. 당대에는, 특히 조중환의 경우 번안작품이면서 마치 창작인 것처럼 발표한 많은 사례도 번안이라는 주장의 논거로 제시한다.(양승국, 「〈병자삼인〉 재론」, 《한국극예술연구》 10, 한국극예술학회, 1999.10, 49∼50쪽 참조)

9) 또는 1910년대에 시·소설·연극 등을 하나의 범주로 묶어주는 말로 문학 보다는 '풍속'이 흔히 사용되었다는 사실(「小說과 戲臺가 風俗에 有關」, 《대한매일신보》, 1910.7.20)과 안확이 전통문학의 관점에서 문학을 소개하고 있다는 것을 감안하면 안확은 희곡을 문학이 아닌 것으로 판단했다고 볼 수도 있다.

유길준이 서유견문을 통해 서양의 연극을 소개한 이래 서양의 연극은 다양다종하게 소개되었지만 그것의 텍스트로 극(희곡)을 지목하고 개괄적이나마 그것에 대해 진술한 것은 이광수의 글이 처음이다.[10] 그의 글이 산문문학과 운문문학의 분류기준이 모호한 것, 그리고 운문문학을 시(詩) 하나로 설정한 것, 극을 산문극과 시극으로 분류한 것 등은 문학 장르에 대한 그의 이해가 정교하지 못했음을 보여주는 글이긴 하지만 거기에는 이광수의 연극과 극(희곡)에 대한 이해가 엿보인다. 그것은 첫째, 극은 소설보다 강렬한 효과를 지닌다. 둘째, 연극은 문학에서 독립한 예술이다. 셋째, 배우는 천한 것이 아니라 예술가이다. 네째, 극은 소설보다 창작하기 힘들고 거기에는 여러 가지 법칙이 있다 등으로 요약된다. 여기서 주목되는 것은 아직 희곡이란 용어 대신에 극이나 대본이라는 용어가 사용된 것으로 보아 희곡이 문학용어로서 혹은 문학의 장르로서 자리를 잡고 있지 못하다는 사실과 소설과 같은 목적을 지니지만 소설보다 깊은 감명을 준다는, 바꾸어 말하면 소설이 독자에게 끼치는 효과보다 연극이 관객에게 미치는 효과가 강렬하다는 대목, 그리고 연극이 문학에서 출발하여 독립한 예술로 지각하고 있다는 것 등이다. 사실, 우리 문학사에서 희곡이라는 용어가 본격적인 문학장르 개념으로 사용된 시기가 언제인가는 확실하지 않다. 1920년 당시 근대극 운동의 중심에 서있던 윤백남의 글 「연극과 사회」(《동아일보》, 1920.5.)에서도 희곡이라는 용어 대신에 '각본'이라는 용어가 사용되고 있고, 같은 해 6월 《개벽》에 수록된 현철의 「소설개요」에 이르러서는 '극문예'라는 말을 사용하기도 했으나 "戲曲은 綜合藝術이나 小說은 不然하니 卽戲曲은

---

10) 서양의 문물, 문학을 소개하는 과정에서 문학을 시·소설·극(희곡) 등으로 분류하여 소개하는 경우는 있지만(金祥演, 『精選萬國史』, 1907, 普成館, 30쪽; 張志淵, 『萬國事物紀元歷史』, 황성신문사, 1909, 36쪽) 이때까지만 해도 희곡을 극의 텍스트, 혹은 시·소설 등과 등가적으로 취급한 사례가 없다. 다만 장지연이 그의 『萬國事物紀元歷史』에서 서양문학을 '抒情 敍事 戲曲 三種之分하니' 라고 소개하는 정도이나 구체적 설명은 보이지 않는다.

脚本과 俳優의 몸짓(動作)과 臺詞(科白) 及舞臺의 背景과 또는 音樂의 聲과 가튼 여러 가지 物種의 美가 集合하야 作成된 ‘美術’[11]”[12]이라고 하여 희곡을 각본의 상위개념으로 설정, 그 둘을 구분하고 있다. 그리고 「소설개요」 다음에 연재된 「희곡의 개요」에서는 제목은 물론이고 내용에서도 한결같이 희곡이라는 용어를 사용하고 있다는 사실을 감안하면 희곡이 시, 소설과 더불어 문학의 장르로 인식된 것은 현철의 「희곡의 개요」가 발표된 이후라고 추정된다. 물론 각본이나 대본이라는 용어가 연극계에서는 지금도 사용되기도 한다. 그러나 각본이나 대본은 그것이 연극을 이루는 많은 형성소 가운데 하나라고 간주하고 싶어하는 연극계에서 사용하는 용어로, 독립된 미학체계를 인정하지 않거나 폄하시키려는 태도의 소산이다. 중요한 사실은 현철의 「희곡의 개요」 이후 비로소 희곡이라는 용어가 문학 내부에서 사용되기 시작했고, 그로부터 지금까지 시·소설과 등가적인 문학의 장르로 사용되어 왔다는 사실이다.

1910년대에 희곡은 분명 낯설고도 특별한 문학 양식이었다. 시와 소설도 이미 과거의 문학형식과는 판이하게 다른 형성원리와 작법을 필요로 하는 새로운 것이었지만, 그렇게 충격적이지는 않았던 것으로 보인다. 그러나 희곡의 경우는 사정이 달랐다. 종래에도 무당굿놀이나 꼭두각시놀음, 탈춤 등의 전통극이 존재했지만 일반인들이나 당대 지식인들은 그러한 전통극과 새롭게 목격하게 되는 ‘연극’을 전혀 다른 것으로 받아들였고, 더욱이 종래의 ‘소리’나 ‘사설’, ‘재담’이 문학이 된다고는 생각하지 못했다. 그러나 그들은 연극의 사회적 효과와 연극에 대한 일반인들의 지대한 관심을 목격함으로써 연극이 문학보다 그 향수자에게

---

11) 현철의 글에서 ‘미술’이라는 표현은 때로는 미술의 개념에 합당하지만 때로는 ‘예술’의 개념으로 사용되고 있다. 미술이라는 용어 자체가 근대의 박래품인 점을 감안하면 미술과 예술의 개념이 아직 분명하게 정립되지 않아 혼용되어 사용되었다고 추정할 수도 있고 예술의 오기로도 볼 수 있다.
12) 현철, 「소설개요」, 《개벽》 창간호, 1920.6, 132쪽.

직접적이고도 강력한 힘을 발휘한다는 것을 터득하고 또 실제로 체험하게 된다. 그러한 연극의 위력이 근대문학 초창기의 문인들을 자극시켜 연극과 희곡에 대한 관심을 더욱 증폭시켰고, 그들은 연극이 유발시키는 정서충동을 교화나 계몽으로 이용하고자 했다. 비단 극작가 뿐만 아니라 당대의 시인, 소설가 등도 희곡에 지대한 관심을 쏟은 바 있는데 채만식의 경우처럼 예외도 있으나 그들의 그러한 관심은 모두 희곡과 연극이 지닌 사회적 영향력 때문으로 보인다.[13] 특히 그러한 기획은 1920년대에 김우진, 김운정, 박승희, 김영보, 김영팔, 조명희 등의 극작가들과 윤백남, 현철, 김우진, 김운정 등의 연구자들을 탄생시켰으며, 1920년대의 근대극운동을 가능케 했다.

희곡에 관한 본격적 소개는 1920년에 현철이 《개벽》5호(1920.11)에 연재한 「玄堂獨吠-第四說 戲曲의 槪要」(이하 「희곡의 개요」)가 처음이다. 현철은 「희곡의 개요」보다 먼저 「소설개요」, 「소설연구법」등를 통해 소설의 이론과 작법도 소개하고 있는데 그것은 동시대인들에게 희곡보다 익숙한 소설과의 비교를 통하여 '낯선' 희곡을 알기쉽게 소개하려는 의도였다. 심지어 그는 "小說은 一種의 簡易한 戲曲이라, 戲場이 아이고 軍中에서나 案上에서도 觀覽할 수 있는 戲曲이라 할 수 있으니 어떤 批評家가 小說을 가르켜 袖珍戲曲 Pocket Drama이라 稱함도 무리가 아닌 말"[14]이라고까지 말할 정도로 희곡의 지평을 확대시켜 인식하고 있다. 1920년대 현철의 희곡에 대한 관심은 지극하여 개벽에 희곡의 이론과 작법을 소개하는 것은 물론 투르게네프의 〈隔夜〉[15]와 셰익스피어

---

13) 이종대, 「이태준 희곡연구」, 《상허학보》, 깊은샘, 2000, 193~197쪽 참조.
14) 현 철, 「소설의 개요」, 《개벽》 1, 1920.6, 132쪽.
15) 〈隔夜〉에 대해 현철은 "露西亞의 三大 小說家의 一人인 이완 톨게넵의 가장 代表作인 六大 小說中의 一을 大正 四年度에 藝術座의 興行脚本으로 當時 演劇學校 先生 楠山正雄氏가 脚色한 것이다. 이것을 脚色한 原作小說은 1859년의 出版한 英譯-ON THE EVE -요 日本서는 小說로 역시 演劇學校 先生인 相馬御風氏의 日文 飜譯의 〈其の前夜〉가 있었다. 楠山先生도 역시 이 脚本을 〈脚本其の前夜〉라 한 것을 余는 그 意味를 取하여 〈脚本隔夜〉라는 名稱을 주었다"라고 서두에 밝히고 있다.(현철, 〈각본격야〉, 《개벽》 1, 1920.6, 151쪽)

의 〈하믈레트〉[16]를 번역하여 수록할 정도였다. 잘 알려진 것처럼 1920년대는 우리 희곡사에서 여러 가지의 의미를 가지는 시기이지만 특히 근대극운동이 시작된 시기로, 많은 연극이론과 서구의 근대극이 소개되고 1910년대에는 십여 편에 불과했던 창작희곡이 양산된 시대이며, 사실주의극, 표현주의극, 경향극, 대중극 등의 희곡지형이 성립되는 때이기도 하다. 1920년에 발표된 현철의 「희곡의 개요」는 그러한 흐름의 첫 출발이라고 할 수 있다.

현철의 「소설의 개요」와 「희곡의 개요」는 그것의 구체적 형성원리와 형성소를 처음으로 밝힌다는 점에서 보다 구체적이고, 새로운 양식의 '글' 쓰기를 지망하는 사람들에게 실용적인 의미도 지닌다. 다시말해 이전에 발표된 대부분의 문학론들이 모두 새로운 형태의 글쓰기를 소개하고 그것이 종래의 것과는 판이하게 다르다는 사실과 탄생배경, 사회적 효과 등 형이상학적이고 추상적인 문학개론의 성격을 지닌 반면에 현철의 글은 거기서 한걸음 더 나가 새롭게 받아들인 문학의 여러 형태 가운데 동시대에 수요가 폭발적이었던, 그래서 작가가 턱없이 부족하고 많은 사람들이 그 창작의 주체가 되기를 갈망하던 소설과 희곡의 구체적 작법을 소개하고 있다는 점에서 이전의 문학론들과는 차별성을 가진다. 또한 구체적 작법을 정립시키려는 기획은 미학 혹은 형식을 발견하고 그것의 정립에 애쓰려는 동시대 문학담당계층의 지각을 드러내는 것이라고도 할 수 있다. 이 논문은 「희곡의 개요」의 분석을 통하여 1920년대 문학담당계층이 희곡이라는 방외의 문학장르의 형성원리와 작법을 정립시켜 나가는 과정을 고찰하고자 한다.[17]

---

16) 《개벽》 11, 1921.5.
17) 필자는 「근대희곡작법연구」(『불교어문논집』 4)의 한 항목으로 '현철의 극작론'을 다룬 바 있는데 이 논문은 그 내용을 수정·보완하여 논의를 확장시킨 것임.

2. 인물의 발견과 극적 기능

1910년대와 1920년대 신파극이 확산되고 이에 대한 관객들의 반응이 대단했지만 일본 유학생들에게 비친 그것은 '正道의 연극'이 아니었다. 현철 역시 "現時 所謂 新派라 하는 것은 各種의 演題下에 共通의 背景을 使用하여 場所의 觀念이 없고 科白을 임시로 自作하여 表情과 動作이 前後가 矛盾되고 對話에 條理가 없어 統一과 係連이 없음으로 性格의 表現이 없고 人物의 生脈이 없으니 이는 演劇이 아니고 演戲에 不過한 것이다."[18]라며 당대 신파극을 추출의 대상으로 삼았다. 그는 당대의 연극이 그러한 지경에까지 이르게 된 원인이 극이론과 창작희곡의 부재에서 비롯된다고 판단, 동시대 극과 텍스트에 대한 반성적 성찰을 실행에 옮겨 「희곡의 개요」를 발표하게 된 것이다. 사실 현철은 연재에 앞서 밝힌 것처럼 "소설에 대한 간단한 설명과 희곡에 대한 개요와 연구법이나 쓰고 끝"을 맺으려는 의도를 가지고 있었다. 그러나 소설의 개요가 2회 실새된 이후에 편집자의 '비상한 후의와 다대한 관대' 그리고 '많은 독자들의 애독'으로 인하여 원래의 계획보다 연재를 연장하고 좀 더 상세한 내용을 다루게 되었다는 것을 3회의 서두에서 밝히고 있는 것으로 보아 소설과 희곡 특히 희곡의 작법에 대한 당대의 관심이 지대하다는 것을 알 수 있다. 이에 힘입어 현철은 연재의 제목도 포괄적이면서 선구적이라는 자신감을 드러내는 「玄堂獨吠」로 바꾼다.

「희곡의 개요」는 첫째, 희곡과 소설의 차이. 둘째, 희곡의 구조된 원리. 셋째, 극의 종류— 비극과 희극. 넷째, 동양의 연극과 서양의 연극.

---

18) 현철, 「현당독폐」, 《개벽》 5, 1920.11, 122쪽.

다섯째, 극의 삼일치 등으로 이루어졌다. 그리고 희곡과 소설의 차이 편은 희곡과 소설의 마련(플롯)의 차이, 소설과 희곡의 인물묘사의 차이, 독백의 효용 등의 세목으로 이루어져 있으며, 희곡의 구조된 원리는 희곡의 구조를 6단계로 나누어 그 각각의 단계에 대한 설명이며, 비극과 희극의 항목에서는 극을 크게 비극과 희극으로 분류하고 각각의 속성에 대해, 극의 삼일치 항목에서는 시간과 장소와 행동의 일치가 지니는 의미에 대해 상론하면서 고전극에서 정립된 삼일치론이 근대에 이르러 변형되거나 그 의미를 점차 잃어간다는 내용을 중점적으로 다루고 있다. 그러면 「희곡의 개요」를 통해 그가 강조하고 있는 극적 인물 창조의 조건과 자질, 극적 기능, 묘사방법, 등을 살펴보도록 한다. 먼저 현철은 '인물성격'에 대해 다음과 같이 말한다.

> 어떤 사람은 희곡에 인물의 성격을 논할 필요가 없고 오직 '마련'만 교묘하면 족하다고 하는 이도 있다. 그러나 이는 논의할 가치도 없는 오류이다. 우리가 셰익스피어의 희곡을 보고 찬탄불이(贊嘆不已) 하는 바는 그 큰 원인이 작중인물의 약동에 있는 것은 확연한 사실이다. 갱언(更言)하면 성격묘사가 정교한 까닭이다. 이러함으로 희곡에 이르러서는 마련보다도 성격묘사에 정력을 쓸뿐 아니라 결국 인물의 성격을 표현하기 위하여 마련이 발전되는 것이다. 즉 성격으로 하여 마련이 있고 인물로 하여 사건이 있다고 하여도 가(可)하다.[19]

희곡의 여러 형성소 가운데 현철이 가장 주목하고 있는 것은 마련(플롯)과 인물의 성격이다. 이미 잘 알려진 것처럼 아리스토텔레스는 그의 시학에서 희곡의 형성인자로 플롯, 인물의 성격, 언어, 사상, 음악, 무대 등 여섯 가지를 꼽고 있는데 그 중에서 플롯과 성격을 가장 중요한

---

19) 현철, 「현당독폐」, 《개벽》 5, 1920.11, 122~123쪽. 가독성을 높이기 위해 그 의미에 어긋나지 않는 범위에서 문단을 정리했으며, 맞춤법은 현대어 표기법에 따랐음.

것으로 들고 있다. 그 후로 희곡이론의 역사는 그 두 가지 가운데 어느 것을 더 중시하느냐에 대한 논쟁의 역사라고 할만큼 플롯과 성격은 희곡에서 중요한 비중을 차지한다. 대체로 고전극에서는 플롯을 우위에 두는 반면에 근대극 이후에는 성격을 더 중요시 한다는 것이 플롯과 성격의 우위 논란에 대한 통념이며, "근대극에서는 희곡의 중요성이 오히려 인물성격에 부여된다. 근대극 이후의 희곡은 어떤 의미에서 한 인물의 성격 분석 내지 성격변천사라고도 할 수 있다"[20]라고까지 말할 정도로 인물의 성격묘사는 무엇보다도 중요한 것으로 인식되어 왔다. 위에 보이는 현철의 이해는 그런 점에서 상당한 설득력을 갖는다. 현철이 희곡의 형성인자 가운데 인물의 성격을 가장 중요한 것으로 인식하고 있다는 사실은 1921년 1월호 《개벽》에 수록된 「근대문예와 입센」에서도 드러난다. 현철은 그 글에서 근대극의 전제로 입센의 희곡을 알아야 하며, 입센극의 특징으로 첫째는 자각하는 인물을 그리고 있으며, 둘째는 그 인물이 '모두다 살아있는 인간, 추상적인 인물이 아니고 각각의 개성을 가진 살아있는 인물이며 인간의 외부 경력을 묘사한 것이 아니라 내부의 경력(Spiritual life, jnner life)가 묘사되어 있는 점'이라고 지적히고 〈인형의 집〉의 주인공인 노라가 바로 그러한 인물이라는 것이다.[21] 사실 서구의 근대극에 대한 현철의 이해가 어느 정도인지는 앞으로 더 밝혀져야 할 문제이긴 하지만 「근대문예와 입센」에 드러난 현철의 이해는 상당한 수준이라고 할 만하다. 인물의 성격과 플롯 가운데 어느 것이 극적 행동을 촉발시키고 서사를 진행시키느냐에 따라 과거의 극과 근대극을 구분하는 것만 보아도 그의 근대극이론에 대한 지식은 쉽게 폄하될 수 없다.[22]

인물의 성격을 표현하기 위해 플롯이 존재한다는 정도로 성격을 강

---

20) 이근삼, 『연극개론』, 문학사상사, 1980, 82쪽.
21) 현철, 「근대문예와 입센」, 《개벽》 7, 1921. 1, 134~137쪽.

조하고 있는 현철은 구체적인 희곡작법에서 인물의 성격 제시와 관련해서 몇 가지 유의사항을 제시한다. 그것을 정리하면 첫째는 소설과 달리 간단해야 하며, 그것도 화자의 일방적 진술과 설명으로 이루어지는 것이 아니라 등장인물들의 대사가 그 기능을 수행해야 하며, 대사도 인물의 성격을 부각시키지 않는 내용은 '가급적 생략' 해야 한다는 것이다. 둘째는 행동을 통한 성격의 제시를 권장한다. 다시말해 '難關이라고 할 만한 個所를 設置하고 性格을 躍動케하는 것과 그 難關에 당하야 그 人物이 어떠한 擧動을 하는지 이 擧動으로 인하야 性格을 表現'[23] 해야 한다는 것이다. 사실 이러한 성격제시, 즉 간접제시와 직접제시 그리고 그 가운데 인물의 행동을 통한 간접제시가 관객에게 더욱 강하고 인상깊게 작용한다는 사실[24]은 이미 일반화된 정론이며, 레싱의 "우리는 그들이 어떤 사람인지 무대 위에서 보고 싶어하고, 그들의 행동에서 그들을 파악한다. 우리가 다른 사람의 말을 믿고 어떤 사람들의 선을 판단한다면 우리는 흥미를 느낄 수 없고, 거기에 완전히 무관심해 버린다."[25]는 주장은 이를 뒷받침하는 찾기 쉬운 사례이다.

비단 희곡뿐만 아니라 현철은 「소설개요」에서도 인물의 묘사방법으로 두 가지를 제시하는데 '외부로부터 그 인물을 관찰하여 그 성격을 설명하는 해부적 방법' 과' 인물의 언어와 동작으로부터 스스로 그 성격이

---

22) 「소설개요」와 「희곡의 개요」는 그 내용이 현철 자신의 것이 아니라 일본 연극학교에서 시마자키 도손(島崎藤村)의 강의노트를 轉寫한 것이라고 홀대받은 바 있고, 아울러 '이 당시 발표된 작법류는 피상적이며 계몽적인 상식나열에 불과하다' 는, 지금의 입장에서 평가되기도 했다(김윤식, 「한국근대문예비평사연구」, 일지사, 1987, 504쪽). 또한 조동일은 그의 문학사에서 현철 자신이 스스로의 실천적 연극활동을 실패한 것으로 술회한 겸사(謙辭)를 근거로 그의 글 전체를 폄하하고, 현철의 글과 연극운동에 대해서도 "외국의 전례를 소개하면서 훈계하는 말로 삼기나 하고, 요구하는 조건에 맞는 작품을 스스로는 창조하지는 못했으니 그럴 수밖에 없었다."고 일축하고 있다.(조동일, 「한국문학통사」 5, 지식산업사, 1994, 212쪽)
23) 현 철, 「현당독폐-제 4설 희곡의 개요」, 《개벽》 5, 1920.11, 123쪽.
24) B. 아스무트, 「드라마 분석론」(송전 옮김), 서문당, 2000, 148~150쪽.
25) G.E. Lessing, *Hamburg Dramaturgy*(trans Helen Zimmern), Dover Publications, Inc, New York, 1962, p.27.

어떠한 것인 줄 알게 하는 희곡적 방법'이 그것이다. 그런데 주목되는 것은 두 번째 방법에 대한 명칭이다. 그는 위에서 언급한 인물묘사 방법이 소설과 희곡에 공통적으로 사용되는 방법이지만 희곡은 후자의 방법이 더욱 효과적이기 때문에 그 명칭을 '희곡적 방법'으로 명명하고 있다. 그에 따르면 희곡작가는 인물에 대해 직접 언급하지 않고 그 인물에게 특정한 대화나 행동을 취하게 함으로써 관객으로 하여금 해당인물을 자각케 해야 한다는 것이다. 그러면서도 현철은 이른바 희곡적 방법이 '인생만반의 심오한 진리'를 표현하는데는 부족하므로 그때는 해석적 방법을 가미하는 방안으로 독백을 지목하고 그 방법이 '흉중을 해부하는 심리적 희곡'에서 찾아볼 수 있지만 독백이 '자연스런 방법이 아니며' 희곡에서 '부득이' 사용하는 방법이라는 것을 밝히고 있다. 현철의 이러한 성격제시 방법은 지금까지도 여전히 유효하다. 물론 입센, 버나드 쇼오, 아더밀러 등과 같은 현대작가들은 지시문이나 해설을 통하여 인물의 성격을 상세히 밝히는 작가들이다. 그러나 그들은 자신의 인물이 연출이나 배우에 의해 잘못 해석되는 것을 방지하기 위한 방편으로 직접제시의 방법을 선택하는 특별한 경우이지 직접제시가 익반적인 방법은 아니다.

3. 언어와 극구조

희곡의 언어, 특히 대사는 이처럼 인물의 성격을 드러내주는 중요한 장치라는 것이 현철의 희곡언어관이다. 일반적으로 대사의 기능은 극을 진행시키며, 인물의 성격을 드러내고 웃음과 눈물 등 관객의 정서를 촉발시키는 기능을 갖는다. 좀더 구체적으로는 정보전달, 성격구현, 주제제시, 개연성과 정조의 구축, 리듬 형성 등을 수행하여야 한다. 그러나 현철이 「희곡의 개요」를 발표하기 전에 〈병자삼인〉[26] 〈규한〉[27] 〈국경〉[28] 〈황혼〉[29] 등 10편의 창작희곡이 있었지만 그 작품들에서의 대사는 정보의 전달과 주제제시 등 기초적이고 직접적인 기능만을 수행할 뿐이다. 이 당시 연극의 존재이유가 무엇보다도 '계몽'이었음을 상기할 때 대사의 그러한 기능은 짐작하고도 남는다. 또한 '이 시기의 대사는 미려한 운문으로 격식을 갖춘 수사로 가득차 있었으며 독백, 방백 등 희곡적 관약에 많이 의존하고 있었으며, 극중 인물의 행동과 일치하지 않았으며 오히려 극중인물의 행동과 극중 장소까지 묘사하는 역할까지 했다'[30]는 실정을 감안하면 대사가 인물의 성격을 제시하고 서사를 진행시켜야 한다는 현철의 극언어에 대한 견해는 상당히 선구적이었다.

그는 대사가 갖추어야 할 요건에 대해 "대화의 문구는 반드시 인물의 성격과 사건의 발전상 관계가 깊은 것을 선택치 아니치 못할 것이니 대화의 자체는 여하히 흥미가 있고 의표에 합당할지라도 작중의 인물과 마련에 관계가 없던지 혹은 관계가 미약한 것은 하등의 가치가 없는 것이다."[31]라고 희곡에 사용되는 언어의 의미와 그 선택의 기준을 제시한다. 또한 인물의 성격과 사건을 진행시키는 대사라고 하더라도 그것이 자연스러워야 한다는 점을 강조하며 그러기 위해 '생활과 처지와 직업과 지방과 풍토와 관습'을 고려한 대사라야 한다는 것이다. 대사에 대한 현철의 견해는 세 가지로 요약되는데 일상의 언어이면서도 인물의 성격을 부각시킬 수 있어야 하고, 막이 내릴 때까지 극적 긴장을 유지시키

---

26) 조중환, 《매일신보》, 1912.11.17.~12.25.
27) 이광수, 《학지광》, 1917.1.
28) 윤백남, 《여자계》 2. 1918.9.
29) 極熊, 《창조》 1, 1919.2.
30) 김방옥, 『한국사실주의희곡연구』, 동양공연연구소, 1989, 86쪽.
31) 현철, 「소설개요」, 《개벽》 2, 1920.7, 126쪽.

는, 곧 극진행에 기여하는 대사여야 한다는 것이다. 여기서 현철이 제시한 '일상의 언어'는 1920년대 이후의 희곡작품에서 발견되는데 김우진의 〈이영녀〉, 윤백남의 〈운명〉, 김정진의 〈잔설〉 등에서 보이는 자연스런 일상의 대사가 그것에 속한다. 그러나 그 외의 두 가지 기능, 곧 성격을 제시한다거나 극진행을 수행하는 대사는 좀더 오랜 시간이 흐른 뒤에야 발견된다.

성격의 제시 방법에 대해서는 구체적인 안목을 보이면서도 인물을 창조하는데 필요한 사항, 예컨대 신체적, 사회적, 심리적 자질 등과 플롯에 기여하는 인물의 조건에 관해서는 미처 밝히지 못한 것처럼 극적 언어의 영역에서도 그것이 시각적 기호로 전달되지 않고 무대에서 청각으로 전달된다는 사실에 기인한 언어로서의 속성, 예컨대 발생적인 효과(oral effectiveness)나 청각적 효과(auditory effectiveness), 그리고 당대에 흔하게 자행되던 '관객에게 들려주는 말'에 대해서는 소홀했다. 아울러 극적 언어의 범주를 인물들의 대사로 국한시키고 지문과 무대에서 구현되는 시각적 비유 등에 대해서는 일체의 언급을 하지 않고 있다. 그리고 이러한 사항 등은 1930년대 송영 등의 희곡작법에 이르러서야 다루어진다.[32]

현철은 인물의 성격과 플롯은 물론 대사까지를 각각의 것으로 분리시키지 않는다. 대사는 성격을 부각시키고 서사를 진행시켜야 하는 것으로, 성격은 대사와 인물의 행동을 통해 드러나야 하며, 플롯은 대사와 인물의 극적 행동으로 이루어진다고 믿고 있다. 그러면서도 현철이 「희곡의 개요」를 통해 무엇보다도 비중있게 진술하는 부분은 플롯의 구조, 그의 표현을 따르면 '마련'의 구조이다. 그는 먼저 소설의 플롯과 희곡의 플롯을 비교하면서 소설에 비해 제한이 많다는 것을 전제한 다음 희

---

32) 이종대, 「송영의 극작술 연구」, 《불교어문논집》 5, 2000, 193~209쪽.

곡은 시간과 공간의 제약을 받으면서도 '명백하고 또한 유력한 인상을 관람자에게 제공해야' 하기 때문에 소설보다 더 어렵다는 것을 분명히 하고 있다.

> 모든 희곡이 생기는 것은 그 원인으로 어떠한 충돌이 없지 아니치 못할 것이다. 일례를 들면 개인과 개인끼리의 충돌, 정(情)과 정(情)의 충돌, 이해와 이해의 충돌 등 이러한 충돌의 원인으로 일 편의 마련이 발생되는 것이다. 그러면 이 충돌의 기인(起因)으로부터 사건이 점점 오해되다가 어떠한 경지에 이르러서 충돌의 해결이 낙착(落着)되는 것이 희곡구조의 원리이다. 그러나 이렇게 발생에서 해결에 이르기까지의 경로가 보는 사람으로 하여금 어떠한 조건하에서 재미가 있도록 하지 않을 수 없는 것이니 요컨대 희곡의 마련은 가장 명백히 이러한 충돌의 경과를 알리게 짜지 않을 수 없는 것이다. 이와같이 사건의 시초로부터 종말까지는 한가지 부분으로만 된 것이 아니니 물론 희곡의 구조된 모든 부분이 있을 것이다. 다시 말하면 어떠한 충돌이 일어나서 낙착되기까지의 일사선(一絲線)이라고도 할만한 극선(劇線)이 있을 것이요 그 극선(劇線)에도 각각 상위(相違)한 색선(色線)이 있을 것은 물론이다.[33]

현철이 사용하는 마련이라는 말은 플롯을 표현할만한 적당한 용어를 찾지 못해서 고심 끝에 사용한 듯하지만 현철은 플롯이라는 추상적 개념을 선(線)이나 색(色)으로, 즉 시각적으로 설명할 만큼 비교적 정확히 이해하고 있다. 그는 희곡의 구조를 크게 사건의 발생, 사건의 진행, 사건의 해결로 이루어지는 행위의 연속체로 파악하고, 그것을 색의 농담(濃淡)으로도 설명하고 선(線)의 높낮이로도 설명한다. 희곡의 구성을 발생 · 진행 · 해결로 이해하는 방식은 마치 아리스토텔레스가 전개한 처음 · 중간 · 끝의 개념을, 그리고 그것의 세목을 상세히 설명하는 대목

---

33) 현철, 「희곡의 개요」, 《개벽》 6, 1920.12, 69쪽.

은 또한 프라이탁의 5단계설을 연상시키기도 한다. 플롯에 대한 그의 견해 가운데 특히 주목되는 것은 극구조를 5단계로 인정하는 것이 일반적이라고 소개하면서도 굳이 6단계설을 주장하고 있는 대목이다. 그러나 현철이 제시한 6단계설의 논거는 지금까지 명확하게 밝혀지지 않고 있다.[34]

그의 6단계설은 5단계설의 발단 부분을 서막(Exposition)과 제2단(Introduction)으로 나누고 서막의 기능은 "대개 극을 보는 사람은 전체 이 극에서 어떠한 인물이 나오는지 또 인물의 상호간에는 어떠한 관계를 맺고 있는지 어떠한 사건의 충돌이 발생되는지 첫째 이것을 알리는 것"이며, 그에 이어 전개되는 제2단은 "서막에서 설명한 인물과 사건의 위에서 비로소 충돌이 일어나 활동의 상태로 들어가는 경로를 보이는 것"[35]이라고 설명하고 있다. 현철이 세분화시킨 발단은 아스무트의 "드라마 분석에서 발단(Exposition)의 분석이 가장 어려우며, 그 원인은 발단개념의 불명확성에서 비롯된다"는 견해와 Bickert의 "발단은 개념어가 지녀야 할 명확성이 결여된 용어"라는 말을 상기시킨다.

빌난(Exposition)이라는 단어는 18세기에 불어에서 독일어로 넘어온 말이다. '드러내기 수법'에 관한 이론 역시 이 당시의 산물이다.(bickert, 19쪽) 원래 연극 특히 희극 앞에는 프롤로그가 있어 본 작품의 내용이 여기에서 요약 소개되었다. 바로 이 내용 소개가 발단이다. "라틴어인 expositio에서 불어 exposotion이 유래한다."(bickert, 39쪽) 이런 맥락에서 엑스포지

---

34) 이같은 6단계설에 대해 양승국은 현철이 추가시킨 부분이 "현대극의 구조에 있어서 전사(前史, vorgeschite)를 의미하는 것으로서 일반적으로는 극의 도입부(exposition, introduction)에 자연스럽게 녹아 있어서 극의 통일성을 저해하지 않는 범위에서 관객에게 전달되는 것이며, 극의 줄거리의 진행에 따라 자연스럽게 드러나는 것이어서 굳이 도입부에 이러한 장치를 집약시켜 제시할 필요는 없다"는 견해를 밝힌 바 있다. 그리고 현철이 서막을 설정한 이유는 그것이 현철의 독창적 주장일 수도 있지만 "일본 가부키(歌舞技)의 서막의 수법을 계승한 것"일 가능성도 있다는 견해도 아울러 제시한다. (양승국, 『한국근대연극비평사 연구』, 태학사, 1996, 294쪽)
35) 현철, 「현당독폐, 제4설 희곡의 개요(續)」, 《개벽》 6, 1920.12, 69쪽.

치오라는 말의 제 1차적인 의미는 다름이 아닌 해명(解明)이다. 근대극작가들은 점차적으로 '내용'과 '머리말'의 의미를 포기하고 그 기능을 행동연계 도입부에 떠넘겼다. '분리된 발단' 또는 '행동연계 밖 발단' 대신 '함께 얽혀있는 발단' 혹은 '행동연계 안 발단'이 등장했다. 이런 후자 유형의 발단에는 사건 전말을 이미 알고 행동연계흐름과 무관하게 평설하는 형상인물이 없다. 그 대신 행동연계전개 과정에 함께 참여하는 등장인물 한 명(혹은 다수)이 평설을 한다. 이런 발단은 사건 전체 내용이 아닌, 작품 도입부에 필요한 행동연계 전제사항을 다룬다.[36]

아스무트에 따르면 근대극 이전의 극에서 텍스트 밖에 존재하던 프롤로그의 기능이 근대극의 성립시기에는 텍스트 안으로 흡수되어 극의 일부가 되고 극의 출발지점이 되었다는 것이다. 아스무트는 그 부분을 '행동연계 안 발단'으로 파악하고 있으며 코르네이유의 "행동연계를 배태하기 위한 씨앗들이나 이 행동연계의 기초를 포함하고 있어야 한다"는 개념을 빌려와 "앞으로 전개될 무대 위 행동연계를 관객이 쉽게 이해할 수 있도록 준비시키는 역할이며, ①드라마 안 사건이 있기 전의 내용들(개막전 사연), ②중요 등장인물들과 그들의 관심사 및 상호관계 등의 내용"[37]으로 이루어진다고 밝히고 있다. 현철이 서막과 제2단의 연결을 "무슨 구획이 있는 것이 아니라 서로 융합하여 그 이은 짬이 틈이 없이 자연스럽게 계속되는 것"이라고 생각한 것이나 서막의 극적 기능에 대한 설명을 보더라도 서구 근대극 성립 시기에 보였던 발단의 개념을 받아들인 것으로 보인다. 특히 현철의 「희곡의 개요」가 영국과 독일에서 근대극을 공부한 시마무라 호게쓰(島村抱月)와 시마자키 도손(島崎藤村)으로부터 사사받은 내용이라는 것을 고려하면 현철의 독일 근대극이론 수용은 쉽게 짐작되는 일이다. 현철의 6단계설은 또한 허드슨의 구

---

36) B. 아스무트, 『드라마분석론』, 서문당, 2000, 178쪽.
37) B. 아스무트, 위의 책, 179쪽.

조론과도 유사하다.[38] 현철이 그림으로 제시한 극선의 모양까지 일치하는 허드슨의 6단계설은 발단 부분을 ①Stand for the exposition 과 ②for the initial incident로 구분하고 있으며 각각의 기능은 아스무트와 현철이 제시한 것과 크게 차이가 없다. 아스무트가 정리한 20세기 초 독일의 극구조이론과 동시대의 허드슨이 주장한 영국에서의 발단 개념은 현철의 6단계설의 논거를 추정하는 실마리가 될 수도 있을 것이다. 물론 그러한 서구의 극이론이 일본을 경유하여 1920년대 한국에 이르는 과정을 상세히 밝히는 것은 앞으로의 과제이다.

희곡의 구조를 6단계로 설명한 것과 아울러 극을 진행시키는 원동력으로 충돌, 곧 갈등을 지목하고 있는 것 또한 주목받을 만하다. 그는 "희곡이 생기는 것은 그 원인으로 어떠한 충돌이 없지 아니치 못할 것이다. 일례를 들면 개인과 개인끼리의 충돌, 정과 정의 충돌, 이해와 이해의 충돌 등 이러한 충돌의 원인으로 1편의 마련이 발생되는 것"이라는 견해를 피력하면서 극은 결국 그러한 갈등의 시작과 해결되는 과정 그리고 그 갈등의 끝을 이야기가 아닌 행동으로 무대 위에서 보여주는 것이며, 그 과정을 '서사에 서정을 겸하고 객관에 주관을 겸'[39]하여 간결하면서도 가장 강렬하게 보여주기 위해 정제된 플롯이 불가피하다는 것이다. 현철의 갈등이론은 소박하지만 희곡의 형성원리에서 그것이 차지하는 비중과 갈등의 극대화를 위해 플롯이 필요하다는, 비교적 정확한 지적을 하고 있다.

잘 알려진 것처럼 플롯은 극적 인물의 행동에 통일된 형식과 심미성, 사상을 부여하는 장치로, 사건의 조화로운 배열 혹은 재구와 관련되

---

38) 정덕준의 견해로 그는 "현철의 소설의 구조요소 분류가 허드슨의 분류방법에서 취한 듯하다는 점과 함께 「소설의 개요」, 「희곡의 개요」가 허드슨의 문학론을 바탕으로 한 것으로 추정할 수도 있겠다"는 견해를 밝혔다.(정덕준, 「현철연구」, 고려대 대학원, 1976, 50쪽) William H. Hudson, *An introduction to the study of literature* 참조)
39) 현철, 「문예의 목적」, 《개벽》 5, 1920.11, 124쪽.

는 것이다. 그러나 현철은 문학의 표현이 사실(fact)과 고찰(reflection)의 결합에서 출발해야 한다는 사실을 지각[40]하면서도 플롯을 단순한 사건의 인과관계 설정으로 받아들여 플롯의 일차적 단계가 사건의 선택이고 그 다음이 선택된 사건의 재배열이며, 그러한 질서화로 얻어지는 효과가 행동의 통일성의 부여와 통일된 행동의 심미화, 나아가서는 작가가 전달하고자 하는 주제를 강화시켜주는 것이라는 데까지는 이르지 못한 듯 하다. 궁극적으로 플롯의 존재이유는 급전(Peripeteia, Reversal of Situation or intention)과 발견 (anagnorisis, Recognition or Discovery of truth), 그 과정에 필수적인 하마르티아(hamartia)[41]의 생성과 적절한 배치을 위한 전략이다. 하지만 현철의 글에서는 이에 대한 언급도 전혀 없어 현철이극의 이론적 · 본질적인 것보다는 실제 극작에 필요한 내용과 일반독자들을 위한 개괄적인 내용만을 다룬다는 집필원칙[42]을 준수하고 있거나 아니면 극이론을 완전히 터득하고 있지 못하다고 판단하는 근거가 되기도 한다.

---

40) 모방론, 반영론은 이 시대에 널리 퍼진 대표적인 문학론이다. 그러나 현철은 문학이 현실을 사실 그대로 그려내는 것에 대해서는 거부의 의사를 분명히 밝힌 바 있다. 현철의 문학론에 대한 상세한 고찰이 이 논문의 논점에서 벗어나므로 그에 대한 상론은 다음으로 미루어지겠지만 그는 작품의 탄생과정에는 두 가지 요소가 작용하는데 하나는 '외계의 객관적 사실(fact)이고 다른 하나는 내계, 즉 흉중에서 여러 가지로 고찰한 것(refiection)'이라는 것이다. 현철은 이 두 가지가 융합하여 작품이 탄생된다고 주장한 바 있다. (현철, 「문학상으로 보는 사상」, 《개벽》 16, 1921.10, 89~95쪽 참조)

41) 하마르티아의 개념과 극적 기능에 대해서는 다양한 견해가 있다. 첫째, Butcher의 견해로 도덕적인 죄(moral guilt)를 함축하고 있는 'some error or frailty'. 둘째, Bywater의 견해인 상황판단 잘못과 무지로 인한 잘못을 포함하는 단순한 판단착오(error of judgment). 셋째, Braam의 것으로 도덕적 · 성격적 결함이란 암시가 전혀 들어있지 않은 판단착오, 넷째, Potts의 주장으로 자신의 잘못이 아닌데도 저질러지는 잘못. 다섯째, Lord의 단순한 실수(a simple mistake) 등이 하마르티아의 대표적인 개념에 속한다.(이경식, 「아리스토텔레스의 시학과 신고전주의」, 서울대학교 출판부, 1997, 184~195쪽)

42) 현철, 「소설의 개요」, 《개벽》 창간호, 1920.6, 131쪽.

4. 맺음말

현철은 「희곡의 개요」를 통해 희곡에서의 대사의 기능과 대사 쓰는 법, 인물 성격의 의미와 제시 방법, 그리고 무엇보다도 희곡를 구성하는 단계와 각 단계의 기능을 상세히 제시하고 있다. 그밖에도 그는 주제란 무엇인가, 주제를 제시하는 방법, 극에서 삼일치를 강조하는 이유와 그것이 근대에서는 강조되지 않는 이유 등에 대해서도 비교적 소상하게 자신의 견해를 밝히고 있다. 그러나 그가 제시하는 희곡작법은 희곡의 중심축인 문학성과 연극성 가운데 문학성에 치중하고 있는 반면에 연극성과 밀접한 사항들, 예컨대 무대를 이루는 시각적 장치와 청각적 장치 즉 아리스토텔레스의 시학에서 말하는 음악과 스펙타클 등에 대해서는 소홀히 하고 있다. 그러나 그의 「희곡의 개요」는 창작희곡에 대한 시대적 요구가 강했던 1920년대 당시 희곡창작의 구체적인 문제를 해결해 주는 글이라는 점은 분명하다.

1920년내에 송래의 분학양식에서 볼 수 없었던 희곡이 동시대 문학 담당계층들의 주목을 받은 것은 당시가 문인을 포함한 지식인들이 계몽이라는 열병을 앓는 시대라는 점과 관련이 있다. 낯선 예술 영역인 연극의 사회적 영향력을 체험한 그들에게 연극은 예술로서 보다는 매력적인 계몽의 수단이었을 것이다. 또한 신파극은 정극(正劇)이 아니라는 사실을 알고 있던 지식인들은 수입된 일본 신파극의 열풍을 목격하면서 이른 바 근대극운동을 일으켰고, 신파극 관련자들은 관객의 요구에 따라 보다 많은 주제를 개발해야 했고 그것을 효과적으로 표현할 작법에 대해 고민했다. 문학에서 하나의 형식, 장르가 형성되기까지는 많은 시간을 필요로 하는 법인데 시대가 요구한다고 해서 하루아침에 희곡이 등장할 리는 만무하다. 또한 동시대인들이 '새로운' 연극과 전통극, 연희를 연계시키기도 했으나 그것은 당대의 관객에게 충분한 만족을 주지는 못했다.

창작희곡의 성립 초기에는 번안, 각색, 구성, 번역 등의 방식으로 텍스트를 만들었으나 그것은 즉흥적으로 아무런 체계없이 이루어져 역시 한계가 있었고, 서구의 근대극이론을 수업한 사람들의 심미적 요구를 충족시키기에는 턱없이 부족했다. 현철의 「희곡의 개요」는 그러한 시대적 요청 속에 이루어졌다. 사실 1910년대와 1920년대에 근대극운동과 더불어 연극에 관한 많은 글들이 발표되었으나 이론의 소개와 극정신을 강조한 글들이 대부분이고 희곡 자체에 주목한 글은 찾아보기 힘들었으며 더욱이 희곡이론과 작법에 대한 글은 현철의 글뿐이다. 현철의 「희곡의 개요」는 제목 그대로 희곡의 개요이면서 동시에 희곡을 창작하는데 있어서 필요한 지식과 창작과정을 담은 글이기도 하다. 현철은 그 글에서 이미 널리 알려진 같은 서사계열의 소설과 비교하면서 희곡의 형성인자인 플롯, 인물의 성격, 언어, 사상 등을 소상하게 소개하고 그것을 '만드는 법'을 일러주고 있다. 1920년 6월부터 연재된 현철의 글은 당대에 지대한 영향을 끼쳤을 것이고, 우리 희곡사에서 1920년대가 희곡의 스펙트럼이 완성된 해라는 사실도 이와 무관하지는 않을 것이다. 1920년대에는 전대와는 비교도 할 수 없을 만큼 많은 희곡이 창작되기 때문이다.

현철의 글 이후 희곡작법에 대한 글은 1920년대에는 더 이상 발견되지 않는다. 1930년대에 와서야 여러 사람들에 의해 희곡작법이 다시 등장하는데 1930년대가 우리 희곡사에서 가장 많은 희곡작품과 탁월한 작품이 탄생된 시대라는 사실을 상기하면 작품의 형성원리에 대한 고민이 심화되고 누적되는 것과 좋은 작품의 탄생은 무관하지 않다는 것을 보여주는 사례가 될 것이다. 이 논문에서는 현철의 「희곡의 개요」중에서 극적 인물의 성격, 대사, 비극과 희극, 희곡의 구조된 원리 등을 다루고 '소설과 희곡의 차이', '동·서양의 희곡', '극의 삼일치' 등은 다루지 못하였다. '소설과 희곡의 차이'는 그의 「소설의 개요」에도 상세하게 밝히고 있는 테마로 장르 비교를 통해 보다 정확하게 희곡의 특성을 지적하고 있으며, '동·서양의 연극'은 현철의 서구지향적 연극관을 볼 수 있으며, '극의 삼일치' 대목에서는 고전주의 시대에까지 중요한 작법원리였던 삼일치에 대한 비판과 근대극의 비젼에 대한 현철의 견해를 확인할 수 있는 중요한 부분이다. 그에 대한 검토는 다음으로 미룬다.

주제어 : 극구조, 형성원리, 형성소, 희곡작법

◆ 참고문헌

김방옥, 『한국사실주의 희곡연구』, 동양공연연구소, 1989.
김윤식, 『한국근대문예비평사연구』, 일지사, 1987.
양승국, 『〈병자삼인〉 재론』, 《한국극예술연구》 10, 한국극예술학회, 1999.
양승국, 『한국근대연국 비평사 연구』, 태평사, 1996.
이경식, 『아리스토텔레스의 시학과 신고전주의』, 서울대 출판부, 1997.
이근삼, 『연극개론』, 문학사상사, 1980.
이종대, 『이태준희곡연구』, 《상허학보》, 상허학회, 깊은샘, 2000.
이종대, 『송영의 극작술 연구』, 《불교어문논집》 5, 2000.
정덕준, 『현철연구』, 고려대 대학원, 1976.
B. 아스무트, 『드라마 분석론』, 송전 역, 서문당, 2000.

◆ SUMMARY

A study on Recognition of Drama in 1920s

Lee, Jong-Dae

In Introduction to Drama, Hyun, Chol presents particularly the purpose of dialogue and how to write a conversation, the meaning of character and the method exhibited, and, above all, the phases of constructing the drama and the function of each phase. And, besides that, he explicates more fully his view point on what the subject(idea) is, the way to demonstrate the idea, why the unity of character, place, and time, that is, the trinity of the drama, is emphasized, or the reason it is overlooked. But while his method of the drama is focused on literary quality rather than the theatrical elements, the ingredients of the drama - for example, the optic and the auditory apparatuses, etc, like music and spectacle in Aristotle' s Poetics - are disregarded. But it is clear that Introduction to Drama is a critical work attempted solving the concrete difficulties in originating the drama in 1920s which increased the historical demands for writing the play.

That literary classes were enchanted by the drama in 1920s was closely connected with historical background which was much eager for enlightenment of the intellectuals including a literary man. At that time, the drama was a very strange genre for them. But, experienced in the social effect of drama, they seemed to regard the drama as the attractive means of enlightenment rather than as art itself, and they had, moreover, known that the new drama(Shinpaguk) was not a legitimate drama. Thus, observing the craze for the new drama introduced from Japan, they initiated the so called "the movement of modern drama," so that the persons concerned with the new drama, according to the requests of audience, must exploit more subjects, and worry about manners to effectively expressing subjects, because it spent many years to embody a form and a genre in literature. It was, thus, impossible to momentarily appear a new form of the drama in accordance with the requisitions of spectators, and furthermore, it were not satisfied by audiences that the contemporary dramatists tried to unite 'new,' a legitimate play, and the 'theatricals' into one.

Early in forming the creation of the drama, the text of the drama was consisted of adoption, dramatization, composition, and translation, but it had a limitation by readily organized without any system, and a very insufficiency to satisfy the aesthetic demand of the people who had already taken the course of the western theory of modern drama. Introduction to Drama was accomplished in such a historical claim. In 1910s and 1920s, A lot of studies on the drama with the movement of modern drama were presented by various researchers, but most of them were accentuated to the introduction of theory and the spirit of the theatricality, and the essays were very rare that took notice on the drama itself. It was not too much to say that there were no other texts on the theory and the composition of drama but Hyun, Chol' s writing.

His text like a title is a introduction to drama and, at the same time, contains the necessary knowledge and the process of creation in writing play. Comparing the drama with narrative of the novel, he in his writing is fully introducing the plot, the individuality of character, and the subject, and presenting 'how to frame it.' But it is very regrettable that his text is more centered on literariness, so exclude the theatricals of the drama. Published serially from June, 1920, his articles were much likely to influence on the contemporary dramatists. And it had a very close relation with truth that the spectrum of the drama was completed at this period in our history of drama, and, as a result, a lots of the dramas were issued so countlessly that amount of works were not to be compared with former ages.

After his work, the articles of creation on the drama were no longer found in 1920s, and various writers composed manners of the drama again until 1930s. If weremember a great deal of works and the good books published in 1930s, this shows us, as a good example, a intimate relations between the accumulation and the profundity for formative principle of drama and the creation of good works.

This study attempts to analyze the individuality of character, the dialogue, the concept of comedy and tragedy, and the structuralized principle of comedy, but does not deal with 'the difference between the novel and the drama,' 'comedy in the Eastern and the Western,' and 'the trinity of the drama.' 'The difference between the novel and the drama' is, as making clearly in Introduction to drama, pointing at the quality of drama through comparing with genre as theme. We can see his viewpoint on the drama oriented toward the Western at 'the drama of the Eastern and the Western.' And 'the trinity of the drama' is a very important part that we can identify his point of view on the vision of modern drama and the critique of the trinity based on the ultimate principle of composition in the Classic Ages.

김동인 문학에서 '여 (余)'의 의미

정 재 원*

> 햄릿 : 호레이쇼, 인간은 죽어서 천대를 받는구나! 알렉산더 대왕의 거룩
> 한 유해도 결국은 한줌의 흙이 되어 술통마개가 될지도 모를 일이 아닌
> 가?…생각해보게. 알렉산더가 죽었다. 알렉산더가 땅에 묻힌다, 알렉산더가
> 흙으로 돌아간다, 흙은 진흙이다, 진흙으로 우리는 점토를 만든다―알렉산
> 더가 변해서 이루어진 점토로 맥주통 마개를 만들지 않는다고 누가 보장할
> 수 있겠는가?
>
> ― 세익스피어, 『햄릿』 5막 1장 중에서.

1. 죽음의 감각

「죽음」은 1930년 9월 9일부터 19일에 걸쳐 『매일신보』에 발표된 김
동인의 소설이다. 이 소설의 도입부에서 화자 '여 (余)'는 이른 봄 벗의

---

* 서울시립대학교 강사.

딸을 매장하는 데 따라나섰다가 진남포 공동묘지의 참담한 실상을 목격했던 경험을 서술한다. '여'는 장례를 구경하다가 어린 나이로 세상을 뜬 B의 무덤을 찾기 위해 사람 하나가 제대로 지나다닐 자리도 없이 갓 매장한 수천 개의 주검이 누워 있는 공동묘지를 헤메어 다닌다. '여'에게는 흡사 "죽음을 모욕하기 위해서 만들어 놓은 제도"처럼 보이는 진남포의 공동묘지는 세계공황이 닥치면서 일본이 군국주의를 강화해나기 시작했던 소화 5년(1930년)에 식민지 조선이 처한 상황을 압축적으로 전달하고 있다. 그 곳에서 '여'는 주검들을 존중하려고 애썼지만 결국은 밟으면 쑥 들어가는 무덤꼭대기를 무수히 밟으며 돌아다니는 부도덕한 일을 해야만 했던 것이다. 무수한 타인의 죽음은 그의 발끝에 공허하고 무의미한 감각만을 남기고 그는 여관에 돌아와 악몽에 시달리며 좀처럼 잠을 이루지 못한다.

> 그 날 밤 여는 여관에서 매우 곤하여 저녁상을 물린 뒤에 곧 자리를 펴고 불을 끄고 누웠다. 피곤 때문에 생겨나는 상쾌한 졸음은 여의 온몸을 지배하였다. 차차 잠에 빠져들어 가렬 때에 여의 머리에는 광막한 벌판이 떠올랐다, 끝없는 벌판과 끝없는 하늘, 어두컴컴한 빛, 싱괴한 음악, 그 때였었나. 그 광막한 벌판에 문득 난데없는 무덤이 하나 불끈 솟아올랐다. 그것을 군호로써 그 넓은 벌판은, 수천만 개의 주먹만큼씩한 새빨간 무덤으로 변하여 버렸다. 그 위에는 거대한 관이 하나 흐늘흐늘 흔들리고 있었다. 묘혈은 관보다 작았다. 커다란 발이 하나 나타나서 관의 머리를 찼다. 사수(死水)의 흐른 자리가 있었다. …여는 스스로 책망을 하고 혀를 차면서 돌아누웠다. 즉 발에서는 아까 무덤 꼭대기에서 꼭대기로 뛰어다닐 때에 받은 그 기괴한 공허를 다시 감각하였다.
>
> 아직껏 온몸을 지배하던 졸음은, 어디론가 사라져 없어졌다. 그리고 여의 머리를 지배하는 것은 기괴한 광막한 벌판과 문득 생기고 문득 없어지는 수 없는 무덤과 흐늘거리는 넋이었었다. [1]

---

1) 김동인, 「죽음」, 『김동인전집2』, 조선일보사, 1988, 196쪽.

이 소설에 형상화된 죽음은 문자 그대로 어떠한 가치나 의미도 부여되어 있지 않은 생물학적 죽음이며 '여'에게 낯설고 기이한 감각 자체로서만 다가온다. 이어서 '여'는 죽음의 위협과 공포감으로부터 벗어나기 위해 과연 인간에게 죽음이란 무엇인가 질문하고자 한다. 사실 인간의 왜소함을 두드러지게 강조하는 죽음의 형상화는 1910년대 후반에서 1920년대 초반 사이에 등장한 작가들의 사유방식의 변화를 보여주는 뚜렷한 징후이기도 하다. 김동인의 「목숨」(1921)과 「눈을 겨우 뜰 때」(1923)를 비롯하여 염상섭의 「죽음과 그 그림자」(1923), 현진건의 「할머니의 죽음」(1923) 등에서도 죽음은 우연한 사고의 결과이거나 그 자체로 무의미한 사건으로서 등장하여 주인공으로 하여금 인간의 유한성을 성찰하게 하는 계기가 되고 있다. 1920년 초반의 소설경향을 집약한 작품으로 평가되고 있는 「만세전」을 보면, 무의미한 소멸을 향한 자연법칙의 진행으로 보이는 죽음에 대한 공포가 주인공 이인화를 온통 사로잡고 있다. 그리고 그 공포의 이면에 놓여 있는 것은 모든 인간의 형성물은 한낱 이름뿐이며 이 세계 안에서 진정한 실체는 오로지 자기 자신과의 관계에 있을 뿐이라는 유명론(唯名論)적이고 개인주의적인 사고방식이다. 이인화는 서울로 향하는 기차 안에서 만난 갓장수에게 마치 저 유명한 묘지 장면에서의 햄릿처럼 죽음이라는 엄연한 사태에 대해 논하고 있다. "글쎄 그러고 보니 말이요. 가만히 생각하면 사람의 일이라는 것은 얼마나 헛된 것이요. 이 몸이 땅에 파묻히면 여러 가지 원소로 분해되어 이 우주의 공간에 떠돌아다니다가 내 자식 내 자손 증손자의 콧구멍으로도 들어가고 입구멍으로도 들어가서 살이 되고, 뼈가 되고 피가 되다가 남으면 똥이 되어서 다시 밖으로 기어나가고 하는 동안에, 이 몸은 흙이 되어서 몇 백 년 몇 천 년 지낸 뒤에는 박물관에 가서 자빠지거나 지질학자나, 골상학자나 인류학자의 손에 걸리어서 이리저

리 디굴디굴 굴러다니고 말 것이 아니오?"[2] 이인화가 갓장수에게 전하
려고 애쓰는 것은 인간이면 누구나 멀지 않은 장래에 죽게 될 뿐만 아니
라 결국 여러 가지 원소로 분해되어 우주의 공간을 떠돌게 될 것이라는
엄연한 사실이다. 이와 같이 1920년대의 초반의 작가들이 소설 속에서
죽음의 실상에 대면하고 삶의 의미를 근저에서 다시 질문할 수 있었던
것은 그들이 제도, 사유와 행동방식, 넓게는 문화 전반을 포함한 인간의
형성물(formation) 뿐만 아니라, 장례와 매장에 절대적인 의미를 부여
하는 식민지 조선의 봉건적인 가치체계를 의심하는 일종의 문화적 영점
지대에 위치하고 있었기 때문이다. 이 대목에서 1920년대 문학에 대한
임화의 논의를 빌자면 "대상에 대한 부정적 의식이 대상의 철저한 묘사
로 작가를 인도"[3]하고 있는 것이다.

1920년을 전후하여 등장한 김동인과 염상섭 등의 작가들은 조선의
문예부흥을 표방하고 동인지를 창간하면서 창작활동을 시작한 이른바
'신문화운동' 세대에 속한다. 1919년 2월에 이루어진 『창조』의 발간이
1920년대를 시작하기에 앞서 1910년대를 결산하는 의미를 지니고 있다
는 점을 생각하면 그들은 1910년대 지식인 사회의 논쟁점이 되었던 사
회진화론을 경험적으로 내면화한 세대이기도 하다. 그들은 국가 상실과
함께 제 1차 세계대전을 통해 세계 질서가 약육강식의 법칙으로서 실현
되고 있는 것을 목격했다. 이렇게 볼 때 김동인이 처녀작 「약한 자의 슬
픔」(1919)에서 불안정한 형식을 통해서나마 추구하려고 한 것도 윤리적

---

2) 염상섭, 『만세전』 (인용된 부분의 현대어역-필자), 79쪽. 해방 후 1948년에 간행된 수선사본
을 텍스트로 삼은 염상섭, 『만세전』(창작과비평사, 1987)과 비교해 볼 때, 해방 후에 개작된
수선사본에서는 사람이 죽어서 결국 무로 돌아간다는 사실을 들어 삶의 근본적인 허무함을 논
하고 있는 이 대목이 삭제되어 있음을 볼 수 있다. 해방 후에 개작된 판본에서 죽음의 극단적
인 계기가 완화되면서 조선의 봉건적인 관습이나 아내의 죽음에 대한 비판적인 시선 역시 완
화된 점은 주목할 만 하다. 인간의 왜소함을 강조하는 죽음의 형상화 방식에 주목하여 염상섭
의 소설을 분석한 글로는 유종호, 「한국 리얼리즘의 한계-염상섭의 경우」, 『동시대의 시와 진
실』(민음사, 1995)가 있다.
3) 임화, 「소설문학의 20년」, 『신문학사』, 한길사, 394쪽.

보호장벽 없이 무차별하게 관철되고 있는 것처럼 보이는 진화론적 법칙에 맞서 개인의 사유와 행위를 규율할 근거였다.[4] 이 소설의 여주인공 엘리자베트는 "자기의 약한 것을 자각할 그 때에는 나도 강한 자이다. 강한 자가 아니고야 어찌 자기의 약점을 볼 수 있으리요?!"[5]라고 외치고 있는 것이다. 새로운 조선 문화의 형성이 신문화운동세대들에게 개인 차원에서는 자신을 스스로 규율할 새로운 근거를 추구하는 계기였다면 동시에 민족공동체의 차원에서는 잠재된 공동체적 역량을 확인하고 입증할 수 있는 계기였다고 할 수 있다.

신문화운동 세대가 안고 있는 근본문제는 그들이 대부분 동경에서 근대문명을 체험한 유학생들로서 공동체의 문화유산과 의식적인 단절을 시도했다는 점에 있을 것이다. 물론 작가마다 직접적인 논의나 작품의 편차는 다양하지만, 그들은 창조적 개성을 근대 문명의 요체로 파악하는 데서 출발하여, 개성의 실현보다는 공동체의 유지와 보존을 중시해온 조선의 봉건적인 가족제도와 가치체계를 부정했다. 그들은 문화유산의 계승보다는 세계의 문화적 조류에 부응하는 혁신에 주안점을 두고 있었기 때문에 문화유산에 대한 근본적인 성찰은 부족했다. 과연 무엇을 부정하고 무엇을 계승할 것인가가 전면적으로 그리고 구체적으로 고려되지 않은 부정은 참된 의미에서 부정이라고 할 수 없다. 이렇게 본다면 신문화운동 세대들이 문화유산을 부정한 데에는 빠른 시일 내에 세계의 문화적 조류에 동등한 자격으로 참여하고 강자의 문화에 급속히 동일화되고자 하는 의욕이 작용하고 있었다고 볼 수 있다. 신문화운동 세대는 기존의 문화를 전반적으로 비판하고 의심함으로써 (개인과 전체의 관계를 전면적으로 재정립하는 것을 긍정적인 방식이라고 본다면)

---

4) 1910년대 사회진화론의 수용양상에 대해서는 권보드래, 『한국근대소설의 기원』(소명출판, 2000), 234-235쪽 참조.
5) 김동인, 「약한 자의 슬픔」, 『김동인전집1』, 61쪽.

부정적인 방식으로 개인의 자율성을 성취하고 새로운 문화를 건설하려고 의지했다. 이런 점에서 볼 때 그들은 선험적 고향을 거부하고 스스로 추구와 모험을 선택한 문제적 개인들이라고도 할 수 있을 것이다. 특히 김동인의 경우에 3·1운동이 일어나기 직전 "소설을 이해치 못하는 원인은 선조에게 있고, 압제정치에 있고, 진취사상이 없는 공자교에 있다"[6]고 열렬히 외쳤듯이 새로운 문화의 형성과 발전에 대한 의욕은 가장 극적이고 영웅주의적인 형태로 나타난 바 있다.

만일 신문화운동 세대의 작가들이 조선의 봉건 문화를 비판하는 근거가 바로 조선을 희생양으로 삼고 있는 제국주의 문화의 가치체계에 입각한 것이라면 개인의 자율성을 표방하고 새로운 가치체계를 구하는 그들의 모험은 영웅적이기보다는 복합적이고 문제적인 것이 될 수밖에 없다. 그들은 전통과 환경의 구속으로부터 벗어남으로써 해방감을 만끽하고 아직 입증되지 않은 내면의 잠재적 역량을 실현시키는 모험을 즐길 것을 권장하는 개인주의를 근대 문명 발전의 원동력으로 파악하고 있다. 그러나 식민지의 구성원인 그들은 개인주의 서사를 발전시켜서 급기야는 제국주의 서사를 창출해낸 서구 근대 문명의 가치체계에 자신을 완전하게 동화시킬 수는 없는 입장에 있기 때문이다. 조선의 봉건 문화를 부정하고 자율적인 개인의 영역을 성취하려는 이 세대의 기획은 식민지 상황에서 신문화 창출을 통해서 민족구성원의 경험적 동질성을 확인해야 한다는 기획과 상충되면서 매우 불안정한 형식을 보여주고 있다. 그들은 조선의 봉건 문화를 가혹하게 비판할 수록 일본 제국주의의 지배 논리를 정당화하게 되며 결국 그 지배논리에 따라 식민지 구성원인 자신의 욕망 실현을 다시 부정하게 되는 딜레마에 빠지기 쉬운 것이다.

「만세전」의 이인화가 동경과 조선의 가치체계 사이에서 자기에게 주

---

6) 김동인, 「소설에 대한 조선 사람의 사상을」, 『김동인전집16』, 140쪽.

어진 딜레마를 해결하는 방식은 이 세대가 지닌 근본적인 문제를 보여주고 있다. 그는 결국 집단이나 사회와 같은 전체가 개인에 앞서 일차적으로 존재한다는 전체론을 거부하고 자기 보존적인 개인주의를 선택함으로써 이 딜레마로부터 빠져나가고자 한다. 이인화는 일본인 카페여급 정자에게 보내는 편지에서 아내의 죽음을 알리면서 "호흡을 하고 의식이 남아 있다는 명료하고 엄연한 사실"을 근거로 개인 단독의 길을 찾아야 한다고 주장한다. 그는 "만일 전체의「알파」와「오메가」가 개체에 있다 할 수 있으면 신생이라는 영광스러운 사실은 개인에게서 출발하여 개인에 종결하는 것"이라는 자기구제의 논리를 폄으로써 구더기가 들끓는 묘지의 악몽으로부터 의연히 빠져나간다. 이렇게 본다면 이인화는 오로지 자신이 살아있다는 감각적 확신에 근거하여 전체론적 관점을 부정하고 있는 셈이다. 그는 결국 자신이 제시한 자기구제의 논리가 가족을 비롯한 타인에 대한 일차적인 책임을 외면하기 위한 논리는 아닌가, 자신의 형에게 아니라고 다짐해야 했던 "천박한 의미"의 이기주의와는 어떻게 구별될 수 있는가라는 질문에 부딪치지 않을 수 없다. 사실 이 소설의 결말에서 이인화는 동경으로 돌아가지만 그의 딜레마는 해결된 것이 아니라 단지 유보된 것에 불과하다. 이 소설의 유보된 결말은 새로운 가치체계를 찾아 자신의 욕구를 전체의 요구와 조화시키고 적극적인 방식으로 실현해야 한다는 과제를 남기고 있다. 이는 1920년대 초반 김동인과 염상섭 등의 '신문화운동' 세대에 의해 제출된 개성론이 미래로 유보한 근본적인 문제, 개인과 전체의 관계를 재정립해야하는 과제와 연관되어 있는 것이다.

2. 초월과 잉여로서의 '여 (余)'

「죽음」이 발표된 1930년 6월 9일자 『매일신보』를 보면 이 단편이 실린 소설란의 서두에는 "東仁 스켓취"라는 제목이 붙어 있다. 「동인 스케치」는 「수정 비둘기」, 「소녀의 노래」, 「수녀」, 「죽음」, 「대동강」, 「무지개」 등 모두 여섯 편으로 되어 있으며, 1930년 4월 22일부터 1930년 9월 16일에 걸쳐 『매일신보』에 간헐적으로 연재되었다. 이 「동인 스케치」 연작은 '스켓취(스케치)'라는 모호한 장르명을 근거로 단순하게 작가 개인의 실제 경험이나 삶의 특정한 가치 혹은 사물에 대한 반성을 보여주는 에세이로 분류해 버리기에는 보다 독특하고 문제적인 형식을 보여주고 있다.[7] 이 연작소설들은 모두 실제 작가 김동인으로 짐작되는 화자 '여'를 중심으로 하여 그의 자기 반성과 공상을 번갈아 전개하는 형식으로 되어 있기 때문이다. 실제 경험에 대한 서술에서든 허구 속의 인물에 대한 서술에서든 국문 일인칭 대명사 '나'의 사용이 일반화된 시점에서 한문 일인칭 대명사 '여(余)'를 사용하고 있는 것도 이채롭지만, 화자의 공상들이 각각 한편의 독자적인 소설을 성립시키고 있다는 점도 흥미롭다. 특히 연작 중에서 「수정비둘기」나 「수녀」의 경우에는 '여'의 반성이 적극적으로 개입하지 않음으로써 하나 하나를 독자적인 단편으로 보아도 무방한 형식을 보여주고 있다.

---

7) 「수정 비둘기」를 비롯한 '東仁 스켓취'의 연작들은 조선일보사에서 1988년에 간행된 『김동인 전집』에서는 독립적인 단편소설로 분류되어 수록되어 있다. 한편, 작가 김동인에 대한 대표적인 연구서 중의 하나인 김윤식의 『김동인 연구』(민음사, 개정판, 2000)의 서지에서는 수필로 분류되어 있는 것을 보아도 이 소설들의 독특한 형태를 짐작할 수 있을 것이다. 김동인의 소설 중에서 비교적 잘 알려져 있는 「광화사」(1935) 역시 화자 '여'의 반성과 공상을 번갈아 제시하고 있는 형식을 보여주고 있다고 생각할 때 이 연작들은 역시 소설의 하위 장르로 분류하는 것이 타당한 것으로 보인다.

연작 「동인스케치」 중에서 「죽음」과 같은 단편의 경우에는 화자 '여'가 자신의 경험에 대해서 서술하는 내용이 실제 작가 김동인의 경험과 일치한다는 점에서 소설보다는 에세이로 분류하는 것이 옳지 않겠는가 하는 의혹을 불러일으키기도 한다. 「죽음」의 화자 '여'가 죽음이란 과연 무엇인지 질문하는 계기가 된 사건은 앞에서 서술했던 것처럼 진남포 공동묘지를 방문한 일이다. 마침 공동묘지의 방문이 작가 김동인 자신의 실제 체험이라는 사실을 알려주는 글이 있다. 바로 1929년에서 1931년에 걸쳐 자신의 여성편력을 서술한 자서전 「여인」으로, 김동인은 친구의 어린 딸의 매장을 위해 공동묘지를 방문했던 일을 서술하는 것으로 이 글을 마무리하고 있다. 이 글 「여인」을 통해서 우리는 「죽음」의 "여"가 간절히 찾아 헤메었던 무덤의 주인인 B가 실제로 1929년 무렵 김동인과 애틋한 인연을 나누었던 어린 기생 김백옥임을 확인할 수도 있다. 그러나 흥미롭게도 김동인은 「죽음」과 「여인」 두 편의 글에서 동일하게 진남포 공동묘지를 방문했던 사건을 서술하면서 일인칭 대명사를 각각 "여"와 "나"로 구분해서 사용하고 있다. 또한 「여인」에서 김동인은 본문에서는 자신의 개인적인 실제 경험을 서술할 때는 "나"라는 국문 일인칭 대명사를 사용하고 서문에서 독자에게 한 사람의 작가로서 자서전의 집필의도를 설명할 때는 한문 일인칭 대명사 "여"를 사용하고 있다. 김동인은 일인칭 대명사의 구별로 개인적인 경험의 서술과 작가로서의 사회적 차원의 서술을 구분하고 있는 것이다.[8]

'여 余'란 원래 '我'나 '吾' 혹은 '子'와 마찬가지로 한문문장에서 서술자가 자기자신을 지칭하는 일인칭 대명사이다. 한문에서는 일정한 문법적 법칙이 없이 용례에 따라 문자의 쓰임이 정해지는 것이지만, 주

---

8) 개인적인 경험의 서술일 경우에 국문 일인칭 대명사 '나'를 사용하는 것은 1930년 당시 김동인 자신의 약혼녀였던 김경애에게 쓴 편지형식으로 된 글 「약혼자에게」에서나 자신의 어머니를 추억하면서 쓴 글 「가신 어머님」에서도 마찬가지이다.

목할 만한 사실은 옛 한문문장에서 이 일인칭 대명사는 화자와 청자의
관계에 따라 그 쓰임이 결정되었다는 것이다. 余는 我나 吾와 마찬가지
로 나이 많은 사람이 어린 사람에게, 상급자가 하급자에게 혹은 친밀한
친구 사이를 제외하고는 쓰이는 경우가 극히 적었다고 한다. 위에서 언
급한 특수한 경우가 아닐 때는 흔히 자신의 이름을 써서 일인칭 대명사
를 대체했다. 예를 들어 『논어』의 「述而」편을 보면 "丘也幸苟有過 人必
知之"(나는 다행이다. 잘못이 있으면 사람들이 반드시 그것을 알고 있으
니)라는 구절이 나오는데 여기서도 공자는 '我'를 쓰지 않고 자신의 이
름 '丘'를 씀으로서 자기 자신을 객관화하고 있다. 자신의 이름을 쓰지
않을 경우에는 자신의 신분과 청자와의 관계에 따라서 남자의 경우에는
'臣', '僕', '下走', 여자의 경우에는 '妾', '婢子' 등으로 대신했다. 고
대의 제왕의 경우에는 특정한 일인칭 대명사가 있어서 주나라 때의 천
자는 스스로 '予一人', '余一人'이라 했다.[9] 이렇게 보면 한글 일인칭
대명사인 '나'를 대신해서 한문 일인칭 대명사 '여'를 씀으로써 화자는
한문식의 문체로 회귀하면서, 청자보다 월등히 우월한 입장, 흡사 신이
나 일국의 제왕과 같은 초월적인 위치에서 글을 쓰는 입장을 취하게 됨
을 알 수 있다. 그러나 동시에 '余'라는 한자 자체의 의미를 풀이하면
결국 '여'는 '余(혹은 餘)', 즉 '나머지'라는 뜻을 지닌 문자이다.

　　물론 이 글에서 중요한 것은 이 대명사가 지닌 의미의 불가해한 기
원보다는 작가 김동인이 소설 속에서 어떠한 의미를 갖고 활용하고 있
는가라는 질문일 것이다. 김동인의 소설들에서 "여"의 용례를 살펴보
면, 먼저 '여'는 새로운 가치의 영역을 발견하기 위하여 경험 현실을 초
월하고자 하지만 동시에 일상인으로서 경험 현실 세계에서 자신의 존재
근거를 찾기 어려운 데서 고충을 느끼는 현대 작가의 지위 혹은 딜레마

---

9) 최상익 저, 『한문독해강화』, 한울아카데미, 1997, 420−421쪽.

를 상징적으로 드러내는 일인칭 대명사이다. "여"는 사회에서 선험적으로 주어진 관습 혹은 생활양식에서 이탈하고자 하며 자기 자신의 개성을 작품의 권위로 삼는다는 점에서 전형적인 현대작가이다. 일찌기 김동인이 창작활동을 시작한 초기부터 「자기가 창조한 세계」(1920) 등의 에세이를 통하여 소설을 근대문명이 낳은 첨단 예술로 파악하고 동시에 소설가의 개성과 욕구의 실현으로 간주했던 것은 잘 알려진 사실이다. 그는 「자기가 창조한 세계」에서 "톨스토이의 위대한 점은 여기 있다. 그의 창조한 인생은, 가짜든 진짜든 그것은 상관없다. 예술에서는 이런 것의 구별을 허락치는 않는다...톨스토이는 자기가 창조한 자기의 세계를 자기 손바닥 위에 올려놓고, 자기가 조종하며, 그것이 가짜든 진짜든 거기 만족하였다. 이것이 톨스토이의 예술가적 위대한 가치일 수밖에 없다"[10]고 주장했다. 김동인은 소설가라면 도스토예프스키처럼 현실 세계 내에서 대중의 사랑을 받기보다는 톨스토이처럼 완벽하게 구성된 소설 세계를 보여주는 능력으로 평가받아야 한다고 생각했던 것이다. 김동인에게는 톨스토이의 소설이 자기자신에게 충격을 주었던 것처럼 인생의 새로운 측면을 발견하고 형상화함으로써 독자에게 충격을 줄 수 있는 것이라면 더욱 더 훌륭한 소설이다. 물론 이러한 김동인의 발언은 러시아 소설을 처음 접한 젊은 독자다운 순진한 감탄으로 가득 차 있기는 하지만, 막연하게나마 현대 문명 사회 내에서 작가가 보여줄 수 있는 가치 창조적이고 영웅적인 측면에 대한 자신의 이해를 피력하고 있다. 그러나 김동인이 이상적으로 생각했던 예술가다운 삶이 가능하다고 하더라도 예술가가 아닌 일상인으로서 경험적 차원에 돌아왔을 때 그는 다른 인간과 조금도 다르지 않게 유한한 시야를 지닌 인간에 지나지 않는다는 것을 인정할 수밖에 없다. 오히려 세속적인 가치를 초월하려고 의지

---

10) 김동인, 「자기가 창조한 세계」, 『김동인전집16』, 153쪽.

하는 예술가인 그는 점차 견고해지는 자본주의 논리에서는 환영받지 못하는 존재라는 점에서 스스로를 잉여인간으로 느끼는 딜레마 속에 있다. '여'는 말 그대로 경험적 차원과 초월적 차원의 경계선상에 위치하고 있는 작가로서의 서술적 자아인 것이다.[11] 1919년 3·1 운동 직전 『창조』를 창간할 무렵인 신문화운동 초창기에는 소설가의 가치창조적이고 영웅적인 측면에만 열광하던 김동인이 현대 소설가의 위치에 대해 자각하고 소설 속에서 아이러니컬한 함축을 지닌 대명사 '여'를 사용하기 시작한 것이 바로 1930년의 「동인 스케치」부터이다.

「동인 스케치」 연작 중에서도 화자 "여"가 경험적 차원과 초월적 차원 경계선 상에 있을 뿐만 아니라 두 차원의 이율배반 사이에서 갈등을 느끼고 있다는 것을 잘 보여주는 소설이 「수정비둘기」와 「소녀의 노래」이다. 「수정비둘기」에서는 한 청년이 길에서 우연히 만난 어린 소녀의 맑고 아름다운 눈에 감동하여 시계줄에 달고 다니던 장식품을 선물한다. 그는 훗날까지 그 소녀의 순수한 눈빛을 잊지 못하여 그 장식품을 전 재산을 주고 다시 사서 자기와 함께 묻어 달라는 유서를 남기고 죽는다. 이 소설에서 작은 장식품 하나를 자신의 전 재산과 다시 바꾸고 무덤으로 사는 청년은 소녀의 맑은 눈에서 화폐로는 교환될 수 없는 순수한 가치를 보았던 것으로 되어 있다. 한 청년이 전 생애를 통해서 가치

---

11) 김동인의 소설 속에서 작가-화자가 스스로를 경험적인 차원에 있으며 다른 사람과 다르지 않은 유한한 인간임을 통렬하게 자각할 때는 다음과 같은 자조적인 발언 속에서 어김없이 스스로를 '여'가 아니라 '나'라고 호칭하는 것을 볼 수 있다. "이와 같은 땅덩어리에 태어난 인간이거니 인간사회라 하는 것이 역시 무의미하고 싱거운 일을 또 다시 거듭하고 또 거듭하고 하는 것과 과히 조롱할 바가 아닌가 한다. 아무리 옛날 성현(聖賢)이 전철(前轍)이라는 숙어(熟語)까지 발명하여 가지고 사람들이 경계하나 도대체 사람이라는 것이 생활을 경영하는 땅덩어리가 그러고 보니 사람인들 어찌 '전철'을 보고 주의하랴. / 대관절 남의 일인듯이 초연한 방관적(傍觀的) 태도로 이런 소리를 쓰고 있는 나부터가 역시 지구(地球)에 사는 한 개 범인의 예에 벗어나지 못하여 소위 소설이라고 쓰는 것이 이십 년 전 것이나 십 년 전 것이나 지금 것이나 모두 다 비슷비슷한 소리를 소설에 나오는 인물들의 이름만 다르게 하여가지고 좋다고 스스로 코를 벌룩거리니 이것은 우리의 숙명이라 어찌할 수가 없는가 보다." 김동인, 「大湯地 아주머니」, 『김동인전집3』, 323쪽.

있는 것으로 발견한 것이 길에서 우연히 만난 소녀의 맑은 눈빛일 뿐이었다는 소설의 내용은 교환가치가 지배하는 현실 세계의 논리에 맞서서 상당히 엄격한 가치전도를 요구하고 있는 셈이다. 그리고 독자는 여기에 이어지는 「소녀의 노래」를 보고서야 앞의 소설 「수정비둘기」가 모란봉의 외딴곳에 누워 있던 화자 "여"의 "공상"이고, 그가 사실의 세계와 허구의 세계 사이에 위치하고 있는 작가-화자라는 사실을 알게 된다. '여'는 자신의 공상이 역시 공상에 지나지 않는다는 것을 확인하려는 듯 현실 세계에서 창가를 부르는 소녀를 만난다. 그는 소녀에게 장식품 대신 돈을 주고 그 소녀가 당장 그 돈을 사탕을 사먹는 데 쓰는 것을 보고 "환멸의 비애"를 맛보지 않으려고 뒤를 돌아보지 않으려고 애쓰는 것이다.

「동인 스케치」 연작들 중의 한 편인 「대동강」에서도 "평양 사람인 여(余)는 수천 년 래로 우리의 조상의 하는 일을 본받아서 그 장청류의 대동강을 내려다보면서 한 가지의 공상을 날려볼까"라고 되뇌인다. 이처럼 '여'는 흐르고 강물과 같이 끊임없이 유동하고 소멸하는 현상 앞에서 변하지 않는 영원성을 갈망하고 동경하는 자아이다. 하지만 동시에 "여"는 자신이 지향하는 세계가 현실 세계에서 실현되기에는 불가능하다는 것도 충분히 의식하고 있다. 「동인 스케치」의 독특한 형식을 성립시키는 것은 자신의 이념이 지향하는 세계에 기꺼이 몰입하면서도 그 세계의 내용을 현실세계 내에서는 한낱 "공상"에 불과한 것으로 상대화시키는 작가-화자의 서술태도이다. 이러한 서술태도는 "낭만적 아이러니(Romantic Irony)"에 가까운 작가의 자의식적인 태도로 보인다. 낭만적 아이러니란 다양한 가치가 공존하는 현실 세계 내에서 결코 문학이 "순진한 무반성"으로 일관할 수는 없으며 그 자체 내에 모순된 상반적 가치가 존립할 수 있다는 사실을 자각하고, 작품 속에 어떠한 방식으로든 그 자각을 제시해야 한다는 것 역시 의식하고 있는 작가의 아이러니이다.[12] 넓은 의미에서 볼 때는 사건과 인물에 대한 작가-화자의 비평적 주석이 등장하는 것도 낭만적 아이러니의 일종이지만, 특히 작가가 제시하는 작품의 세계가 일종의 환각에 지나지 않는다는 자의식이 작품의 구성방식으로 뚜렷하게 나타날 때 그 작품은 한층 더 낭만적 아이러니에 접근하는 것이다. 「동인 스케치」에 나타난 낭만적 아이러니의 경우에는 세계의 상대성을 강조하면서 문학의 환각적 측면을 활용한 희극적 유희인 것만은 아니다. 연작 중에서도 어린 소년이 무지개를 잡으려다 실패하고 결국 일순간에 머리가 새하얗게 되도록 늙어버린다는 내용을 담은 「무지개」라는 소설에서 대표적으로 볼 수 있듯이, "여"가 제시하는 환각은 유토피아적 공상이라기보다 자신이 추구하는 이념의 실현을 근본적으로 불가능한 것으로 간주하고 있다는 점에서 비극적이다. "여"는 낭만적 아이러니를 통해서 다시 그 환각을 스스로 무력한 공상으로 상대화시킴으로써 비극성을 심화시키고 있다.

---

12) D. C. Muecke(문상득 역), 『아이러니』, 서울대 출판부, 1986, 123쪽.
이와 더불어 김동인 문학의 아이러니에 주목한 최근의 연구로는 사에구사 도시카스, 「김동인과 근대문학-아이러니의 좌절」(『사에구사 교수의 한국문학 연구』, 베틀·북, 2000)이 있다. 이 논문에서 주목하는 아이러니도 단순한 수사적 기법이 아니라 작가의 서술 태도이다. 사에구사는 독일 낭만주의의 아이러니 개념을 고찰하면서 아이러니와 정치적 제약간의 상관관계에 대해 간단히 언급하고는 있지만, 결국 김동인의 낭만적 아이러니를 작가 개인의 심리적 차원의 문제로 결론짓는다. 또 사에구사는 「배따라기」(1921)에서부터 한문 일인칭 대명사 '여'가 출현한 것처럼 서술하고 있지만 「배따라기」는 분명히 한글 일인칭 대명사 '나'로 쓰여져 있다. 이는 「배따라기」와 「광화사」가 형식적으로 유사한 데서 비롯된 혼동으로 보인다. 그러나 「배따라기」의 형식에서 확인할 수 있는 것처럼 김동인의 낭만적 아이러니가 1920년대 후반에 갑작스럽게 출현한 것이 아니라 초기 소설 경향의 지속과 심화라는 그의 지적은 옳다.

3. 조선문학의 윤곽

김동인이 소설이 아닌 에세이에서 한문 일인칭 대명사 '여'를 사용한 것은 「작가 4인-춘원, 상섭, 빙허, 서해, 그들에 대한 단평」(1931)에서부터이다. 김동인이 "여(余)" 혹은 "오인(吾人)"라는 한문 대명사를 사용함으로써 이 글의 문체는 한층 고답적이고 의고적(擬古的)인 뉘앙스를 지니게 된다. 이 글에서 김동인은 "표면적 인격은 수양으로써 감출 수 있거니와 작품에 나타나는 작자의 인격의 반영은 결코 감출 수 없나니 그의 인격과 어울리지 않는 작풍은 비로소 설명할 수가 있다"[13]고 하면서 이광수의 인격이 표리부동함을 지적하고 작품의 통일성을 위해 수양을 쌓기를 당부하기도 한다. 이 대목에 이르면 그가 단지 수사적인 효과를 위해서 문체를 갱신한 것이 아니라 작가의 인격과 작품을 동일시하는 봉건적인 가치체계로 회귀한 것은 아닌가 의심하게 된다. 더우기 김동인이 「문단회고」(1931)을 비롯하여 「문단 오십 년 이면사 -「창조」 잉태(여를 주인공 삼고)」(1934) 등 문단사를 회고적으로 서술하는 관점을 취할 때 '여'라는 일인칭 대명사를 사용하고 있다는 점을 생각하면 이 '여'에 담긴 아이러니컬한 함축을 현대 작가 일반의 딜레마로 간단하게 요약해 버릴 수 없다는 사실을 알게 된다.

『창조』가 창간된 지 10년이 지난 1929년에 김동인은 「조선근대소설고」를 통해서 자기 자신의 창작활동을 회고하면서 "조선 문학의 윤곽"[14]을 정의하려고 시도한다. 이른바 '신문화운동'의 세대들이 유럽과 일본의 문학작품을 모델로 삼아 창작활동을 시작한 것은 사실이지만, 그 작

---

13) 김동인, 「작가 4인-춘원 · 상섭 · 빙허 · 서해, 그들에 대한 단평」, 『김동인전집16』, 304쪽.
14) 김동인, 「조선근대소설고」, 『김동인전집16』, 28쪽.

업이 일방적인 모방이나 답습이었다고 섣불리 단정할 수는 없다. 이 세대는 식민지의 구성원으로서 서구문명에 적응하는 과정에서 자신의 과업을 언제든지 자신의 문화적 정체성을 상실할 수 있는 모험으로서 인식하지 않을 수 없었기 때문이다. 특히 김동인의 경우 근대 문학이 창출되는 구체적 과정에 대한 인식은 동시대의 다른 작가들인 이광수나 염상섭 등에 비해 훨씬 자의식적이고 갈등적인 것으로 나타나고 있다. 이 글에서 김동인이 "조선문학의 윤곽"을 말하면서 1920년대에 국민문학파가 고전 장르를 부흥시키려고 시도했던 것처럼 근대적인 가치체계에 입각한 시선으로 전통을 발굴하려고 시도하는 것은 결코 아니다. 그에게 조선문학이란 염상섭의 초기 소설 「표본실의 청개구리」를 두고 "露문학의 윤곽을 쓴 것"이라고 단정하듯이 동시대적인 영문학, 불문학, 노문학과 구별된다는 점에서 '조선문학'이다. 그러나 동시에 조선문학은 전대의 이인직과 이광수의 문학과 비교할 때 소설의 구성과 문체의 혁신 면에서 뚜렷하게 구별된다는 점에서 '근대문학'이기도 한 것이다. 그가 1929년의 시점에서 서구 문학작품을 모델로 삼되 일정한 선택과 배제의 과정을 통해서 제3의 유형인 "조선근대문학"을 "형성"하는 것을 사신뿐만 아니라 동시대 작가들 공동의 과업으로 인식하고 있는 측면에는 새삼 주목하지 않을 수 없다. 김동인은 2년 후에 쓴 「문단회고」에서 "선진국의 방식을 밟는 것이 가장 손쉬운 일이지만 인정과 풍속이 다른 그 곳치를 얼마한 정도까지 배우고 얼마한 정도로 우리의 것을 쓰나, 선진국에서는 얼마한 정도까지의 야비를 취택하고 묘사하고 취급하나"하고 고민했던 사정을 토로하고 있기도 하다.[15]

특히 김동인에게 있어서 조선 근대 문학의 성립에 있어서 문체의 혁신이 지니는 의미는 매우 각별한 것이었다. 동시에 그에게 한글로 표기

---

15) 김동인, 「문단회고」, 『김동인전집16』, 311쪽.

된 문장은 히라카나나 한자로 표기된 문장에 대립해서 자신의 문화적 정체성을 보증해주는 증거이기도 했다. 「문단 50년 이면사」에서 김동인은 "조선말로 고칠 수가 없어서 부득불 한자로 쓰는 말에 대해서는 우리는 창피하게 생각하였다"고 회고한다. 또한 1935년에 김동인은 「조선의 문학을 위하여」라는 글에서 "어떻게 하여야 문학의 사회적 이해를 좀더 깊이 할 수 있겠습니까"라는 『매일신보』 기자의 질문에 대해, "조선어-센텐스 조직을 아는 사람이 몇이나 되며 조선문을 물 흐르듯 읽을 사람이 몇이나 될까 의문이다"라고 답변한다. 이어서 그는 일본어 직역투의 문장이 일반화된 사정을 개탄하면서, "흔히 그들은 조선말 어휘가 부족함을 痛論하여 '나사께나이 고또다[情ない事た, 한심한 일이다-글쓴이]'와 같은 절묘한 말이 조선말에는 없다고 경멸하는 것을 본다. 그러면서도 대화상 '어쩌면'과 같은 절묘한 말이 외국어에 있는지 없는지는 검토하려 하지도 않는다"고 답하고 있다.[16] 이 글에서 김동인은 조선 문장의 읽고 쓰기가 불안정하게 이루어지고 있는 이상 조선 문자를 안다는 것이 무의미하며 조선문학의 장래를 논한다는 것은 더더욱 불가능하다고 답변하고 있는 셈이다. 김동인은 근대 민족의 창출에 있어서 자국어의 문학, 특히 소설이 민족의 경험을 동질화하고 표상하는 형식을 제공함으로써 민족을 실재하는 공동체로 경험하게 하는 데 중요한 역할을 한다는 사실을 체득하고 있었던 것으로 보인다. 「조선근대소설고」에서도 볼 수 있듯이 김동인에게 『창조』 창간 당시 처녀작 「약한 자의 슬픔」을 쓰면서 "완전한" 구어체 문장을 만들어 내었다는 사실은 조선 문화의 혁신에 기여했다는 점에서 상당한 자부심의 근거가 되고 있다. 또한 김동인은 주체와 객체의 구별을 명료하게 함으로써 근대인의 심리와 정서를 표현하기 위해 과거형을 도입한 사실을 강조하면서 "일본에서는

---

16) 김동인, 「조선의 문학을 위하여」, 『김동인전집16』, 384쪽.

아직도 시다(した-했다)와 스루(する-한다)가 철저히 구획되지 않았는데"라고 씀으로써 일본어의 문장 역시 의식하고 있었음을 드러낸다.

김동인이 문학을 통해서 민족공동체의 문화적 정체성을 형성해야 한다는 자의식을 갖고 있었던 것은 분명하다. 동시에 그는 서구 소설의 형태를 근대 소설의 보편적인 기준으로 인정했기 때문에 근대 소설의 이념형(ideal type)을 설정하고 소설발전사를 쓸 수 있었던 것이다. 그러나 김동인은 개인적인 차원으로 돌아와서는 공동체의 가치체계인 "선"과 그에 대립하여 자기의 개인적인 욕구를 드러내는 개념인 "미"를 설정하고 그 "미"의 구체적 실현으로서 "순문예"의 개념을 사고하고 있다. 이 개념들은 문학의 형성을 통해서 조선의 정체성을 확인해야 한다는 앞의 기획과 상충되면서 논리적으로나 심리적으로나 매우 불안정한 형식을 보여준다. 김동인은 「조선근대소설고」에서 자신이 초기 작품의 창작과정에서 "미에 대한 광포적 동경과 선에 대한 광포적 동경"사이에서 갈등을 겪었다고 쓰면서 그 갈등이 자신의 인격적인 문제에서 비롯된 것으로 이해하고 서술하고 있다. 그러나 문제는 김동인이 이광수나 염상섭에 비해서 조선문학의 형성을 위해 새로운 문장을 만들어내는 일에 대해 비평적 자의식을 갖고 있었던 데 있었다. 그는 소설문체에 과거형을 도입해서 주체와 객체를 명료하게 구별하는 일이 단지 문자 상의 전환이 아니라 근본적인 인식체계의 전도를 요구하는 일이라는 사실까지는 인식하지 못하고 있었을 뿐이다. 염상섭의 경우에는 초기 소설에서 일본어 3인칭 대명사 彼/彼女를 그대로 사용하고 일본어 문체와 크게 구별되지 않는 국한문혼용체를 쓰면서도 별다른 갈등을 토로하지 않았다. 이에 비해서 김동인은 기존의 조선어 문장과 일본어 문장 사이에서 제3의 문장을 '주체적으로 만들어 내어야 한다'는 강박관념을 지니고 있었기 때문에 그 때 느꼈던 두려움과 고충을 「조선근대소설고」를 비롯한 여러 글들에서 반복해서 술회하고 있는 것이다.[17]

여기서 동시대의 일본소설이나 서구소설을 모델로 삼아 "완전한" 구어체 문장을 창출하는 김동인의 고충에 대응되는 사례를 일본에서 찾자면 러시아의 소설가 투르게네프의 소설을 모델로 삼아 근대 소설을 집필하려고 했던 메이지 시대의 소설가 후타바테이 시메이(1864-1909)의 정신적 고통에 비유할 수 있을 것이다. 가라타니 고진은 후타바테이가 러시아어로 쓸 때는 서구 근대 문학에서 볼 수 있는 인간의 '내부'(주체)와 '풍경'(객체)의 원근법이 생기는데 정작 일본어로 쓰면 닌조본(人情本, 일본 근세의 풍속소설)의 문체나 바킨(曲亭馬今, 1767-1848, 일본 근세의 인기소설가)의 문체로 되돌아간다고 지적한다. 고진은 "후타바테이의 정신적 고통은 이미 '풍경'을 발견하고 있으면서도 그것을 일본어로는 찾아낼 수가 없었던 데 있다"고 쓰고 있다.[18] 후타바테이가 『뜬구름』을 쓰다가 중단할 수밖에 없었던 것은 주체와 객체를 구별하는 서구소설의 원근법적 공간에 대응되는 새로운 일본어 문장을 찾아내지 못했기 때문이라는 것이다. 고진의 관점에 따르면 우리가 통상 "언문일치(言文一致)"라고 부르는 것은 실제로 말과 글을 일치시키는 일이 아니라 새로운 구어체 문장을 만들어내는 일이다. 일단 새로운 구어체 문장이 만들어져서 널리 통용되고 정착된 이후에는 그 문장을 통해서 자신의 '추상적인 사고 언어'(즉 내부)에 일치하는 '표현'이 가능하다는 믿음이 생겨난다. 김동인은 처녀작에서 스스로 만들어낸 새로운 구어체가 기존의 문체에 비해 혁신적이고 세계적으로 보편적이라고 평가하면서도, 그것이 자기 '내부'를 완전하게 '표현'한 언어라고는 생각하지는 않았다. 김동인은 자신이 만들어낸 새로운 문장을 근대적 가치 체계에

---

17) 개념설정과 논증과정에 있어서 불안정한 형식을 보여주고 있기는 하지만 김동인의 문체혁신에 주목하여 이광수, 염상섭이 문체와 구체적으로 비교하고 평가하는 작업은 이미 김윤식에 의하여 여러 차례 이루어진 바 있다. 글쓴이가 참조한 가장 최근의 논문으로는 김윤식, 「소설사적 과제로서의 〈관념성〉과 〈동시성〉-김동인의 초기 두 작품을 중심으로」, 『김동인연구』, 민음사, 2000.
18) 가라타니 고진, 『일본 근대문학의 기원』, 민음사, 1997, 55쪽.

의거하여 긍정적으로 평가할 수는 있었지만 그 문장을 자기의 표현으로 동일시하기보다는 오히려 이질감을 느꼈다. 그는 "순전한 구어체로 써 놓고 읽어보면 야비한 감이 있었다"고 쓸 뿐만 아니라, 소설을 쓰면서 자신이 쓰는 문장이 자신의 의도를 배반하는 듯한 느낌을 받았다고 술회하고 있다.

1931년에 김동인은 '여'라는 한문 일인칭 대명사를 사용하여 「문단회고」를 시작하면서 한문 식의 회고조의 문장으로 회귀한다. 그러나 한문 식의 회고조의 문장을 쓰기 시작했다고 해서 그가 봉건적인 가치체계에 다시 자신을 완전히 동화시킬 수 있었던 것은 아니다. 이후에도 그에게 "미"란 여전히 서구 문학과 일본 문학으로부터 발견한 "풍경"이었기 때문에 김동인은 그 "풍경"에 대응하는 조선어 문장을 찾을 수 없는데 대해 한탄했다. 김동인은 문단성립에 대한 회고가 아닌 개인적인 차원의 서술에서는 '나'라는 대명사를 사용하여 글을 쓰면서 여전히 문학은 작가의 개성 위에 성립하는 것이라는 신념을 굽히지 않았다. 김동인은 「문단 오십년 이면사」에서는 "功이 成하고 업이 끝난 지금에 있어서는 요한의 글에든 여의 글에든 한문 식의 문장이 꽤 많이 섞이지만 당시에 있어서는 조선말로 고칠 수만 있는 말이면 모두 조선말로 고쳐서 썼다"고 회고하고 있다. 이 때 김동인이 말하는 자신의 "업"이란 세계의 동시대적 보편성과 민족적 특수성을 조화시킬 수 있는 새로운 한글 문장을 만들어냄으로써 조선문학을 형성하는 일이었다. 이 무렵 김동인은 돈을 벌기 위해 『젊은 그들』이라는 신문소설을 『동아일보』에 연재하고 있었지만 이미 자신의 "업"은 끝난 시점이라고 생각하고 있다. 이 글에서는 바로 2년 전에 쓴 「조선근대소설고」에서 단 10년만에 조선문학이 형성될 수 있었다고 단정하면서 되도록 빠른 시간 내에 서구인이나 일본인과 '동시대적인 문명인'이 되고자 하는 조급함은 찾아볼 수 없을 뿐더러 오히려 의고적 문체가 시간의 흐름이 정지한 듯한 분위기를 만들어내고 있다. '여'는 공동체 내에서의 자신의 과업을 의식함과 동시에 그 과업과 자신의 개인적 욕구를 조화시킬 수 없었던 이율배반적인 작가적 위치를 아이러니컬하게 자각하는 대명사이기도 한 것이다. 이렇게 볼 때 「붉은 산」(1932)이나 해방 후에 쓴 「주춧돌」(1948)과 같은 작품들에서 관찰자적 화자 "여"가 등장하여 경험적으로는 확인할 수 없지만 선험적 차원에 놓여 있는 민족성을 확인할 수 있는 사건을 다소 감상적으로 보고하고 있는 것도 김동인의 소설세계 내에서는 전혀 이채로운 일일 수 없다.

5. 맺음말을 대신하여 – 절대적인 것의 부정으로서의 아이러니

1930년 6월 9일 「죽음」의 첫 회가 연재된 『매일신보』를 보면 제 1면의 머릿기사가 "장개석 씨 각 군에 적극 활동을 전명(電命)"했다면서 중국 공산당 토벌 근황을 알리고 있다. 당시의 신문소설로는 『삼국지』의 번역물인 『삼국연의』가 함께 실려 있다. 단편 「죽음」이 실린 페이지에는 안약이나 구두, 비누, 화장품 따위의 상품광고가 지면의 반 이상을 차지하는 가운데 미국에서 발생한 유행가 표절 사건을 익살스럽게 소개하거나 범죄자의 증가원인이 커피나 담배, 혹은 자동차의 소유에 있다고 알려주는 기사, 이가 약한 것은 골격이 약한 증거라는 상식을 소개하는 기사, 만담이나 만화가 실려 있다. 식민지 상황이 악화되는 가운데서도 또한 일상적 삶이 어김없이 진행되고 있는 가운데, 신문의 한 구석을 겨우 차지한 「죽음」의 서두는 거죽이 벗겨져 바람에 펄럭이는 붉은 무덤으로 가득 찬 진남포 공동묘지의 풍경을 상세하게 묘사하여 신문독자에게 참혹한 실상을 환기시키고 있다. 무덤을 밟고 다닌 감각이 남아 밤새 잠을 이루지 못했다가 수면제를 먹고서야 겨우 잠을 청할 수 있었다는 경험을 서술하면서 독자들에게 죽음의 의미란 과연 무엇인가라는 생각해보자는 존재론적 질문을 던지는 김동인의 소설 「죽음」은 신문지상에서조차 이채롭다 못해 기이하게까지 보인다.

이 단편 「죽음」의 서두에서 화자 "여"에 의해 묘사된 것은 인간이 맞을 수 있는 가장 무의미하고 비참한 종말이었고 널에서 흐르는 사수(死水)와 같이 의미부여할 수 없는 감각에 불과했다. 만일 "여"가 한 인간의 인생사 혹은 인류의 역사 가운데서 죽음이 갖는 의미를 명료하게 개념화할 수 있는 과학, 종교나 철학, 혹은 세속적인 도덕 등의 가치체계를 발견하고 거기 의존할 수 있다면 그는 죽음의 공포로부터 벗어날 수 있을 것이다. 좀더 단순한 예를 들어본다면 만일 어떤 가치든 죽음 앞에서는 전적으로 무의미하다는 판단이 가능하다면 그는 단순히 살아 숨쉬고 있다는 사실에 의존해서 살아갈 수도 있을 것이다. 혹은 죽음을 통해서라도 인간이라면 지켜야만 할 가치가 있다고 확신한다면 죽음에 대한 두려움을 견뎌야 한다는 결론을 내릴 수 있을 것이다 이 때 "여"가 구하는 가치가 신문기사가 의존하고 있는 세속적이고 상식적인 가치가 아닌 보다 근본적인 삶의 가치임은 물론이다. "여"는 죽음에 관련된 다양한 에피소드들을 떠올림으로써 죽음의 일반적인 의미가 무엇인지 생각해 보고자 한다.

생활이라 하는 커다란 괴물 앞에는 '죽음'이란 진실로 가벼운 것이었다. '생활의 공포'와 '정열'에 직면하여 D와 탄실이가 죽음의 길을 취한 것은 우리가 매일 신문 지상에서 보는 바로 별로 신기할 것이 없다. 여기서 저기서 비슷비슷한 일이 매일 몇 개씩 일어나는 것을 신문지는 우리에게 보도한다.
D와 탄실이의 죽음에서 오히려 우리가 더 기이하게 느끼는 바는 죽기 순간 전까지 자기가 토한 것을 감추기 위하여 걸레를 들고 방 안을 훔치던 그

의 태도였다. 그러면 '체면' 혹은 '체제'라 하는 것은 사람으로 하여금 순간 뒤에 이를 '죽음'까지 잊어버리게 할이만치 '죽음'이라는 것은 '체제'나 '체면' 때문에 잊어먹을 만치 기름자「그림자—글쓴이」가 약하고 가벼운 것인가?
　'죽음보다도 강하다'
　이 말은 아직껏 가장 강한 힘을 형용하려고 사람이 만들어낸 형용사였었다. 그러나 우리는 여기서 '죽음'보다도 강한 '체제'를 보았다. 그러면 인생에 관한 죽음의 가치란 그렇듯 가벼운 것인가?[19]

생활에 쫓겨 쥐약을 먹은 뒤 죽기 직전에도 수치심이 남아서 자신의 토사물을 감추려는 어린 연인들의 에피소드, 죽기 전에 사형대로 향하다가 벗겨진 신발을 다시 신는 사형수의 에피소드, 죽는 것이 두려워 분수에 넘치는 처녀에 대한 사랑을 포기한 청년의 에피소드, 미모를 잃은 뒤 자존심에 상처를 받아 자살한 여배우의 에피소드 등 '여'가 떠올리는 것은 모두 상식만으로는 받아들이기 힘든 인간의 면모를 보여주는 기이한 이야기들이다. 죽음에 결부된 개별적인 에피소드에 대한 기억과 상상은 가능하지만 인간의 죽음이 지니는 의미는 화자 "여"에게 끝내 명료하게 하나의 대상으로서 개념화되지 않는다. '여'는 『만세전』의 이인화처럼 조선의 가족제도 속에서 덧없이 짧은 생을 마감한 아내의 죽음을 냉철하게 대상화하고, 오로지 자기 자신이 호흡을 하며 살아 있다는 감각적 사실에 대한 확신에 근거하여 자기보존의 논리를 펼침으로써 죽음의 공포를 모면하지도 못한다. 이런 점에서 『만세전』의 이인화에게 아내의 죽음은 하나의 명료한 사태 즉 주체 중심적인 "풍경"이었던 셈이다. 달리 말해서 이인화는 아내의 죽음을 감각적인 "풍경"으로서 대상화함으로써 동시에 자기 보존적인 "주체"가 될 수 있었다. 그러나 '여'는 사회의 가치체계에서 벗어난 영점지대에서 끊임없이 이어지는

---

19) 김동인, 「죽음」, 『김동인전집2』, 202-203쪽.

개별적인 에피소드를 회상할 뿐 끝내 일반화에 성공하지 못한다. 심지어 그는 죽음은 어차피 무가치하고 허무한 것이라는 단순한 결론조차 제시하지 않고 있는 것이다.

「죽음」에서의 "여"는 자신의 경험적인 한계를 초월하려는 잉여인간으로서 경험 현실 속에서 자신의 구체적인 근거나 삶의 형식을 발견하지 못하고 반성 형식으로서만 남아있는 자아이다. 이 '여'는 어떠한 구체적인 가치를 세계나 자기의 근거로 제시하거나 구성하지 못하고 다만 기존의 가치에 대한 끝없는 "부정적 비판"(negative critique)[20]을 수행할 뿐이다. 개별적으로 주어지는 현상들에 대해서 그가 말할 수 있는 것은 단지 '지금 이것은 아니다'라는 말뿐인 것이다. 초월적이면서 잉여적인 자아로서의 "여"는 결국 "죽음이란 풀지 못할 커다란 수수께끼다"라는 말로 돌연 소설을 끝맺어 버린다. 죽음과 같이 모든 비유와 교환을 파괴시키는 것, 상식적인 논리로 일반화할 수 없는 "수수께끼"를 제시하는 것은 그 무렵 「죄와 벌」(1930)을 비롯한 김동인의 다른 소설들에서도 익히 볼 수 있는 경향이었다. 특히 이 단편이 오늘날의 독자에게 환기시키는 현대성은 '근본적으로 과도적인' 태도에 있다. 「죽음」에서의 화자 '여'는 모두 결정적인 판단을 계속해서 지연하고 심리적으로는 어린 아이처럼 퇴행하는 태도를 보여주는 것처럼 보인다. 그것은 화자 '여'가 봉건적인 가치체계의 중심에서 벗어나면서도 여전히 그것에 압도당하여 그 가치체계의 한정적 범위를 넘어서서 완전히 다른 존재양식으로는 들어가지 못하는 위치에 서 있기 때문이다. 이 때 '여'라는 대명

---

20) '부정적 비판 negative critique'이란 테리 이글턴이 세익스피어의 『햄릿』을 분석하면서 사용한 용어이다. 이글턴이 보기에 햄릿은 봉건적 사회질서와 미래의 부르조아 개인주의 사회질서 사이에 위치한 '과도적 인간'으로서 두 제도 모두의 특징적인 주관적 형식들에 대하여 '부정적 비판'을 수행한다는 것이다. 햄릿은 모든 것을 부정하는 강한 자아의 형태를 보여주며 결국 어떠한 가치체계에도 포섭되지 않는 무(無)로서의 자아에 이르게 된다. 햄릿은 특히 '모든 비유와 교환을 파괴시키는 지연과 산만함', 그리고 일종의 '퇴행상태'를 통해서 구체적인 대안을 제시하지 않는 부정적인 비판을 수행한다. (테리 이글턴, 『세익스피어 다시 읽기』, 118쪽)

사는 경험적인 현실에서 벗어나서 모든 국적과 가치판단을 초월한 제3
의 장소를 지향하고 있다

　　김동인은 "예술이 있는 곳에 문명이 있고, 문명 있는 곳에 행복이 있
소. 하고, 행복은 우리가 진심으로 구하는 바요"[21]라고 외치며 신문화운
동 세대 중에서도 가장 영웅주의적으로 조선 문화발전을 향한 의욕을
보여주었다. 신문화운동 10년 후『조선근대소설고』(1929)를 쓸 무렵의
김동인에게는 급격한 근대화 지향에 대한 회의와 혼란이 개인적인 차원
에서뿐만 아니라 문학적 실천에 있어서 본격적으로 문제화되기 시작한
다. '조선 근대 소설'을 형성하려고 했던 자신의 실천이 지니는 의미를
근대 문학의 발전사 속에서 확인하려는 기획은 사회 조류와는 무관하게
창작행위에서 겪은 구체적 문제에서 비롯되었다. 식민지 상황에서 공동
체의 문화적 정체성을 유지해야 한다는 '당위로서의 선'과 세계적 보편
성에 자신을 급속히 동일화시키려는 '욕구로서의 미' 사이의 이율배반
을 해결하기 위해서 김동인은 이 글에서 선과 미의 구별 자체가 문제되
지 않는 "광범위한 미의 법칙"을 상상하기도 했다. 이와 같은 당위와 욕
구의 이율배반이라는 문제는 1930년 이후에 발표된 김동인의 소설과
에세이에서 '여'와 '나'라는 일인칭 대명사의 분열로 나타난다. 특히
단편 「죽음」의 '여'는 경험적 현실을 초월한 반성적 자아로서 죽음의
공포 앞에서조차 어떠한 가치체계에도 의존하지 않는 부정적인 태도를
보여주고 있다. 우리는 여기서 「감자」, 「명문」, 「동업자」, 「배회」, 「김연
실전」 등과 같은 김동인의 대표적인 소설들이 모두 어떠한 절대적인 가
치도 지향하지 않는 아이러니컬한 서술태도로 당대의 사회현상들을 상
대화시키고 있을 뿐 아니라 외래 사상의 부단한 유입과 교체 속에서 인
생유전을 겪는 인물들의 운명을 그리고 있다는 점 또한 생각하지 않을

---

21) 김동인, 「소설에 대한 조선 사람의 사상을」, 141쪽.

수 없다. 「배회」의 인물 B는 사회주의의 무비판적인 수용을 냉소하면서 "무지(無智)의 위에 외래사상을 도금한 것—이것이 현하의 조선의 상태외다"라고 탄식한다. 「김연실전」의 화자가 "서양문명의 겉물을 핥은 또 그 겉물을 연실이는 핥았다"면서 아이러니컬하게 서술하고 있는 선구녀 김연실의 운명은 김동인 자신을 비롯한 신문화운동 세대가 겪었던 공동 운명이기도 했다.

김동인은 1929년 무렵에 쓴 글 「명과 암」에서 세르반테스의 『돈 키호테』에 대해 논하면서 수사적 기법이 아닌 삶의 기술로서 아이러니를 제안하고 있기도 하다. 인식의 차이에서 벌어지는 희극을 유쾌하게 보여주는 『돈 키호테』에서 김동인이 강조하고 싶어하는 것은, 돈 키호테가 광기에 사로잡혔기 때문에 오히려 인류에게 즐거움을 선사할 수 있었던 것처럼 이 세계의 사물이 근본적으로 빛과 어두움의 양면을 지니고 있다는 사실이다. 이어서 김동인은 현대 문명을 주도하는 두 세력으로서 실천이 앞서는 자본주의와 이론이 앞서는 사회주의의 공과를 거칠게나마 대비시키면서 영원한 유토피아는 인류에게 결코 오지 않을 것이라고 쓰고 있다. 그렇다고 해서 김동인이 무조건적인 허무주의나 상대주의로 이 글을 결론짓고 있는 것은 아니다. 글의 말미에서 김동인이 독일의 낭만주의자 슐레겔의 그것과 유사한 "삶의 기술로서의 아이러니"를 제안하고 있다. 김동인이 이 글에서 "아이러니"의 개념을 적극적으로 규정하면서 사용하고 있는 것은 아니지만 그가 제안하는 것이 삶의 상대성을 긍정하고 여러 가치체계 사이에서 어떠한 것도 절대적인 것으로 긍정하지 않는 태도라는 점에서 아이러니의 개념에 가까운 것이다.[22] 김동인이 제안하는 아이러니는 무조건적인 체념이 아니라 허무를 느끼

---

22) 고정된 가치없이 부유하는 근대적 삶에 대응하는 기술인 슐레겔의 아이러니 개념에 대해서는 황종연, 「모더니즘의 망령을 찾아서」, 『모더니티란 무엇인가』(민음사, 1994), 224-225쪽에서 재인용.

면서도 앞으로 전진하는 삶의 태도이다.

> 명과 암. 이것은 우리 인류의 길을 지도하는 커다란 두 개의 깃발이외다. 밝은 일면만 바라보고 달아가다가 급기 다다라서 어두운 잔면을 발견하고 실망과 낙담에 싸여서 쓰러지는 것은 너무도 어리석은 일이외다. 그때에 통곡한대야 쓸데없는 일, 어두운 이면이 반드시 있을 것을 예기하고 가야만 될 것이외다. 낮이 지나면 밤이 이릅니다. 볕이 비치면 그림자가 있읍니다. 출생이 있으면 사망이 있읍니다. 세상의 만사가 이러하거늘 그 가운데서 어떠한 한 가지의 일뿐에서 특수한 情態를 구하려 하며 암흑을 제외하려 한들 그것이 어찌 능히 되겠습니까. 좀더 좋은 것으로–이것은 무론 우리가 끊임없이 부르짖으며 나아갈 길이외다. 그러나 영리한 우리는 '절대로 좋은 것'을 요구하기를 주저합니다. 그것을 바랐다가는 커다란 실망 밖에는 없을 줄을 잘 알므로. 이리하여 우리 인류는 영구히 좀더 좋은 곳으로 좀더 좋은 곳으로 비통한 부르짖음을 연속하여 내며 방황할 것입니다.[23]

사실 김동인이 이 글에서 표명하고 있는 아이러니스트로서의 경지에 이르는 것은 결코 단순한 일이 아닐 것이다. 아이러니스트의 태도를 유지하기 위해서는 어찌 보면 달관에 가까운 경지에서 사물의 여러 면모를 동시에 통찰할 수 있어야 하기 때문이다. 절대로 좋은 것은 거부하는 모든 아이러니스트들은 황홀한 해방을 맛보기보다는 모든 존재가 덧없는 우연의 산물에 불과하다는 허무주의에 빠지기 쉽기도 하다. 그러나 만일 김동인이 단순한 허무나 냉소 혹은 절망을 논하고자 했다면 이 글의 말미에서 "우리는 나아갑시다. 좀더 좋은 곳이라고 믿기어지는 곳을 향하여 우리는 끊임없이 나아갑시다. 그러나 행복의 파랑새는 결코 우리의 손에 들어오지는 않을 것이외다"라고 하는 것처럼 체념 속에서도 거듭되는 전진이라는 삶의 역설을 언급할 수는 없었을 것이다. 식민

---

23) 김동인, 「明과 暗」, 『김동인전집16』, 183쪽.

지 상황에서 자신이 직면한 물리적 폭력과 죽음의 위협에 공포감을 느끼고 있었던 김동인은 독일의 낭만주의자들이 그러했듯이 아이러니를 자기 창조와 자기 혁신의 능력을 무한하게 소유할 수 있는 지점으로 무조건 이상화할 수도 없었다. 그러나 아이러니스트로서의 길이 1930년 무렵 식민지 조선의 소설가 김동인이 자신이 경험하고 있었던 동경과 현실의 격차 사이에서 상상할 수 있었던 최선의 길이었던 것만은 분명하다.

주제어 : 신문화운동, 유명론, 개인주의, 낭만적 아이러니, 조선근대
         소설, 부정적 비판

◆ 참고문헌

1. 기본자료
『매일신보』, 『신천지』
『김동인전집』, 조선일보사, 1988.
『염상섭전집』, 민음사, 1987.
염상섭, 『만세전』, 창작과비평사, 1987.

2. 단행본
권보드래, 『한국근대소설의 기원』, 소명출판, 2000.
김성기 편, 『모더티니란 무엇인가』, 민음사, 1994.
김윤식, 『김동인 연구』, 민음사, 2000.
유종호, 『동시대의 시와 진실』, 민음사, 1995.
임화, 『신문학사』, 한길사, 1998.
최상익, 『한문독해강화』, 한울아카데미, 1997.
가라타니 고진, 『일본 근대문학의 기원』, 민음사, 1997.
사에구사 도시카쓰, 『사에구사 교수의 한국문학 연구』, 베틀 북, 2000.
테리 이글턴, 『세익스피어 다시 읽기』, 민음사, 1996.
D. C. Muecke(문상득 역), 『아이러니』, 서울대 출판부, 1986.

◆ SUMMARY

The Meaning of 'Yeu(余)' in Kim Dongin's Literature

Chung, Jae-won

In the Kim Dongin's short novel, *Death*(1930), we can see the sense of death without any metaphysical meaning. This is the common tendency of the novels written by authors who had joined ShinmunwhaWoondong(新文化運動, New Culture Movement) in early 1920s. Including Kim, most members of that movement were the intellectuals who had studied in Tokyo. After coming back to Korea, they asserted the value of creative individuality and at the same time criticized the Korean feudal value system. Especially in the novel *Mansejeon*(1924) written by another member, Yeum Sangsoep, we can see the absolute individualism and nominalism. That work shows us well that they failed in the realization of their individual desire in harmony with communal value system.

Kim Dongin used 'Yeu(余, I)' in the series of short novels, Dongin Sketch(1930, including Death) for the first time. 'Yeu' is the first pronoun in chinese writing. It was used only when they write to younger or lower person. But this letter itself means 'the rest'. therefore 'Yeu' implicates the ambivalent status of modern author. He is the transcendental totalizer of the world when he is making fiction, but he is only the surplus in the empirical world where capitalism rules over. And this series also shows the kind of 'Romantic Irony' , the narrative attitude which reveals the self-consciousness of modern author. In this way he revealed his self-consciousness that he took the writing a novel as the creating a illusion in the modern society.

Kim Dongin also used 'Yeu' in the essays recollecting how he and his companies had created 'Mundan(文壇, the circle of authors)' . In the essays, *The study on Chosun Modern Novel*(1929), he wrote the developmental history of Korean modern novel as the forming of "the character of Korean literature". He thought that the Korean modern literature should reflect the contemporary universality as well as the speciality of his nation. In fact, he looked for the Korean sentence corresponding to the 'view(風景, the concept of Karatani Kojin, Japanese Critic)' which he had seen in Japanese or European modern literature. Although he had found it once in early writing, he could not identify it with himself. He also suffered with antinomy of two value systems, the modern and the pre-modern. The pronoun 'Yeu' also implicates his self-consciousness that he had failed to harmonize his role as a national author and his individual desire for the beauty.

In *Death*, 'Yeu' means the self which does not have any concrete existence and remains only as reflexive form. He makes no conclusion just saying that death would be a puzzle forever. 'Yeu' performs just 'negative critique', saying that this is not the right thing. Because he could not accept any value system although he had already escaped from the old value system. Most of his novels focused on the destiny of people who lose the way or experience the fall in the sudden alteration of value systems and narrated their destiny with ironical attitude. Kim Dongin wrote about the relativeness of things in Don Quixote in another essay, *Light and Darkness*(1929). Although he didn't use the concept of Irony in that essay at all, I think he suggested Irony as the art of life in the modern world. To be ironist, we have to accept the relativeness of things truly and the reject the absolute. At least, it is clear that to be ironist is the best way for Kim Dongin' thought in 1930s colonial Korea.

염상섭 초기작에 나타난 자기반성적 서술 형식 연구
- 「표본실의 靑게고리」, 「암야」, 「제야」, 『만세전』을 중심으로 -

신 종 곤*

1. 서론

소설은 근대적 문학 형식이다. 이 말은 소설이 근대 즉 외연적 총체성이 더 이상 직접적으로 주어지지 않는 분열된 세계[1]에 대한 인식의 바탕 위에서 배태된 형식이라는 것을 말해 주는 것이기도 하다. 여기서 분열된 세계란 인간이 신들의 형이상학적 위안이나 욕망의 자연적 상황으로의 접근은 저지당했으나 세계 자체로부터 어떤 궁극적 의미를 찾으려는[2] 인간의 인식적 의지가 더욱 강렬해진 세계를 의미한다. 분열은 결핍을 잉태하지만 한편으로는 동기를 불러일으키는 것이다. 이러

한 근대 세계에서 인식 주체는 개별적 존재로서의 개인이다. 따라서 데카르트의 '나는 생각한다. 그러므로 존재한다'는 명제는 철학에서뿐 아니라 소설에서도 '개인'이 인식의 중심이 된다는 도전적인 주장이라고 할 수 있다.

소설에 등장하는 일인칭인 '나'는 인식론적으로 고찰할 때 삼인칭의 변형태[3]이다. 이 때, '나'가 삼인칭인 '그'가 된다는 것은 '나'가 언제나 나 자신에 대하여 있음을 의미한다. 즉 나의 있음은 그 자체로서 '나'에 대하여 있다는 것이다. 나 아닌 다른 것이 아니라 바로 나 자신에 대한 관계 그것이 바로 '나'이다. '나'는 관계이며 운동이다.[4] 따라서 '나'는 고정된 객체가 아니라 자기 자신과 관계 맺는 과정이며 자기 거리이며, 자기에게 되돌아가는 반성적 사유 그 자체가 된다. 이러한 반성적 사유의 과정이 곧 '나'가 된다는 측면에서 '나'는 곧 내면의 성립을 의미한다. 바꾸어 말하면 내면이란 자기 반성적 사유를 통해서 조성되는 자기 거리를 통해 성립한다는 것이다. 그런데 내가 나 자신에 대한 관계 속에서 머무르고 있다는 것은 내가 나 자신에 대해 어떤 근원적 구별을 기획한다는 것을 말한다. 따라서, '나'는 나 아닌 '다른 이'를 뜻한다. 즉, '나'는 나 자신에 대하여 타자이다. 내가 나 자신에 대해 타자라는 것, 그리고 이처럼 내가 내가 아닐 때만 내가 동시에 나일 수 있다는 것, 이것이 나의 자기부정성이다.[5] 나는 나 자신의 부정을 통해서만 '나'가 되는 것이고 이러한 과정이 바로 근대적 주체의 확립의 과정이라고 할 수 있다.

소설에 있어 '나'에 대한 탐구의 형식에 가장 가까운 것이 일인칭 자기 서술의 방식이다. 일반적으로 일인칭 소설이라고 불리우는 서사 양

---

3) 김인환, 『상상력과 원근법』, 문학과지성사, 1993, 79쪽.
4) 김상봉, 『자기 의식과 존재 사유』, 한길사, 1998, 329쪽.
5) 김상봉, 위의 책, 330쪽.

식의 특징은 서술의 중개성이 전적으로 소설의 인물이라는 허구적 영역 안에 속한다[6]는 점이다. 즉, '나'라는 일인칭 서술자가 지난 날의 '나'의 경험을 토대로 한 이야기를 보고하는 형태의 서사체라고 할 수 있다. 서술자와 인물간의 거리를 통해 텍스트의 의미를 규명하려고 하는 서사학의 입장에서 볼 때 이 때의 '나'의 문제는 인물과 서술자의 관계로 치환된다. 즉, 서사적 텍스트를 인물과 인물 사이에 일어나는 사건을 '누가 보고' 그것을 '누가 이야기' 하는 것으로 간주함으로써, 이른 바 일인칭 소설은 '나'라는 경험적 존재의 이야기를 서술자인 '나'가 하는 것으로 분류된다. 따라서, 이러한 형식에 나타나는 '나'는 단순한 일인칭을 의미하는 것이 아니다.[7] 이 때의 '나'는 과거의 경험적 '나'를 현재의 입장에서 조망하고 반성하는 주체가 된다. 특히, 과거의 '나'가 직접 경험한 것을 서술하는 방식에 있어서 서술자인 '나'는 반성적 태도로 과거의 '나'를 타자화하는 '나'이다. 따라서, 이러한 서사는 내가 '나'를 통한 반성 즉 '대화'의 서술 방식이 된다.

한국소설사에 있어서 근대에 대한 인식이 두드러지게 나타나는 시기는 1920년대이다. 『무정』이 제기한 근대 세계에 대한 모색[8]과 더불어 분열된 세계로서의 근대에 대한 인식이 서사 장르 형식인 소설이라는 문학 형식으로 정립되는 단계[9]이기 때문이다. 특히 이 시기에 일반적으로 일인칭 소설이라고 지칭하는 '나'의 경험과 '나'의 서술 형태가 소

---

6) F. K. Stanzel, 『소설의 이론』(김정신 역), 문학과비평사, 1990, 19쪽.
7) 소설의 서술을 텍스트에 나타나는 화자의 인칭을 통해 분류하는 것은 개별 작품의 화자의 고유한 특성을 밝혀내는 데에 있어서는 무리가 있을 수밖에 없다. 웨인 부스, 『소설의 수사학』, (최상규 역), 예림기획, 1999, 206-207쪽 참조.
8) 서영채, 『〈무정〉 연구』, 서울대 석사학위 논문, 1992, 85쪽.
   서영채는 이 논문에서 『무정』에 나타나는 근대 소설로서의 특징을 고전소설과 신소설에 나타나는 이원적 인식틀을 해체함으로써 〈회귀의 크로노토프〉를 부정하고 〈모색의 크로노토프〉를 보여준다는 점을 들고 있다. 이 때, 〈모색의 크로노토프〉란 과거에로의 회귀를 위해 존재하는 무의미하고 잠정적인 공간이 아니라, 부재하는 과거와 선취된 미래의 투영체로서의 공간 의식을 의미한다. 그러나, 『무정』이 선취된 미래에 의한 인식틀에 의해 가치지향이 정향적 인식을 보여준다는 점은 여전히 계몽적 인식틀을 벗어나지 못하고 있는 한계를 보여준다고 할 것이다.

설이라는 형식을 갖추고 주류를 형성한다[10]는 점은 주목할 만하다. 개인
의 경험과 인식이 문제가 되는 근대 세계와 이에 대한 서사적 형상으로
서의 소설이 무관하다고 할 수는 없기 때문이다. 이는 세계를 인식하는
주체로서의 개인 즉, '나'에 대한 질문과 소설이 깊은 연관성을 지닌다
는 의미로 파악할 수 있다. 다시 말해 근대 소설의 인식론적 특성이 '나
는 누구인가?' 라는 질문과 그 연원이 닿아 있다는 것으로 해석할 수 있
다는 말이다.

　이 시기에 소설을 통해 '나는 누구인가' 즉 근대 주체에 대한 탐구를
보여주고 있는 것이 바로 염상섭이다. 특히, 그의 소설 시론에 해당하는
「個性과 藝術」과 초기 삼부작에 해당하는 「標本室의 靑게고리」, 「闇夜」,
「除夜」와 『萬歲前』은 근대적 주체인 '나'를 확립하고자 하는 과정을 보
여 준다.[11] 본고는 이러한 점에 착안하여 그의 초기 삼부작과 『만세전』
으로 이어지는 주체의 확립 과정[12]에 대해서 살펴보기로 하겠다.

---

9) 이재선, 『韓國短篇小說硏究』, 일조각, 1975, 18쪽.
　　이재선은 이 책에서 한국 근대 단편 소설의 전개 과정을 두 시기로 구분하여 제시하고 있는데,
　　1905-1918년까지의 준비 단계와 1919-20년대의 정립단계가 그것이다. 그리고 정립 단계인
　　20년대의 특징으로 일인칭 단편 소설이 주류를 이루고 있다고 설명하고 있다.
10) 이재선, 위의 책, 73쪽.
11) 염상섭에 대한 초기작에 대한 연구는 대부분 객관적 현실의 묘사라는 측면이 강조되어 '사실
　　주의 문학' 또는 '근대 문학'이라는 것으로 평가되어 왔다. 그 대표적인 논문은 다음과 같다.
　　김윤식, 「염상섭의 소설 구조」, 김윤식 편, 『염상섭』, 문학과지성사, 1987.
　　김현, 「염상섭과 발자크」, 앞의 책.
　　서영채, 「염상섭 초기 문학의 성격에 대한 한 고찰」, 『염상섭 문학의 재조명』(문학사와비평
　　연구회편), 새미, 1998.
　　염무웅, 「리얼리즘의 역사성과 현실성」, 『문학사상』 창간호, 1972. 12.
　　이현식, 「식민지적 근대성과 민족문학」, 『염상섭문학의 재인식』(문학과사상연구회편), 깊은
　　샘, 1998.
12) 염상섭 소설에 나타나는 주체의 확립과 연관된 연구로는 한형구의 「한국 근대소설의 진정한
　　출발, 그 근대성의 기념비적 의의」(문학정신, 1990. 9월호)가 있다. 이 논문은 염상섭의 『만
　　세전』의 근대적 성격을 ①고백체 문체의 근대성 ②여로 형식의 서사적 근대성 ③식민지 현
　　실 비판의 근대성 ④주체적 자립 사상의 근대성으로 분석하고 있다. 그런데, 이러한 분석이
　　『만세전』에만 한정되어 분석되고 있을 뿐만 아니라, 주체의 확립이 어떠한 과정을 통해서 이
　　루어지고 있는지에 대한 구체적인 해명은 부족하다고 하겠다.

2. 자기 동일성 발견을 통한 '나'의 인식 : 「표본실의 靑게고리」

　1922년 4월 〈개벽〉에 발표된 「個性과 藝術」은 염상섭의 시론에 해당한다. 그는 이 글에서 근대에 대한 인식의 의의와 근원에 대한 자신의 견해를 피력하는데, 그 골자는 '現實暴露의 悲哀 또는 幻滅의 悲哀'로서의 예술과 '獨異的 生命의 流露'로서의 개성에 대한 자각으로 요약할 수 있다. 그런데 염상섭은 이 글에서 개성의 자각을 보편적 존재로서의 '나'와 개별적 존재로서의 '나'의 관계에 대한 인식을 통해 가능한 것으로 간주한다. '紙類의 共通한 生命'과 '洋紙와 朝鮮紙의 個的 特性'[13]의 비유를 통하여 자아의 각성이 곧 '일반적 인간성의 자각인 동시에 독이적 개성의 발현'이라고 파악하고 있기 때문이다.

　이는 자기 의식의 이중성에 대한 인식을 보여주는 것으로 보편적 주체성과 개별적 주체에 대한 상호연관성에 대한 인식을 보여준다. 즉, 독이적 개성을 자각한다는 것은 나와 남의 구별을 인식한다는 것을 의미한다. 한편, '나'란 보편적 인간인 '모두'에게 공유되는 개념이기도 하다. 따라서, '나'는 모두이면서 동시에 누구도 아닌 존재이다. 이러한 '나'의 보편성과 개별성은 자기의식의 두 계기이다. 그런데, 보편적 주체성으로서의 '나'는 개별적 주체로서만 존재할 수 있는 인식태이다. 따라서 '나'는 모든 주체가 모두 공유하는 이름이면서, 다른 한편으로는 자기 아닌 다른 주체로 대체될 수 없는 유일한 주체의 이름이다.[14] '독이적 개성'이란 바로 이러한 보편적 주체성과 개별적 주체의 상호관계 속에서 인식의 주체가 개별적 주체인 '나'로 환원되어야 한다는 인

---

13) 염상섭, 「개성과 예술」, 『염상섭 전집』 12권, 민음사, 1987.
14) 김상봉, 「자기 의식의 시원」, 『철학비평』, 1999, 165쪽.

식을 보여주는 말이라고 할 것이다. 그것은 주체성이라는 보편은 개별적 주체로서의 '나' 즉, 남과 구별되는 '나'의 자기 의식 속에서 파악할 수 있다는 말이 된다. '洋紙'와 '朝鮮紙'의 비유는 개별적 존재의 구별과 더불어 개별적 존재의 유한성을 의미하는 것이기도 하다. 따라서, '독이적 개성'이라는 주체는 근대라는 분열된 세계 속에서의 자기 의식의 확립을 나타낸다. 그리고 자기 의식의 확립은 유한한 존재인 개별적 주체로서의 '나'의 발견과 자기 복귀로 가능하다는 것을 보여준다. 이는 진정한 자기 의식의 성립이 개별적 주체로서의 '나'의 유한성을 확인하는 자기 반성과 이를 통한 비애 곧 '현실 폭로의 비애' 또는 '환멸의 비애'로 나타난다는 것을 말해 주는 것이기도 하다.

이러한 근대적 주체의 확립의 첫 '橫步'가 바로 「표본실의 靑게고리」(이하 「표본실」)이다. 1921년 3회에 걸쳐 〈개벽〉지에 연재된 이 작품은 일인칭 주인공인 '나'가 직접 경험한 사실과 간접적으로 들은[15] 바를 옮겨 서술한 형식을 취하고 있다. 이 작품에서 서술자인 현재의 '나'는 남포에서의 여행을 하는 과거 경험의 존재인 '나'를 바라보는 서사적 형식을 취한다. 이 때, 과거의 '나'는 현재의 '나'에게 있어 타자화된 존재로 서술자인 '나'에게는 해석의 대상이 된다. 즉, 과거의 '나'는 사건을 바라보는 초점의 주체이자 현재의 '나'에 의해서 초점의 대상이 되기도 한다는 것이다.

> 「응, 가지가지」하며 덥허노코 同意는하얏스나 인제 正말써 날쌔가되어서는 써나고십흔지 고만두어야조흘지 自己의心中을 몰라서 엇더케된세음도 모르고 H에게끌려南大門驛사가지 何如間나왔다.[16]

---

15) 전체 10장으로 구성되어 있는 「표본실의 靑게고리」의 6 · 7 · 8장은 주인공인 '나'가 직접 경험한 내용이라고 보기에는 서술자의 위상에 문제가 있다. 왜냐하면, 이 세 장의 내용은 '김창억'의 백부가 한 이야기를 그대로 옮겨 서술한 것에 가깝기 때문이다.

16) 염상섭, 「표본실의 靑게고리」, 염상섭전집 9권, 민음사, 1987, 13쪽.(이하 쪽수만 표기)

> 그러나 나는 그가 非常한 空想家라는 것을 直覺한外에, <u>웃은지어썬지를</u>
> <u>알수가업섯다.</u>(24쪽)(강조 : 인용자)

위의 인용문은 현재의 '나'가 과거의 '나'인 주인공의 심리상태를 서술하고 있다. 여기서 현재의 '나'는 과거의 '나'를 '자기'라는 대명사로서 명명한다. 이는 과거의 '나'에 대한 거리두기의 표현이라고 할 수 있다. 따라서, 위의 내용은 현재의 '나'가 과거의 '나'를 응시함으로써 발생하는 과거의 '나'의 행위에 대한 심리적 판단이라고 할 수 있다. 그리고 위의 내용은 현재의 '나'가 과거의 '나'의 행동을 서술하기보다 현재 자신의 심리를 드러내 보이는 데 치중하고 있음을 보여 주며, 또한 타자 서술인 경우에도 타인의 행동이나 대화를 재현하기보다는 타자에 의해 환기되는 서술자의 내면을 드러내는 데 더욱 치중[17]하고 있음을 보여준다.

그런데, 문제는 이러한 서술적 태도가 현재의 '나'가 과거의 '나'보다 정보량이 많은 존재이기 때문에 발생하는 것이 아니라는 데에 있다. 즉, 위의 인용문에 나타난 바와 같이 과거의 '나'의 행동의 원인이 되는 심리 상태에 대한 서술자의 판단은 '알 수 없음'이라고 할 수 있다. 이는 현재의 '나'가 과거의 '나'의 행동에 대한 해석자가 아니라 보고자의 역할을 하는 데 머문다는 것이다. '나'에 대한 해석은 자기 반성적 사유에 의한 결과를 의미한다면 「표본실」의 서사는 현재의 '나'가 과거의 '나'에 대해 해석적 입장을 보여주기보다는 과거의 '나'에 대한 직간접적으로 경험한 사실을 보고하는 형식을 취하고 있다는 것이다.

그렇다면, 보고의 내용인 과거의 '나' 즉, 「표본실」의 초점대상이 되는 '나'는 누구인가? '나'는 '묵업는氣分의 沈滯와 限업시늘어진生의

---

17) 최병우, 『한국근대일인칭 소설 연구』, 서울대 박사학위 논문, 1992, 25쪽.

倦怠' (11쪽)에 빠져 있는 존재이다. '時間이라는勢力이 好不好肯不肯을 不問하고 모든 것을 不可抗力下에서 獨斷하야 끌고가게된 것' (13쪽)에 저항할 수 없는 객체로서의 존재에 불과한 것이다. 그런데, 자신을 객체로 인식하는 것은 '나'가 단지 '표본실의 청개구리'와 같은 표본에 불과하다는 허무적 인식을 드러내는 것이 아니라, 오히려 '나'의 정체성에 대한 문제 의식을 보여주는 것이라고 할 수 있다. 따라서, '어데던지 가야하겠다. 세계의 끗까지.'라는 독백은 어떠한 공간도 자신에게는 무의미하다는 인식 속에서 의미의 세계에 대한 심리적 지향이 내포되어 있다고 볼 수 있다. 하지만, 이러한 지향은 '나는 누구인가?' 라는 문제가 해결되지 않으면 한 걸음도 나아갈 수 없는 것이다. 따라서, 여전히 객체에 불과한 '나'에 대한 인식과 이를 벗어나고자 하는 욕망은 '나'에게 자살 충동과 같은 신경증을 유발할 따름이다.

그런데, 어떠한 공간도 의미가 없었기에 떠났던 남포행은 '나'로 하여금 자신의 정체성을 파악할 수 있는 계기를 제공한다. 그것은 '김창억'과의 조우이다. 이 때 김창억이라는 존재는 거울 앞에서 또 하나의 자신의 모습과 마주하듯 마치 '남의 일 같이'(31쪽) 생각되지 않는 자기 동일성의 경험으로 다가온다. '나'와 동일한 존재로 파악되는 김창억은 돈키호테적 인물이다. 그는 타락한 현실의 질서를 구시대의 윤리적 잣대를 통해서 질타하고 어긋난 질서를 복원하려는 행동을 보여주는 인물이다. 그가 이러한 인식을 하게 된 근본적인 원인은 아내의 가출에 있다. 김창억은 아내의 가출의 원인을 궁극적으로 세계의 타락에서 찾는다. 즉, '외부 세계보다 영혼이 좁은 존재'[18]라고 할 수 있는 김창억은 '물질만능, 금전 만능'의 시류에 의해 이상적 세계의 질서가 붕괴된 것으로 파악한다. 그리고, 이러한 붕괴된 세계 질서의 회복의 길이 인의예

---

18) 루카치, 앞의 책, 127쪽.

지나 오륜과 같은 봉건적 윤리의 회복에 있다고 인식한다. 그의 '동서친목회'의 목적은 바로 이러한 봉건적 윤리의 복원을 목표로 하는 것에 불과하다. 따라서, 그의 행보는 세계를 객관적으로 파악하지 못한 채 또 다른 방황으로 이어질 수밖에 없다.

'나'는 이러한 김창억을 자신과 동일시한다. 나에게 김창억은 '自由의 民' 또는 '우리의 慾求를 홀로具現한 勝利者갓기도 하야'(30쪽) 보인다. 이는 김창억이 이상적 세계의 윤리에 대한 확실성을 지니고 있으며 또한 질서가 붕괴된 세계를 직접적 행동을 통해 복원하고자 하는 욕망을 지닌 인물이기 때문이다. 따라서, 시간과 공간 속에서 아무런 의미를 지니지 못한 '나'에게 있어서는 그의 행동은 '全靈을 에워싸는 戰慄'로 다가오지만, 그의 동키호테적 행동의 실패는 '限업는 苦悶이요, 샘솟는 憐憫의 눈물이요, 가슴이 저린 哀愁'(30쪽)로 다가오는 것이다.

결국 「표본실」는 과거의 '나'의 남포행 경험을 통해 자신의 정체성을 찾기 위한 맹아적 단계의 인식을 보여준다고 할 수 있다. 그러나 과거의 '나'의 심리적 상태에 대한 서술자의 판단은 자기반성적 형태를 보여주지 못한다. 자기반성적 사유란 '나'가 객체가 아닌 사유하는 주체로서 가능한 것이기 때문이다. 대신 「표본실」에서는 세계로부터 철저하게 소외되어 있는 객체로서의 '나'는 김창억이라는 타자를 통해 '남의 일 같지 않은' 피상적 자기동일성을 획득하게 된다. 그런데 김창억이라는 존재는 그의 협소한 내면으로 인하여 세계와 자신과의 관계를 객관적으로 파악하는 데 실패한다. 하지만, '나'는 이러한 김창억과의 피상적 동일시를 통해 세계로부터 소외되어 있는 자신의 정체성을 찾는 실마리를 찾는다. 비록 그것이 자신과 김창억의 관계 그리고 자신과 세계와의 관계를 구체적으로 언어화하지 못한 채 피상적으로 나타나고 있으나, 이러한 피상적 인식이 보여주는 암울한 인식은 오히려 '나'가 세계 속에서 소외되어 있는 존재라는 인식을 가능하게 하는 단초가 된다고 할 수 있다.

3. 형식적 변용을 통한 '나'의 자기 반성과 한계 : 「闇夜」, 「除夜」

「표본실」이 서술자가 과거의 '나'에 대해 보고적 태도를 보이고 있
는 반면 「암야」와 「제야」는 형식적 변용을 통한 자기 확인과 자기 반성
적 태도를 보여준다. 우선 「암야」는 삼인칭인 '그'가 초점 대상으로
'그'의 행동과 심리 상태를 서술자의 목소리로 서술하고 있는 작품이
다. 즉, '그'라는 타인의 존재를 바라보는 거리를 확보하려는 시도라고
할 수 있다. 그런데, 이 작품에서 '그'는 자신을 둘러싼 인물들을 바라
보는 초점의 주체이자 또한 자신이 바라보는 인물들 속에 자신도 포함
되어 있다는 점에서 볼 때 초점의 대상이기도 하다. 따라서, '그'는 그
자신에게 '나'라는 초점 대상이 된다. 이는 「암야」의 서술 태도와 관계
가 있다. 「암야」의 서술 방식은 '그'를 '나'라는 일인칭으로 고쳐 읽을
수 있다는 것인데, 이는 텍스트가 내적 초점화로 서술된 것[19]임을 보여
준다. 「암야」에서 삼인칭 '그'에 대한 외부적 서술이 나타나는 것은 극
히 일부분에 불과하다. 또한 외부적 시점에서 서술되는 경우에 있어서
도 내적 초점으로 옮겨지는 경향을 보여준다. 가령 '그 瞬間에 그는 무
엇을 생각하얏는지 辛辣한 冷笑가입가에 살짝 지나갓다.'(48쪽)와 같이
외적 초점화에 의한 서술에 바로 이어지는 문장 즉 '누가 겻해서 보는사
람이 잇더면, 그는 只今 김흔思索에 히염치거나, 或은 써에 매친 러—

---

19) S. 리몬-케넌, 『소설의 시학』(최상규 역), 문학과지성사, 1985, 115쪽.

브·씩이나 알는사람이라고 생각하얏슬지모르나, 實相은 그의 머리속에는, 아모 그림자도 비추이지안엇다'(48쪽)와 같이 내적 심리로 서술 시점이 옮겨간다. 따라서, 「암야」는 '그'라는 삼인칭 인물에 의해 서사가 진행되고 있으나 초점은 '그'의 심리 상태에 고정되어 있다고 할 수 있다. 이는 서사가 '그'에 의해 진행되고 있으나 서술자인 '나'의 입장이 '그'의 심리 속에 직접적으로 기술된다는 점에서 일인칭 '나'의 자기 서술과 크게 구별되지 않는다는 것을 의미한다. 이는 '나'를 '그'라는 삼인칭으로 바꾸어 서술함으로써 형식적인 면에서 '나'를 타자화하고자 하는 서술 효과를 위한 것이라고 할 수 있겠지만, 결국 '그' 역시 '나'의 변형태에 지나지 않음을 보여주는 것이다.

그렇다면, 초점화되고 있는 '그'는 어떠한 존재인가? 그는 「표본실」의 '나'와 별반 차이가 없는 자기정체성을 찾지 못하고 있는 인물이다. '무엇을생각하는것도안이요, 생각하랴는 것도안인 完全한 失神狀態에 捕虜'(48쪽)로서 현실과 관계를 맺지 못하고 있는 '그'이기 때문이다. 다만, 그가 「표본실」의 '나'와 다른 점이 있다면, 'N'이라는 약혼녀가 있다는 데에서 알 수 있듯이 「표본실」의 '나'보다는 肉化되어 있다는 점이며, '무엇이던지하여야하겟다는 생각은 한時를 써나지'(49쪽) 않는 다소 막연하지만 의지를 지닌 인물이라는 점이다. 이러한 막연한 의지는 '그'에게 현실 인식의 근거를 제시한다.

①한자, 두자 오르다가 떨어지는연과, 한字두字 그리다가 씨저버리는原稿, 다리를 절며 오르지안는연이라도 올리지안으면, 심심해못견듸겟다는 절늠바리少年과……그러나 나에게는 그런 幸福도 업지안은가. (중략) 나에게 저兒孩를 불상하다고할權利가잇다고생각하는 것이, 벌서 틀린수작이다. (51쪽)

②遊戲的氣分을 쌔노으면, 그들에게 무엇이 남는다! 生活을遊戲하고, 戀

> 愛를 遊戱하고, 交情을 愚弄하고, 結婚問題에도 遊戱的態度……所謂藝術에
> 까지 遊戱的氣分으로對하는 末種들이안인가. 眞摯, 眞劍, 誠實, 努力이란
> 形容詞는, 모조리否定하고덤비는 似而非쎄카댄쓰다. (중략) 그러나 大體 그
> 들이란 누구인다? 그들이라하며 罵倒하는自己自身이, 벌서 그한分子가 안
> 인가? 안인가가안이다. 그首魁다. (55쪽)

①의 인용문에서 절름발이 소년의 질축거리는 연날리기는 자신에게
자신의 '연'의 의미로 전이된다. 이 때 연의 의미는 절름발이 소년에게
주어진 유한한 행복이다. 유한함이란 절름발이 소년의 현실에서 기인한
것이다. 하지만, 소년은 자신에게 주어진 유한한 현실을 인식하지 못하
고 '절름거리는' 유희를 반복한다. '그'에게 이러한 소년의 행위는 현실
인식의 계기로 작용한다. 즉, 그에게 잠재하고 있는 막연한 의지는 타인
의 행위를 통해 자신을 반성할 수 있는 계기가 되는 것이다. 이러한 자기
반성적 인식이 인용문②에 나타나는 내용이다. 즉, '사이비데카당스'의
삶으로 규정되는 친구들의 삶 즉, 타인들의 삶에 대한 비판을 통해서 자
신 역시 그들과 다르지 않다는 반성적 인식으로 전이되는 것이다.

하지만, 이러한 반성은 현실에 대한 객관적 인식에서 비롯된 것이
아니라 과도한 주관적 판단에서 비롯된다는 점에서 진정성을 획득하기
가 어렵다. 주체의 자기 인식은 추상적 자기 반성 속에서 일어나는 것이
아니기 때문이다. 따라서 '그'의 자기 인식은 사변적인 언어로 추상화
되어 나타난다.

> 藝術이니 무엇이니하야도, 結局은 物質生活의奴隷밧게는안된다. 所謂〈苦
> 惱〉라는 것도 結局밥이不足하야서나오는것이안인다. 깁흔데根底를둔 內部
> 에서타는人間苦라는 것은 藥에쓰랴도업다.……그들이괴로워괴로워하며 個
> 性의自由롭은發顯이 無理하게抑壓되는것을恨歎하며人生問題니, 厭世主義니
> 써드는 것은, 밥이 不足하다는哀訴에분칠하는것에 不過한 것이다. (56쪽)

이러한 사변적 언어는 과잉된 주관에서 비롯된 것이다. '그'는 절둑발이 소년의 '연'이 지니는 의미를 왜곡된 이상으로서의 〈절둑발이 유희〉로 파악한다. 그리고 이러한 인식의 근거를 현실과의 관계에서 파악하는 것이 아니라, 타인들의 타락한 윤리 의식에서 찾고 있다. 결국 '그'에게 있어서 자기 복귀에 이르는 '나'의 진정한 자기 반성은 굴절되고 만다. 즉, 앞 서 나타난 자기의 문제로 복귀하려는 태도는 타자들에 대한 비판으로 굴절되어 더 이상 자기의 반성으로 이어지지 못하는 것이다. 이는 궁극적으로 '협소한 주관'에 의한 객관적 세계 인식의 부재에서 비롯된 것이다. 주관의 의지는 과잉된 상태이지만 현실과 자신과의 객관적 관계를 인식하지 못하고 있다는 것이다. 때문에 「암야」에서 나타나는 '그'가 경험하고 있는 '연애', '예술'과 같은 문제는 현실의 문제를 아우르는 환유가 되지 못하고 협소한 주관에 의해 파악되는 현실 그 자체이자 목적으로 인식되는 것이다.

따라서, 「암야」에서 초점의 대상이 되는 '그'의 자기 인식은 현실과 자신과의 관계를 객관화하지 못한 채 '確實치 못한 발밑을 조심하며' 걸음을 옮기는 추상적 자기 인식을 보일 수밖에 없는 것이다.

한편, 「제야」는 서술자가 여성의 목소리로 나타나는 서간의 형식을 띤다는 점에서 '나'에대한 형식적 변용이 보다 확연하게 나타나는 작품이다. 서간의 형식은 '나'가 '너'를 대상으로 서술하는 것으로 인격적 타자와의 관계를 설정함으로써 협소한 주관성에서 벗어날 수 있는 가능성을 보여주는 형식이라고 할 수 있다. 특히 '나'에 의해 서술되고 있는 이 작품이 '너'를 대상으로 자신의 지나온 삶을 정면으로 되돌아보고 있다는 점에서 「표본실」과 「암야」의 연장선상에 있으면서도 이들 작품들보다는 객관적인 입장에서 반성적 사유로서의 자기 인식에 접근하고 있다. 더구나 이 작품이 취하고 있는 유서의 형식은 서술하는 '나'와 과거의 '나'가 끊임없이 관계함으로써 삶의 의미를 현재화한다는 점에서 두 '나'가 대화적 관계에 설 수 있는 가능성을 보여 준다.

'나'의 반성적 사유는 객관적 자기 인식에서 비롯되는 것이다. '나'는 스스로 생을 마감하기에 앞서 지나간 자신의 삶을 되돌아 본다. 서술자인 '나'는 이러한 자신을 현재의 시점에서 반성적으로 과거의 '나'의 의미를 생성해 낸다. 이 때, 초점의 대상화되는 과거의 '나'는 신여성이라는 외피를 두른 존재로서, 실상의 자신의 삶은 자신이 지닌 가치와는 다른 봉건적 억압에 질식된 삶을 살아온 것으로 반추된다.

> 오늘날와서는 모든 것이 明瞭한것갓기도하고, 亦是 五里霧中에 싸인것갓기도합니다. 모든 것이 無視할 수 있는 空虛한觀念이나 空想家의 譫語갓기도하고, 업스면안될生活의要件갓기도합니다. 가만히 누어서 오늘사지 經驗한 것, 눈으로본事實, 귀로들은所聞들을 낫나치 硏究하야보고 吟味하야보고 比較하야보면, 結局에 善도업고 惡도업고 正도正이안이것갓고 邪도邪가안인것가틀 뿐아니라, 모든 것을 善이라하고 正이라하야 肯定하랴고할 쌔도 잇섯습니다.(61쪽)

그런데, 위의 인용문에서 보듯이 '나'는 자신의 정체성에 대해서 확신을 지니지 못한 존재임을 나타낸다. 이는 자신이 지닌 가치와 현실에서 주어진 가치가 서로 상충되는 상황에서 어떠한 가치가 우위에 있는지 명확한 확신이 없기 때문이다. 따라서, '나'는 물리적 시간의 흐름에 따라, 때로는 즉흥적인 기분에 따라 현실을 추수하는 경향을 보여주는 것이다. 이러한 현실 추수는 신여성으로서 가치 지향과는 다른 '나'의 행동으로 나타난다. '정조는 상품이 아니다. 취미도 아니다. 숭고하고 순일정화한 감정에서 나오는 愛의 자유롭은 표정'(76쪽)이라는 신여성으로서의 가치는 자신의 행동을 위한 합리화의 수단일 뿐, 실제의 행동에서는 육체적 욕망과 봉건적 여성관에서 벗어나지 못하는 행동을 보여준다.

이러한 행동에 대한 자기 서술은 자기 반성에 가까운 고백의 형식이 된다. 고백이란 자아동일성 혹은 신뢰감이 상실된 상태에서 특정 대상에게 그 상실된 내면을 드러내 보이는 행위[20]이기 때문이다. 그리고 고백의 결과는 비애 즉 슬픔이라는 감정을 유발한다. 슬픔이란 내가 어찌할 수 없는 부정과 결핍 속에서 나 자신을 되돌아 볼 때 발생하는 감정이다. 여기서 나의 부정은 자기 의식의 근원적 진리인 것이다. 그러나 그 없음은 내가 조성한 것이 아니다. 그것은 내가 어찌할 수 없는 내 존재의 한계[21]의 표현이다. 이러한 자기 부정이 작품의 마지막 부분에서 '눈물'로 나타난다. '나의 눈물이 나를 淨케하였습니다. 나의 눈물은,…… 새生命의샘이었습니다.' (109쪽)는 바로 이러한 자기 부정을 통해서 '나'의 유한성과 결핍에 대한 새로운 인식의 획득하고 있음을 보여준다.

하지만, 이러한 자기 부정은 진정한 의미에서 자기 반성의 결과라고 보기 어렵다. 그것은 이러한 반성의 원인이 궁극적으로는 이 편지의 대상인 '당신'의 '기적과 같은' 용서와 호의에 의한 것이기 때문이다. 즉, 자기 스스로 자신의 행위와 사유에 대한 반성에 기초한 것이 아니라는 점이다. 때문에 '나'의 자기 반성은 더 이상 운동하지 못하고 파국을 맞이하게 된다. 그것은 결국 '나'에 의한 '나'에게로의 복귀를 의미하는 것이 아니라 타자의 인정에 의한 고정된 반성으로 귀결된다. 이는 자신의 몰자각을 확인하는 데에 그칠 뿐 반성을 통해 확장된 '나'의 지양으로 지속하지 못한다는 것을 의미한다. 또한 반성의 내용인 '나'의 삶이 「표본실」과 「암야」의 경우처럼 구체적 현실과의 관계를 인식하지 못하

---

20) 최인자, 「1920년대 초기 편지체소설의 표현적 의미」, 『국어교육연구』, 서울대 국어교육연구소, 1994, 132쪽.
21) 김상봉, 「자기 의식의 시원」, 앞의 책, 205-206쪽.

고 있다는 한계를 그대로 안고 있다. 즉, '나'의 삶의 내용이 구체적 현실의 환유가 되지 못하고 개별적 존재로서의 '나'의 우연적 삶 속에서 즉자적으로 반응하거나 물리적 시간에 떠밀려 '나'가 당면한 현실 자체의 과도한 무게에 짓눌려 있기 때문이다. 따라서, 개별적 존재인 '나'의 한계를 인식할 뿐 더 이상 '나'를 둘러싸고 있는 현실을 객관화하는 데에는 실패하고 있음을 알 수 있다.

그럼에도 불구하고 「제야」는 과거의 '나'의 삶에 대한 반성의 서술 과정을 통해서 역설적으로 진정한 '나'의 반성의 의미를 보여준다고 할 수 있다. 즉, 진정한 '나'에 대한 의식의 부재에 대한 자기 서술은 결국 왜곡된 형태의 삶일 수밖에 없으며 더 이상 의미를 지닐 수 없다는 것을 보여주기 때문이다.

4. 반성을 통한 '나'의 지양 : 『萬歲前』

『만세전』은 초기 삼부작이 보여주는 자기동일성 확인과 자기 반성으로서의 형식적 실험의 결절점이 되는 작품이라고 할 수 있다. 주지하다시피 『만세전』은 '묘지'라는 제목으로 1922년 〈신생활〉에 발표되었다가 이후 1924년 〈시대일보〉에 연재된 작품이다. '묘지'라는 제목이 암시하는 것처럼 이 작품에는 당대의 현실에 대한 인식이 드러나고 있다. 그런데 이러한 현실에 대한 인식이 서술자인 '나'가 과거의 '나'의 행적을 반성적으로 살핌으로서 내면화된다는 점을 단순히 현실을 그대로 모방하고 있다는 것으로만 파악할 수는 없다. 왜냐하면, 이러한 객관적 현실은 나의 자기 반성의 결과로 획득된 개별적 '나'의 인식의 확장에 의해 획득된 것이기 때문이다.

'나'의 인식의 확장은 동경에서 서울로 돌아오는 여정을 통해 이루어진다. 이 때, 동경에서 서울로 돌아오는 과정은 일종의 역방향성이라는 점에서 반성적 형식과 일맥 상통함을 보여준다. '묘지'와 같은 암울한 조선의 현실에서 외적 근대화의 선적인 이동 방향인 '동경'으로의 여정이 아니라 그 반대의 방향이 소설의 형식이 되고 있기 때문이다. 또한 여행 과정에서 만나게 되는 일본인인 정자와 조선인으로 신여성의 성격을 띠고 일본에서 유학중인 을라, 그리고 일본인 아버지와 조선인 어머니 사이에서 태어나 일본인 아버지를 찾는 대구기생과 순수한 조선인 아내 역시 역방향성의 맥락을 보여준다.

이 때, 여행의 주체이자 초점의 대상이 되는 것이 바로 과거의 '나'이다. '나'는 애초에 현실에서 한 걸음 물러서 있는 인물로 묘사되지만 「표본실」과 「암야」에 등장하는 초점 대상보다는 현실의 옷을 한겹 더 입고 있는 인물이다. '스물두셋된 책상도령'에 불과한 '나'는 '실인생 실사회의 이면의 진상'에는 관심이 없는 존재이다. 이처럼 현실에서 한 걸음 물러나 있는 '나'는 오로지 동경과 서울을 오가는 과정에서 자신이 조선인이라는 사회적 존재임을 각인받을 뿐이다. 그런 까닭에 언어를 구사함에 있어서도 주로 일본어를 사용하고, 문학도를 꿈꾸는 일본 여인인 정자에게 관심을 갖는다. 이는 '나'가 자신의 사회적 존재를 망각하기 위한 행동에 해당한다. '나'는 자신의 정체성을 부정하고자 하는 인물인 것이다. 따라서 아내의 죽음을 앞두고도 서울로의 귀향은 내키지 않는 지연의 경로로 나타나게 된다. 하지만, 이러한 '나'에게 자신의 정체성에 대한 구체적 인식을 요구하는 사건이 연락선 상에서 벌어지게 된다.

「그러나 朝鮮사람들은 엇대요?」

> 「요보말씀에요? 젊은놈들은, 그래도 제법들이지만, 村에드러가면 臺灣의
> 生蕃보다낫다면 나흘자. 인제 가서보슈……하하하」
> 「臺灣의生蕃」이란말에, 그浴湯에, 드러안젓든사람들이, 나만쌔어노코는
> 모다 킥킥우섯다. 나는 가만히안젓다가, <u>無心코 입살을 악물고 치어다보앗</u>
> <u>스나, 더운김에 가리워서, 厥者들에게는 仔細히 보이지안은 모양이었다.</u>
> 事實말이지, 나는 所謂憂國의志士는 아니다. (중략) 亡國民族의一分子가
> 된지, 벌서 七年동안이나 되는 오늘날자지는, 事實 無關心으로 지냈고(후
> 략)(36쪽) (강조 : 인용자)

욕탕의 일본인들의 대화는 식민지 조선의 참혹한 착취 현실에 관한
것이다. 이 자리에서 '나'는 자신의 정체성에 대해 강요를 받는다. 즉,
형사의 취체를 피해 자리잡은 곳에서 보다 참혹한 자신의 정체성을 인
식하게 되는 것이다. 그 자리에서는 대화의 당사자들인 일본인들에게조
차 자신이 조선인임을 눈치채이지 않지만, 자신의 정체성을 각인하게
되는 것은 다름 아닌 '나' 자신이기 때문이다. 그런 '나'에게 밀려드는
감정은 '더운 김'으로 나타나는 '부끄러움'이다. 즉, '더운 김'은 일본
인들에게서 자신을 가리워주기도 하지만 스스로에게는 자신이 발가벗
기워진 것 같은 수치심을 유발하는 양가적 기제로 작용한다. '더운 김'
은 '나'에게 자기 반성의 계기를 제공하는 것이다. '나'는 부끄러움이
라는 감정을 통해 자신의 정체성을 찾으려는 존재로 변화한다. '더운
김'은 '망국민'임을 잊고 살아왔던 자신을 반추할 수 있는 내면적 공간
을 형성함과 동시에 이러한 자신에 대한 반추를 통해 일본인들의 대화
를 더 적극적으로 들을 수 있는 보호막이 되어 주는 셈이다.

부끄러움을 통한 반성적 계기는 형사의 취체와 더불어 '나'에게 자
신을 확인하고자 하는 행동을 유발하게 한다. 이러한 행동이 조선에 도
착하자마자 부산의 거리를 둘러보는 것으로 나타난다. 이 지점부터
'나'는 적극적인 관찰자로서 서술태도를 보이게 된다. 부산의 풍경과

술집에서의 대구 기생, 김천 형님, 대전 역의 대합실, 아버지, 차지영감, 김의관 등의 인물들에게서 인식되는 조선의 현실이 초점 대상인 '나'의 시선에 의해 객관적으로 포착되고, 이렇게 포착된 현실이 내면서술과 대화의 서술로 진행된다.[22]

그러나 이렇게 포착된 현실이 곧 '나'의 내면으로 전개되는 것은 아니다. 그것은 초점 대상인 '나'에 의해 포착된 현실은 객관적 세계의 현실이기 때문이다. 즉, 이러한 객관적 세계의 상은 개별적 '나'만의 세계가 아니라 보편적 '나'의 세계이다. 따라서, 이러한 객관적인 상의 현현은 진정한 의미에서 내면이라고 할 수 없다. 내면은 개별적 주체인 '나'에 의해서 비롯되는 것이며, 자기 부정의 운동 속에서 지속되는 것이기 때문이다. 물론 부끄러움이 자기반성의 일차적인 계기가 되지만, 그것은 현실에서 한 걸음 물러나 있던 '나'에게 현실과의 접점을 마련해 주는 것에 불과한 것이다.

객관적 세계가 개별적 '나'의 내면으로 전환되기 위해서는 '나'의 부정이라는 반성적 사유가 전제되어야 한다. 그렇다면, 『만세전』에서 이러한 객관적 현실이 어떻게 내면화되는가? 이는 궁극적으로 '나'의 여행 경로에 있어 조선인임을 자각하는 과정과 조선의 현실이 '무덤'이 되는 것과 연관지어 생각해 볼 수 있다. 그리고 그 여행의 끝에 아내의 죽음이 있다는 것을 주목할 필요가 있다.

靜子樣!
그러나 나는 스스로를 구하지안으면 안이될責任이 잇는 것을 새다랏습니다. 스스로의길을 차자내이고 開拓하야나가지안으면안이될 自己自信에게 스스로 賦課한義務가잇는 것을 새다랏습니다. 나의妻는期於코모진목숨을 끈엇습니다. 그러나 그는 決코 죽엇다고는생각할수업습니다. 웨그러냐하면

---

22) 정연희, 「만세전의 서술 기법과 구조 연구」, 『현대소설연구』 13호, 현대소설학회, 2001, 126쪽 참조.

그男便되는나에게 「너를 스스로救하여라! 너의길을 스스로開拓하여라!」는
貴엽고重한教訓을 주고가기 쌔문이올시다. (중략)(105쪽)
　이번에 東京가는 길에 단여가라고 하셧지요? 그러나 怒하지마십시
요.(106쪽)

　앞서 밝힌 바와 같이 『만세전』은 여행 중 만나는 여인들은 순일본적
인 존재에서 순조선적인 존재로의 과정을 보여준다. 이는 '나'가 점차
조선인임을 자각하게 되는 과정과 일치한다. 그런데, '조선인'이라는
자신의 정체성과 무관하게 살아왔던 '나'에게 있어 조선으로의 귀환은
형사 취체 등을 통해 '조선인'이라는 각인을 강요당하는 과정이다. 따
라서, '나'는 이를 회피하고자 하는 잠재적 의식을 지니게 된다. 하지
만, 연락선 안에서의 부끄러움에 대한 인식은 부산에서 도착하자마자
조선의 객관적 현실을 파악하고자 하는 행동으로 전화된다. 그리고 애
써 조선인임을 부정하고자 하는 대구 기생의 만남과 조선인임에도 불구
하고 일본인의 행색에 봉건적 잔재를 그대로 간직하고 있는 왜곡된 인
물인 김천 형님, 또한 봉건 귀족의 몰락으로 대별되는 김의관과 아버지
의 삶……. 이러한 모습은 '나'에게는 '무덤' 그 자체가 된다. 따라서,
조선의 현실 자체가 '무덤'이 되는 것이다. 그런데, 이러한 조선의 현실
을 궁극적으로 확인하는 것은 결국 아내의 죽음에 있다. 아내는 조혼이
라는 봉건적 인습에 의해 '나'를 가족의 윤리로 옭아맨 장본인이지만
그녀 역시 그러한 사회적 폐습의 희생양이기도 하다. 따라서, 아내는
'나'에게 무기력하기만 하지만 '나'의 존재를 규정하는 가장 조선적인
존재이다. 결국 이러한 아내의 죽음은 '나'에게 조선적인 존재의 죽음
으로 인식되어 '나'의 부재 의식으로 전화되는 것이다. 바로 이러한 부
재 의식 즉 결핍이 '나'에게로 복귀하는 운동인 진정한 반성적인 사유
를 가능하게 하는 것이다. 이러한 반성적 사유는 '스스로를 구하지 안으

면 안' 된다는 의식으로 고양된다. 이러한 반성적 의식의 고양이 회고적 서술을 통해 반추된 지난날의 '나'의 경험을 새로운 의미로 재배치한다. 즉, 서울로의 귀환에서 관찰된 풍경들이 비로소 내면화되는 것이다. 그리고 정자와의 관계도 이제는 새로운 의미를 지니게 된다. '나'가 조선인이라는 자기 정체성을 부인하기 위한 만남이 더 이상 지속될 이유가 없게 된 것이다.[23] 따라서 '나'는 정자와의 결별을 선언하게 된다. 그리고 정자에게도 진정한 생활에 대한 의미를 강조한다. 이는 '나'의 동경행의 의미가 더 이상 憧憬의 의미로서 원심회귀가 아님을 보여준다. 무덤의 현실에서 스스로를 구하기 위한 즉, 지속적인 주체의 확립을 위한 운동의 외형이 바로 동경행이 의미하는 바이다. 따라서, 이러한 주체의 확립은 '나'에게나 정자에게나 진정한 삶을 위한 전제조건이 되는 것이다. 이러한 인식의 확장이 바로 주체 확립을 통한 내면의 성립에서 비롯되는 것이라고 할 수 있을 것이다.

내면의 성립은 소설을 과정의 서사로 이끈다. 『만세전』의 서술 始點이 현재에서 시작한다는 것은 이미 내면화된 풍경들이 '나'의 자기 부정의 과정을 통해서 이루어진다는 것을 보여주는 서술 방식이라고 할 수 있다. 그리고 이러한 서술 방식은 『만세전』을 닫힌 구조가 아닌 열린 구조의 결말을 취하게 한다. 그것은 진정한 '나'의 확립 즉 주체의 확립은 끊임없는 운동으로서의 과정이자 지속이기 때문이다.

---

23) 특히 이 부분은 1948년에 개작되어 단행본으로 출간된 수선사 본에서는 정자와 더 이상 만남을 지속하지 않겠다는 의도가 더욱 명확하게 드러난다.

5. 결론

이상 염상섭의 초기 삼부작과 『만세전』에 나타난 근대 주체 형성의 과정에 대해서 살펴 보았다. 소설적 현재가 과거라는 점에서 소설은 근본적으로 반성적 형식이라고 할 수 있다. 그런 점에서 현재의 '나'에 의해 과거의 '나'를 반성적으로 조망하는 자기서술 방식은 소설의 원초적인 서술방식이라고 할 수 있다. 특히 염상섭의 초기 작품들은 이러한 특징을 잘 보여준다. 염상섭의 일련의 초기작들은 근대 주체로서의 '나'의 확립의 문제를 자기 반성적 서술을 통해 보여준다. 즉, 「개성과 예술」에서 언급하고 있는 '獨異的 個性'이란 말이 의미하는 '나'는 고정된 객체가 아니라 자기 자신과 관계 맺는 과정이며 자기 거리이며, 자기에게 되돌아가는 반성적 사유 그 자체가 된다. 이러한 반성적 사유의 과정이 곧 「표본실의 靑게고리」, 「암야」, 「제야」, 『만세전』으로 이어지는 자기반성적 소설 형식의 확립이라고 할 수 있다.

「표본실의 靑게고리」에서는 '나'의 자기동일성 발견을 통한 '나'의 발견이 이루어진다. 이후 「암야」와 「제야」는 삼인칭인 '그'의 내적 서술과 여성 서술자의 목소리를 통한 서간체의 형식적 변용을 통해 '나'에 대한 반성적 고찰의 가능성을 실험한다. 이들 삼부작은 현실에 대한 결핍을 인식함으로써 주체의 인식에 대한 맹아를 보여준다. 그러나 객관적 현실과 관계를 맺지 못하는 주관의 과잉으로 인해 자기 반성적 사유에 이르지 못한다는 한계를 보여준다. 반성적 사유란 자기 부재 또는 자기 부정의 인식을 통해서 가능한 것이기 때문이다. 그리고 이러한 반성적 사유를 통해 형성된 '나'란 고정된 객체가 아니라 끊임없이 운동하는 과정 그 자체이다. 바로 이러한 운동으로서의 자기 지양이 바로 내면을 형성할 수 있는 것이다. 염상섭의 이러한 일련의 형식적 실험은『만세전』에 이르러 결절점을 맺는다. 즉, 자기 정체성을 부정하던 '나'가 부끄러움이라는 정서적 환기를 통하여 자기의 정체성을 확인하고, 자기부정을 통하여 객관적 현실을 내면화함으로써 끊임없는 운동의 서사를 보여주고 있기 때문이다.

주제어 : 나, 유한성, 자기동일성, 자기부정성, 자기반성적 서술, 내
　　　　　면의 확립

◆참고 문헌

권영민, 『염상섭 문학연구』, 민음사, 1987.

김상봉, 「자기 의식의 시원」, 철학비평, 1999.

김상봉, 『자기 의식과 존재 사유』, 한길사, 1998.

김윤식, 「염상섭의 소설 구조」, 『염상섭』(김윤식 편), 문학과지성사, 1987.

김인환, 『상상력과 원근법』, 문학과지성사, 1993.

김 현, 「염상섭과 발자크」, 『염상섭』(김윤식 편), 문학과지성사, 1987.

루카치, 『소설의 이론』(반성완 역), 심설당, 1985

서영채, 「염상섭 초기 문학의 성격에 대한 한 고찰」, 『염상섭 문학의 재조명』, (문학사와비평연구회 편), 새미, 1998.

서영채, 『〈무정〉연구』, 서울대 석사학위 논문, 1992.

염무웅, 「리얼리즘의 역사성과 현실성」, 『문학사상』, 1972.

웨인 부스, 『소설의 수사학』, 최상규 역, 예림기획, 1999.

이재선, 『한국단편소설연구』, 일조각, 1975.

이현식, 「식민지적 근대성과 민족 문학」, 『염상섭문학의 재인식』, 문학과사상연구회 편, 깊은샘, 1998.

정연희, 「만세전의 서술 기법과 구조 연구」, 『현대소설연구』 13호, 현대소설학회, 2001.

최병우, 『한국근대일인칭소설연구』, 서울대 박사학위 논문, 1992.

최인자, 「1920년대 초기 편지체 소설의 표현적 의미」, 『국어교육연구』, 서울대 국어교육연구소, 1994.

한형구, 「한국근대소설의 진정한 출발, 그 근대성의 기념비적 의의」, 『문학정신』, 1990.

A. J. Cascardi, *Totality and Novel*, New Literrary History, University of California, Berkeley, 1992.

S. 리몬-케넌, 『소설의 시학』(최상규 역), 문학과지성사, 1985.

◆ SUMMARY

A Study on the descriptive form of self-reflection in Yum Sang-sup' s early works
- focused on 「The tree-frog in specimen-room」, 「Dark night」, 「New Year' s Eve」 and 『Before The 3 · 1 Movement』 -

Shin, Jong-gon

The first person, 'I' , who appear in a novel, is actually a transformation of the third person 'he' or 'she' in a viewpoint of epistemology. This means 'I' always exit against myself. That is, being myself means existing against myself. The being 'I' is not relationships with other beings, but relationships with myself. An individual is the being of relationships and movement. Consequently, the being 'I' is not a fixed object but a process of relationing with myself, an interval of myself, and a reflective consideration returning to myself. And the being 'I' means completion of inside spirit when it is considered that the process of reflective considering makes 'myself' .

It is the 1920s that this recognition appears in Korean novel history remarkably. Because it was the time that construction for modern times was started in 『Heartlessness』 and the recognition of modern age as dissociated world was established as Novel, a form of description. Particularly, it is note worthy that 'my' experience and 'my' style of description that was generally called the novel of the first person at that time, makes the main current as the fixed form of Novel. Because the modern society focused on private experience and acknowledge don't have no concern with the Novel - the reflection of current world. It can be interpreted that an individual as a subjective being for recognizing world has a lot to do with the Novel. In other words, the epistemological feature of modern novel has something in common with the question, 'Who am I' originally.

It is Yum Sang-sup who shows a study of 'Who am I' - a study of modern subject - through the novel at that time. A series of Yum Sang-sup's early works shows us an experimental type about question how the modern subject 'I' is established.

Especially, his essay 「Individuality and Art」 and his early trilogy 「The Tree-frog in Specimen-room」, 「Dark night」, 「New Year's Eve」 and 『Before The 3 · 1 Movement』 reflects the process of establishing modern subject 'I'.

「Individuality and art」 conform to Yum Sang-sup's essay. In this writing, he saw the recognition of individuality can be achieved through the acknowledge of the relationships between 'I' as general existance and 'I' as seperated existance. Because he says that self realization is directly connected to acknowledgement general humanity and revelation of personal individuality through a metaphor of 'the general life of the paper' and 'the individual chracteristics of the wesrern paper and korean paper' .

The recognition mentioned above is shown in the sequence of 「The Tree-frog in Specimen-room」, 「Dark night」, 「New Year' s Eve」 and 『Before The 3 · 1 Movement』 - the studies expressed by the forms of Novel. 「The Tree-frog in Specimen-room」 refers a germinal stage for recognition of the true identity by the past trip bound for Nampo. But a narrator' s judgement of 'I' 's past mental state doesn' t shows self-reflection.

It only makes the problem of finding myself through the cognition of my identity. Possibility of reflective consideration about myself is examined in 「Dark night」 and 「New Year' s Eve」 through the formal transformation as letter-writing style of the voice of female narrator and the mental descriptions of the third person 'he' . But these also show a limitation that we cannot get to the reflective consideration of ourselves because of the excess subjectivity that cannot have relations with the objective world. Because reflective consideration can be done when we accept self-denial or self-absence. 'I' , that is established through the reflective consideration is not the fixed object but a process of constant movement itself. From this movement as sublate to myself is the foundation of establishing mentality. This series of formal examination tried by Yum Sang-sup is concluded in the 『Before The 3 · 1 Movement』. Because it shows a story of constant movement . That story is about 'I' who distrust his identity becomes to confirm his identity by mental rousing as 'shameness' and internalize the objective world by constant self-denial.

주요한 시의 발화 특성 연구
- 시의 二元的 양상과 계몽적 문형 -

장 석 원*

1. 서 론

개항과 근대 국가 성립, 국권 상실로 이어지는 근대사의 전개 과정
과 문학은 서로 긴밀한 관계를 지닌다. 이광수로 대표되는 서사문학은
계몽을 문학의 목표로 삼고 있었고, 시 역시 최남선의 신체시라는 계몽
문학의 형태를 띠고 있었다. 가사의 경우 서사에 못지 않은 길이를 확보
할 수 있었지만 시도 아니고 서사도 아니라는, 장편 연속율문체라는 가
사 고유의 특성 때문에, 가사는 시도 될 수 없고 서사도 될 수 없는 장르
였다. 즉 시도 아니고 서사문학도 아니었기 때문에 계몽이라는 시대적
임무가 요구하는 문학의 의미 작용에는 충실할 수 있었지만, 동시에 문

학이 담보해야 할 미적 질서를 구축할 수 없었던 가사는 서사문학에 자리를 빼앗길 수밖에 없었다. 가사의 실패와 더불어 최남선의 신체시가 열어놓은 근대적 형식 실험과 근대 문물의 시화가 불러온 충격 효과 역시 최초의 지점 거기서 끝날 수밖에 없었다. 일본 유학생들로 대표되는 근대 계몽적 지식인들은 여전히 한시를 쓰고 있었다.[1] 논설을 통해 근대의 지식을 전파하던 지식인들은 계몽이라는 뚜렷한 목적의식을 지닌 산문 장르에서는 한글을 사용했지만 개인의 정서를 노래하는 시를 지을 때에는 옛 문자인 한자를 썼다. 문자가 권력과 사회적 지위를, 그가 속한 사회의 계층적 성향을 나타낸다고 할 때 그들은 분명 이원적이었다. 두 개의 표기 체계를 소유하고서 두 개의 장르를 자유롭게 오가며, 계몽과 자아의 탐색이라는 서로 다른 두 주제를 창작하고 있었던 것이다.

주요한의 시 역시 산문시와 민요시·시조라는 이원적 경향을 띠고 있다.[2] 주요한의 시에는 ① 우리 근대시의 지평을 열었다고 평가되는 산문시 〈불노리〉의 계열과, ② 〈가신 누님〉으로 대표되는 민요시 계열, 그리고 ③ 시조집 『봉선화』로 대표되는 시조 계열이 시작(詩作) 초기부터 말기까지 동시에 존재하고 있었다.[3] 서로 다른 두 시적 경향은 어느 하나가 다른 하나를 포섭하여 발전적인 면모를 보여주지 못했다. 이러한 이원적 경향은 근대시의 개척자라는 주요한의 문학사적 의의를 고려할 때 중요하게 평가되지 않는 경향이 있다. 주요한이 문학사에 끼친 영향은 근대시의 확립에 있지만, 주요한의 시가 구축하고 있는 이원성을 통해 우리는 주요한 시의 또다른 면모를 확인할 수 있고, 여기서 식민지 시대 문학인들의 보편적 특징을 확인할 수 있다.

---

1) 일본 유학생 잡지 『學之光』에 한시는 꾸준히 게재되고 있었다. 이러한 경우에는 시조의 한시 번역물도 포함된다.
2) 주요한의 삶과 시가 보여주는 이원적 경향이 서로 밀접한 관계가 있다고 보는 글로는 김은철의 「한국근대관념주의시 연구」(영남대 박사학위 논문, 1992, 80~94면)가 있다.
3) 김윤식, 「주요한 재론」,《심상》, 1981.12, 40면 참조.

2. 화용론과 시적 발화

근대 계몽기 시는 어떤 특정한 발화 형태를 지니고 있었다. 여기에 해당하는 발화 양상은 돈호법, 청유형 문장, 명령형, 미래형 등이다. 이러한 발화 형태는 주요한의 시에도 자주 등장하는데 우리는 이를 '문형'[4]이라는 용어로 표현할 수 있을 것이다. 시인의 작품에서 반복되는 특정한 문형을 통해 근대 계몽기의 사회·역사적인 맥락에서 문학이 차지하는 역할을 확인할 수 있다. 계몽이라는 시의 내용 층위가 특정한 표현 층위와 필연적으로 연결된다는 점에서 문학의 형식과 내용, 언어의 기표와 기의 사이에는 필연적 관계가 설정되는 것이다.[5] 문학 작품의 언어적 특성은 문학의 형식과 내용이 사회·역사 상황과도 밀접한 관계를 맺고 있다는 점을 시사한다.

우리가 일상 생활에서 사용하고 있는 언어는 대부분 부정확한 표현으로 제시된다. 의미가 애매모호한 일상 생활의 언어들은 전통적 언어

---

4) 이 단어는 Roland Barthes의 『사랑의 단상Fragments d'un discours amoureux』(김희영 역, 문학과지성사, 1991)에 나오는 용어이다. 원어는 'figure'이다. 바르뜨는 '움직이는 상태에서 포착된 언어'라는 의미에서 환유나 은유를 지칭하는 수사법 용어인 'figure'를 쓰고 있는데, 이 말이 번역자의 번역 과정에서 '문형(文型)'으로 번역되었다. 번역자는 'figure'의 그리스어 어원이 '도형'이라는 점, 일반적으로 사랑하는 사람에게 사랑한다는 사실이 말과 행동에 어떤 억압적인 기제로 작용하여 모든 언어가 사랑하는 사람을 대상으로 수렴되는 현상이 있다는 의미에서 일정한 형태를 지닌다는 뜻인 '문형'이라는 단어를 선택했다고 말한다(12면). 이 글에서는 '문형'이 사회적인 이데올로기, 발화자의 외부 요소로 작용하는 이념적 표현이 특별한 문장 형태를 띤다는 가정 하에서 이 용어를 채택한다.

5) 소쉬르는 기표와 기의의 자의성에 대해 언급했지만 이를 벤브니스트는 기표와 기의의 자의성이 아니라 기표와 기표가 지시하는 지시 대상의 자의성으로 수정했다. 벤브니스트에 의하면, 소쉬르의 자의성은 기표가 지시하는 대상과 기표 사이의 관계에 일정한 규칙성이 없다는 뜻으로 이해해야 한다. 따라서 어떤 기표는 반드시 그에 해당하는 기의를 지니고 있다는 뜻에서 기표와 기의의 필연성은 설명된다.(Ferdinand De Saussure, 『일반 언어학 강의Cours de linguistique générale』, 최승언 역, 민음사, 1990, 29~31, 89~97면. Emile Benveniste, 『일반 언어학의 제문제Problémes de linguistique générale』 1권, 황경자 역, 민음사, 1992, 75~83면 참조)

학자들에게는 틀린 용법으로 지적받는다. 그러나 화용론의 관점으로 일상의 언어를 볼 때, 일상의 언어들은 어느 것 하나도 애매모호한 의미를 표현하는 것으로 여겨지지 않는다.

화용적 행위는 통사적 규칙이나 의미적 선택 제약 또는 개념 제약에 의해서만 정의된 언어의 사용에 근거를 두지 않고 근본적으로 실제 언어 사용자의 언어에 근거를 두고 있기 때문에 화용적이라고 불린다. 모든 화용적 행위는 그 맥락에 의해 심각하게 그 모습이 결정되며 맥락-파생적이면서 동시에 맥락-제한적이다. 그 말은 화용적 행위가 발생하는 광범위한 사회적 맥락에 의해 화용적 행위가 결정되고, 그 맥락에 의해 인간의 행동에 가해진 조건 속에서 그 행위의 목적을 달성한다는 것이다.[6]

화자 '갑'이 대화 상대자 '을'에게 묻는다. "너 점심 했니?" 그러자 '을'이 대답한다. "사줄래?" '갑'은 아직 점심을 먹지 않았기 때문에 '을'과 점심을 함께 먹기 위해 그렇게 질문했을 것이다. '갑'의 질문이 점심을 먹었는지 안먹었는지에 대한 확인이라는 의미를 지니고 있기 때문에 '을'은 "아직 안 먹었어" 혹은 "벌써 먹었어"라고 대답해야 한다. 그런데 '을'은 질문에 대한 대답으로는 다소 엉뚱한 "사줄래"라고 되묻는다. 자신도 역시 아직 점심을 먹지 않았다는 상황 하에서 '을'은 같이 먹을테니 점심값은 '갑'이 내줄 것을 바라는 의도로 이런 대답을 한 것이다. '을'의 대답에 '갑'이 "그래"라는 말로 긍정적 의사를 표현했거나, "갑자기 시장기가 사라졌는데"라는 말로 '을'의 제안을 부정했다면 이 대화는 화용론적 대화의 완결된 의미 소통 과정을 보여주는 적절한 예가 된다.

일상 대화에서 화자의 발화는 어떤 '문장'[7]에 속해 있는 단어들의

---

6) Jacob L. Mey, 『화용론Pragmatics』, 이성범 역, 한신문화사, 1996, 269면.

의미와 그 단어들의 구문론적 배열에 의해 결정된다. 하지만 화자의 발화가 무엇을 의미하는가는 일정한 한도 내에서는 전적으로 화자의 의도에 좌우된다. 즉 표현된 언표 자체는 화자의 의도를 충분히 청자에게 전달할 수 없다는 뜻이다. 대화의 맥락은 앞의 예처럼 상황에 따라 가변적이다. 별도의 '무대 장치' 없이는 점심을 같이 먹자는 앞 대화자들의 의사는 소통될 수 없다. 문장의 의미는 전적으로 언어의 관행에 결부된 문제인 것이다.[8] 이처럼 대화에 참여하는 발화자와 청자는 서로의 주관적 측면에 기준을 두고 상대방의 발화(문장)를 이해한다. 대화는 '나-너'의 짝으로 이루어진다. 대화의 구성원 '나-너'는 '상호주관성'(intersubjectivité)에 기초하여 각각의 의사를 상대방에게 소통시킨다. 의사 소통의 기본 조건인 상호주관성은 화자의 의사가 청자에게 의미로 전달되는 그 순간의 상황에 의존한다. 이때 의사 소통은 '나-너', '화자-청자'의 주관적 맥락에 따라 이루어진다. 주관성과 주관성의 공통 영역을 우리는 일반적으로 말하는 '객관성'이라고 부를 수 있을 것이며, 이 객관적 영역이 의사가 소통되고 발화의 의미가 획득되는 지점이 될 것이다. 상호주관성은 화용론의 기본 전제이다.[9]

　일상의 대화는 화용론이 다루는 언어 소통의 본질적 상황을 적절하게 제시해준다. 이러한 "대화의 동적인 전개(dynamic development)"

---

7) 여기서 문장은 주어, 목적어, 서술어 등 문장 구성에 필수적인 문장 성분의 완결성에 따르지 않고 최초 의미 단위로서 완결된 의미 단위를 지칭한다. 즉, 마침표로 구획되어 의미의 완결이 이루어지는 단위를 문장이라고 말할 수 있다. 이는 일반적인 언어학에서 사용하는 문법에는 해당되지 않는 개념으로, 화용론적인 개념이다. 의사의 소통이라는 개념으로 볼 때, 문장은 한 단어가 될 수도 있고, 더 폭을 넓혀서 손짓이나 눈빛도 문장에 해당될 수 있다. 그러나 화용론의 대상이 언어이므로 언어로 표현된 최소의 의미 소통 단위에 손짓이나 눈빛, 혹은 시각 상징 기호 등은 포함될 수 없다. "무한히 창조되고, 끝없이 다양한 문장은 활동중인 언어의 삶 자체이다. 이로부터 우리는, 문장과 함께 기호체계로서의 언어langue의 영역을 떠나게 되며, 다른 세계, 담화로 표현되는 의사 소통의 도구로서의 언어의 세계"(Emile Benveniste, 앞의 책, 183면) 즉 화용론의 세계로 들어간다.
8) John R. Searle, 『정신, 언어, 사회Mind, Language and Society』, 심철호 역, 해냄, 2000, 186~188면 참조.
9) Emile Benveniste, 앞의 책, 372~381면 참조.

는 전적으로 화자가 처한 대화의 상황과 이 상황에서 화자가 선택하는 것에 달려 있기 때문에 예측할 수 없다. 의사 소통의 맥락은 동적이다. 맥락은 항상 변화하는 환경으로 제시된다. 특정한 맥락에 놓인 개인은 언어 사용자로서 대화 맥락의 연속적인 상호 작용의 변화에 따라 의사 소통의 특정한 국면에서 적절한 의미를 파악해낸다.

화자가 의사를 소통시키기 위해 전적으로 기대는 배경인 '맥락'은 화자의 발화가 차지하는 소통 단위의 관점을 단순히 넓혀 놓은 것이 아니라 화자의 발화라는 언어 사건이 발생된 전체적인 사회 환경을 뜻한다.[10] 화용론은 언어에 작용하는 사회적 권력 관계의 배치를 내포하고 있다. 시의 표현 층위를 구성하고 있는 '언어'에 대한 접근은 시가 다루고 있는 사회의 권력 배치도를 그려볼 수 있는 가능성을 제공한다.

주요한 시의 이원적 경향과 계몽적 문형이 지니고 있는 사회·역사적인 의의는 발화자인 '나'와 청자인 '너' 사이의 관계 설정, 즉 의사 소통의 장이 차지하는 맥락의 가치 평가에 의해 결정될 수 있다. '산문시 / 민요·시조'는 '나—너'의 관계에서 발화자인 '나'를 중심으로, 상해 임시정부의 《독립신문》에 실려 있는 계몽시[11]는 '나—너' 관계에서 청자인 '너'를 중심으로 삼는다. 이러한 가정을 토대로 우리는 주요한 시와 사회·역사 상황과의 관계, 나아가 시인과 당대 대중들의 사회적 권력 관계를 통해 주요한이 시조를 창작하게 되는 이유를 파악할 수 있을 것이다.

---

10) Jacob L. Mey, 앞의 책, 3~36면 참조.
11) 상해 독립신문에 필명 '송아지, 牧神, 耀 로 표기된 작품은 주요한의 것으로 판정되었다. 김윤식, 앞의 글 참조.

3. 주요한 시의 이원적 양상

　주요한의 대표시 〈불노리〉는 산문시이다.[12] 주요한이 상해의 임시정부에서 활동하면서 국내에 발표한 시 〈불란서 공원〉 역시 산문적인 리듬을 지닌 시이다. 《公園》(1919)에 발표된 이 시[13]는 국내에서 발표된 시와 상해에서 발표된 시의 이원성을 설명해준다. 상해의 근대 문물을 표현하는 시는 산문적 리듬의 연작시 형식을, 고향의 정경을 회상할 때에는 민요조의 짧은 형식을 주요한은 채택했다. 제재에 따라 선택하는 시 형식이 구별되는 주요한 시의 이원적 경향은 주요한 시의 일정한 양상을 드러낸다. 긴 시와 짧은 시, 산문적 리듬과 민요적 리듬, 자유시와 시조, 도시 문물 묘사와 고향 회상으로 요약되는 주요한 시의 이원성은 상해에서 창작된 시가 어떤 지면을 통해 발표되느냐에 따라 또다른 이중성을 보이기도 한다. 이는 앞의 이원적 성향보다 더욱 중요하다. 상해 독립신문에 발표된 시는 애국애족을 내용으로 하고 계몽을 목표로 삼은 정치적인 시였고, 같은 시기에 국내에서 발표된 시들은 개인의 서정을 담고 있는 비정치적인 시였다.

저녁
바람이불기시작하도다
떠러지는물에夕陽이번득이고
그늘진亭子밋헤는水兵하나, 갓을젝켜쓰고
그의愛人인金髮의소녀와니애기한다

---

12) 〈불노리〉에 대한 산문시, 자유시 논쟁과 그 결과에 따라 산문시로 봐야 한다는 논의는 오세영, 『한국낭만주의시연구』, 일지사, 1997, 168~172면 참조.
13) 1925년 1월 《朝鮮文壇》에 개작 발표.

花壇우에 줄기의던지는기름자기러지고
뒷문각가온좁은길을거르면
聖母院의鍾소리멀니울녀오도다
검은幕친테니쓰코―트에
遊戱하는男女는잠잠히움즈기는그림가트며
락켓트쥔팔을놉히드러공을밧는少女의
自然한아름다운姿勢는夕陽에 오른彫刻인가하도다

밤
프란쓰클럽의일류미네슌은밝고
「R, F」共和國의첫글字는퍼런빗을吐하도다
쿠카자無線電信柱에는
地球저쪽으로가는소식이
니엇다끄넛다불꽃이되며뛰도다
피아노소리, 흰옷을닙은婦人의떼,
오너라, 새로판못가, 풀언덕에안저
갈대나무밋에波紋을지어반짝이는물面을보고
지나간해와오는날의꿈을생각하고
「사랑하는쟈여! 각가히나아와
나의뜨거운키쓰와껴안음을바드라」할때
로만틱한녀름밤이온몸을피곤케하도다
　　　　　　　　—『아름다운 새벽』(조선문단사, 1924), 148~150면.

　　〈불란서 공원〉의 하루를 아침부터 밤까지 소제목을 달아 표현한 작품이다. "저녁"의 경우 11행, 4문장으로 구성되어 있다. 첫 문장은 1행으로, 두 번째 문장은 3행으로, 세 번째 문장 역시 3행으로, 네 번째 문장은 5행으로 구성되어 있는 불규칙한 문장 배열을 통해 이 시가 산문적인 리듬에 의존하고 있음을 알 수 있게 된다. "밤" 역시 12행 3문장이 각각 2, 3, 7행으로 구성된다. 각 행을 구성하는 음절 수 역시 불규칙하다.[14] 우리말의 음악성이 음보에 주로 의존하므로 음절 수의 배분에 일정한 규칙이 없는 경우 행 구분을 했다고 해도 산문시 경향이라고 할 수 있을 것이다. 이는 주요한이 고향을 제재로 하는 시들이 도시를 제재로 삼는 시에 비해 현저히 길이가 짧고 민요의 3음보로 정형화되는 경향이 우세하다는 점을 통해서도 확인할 수 있다. 이 시는 정형적인 리듬에서 벗어나 산문의 긴 호흡을 섞어 상해의 이국 문물에 대한 화자의 감상을 표현하고 있다.

　화자는 '불란서 공원'의 이국 풍경을 바라본다. 바람이 불고 석양이 밀려온다. 수병과 금발의 소녀, 성모원의 종, 테니스 코트의 소녀로 화자의 시선은 이동한다. 화자는 라켓을 쥔 소녀의 자세가 아름답다고 말한다. 식민지 조선인이라는 화자의 사정은 어디에도 언급되어 있지 않다. 공원에 찾아온 밤을 비추는 "일류미네숀은 밝"다. 무선전신주의 '불꽃'으로 시선을 옮겼다가 화자는 연못의 수면을 쳐다본다. 화자는 풀언덕에 앉아서 수면을 쳐다보며 미래를 생각한다. 화자는 사랑하는 사람을 호출한다. 호명은 '나의 키스를 받으라'는 명령형과 호응한다. 화자의 염원을 담은 이러한 명령형 문장에는 감정이 짙게 투영되어 있다. 이국의 망명객, 정주할 곳 없는 자의 심정이 드러난 마지막 행에서 화자는 "로만틱한 녀름밤"이라고 표현하면서도 '온몸의 피곤함'에서 벗어나지 못하는 이중의 감정을 내보인다. 근대 문물을 목격하는 자의 피곤함이 배어 있는 이 작품에서 주요한의 돈호법과 명령법이라는 격앙된 감정의 문형을 살펴볼 수 있다. 이와 같은 문형은 고향을 생각하는 민요조의 짧은 시에도 나타난다.

---

14) 한 연을 구성하는 문장의 수와 한 문장이 차지하는 행 수의 대비를 통해 불규칙한 자수 배열이 산문적인 특징이라는 점은 주요한의 산문시 〈눈〉이 구두점으로 구별되는 문장의 글자수를 통해 불규칙하지만 일정한 리듬을 지니고 있다고 밝힌 Patrick Maurus의 논문(「언어학적 리듬과 시적 리듬」, 성균관대 『대동문화연구』 29집, 1994) 참조.

뜰 아페 앵두나무 꽃이 피어
앵두가 빨갓케 닉을 때면
얄미운 검이떼가 모혀 들지요.
　　　　　　　—〈앵두〉 1연, 『아름다운 새벽』, 49~50면.

내 마음은 근심 가득하매
하늘을 우러러 탄식하다.
청춘의 슬픔과 외롬이
지금, 내 가슴에 온다.

고향이 어린 누이게서
열정의 편지 반갑고나,
굿세게 세서 나아가라,
나의, 어린 용사여.

그러나 우리 어늬 곳에서
우리의 령혼의 숨참을,
애타고 또 목마름을,
태울거나….
　　　　　—〈내 마음 근심 가득하매〉 전문, 『아름다운 새벽』, 127~128면.

　화자가 고향집 마당의 앵두나무를 회상하고 있는 〈앵두〉는 3음보 단
형 서정시 형식을 취한다. 이 작품과 고향의 어린 누이가 보내온 편지를
읽고 난 후의 감정을 짧게 표현한 〈내 마음 근심 가득하매〉는 〈불란서
공원〉과 시의 형태 면에서 확실하게 대조되는 면모를 보인다. 고향의
누이라는 직접적인 시의 대상을 떠올린 화자는 도시 문물을 제재로 삼
았던 경우와는 반대로 3음보의 일정한 리듬으로 짧은 분량 속에 자신의
감정을 표출하고 있다. 화자의 마음은 "근심 가득하"다. 근심 때문에 화
자는 "하늘을 우러러 탄식하"고 '청춘의 외로움과 슬픔을' 아파한다.

고향의 어린 누이가 보내온 편지를 읽고 삶의 의지를 다져보지만 화자의 영혼은 '숨차고, 애타고, 또 목마르다.' 화자는 고향의 누이를 "나의, 어린 용사여"라고 호명한 후 '굳세게 나아가라'고 명령한다. '나―너' 관계에서 화자 '나'의 의도와 감정이 시에 직접 노출되는 이 시를 통해 우리는 시의 이원적 양상에도 불구하고 주요한이 일정한 문형으로 발화하고 있음을 알 수 있다.

4. 계몽적 문형의 지속과 특징

4-1. 산문시에 드러나는 '나'와 '너'의 관계와 계몽적 문형

타인을 인정하고 타인과의 관계 속에서 의미를 찾고자 하는 시도는 '대화'의 기본 태도에서 벗어나지 않는다. "내가 나의 '너'에게 영향을 주듯이 나의 '너'는 나에게 영향을 미친다."[15] 일상의 대화와 시의 담화에서 '나'는 '너'와 쌍을 이루는 상호관계를 형성한다. '나―너'라는 짝에서 일상의 언어와 시의 언어는 결코 자유로울 수 없다. '나―너' 관계에서 주체 '나'와 타인 '너' 사이의 줄표는 '나'와 '너'가 끊어질 수 없는 관계의 연쇄에 묶여 있음을 의미하는 것으로 보인다. '나'는 언제나 '너'와 짝을 이루고 있다. '나'는 '너'를 지향하고 '너'는 나를 지향한다. 내 안에는 네가 스며 있다. '나'라는 주체는 '너'로 인해 규정될 수 있다. '나'라는 주체는 '나'와 '너' 사이에 존재할 수도 있는 것이다. 이러한 맞짝 개념을 '나'는 '너'의 주체이기도 하고 '너'는 '나'의 주체

---

15) Martin Buber, 『나와 너Ich und Du』, 표재명 역, 분예출판사, 1998, 25면.

이기도 하다는 상호주체의 개념으로 볼 수 있다. "발화자 locuteur들 간의 의사소통을 주된 목표로 하는 일상적 차원에서의 언표 행위는 일 차적으로는 개인과 개인 사이의 상호 이해라는 간주체성 intersubjectivite의 기반 위에서 그 의미를 획득하게 된다."[16] 주체인 '나'의 시각 속에는 '너'의 시각이 내재되어 있다. 대화의 상대를 이루는 너에 의해 대화의 의미가 생성된다고 할 때, 주체인 '나'가 형성하는 사회적 관계가 대화의 의미 형성에 중요한 역할을 담당한다. 언어 소통 또한 '나'와 '너'의 사회적 관계에 의해 지배된다.

주요한의 시에서 발화자 '나'와 청자 '너'의 관계는 일방적이다. 화자의 일방적인 발화만이 시의 전면에 가득차 있다.

아아 강물이웃는다, 웃는다, 怪상한, 우슴이다, 차듸찬강물이 껌껌한하늘을 보고 웃는우슴이다. 아아배가올나온다, 배가오른다, 바람이불적마다 슬프게슬프게 삐걱거리는배가오른다…….

저어라, 배를 머리서잠자는 綾羅島까지, 물살빠른大洞江을 저어오르라. 거긔 너의愛人이 맨발로서서기다리는언덕으로 곳추 너의뱃머리를돌니라 물결끝에서 니러나는 추운바람도 무어시리 오怪異한우슴소리도 무어시리요, 사랑일흔靑年의 어두운가슴속도 너의게야무어시리오, 기름자업시는「발금」도이슬수업는거슬—.
오오다만 네確實한오늘을 노치지말라.
오오사로라, 사로라! 오늘밤! 너의발간횃불을, 발간입셜을, 눈동자를, 또한너의발간눈물을…….
　　　　　　　　　　—〈불노리〉 4, 5연, 『아름다운 새벽』, 156~157면.

화자의 고양된 감정은 '아아'라는 감탄사를 통해 드러난다.[17] 화자는

---

16) 권오룡,「소설의 대화주의와 그 문화사적 의미—바흐찐의 소설이론」,《세계의문학》, 1985 가을, 123면.

대동강의 캄캄한 강물 위를 거슬러오르는 배를 본다. 감정을 절제없이 쏟아내는 4연은 5연으로 이어지면서 청자에게 화자가 바라보는 환상을 현실로 인식하게끔 강요한다. 5연의 도입부에서 청자에게 제시되는 '저어라'라는 명령형은 4연에 제시된 상황을 화자가 현실로 인식하고 있다는 사실을 가정한다. 화자는 대동강물을 거슬러오르는 배에 올라탄 상태이다. 화자는 첫 머리에서 청자에게 명령형으로 발화하면서 자신이 배에 올라타고는 배를 능라도까지 저어가야 한다고 말하고 있다는 사실을 은폐한다. 시의 상황은 화자의 말을 듣고 있는 청자를 분명히 상정하고 있는데, 5연의 두 번째 문장에서 화자는 갑자기 '너'를 등장시킨다. 화자가 호명한 '너'는 청자가 아니다. 청자는 갑자기 제시된 '너'가 누구인지를 알 수 없다. 화자는 배에 올라탄 자신을 '너'라고 호칭하면서, 발화하는 주체인 '나'와 발화의 수행 대상인 '너'를 타인이 아닌 자신으로 동일화시킨다. 발화하는 '나'와 행동하는 '나'가 시의 맥락에 동시에 등장해 대화의 소통 단위인 '나―너' 관계는 깨지고 만다.

'나―너'의 관계가 깨졌기 때문에 주체 '나'와 타인인 '너' 사이의 상호 주관성에 의해 소통되는 대화의 상황이 설정되지 않는다. 타인이 배제된 상태에서 주체 '나'의 과장된 감정은 파탄된다. 고양된 화자의 감정은 시의 상황과 배경을 일거에 부정하는 물음을 자신에게 던진다. 화자는 5연의 후반부에서 답을 미리 상정한 상태에서 자기 자신에게 질문한다. 답은 현실의 부정적 현상에 대한 감정적 부정으로 제시된다. 자문자답의 문형 속에서 화자 '나'와 대답하는 '너'는 동일한 인물이다. '나'는 '너'에게 묻고, '너'는 '나'에게 대답한다. '너'는 '나'의 또다른 분신이다. 분열된 화자의 의식은 5연의 마지막 부분에서 다시 한번 고양된 감정을 분출한다. 자신의 존재마저도 불사르라는 부정적 인식이

---

17) 김흥규가 『문학과 역사적 인간』(창작과비평사, 1980, 201~202면)에서 제시했듯이 이 시에는 무려 10개의 감탄사와 8회의 발줄임표(……)를 사용히어 감정의 범람을 보여주고 있다.

자연스럽게 표현되는 이유가 여기에 있다.

대화의 소통에 필수적인 대상인 타인(청자)이 존재하지 않는 주요한의 시에는 '나'와 '너' 사이에 간주체성이 설정되어 있지 않다. 타인이 없기 때문에 주요한의 시에는 주체인 '나'의 과잉된 감정이 충만해있다. 이러한 전일적인 '나'의 등장은 계몽이라는 시대 '이데올로기'[18]의 압력 하에서 주체 '나'가 느끼는 억압의 강도를 설명해준다. 주체 '나'의 혼란과 분열을 수습할 수 없었기 때문에 주요한은 명령과 의문이라는 문형을 통해 타인이 존재하지 않는 닫힌 시를 쓸 수밖에 없었다.

> 핑, 핑, 핑. 지구의 근육을 뚜르는 강철의소리 여름날 뜨거운 벼치 뜨거운 바위에 부어나릴때 푸른숩과 흰들의 중간에서 인생의합창소리는 니러난다.
> 『노래하자 태양아, 나무숩아, 흐르는 시내야 올라가자 선구자야 깨트려라 새길을, 우리에게 주라, 위대한 힘을 마글자업는 힘을』
>
> ◇
>
> 핑, 핑, 핑 쑤준이 쉬지안코, 거긔 기우려라 너의 전부를, 바위를 깨무는 의지를 신념을, 강철의 심장을, 그날에 산은 평지가되고 바다와 바다가 서로 통하리니
> 「노래하자 바람아, 소낙비야. 무성한 숩들아, 올라가자 선구자야 깨트려라 새길을, 우리에게 주라, 위대한 힘을 마글자업는 힘을」
> ─⟨채석장⟩ 1, 2연. 『詩歌集』(삼천리사, 1929), 102면.

주요한 최후의 산문시인 이 작품에서 주요한은 채석장의 돌 캐는 장면을 남성적이고 의지적인 어조로 표현하고 있다. 기호 '◇'로 분절되

---

18) 여기서 사용하는 "'이데올로기'를 영어에서 정치적 의미로 쓰이는 것과 혼동"해서는 안된다. 바흐찐의 저술에서 '이데올로기'는 어떤 이념의 본질적인 체계라는 의미로 사용된다. 그러나 "이데올로기는 역사와 사회 기호의 구체적인 변화를 포함하고 있다는 의미로는 기호적이다. (…) 모든 화자는 그리하여 특정 이념을 만들어내는 한 사람이고 모든 발화는 한 이데올로기소(ideologeme)이다."(Mikhail Bakhtin, *Speech Genres and Other Late Essays*, University Of Texas Press, Austin, 1986, p.101)

어 있는 각 연마다 '노래하자'로 시작되는 후렴구가 반복된다. 1연에서 화자는 타인의 목소리를 시각적 기호를 통해 시의 문맥에서 돌출시킨다. 화자는 태양과 숲을 호명하고, 그들에게 "올라가자"고 하고, '새 길을 깨뜨리라'고 한다. 화자는 자연의 태양과 나무와 시냇물을 돈호형, 청유형, 명령형 문장을 통해 의인화한다. 건강한 민중성을 드러내는 장치로 평가받는 이러한 문형은 청자에게 일방적으로 전달된다.[19] 화자는 어떤 시적인 형상적 장치 없이 청자에게 화자가 전하고자 하는 의미를 고조된 감정에 실어 쏟아낸다.

　2연에 제시된 '너'는 화자가 일방적으로 상정한 청자 '너'이다. 화자는 구체적이지 않은 청자 '너'에게 '너의 전부를' 기울이라고 명령한다. '너'는 화자 '나'에 종속되어 있다. '너'는 화자 '나'의 일방적인 명령과 권유를 받아들여야 하는 수동적인 존재다. 여기에서도 대화의 상대자 '너'는 존재하지 않는다. 대화의 상대자 '너'라는 주체가 만들어내는 대화 소통의 새로운 맥락은 거세된 상태이고, 전단적인 주체 '나'는 타인인 '너'를 일방적으로 견인한다. 화자 '나'는 청자 '너'의 위에서 권고하고, 명령한다. 화자가 청자에게 전달하고자 하는 '바위를 깨무는 신념과 의지'라는 '계몽'의 주제에 대해 화자는 청자의 동의를 구하지 않는다. 일방적으로 전달하면 당연히 수용되는 것이다. 화자가 생각하는 계몽의 주제는 옳은 것이기 때문에 청자는 그것을 수용해야 한다. '나'는 우월하고, '너'는 열등하므로 '너'는 '나'의 계몽 대상일 수밖에 없다. '나'는 계몽이라는 이데올로기를 '너'에게 강요할 수 있는 권능을 부여받은 상태이다.

　돈호형, 청유형, 명령형은 청자를 계몽시키기 위해 화자가 선택하는

---

19) 정한모 역시 "민중이나 社會에 直接的인 영향을 주는 垂範者로서의 '나', 施惠者로서의 '나'라는 意識에서 出發하고 있는 詩人의 詩가 病들거나 그늘지거나 感傷할 수는 없다."(『한국현대시문학사』, 일지사, 1974, 301면)고 하면서 주요한 시의 건강성이 계몽의 문형이 지니는 시혜자의 위치에서 발생한다고 본다.

목적적인 문형이다. 계몽해야 할 상대를 불러서 먼저 주의를 환기하고, 다음에는 같이 '~을 하자'고 제시하며, 마지막으로 가장 중요한 이념적 당위인 계몽의 실제 행위를 명령한다.

화자의 발화는 의미를 전달하기 위해 자신의 주관에 따라 적당한 문장의 형태를 만들어낸다. 이런 의미에서 화자는 청자와 공유하는 선택된 상황과 대화의 맥락에 따라 그 문장의 형태를 결정한다고 할 수 있다. 그러나 주요한의 시에서 화자 외부에 존재하는 계몽이라는 사회적 이데올로기를 담고 있는 말들은 청자의 주관성과는 연결되지 않는다. 사회적인 이데올로기는 청자의 상황과는 관계없는 문장의 형태로 사회라는 외부에서 시혜적인 화자를 거쳐 청자의 내부로 강요된다.

4-2. 상해 《독립신문》에 실린 시의 계몽적 문형

주요한은 《독립신문》에 실린 시에서 자신의 애국애족 의지를 직접적으로 표출한다. 강한 목적성을 띤 시는 조국의 미래에 대한 전망과 현재의 고통을 극복하고자 하는 의지로 가득차 있다.

동무들아
이날을記憶하느냐
피와꽃과눈물로서
너의祖國이다시산날
이날에
二千萬의소리가
물결같이움즉엿다
이날에
三千里山과벌이
기쁨으로떠럿다
오오이날에

이크고거룩한날에
너의가슴은싀러오르고
불근두뺨ㅁ은눈물로빗낫다
—〈즐김노래〉 1연, 《독립신문》, 1920.3.1, 제49호.

3·1운동 1주년을 기념하기 위하여 송아지라는 필명으로 발표된 시이다. 시의 화자는 고양된 어조로 청자를 호명하고 있다. 화자는 '동무들'을 호명하고서는 "이 날을 기억하느냐"고 묻고 있다. 호명한 후에는 청자를 '너'라는 인칭대명사로 직접 지칭한다. 감탄사 '오오'를 통해 화자는 자신이 느끼고 있는 '이 날'의 감동을 청자에게 강요한다. 화자는 '너'의 행동을 단정적으로 서술한다.

화자는 1주년을 맞이한 3·1운동을 "이 크고 거룩한 날"이라고 말한다. 지시어 '이'를 사용하여 화자는 발화의 대상을 근거리로 설정하고 있다. 벤브니스트에 의하면, 화자들 각자가 자신을 '주체'로 자처하게 되는 이유는 인칭대명사 '나'를 발화 순간인 현재의 유일한 인물로 확인하기 때문이다. 발화자는 자신을 '나'로 설정하면서 '나'와 세계를 지시 관계로 설정한다. '나'는 발화의 상대자 '너'를 상정하게 되고, 발화의 순간에 존재하지 않는 '그'는 제3의 항목으로 '나-너'의 밖에 존재한다. 명사 '나', '너', '그'가 지니는 지시 관계는 개인이 화자가 되어 자기 생각을 진술할 때 사용하는 특수한 언어적 구성을 만들어낸다. '나', '너', '그'는 잠재적인 기호로 구별되는 것이 아니라 발화에 사용될 때 그 실체적 작동 방식이 드러나는데, 이를 "화자에 의한 랑그의 사유(私有) 과정"이라고 한다. 불어에서 '나je', '너tu', '그il'가 주어로 사용되는 경우 각 시제마다 동사는 일정한 패턴에 의해 고유한 형태를 지닌다. 우리말에는 인칭과 시제에 상응하는 동사 형태가 구별되지 않기 때문에 화자가 취하는 랑그가 인칭에 따라 다르게 적용되는 적당한 사례를 발견하기 힘들다. 그러나 인칭대명사에는 동사의 형태와 동일한 지위를 공유하고 있는 다른 부류들이 의존하고 있다. 기준점으로 제시된 주체 '나', '너'의 주위에 공간과 시간의 관계를 조직하는 "직시의 지시소들"인 지시대명사(부사)가 있다. '이', '저', '여기', '저기', '지금', '그것', '어제', '내일' 등이 예가 된다. 이러한 지시대명사들은 발화 주체 '나'에 전적으로 의존하고, '나'의 생각을 진술하기 위해서 '나'와 대상의 관계를 나타내는 데 사용된다.[20]

주요한의 시적 발화는 발화 주체 '나'를 중심으로 삼고 있다. 시가 1인칭 화자의 주관적 서술을 특징으로 삼는 장르적 특성을 지니고 있다고 해도 주요한의 시는 애국애족이라는 이념적 목표 하에 청자(타인, 독자)를 자신의 발화를 전적으로 받아들여야 하는 일방적인 대상으로 여긴다. 발화의 주체 '나'를 전적인 중심으로 삼기 위해 '직시의 지시소'인 지시어 '이'를 사용하여 주관적으로 대상과의 거리를 끌어당기는 주요한 시의 이러한 방법은 계몽이라는 시대적 이념을 시로 만들어내는 장치로 작동된다.

눈물석긴愛國歌, 목매인祈禱소리, 거츠른콩슈수밥, 세멘트바닥우헤굽힌 어른무릅, 이모든거시들니는듯하고, 보히는듯하오이다. 數업는敵들도, 坐한 이날을, 총과칼과殺人과, 威脅과, 속임과, 땀으로記念하야 줍니다. 坐한, 國境近處에서는지금, 우리勇士들이 적의 가슴을 욱어내고 바든 생피한줌 입에 물고 눈물에 저즌 紀念祭壇우헤뿜어 이날을 紀念하겟지요. (…) 우리속애가 득한 陰謀,猜忌,거즛,狡詐,空論,食肉鬼,吸血蟲,망녕,慾望,이모ー든더럽고, 내음새나고, 썩어진거슬, 말끔쓰러모아다가, 오늘,이시간에紀念祭壇우헤올 녀놋코, 우리가슴속, 뜨거운, 불근피한줌그우헤뿌려, 猛烈한불노, 다, 태워 버리고, 우리의 새롭고, 깨끗한가슴속에, 貴하고, 淨하고, 사랑홈은 미듬,사 랑,公正,熱心,實行,修練,希望,慰勞의 보배로채우고장식합시다.

---

20) Emile Benveniste, 앞의 책, 366~376면 참조.

―〈물이 흐르고 바람이 부러서〉 일부, 《독립신문》 1922.3.1, 제121호.

　　필명 牧神으로 게재된 이 작품에서도 화자는 3·1운동 후 우리 민족이 처해 있던 상황에 대해 이념적 발언을 교설하고 있다. 우리 민족이 처해 있는 고통스런 현실과 적을 대비시키고, 만주 등지에서 무장 독립투쟁을 벌이는 독립운동가들을 적과 대비시킨다. 화자는 우리 민족이 지니고 있는 나쁜 관념을 일소하고 대신 새롭게 배우고 간직해야 할 바람직한 가치들을 열거한다. 적과 나의 선명한 대비를 중심으로 하는 이 시에서 화자는 상황을 추측하는 문형과 청유형을 사용한다. 역사에 대한 화자의 강력한 믿음을 그대로 드러내는 '기념하겠지요'는 단순한 추측이 아니다. 화자는 청자에게 '틀림없이 기념할 것이다'라는 의미를 강요한다. 이는 화자의 주관적인 의지에 해당된다. 화자의 강렬한 원망(願望)이 추측의 문형으로 제시된 것이다. 청유형은 화자의 계몽적 의도를 그대로 노출시킨다. 화자가 말한 "지금無形한 피와희생이잇기를" 위해서는 "우리속애가득한" 나쁜 정신과 습관을 일소해야 한다는 가르침의 의도가 청유형에는 숨겨져 있다. 같이 하자는 청유가 아니라 이렇게 해야만 한다는 강요라고 할 수 있다. "장식합시다" 다음 구절인 '그리하여 이 다음번에 ～하도록'이라는 표현을 통해 화자는 '～합시다'의 의미가 청유가 아니라 목표나 방도를 제시하는 고압적인 자세의 계몽과 시혜임을 드러낸다.

　　"여러분의눈압혜"서 화자는 지금 청중들에게 이러이러해야 민족의 실력을 쌓을 수 있다, 이러이러해야 독립에 가깝게 다가설 수 있다고 웅변하고 있다. 웅변의 텍스트 같은 이 시에서 독자는 뜨거운 어조로 고양된 화자의 열정어린 음성을 들을 수 있다.[21] 하지만 시 작품으로 읽을 경우 목적적인 이념으로 가득찬 교설의 의지만을 읽게 된다.

　　계몽이라는 시대 이념의 도구로 문학이 사용될 수도 있다. 그러나 계몽의 대상이 계몽되어 계몽하려는 자의 수준에 도달했다면, 또는 사회적 상황에 의해 계몽의 가능성이 제거되었을 때, 계몽 문학은 존재 의의를 잃어버리게 된다. 그때 시인은 계몽 이념이 지니는 뜨거운 발화에서 벗어나 자신의 감정을 달래기 위해 다른 시적 방법을 모색한다. 주요한이 지니고 있던 산문시 대 민요·시조라는 이원성의 두 극 사이에는 접합점 또는 공유지대가 없었다. 때문에 어느 한 극의 필요성이 사라지면 균형이 깨지게 되고 시를 포기하는 상황이 벌어지게 되는 것이다. 주요한의 이원성은 이렇게 요약된다. 산문시는 계몽이라는 이념적 목표로 작동되고 있었고, 민요·시조는 개인 정서의 표현이 목적이었다. 이 두 극 사이에 주요한의 계몽 문형이 위치한다.

4-3. 민요 율격의 시에 드러나는 계몽적 문형

주요한의 시력 초기부터 산문시와 민요·시조라는 이원적 경향은 공존한다. 〈채석장〉 이후 주요한은 시조만을 창작한다. 주요한 초기 시의 민요적 성향은 다음 시에서 알아볼 수 있다.

샘물이 혼자서
춤추며 간다
산골작이 돌틈으로.

샘물이 혼자서

---

21) "웅변은 시적 주체의 담론이 청자를 주체로 구성하여 동일한 의미를 생산하는 담론 과정이다. 이것은 담론 구성체가 다른 담론을 억압하거나 배제함으로써 가능하다. 주요한의 웅변시는, 교육을 통하여 민족의 힘을 길러야 한다는 점진론의 담론 내용과 상해 임시정부의 정치적 공간이 호출하여 생산한 시적 형식"이라고 조두섭은 언급한다. (『한국근대시의 이념과 형식』, 다운샘, 1999, 39면) 이러한 지적은 웅변이라는 목적 하에 씌여진 텍스트들이 이 시기 문학의 주요 양상이었음을 확인하게 하면서, 동시에 웅변 형식이 지니는 화용론적 의미에 대한 연구의 시발이라는 점에서 의의가 있다.

우스며 간다
험한산길 꽃사이로.

하늘은 말근데
즐거운 그소래
산과들에 울니운다.
                    ― 〈샘물이 혼자서〉 전문, 『아름다운 새벽』, 13~14면.

〈불노리〉와 같은 해(1919)에 씌어진 이 시는 산문시의 반대 극에 놓인다. 이 시의 "첫 연과 둘째 연은 우리의 전통적 시가인 시조의 초·중장에 해당하는 율격적 질서를 보이고 있고, 다시 셋째 연은 종장의 기법적 특징을 보여"[22]준다. 고향의 자연 풍경을 짧은 시조 형식으로 묘사하면서 화자는 자신의 과거를 회상하고 있다. 화자가 기억하는 고향은 '샘물이 춤을 추고, 하늘은 맑고, 흐르는 물소리도 즐' 거운 곳이다. 아름다운 과거를 회상하면서 주요한은 유학 생활의 외로움을 달랬을 것이다. 〈불노리〉의 분열된 감정과 격앙된 어조 이면에는 이 시처럼 과거를 회상하면서 자신의 본원적 감정을 달래는 민요의 율격이 놓여 있다. 특정한 청자를 상정하지 않았기 때문에 시에는 작가 개인의 서정적 정서가 스며들어 있다. 목적성에서 벗어나는 경우 독자 일반이 작가의 서정적 정서에 감응하게 되는 보편적 정서가 획득될 수 있는 것이다.

아기야, 피어가던 국화꽃이 줄기채로
바람에 쓰러젓다고 울지 마러라!
              (…)
아기야, 아기야, 네 눈물을 감기 위하야
햇빗에 빗나는 황금의 꽃닙을 보아라.

---

22) 윤병로, 「한국근대 자유시의 성격과 특징」, 『인문과학』 21집, 성균관대 , 1991, 12면.

> 아기야, 아기야, 생명의 싸홈을
> 싸화 이긴이의 영광을 보아라.
> 사오나운 겨울이 달려 오지마는
> 도리혀, 아기야, 그것이 네 긔운을
> 도드지 안느냐, 피를 끄리지 안느냐.
> ― 〈아기는 사럿다 1〉 일부, 『아름다운 새벽』, 74~75면.

1920년에 씌어진 이 시의 화자는 청자를 '아기'로 상정한다. 화자는 아기를 부르면서 자신의 발화를 시작한다. 화자는 아기에게 '울지 말라'고 명령한다. 화자가 부르는 아기는 당대의 민중들일 수도 있지만 이 시에서는 계몽되어야 하는 연약한 자기 자신일 가능성이 많다. 계몽하는 강한 '나'와 계몽받아야 하는 약한 '나'가 공존한다. '나'는 더욱 강해져야 하기 때문에 '나' 속의 나약한 면모, 현실에 절망하는 유약한 다른 '나'를 이겨내야 한다. 그렇기 때문에 이상적인 '나'는 현실의 '나'를 계몽한다. 화자가 부르는 '아기'는 화자 속의 다른 화자, 즉 약하기 때문에 계몽되어야 하는 다른 '나'인 것이다. '나'는 당대 민중의 다른 이름이기도 하다. 유학가서 선진 문화를 배운 자신과 조국의 민중 사이에는 계몽이라는 시대적 이념을 중심에 두고 가르쳐야 하는 자와 가르침을 받아야 하는 자라는 주종관계가 설정된다. 계몽이라는 목적 하에 이 시에는 돈호법, 명령법, 의문문이 쓰이고 있다. 시의 마지막 부분에서 화자는 '너'를 상정해서, 주체 '나' 안의 약한 '나'를 '너'로 확장시킨다. 화자는 타인을 지칭하는 인칭 '너'를 통해 '우리'라는 "집단적 자아"[23]를 시의 배면에 깐다. '우리'는 기운을 돋구어야 하고, 피를 끓여야 한다. '않느냐'라는 물음에는 당위의 대답이 전제되어 있다. '싸워 이긴 이의 영광을 보'기 위하여 발화 주체 '나'와 '나' 속의 약한 '나'

---

23) 양왕용, 『한국근대시연구』, 삼영사, 1982, 161면.

로 대표되는 민중들이 포함된 '우리'는 전제된 답에 따라 물어보아야
한다. 스스로 묻고 스스로 대답한다. 하지만 해야 한다는 당위에 따라
목표만 설정되어 있을 뿐이다. 어떻게 해야 하는가와 무엇을 해야 하는
가를 주요한은 알 수 없었다.

　　근대와 제국주의라는 거대한 두 힘 앞에서 주요한은 계몽을 해야 하
면서 동시에 근대적 주체가 되기 위해 자아 각성을 해야 했다. 독립신문
의 애국적 계몽시가 한 편에 있었고, 민요의 율격으로 표현되는 자기 감
정의 세계가 다른 한 편에 있었다. 그 다른 한 편 너머에는 '산문시·자
유시 대 민요'라는 이원성마저도 거세된 시조의 세계가 있었다.

5. 결 론

　　산문시로 대표되는 자유시 계열과 민요로 대표되는 전통시 계열이
혼재하고 있었던 주요한의 시 세계는 시력(詩歷) 말기에 이르러 시조만
이 남게 된다. 시조라는 전통 시가의 장르적 가치에 대한 논의는 이 글
의 범위를 넘어선다.

　　주요한의 이원적인 시작(試作)에서 시조만이 남게 되는 퇴행과 시조
마저도 포기하게 되는 과정은 많은 점을 시사한다. 식민지 조국을 위해
서 지식인인 '나'가 해야 할 일은 민중들을 '계몽'하는 일이었다. 주요
한이 계몽을 위해 선택한 문형에는 시혜하는 자와 시혜를 받아들여야
하는 자의 당위적인 상-하 지배논리가 숨어 있다. 명령하는 자와 명령
받는 자, 지도하는 자와 지도받는 자라는 권력의 배치가 숨어 있는 계몽
의 문형은 사회적인 권력 관계가 문형에 그대로 반영된다는 사실의 증

거가 된다. 일본과 조선의 권력 배치는 지식인과 당대 민중 사이에 이루어진 계몽의 이데올로기에도 그대로 적용된다. 바르뜨는 사회를 구성하고 있는 모든 것들은 권력의 배치에서 자유로울 수 없다고 한다. "권력은 비록 그것이 탈권력의 장소에서 행해진다 할지라도, 모든 담론 속에 도사리고 있"다는 것이다. 사회의 가장 미세한 매커니즘 속에도 권력은 현존하는데, "다시 말해 국가나 계급·단체뿐만 아니라 유행·여론·구경거리·놀이·스포츠·정보·가족이나 사적인 관계, 그리고 권력에 대항하는 모든 해방적 움직임"[24]에도 권력은 보이지 않게 작용되고 있다. 언어 역시 이러한 권력의 작용에서 자유로울 수 없다. 화용론은 발화의 맥락을 통해 씌여진 언어 너머의 의미를 추출해낸다. 주요한의 계몽적 문형에는 사회적 권력 체계가 반영되어 있다.

소통되지 않는 불평등한 관계로 설정된 '나-너'의 맥락에서 '너'라는 '나'의 대상이 없어질 때, 주체 '나'의 이원성 역시 소거되고 만다. 계몽이라는 절대 "이데아"[25]가 와해된 후 주요한은 시조에 정착했다. '나-너'라는 주체와 타자 관계를 설정하지 못했던 주요한의 한계는 주요한 자신의 한계이자 근대 계몽기 지식인들의 한계이기도 했다. 계몽이라는 시대적 이데올로기의 압력에서 벗어나 진정한 개인을 발견하고 근대적인 '나'를 통해 시대에 대응하는 일은 주요한의 후배 세대들이 담당할 수 있었다. 20세기가 시작될 때인 1900년에 태어나서 국권을 강탈당한 식민지 시대에 시를 썼던 주요한에게 산문시와 민요·시조라는 이원성은 피할 수 없는 운명이었는지도 모른다. 양 극단에 해당하는 두 가지 형식이 서로 길항하거나 소통되지 않고 완전하게 분열적인 양태로 존재했던 것은 식민지라는 왜곡된 근대를 외세에 의해 강제로 수

---

24) Roland Barthes, 『텍스트의 즐거움』, 김희영 역, 동문선, 1999, 118, 119면.
25) 정한모(앞의 책, 332면)는 주요한이 "자기가 지향해 갈 이데아를 바라보고 있었다"고 했다. 주요한이 이데아를 지향할 때, 그의 발화는 의지적인 양상으로 표출되는 것이다.

용해야 했던 우리의 역사적 한계와 상통한다. 근대시의 개척자로 평가되는 주요한의 문학사적 의의를 논하기에 앞서 우리는 '왜 주요한인가'라는 질문 하나를 추가해야 한다. 근대적 형식인 산문시와 전통적 형식인 민요·시조를 동시에 창작했던 주요한의 이원성은 근대가 전통과 어떻게 대결하고 어떻게 통일되어야 하는가를 보여주는 귀중한 문학사의 사례이다. 주요한의 문학사적 의의는 계몽의 문형이 어떻게 작동하는가에 대한 실례와 이원적 시작(詩作)의 경과가 드러내는 근대적 양식의 추구 및 실패라는 귀중한 경험을 우리에게 제공해주는 데 있다.

주제어 : 문형, 화용론, 상호주관성, 계몽, 간주체성, 지시소, 나-너

◆ 참고문헌

김윤식, 「주요한 재론」, 《심상》, 1981. 12.
김은철, 『한국근대관념의 시 연구』, 영남대 박사, 1992.
김흥규, 『문학과 역사적 인간』, 창작과비평사, 1980.
정한모, 『한국현대시문학사』, 다운샘, 1999.
조두섭, 『한국근대시의 이념과 형식』, 일지사, 1974.
양왕용, 『한국근대시연구』, 삼영사, 1982.
Emile Benveniste, 『일반언어학의 제문제』 1, 황경자 역, 민음사, 1992.
Ferdinand De Saussure, 『일반 언어학 강의』, 최승언 역, 민음사, 1990.
Roland Barthes, 『사랑의 단상』, 김희영 역, 문학과지성사, 1991.
Mikhail Bakktin, *Speech Genres and other Late Essays*, Univesity dof
        Texas Press, Austin, 1986.
Jacob L. Mey, 『화용론』, 이성범 역, 한신문화사, 1996.
John R. Searle, 『정신, 언어, 사회』, 심철호 역, 해냄, 2000.
Martin Buber, 『나와 너』, 표재명 역, 문예출판사, 1998.

◆ SUMMARY

A Study on the Narration Characteristics of Ju Yo-Han's Poetry
- Focused on the dual aspects and the sentence pattern of the enlightenment in his poetry -

Jang, Seok-Won

Ju Yo-Han's poetry have a dual tendency that divided into the Narrative poetry and the Folk poetry, Sijo. Form the beginning to the end of his composition of poems, Three kinds of tendencies -① The category of the narrative poetry <Bulnori>, evaluated as opened the new era of the Korean modern poetry, ② the category of the folk poetry, represented by <Gashin Nunim>, ③ The category of Sijo represented by 「Bongsunwha」 the collection of poems- are continuously coexisted in his poetry. Considering his historical meaning as the pioneer of the Korean modern poetry, the duality of his poetry neglected by the researchers. Actually his historical influences are focused on the establishment of the modern poetry. But through his duality, we could confirm the another aspect of his poetry and the general characteristics of the intellectuals in the colonial period.

The modern poetry has the certain unique narration forms-calling, inviting sentence, ordering form, future tense. These kinds of narrations are frequently shown in his poetry, it could be defined as a 'sentence pattern'. Through the repeated sentence pattern, we could find the role of literature in the social historical veins of the period the modern enlightenment. The meaning class of the poetry-Enlightenment- is definitely connected with the particular expression class, there could realize the definite relation between the form and substance of literature, the 'signifié' and 'signifiant' of language. It shows that the linguistic characteristic of the literal work are intimately connected with the social and historical situations.

The duty of the colonial intellectuals is the enlightenment of the people. In his sentence pattern selected for the enlightenment, he hided the righteous ruling logic of the upper and lower class-the granting and the granted. The sentence pattern of the enlightenment -hiding the power stationing between the ordering(=ruling) and the ordered(ruled)- proves that the social power relations are reflected on the sentence pattern. The power stationing between Japan and Chosun is applicated to the ideology of the enlightenment between the intellectuals and the people. Pragmatics abstract the meanings above the language which is written by the vein of the narration. His enlightening sentences are reflected the power system of the society.

As 'You' -the object of 'I'- are vanished in the vein of uncommunicated and inequally related 'I and You', the duality of 'I' -subject is also eliminated. After the collapsing of the absolute idea-enlightenment, he wrote Sijo. His failure in the establishing the relation between subject and object('I and You') is not only his limitations but the that of the colonial intellectuals. Escaping from the ideologic pressure of the enlightening period, Finding a true individual, and Responding to the times through modern ego are charged by the next generation. The uncommunicating and disuniting of the two forms have something in common with our historical limitation that we have to compulsorily export the distorted modernity-Colony. He revealed his duality by writing the modern narrative poetry and creating the traditional folk poetry and Sijo. It is an important and historical example of confrontation and unification between the modernity and the tradition. Ju Yo-Han's meaning in the history of literature is laid on showing the example of how did the sentence pattern of the enlightenment are operated and the pursuing and failing in modern mode revealed by the process of the dual writing.

이태준 연구

이태준 동화 연구
- 고아체험과 '여운'의 상상력 -

이 선 미*

1. 이태준 동화의 위치

　이태준은 1929년 1월부터 1931년 2월까지 『어린이』에 집중적으로 동화를 발표한다. 그리고 1932년, 1933년에, 또 연도를 알 수 없지만 1938년에 출간된 『조선아동문학집』에 실린 「엄마 마중」을 포함해 3편을 더 발표한다.[1] 1929년과 1931년 사이에 집중적으로 9편을 창작했으며, 이후에도 3편을 창작한 것이다. 이 시기는 이태준 문학의 습작기로 평가될 정도로 작가의 주관적 의도가 작품에 투영되어 단편소설의 문장미나 형식미가 그다지 발견되지 않던 때이다. 1933년 이태준이 구인회

---

* 연세대학교 강사.

[1] 이태준의 동화는 1932년 『어린이』에 실린 「슬퍼하는 나무」까지 9편으로 알려져 있었으나 원종찬이 이태준을 다루면서 「꽃장사」와 「엄마 마중」을 첨가하였다. 원종찬, 「정지용과 이태준의 아동문학」, 『아동문학과 비평정신』, 창작과비평사, 2001, 321쪽 참조.

를 만들고 「달밤」을 발표함으로써 이태준 문학의 전성기가 시작된다고 할 때, 동화는 모두 이전 시기에 해당하게 된다.

이런 까닭으로 이태준의 동화는 이태준의 문학세계를 해명하기 위한 생애 자료로서 분석되는 경향이 강했다. 특히 동화는 대부분이 고아체험을 주 소재로 삼고 있어서 동화 자체를 연구대상으로 삼기보다 이태준의 고아의식을 해명하기 위한 것으로 이용된다. 사실 이태준의 전기적 사실에서 고아체험은 이 작가만의 고유성에 해당하며, 이런 이유로 고아의식을 중요한 문학적 출발점으로 삼을 수 있다.[2] 또한 이태준의 작품세계를 특징화하는 형식적 특성이나 기법이 이 동화들에서도 여전히 발견된다는 점 역시 동화가 작품세계의 기원으로서 평가될 수 있게 한다.[3] 어쨌든 동화는 그 자체 연구보다는 이태준 문학의 기원이나 자료로서 해석된 경향이 있다. 이태준의 동화에 관한 이런 연구경향은 이태준 동화들이 거의 예외 없이 고아체험을 바탕으로 하기 때문이며, 고아체험이 이태준 문학에 끼친 영향이 크기 때문이다.

이태준 문학에서 고아체험은 주로 장편소설에서 중요한 모티브가 된다. 이태준 문학의 중심이라 할 수 있는 단편소설에서 고아체험이나 그로 인한 고아의식은 그다지 뚜렷하지 않다. 주류에서 밀려난 소외된 사람들이나 생명을 다해가는 낡은 것들에 대한 연민과 그 가치를 정서적으로 복원하려는 미의식은 두드러지지만 그것을 고아의식과 직접적으로 연관시키에는 다소 무리가 따른다. 장편과 단편을 아주 다른 것으

---

2) 이명희는 이태준 연구자로서 이태준의 동화 만을 중심으로 단일 논문을 쓴 바 있다. 이 논문은 이태준의 동화를 꼼꼼히 분석하고 있지만, 결국에는 이태준 문학의 고아의식을 해명해내는 논의가 되고 있어 동화의 미적 특성을 독립적으로 해명하지는 못한다. 이명희, 「상허 이태준의 동화 연구」, 『아침 햇살』, 1996. 가을 참조.

3) 박헌호는 이태준의 동화를 그의 작품세계나 미적 특성을 파악하기 위한 중요한 원천으로 삼아 미적 특성을 중심으로 분석한 바 있다. 특히 「외로운 아이」에서 돋보이는 아이러니의 방법이 이태준 소설의 미학적 특성을 해명하는 데 중요한 요인임을 역설한다. 그러나 이태준의 동화들은 아이러니를 주된 방법으로 취하지 않는다. 이 작품에서 유독 두드러지긴 하지만 이를 계기로 동화를 아이러니라는 미학적 특성의 기원으로 평가하기에는 다소 무리가 따른다. 박헌호, 『이태준과 한국 근대소설의 성격』, 소명, 1999 참조.

로 구별했던 이태준은 주로 장편소설에서 주인공의 성장과 관련하여 고아체험을 중요한 것으로 설정한다. 인물의 성장과정을 다루는 장편소설에서 고아체험은 중요한 서사적 의미를 갖게 되는 것이다. 때문에 이태준 소설에서 고아체험은 주로 장편소설의 인물들이 보여주는 계몽적 태도나 의식을 형성하는 계기와 연관된다.

그런데 이태준의 동화 역시 고아체험을 바탕으로 구성되지만, 이 고아체험이 계기가 되어 만들어지는 주제나 미적 효과가 장편소설과는 사뭇 다른 양상을 보여주고 있어 흥미롭다. 이태준 동화에서 '고아체험'은 주로 '어머니 상실감'으로 드러난다. 그리고 이 상실감은 이성적 인식 이전에 감성적인 반응, 즉 고아체험과 그로 인해 갖게되는 정서적 반응으로 드러난다. 어머니를 잃은 어린이들의 '슬픔'과 '설움'의 정서, 그리고 어머니를 '그리워하는' 정서가 전면화되어 있는 것이다. 고아체험은 하나의 구체적 경험세계를 이루고, 작품은 그 경험에서 우러나오는 정서를 감각적으로 전달하는 데 초점이 맞추어져 있다. 장편소설이 고아체험을 딛고 성장하는 청년들의 서사라면, 동화는 이 고아체험으로 인한 정서를 극대화시키는 데서 더 나아가지 않는다. 이것은 동화와 장편소설에서 같은 고아체험이 서사의 근간을 이루면서도 다른 주제를 형성하게 하며, 미적 효과를 달리하는 요인이 된다.

이렇게 본다면 이태준의 동화는 그의 문학세계를 가능케한 원류로서 가늠되는 수준을 넘어서야 할 것이다. 생애를 보충하는 자료나 문학의 기법을 해명하는 실마리로서가 아니라, 하나의 독립적인 장르로서 살펴져야 할 것이다. 사실 이태준 동화를 아동문학사에서 주목해야 한다는 논의가 없었던 것은 아니다. 90년대에 한국 아동문학의 부흥[4]과 때를 맞

---

4) 한국 아동문학의 부흥이라는 현상은 그 원인에 있어서는 긍정과 부정의 양면을 지니고 있지만, 어린이 문화나 놀이 영역에서 매스컴이나 컴퓨터 게임이 중심적 역할을 하고 있는 현대사회를 염두에 둘 때, 한국 아동문학이 호황을 누리고 있다는 점은 새삼 주목할 만한 일임에는 틀림없다.

추어 아동문학사 연구에 몰두하고 있는 두 연구자인 이재복과 원종찬은 이태준 동화에 상당한 관심을 표명한 바 있다.[5] 이들의 연구는 장르적 특성 하에 주목받지 못했던 이태준 동화를 아동문학사의 한 자리에 위치 시켰다는 점에서 의의를 지닌다.[6] 그렇지만 이태준 문학 속에서 동화들 의 위상을 생각하는 것은 아니기 때문에 이태준 문학의 미학적 특성이나 이태준의 문학관과 이 동화들의 관계는 고찰되지 않고 있다.

이태준은 묘사의 논리, 형식의 논리에 충실하려 한 작가였다. 형식 미가 극도로 요구된다고 여긴 단편소설에 이태준 스스로 얼마나 공을 들였는지 생각해본다면 이는 쉽사리 짐작할 수 있다.[7] 형식적 요소에 지 나칠 정도로 예민한 그의 작가로서의 면모는 형식적 제한이 두드러지는 장르에서 빛을 발하는 경향이 있다. 단편소설의 형식을 의식하고 묘사 의 묘미를 중시여긴 것에서 알 수 있듯이,[8] 또 형식적 제한성이 강한 희 곡 창작[9]에서 알 수 있듯이 장르에 대한 인식이 탁월한 작가로 여겨진 다. 이런 특성은 역으로 형식적 제한이 크지 않은 수필[10]과 장편소설에 서는 작가의 주관이 강하게 드러남으로써 미학적 긴장을 떨어뜨리는 요

---

5) 이 두 연구자는 아동문학사를 염두에 두고 아동문학 발굴에 힘쓰고 있다. 이재복은 주로 고통
스런 식민지 현실을 체현하고 있는 어린이의 현실을 낭만화시킨 점을 들어 방정환을 비판하고
있으며, 원종찬은 일본 낭만주의와는 달리 방정환 문학에서 발견할 수 있는 가난한 어린이의
정서인 순수한 동심에 주목하여 방정환 문학을 통해 식민지성을 해명하려 한다. 이들은 방정환
을 평가하는 시각에서 상당한 견해 차이를 드러낸다. 그러나 이들은 공교롭게도 이태준 연구에
서조차 주목받지 못하는 이태준 동화를 한국 아동문학사에서 중요하게 평가한다는 점에서 같
은 입장을 보여준다. 그리고 이들은 모두 근대 아동문학의 가장 큰 수확이라 할 수 있는 현덕
의 아동문학을 가능케 한 전 단계 문학으로서 이태준의 동화를 꼽고 있다. 이재복, 『삶의 한 조
각을 쓰자 – 이태준 이야기』, 「우리 동화 바로 읽기」, 한길사, 1995, 원종찬, 위의 글 참조.
6) 원종찬은 이태준의 동화가 비록 지속적으로 창작되지는 못했지만, 동화 자체의 독립적인 의미
에서 분석되어야 한다고 본다. 식민지 어린이의 우울한 삶과 그럼에도 불구하고 그 내면에 도
사리는 건강한 동심의 세계는 식민지적 특수성을 지니게 되는데, 이 특성은 우리 아동문학이
환타지 문학보다는 현덕과 권정생으로 이어지는 가난하고 불우한 어린이들의 삶을 소재로 한
생활동화를 주류로 삼게되는 직접적 원인이 된다고 평가한다. 그리고 이 계보에 이태준의 동
화가 자리한다고 봄으로써 이태준 동화를 주목한 것이다. 원종찬, 「한일 아동문학의 기원과
성격 비교」, 위의 책 참조.
7) 이태준은 개작을 많이 한 작가로도 알려져 있다. 이 개작의 문제를 통해서도 단편소설을 공들
여 다듬은 그의 장르 인식을 생각해 볼 수 있다.

인이 되기도 한다. 이태준 동화 역시 이런 문학적 특성 속에 놓여있다. 그래서 '고아체험'이 중요하게 역할하지만 장편소설과는 다른 미학적 성과를 보여주게 되는 것이다.

따라서 동화에서 '고아체험'이 다루어지는 방식과 그것으로 인한 미적 특성이 무엇인가를 해명하는 일은 이태준 문학 연구의 영역을 넓히는 것임과 동시에, 아동문학사에서 보기드문 성취를 보여준 이태준 동화의 문학사적 위치를 가늠하는 일이 될 것이다.

---

8) 이태준은 문학 단평에 해당하는 글이나 수필을 통해서 각 글의 성격에 따라, 즉 어떻게 읽히느냐, 무엇을 위한 글이냐 등에 따라 글의 형식이 달라질 수밖에 없다는 것을 강하게 내세운다. 그의 단편소설에서 볼 수 있는 형식미와 문장의식은 바로 이런 장르 인식에서 비롯된 것이다. 특히 이런 장르 인식을 전제해야 이태준 단편소설의 미적 특성이 작품의 주제까지도 규정하게 되는 과정을 해명할 수 있다. 작가의 주관적 의도가 그대로 드러나는 수필에 기대어서 이태준 소설을 평가할 때 이태준 문학세계를 해명하는 데 장애가 될 수도 있는 것이다. 이선미, 「1930년대 후반 이태준 소설의 변화와 그 의미」, 『1930년대 후반 문학의 근대성과 자기성찰』, 깊은샘, 1998 참조.
9) 이태준은 3편의 희곡을 남겼다. 그 중 「어떤 날의 베토벤」은 번안작품이고 「어머니」와 「산사람들」은 창작이다. 이 작품들 역시 희곡 장르의 특성을 고려할 때 보다 총체적으로 작품의 의미가 해명될 수 있다. 즉 희곡은 희곡 텍스트와 연극 텍스트 사이에 의미 해석의 차이를 지닌다. 그런데 이태준 희곡은 상연을 위한 연극 텍스트로 볼 때와 독서 체험을 중심으로 한 희곡 텍스트로 볼 때 평가가 달라질 수 있다.(이종대, 「이태준 희곡 연구」, 『상허학보』, 상허학회, 깊은샘, 2000.1 참조) 단편소설을 쓸 때 문장에 주의를 기울였던 것처럼 읽는 작품으로서 희곡을 염두에 두었다고 생각하면 이태준 희곡의 문학성이 좀더 부각될 수 있다는 것이다. 이태준의 희곡 장르에 대한 인식을 전제함으로써 작품의 의미가 제대로 규명될 수 있는 것처럼, 동화 역시 장르의 특성을 전제할 때 이태준 문학에서 공통적을 추출해낼 수 있는 이야기들이 미학적으로 다른 의미를 생산해내는 과정을 해명해낼 수 있을 것이다. 그런 점에서 이태준은 장르 의식이나 형식미에 대한 감각이 남달랐던 작가라 할 수 있으며, 이태준 문학은 각 장르의 특성 속에서 독립적으로 고민될 필요가 있다.
10) 이태준의 수필론에서 알 수 있는 수필 장르에 대한 생각이 이태준 수필의 주정적 성격을 규정한다는 점에 중점을 두어 이태준 수필을 고찰한 김현주의 논의도 이태준의 장르 인식과 미학적 성과를 연결시킨 연구라 할 수 있다. 김현주, 「이태준 수필론 연구」, 『상허학보』, 상허학회, 깊은샘, 2000.1 참조.

2. 고아체험과 동화적 상상력

이태준의 동화에는 주로 고아나 어미를 잃은 새끼 동물들이 등장한
다. 이는 이태준의 고아체험이 영향을 끼친 것이다. 그런데 동화에서는
'버려진 자' 임을 받아들일 수밖에 없는 구체적인 현실과 그것을 받아들
임으로써 갖게되는 '슬픔'과 '설움'의 정서를 부각시키는 일화나 상황
묘사가 두드러지며, 이 일화나 상황묘사는 어린이의 상상력과 심리를
사실적으로 드러내어 동화의 특성을 형성하게 된다.

그러나 다른 아이들은 저녁마다 달을 보고 추석을 기다리는 바로 그 동리
에 무슨 명일이든지 잠자는 밤중에 얼른지나갔으면 하고 명일 오는 것을 무
서워하고 겁을 내는 이상한 아이 남매가 있었습니다. 오래비는 열세살 된 을
손이요 누이는 아홉 살 밖에 안된 정손이였습니다. 그애 남매는 동무들 축에
끼여 숨박꼭질도 하려 가지 않고 웃방 퇴지에 둘이서만 쪼그리고 앉아 눈물
고인 눈으로 둥그러지는 달을 근심스럽게 바라보고 있었습니다.
왜 남이 다-즐겨하는 추석을 을손이와 정손이는 슬프게 맞을까요? 그들
은 추석만이 아니라 어느 때든지 명일이 오는 것을 무섭게 근심하였습니다.
명일이면 다른 아이들이 모조리 비단 옷을 입는 것이 무서웠습니다. 무슨 명
일에든지 자기 남매와 같이 떨어진 누데기를 그대로 입고 나오는 아이는 없
었습니다. 다른날은 동무들 축에 끼여놀다가도 오히려 명일날은 헌옷 입은
자기 남매끼리만 남들이 보지 않는 구석을 찾아 무슨 죄라도 지은 듯이 쓸쓸
하게 눈물로 보내는 것이 슬펐습니다. 아 을손이와 정손이에게는 명일 옷감
을 끄어다 주실 아버지도 돌아가셨고 맛난 음식을 차려주실 어머니까지 벌-
써 옛날에 돌아가셨습니다.[11]

---

11) 이태준, 「슬픈 명일 추석」, 『어린이』, 1929.5, 26-27쪽. (맞춤법과 띄어쓰기는 현대어 표기
로 고침-인용자)

영남이는 다른날 같으면 호미를 찾아들고 밖으로 나갈 것이나 오늘은 설거지와 마당 쓰레질만 하고 바둑이와 함께 뒷곁으로 갔습니다. 뒷곁에는 느티나무처럼 큰 살구나무가 하나 있습니다. 그 살구나무는 영남이가 볼때마다 어머니 생각이 저절로 나게되는 살구나무였습니다. 영남이의 어머님은 영남이가 단오에 입을 옷을 늘 이 살구나무 밑에 나와서 자리를 깔고 다리셨습니다. 또 영남이가 글방에 다닐 때 집에 와서 글읽기가 싫으면 어머님 몰래 늘 이 살구나무에 올라가 놀았습니다. 그러면 어머님이 「영남아 영남아」 부르시면서 뒷곁을 지나가시면서도 살구나무 위에 있는 영남이를 쳐다보지 못하시고 가셨습니다. 영남이는 이런 일을 살구나무를 볼때마다 생각하게 되고 어머님이 그리워 울었습니다.[12]

1929년에 쓰여진 「슬픈 명일 추석」과 「쓸쓸한 밤길」이다. 이 두 작품의 인물들은 모두 고아이다. 고아가 되어 작은 어머니에게 갖은 구박을 받으며 살아가는 을손이와 정손이 남매는 자기들만이 부모가 없다는 사실이 역력히 드러나는 명일을 싫어한다. 모든 어린아이들이 손꼽아 기다리는 명일을 이들이 싫어하는 상황이 어린이답게 잘 드러나 있다. "잠자는 밤중에 얼른 지나갔으면 하고 명일 오는 것을 무서워하고 겁내는 이상한 아이들"이란 표현이나 "헌옷 입은 자기 남매끼리만 남들이 보이지 않는 구석을 찾아 무슨 죄라도 지은듯이"라는 표현은 아이들이 명일을 얼마나 두려워하고 있는지, 또 명일이 되어 자기들만 소외되는 것이 얼마나 주눅들게 하는 것인지가 어린이의 상상력에 맞추어서 드러나고 있는 것이다.

또 고아가 되어 집을 남에게 빼앗기고 머슴처럼 살아가는 「쓸쓸한 밤길」의 영남이가 어머니를 그리워하는 심정 역시 어머니와 함께 보냈던 살구나무를 기억하는 영남이의 심정을 통해 드러난다. 어머니가 자

---

12) 이태준, 「쓸쓸한 밤길」, 『어린이』, 1929.6, 28쪽.

신의 옷을 살구나무 밑에서 다리던 일이나 글 읽기가 싫어서 살구나무
에 올라 어머니를 속인 일을 통해 어머니를 기억하고 그리워하는 영남
이의 심정은 그럴듯하면서 공감을 자아낸다.

　이태준 동화에서 주로 세심하게 주의를 기울이는 상황은 이처럼 고
아들의 일상이다. 그리고 이 일상은 고아들의 '슬픔'과 '설움'의 정서
를 극대화할 수 있는 일상인 것이다. 이태준 동화는 고아들의 일상에서
포착할 수 있는 고아체험의 극적 상황을 소재로 삼아 그 극적 상황이나
순간 속에서 극대화되는 '슬픔'과 '설움'의 정서를 시각화한다. 중요한
것은 아이들의 일상이 아니라 고아들의 '슬픔'과 '설움'을 극대화할 수
있도록 고아임을 의식하는 체험적 순간이며, 이 순간을 포착하여 그 순
간을 세밀하게 묘사함으로써 고아들의 정서를 극대화한다. 이태준 동화
에서 고아체험은 이 정서 때문에 중요한 것이다.

　식민지 작가인 이태준의 문학세계에서 고아체험은 자기 정체성 상
실로 인식되어 부재하는 아버지를 관념으로 살려내는 고아의식이 된다.
이는 주로 장편소설의 주인공이 불우한 고아체험을 딛고 계몽적인 주체
로 성장하는 서사로 드러난다. 그러나 고아체험은 어머니 상실감으로도
드러나는데, 이는 정체성을 확인할 수 있는 관념이 아니라 '슬픔'과 '설
움'이라는 정서로서 자기를 인식하는 계기가 된다. 고아체험이 매개하
는 이태준 동화의 의미는 바로 여기서 나온다. 이 정서를 중시여김으로
써 이태준은 어린이의 정서에 다가갈 수 있었고, 이태준 동화는 어린이
의 상상력을 생생하게 드러내는 '사실성'을 갖게된다.[13] 이는 이태준의
고아체험이 '고아의식'을 매개하여 계몽적인 성격의 인물을 만들어내
는 장편소설들과 대비되는 점이다.

　이 정서를 극대화하기 위해서는 상황을 받아들이는 아이들의 심정
에 충실해야 하며, 또 감정이 고조될 만한 상황을 길게 자세히 묘사하여
'슬픔'의 정서를 포착해야 하는 것이다. 이 묘사의 방법은 정지된 시선

으로 상황을 실제의 흐름보다 지속시키고 자세히 드러나게 하는 것으로서 이태준 단편소설에서 자주 볼 수 있는 묘사방법이다. 인물묘사를 중시하는 이태준의 단편소설들은 주로 이런 방식으로 인물을 형상화한다.[14] 동화에서도 이 묘사방법이 주된 역할을 하지만, 이 묘사의 수법이 아이들의 단순하면서도 느린 사유를 사실적으로 그려내어 어린이의 상상력을 사실적으로 표현하고 공감을 얻는 효과를 만들어낸다.

아이들은 명일에 자기들도 새 옷을 못 입기 때문에 슬퍼한다. 그래서 명일이 자는 중에 가버리기를 바란다. 또 아이들은 어머니를 골탕 먹인 것을 생각하면서 어머니를 그리워하고 눈물 짓는다. 어머니가 죽었기 때문에 다시 보지 못할 것을 생각하며 슬퍼하는 것이 아니라, 어머니와 같이 놀던 것이 그리워서 슬퍼하는 것이다. 이 단순하면서도 분명한

---

13) 사실, 이 '슬픔'의 정서는 식민지 시기의 동화가 중심으로 삼는 어린이의 정서이다. 국권상실이라는 상황은 엄마를 잃은 어린이의 정서로 상상되어 가난하고 불우한 민중들의 정서를 은유하게 된다. 그래서 계몽의 대상으로서 '소년'을 의식하고 아동문학을 창작하던 1910년대를 지나 '동심'을 발견하고 동심에 호소하는 아동문학에 눈뜨기 시작한 1920년대 동화에서 '눈물주의'나 '슬픔'의 정서는 긍정적인 면과 부정적인 면을 모두 가지면서 아동문학사의 중심이 된다. 이 시기 어린이 문학을 대표하는 마해송을 비롯하여 방정환 등의 작품은 이를 대표한다. 이 '눈물'과 '슬픔'은 단순한 감정 과잉과는 달리, "슬픔의 공공심"으로 역할했다고 할 수 있다. 국권을 상실한 식민지 현실에서 "어머니를 잃은, 가난한 아이들의 이야기는 그것을 읽는 독자로 하여금 그들의 슬픔에 동참하"게 하고 상대방의 슬픔에 연민을 가지고 그 연민을 확대함으로써 유대감과 공속감을 갖게 되는 계기가 되는 것이다. '슬픔'의 정서를 중심으로 한 이 시기의 아동문학이 운동으로서 역할할 수 있었던 것은 바로 이 힘에 근거한다고 할 것이다.(권복연, 「근대 아동 문학 형성 과정 연구」, 연세대학교 석사논문, 1999, 60-62쪽 참조) 그런 점에서 방정환의 '눈물주의'는 낭만주의가 풍미하던 문단의 정서와 국권 상실로 인한 민중적 정서의 한 반영이라 할 수 있다. 그리고 이태준의 동화도 이런 아동문학사의 영향력 하에 있다. 그런데 이태준의 동화는 '슬픔'의 정서를 교훈주의로 '승화'시키려 하지 않는 점 때문에 이 '눈물주의'의 감상성이 동전의 양면처럼 함께 지니고 있는 교훈성에서 벗어날 수 있게 된다. 그리고 이태준 동화의 의미는 바로 감상성이 교훈성으로 전환되지 않고, '여운'을 형성하여 어린이의 상상력을 자극한다는 점 때문에 '사실성'을 지니게 된다.

14) 이태준의 단편소설들은 이같은 인물묘사로 이루어진 경우가 많다. 이렇게 묘사되는 인물들은 주로 '반편' 같은 인물들이며, 「달밤」의 황수건이나 「손거부」의 손거부, 「색시」의 색시 등이 이런 인물묘사로 형상화되어 있다. 그런데 이들은 감상적인 화자의 성격에 의해 인물이 미화된다. 인물의 성격은 화자의 감상성이라는 포장을 통해 드러나는 것이다. 따라서 작품은 이 인물이 처한 삶의 비극성보다도 화자의 감상성에 좌우된다. 이태준 단편소설들이 인물이 처한 비참한 상황보다도 화자가 느끼는 정감을 통해서 감상되는 것은 이 때문이다. 반면, '슬픔'이나 '설움'의 정서가 고아들이 처한 삶에 관심을 갖게끔 유도하는 동화에서는 정서를 중시하는 이태준 문학의 특성이 다른 미적 효과를 형성하게 된다.

사실들이 아이들의 상상력이며, 정서를 극대화시키기 위해 상황을 자세하게 묘사하는 것은 아이들의 심정을 고스란히 드러내는 효과를 얻게 되는 것이다.

이태준 문학의 특성인 장면묘사와 정서를 자아내는 상황에 시선을 모으고 멈추어서 세심하게 관찰하고 묘사하는 방법은 상황을 전체적으로 조망하기보다 한 부분을 극대화해서 받아들이는 단순하고 솔직한 어린이의 생각을 잘 포착할 수 있게 하는 것이다. 이태준 동화가 어린이의 상상력을 사실적으로 드러내는 것은 바로 이 부분적이고 느린 사유에서 나오는 특성과 이태준 묘사의 특성이 만나서 이루어진 미적 효과인 것이다.[15] 감상적인 화자로 인해 현실에 적응하지 못하는 비참한 사람들의 삶이 미화되는 단편소설과 달리, 어린 주인공의 정서에 몰입하게 함으로써 어린 독자도 그 정서에 공감하게 하는 것이 되어 어린이의 상상력을 자극하는 효과를 얻는 것이다.

어미 품을 떠난 동물을 소재로 한 「어린 수문장」과 「불쌍한 삼형제」는 어린 동물을 어미와의 정서적 유대를 통해 인식하는 아이들의 상상력이 잘 드러나 있는데, 이 역시 고아체험의 반영이라 할 수 있다. 아이들에게 어머니는 태어나서 처음으로 만나는 경험세계의 전부이다. 어머

---

15) 어린이의 시간의식이나 사물을 인지하고 자기화하는 사유의 속도는 어린이 문학의 특성을 밝히는 데 중요하다고 생각된다. 어린이 문학이 어린이라는 독자를 대상으로 하여 창작된다는 점은 어린이의 특성을 의식한다는 것인데, 이는 어린이가 세계를 인지하는 방식이나 독서 체험의 방식과 관련된 문제인 것이다. 스웨덴의 아동문학 연구자인 마리아 니콜라예바는 똑같은 책을 반복해서 읽으면서도 지루해하지 않는 어린이의 독서는 일반적인 독서보다는 음악 듣기와 비슷하다고 말한다. 이는 어린이의 독서는 책에서 정보를 얻어 나오기 위한 것이 아니라, 아이들이 갖고 있는 무수한 정보와 경험을 독서를 통해 환기하기 위한 것이라고 보는 견해이다.(마리아 니콜라예바, 김서정 옮김, 『용의 아이들』, 문학과지성사, 1998, 86-90쪽 참조) 특히 아이들이 전래동화와 같은 옛 이야기들을 되풀이해서 읽는 것은 이런 독서 체험의 특성과 가장 직접적으로 관련된다. 브루노 베텔하임의 『옛 이야기의 매력』(김옥순, 주옥 옮김, 시공사, 1998)도 아이들이 옛 이야기에 몰입하면서 해소하는 심리적 현상을 통해 아이들에게 문학이 주는 위안을 설명하고 있다. 이는 동화의 장르적 특성을 고려하는 데 중요한 사항이라 생각된다. 이태준의 동화가 취하는 되풀이 되는 이야기 방식이나 순간의 체험을 자세히 묘사함으로써 오래 생각할 수 있게 하는 장면묘사의 방법은 이런 장르적 특성 하에서 의미 부여될 필요가 있다.

니와의 정서적 유대는 생존 그 자체인 것이다. 아이들은 어린 동물들을 관찰할 때도 자신들의 경험에 비추어서 생각한다. 어린 동물을 소재로 한 이 작품들은 전체적으로 어린이들이 사물이나 세계를 받아들일 때 자신의 경험에 비추어서 그 경험의 테두리 안에서 받아들이고 있음을 잘 포착하여 공감을 불러일으킨다.

「어린 수문장」의 어린 수문장은 이웃 집에 새로 태어난 강아지이다. 어린 강아지를 집 지키는 수문장으로 삼아 어미 품에서 데려오지만 강아지는 먹지도 못하고 낑낑거리다가 어두운 새벽 길에 어미 찾아 강물을 건너려다 강에 빠져 죽고 만다. 이 짧은 이야기는 어린아이의 어미를 향한 심정을 강아지에게 투사한 것이다. 「불쌍한 삼형제」 역시 까치 새끼 세 마리를 동네 친구 셋이서 어미 몰래 데려오지만, 결국 하루도 지나지 않아 죽이게 되는 이야기이다. 이 세 마리의 새끼 까치 역시 어미 품을 떠나 어미를 그리워 하다가 죽는 것으로 설정되어 이 새끼 까치의 심정에도 어린아이의 심정이 그대로 투사되어 있다.

이 이야기들은 모두 어미의 보살핌이 없으면 살아남을 수 없다는 냉혹한 현실을 일깨우고 있다는 점에서 고아로서 갖은 구박과 멸시 속에 살아온 이태준의 고아체험이 투영된 작품이다. 그런데 이 두 작품의 주제라 할 수 있는 어미에게서 새끼를 빼앗아오는 일이 비윤리적이라는 비판의식은 교훈적인 언설이 없는 가운데에서도 어린아이가 느끼는 공포심을 통해 드러나 있어, 고아체험이 어린이의 상상력을 포착하는 데 크게 역할한다는 것을 알 수 있다.

그가 웬만큼만 다리에 힘이 있었던들 요만 돌다리야 뛰여 건널 수도 있었을 것이요 혹시 발이 모자라 떨어진다 하더라도 요만 물은 헤여 건널 수도 있었으련만 그가 우리집에서 이 개울까지 나온 것이 아무 힘없는 아무 위험도 모르는 그의 난생 첫걸음이었을 것입니다. 어느 돌과 어느 돌 사이에서 떨어졌는지는 모르나 첫째 돌과 둘쨋 돌 사이를 건너뛴 것이 그의 난생 첫 모험이였을 것입니다.

그 어린 목숨의 가련한 죽음은 그날 밤새도록 나의 꿈자리를 산란하게 하였습니다. 그후 몇일 못되어 나는 웃말에 갔다가 그 어미개와 마주치게 되였습니다.

그는 자기 자식 하나를 그처럼 비참한 운명으로 끌어내인 나임을 아는듯이 불떵어리 같은 눈알을 알른거리며 앙상한 이빨을 벌니고 한걸음 나섰다 한걸음 물너섰다하면서 원수를 갚으려는 듯한 기세를 돋구고 있었습니다.[16)]

어미 품에서 보호받아야 할 어린 강아지를 억지로 데리고 와서 죽였다는 자책감은 이 어린 주인공의 내면에 죄의식과 공포감으로 남아있어 그 어미 개를 보고서 "원수를 갚으려는 듯한 기세"를 느끼는 것이다. 어린이들에게 가장 공포스러운 경험이 자기 세계의 전부인 어머니를 잃는 것이라는 점이 어미의 마음을 상상하는 어린이의 심리로 드러난다. 이는 어린이의 공포심이 투영된 것이어서 그 자체로 어미에게서 새끼를 빼앗아오는 일이 가장 폭력적인 일일 수 있음을 자연스럽게 깨닫게 한다. 비록 말 못하는 짐승일지라도 억지로 어미를 잃게 하는 일이 그 당사자들에게는 가장 고통스러운 일이라는 것을, 그래서 생명있는 존재는 그 자체로 존중되어야 한다는 것을 이 어린이의 내면에 일어난 공포심을 통해 자연스럽게 터득할 수 있도록 여운을 남기고 있다. 이 '여운'을 통해 생명에 대한 존엄의식이 어린 독자의 몫으로 남겨지는 것이다.

짐승이라 해서 함부로 다루고나서 갖게되는 이런 내면의 공포심은 흔히 어린아이들에게 꿈으로 의식된다. 이것은 무의식에 도사리고 있는 죄의식이나 공포심이라 할 수 있을텐데, 꿈의 설정은 무의식에 억압된 공포심을 확인함으로써 자신의 상황을 더 과장되게 생각하기도 한다는 점에서 어린이들이 상황을 받아들이고 인식하는 심리를 더욱 실감나게

---

16) 이태준, 「어린 수문장」, 『어린이』, 1929.1, 29쪽.

전달한다.

> 세동무는 이제 겨우 날개가 돋히여 푸덕푸덕하고 한간통씩밖에 날지 못하
> 는 어린까치를 놓아주었다 다시 붙들렀다하면서 집으로 돌아온 것입니다.
> 그럼으로 영선이는 피곤하였습니다.
> 영선이는 꿈을꾸었습니다. 무서워서 달아나려고 하였습니다. 그러나 아무
> 리 뛰여도 한자리에서 헤매였습니다. 소리를 지르려고 하였으나 소리도 나
> 지 않았습니다. 어미까치를 만난 것입니다.
> 무슨 까치가 독수리처럼 크고 사나웠습니다. 영선이가 이리 뛰려면 여기
> 서 막고 저리 뛰려면 저기서 나와서 깨물고 할퀴고 영선이를 잡아먹으려고
> 덤벼들었습니다. 그러나 영선이는 뛰여도 가지않고 소리를 질러도 여전히
> 나오지않았습니다. 꼭 죽을 것만 같았습니다.[17]

「불쌍한 삼형제」의 영선이가 꿈꾸는 장면이다. 영선이와 그 친구들
은 어린 까치 새끼를 가지고 장난하면서 어미가 없는 틈을 타서 몰래 한
마리씩 가지고 온다. 이렇게 가지고 올 때는 동물을 장난감처럼 함부로
여기는 악동들의 심리를 지니고 있었다. 이것은 「어린 수문장」의 어린
주인공이 강아지를 데려오면서 갖는 가벼운 태도와 별반 다르지 않다.
그런데 영선이는 까치 새끼를 찾아 헤매고 데리고 오느라고 피곤한 가
운데 잠이 들어 꿈 속에서 까치 새끼의 어미를 만난다. 그 어미 까치는
독수리처럼 크고 사나워 영선이는 죽을 것만 같은 심정이 되어 쫓기다
가 꿈에서 깨어난다. 이런 꿈을 꾸고 나서 그 날로 세동무가 데려온 새
끼 까치는 모두 죽는다. 죄의식을 갖고 두려운 마음에 무서운 꿈을 꾸었
던 영선이는 어미를 그리워하다가 죽은 것이라고 생각하게 된다. 이 역
시 작품에 교훈적인 설교가 없더라도 생명을 경시하여 함부로 다룬다거
나 장난삼아 어미에게서 떼어놓는 일이 결코 할 만한 일이 아니라는 것

---

17) 이태준, 「불상한 삼형제」, 『어린이』, 1929.7-8, 58-59쪽.

을, 심지어 죄의식을 가질 만한 나쁜 일이라는 것을 어린이의 꿈과 공포
심을 통해 독자의 몫으로 남겨서 생각할 수 있게 한다.

　이것은 전달하려는 주제를 정확히 서술하지 않고 상황을 통해 자연
스럽게 암시하는 방법으로서 어린이의 느낌이나 심리상태를 중심으로
한 세밀한 상황묘사에서 나오는 미적 효과이다. 그리고 이 '여운'은 교
훈적이거나 계몽적인 태도 없이 자연스럽게 아이의 상상력을 자극하여
교훈을 암시하는 효과를 자아낸다. 고아체험을 투사하여 어미의 심정을
상상하는 어린 주인공의 공포심은 '여운'을 남겨 상상력이 풍부한 어린
이들에게 정확한 교훈적 의미를 설교하는 것보다 훨씬 어린이다운 이야
기 방식이 된다 할 것이다.

4. '여운'의 미학과 비극성의 의미

　'여운'을 남기는 암시적인 장면묘사의 방법은 대화형식으로 구성된
「몰라쟁이 엄마」나 「슬퍼하는 나무」, 「꽃장사」, 「엄마 마중」과 같은 유
년동화에서도 발견할 수 있다.[18]

　「몰라쟁이 엄마」와 「꽃장사」는 엄마와 아기가 주고받는 짧은 대화로
구성되어 있지만 그 대화의 사이사이에서 아이의 호기심과 상상력을 지

---

18) 원종찬은 대화장면을 중심으로 한 이 유년동화들을 해방 전에 창작된 최고의 유년동화로 꼽
　　는다.(원종찬, 「정지용과 이태준의 아동문학」, 위의 책, 323쪽 참조) 필자 역시 이태준 동화
　　가운데에서도 이 유년동화는 이태준 문학의 중요한 성과로 꼽을 수 있다고 본다. 묘사의 핍
　　진성이 두드러져 어린이다운 현실을 상상할 수 있게 하는 동화들 역시 그 성과를 인정할 수
　　있지만, 과도하게 감상성에 의존하는 경향은 어린이의 정서를 슬픔으로만 몰아가는 경향이
　　있다. 어린이의 일상은 아무리 극단적인 불행 속에 놓여 있더라도 어린이의 상상 속에서 놀
　　이로 받아들여 진다. 이태준의 동화는 그런 점에서 너무 슬픔의 정서를 과장하는 측면이 있
　　다. 그런 가운데 이 대화장면으로 구성된 유년동화의 의미는 한층 빛나는 것이다.

속시키는 엄마의 대응이 어린이 스스로 상상하도록 유도한다. 「몰라쟁이 엄마」의 엄마는 아이의 질문에 딱히 대답을 하지 못한다. 그러나 대답하지 못하는 상황을 조급해 하거나 아이의 질문을 어른들에게 적당한 식으로 돌려보려고 하지 않는다. 그저 아이가 생각하는 대로 아이의 질문을 따라갈 뿐이다. 아이는 자신이 상상하는 대로 참새들 세계가 잘 들어맞지 않아서 궁금해하지만 아이의 궁금증은 엄마도 역시 잘 알 수 없는 세계다. 아이는 끊임없이 묻지만 엄마는 끊임없이 대답을 못한다. 그저 자연스럽게 "몰라"라고 대답하는 가운데 아이들은 스스로 참새의 세계를 탐색하는 자신과 만날 수 있다. 이 여유로운 어른의 태도가 아이들의 궁금증을 가로막는 것이 아니라 아이들을 무한히 상상할 수 있도록 풀어놓을 수도 있는 것이다. 이태준 유년동화에서 어른과 아이가 나누는 대화는 바로 어린이가 상상할 수 있도록 '여유' 있게 기다릴 줄 아는 어른(엄마)의 태도로 인해 아이들에게 상상력을 발휘할 수 있는 '여운'을 준다.

「꽃장사」 역시 아이의 끊임없는 자잘한 궁금증을 아이의 속도에 맞추어 이끌어가는 엄마의 '여유'로 인해 아이가 상상력을 지속시킬 수 있도록 '여운'을 남긴다. 또 아기가 새와 나무와 이야기를 나누는 대화 장면을 취하고 있는 「슬퍼하는 나무」도 아기가 새와 나무를 자신과 동일한 생명체로 인식하며 말 건네는 아이들의 상상력을 유도해낸다. 즉 이 작품들은 생명의 원리를 터득해가는 아이의 사유과정을 아이들의 상상력에 맞게 느린 속도로 들어주고 이야기를 이끌어가는 어른의 태도를 통해 단순하지만 진정한 생명탐구의 태도를 유도해내는 것이다. 이처럼 '여운'을 통해 어린 독자의 상상력을 유도해내는 대화 장면의 방법 역시 직접적인 교훈과 설교를 통하지 않고 '여운'을 통해 교훈적인 주제를 암시하는 효과를 지닌다.

「엄마 마중」은 대화장면으로 구성된 유년동화 중에서도 어린이의 상

상력과 정서를 사실적으로 그려내면서 한층 깊이있는 주제를 암시하고
있어 주목할 만한 작품이다.

　　추워서 코가 새빨간 아가가 아장아장 전차 정류장으로 걸어 나왔습니다.
그리고 끙-- 하고 안전지대에 올라섰습니다.
　　이내 전차가 왔습니다. 아가는 갸웃하고 차장더러 물었습니다.
　　"우리 엄마 안 오?"
　　"너희 엄마를 내가 아니?"
하고 차장은 땡땡 하면서 지나갔습니다.
　　또 전차가 왔습니다. 아가는 또 갸웃하고 차장더러 물었습니다.
　　"우리 엄마 안 오?"
　　"너희 엄마를 내가 아니?"
하고 이 차장도 땡땡 하면서 지나갔습니다.
　　그 다음 전차가 또 왔습니다. 아가는 또 갸웃하고 차장더러 물었습니다.
　　"우리 엄마 안 오?"
　　"오! 엄마를 기다리는 아가구나."
하고 이번 차장은 내려와서,
　　"다칠라. 너희 엄마 오시도록 한 군데만 가만히 섰거라 응?"
하고 갔습니다.
　　아가는 바람이 불어도 꼼짝 안하고, 전차가 와도 다시는 묻지도 않고, 코
만 새빨개서 가만히 서 있습니다.[19]

　　작품 전문을 인용한 것이다. 이 작품 역시 반복적인 대화로 구성되
어 있다. 이 대화는 대개 그렇듯이 세 번 반복된다. 대화장면으로 구성
된 다른 동화들은 생명의 원리나 삶의 이치를 스스로 깨우쳐가는 아이
들의 느리고 반복적인 사유과정을 중요하게 다룬다. 반면, 이 작품은 엄
마를 그리워하는 아이의 애타는 심정을 감정을 극도로 절제하는 가운데

----

19) 이태준, 「엄마 마중」, 『조선아동문학집』, 조선일보사, 1938.(원종찬, 위의 글에서 재인용,
　　323쪽)

드러내고 있다. 엄마를 그리워하는 정서를 그려낸다는 점에서 고아체험이 반영된 유년 동화이다. 이 역시 대화 장면으로만 구성되어 있는데, 엄마와 떨어져 있는 아이의 상황을 통해 엄마 잃은 아이의 비극성이 '여운'으로 전달된다.

아이는 엄마를 기다리지만 엄마는 오지 않는 상황이다. 엄마를 알지 못하는 차장들에게 차가 올 때마다 묻는다. 차장은 자기와 상관 없는 일이라는 태도를 취하고 이 태도로 인해 아이의 애타는 심정은 무시된다. 그런데 한 차장이 아이의 이 심정을 받아주고, 아이는 엄마를 어떻게 기다리라고 가르쳐준 차장의 말을 어기지 않고 아무리 추워도 그대로 한다. 엄마를 기다리는 아이의 애타는 심정이나 그런 아이의 절박함이 무시되는 상황에 대한 감정이 설명되는 일없이 상황을 보여주기만 하는 장면 묘사는 군더더기 같은 설명이 없음으로 인해 더욱 아이의 절박함이 극대화되고 연민의 정서를 자아내게 된다. 특히 이 작품은 하나의 장면묘사 속에서 몇 가지 사실들이 서로 어우러져 여러 의미가 상상될 수 있게 하여, 아이들의 상상력을 유도하는 '여운'의 미적 효과가 극대화되는 작품이라 할 수 있다.

아이는 모든 사람이 자기 엄마를 알거라고 생각할 정도로 어리다. 게다가 엄마는 오지 않는데도 아이는 엄마가 올거라는 것을 의심하지 않을 정도로 엄마를 믿고 있다. 또 아무리 추워도 차장이 시키는대로 할 만큼 순진하다. 이런 상황들을 그대로 전달받는 지적인 독자(어른 독자)는 아이의 상황을 미루어 짐작하고 아이의 비극적 삶에 한없는 연민을 느끼게 된다. 엄마를 전혀 알지 못하는 차장에게 연거푸 물어본다든가, 마음씨 좋은 차장이 내려서 아이에게 일러준다든가, 또 새빨개진 코의 설정은 일일이 아이의 마음 상태나 아이와 엄마의 상황을 설명하지 않아도 지적인 독자는 미루어 짐작하여 상황의 비극성을 깨닫게 되는 것이다. 이 역시 장면제시의 방법 속에서 생겨나는 '여운'의 미적 효과로 인한 독자의 깨달음이다.

그런데 재미있는 것은 이 상황을 그대로 받아들이고 공감하는 어린 독자의 깨달음 역시 가늠해볼 수 있다는 것이다. 즉 엄마가 돌아오지 않을 것이라고 생각하는 독자와 엄마가 올때까지 기다리는 아이의 심정에 공감을 보내는 독자에게 아주 다른 의미가 형성될 수 있다. 앞의 지적처럼 엄마가 돌아오지 않을 것을 짐작하는 독자는 이 어린아이에게 연민을 느끼며 아이의 삶을 비극적으로 깨닫는다. 그러나 엄마가 돌아올 때까지 기다리는 아이의 심정에 공감하는 어린 독자는 자신도 안타까운 심정으로, 그렇지만 한 편으론 대견한 마음으로 이 아이와 같이 엄마를 기다리는 심정 속에서 엄마를 떠올릴 것이다. 이 한 편의 짧은 동화는 이런 상징성을 내포하는 '여운'을 만들어내면서 독자의 상상력을 자극하고 다양한 해석의 여지를 암시하는 미적 효과를 지닌다.

'여운'을 통해 의미를 상상하도록 하는 것은 반전의 구조를 통해서도 파악해 볼 수 있다. 반전의 구조는 이태준 단편소설의 아이러니와 관련된 구성적 특성에 해당한다. 이태준의 단편소설들은 마지막의 반전을 통해 삶의 아이러니와 비극성을 강조하는 작품들이 많다. 동화들 중에서도 「눈물의 입학」과 「외로운 아이」는 이 반전의 구조를 통해 고아체험의 비극적 의미가 강조되는 작품이다.

「눈물의 입학」의 주인공 귀남이는 열 하루를 걸어서 서울에 왔다. 그리고 신문배달을 하면서 서울서 유명한 고등보통학교에 일등으로 입학하게 된다. 마지막 장면의 귀남이는 입학시험에 떨어진 을룡이처럼 구석에 혼자 앉아서 울고있지만 을룡이와는 전혀 다른 이유로 우는 것이다. 시험에 붙은 것이 너무 기쁘고 감격스럽지만 아무도 도와주지 않았고 그래서 아무도 기뻐해줄 사람이 없기 때문에 혼자 구석에 앉아서 우는 것이다. 을룡이와 귀남이는 똑같이 울고 있지만, 서로 정반대의 이유로 울고 있는 것이다. 따라서 귀남이의 눈물은 을룡이와 달리 합격의 기쁨과 그 합격을 함께 나눌 부모가 없는 데서 오는 이중적 의미의 눈물임이 드러난다.

이는 귀남이가 을룡이처럼 떨어져서 울 수도 있다는 생각을 뒤집어주는 반전의 효과라 할 수 있지만 단순히 이것 만을 의미하지는 않는다. 합격의 기쁨이 다시 고아이며 가난한 귀남이의 현실을 더욱 각인시킨다는 의미에서 이중의 반전이라 할 수 있다. 그리고 이 이중의 의미는 반전의 구조가 만들어내는 '여운' 속에서 상상되는 것이다. 이 반전의 구조가 '여운'을 남겨 어린이의 상상력을 자극한다는 것은 이태준 동화가 이룬 미적 성취와 관련하여 중요한 점이다.

동화에서 반전의 구조란 어린이의 허물없이 이루어진 행동이 어른들에 의해 무시되고 편견에 의해 왜곡되는 과정이 여실히 폭로됨으로써 어린이에 대한 동정심을 이끌어내고 어른들의 허위성을 비판한다. 이 과정에서 어린이들이나 고아들이 당면하는 장애는 이들을 바라보는 어른들의 왜곡된 시선과 편견 때문임이 반전을 통해 강조된다.

반전은 주로 상황을 뒤집어 상황을 이해하며 따라가던 독자의 인식이 오해였음을 폭로하는 방법인 것이다. 그리고 동화에서는 주로 이해가 오해임이 밝혀짐으로써 오해를 교훈으로 전도시키는 방법이 되기도 한다. 이는 1920년대 낭만주의 동화를 대표하는 방정환의 「만년샤쓰」를 통해 확인할 수 있다.[20] 「만년샤쓰」의 주인공 창남이가 맨몸이라는 '만년샤쓰'를 취할 수밖에 없는 것은 동네에 큰 불이 나서 자기 집보다 더 많이 피해를 입은 이웃 집에 옷을 몽땅 나누어주고 입을 옷이 없는

---

20) 방정환의 「만년샤쓰」는 1920년대 동화로서 방정환의 대표작일 뿐만 아니라 주인공인 창남이는 1920년대 아동문학을 대표할 수 있는 인물이다. 가난하고 불우하게 살면서도 쾌활하고 구김살 없는 창남이의 성격은 어린이다운 장난기와 상황을 심각하게 생각하지 않는 단순함 등으로 인해 생동감 넘치는 어린이의 면모를 지닌다. 이 작품 역시 반전의 구조로 주제를 드러내는데, 이 작품에서 반전의 구조는 교훈성과 감상성을 두드러지게 하여 오히려 이 작품의 성과를 반감시키는 면이 있다. 그럼에도 불구하고 옷이 없어 항상 맨몸인 것을 '만년샤쓰'라고 흔쾌히 떠벌이는 창남이는 개성적인 형상으로 인해 아동문학사에서 기억될 인물로 꼽을 수 있게 한다. 원종찬, 『한국 아동문학이 창조한 주인공』, 위의 책, 101쪽 참조.

어머니를 위해 옷을 다 벗어주었기 때문이다. 이것을 나중에 알게된 선생님은 눈물을 흘리며 창남이의 갸륵한 행동을 칭찬하고 학생들에게도 본보기를 삼으라고 설교한다. 이 작품에서 반전의 구조는 '여운'을 남기지 못한다. 어린이에게 선한 행동을 계몽하려는 작가의 교훈적인 태도에 의해 '여운'은 한 가지 의미로 메꿔지는 것이다.

이처럼 방정환 동화의 반전은 작가의 계몽적인 의도가 너무 앞서서 오히려 어린이들의 상상력이 발휘될 여지를 차단하는 면이 있다면, 이태준 동화의 반전의 구조는 '여운'을 남김으로써 이야기되는 과정에서 드러나지 못했던 어린이의 진심이 드러나고 이 어린이의 삶을 비극적으로 인식하도록 한다.

「눈물의 입학」은 서울에 오는 것조차 가능하지 않은 불우한 현실에도 불구하고 훌륭한 학교에 첫째로 입학한다는 결말을 통해 고아로 천덕꾸러기처럼 컸지만 누구보다도 공부를 잘 할 수 있는 학생이라는 귀남이의 진실이 드러나게 된다. 그러나 반전은 여기서 그치지 않는다. 공부를 잘하지만 돈이 없어서 감격의 순간을 음미할 여유도, 그 감격을 함께 할 가족도 없는 불우한 처지가 강조된다. 반전의 구조를 통해 진실을 알 수 있는 독자가 알아낸 것은 바로 귀남이의 비극적인 처지인 것이다.

작중의 누구도 알 수 없는 귀남이의 진실은 귀남이가 공부를 잘 한다는 것인데, 이것 만이 아니라 돈이 없어서 학업을 계속할 수 없을 지도 모르는 귀남이의 현실이 드러나 귀남이의 기쁜 마음을 다시 뒤집어 귀남이의 삶이 비극적으로 인식되게 한다. 이는 반전된 인식을 다시 반전시켜 귀남이가 처한 비극적 상황을 더 강화시키고, '어려운 시험에 일등으로 합격했음에도 불구하고 더욱 비참한' 귀남이의 현실을 강조하는 결과가 된다. 그리하여 귀남이의 불우한 삶이 더 불우한 것으로 강화되어 드러나게 한다. 이 반전이 거듭되는 과정에서 일어나는 비극적 인식이 바로 '여운'의 상상력으로 인한 미적 효과인 것이다. 오해가 정 반대의 의미로 전환되어 인물의 처지를 더욱 비참하게 반전시키는 「외로운 아이」는 이태준 동화 중에서도 이 반전의 구조가 돋보이는 작품이다.

인근이는 담배를 줍다가 친구에게 들켜서 선생님에게 불려가 담배도 뺏기고 뺨까지 맞는다. 아무 말 못하고 그대로 물러나온 인근이는 그날 이후로 학교에 가지 못한다. 그래서 반 아이들이나 선생님은 인근이가 "담배를 먹다 들켜서 벌을 서고는 부끄러워 안온다고" 생각한다. 그런데 인근이가 학교에 나오지 않은 것은 아버지가 돌아가셨기 때문이다. 그리고 담배를 주운 것도 병석에 계시는 아버지에게 담배라도 피우게 하려는 착한 마음 때문이라는 것이 서술자에 의해 밝혀진다. 그러나 이런 사실은 작 중 세계에서는 전혀 알려지지 못한 인근이의 진실이다. 인근이는 아버지도 없고 집안 살림도 넉넉지 않기 때문에 학교에 다닐 수 없어서 그 후로는 학교에 가지 못했기 때문에 인근이의 진실은 그저 독자에게만 전달될 뿐이다. 결말의 반전을 통하여 인근이를 오해했던 상황이 밝혀지기는 하지만, 그 진실은 그저 독자에게 알려질 뿐이지 인근이의 삶을 전혀 변화시키지 못하는 것이다. 여기서도 반전은 그 속에서 또 다른 반전을 만들어내게 되어 삶의 비극성을 강화시킬 뿐이다.

또한 반전으로 인한 '여운'을 통해 독자의 상상력이 자극되어 인근이에 대한 오해는 인근이의 효심을 중시여기는 교훈적 효과를 내기도 한다. 그러나 독자들은 인근이의 진심을 알아차렸지만, 그렇게 알아차린 인근이의 진심은 학교에 가서 자기의 진심을 이해받을 수 없다는 사실을 전제하고 있기 때문에 오해된 채로 살아가는 인근이의 상황을 더욱 비극적으로 반전시킨다.

이때, 이 반전의 구조는 인물을 둘러싼 오해를 풀고 인물이 자기의 진실을 드러냄으로써 자기를 증명하는 형식이 되지 못하는 것이다. 반전은 인물의 진실을 드러내지만 그저 인물이 처한 상황의 비극성과 심각성 만을 더 강조할 뿐이다. 따라서 반전은 반전으로 인한 또 다른 반전을 그 안에 내포함으로써 독자를 향한 비극적 인식의 형식이 된다.

그렇다면 '여운'을 통해 독자들이 상상하게 되는 삶의 비극성은 무엇일까? 「엄마 마중」에서 깨닫게되는 어린이의 삶, 「슬픈명일 추석」이나 「쓸쓸한 밤길」, 「어린 수문장」, 「불쌍한 삼형제」 등에서 '여운'으로 상상되는 비극적 인식은 무엇일까?

이것은 바로 고아체험 속에서 갖게되는 '버려진 자'에 대한 각성이다. 이태준 동화의 고아체험이 매개하는 고아의식은 바로 '버려진 자'로서의 자기인식이라 할 수 있다. 이렇게 본다면 이 고아의식은 장편소설의 계몽서사를 관통하는 '고아의식'과는 아주 다른 의미가 된다. 고아들의 입지전적 성장과정을 다루는 장편소설이 관념적인 계몽주의자의 태도를 바탕으로 한 것이라면, 어떻게 해도 벗어날 수 없는 불우한 고아의 처지를 운명처럼 인식하는 동화는 냉정한 현실주의자의 면모를 바탕으로 한 것일 수 있다.

사실 어린이에 대한 인식조차 미미했던 식민지 현실에서 어린이는 사회적인 약자일 수밖에 없다. '여운'의 미적 효과인 비극적 인식과 고아의식은 바로 사회적인 약자인 어린이의 실상을 냉정하게 보여주게 되어 이태준 동화를 단연 돋보이게 하는 것이다. 게다가 관념적인 현실인식과 낭만적 태도가 오히려 작품을 습작의 수준으로 떨어뜨리기 일쑤였던 1933년 이전 이태준의 단편소설을 생각해볼 때, 이 많지 않은 동화들의 미적 성과는 새삼 재고될 필요가 있다.

이태준은 1939년 「밤길」에서 더 이상 떨어질 곳 없는 바닥까지 패대기쳐진 비참한 삶을 보여준 바 있다. 비 내리는 칠흑같은 밤길에서 죽어가는 아이가 죽기를 기다리다가 끝내 기다리지 못하고 묻고 오는 두 남자의 모습은 바로 이 동화들에서 다룬 상황이나 형상화방식과 닮아 있다. 이 작품은 감정을 극도로 절제한 채 장면묘사를 통해 비참한 상황을 보여준다. 감상적 화자가 비참한 사람들의 가치를 굳이 설명하고 미화하는 작품들과 달리, 감정적 개입없이 보여주기만 할 뿐인 이 '밤길'의 절망적 상황은 '비애'의 정서를 음미할 여유조차 허락하지 않는 끔찍한 현실인식을 유도한다. 이 작품의 현실성 역시 그저 비참한 현실을 그 자체로 받아들이고 절망하게 하는 냉정한 현실주의자의 면모가 돋보이게 한다.[21] 길바닥에 내팽겨진 이들과 보살핌을 받지 못하고 버려진 고아들은 일맥상통하는 처지인 것이다. 그리고 이들이 같은 처지로 드러나는 것은 바로 '슬픔'을 감상적 화자가 개입하여 미화하지 않고 상황으로서 보여주기만 하는 묘사방법 때문인 것이다.

5. 맺음말

이태준 문학에서 동화는 별로 언급되지 않은 장르이다. 워낙 짧은 기간 동안에 쓰여졌고 작품 수도 많지 않기 때문이겠지만, 동화라는 장르에 대한 인식이 낮은 원인도 있을 것이다. 아동의 발견이 근대적인 것이듯이 동화라는 장르 자체가 근대의 산물이어서 동화를 문학의 한 장르로 인식한 것은 최근의 일이다. 또 어린이를 성인에 도달하지 못한 것으로, 그리하여 아동문학 역시 성인문학이 되지 못한 것으로 인식하는 편견이 아직도 강하게 작용하는 것도 한 원인이다.[22]

이것은 유교 문화와 분단 이데올로기가 많은 허위의식을 양산할 수밖에 없었던 분단 국가인 한국사회에서는 더욱 두드러진 현상이다.[23] 이

---

21) 「밤길」의 '현실성'에 대해서는 이선미, 위의 글, 262-264쪽 참조.
22) 아동문학이 일반 문학으로 받아들여지지 않는 것은 전 세계적인 현상이다. 비문화나 여분의 문화, 또는 주변 문화로 받아들여 지기도 한다. 마리아 니콜라예바, 위의 책, 101-102쪽 참조.

태준 문학에서 동화가 주목을 받지 못한 것도 이런 아동문학관과 무관하다고 볼 수는 없다. 그렇다고 이태준 동화에 관한 연구가 없다는 뜻은 아니다. 이태준 동화는 그 양에 비해 아동문학사에서 주목을 받고 있는 것이 사실이다. 그러나 아동문학을 주변 문학이나 성인 문학에 도달하지 못한 것으로 받아들이는 문학관이 암암리에 작용하여, 이태준 연구자들에 의해 연구되기보다 몇몇 아동문학 연구자들에 의해 연구된 형편이다. 이로 인해 이태준 동화는 그 문학세계를 해명하기 위한 자료로서 연구되거나 몇 편되지 않는 동화 만을 중심으로 연구되어 이태준 문학의 특성과 연관해서 해명되지 못한 측면이 있다. 즉 이태준 문학 연구에서 동화 연구가 자리하지 못하고, 두 가지가 서로 겉도는 관계 속에서 무관한 듯이 진행되고 있다는 것이다. 이 글은 이 무관하게 진행되는 연구들을 연결지어 보려는 의도로 쓰여졌다.

이태준은 짧은 기간 동안에 11편의 동화를 창작하지만, 이태준 문학이 가장 빛을 발하는 시기로 보는 1933년 이전 시기에 대부분 쓰여졌다는 점에서 문제적이며, 이 작품들이 고아체험을 근간으로 하면서도 장편소설에서 중요하게 다루어지는 고아체험의 서사적 의미와는 다르다는 점에서 문제적이다. 이태준 동화에서 고아체험이나 정서를 포착하여 시각적으로 묘사하는 방법, 장면묘사의 방법 등 이태준 문학의 여러 가지 면들은 여전히 중요하게 역할한다. 그런데 이런 요소들은 동화라는 장르의 특성에 힘입어 어린이의 정서를 상상할 수 있는 '여운'을 자아내어 1933년 이전 이태준 문학에서는 보기드문 미적 성취를 이루어낸다.

어린이의 일상 속에서 상상해낸 고아체험의 형상화는 '슬픔'의 정서를 극대화하는 장면묘사와 어우러져 어린이다운 상상력을 사실적으로

---

23) 작가들 사이에서도 동화작가를 폄하하는 시선은 아동문학 평론이 부재한 현상으로도 드러난다. 박완서는 「어느 이야기꾼의 수렁」에서 한 동화작가의 목소리를 빌어 이런 문단현실이나 편견이 얼마나 강고한 고정관념이 되고 있는지를 보여준 바 있다.

보여준다. 또 대화 장면으로 이루어진 유년동화나 반전의 구조로 이중의 의미를 자아내는 '여운'의 효과로 인해 장면을 보여주는 것 만으로도 '교훈'을 상상하게 한다. 이것은 고아들이 겪는 '슬픔'의 정서를 통해 나라를 잃은 자로서의 공속감을 이끌어내는 1920년대 낭만주의 동화의 특성인 '눈물주의'의 연장선에 있는 것이기는 하지만, 방정환을 중심으로 한 동심주의나 교훈주의와는 다른 주제를 형성한다는 점에서 돋보인다. 이태준 동화의 '슬픔'의 정서는 직접 교훈적인 설교로 반전되지 않고 '여운'을 남기는 것으로 어린이의 상상력을 자유롭게 유도하는 미학적 효과를 내기 때문이다.

이 점은 이태준 단편소설의 특성인 정서를 시각화하여 삶의 '비애'를 깨닫게 하는 것과 같은 미적 특성이지만, 동화에서는 이 '비애'의 정서를 미화하는 감상적인 화자가 개입되지 않고 어린 주인공의 정서로만 드러나고 있어 어린 주인공의 비극적 상황을 강화하게 될 뿐이다. 이 비극적 상황으로 고아임을 자각하게 하는 어린 주인공의 '슬픔'의 정서는 '버려진 자'라는 자기인식이라 된다. 이 자기인식은 식민지 상황을 받아들이는 냉정한 현실인식이라는 점에서 이태준 문학의 '고아의식'을 재고할 수 있게 한다.

이태준 문학에서 '고아의식'은 주로 고아체험을 극복하여 민족을 계몽할 주체임을 자각하는 계몽주의적 태도 속에서 해명된다. 그런 점에서 관념적이고 낭만적인 현실인식이라 할 수 있다. 그에 비해 고아체험을 '슬픔'의 정서로만 받아들이고 그로 인해 자기를 '버려진 자'로 인식하는 동화 주인공의 고아의식은 사회적인 약자이며 식민지 지배 속에 있는 조선인의 삶을 드러내는 현실적인 면모라 할 것이다. 동화의 '여운'이 만드는 비극적 인식은 이를 통해 문학사적으로 의미를 지니게 된다.

그렇지만 이태준 동화에서 '슬픔'을 과도하게 고조시키는 것은 감정과잉이 되기도 한다는 점 역시 인정해야 할 것이다. 그런 점에서 이 글은 동화의 의미를 부각시키는 데 목적을 둔 것이 사실이다. 「슬픈 명일 추석」이나 「쓸쓸한 밤길」에 포착된 어린이의 일상은 '슬픔'의 정서를 자아내기 위해 애쓴 흔적이 역력하며, 「불상한 소년 미술가」나 「눈물의 입학」 역시 '슬픔'을 유도하려는 화자의 감상적 태도를 확인할 수 있다. 이 작품들의 분위기를 규정하는 감상성은 이 동화들이 이태준 문학이 지닌 감상성의 테두리 안에 놓여있음을 알 수 있게 한다. 아무리 슬픈 상황에서도 당장에 만난 일상사에 몰입하여 놀이로 승화시키는 아이들의 단순함을 생각해 볼 때, 이 '슬픔'의 정서가 교훈주의로 흐르지 않고 '고아의식'을 매개하는 '여운'의 미학이 된다는 점을 고려하더라도, 의도된 감상성인 점 역시 부정할 수는 없는 것이다. 이태준 동화의 의미와 한계는 이처럼 고아체험이 불러일으키는 '슬픔'의 정서 속에 있는 것이다.

이태준의 동화는 대화 장면으로 구성된 유년동화의 절제된 형식과 여러 겹의 의미를 상상하게 하는 '여운'으로 인해 진가를 발휘한다. 비록 네 편(「몰라쟁이 엄마」, 「슬퍼하는 나무」, 「꽃장사」, 「엄마 마중」)에 불과하지만 이 유년 동화들은 장면묘사의 방법으로 어린이의 단순하지만 깊은 울림을 자아내는 정서를 상상할 수 있게 하여 여러 겹의 의미를 담아낼 수 있는 '여운'의 효과를 지닌다. 어린이의 상상력 뿐만 아니라 철학적 주제를 상상할 수 있는 동화의 전형을 이 유년 동화가 보여준다고 할 것이다.

주제어 : 여운, 고아체험, '슬픔', '설움', 고아의식

◆ 참고문헌

1. 기본자료

이태준, 「어린 수문장」, 『어린이』, 1929. 1.

이태준, 「불쌍한 소년 미술가」, 『어린이』, 1929. 2.

이태준, 「슬픈 명일 추석」, 『어린이』, 1929. 5.

이태준, 「쓸쓸한 밤길」, 『어린이』, 1929. 6.

이태준, 「불쌍한 삼형제」, 『어린이』, 1929. 7 · 8합병호.

이태준, 「눈물의 입학」, 『어린이』, 1930. 1.

이태준, 「외로운 아이」, 『어린이』, 1930. 11.

이태준, 「몰라쟁이 엄마」, 『어린이』, 1931. 2.

이태준, 「슬퍼하는 나무」, 『어린이』, 1932. 7.

이태준, 「꽃장사」, 『어린이』, 『어린이』, 1933. (원종찬, 「정지용과 이태준의 아동
      문학」에서 재인용)

이태준, 「엄마 마중」, 『조선아동문학전집』, 조선일보사, 1938. (원종찬 위의 글에
      서 재인용)

2. 이태준 동화 관련 논문

원종찬, 「정지용과 이태준의 아동문학」, 『아동문학과 비평정신』, 창작과비평사,
      2001.

이명희, 「상허 이태준의 동화 연구」, 『아침햇살』, 1996. 가을.

이재복, 「삶의 한 조각을 쓰자-이태준 이야기」, 『우리 동화 바로 읽기』, 한길사, 1995.

3. 단행본

김윤식, 『한국 문학의 근대성 비판』, 문예출판사, 1993.

박현호, 『이태준과 한국 근대소설의 성격』, 소명, 1999.
방정환, 『방정환 아동문학선』, 앞선책, 1996.
원종찬, 『아동문학과 비평정신』, 창작과비평사, 2001.
이명희, 『상허 이태준 문학세계』, 국학자료원, 1994.
이재복, 『우리 동화 바로 읽기』, 한길사, 1995.
브루노 베텔하임, 『옛 이야기의 매력』, 김옥순 · 주옥 옮김, 시공사, 1998.
마리아 니콜라예바, 『용의 아이들』, 김서정 옮김, 문학과지성사, 1998.

4. 일반 논문
권복연, 「근대 아동문학 형성과정 연구」, 연세대학교 석사논문, 1999.
김현주, 「이태준 수필론 연구」, 상허학회, 『상허학보』 상허학회, 깊은샘, 2000. 1.
원종찬, 「한국 아동문학이 창조한 주인공」, 『창작과비평』, 1999. 봄.
원종찬, 「한일 아동문학의 기원과 성격 비교」, 『한국학연구』 11집, 인하대학교,
        2000.
이명희, 「이태준 소설의 여성주의적 층위」, 상허학회, 『상허학보』, 깊은샘,
        2000. 7.
이선미, 「1930년대 후반 이태준 소설의 변화와 그 의미」, 『1930년대 후반 문학의
        근대성과 자기성찰』, 깊은샘, 1998.
이종대, 「이태준 희곡 연구」, 상허학회, 『상허학보』, 깊은샘, 2000. 1.

◆ SUMMARY

A Study on the Childrens Story of Lee Tae-jun
- the Imaginative Power of the Orphan Experience and 'Lingering Imagery' -

Lee, Sun-Mee

The Childrens Stories of Lee Tae-jun were not dealt with especially. Because the number of the works is not much, and the concep of Childrens Story is modern. Therefore it is regard that 'childrens literature' is short of 'adult literature'.

Because of this opinion the Childrens Story of Lee Tae-jun isn't attended comparatively. Now the experts of Lee Tae-jun's literature tend to study as a kind of life-materials. I think that it is important the Childrens Story is studied by a viewpoint of the characteristics of Lee Tae-jun's literature.

The orphan experience of Lee Tae-jun is the root of his works. Actually he was orphan. All of his infancy experience is the emotion of 'sadness'. This feeling created the world of Childrens Story. Therefore, the shaping method of the orphan experience is very important.

The sentimental narrator is abuntant in Lee Tae-jun's

literature (especially in Short Story). The narrators of Childrens Story are children. And the herose' s feelings develop the theme. The sentimental narrator in the short story caused sentimentalism. But in the Childrens Story the herose' s feeling, sadness, bring about childlike imagination.

This imaginatin is concerned with 'Lingering Imagery' (여운) The vivid description of a scene and situation leaves 'lingering imagery' without the moral explanation. And 'lingering imagery' evokes symphathy. This symphathy regard the self as the orphan, abandoned people. This is the aesthetical value of the 'lingering imagery' .

Especially the Little Childrens Story, constructed dialogue scene, is significant in the aesthetical results.

상허 이태준의 『청춘무성』론

김 은 정*

1. 시기의 특징과 단편의 이해

『청춘무성』은 1941년 발표된 작품이다. 1938년 1년 간의 침묵 이후[1]

* 경남대학교 강사.

1) 본고는 이태준의 전체 작품을 세 단계로 구분하여 논의한다. 먼저 제1기는 이태준이 본격적으로 작품 활동을 시작한 1929년 이후, 즉 30년대에 접어들면서부터라 할 수 있다. 이때부터 1937년까지가 상허의 문학활동에서 초기에 속하며 38년부터 43년까지가 중기, 해방 이후가 후기라고 구분한다. 그리고 이 같이 시기를 구분할 수 있는 것은 37-38년을 전후하여 작품의 주제 경향이 달라지고 서술방법에서도 미묘한 변화를 보이기 때문이다. 본고는 이 기점을 단 1-2개월도 쉬지 않고 작품을 발표해왔던 상허가 38년 1월 「패강냉」을 마지막으로 38년에는 작품 발표를 하지 않고 일시적인 침묵을 유지한 후 「영월영감」을 시작으로 다시 작품 활동을 재개했던 시점을 준거로 삼는다. 초기 이후 즉 38년 이후에는 초기의 아이러니 수법이 사라지고 직접적 서술기법을 통한 주제의 형상화가 빈번해지고 있다. 또한 상허는 38년에 발표한 글에서 새로운 창작태도를 다짐하고 있는데 그것이 이후의 창작에 일정하게 반영되고 있다. 이후 43년까지의 작품 활동 이후 해방까지의 절필도 절필 이후의 작품 성향이 확연히 달라진다는 점을 알 수 있다. 본고의 이러한 시기 구분은 주로 장편을 대상으로 한 것인데, 단편의 경우에도 본고와 동일한 기점으로 시기 구분을 한 경우도 있다.(최유찬, 「이태준의 삶과 문학」, 『리얼리즘 이론과 실제 비평』, 까치, 1989) 이러한 시기 구분을 준거로 이후 본고에서 언급하는 이전 시기란 1938년 침묵기 이전을 의미한다. 1929년 이후부터 1937년까지의 기간을 지칭하는 것이다.

발표된 상허의 장편소설은 『딸 삼형제』, 『청춘무성』, 『사상의 월야』, 『별은 창마다』, 『행복에의 흰 손들』 등인데, 본 장에서 다룰 『청춘무성』은 『사상의 월야』를 제외한 여타 작품들의 공통된 특질을 보여줄 수 있는 작품이며, 상허의 작품 세계의 변화를 비교적 상세히 보여 주는 작품이다.

본고는 『청춘무성』의 본격적인 분석에 앞서, 이 시기의 특징과 같은 시기에 발표되었던 단편의 특색을 살피고자 한다. 이는 개별적인 작품의 이해를 통해 전체 작품 세계를 조망하고자 할 때, 반드시 거쳐야 할 과정이라 할 것이다. 「영월영감」에서부터 상허의 작품 세계는 생활의 수용과 적극적인 근대화의 실천을 강조하는 방향으로 흐르게 된다. 이러한 상허의 작품 세계 변모에 대해 혹자는 중일전쟁을 고비로 일제의 전쟁 야욕이 본격화되어 민족의 정체성 자체를 부정하는 폭압적인 상황이 전개되자 상허는 전체주의적 지배의 압력에서 자유로운 영역이 존재할 수 없음을 직감하며 이전과는 다른 보다 현실적인 대응을 시도한 것으로 보기도 한다.[2] 상허의 단편이 '문화'에서 '시대'를 감각하는 단계로 전환된 데에는 일제의 억압이 중심 원인이라는 박헌호의 논의 역시 30년대 후반의 폭압성에 대한 반응으로서의 상허 작품의 변화를 이야기하는 것이라 할 수 있다. 미적인 것, 나아가 문화적인 것이 깃들 최소한의 영역도 사라지는 이러한 현실의 변화는 상허 단편의 특장인 서정적 분위기를 약화시켰다. 30년대 후반은 자아가 일치할 수 있는 세계를 발견할 수 없는 시기였고, 이러한 부정성은 부정성의 형식으로 표출되어야 했고, 자신과 일치할 세계를 찾지 못한 자아는 '떠남'의 구조를 통해 자신의 내면을 확인하는 데 머물러야 했다는 것이다.[3]

또한 이 시기의 두드러진 특징으로 지적되고 있는 하나가 단편과 장

---

2) 송인화, 『이태준 소설 연구』, 연세대학교 대학원 박사학위 논문, 1999, 90쪽.
3) 박헌호, 『이태준과 한국 근대소설의 성격』, 소명출판, 1999, 233쪽.

편의 괴리가 심하다는 것이다.[4] 폭압적인 현실에 대한 반작용으로 인한 '떠남'의 선택에서 단편은 '과거'로의 떠남을, 그리고 장편은 '현실'로의 떠남을 선택했다는 것에 바로 이러한 괴리의 근본적인 원인이 존재한다고 볼 수 있다. 그러나 이러한 괴리의 이면에는 동일한 자기 정체성의 확인이라는 근원적인 욕망이 존재하며 이러한 근원적인 욕망은 상허의 작품 세계 전 과정을 통해 하나의 맥락을 형성한다고 할 것이다.

「영월영감」, 「아련」, 「농군」, 「밤길」, 「토끼이야기」, 「사냥」, 「무연」, 「석양」, 「돌다리」, 「뒷방마님」 등의 작품이 이 시기에 발표된 전체 작품들로 이전 시기에 비해 수적으로 많은 양의 작품이 발표되지는 못했다. 이전 시기의 단편 작품들과 비교해 볼 때 이전 시기의 작품들이 훼손된 세계에 대한 안타까움을 주된 정서로 담고 있고, 이러한 정서에 대한 은유의 형태로 반속물주의, 관념화된 금욕주의를 표방하고 있는 것과는 변별되게 이 시기의 단편들에서는 훼손된 세계에 대한 향수를 그대로 표출하고 있다. 그러므로 상허 문학의 특질을 언급할 때 주로 쓰이는 '상고주의'의 정서는 이 시기의 작품들에서 직접적으로 표출되고 있다.

상허의 이 시기 장편의 특징으로는 먼저, 서사를 이끄는 인물 주체가 1명이 아니라, 3명 정도로 구성되어 있다는 것이다. 이러한 특성은 후기의 작품으로 갈수록 더욱 두드러져 1942년에 발표된 『행복에의 흰손들』에서는 중심 주체를 분간할 수 없을 정도로 3명의 인물은 유사한 중요성을 차지하고 있다. 『청춘무성』 역시 그 중심 주체는 원치원이지만, 원치원을 둘러싼 고은심과 최득주가 서사에서 차지하는 비중 역시

---

4) 이 점에 대해 송인화 역시 40년 이후 발표된 상허의 장편과 단편을 분석하면서, 이 시기 작품은 외형상으로는 어느 시기보다 가장 현저한 차이를 보여준다고 지적한다. 단편이 관조적인 인식을 바탕으로 자아의 내면을 확장시켜 보여줌으로써 수필류의 성격을 보여준다면 장편은 행동주의와 과학주의에 기댄 맹목화된 근대주의를 나타내고 있다고 분석한다. 그리고 이처럼 외형적으로 다른 양편의 소설은 그러나 근대의 논리를 비판 없이 수용하고 있다는 점에서 동일한 모습을 보여주는 것으로 파악하고 있다. 하지만 송인화의 이러한 분석은 「무연」이나 「석양」 등과 같은 단편에서 보여주는 '상고주의적' 태도가 어떠한 맥락에서 근대의 논리를 비판 없이 수용하는 지에 대한 정확한 논의가 부족하다.(송인화, 위의 책, 116쪽)

만만치 않다. 그러므로 이들이 각각 무엇을 욕망하느냐의 문제와 이들의 욕망을 상호 배치시킴으로써, 혹은 결말에서 서로 부합되게 함으로써 작가가 이야기하고자 하는 욕망은 무엇인가? 그리고 작가가 이야기하지 않은 무의식적 욕망은 무엇이며 이것이 어떻게 드러나느냐 하는 것이 이 시기 상허의 소설을 정확히 읽은 독법이 될 것이다.

다음으로, 이 시기 장편들의 또 다른 공통점으로 앞선 시기의 작품들에서 보여지는 '떠남'을 통한 불완전한 결말 처리 방식과는 완전히 다른 행복한 화해의 결말이 도출되고 있다는 것이다. 물론 이러한 화해는 서사 내부에서는 인물 내부간의 화해를 의미하는 것이긴 하지만, 서사를 이끄는 또 하나의 동력인 독자의 욕망과의 화해의 부분이나 상허의 이 시기 작품의 특징인 '생활'과의 화해[5] 역시 중요하게 다루어질 수 있는 부분이다.

2. 실천의 플롯과 화해의 욕망

『청춘무성』[6]의 주체는 금욕주의자 토로오를 숭배하는 젊은 목사 원치원이다. 작품의 전반부는 이러한 원치원을 중심에 두고, 아름답고 평범한 여학생 고은심과 어려운 가정 형편으로 인해 카페 여급이 되어 가

---

5) 단편 작품들의 특징과 부합되는 요소로써 특히 중요한 부분인 생활의 수용을 의미하는 것이다.
6) 『청춘무성』은 푸른 하늘 아래서-불나비-우문현답-물며 말한 것-독한 향기-눈뜨기 시작한 것-화원에 오는건 복잡만이 아님-삼각의 길-원치원이 걷는 길-고은심이 걷는 길-다시 불나비-파도는 육지까지-세사람은 한사람과 두사람-사나이와 사나이-최득주의 걷는 길-등 없는 밤길들-악의 꽃-죄와 벌-막연한 두 사람-밤마다 아침은 온다-꿈은 열린다 등의 소제목으로 묶여진 1940년 3월부터 8월까지 조선일보에 연재되었던 소설이며, 11월에 박문서관에서 단행본으로 발행되었다. 본고는 깊은샘에서 2001년 4월에 간행된 『청춘무성』을 대상 텍스트로 한다. 이하의 인용은 그 페이지만을 밝힌다.

족을 부양하는 최득주와의 삼각 관계가 중심 축을 형성하며 서사를 진행시키고 있다. 이들이 삼각 관계의 애정 갈등을 보이기 전에 각 인물은 서로 다른 욕망을 가지고 있다. 먼저 원치원은 '금욕주의'의 이상 실현을 욕망하며 생식을 하는 인물로 그려진다. 원치원의 이러한 도덕주의에 바탕을 둔 욕망은 이상 실현의 공간을 자신이 몸담고 있는 '학교'와 '교회'[7]로 한정짓고 있다. 그러한 욕망의 바탕 위에서 득주의 사정을 듣고도 그 어떤 가치보다 더 상위의 가치로 '학교'를 설정하고 득주에게 가장 먼저 요구하는 것도 '학교'를 다시 다니라는 설득이다. 원치원의 이러한 욕망은 득주의 애욕이 노골화되는 지점에 와서 더욱 강경한 형태로 드러나는데, 득주가 충청도 부자[8]를 핑계 삼아 원치원에게 자러 온 밤에 득주와 자신의 자리 사이에 성경책을 놓고 잠을 잔다. 이러한 원치원의 행위는 인간의 성적인 욕망보다 관념적인 도덕성에 자신의 욕망이 더 크게 자리잡고 있다는 예증이 된다. 원치원의 이러한 도덕적 욕망은 고은심에게도 마찬가지로 적용되어, 고은심이 사랑을 고백하는 수단으로 원치원에게 선물한 '넥타이'에 대해 그 가격을 고은심에게 지불한다. 원치원의 관념으로는 '선생이 제자에게 무슨 물건을 받는단 건 피차에 불미한 일'이라는 것이다. 원치원의 이러한 욕망은 지나치게 관념적인 도덕성을 유지하려고 한다고 볼 수 있으며, 이전 시기의 상허의 장편에서 보여주던 '정신'의 강조와는 다소 거리가 있다. 이전 시기의 '정신'의 문제가 주체가 끝까지 추구해 나가야 할 최고의 가치로 평가된 것

---

7) 원치원이 동경서 신학을 전공하고 돌아온 지 얼마 안되는 젊은 목사로 설정되어 있고, 무교회주의자인 내촌감삼의 감화를 많이 받아 속으로는 사교전도 사업 전도에 대한 회의가 크고, 그래서 역시 사업전도의 한 기관인 이 학교에 들어서면 가끔 우울해지는 경향이 있고 성경 해석도 대담히 과학적 견해에 치우치다가 가끔 자기 이론의 모순에 부딪혀 결론을 수습하지 못한다는 원치원에 대한 설명과는 다소 상치되는 부분이다. 본고에서 의미하는 이상적인 공간으로 원치원이 설정하고 있는 '학교'와 '교회'는 그가 교사와 목사라는 관념적인 상태를 유지하고자 하는 욕망을 말하는 것이다.
8) 득주의 정조를 유린하고, 그 대가로 득주의 집에 생활비를 주는 인물로 이 인물에게서 득주를 빼내는 것만을 원치원은 처음 목표로 하였다.

에 반해, 『청춘무성』에서의 원치원의 '정신'의 문제는 생활과 유리된 관념의 의미를 지니며, 다소 미성숙한 인물이라는 인상을 주기도 한다.[9]

원치원을 '개념의 관' 속에 있는 살아 있는 송장으로 비난하는 최득주의 욕망은 원치원의 욕망에 비해 보다 실질적이다. 최득주가 끊임없이 욕망하는 것은 '순진한 생활'이다. 그녀는 오빠가 집을 나가자 눈이 멀게 된 어머니와 아무런 생활력이 없는 아버지와 할머니, 그리고 이러한 가계를 위해 기생이 된 언니로 인해 자신의 생활이 '순진'할 수 없다는 것에 먼저 불만을 가진다. 그러나 이러한 생활의 압력은 다시 자신이 충청도 부자에게 생활비를 담보로 정조를 팔아야 한다는 것에 이르렀을 때는 그야말로 '비극'이 된다. 이러한 비극으로 인한 절망에 이른 상태에서 최득주는 원치원을 만나게 된다. 그리고 최득주가 원치원에게 욕망하는 것은 자신의 이러한 생활에서의 '구원'이 아니라 인간적인 차원에서의 '구원'이다. 이것은 최득주가 원치원에게는 현실적인 능력이 부족함을 이미 감지하고 있으면서도, 원치원을 한 남성으로 사랑하며, 성적인 욕망의 대상으로 원치원을 느끼게 된다는 점을 통해 드러난다.[10] 그리하여 원치원을 유혹하기 위해 원치원의 집으로 밤에 찾아오기도 하고, 카페로 찾아간 원치원에게 포옹과 키스를 요구하기도 한다.

여기에서 최득주는 인물의 개성적 성격화로서뿐 아니라 그 의미 자체가 상허의 장편 소설의 변화를 의미하는 부분이 되기도 한다. 최득주는 기존의 상허 장편 소설의 도식대로라면 원치원과 고은심의 순결한 사랑을 방해하는 적극적인 악인의 유형이다. 최득주의 적극적인 기만으로 인해 주체 원치원은 어찌할 수 없는 운명에 휩싸이게 된다. 이전의 상허

---

9) 양진오는 원치원의 사고는 타자와의 부단한 교섭의 결과도 아니며 자기 의식의 지층에서 갈고 닦아서 획득되는 것도 아니라고 지적한다. 그의 사고는 원숙한 남성이 보유하는 형태가 아니며, 사유와 존재가 갈라진, 쪼개어진 틈에서 끊임없이 분출되는 감정이며 그것의 변화라는 것이다. 즉 원치원은 사유와 존재가 유기적으로 결합한 성숙한 남성이라고 볼 수 없다고 지적하고 있다. 양진오, 「이태준 장편소설분석」, 『서강어문』, 10호, 1994, 269쪽 참조.
10) 이러한 특징 역시 최득주가 '순진'하지 않다는 하나의 징표가 된다고 볼 수 있다.

장편의 도식대로라면 최득주는 악인의 역할로써 결말에 이르거나[11], 주체에게 어떠한 경우라도 용서받지 못한 채[12] 끝나는 것이 일반적이다. 그러나 『청춘무성』에서 최득주가 행한 기만적인 행위는 원치원이 머물고 있는 학교라는 공간에서 원치원을 분리시키고 그의 마음 속 연인인 고은심과도 결별하게 하는 철저한 기만이었음에도 불구하고 최득주는 너무나 쉽게 원치원의 용서를 받고, 서사의 진행 역시 최득주에 대한 별다른 반감 없이 유지된다. 이것은 최득주가 서사 내부에서 차지하고 있는 역할이 기만을 행하는 악인으로서의 역할뿐 아니라 정신적인 영역에만 머물러 있는 원치원에게 '생활'의 영역을 일깨워주고, 자신 역시 참다운 생활의 영역으로 나아가는 역할을 동시에 수행하고 있기 때문이다.[13] 그러므로 최득주에 대한 용서가 쉽게 이루어지는 부분은 최득주의 힘겨운 '생활'에 대한 공감[14]과 함께 최득주가 원치원에게 하나의 교화자로서의 역할을 수행하고 있기 때문이라고 볼 수 있다.[15]

최득주의 욕망에 비해 고은심의 욕망은 그야말로 '순진'한 욕망이다. 고은심은 아무런 사심없이 원치원만을 사랑했고, 그 사랑이 최득주에 의해 모욕을 당하게 되자 그야말로 실연의 아픔을 간직하게 되는 인물이다. 고은심은 상허의 이전 작품들에 자주 등장하는 유형의 여성으로 사소한 기만에 속아 자신이 간직해 온 모든 가치로서의 사랑을 일순

---

11) 자신의 행위에 대한 반성이나 주체에게 어떠한 용서를 구하는 일이 없이 기만을 행하는 악인의 역할만으로 끝나는 경우를 말한다. 『제2의 운명』에 등장하는 강수환이나, 『화관』의 배일현 등이 그러한 유형이다.
12) 자신의 잠깐의 실수를 반성하고 오랜 세월 용서를 구하나 주체에게 결코 용서 받지 못하는 경우를 말한다. 『제2의 운명』에 심천숙이나 『성모』의 상철과 같은 인물이 이러한 유형에 속한다.
13) 이것은 최득주가 개인의 욕망만을 채우기 위한 생활이 아니라 '사회'를 위한 생활로 나아가는 것을 의미하는 것이다.
14) 여기에서 '공감'은 독자의 기대지평과 부합되는 공감을 의미한다.
15) 이것은 또한 서사 내부에서는 원치원이 최득주를 끊임없이 교화하고 있는 것에 반해 실제로 '생활'의 수용이라는 측면에서 서사의 진행을 볼 때 최득주의 역할이 교화자라는 것에서 상허 서사의 기본 전략인 아이러니를 다시 한번 발견할 수 있다.

간에 무너뜨려 버리는 유형의 인물이다.[16] 최득주를 통해 작가가 제시하고자 한 바가 '생활'의 수용이라면 고은심을 통해 작가가 욕망하는 바는 '훼손되지 않은 가치'라 할 수 있다. 상허는 기존의 작품들에서와 마찬가지로 이 작품에서 역시 '여성'의 가치에 대해 가장 높은 평가를 내리고 있는 부분은 '순결성'에 대한 것이다. 여타의 작품에서 삼각관계에 휩싸인 남녀 주체의 이별 후, 자신의 운명을 감지한 여성 주체가 이미 순결을 잃은 상태로 다시 남성 주체와의 사랑의 회복을 원하는 경우가 있다. 그런 경우, 서사는 남성 주체가 아직 여성 주체에 대한 사랑이 남아 있음에도 불구하고 두 사람의 화해로운 결말로 끝맺지는 않고 있다.[17] 여기에서 여성의 '순결'은 상허에게 단순한 '육체적 순결'의 의미가 아니라 '훼손되지 않은 가치'로의 의미를 지니는 것이라 할 수 있다. 그러므로 고은심의 순결이 조오지 함에게서뿐 아니라 원치원에 의해서도 훼손되지 않았다는 점에서 상허의 무의식적 욕망으로의 '전근대적 가치의 보존'을 읽을 수 있다. 특히 여타의 다른 작품들에서 보여지지 않고 있는 결혼이라는 화해로운 결말은 두 사람의 사랑의 승리일 뿐 아니라 '훼손되지 않은 가치'의 힘이라고도 볼 수 있다. 이런 점에서 최득주와 고은심이 동일한 대상인 원치원을 욕망한다고 해도 욕망을 실현하는 쪽은 고은심이 될 것이라는 사실은 이미 예견되어 있다고 볼 수 있다.

프레드릭 제임슨은 문학텍스트는 모순을 왜곡된 형태로 중재하는 것으로 보았다. 그런 이유로 제임슨은 텍스트 속에는 실현시키고자 하는 욕망, 즉 유토피아적 충동과 이것을 억압하면서 해소시키려는 지배적 메카니즘이 긴장 관계를 형성하고 있다고 주장한다. 그리고 이러한

---

16) 가장 유사한 유형으로 『제2의 운명』의 심천숙이 있다. 그 외 『성모』의 안순모나 『구원의 여상』의 인애, 『딸 삼형제』의 정매 등도 넓은 의미에서 유사성이 있는 인물이다.

17) 『제2의 운명』의 경우나, 『법은 그러치만』 그리고 『성모』, 『불멸의 함성』, 『사상의 월야』 등이 그러한 유형의 작품이다.

해석적 태도는 문학텍스트를 심층텍스트를 가지고 있는 중층구조로 파악한다. 문학텍스트도 이러한 심층텍스트의 무의식적 욕망을 그대로 실현시키지 않고 왜곡하고 변형함으로써 그 사회에서 허용될 수 있는 형식으로 제시된다는 것이다.[18]상허의 「청춘무성」 등이 연재되던 시기는 제임슨의 논의에서와 같이 작가의 소망충족적 욕망이 억압되고 왜곡될 수밖에 없었던 시기였다.[19] 그러므로 『청춘무성』을 읽어내는 방법은 우선 왜곡되고 억압된 텍스트로서의 『청춘무성』을 읽는 방법, 즉 상징적 텍스트로서 『청춘무성』을 통해 작가가 드러내고자 하는 욕망을 읽는 방법과 이러한 상징적 텍스트의 심층에 자리 잡고 있는 작가의 드러나지 않는 무의식적 텍스트 즉 상상적 텍스트로서의 『청춘무성』을 복원하는 두 가지의 방법이다.

먼저 주체 원치원을 통해 작가가 제시하고자 하는 바는 '정신' 만을 강조하는 관념적 지식인의 허약함과 근대화의 실천을 통해 비로소 '생활인' 의 건강함을 회복할 수 있다는 것이다. 그러므로 원치원의 '실연' 은 표면적으로는 최득주의 기만에 의한 실연이지만 그 실연의 의미는 관념적 지식인이 근대화의 실천적 생활인으로 변모하기 위한 '통과의례' 의 의미로 볼 수 있다. 『청춘무성』의 중요한 특징으로 지적될 수 있는 것은 '돈' 에 대한 가치관의 문제이다. 기존의 상허 작품[20]들에서 '돈' 즉 금력의 의미는 선악의 판단 기준이 될만한 것이었다. '돈' 은 곧바로 '속물적 가치' 로 환원되고, '돈' 을 가진다는 것은 바로 '정신력'

---

18) Frederic Jameson, 『The Political Unconscious』, (Cornnell Univ. Press, 1981, p.56)
19) 이 시기는 일본 제국주의의 제일 중요한 과제에 식민지 조선이 가장 직접적으로 관련된 시기로서 파악할 수 있는 시기이다.(최원규 편, 『일제 말기 파시즘과 한국 사회』, 청아출판사, 1988, 157쪽) 특히 이러한 시기의 작가의 입장에 대해서는 임화의 "말할려는 것과 그릴랴는 것과의 분열"(임화,「세태소설론, 『문학의 논리』, 학예사, 1940, 346쪽)이라는 표현에서 알 수 있듯이 '작가가 주장하려는 바를 표현하려면 묘사되는 세계가 그것과 부합되지 않고, 묘사되는 세계를 충실히 살리려면, 작가의 생각이 그것과 일치할 수 없는 상태' 에 빠지는 시기였다. (박헌호, 위의 책, 226쪽)
20) 단편과 장편 모두를 포함하는 것이다.

혹은 '개혁적 기개'를 잃는 것으로 여겨졌다. 그러나 『청춘무성』의 원치원은 누구 못지 않은 금력을 소유하게 되었지만, 그러한 금력의 소유로 원치원이 속물적 인간이 되거나 악인형의 인물로 변모하거나 하지는 않았다. 『청춘무성』에서 작가가 제시하고자 하는 '돈'에 대한 가치는 최득주가 처음 원치원에게 이야기한 바와 같이 "돈은 힘이라는 것이다"[21] 그러나 이러한 힘을 가진 돈은 그 돈을 소유하는 인간의 가치관에 따라 의미가 달라진다. 그러므로 『청춘무성』에서 돈을 가진 인물로 제시되는 박효범이나 윤천달 등은 원치원과 달리 여전히 부정적인 인물로 그려지고 있는 것이다. 특히 윤천달이 돈을 가지고 행하는 기괴한 행위[22]는 그가 돈에 대한 어떠한 가치관도 형성되지 못한 인물이라는 것을 보여주는 것이다. 그러므로 상허가 제시하고자 하는 '돈'의 의미는 그 돈에 대한 올바른 가치관을 가지고 사용해 나갈 때 그야말로 힘이 된다는 것이다. 그러므로 원치원이 '돈'을 소유하게 된 과정과 더불어 돈을 어떻게 사용하고 있는가가 중요하게 다루어지는 이유가 거기에 있는 것이다. 여기에서 작가는 원치원이 '돈은 힘이다' 라는 명제를 실천하는 실천의 플롯을 형성하고 있으며, 이러한 실천의 플롯은 바로 근대화의 질서를 실천하는 과정과 동일한 맥락인 것이다. 특히 『청춘무성』에서 제시되는 원치원이 돈을 소유하게 된 방식이 수리 사업과 금광 개발이라는 점이나, 올바른 가치관에 의해 돈이 사용되는 부분이 모두 일제가 권장하는 문화 정책의 일부분이라는 점에서 이 작품은 근대화에 대한 상허의 적극적인 의식의 변모뿐 아니라 일제의 논리를 그대로 수용했다는 혐의를 짙게 받고 있는 작품이기도 하다.[23] 그러나 그러한 혐의는 일면 타당한 것이긴 하지만 앞서 제시한 작가의 소망충족적 욕망의 왜곡된 형식으로

---

21) 『청춘무성』, 83쪽.
22) 윤천달은 정전이 되자 백원짜리 지폐로 불을 붙이고, 구두주걱 대신 늘 지전을 집히는 대로 꺼내 신고 그 지전을 뽀이나 하녀들에게 줘 버리는 등 그야말로 '돈'을 자기 과시의 수단으로만 이용하는 인물이다.

의 『청춘무성』의 발현된 형태에 국한된 분석이라 할 수 있다.

최득주의 기만에 의한 고은심과 원치원의 결별 이후 세 사람이 각각 서로의 소식을 모른 채, 각자의 길[24]을 가다가 우연한 기회에 세 사람이 조우하게 되고, 이러한 조우는 원치원과 고은심의 새로운 결별과 함께 두 사람이 그야말로 근대화의 주체로 거듭나게 되는 계기가 되었다는 점에서 상허의 이전 작품들과 또한 변별된다. 앞서 제시했듯이 이 시기 상허 장편의 특징으로 단일한 한 사람의 주체에 시각이 맞추어진 것이 아니라 세 사람이 유사한 비중으로 서사의 중심을 형성하고 있다고 하였다. 근대화의 실천 부분 역시 최득주, 고은심에 의해서도 중요한 플롯을 형성하고 있다. 서사의 전반부에서부터 '생활'의 상징적 의미로 제시된 최득주의 경우 고은심과 비교하여 근대적 질서의 실천의 장으로 넘어가는 것이 보다 용이하게 제시된다. 그러므로 최득주에게 초점이 주어지는 것은 앞서 원치원의 경우에서처럼 두 번씩이나 연인과의 결별하는 아픔을 겪은 뒤 '관념'에서 '생활'로 나아가는 과정이 아니라 자신의 불행한 삶에 대한 비관에서 벗어나 사회적 시각으로의 의식의 변화이다. 그리고 최득주는 이러한 사회 의식의 실천을 자신이 가장 잘 아는 대상인 여급들의 생활에서 시작한다는 점에서 또한 흥미롭다. 이 점은 상허의 이전 작품들이 자신의 이상을 실현하는 공간을 자신이 모르는 미지의 세계로 설정하고 그러한 세계로 '떠남'에서 시작하는 것과는

---

23) 이 점에 관하여 송인화는 "이후 상허의 장편들은 현실지향적 성격이 더욱 강화되면서 일제의 정책에 직접적으로 동조하는 작품들이 창작된다. 미미하게 남아있던 상업적 속물성에 대한 비판이나 근대의 부정성에 대한 인식은 사라지고 맹목적으로 근대를 예찬하게 되는 것이다. 현실 사회가 요구하는 가치를 내면화하여 현실적인 성공을 거두는 것이 개인적 성장의 서사로 제시되고 전시체제에 동참하는 것이 사회 활동의 이상적 내용으로 강조된다".고 지적하고 있다.(송인화, 위의 책, 148쪽) 이 점은 이 시기 상허의 장편들에 나타나는 표면적인 특징만을 통한 고찰이며, 표출되지 못한 작가의 욕망에 대한 의미 부여가 제대로 평가되지 못한 분석이다.

24) 이 부분이 『청춘무성』에서는 아예 소단락으로 각각 '원치원의 걷는 길', '고은심의 걷는 길', '최득주의 걷는 길'로 나뉘어 제시되고 있다. 이 부분은 세 사람이 각각 자신의 생활을 어떻게 수용하느냐의 부분에 서사의 중심이 놓여있다.

대조를 보인다. 자신이 몸담고 있는 공간에서의 근대화의 실천인 최득주에 의해서 시작된 재락원의 활동이 원치원의 근대화 사업의 경우보다 구체적인 형태로 제시된다는 것은 그러므로 당연한 결과인 것이다. 원치원의 '치은금광'에서뿐 아니라 최득주의 '재락원'에서도 가장 강조되는 것이 바로 '최신의 설비'이다. 이것은 바로 이들의 생활의 영역으로의 실천이 바로 근대화의 모습으로 나아가는 것을 의미한다는 점을 명확히 해 주는 것이다.

고은심의 생활로의 실천은 원치원과 최득주와 비교할 때는 다소 미약한 면이 있다. 고은심은 원치원과의 이별 이후 자신의 생활을 '조오지 함'과의 결합으로 방향을 잡고, 사진과 편지만으로 약혼이 성립된 조오지 함에게 가기 위해 미국으로 떠나려 한다. 이 때 고은심은 자신이 의존할 대상으로 '원치원'에서 '조오지 함'으로 대상만 바꿨을 뿐 전근대적인 의존성을 벗어나지 못하고 있는 상태이다. 고은심이 근대화의 주체가 된 것은 조오지 함의 양보로 원치원과 사랑이 결실을 맺으려는 때, 원치원이 고은심과의 사랑 자체를 '문명국 신사가 필름 조각과 함께 배 위에서 던져주고 간 운명...'으로 파악하고, 고은심에게 다시 조오지 함에게로 돌아가기를 바라는 것에서부터이다.[25] 원치원의 이러한 태도에 대해 고은심은 분노하며, '여자는 남자들 영웅주의나 만족시키는 무슨 영토나 노예가 아니라는' 각성에 이르게 된다. 이것은 고은심이 전근대적 성향에서 벗어나게 된 가장 중요한 계기라 할 수 있다.[26] 그러므로 고은심에게서의 가장 중요한 변화는 바로 여성 특유의 의존성에서 벗어나 자율

---

25) 물론 원치원의 이러한 의식은 다분히 '소아병적'인 것이며, 플롯의 진행 과정에서도 핍진성이 부족한 부분이다. 이러한 사건은 상허의 이전 장편에서 보여주는 도식대로 실연 이후의 사회적 주체로 나아가기 위한 어쩔 수 없는 장치로 여겨진다. 그리고 이러한 장치를 통해 사회적 주체로의 변화 과정은 주체 원치원에서뿐 아니라 고은심의 경우에는 동일하게 작용하는 것이다.
26) 고은심의 이러한 각성에 초점을 맞추어 페미니즘적 요소를 다분히 가진 작품으로『청춘무성』을 파악하기도 한다.(강옥희,「현실적 삶과 이상주의의 조화로운 지향」, 깊은샘 간『청춘무성』해설)

성의 주체가 되었다는 것이다. 이러한 의식의 자각 이후 고은심의 실천의 영역은 '학문'의 세계이며, 그 결과로 고은심은 전문학교 교수가 된다. 특히 고은심이 전공한 과목이 '사회학'이라는 점은 이들 세 사람의 욕망이 모두 사회적 영역으로 열려져 있다는 것을 의미하는 것이다.

고은심을 통해 알 수 있는 상허 작품의 또 하나의 변화는 서양에 대한 상허의 인식이 매우 호의적으로 변화하고 있다는 것이다. 이전 시기 상허에게 있어 근대화는 바로 서구화로 연결되면서 서양에 대한 상허의 태도는 매우 부정적이었다. 그러나 이 작품에서 서양은 문화적인 수준에서 동양을 앞서가는 선진 문명으로, 또 정신적인 차원도 갖춘 진보된 세계로 이해되고 있다.[27] 이것은 또한 궁극적으로 『청춘무성』이 근대적 자각의 의미를 가장 중요하게 내세우는 작품이라는 점을 명시하는 것이다. 물론 이러한 점은 작가의 의도적 장치로 볼 수 있는 것이다.

상허가 보여주고자 하는 『청춘무성』의 또 다른 모습은 바로 독자와의 화해의 국면이다. 『청춘무성』은 상허의 다른 어떤 소설들에 못지 않게 독자의 욕망을 충분히 수용하고 있는 작품이다. 일반적인 대중소설이 그러하지만 독자들은 작중 인물들의 좌절의 괴로움에 공감하고, 성공의 대리 만족에 환호한다. 『청춘무성』은 이러한 독자의 욕망이 골고루 잘 배치되어 있고 그로 인해 많은 독자들의 사랑을 받은 작품이다.[28] 대중소설이 대중성을 확보하려면 독자들의 문학적 요구와 흥미를 만족시켜야 한다. 대중소설은 기대지평의 층위에서는 상상적 세계를, 인물의 층위에서는 동일화를, 그리고 플롯의 층위에서는 긴장감을 충족시켜야 한다. 독자들이 추구하는 세계는 '있어야 할 세계'이다. 독자들은 일상 생활의 억압감이나 박탈감에서 벗어나 환상과 유토피아의 세계에 대한 기대를 가지고 있다. 대중소설은 독자들이 기대하는 상상적 세계가

---

27) 송인화, 위의 책, 146쪽.
28) 강옥희, 위의 글, 422쪽.

이루어질 수 있다는 환상을 충족시켜주는 낙관적 전망을 통하여 독자들
을 위로한다.[29] 『청춘무성』은 이러한 독자의 유토피아적 환상을 충분히
채워주는 작품이다. 상허 작품에서 그 유래를 찾아보기 힘들 만큼의 경
제적, 사회적 성공의 결말이 그러하고, 그러한 성공 위에 사랑하는 남녀
의 행복한 결합이 또한 그러하다. 그러므로 작가의 의도대로 『청춘무성』
을 읽을 때, 이 작품은 작중 인물들간의 행복한 화해, 그리고 독자의 기
대 지평에 부합하고 근대화의 질서에 부합하는 작품으로 읽을 수 있다.
나아가 이 작품의 발표 연대와 그 시대 배경을 고려한다면 일제의 논리
와도 부합하는 그야말로 '근대화'를 실천하는 과정에서 인물, 독자, 세
계가 아무런 갈등 없이 화해하는 작품으로 파악할 수 있다는 것이다.

3. 화해되지 못하는 작가의 무의식적 욕망

하지만 이러한 '화해'의 내부에는 쉽게 화해가 이루어지지 않는 작
가의 무의식적 욕망이 존재하고 있다. 이 때의 무의식적 욕망은 이전 시
기의 작가의 욕망, 혹은 이 시기의 단편에서 보여주고 있는 작가의 본질
적 모습과도 맥을 같이 하는 것으로 본고는 파악하고 있다. 결론적으로
이야기하자면 『청춘무성』에 숨겨져 있는 작가의 숨은 욕망은 '회귀의
욕망'이다. 이는 상허의 전 작품에 걸쳐 지속적인 맥락으로 이어져 있는
것으로, 이 시기의 장편들에서 보이는 피상적인 욕망인 근대화의 욕망
과는 상반되는 것이다. '회귀의 욕망'의 궁극적인 지향은 전근대이며,

---

29) 이정옥, 『1930년대 한국 대중소설의 이해』, 국학자료원, 2000, 87쪽.

이상적 공간을 과거의 세계에서 찾고 있다. 특히 상허가 이 시기에 욕망하게 되는 과거는 근대화가 시작되기 직전의 과거가 아니라, 더 먼 과거라고 할 수 있다. 그러므로 여기에서 '전근대'라는 개념은 단순히 근대와 변별되는 의미에서가 아니라, 근대의 의미조차도 생각할 수 없던 과거를 의미하는 것이다. 다시 말해, 앞선 시기의 작품에서 보여주는 회귀의 욕망의 대상인 과거가 근대화 직전의 과거였다면 이 시기에 회귀하고자 하는 과거는 그 보다 더 앞선 시기, 즉 대과거로서의 의미를 지니는 개념인 것이다. 이는 특히 근대화의 질서가 생활의 논리로 전면화되면 될수록 이상적 공간으로서의 과거는 더 먼 과거로 회귀하는 특성과 관련되는 것이다.

『청춘무성』에서 보여주는 반근대[30] 지향의 숨은 욕망은 우선 은심과 득주의 대립 관계를 통해서 보여진다. 앞서 언급한 바와 같이 은심과 득주는 원치원을 사이에 둔 애정의 삼각관계를 형성하는 인물이라는 특징 외에도 여러 가지 점에서 상징성을 가지고 있는 인물이다. 우선 은심과 득주의 대립 자질은 정신/육체, 순진/훼손, 자아/사회 등으로 나눌 수 있다. 여기에서 득주가 가지고 있는 자질들을 작가가 수용한다는 측면은 앞서 언급한 바 있다. 하지만 작가가 득주의 자질을 수용한다고 하더라도 궁극적인 지향은 은심이 가진 자질에 있다. 이것은 앞서 언급하였듯이 서사가 원치원과 은심의 결합으로 마무리 된다는 점을 통해 알 수 있다. 또한 은심이 원치원과의 이별 이후 자신의 감정을 정리하기 위한 장소가 '개성'이라는 점에서 작가는 무의식적으로 마음의 위안을 위한 공간으로 '과거 지향의 공간'을 보여주고 있다. 이것은 또한, 은심의 미

---

30) 김양선은 근대에 대한 무관심이나 감상적인 반발감은 근대를 배제하려는 의도에서 비롯된다고 지적하고, 그리하여 전근대성을 근대성의 안티테제로 설정하여 시간의 전진적 질서에 대한 의식이 부재하기에 미래로 나아가기보다 과거로 회귀하는 것으로 보고 있다.전근대로의 회귀가 근대 극복을 위한 대안일 수 있는가는 여전히 논쟁거리로 남지만 반근대적 성향 역시 근대화의 한 징표로 파악될 수 있다고 본다.(김양선, 『1930년대 후반 소설의 미적 근대성 연구』, 서강대 박사학위 논문, 1997, 19쪽).

국행이 자율적인 주체로 확립된 이후에 이루어진다는 점을 통해 더욱 확고하게 '마음의 위안'을 위한 구원의 열쇠는 결국 미국으로 상징되는 근대화에 있는 것이 아니라는 점을 보여준다.

상허는 소설의 구성 요소 중 인물에 특별한 관심을 가진 작가답게 인물의 성격을 제시하는 중요한 한 수단으로 인물 명명법을 중시한다. 이태준 소설의 인물 명명법은 인물의 성격화와 아주 밀접한 관련을 가지고 있다.[31] 이 작품『청춘무성』역시 작가의 무의식적 욕망을 추출하는데, 인물의 명명법은 한 가지 중요한 요소로 작용한다. 우선 은심과 득주의 경우 '은심'은 이미 작품에서 高恩心이라는 한자가 제시되어 있다. 이에 반해 득주는 작품 내에서는 한자 이름이 직접 제시되지 있지는 않지만, 아마 '得朱' 혹은 '得珠' 정도로 추정할 수 있을 것이다. 여기에서도 은심과 득주의 대립적 자질이 드러난다. 먼저, 은심이 원치원에게 보내는 첫 번째 편지에서 자신의 이름을 숨기기 위해 '心心'이라고 표기한 것에서부터 '은심'의 성격화는 바로 '마음', '정신'을 가장 중요한 자질로 보여주는 인물이라는 점을 알 수 있다. 이에 비해 득주의 명명인 '得朱' 혹은 '得珠'는 은심과 비교해서 '육감적 자질'을 갖춘 여성, 즉 마음보다는 육체적인 부분이 앞서는 성격으로 짐작할 수 있다. 그리고 이러한 은심과 득주의 대립에서 '은심'의 편으로 서사가 마무리된다는 점은 바로 작가의 무의식적 욕망이 '마음'의 서사를 향해 움직이고 있다고 볼 수 있는 것이다.

이 점은 또한 원치원에 대한 부분에서도 동일한 작용을 하며 드러난다. 원치원은 '元致源'으로 최치원(崔致遠)을 연상시키는 명명이다. '치원'이라는 명명이 주는 유사성뿐 아니라 원치원에게서 느껴지는 '혁신적 사고'에 대한 지향의 부분이나 젊고 활달한 이미지 등이 여러 면에서

---

31) 졸고, 「이태준 단편소설의 명명법 연구」, (『한국소설연구3집』, 한국소설학회) 193쪽.

최치원을 연상시킨다.[32] 이러한 명명화의 작용으로 원치원이 필요 이상으로 자신의 동양관에 대해 피력[33]하고 있음에도 불구하고 원치원의 의식은 동양적 사고에 깊이 천착해 있음을 짐작할 수 있게 한다. 특히 고은심을 사이에 둔 애정 갈등으로 조오지 함과의 대립은 바로 동·서양의 대립 구도를 직접적으로 보여주는 것이다. 그리고 이러한 대립에서 비록 조오지 함의 신사적 태도와 함께 상허의 서양에 대한 반감이 많이 줄었다는 사실이 드러나기는 하지만, 상허의 궁극적인 지향은 동양이라는 사실이 원치원에 의해, 즉 앞서와 마찬가지로 서사의 진행이 은심과 결합하는 쪽이 원치원이라는 점을 통해 상징화된다고 볼 수 있다. 그러므로 이 역시 은심과 득주의 대립 구도와 마찬가지로 상허가 이전의 작품들에 비해 서양에 대한 적대적인 시각에서 다소 벗어났다는 것이지 결코 상허의 지향이 근대화 혹은 서구화는 아니라는 것을 말해 준다.

『청춘무성』에서 중요하게 다루어지는 부분으로, 이 시기 상허는 사생아 혹은 버려진 아이의 문제에 관심을 쏟고 있다는 것이다. 단편 「아련」을 비롯하여 『청춘무성』에서 득주가 재락원을 세우게 된 동기와 재락원의 중요 활동, 그리고 『딸 삼형제』에서 역시 그러한 모티프가 수용되어 있다. 이 점은 '생명'에 대한 인식과 함께 인연의 의미가 드러나는 부분이다. 여기에서 '생명'의 의미는 바로 훼손되지 않은 삶의 가장 본

---

32) 특히 최치원에 대한 이러한 연상 작용으로 인해 본고에서 앞서 언급한 작가의 무의식적 회귀의 공간은 최치원이 활동했던 '신라'로까지 이어짐을 알 수 있다.

33) "도연명의 「귀거래사」 저도 애독합니다. 십년을 경영하여 초여 한간 지어내니, 반간은 청풍이요 반간은 명월이라…또 뭐, 유수유산처(有水有山處) 무영무욕신(無榮無慾身)이라, 모두 한때 애송한 노랩니다. 그러나 허다한 동양인들의 전원예찬은 개인취미 개인 풍류 정도를 넘은 게 별로 없습니다. 독선적인 게 틀린 겝니다. 독선, 사회라거나 인류에겐 아불관언의 처사취미(處士趣味), 그건 철학일지언정 사상은 아니라고 독단하고 싶습니다."(『청춘무성』, 22쪽)
"동양이라 해서 정신문화뿐이구, 서양이라 해서 물질문화뿐으루 생각해선 안됩니다. 서양에두 정신문화가 있구, 동양에두 물질문화가 없은 건 아니니깐… 다만 서양은 물질문화편에 더 앞섰구, 동양은 정신문화편에 치중했다는, 비교뿐이지, 서양문화가 오지 않았으면 동양은 전기두 빌딩두 전혀 없었으리라구 봐선 빈약한 상상입니다. 서양문화가 오지 않았더라두 동양은 동양 재래의 동양인 생활, 동양인 이상에 맞는 「동양의 현대」를 건설했으리라구 봐야 됩니다."(『청춘무성』, 217쪽)

질적인 모습으로 볼 수 있다. 이러한 본질적인 순수함이 보장될 수 있는 하나의 장치들로 설정된 '인연'[34]의 부분 역시 동양적 가치관이며, 이는 또한 불교적인 가치관이다. 상허의 무의식은 훼손된 서구의 근대화를 피할 수 있는 어떠한 가치로 유가적인 가치가 아닌 불교적인 부분을 지향하고 있다고 볼 수 있다. 이는 근대화가 전면화될수록 더 먼 과거를 지향하는 무의식[35]과 맥락을 같이 하는 것으로 볼 수 있으며, 이 시기 단편인 「석양」에서 지향하는 세계관과도 맥이 닿아 있다고 본다.

4. 결론을 대신하여

『청춘무성』은 상허의 근대성 지향이 전면에 내세워진 작품이다. 상허가 추구하는 근대화의 모습과 독자가 추구하는 근대화의 욕망이 가장 잘 부합된 작품이라 할 것이다. 본고는 그러한 부합의 측면을 '실천의 플롯과 화해의 욕망'을 중심으로 살펴 보았다. 『청춘무성』의 중점적 내용은 그러므로 바로 이 부분이다. 생활을 실천해 가는 모습과 근대화, 인물과 독자의 화해가 이루어지는 과정이 바로 『청춘무성』이 보여주고자 하는 모습이라 할 수 있다. 그러나 본고의 지향은 거기에 있는 것이 아니다. 『청춘무성』 속에 아주 '미미하게' 발견되는 '화해' 되지 못하는

---

34) 「아련」은 그야말로 인연의 중요성을 그대로 표출한 작품이다. 이에 반해 「청춘무성」에서 '재락원'에 맡겨지는 아이들의 경우도 최득주가 인연의 끈 역할을 한다고 볼 수 있다.

35) 상허가 일시적 침묵에 들어서기 전의 역사소설이 1936년 『황진이』라는 점과 해방 이전 절필하기 직전의 작품이 1942년 『왕자 호동』이라는 점은 여러 가지 점에서 흥미로운 단서를 제공해 준다. 상허의 궁극적인 지향이 과거라는 공통점을 보여줌과 동시에, 과거 지향 역시 다소 변별적 특색을 보인다는 것이다. 근대화의 질서가 전면화된 40년대 작품은 이전 시기의 작품들에서 보여지는 과거가 근대화 직전 혹은 조선, 고려 정도까지였다면, 이 때는 고구려, 신라 등 더 먼 과거를 보여준다. 이 점에 관해서는 후고를 기약한다.

작가의 욕망을 찾고자 하는 것이 본고의 목적이었다. 물론 본고의 역량이 부족함 탓이 크겠지만, 이 시기 발견되는 작가의 숨은 욕망인 '회귀의 욕망'은 그야말로 아주 미미한 형태로 발견된다.

본고는 상허의 전체 작품의 맥락을 '전근대로의 회귀의 욕망'과 '근대화의 욕망'의 혼효로 파악하고 있다. 그리고 전 시기을 통어하고, 단편과 장편 모두를 통합하는 작가의 궁극적인 욕망은 '전근대로의 회귀의 욕망'으로 파악한다. ―물론 이에 대해서는 앞으로도 많은 논의의 진전이 있어야 한다고 본다.― 하지만 근대화의 질서가 전면화된 이 시기에 작가의 궁극적인 욕망은 왜곡을 동반하지 않을 수 없었고, 상허의 경우 자신의 소망충족적 욕망과는 다른 더욱 왜곡된 형태의 텍스트를 제시할 수 밖에 없었던 것으로 본고는 파악한다. 그러므로 작가의 궁극적 욕망을 쉽게 찾을 수 없음은 바로 왜곡된 상징적 텍스트로 제시될 수 밖에 없었던 시대 상황과 연관되는 것으로 볼 수 있다.

근대화가 전면적인 시대의 조류로 확고한 위치를 차지하면 할수록 상허의 '회귀' 욕망은 더 먼 과거로 회귀하고자 한다는 점 역시 역사소설에 대한 이해와 함께 후고를 기약해야 할 부분이다. 하지만 그러한 근거를 통해 상허의 궁극적인 무의식적 욕망은 바로 '먼 과거'로 회귀하고자 하는 욕망이라는 점을 본고에서는 밝히고자 한 것이다.

주제어 : 상고주의, 욕망, 화해, 반근대 지향, 회귀 욕망

◆참고 문헌

(국내 논저)

강진호, 「이태준 연구 -단편소설을 중심으로」, 고려대 석사학위논문, 1987. 7.

권택영 엮음, 『욕망이론』, 문예출판사, 1994.

김국봉, 「이태준 장편소설에 나타난 갈등구조의 변모양상 연구」, 부산외국어대
　　　교육대학원 석사논문, 1994.

김수진, 「이태준 소설에 나타난 근대성 연구」, 서울여대 석사논문, 1998.

김양선, 「1930년대 후반 소설의 미적 근대성 연구」, 서강대 박사학위 논문,
　　　1997.

김은정, 「이태준 단편소설의 명명법 연구」, 『한국소설연구』 3집, 한국소설학회, 태
　　　학사, 2000.

김현숙, 「이태준 소설의 기호론적 연구」, 이화여대 박사학위 논문, 1991.

대중문학연구회(편), 『연애소설이란 무엇인가?』, 국학자료원, 1998.

민영주, 「이태준 장편소설에 나타난 여성상 연구」, 인천대 석사학위 논문, 1993.

민충환, 『이태준 연구』, 깊은샘, 1988.

박찬부, 『현대정신분석비평』, 민음사, 1996.

박헌호, 『이태준과 한국 근대소설의 성격』, 소명출판, 1999.

三枝壽勝, 「이태준 작품론-장편소설을 중심으로」, 『史淵』117, 九州文學部, 1980.

상허학회, 『1930년대 후반문학의 근대성과 자기성찰』, 깊은샘, 1998.

상허학회, 『근대문학과 이태준』, 깊은샘, 2000.

상허학회, 『이태준 문학연구』, 깊은샘, 1993.

서은선, 「이태준의 장편소설 연구」, 『국어국문학』29, 부산대학교 국어국문학회, 1992.

송인화, 『이태준 소설연구』, 연세대 박사학위논문, 1999.

안남연, 「이태준 장편소설 연구」, 한국외대 박사학위논문, 1992. 2.

양진오, 「이태준 장편소설분석」, 『서강어문』 10호, 1994.

우찬제, 『현대장편소설의 욕망시학적 연구-주체의 성격에 따른 욕망현시 유형을

중심으로」, 서강대 박사학위논문, 1992.

이명희, 「이태준 문학연구」, 숙명여대 박사학위논문, 1993.

이병렬, 「이태준 소설의 창작기법 연구」, 숭실대 박사학위논문, 1993.

이정옥, 「1930년대 한국 대중소설의 이해」, 국학자료원, 2000.

이재선, 「한국현대소설사」, 홍성사, 1979.

장영우, 「이태준 소설연구」, 동국대 박사학위논문, 1992.

정숙자, 「이태준 장편소설 연구」, 전북대 교육대학원 석사학위논문, 1993.

최유찬, 「욕망과 역사의 변증법」, 「리얼리즘 이론과 실제 비평」, 까치, 1989.

최정희, 「이태준 作「청춘무성」」, 「인문평론」 14, 1941. 1.

(국외논저)

Brooks,P, *Reading For the Plot*,NY: Vintage Books, 1984.

Brooks,P, 육체와 예술, 이봉지 · 한애경 역, 문학과 지성사, 2000.

Brooks,P, *The Melodramatic imagination: Balzac,Henry James, Melodrama and Mode of Excess*, Yale Univ Pr. 1995.

Catherine Belsey,*Desire-Love Stories in Western Culture*, Oxford: Blackwell, 1994.

Collin, Martin, 「인간과 욕망」, 박윤영(역), 예하, 1989.

E. 디플, 「플롯」, 문우상 역, 서울대 출판부, 1984.

Higbie, R, *Charcter and structure in the English Novel*, UP.of Florida, 1984.

Jameson, F, *The Political Unconscious:narrative As A Sociality Symbolic Act*, NY. Cornell UP, 1981.

라이트, E, 「현대정신분석비평」, 권택영 (역), 문예출판사, 1989.

◆ SUMMARY

A Study of 『Chung-chun-mu-sung』 by Sang-hur, Lee Tae-jun

Kim, Eun-jeong

『Chung-chun-mu-sung』 is the work which is questing for the modernity. The aspects of modenity sought by Sang-h coincide with the desire for modernity by the reader in this work. This study examines the coincident part by centering on the 'plot of practice and desire for reconciliation', which are the main content of 『Chung-chun-mu-sung』. This work shows the aspect of practicing a daily life and modernization and the process of reconciliation between the character and the reader. However, this study tries to look for the author's concealed desire in the text. In particular, this study intends to find out the author's desire for recurrence, which is slightly discovered in this work.

This study regards the context of Sang-hur's works as the mixture of 'desire for returning to the pre-modern' and 'desire for the modern'. And, this study understands that the final author's desire which is passing through his whole works including both short stories and novels is the 'desire for returning to the pre-modern'. However, in this period when the order of modernization was already activated, the author's final desire could not help being distorted. Therefore, the author produces the texts which are different from the author's true desire.

As modernization is more strengthened as a main stream, Sang-hur desires to return to the farther-off days. This kind of recurrence to the long past is the unconscious desire of Sang-hur.

일반 논문

백석 시의 반복 기법 연구

이 경 수*

1. 문제 제기

　백석 시의 독특한 표현 형태에 대해서는 시집 『사슴』이 나온 당대에서부터 여러 논자들이 지적해 왔다. 백석 시에 대해서 "그 외관의 철저한 향토 취미에도 불구하고 주착없는 일련의 향토주의와는 명료하게 구별되는 '모더니티'를 품고 있"[1]다고 특징을 탁월하게 간파해 낸 김기림은 물론 백석 시의 표현 형태를 두고 "가진 사투리와 옛니야기 年中行事의 묵은 記憶等을 그것도질서도없이 그저 곡간에볏섬·쌋듯기(쌓듯이—인용자 주) 그저 구겨넣은데"[2] 불과하다고 폄하한 오장환까지도 백석 시의 표현 형태에 관심을 두었다는 점에서는 공통된다. 박용철 역시 백

<hr>

* 한경대학교 강사.
1) 김기림, 「『사슴』을 안고」, 《朝鮮日報》 1936. 1. 29.
2) 오장환, 「白石論」, 《風林》 통권 5호, 1937. 4, 19쪽.

석 시의 표현 기법을 "향토취미정도의 미온한 작위"와는 분명히 구별지었으며 "냉연한 산문적인 포즈"[3]가 백석 시 전체를 통해 감지된다고 지적하기도 했다. 그러나 당대의 평가는 대개 시어의 특성에 한정된 것이거나 현상적으로 드러나는 표현상의 특징을 간략히 언급한 정도에 그칠 뿐 백석 시의 표현 기법이 지니는 미학적 특질을 밝히는 데까지 나아가지는 못했다.

80년대에 들어와 백석 시 연구가 본격화되면서 표현 형태 및 기법에 대한 관심은 좀더 두드러진다. 김명인은 "부연과 토착어의 반복적인 활용은 자칫 이완되기 쉬운 회귀의 정태적인 정서에 독특한 긴장감을 주고, 율격적인 개성을 두드러지게 한다"[4]고 하여 백석 시의 리듬에 반복 기법이 기여하는 효과에 일찍이 주목하였다. 이숭원은 백석의 소재 열거의 취향, 직유 위주의 비유법, 의성어·의태어의 빈번한 사용 등을 들어 "눌변의 미학"[5]이라고 백석 시의 미학적 특질을 규정하였다. 김영민은 백석 시의 독자성을 외로움의 정조와 서사성에서뿐만 아니라 반복률의 최대 활용이라는 형식적 측면에서도 찾았으며,[6] 정효구는 백석 시의 열거식 병렬법의 구도가 객관주의의 정신과 관련돼 있음을 밝힘으로써 미학적 효과에 주목하였다.[7] 90년대 이후 백석 연구가 좀더 폭넓고 다양한 방향으로 진행되면서 백석 시의 형태적 기법에 대한 연구는 더욱 깊이 있게 이루어진다. 심재휘는 백석 시의 반복성이 시간 표현에 발휘하는 효과에 주목하여 백석의 초기시가 지니는 중요한 특성을 해명하였다[8]. 백석의 시에 대해 오랜 관심과 연구 성과를 축적해 온 바 있는 고

---

3) 박용철, 「백석시집 『사슴』평」, 《朝光》 1936. 4.(『박용철전집』, 동광당 서점, 1940, 122~123쪽에서 재인용.)
4) 김명인, 「백석시고」, 『우보 전병두박사 화갑기념 논문집』, 우보 전병두박사 화갑기념논문집 편찬위원회, 1983, 127쪽.
5) 이숭원, 「풍속의 시화와 눌변의 미학」, 『한국 시문학의 비평적 탐구』, 삼지원, 1985, 263쪽.
6) 김영민, 「백석 시의 특질 연구」, 《현대문학》 1989. 3, 342~343쪽.
7) 정효구, 「백석시의 정신과 방법」, 《한국학보》 1989년 겨울, 205쪽.
8) 심재휘, 「1930년대 후반기 시 연구」, 고려대학교 박사학위 논문, 1997. 7. 109~119쪽.

형진은 백석 시의 반복성을 전통적인 '엮음'의 방법과의 관련 아래 분석해 냄으로써 백석 시의 표현 기법 연구에 새로운 시각을 마련하였다[9]. 방연정은 최근의 논문에서 백석 시의 연쇄적 리듬이 체험의 구체성에 활기를 부여하여 토속적 분위기를 강화하는 효과를 발휘한다고 지적하였다.[10]

지금까지의 연구사에서 반복 기법이 백석 시에서 차지하는 중요성에 대해서는 많은 부분 합의가 이루어졌고, 그 특징에 대해서도 적잖은 연구가 축적되어 왔다. 그러나 백석 시의 반복 기법이 일으키는 미적 효과에 대해서 충분한 해명이 이루어졌다고 보기는 어렵다. 선행 연구들은 반복 기법을 백석 시의 두드러진 표현 기법 중 하나로 다루면서 초기 시의 원리를 해명하는 데 주로 주목해 왔다. 반복 기법이 백석 시의 서사지향성이나 산문성, 또는 토속성을 드러내는 방법으로서 평가되어 온 것이다. 그러나 이 글에서는 백석 시의 반복 기법이 백석의 시세계 전체를 관류하는 원리이자 창작 방법이라는 입장을 취하고자 한다. 초기시의 창작 방법으로 활용되었던 반복 기법이 변형되어 백석의 후기시에도 긴밀히 작용하고 있으며, 후기시에 와서 더욱 독특한 기법을 실현하고 있음을 밝히는 데 이 글의 목적이 있다.

반복이라는 기법은 우리 시가에 오래도록 쓰여온 전통적인 기법임에 틀림없지만, 백석 시의 경우는 그러한 설명만으로 충분하지 않은 독특한 미적 효과를 발휘하고 있다. 백석 시의 반복 기법이 갖는 개성은 바로 그러한 미적 효과에서 찾아져야 한다. 이 글에서는 백석 시에 두드러지게 드러나는 반복 기법을 반복이 배치되는 형태에 따라 세 가지로 유형화해서 살펴보고자 한다. 지금까지의 연구사에서 나열, 열거, 병렬,

---

9) 고형진, 「백석 시와 '엮음'의 미학」, 박노준 · 이창민 외, 『현대시의 전통과 창조』, 열화당, 1998, 213~230쪽.
10) 방연정, 「1930년대 후반 시의 표현방법과 구조적 특성 연구」, 한국교원대학교 박사학위논문, 2000. 8, 115쪽.

반복, 수식, 부연 등의 용어로 표기되어 왔던 백석 시의 다양한 기법을
포괄하는 용어로 이 글에서는 반복 기법이라는 용어를 사용하기로 한
다. 제각기 다른 기준에서 사용한 위의 용어들은 사실상 조사와 같은 특
정 품사의 반복, 문장 성분의 반복, 어휘나 문장의 반복, 문장 구조의 반
복 등으로 치환 가능하며, 무엇이 반복되고 그것이 어떻게 배치되는가
에 따라 같은 기준 아래 묶일 수 있다는 판단 때문이다.[11] 나열과 수식,
병렬과 대구, 조사 및 문장의 반복 등의 방법이 중첩되어 쓰인 백석 시
에서 반복의 배치를 유형화하는 것이 쉬운 일은 아니나, 특정한 품사 및
어휘, 문장 성분 등이 한 문장 안에서 반복되는 경우, 동일한 문장 구조
가 반복되는 경우, 기본 문장이 제시되고 시 전체에 걸쳐 기본 문장이
반복되거나 변형되는 경우 등을 기준으로 나열과 수식의 구조, 대구와
병렬의 구조, 제시-변형의 반복 구조 등으로 나누어 살펴보고자 한다.[12]
이미 백석 시의 반복 기법에 대해 많은 연구가 축적되었다는 판단 아래,
이 글에서는 중복되는 논의를 가급적 피하면서 초기시의 반복 기법을
살펴보고, 지금까지 논의되지 않은 '제시-변형'의 반복 구조를 중심으
로 후기시에 대한 논의를 전개해 나갈 것이다.[13]

---

11) 유리 로트만은 일찍이 시란 반복의 원리를 기본 구조로 삼고 있다고 지적하면서 "반복은 텍
스트에서 연합적 차원에서의 질서화의 실현, 즉 등적에 의한 질서화의 실현으로 나타난다"
고 하였다. (유리 로트만, 『시텍스트의 분석:시의 구조』, 유재천 역, 가나, 1987, 83쪽)

12) 각각의 반복 기법은 백석 시에서 중첩되어 나타나는 경우도 적지 않지만, 주로 쓰인 반복 기
법에 따라 세 가지 경우로 나눠 볼 수 있다.

13) 백석의 시는 대개 다음 네 가지 유형으로 나누어진다. 1) 유년의 화자가 등장해 고향의 모습
을 풍요롭게 복원해 내는 시, 2) 객관적인 현실을 관찰하는 기행 시편, 3) 내성적인 성인 화
자가 등장해 과거를 회상하는 유형의 시, 4) 분단 이후 북에서 쓴 시. 백석의 시는, 북한에서
씌어진 시를 제외하고는 비교적 짧은 시기-30년대 중반부터 해방 이후까지-에 씌어진 데다
여러 시기에 걸쳐 앞의 세 가지 유형의 시가 편재되어 있어서 시기를 구분하는 데 적잖은 문
제점을 안고 있다. 하지만 시집 『사슴』을 놓고 볼 때 1)의 유형은 『사슴』에 실린 시들에서 제
일 많이 발견되고, 2)와 3)의 유형은 『사슴』 이후의 시들에서 더 많이 발견되므로, 이 글에서
는 편의상 『사슴』에 실린 시들을 초기시, 『사슴』 이후에 발표된 시들을 후기시라고 부르기로
한다. 분단 이후 북에서 씌어진 시 몇 편이 더 발견되기는 했지만, 문학적 자율성이 보장되
지 않았던 시기에 씌어진 시이므로 백석 시를 논하는 데 자료사적인 가치 이외의 의미를 발
견하기는 어렵다는 판단 아래, 이 글에서는 논외로 하였다.

2. 나열과 수식의 구조

백석의 시에서 가장 두드러지는 반복의 기법은 문장 내의 성분이나 특정 품사가 여러 차례 반복되는 형태라고 할 수 있다. 조사의 반복이라는 형태를 띨 때 이는 다양한 명사의 나열이라는 시각적 특성으로 나타나며 연결 어미가 반복될 때 행위의 나열이라는 형태로 나타나기도 한다. 『사슴』에 실린 백석의 초기시에서 가장 두드러지게 사용된 이 방법은 이후 후기시에까지도 지속적으로 활용되는 백석 시의 주된 기법이 된다.

　　명절날나는 엄매아배따라 우리집개는 나를따라 진할머니 진할아버지가있는 큰집으로가면
　　얼굴에별자국이솜솜난 말수와같이눈도껌벅걸이는 하로에베한필을짠다는 벌하나건너집엔 복숭아나무가많은 新里고무 고무의딸李女 작은李女
　　열여섯에 四十이넘은홀아비의 후처가된 포족족하니 성이잘나는 살빛이매감탕같은 입술과 젓꼭지는더깜안 예수쟁이마을가까이사는 土山고무 고무의딸承女 아들承동이
　　六十里라고해서 파랗게뵈이는山을넘어있다는 해변에서 과부가된 코끝이빩안 언제나흰옷이정하든 말끝에설게 눈물을짤때가많은 큰곬고무 고무의딸洪女 아들洪동이작은洪동이
　　배나무접을잘하는 주정을하면 토방돌을뽑는 오리치를잘놓는 먼섬에반디젓 닭으려가기를좋아하는삼춘 삼춘엄매 사춘누이 사춘동생들

　　이그득히들 할머니할아버지가있는 안간에들 몽여서 방안에서는 새옷의내음새가나고
　　또 인절미 송구떡 콩가루차떡의내음새도나고 끼때의두부와 콩나물과 뿜

운잔디와고사리와 도야지비게는모두 선득선득하니 찬것들이다

    저녁술을놓은아이들은외양간섶 밭마당에달린 배나무동산에서 쥐잡이를
하고 숨굴막질을하고 꼬리잡이를 하고 가마타고시집가는노름 말타고장가가
는노름을하고 이렇개 밤이어둡도록 북적하니 논다
    밤이깊어가는집안엔 엄매는엄매들끼리 아르간에서들웃고 이야기하고 아
이들은 아이들끼리 웅간한방을잡고 조아질하고 쌈방이굴리고 바리깨돌림하
고 호박떼기하고 제비손이구손이하고 이렇게화디의사기방등에 심지를 몇번
이나독구고 홍게닭이몇번이나울어서 조름이오면 아릇목싸움 자리싸움을하
며 히드득거리다 잠이든다 그래서는 문창에 텅납새의그림자가치는아츰 시
누이동세들이 욱적하니 흥성거리는 부엌으론 샛문틈으로 장지문틈으로 무
이징게국을끄리는 맛있는내음새가 올라오도록잔다
- 「여우난곬族」

    백석 시의 독특한 표현 기법을 보여 주는 대표적인 예로 자주 인용
되어 온 「여우난곬族」은 다양한 반복 기법을 보여 주는 예로도 적합하
다. 1연에서 '-는 ---따라' 라는 문장 구조가 반복해서 쓰이기는 했지
만, 이 시의 주된 반복 기법은 연결어미 및 조사가 반복되는 형태라고
할 수 있다. 2연에서는 부연 수식의 역할을 하는 '-는 -는 -는' 의 관형
형 어미가 반복해서 쓰였으며, 3연에서는 '-고' 라는 연결어미와 '-와/
과' 라는 조사가 반복해서 쓰였다. 연결어미 '-고' 의 반복은 4연에서 더
욱 집중적으로 나타난다.
    반복 기법은 일차적으로 산문시의 형태를 띠고 있는 백석 시에 리듬
감을 부여해 주는 역할을 한다. 산문성[14]이나 서사지향성[15]은 백석 시의
두드러진 특성이기는 하나, 눈에 보이는 형식에만 이끌리게 될 때 산문
시의 형태를 띠면서도 서정성을 자아내는 백석 시 특유의 미적 효과는

---

14) 서지영, 「한국 현대시의 산문성 연구」, 서강대학교 박사학위논문, 1999. 7.
15) 고형진, 『한국 현대시의 서사지향성 연구』, 시와시학사, 1995.

소홀히 다루어지기 쉽다. 반복성에 의존하는 산문적 리듬이 자아내는 미적 효과에 주목할 때 백석 시의 독특한 기법은 밝혀질 것이다. 띄어쓰기 규칙을 무시하고 호흡의 마디에 따른 이 시의 띄어쓰기는 낭독에 속도감을 부여하는 또 하나의 표지로 기능한다.[16] 뿐만 아니라 꼬리에 꼬리를 무는 연쇄의 마디로서의 기능도 하는 것으로 보인다.

　문장 구조나 성분의 반복을 통해 시인이 일차적으로 의도한 것은 연쇄 효과이다. 1연에서는 문장 구조의 반복을 통해 '엄매아배-나-우리 집개'가 꼬리에 꼬리를 물고 큰집으로 가는 모습을 형상화해 낸다. 연쇄 효과는 명절날 큰집의 모습을 그려낸 나머지 연에 오면 좀더 집중적으로 드러난다. 특히 '-는 -는 -는'으로 이어지는 관형형 어미의 반복은 백석 시만의 개성적인 표현 방법이라고 할 수 있다. 관형형 어미의 반복이 일으키는 효과를 구명하기 위해서는 '-고 -고 -고'로 이어지는 나열의 방법과의 차이를 살펴보아야 할 것이다. 각각의 방법이 집중적으로 사용된 2연과 4연을 살펴보도록 하자. '-는'은 뒤에 체언을 요구하는 관형형 어미로 일반적으로는 반복해서 사용하지 않는다. 민요와 사설시조 등에 쓰인 '엮음'[17]의 예에서도 '-는 -는 -는'으로 이어지는 수식의 반복 형태는 찾아보기 힘들다. 이러한 형태는 기록된 언어보다는 구어에서, 그 중에서도 특히 계획적으로 말하지 않고 신세 타령을 늘어놓거나 옛날 이야기를 늘어놓거나 기억을 더듬으며 말하는 방식에서 사용되는 경우가 많다. '-는'이라는 관형형 어미를 사용해서 인물들의 숨

---

16) 당대의 자료들 - 《문장》《인문평론》 등 당대에 발행된 잡지들이나 같은 시기에 발표된 시들 - 을 살펴보면, 그 당시의 띄어쓰기 방식이 오늘날의 띄어쓰기 규칙과 정확하게 일치하는 것은 아니지만 대체로 큰 틀은 벗어나지 않았음을 확인할 수 있다. 따라서 당대에도 특수한 사례였던 백석 시의 띄어쓰기는 의도적인 것으로 보는 것이 타당하다. 띄어쓰기 규칙을 무시한 극단적이고 대표적인 사례로 우리는 백석과 동시대를 살았던 이상의 시를 기억하고 있다.

17) 고형진은 앞의 글에서 엮음이라는 개념의 음악적 측면과 문학적 측면을 살펴본 후, 엮음을 "길게 꺾어 넘어가지 않고, 말을 한꺼번에 몰아붙이어 엮어 나가는 가락, 즉 음악적인 리듬이 촘촘한" 창법 또는 "다양한 사실이나 정황 등을 엮어 나가는 언어 표현형태"라고 정리하였다.(고형진, 앞의 글, 214~215쪽)

겨진 사연이 펼쳐질 때마다 청자, 혹은 독자는 사연의 주인공인 수식의 대상을 떠올리거나 기대하게 된다. 따라서 '-는 -는 -는'의 반복을 통한 사연의 나열은 사연의 주인공의 등장을 지연시키면서 그에게로 시선을 집중시키는 역할을 한다. 아울러 제시된 인물들의 사연은 누적되어 분위기를 강하게 환기하는 효과를 낸다. 4연의 '-고 -고 -고'가 빠른 속도감을 실어 수다스럽게 말하는 방식이라면, 2연의 '-는 -는 -는'은 오히려 기억을 더듬어 말하는 단속적 기능이 강화된 말하기 방식에 가깝다.[18] 4연이 명절날이면 반복되는 유년의 화자[19]의 현재를 표현하는 데 비해, 2연의 진술이 화자의 친척인 각 인물들의 오랜 사연과, 여러 시기에 걸쳐 들었을 이들에 대한 정보를 기억을 더듬으며 말하는 방식이라는 점에 착안한다면 이러한 연결어미의 선택이 매우 적절한 것임에 동의하지 않을 수 없다. 백석의 후기시에 자주 등장하는 '되새김질'의 기법은 수식어구를 부연하는 이러한 방식으로부터 이미 마련된 것이라는 가정을 해 볼 수 있다.[20]

이미 논의된 것처럼 4연의 연결어미 '-고'가 반복되는 형태는 오래간만에 친척들이 모여 "욱적하니 흥성거리는" 명절날의 분위기를 전달

---

18) 1930년대 후반에 시작 활동을 한 백석이 이와 같이 새로운 문체를 시도했다는 사실은 당대의 시인들이 느꼈을 모국어에 대한 위기의식을 감안한다면 시사하는 바가 적지 않다. 문체는 시인이 세계를 해석하는 방식인 동시에 세계에 대응하는 방식이라는 점을 상기한다면, 백석이 새롭게 시도한 문체에 대해서는 좀더 적극적인 해석이 가해질 수 있을 것이다.

19) 백석 시의 화자 유형에 대해서는 졸고, 「백석 시 연구」(고려대학교 석사학위 논문, 1993. 8)에서 살펴본 바 있다.

20) 최두석은 「남신의주유동박시봉방」의 한 구절을 인용하면서 '되새김질'을 백석이 무심결에 밝힌 창작 방법의 일종이라고 보았다.(최두석, 「백석의 시세계와 창작방법」, 《우리 시대의 문학》 6집, 1987(정효구 편, 『백석』, 문학세계사, 1996, 305쪽에서 재인용)) 류경동은 백석의 후기시에 자주 등장하는 '생각'이라는 단어에 주목하여 '되새김질'이야말로 백석의 시가 발생하는 지점이라고 보았다.(「잃어버린 시간의 복원과 허무의 시의식」, 『1930년대 후반문학의 근대성과 자기성찰』, 상허학회, 깊은샘, 1998, 375쪽) '되새김질'은 백석 시의 반복 기법의 특징을 구명하는 데도 유용한 것으로 판단된다. 「여우난곬族」에 쓰인 '-는-는-는' 형태의 수식어구의 반복은 백석의 후기시에 좀더 빈번히 등장하는 '되새김질'의 방법의 원초적 형태라고 할 수 있다. '되새김질'의 방법은 과거를 회상하는 형식의 후기시에 좀더 집중적으로 사용된다. 이에 대해서는 뒤에서 다시 논하기로 한다.

하는 데 매우 효과적이다. 이러한 표현 기법이 지니는 속도감과 놀이성은 전통적인 '엮음'의 형식을 계승한 것으로서[21] 궁극적으로는 공동체 의식을 형성하고 확장하는 데 기여한다.[22]

　아배는타관가서오지않고 山비탈외따른집에 엄매와나와단둘이서 누가죽이는듯이 무서운밤 집뒤로는 어늬山곬작이에서 소를잡아먹는노나리군들이 도적놈들같이 쿵쿵걸이며다닌다

　날기멍석을저간다는 닭보는할미를차굴린다는 땅아래 고래같은기와집에는언제나 니차떡에 청밀에 은금보화가그득하다는 외발가진조마구 뒷山어늬메도 조마구네나라가있어서 오줌누러깨는재밤 머리맡의문살에대인유리창으로 조마구군병의 새깜안대가리 새깜안눈알이들여다보는때 나는이불속에 자즐어붙어 숨도쉬지못한다

　또이러한밤같은때 시집갈처녀망내고무가 고개넘어큰집으로 치장감을가지고와서 엄매와둘이 소기름에쌍심지의불을밝히고 밤이들도록 바느질을하는 밤같은때 나는아릇목의삿귀를들고 쇠든밤을내여 다람쥐처럼밝어먹고 은행여름을 인두불에구어도먹고 그러다는이불 웋에서 광대넘이를뒤이고 또 놓어굴면서 엄매에게 웋목에둘은평풍의 샛따안천두의이야기를듣기도하고 고무더러는 밝은날 멀리는 못난다는뫼추라기를 잡어달라고졸으기도하고

　내일같이명절날인밤은 부엌에 쩨듯하니 불이 밝고 솥뚜껑이놀으며 구수한 내음새 곰국이 무르끓고 방안에서는 일가집할머니가와서 마을의소문을 펴며 조개송편에 달송편에 쥔두기송편에 떡을빚는곁에서 나는 밤소 팟소 설탕든콩가루소를먹으며 설탕든콩가루소가가장맛있다고생각한다
　나는얼마나 반죽을주물으며 흰가루손이되여 떡을빚고싶은지모른다

---

21) 고형진, 앞의 글, 223쪽.
22) 백석의 시는 전통적인 민요나 사설시조, 판소리 등에서 '엮음'의 형식만을 빌려 온 것이 아니라 전통적인 시가가 지니고 있는 집단성까지도 아울러 계승해 새롭게 표현해 낸 것으로 보인다. 백석의 초기시에서 민족 공동체의 복원을 읽어내는 독법이 자연스럽게 느껴지는 이유는 여기에 있다.

> 섯달에 내빌날이드러서 내빌날밤에눈이오면 이밤엔 째하얀할미귀신의눈
> 귀신도 내빌눈을 받노라못난다는말을 든든히녁이며 엄매와나는 앙궁 옿에
> 떡돌 옿에 곱새담 옿에 함지에 버치며 대냥푼을놓고 치성이나들이듯이 정한
> 마음으로 내빌눈약눈을 받는다
> 이눈세기물을 내빌물이라고 제주병에 진상항아리에 채워두고는 해를묵여
> 가며 고뿔이와도 배앓이를해도 갑피기를앓어도 먹을물이다
>
>   -「古夜」

인용한 시에서 각 연은 의미상 병렬의 구조를 하고 있다. 아버지가 타관 가서 오지 않던 유년의 밤, 자다가 오줌 누러 깨던 밤의 무서웠던 기억, 막내고모가 '치장감'을 들고 찾아와 어머니와 바느질을 하던 밤, 명절 전날 밤, '섣달 내빌날(臘日-인용자 주) 밤' 등 유년의 기억 속에 남아 있는 이러저러한 밤에 대한 회상이 이어진다. 의미상 병렬을 이루는 각각의 밤은 다양한 반복 기법에 의해 그려진다. 2연에서처럼 관형형 어미 '-는'이 반복되기도 하고, 3연에서처럼 '-밤같은때'라는 어휘가 반복되거나 '-을/를 -고'라는 문장 구조가 반복되기도 한다. 4연에서는 '-며'라는 연결어미와 '-에'라는 조사가 반복되어 쓰였고, 5연에서는 '-에'라는 조사와 '-아/어도'라는 연결어미가 반복되었다.

이 중에서 주목할 만한 것은 2연에 반복해서 쓰인 '-는 -는 -는'의 형태이다. 「여우난곬族」과는 달리 이 시의 2연에서는 '-다는'이라는 간접화법의 형태를 취하고 있는 점이 눈에 띈다. '-다는'은 '-다고 하는'의 준말로 다른 이에게 들어서 아는 내용을 전달할 때 사용하는 형태의 어미이다. 실제로 '-다는'이라는 표현의 앞에 이어지는 내용은 '외발 가진 조마구'에 대한 옛날 이야기이다. 「여우난곬族」에서도 어른들에게 들어서 알고 있는 친척들의 사연이 서술되지만 이때는 간접화법의 방식이 두드러지지는 않았다. 화자가 이미 알고 있는 친척들의 외모나

습관까지도 함께 진술되었기 때문에 들어서 안다는 것은 전제가 되었을 뿐이다. 하지만 옛날이야기로 들어서 알고 있는 '외발 가진 조마구'에 대한 기억을 더듬을 때는 간접화법의 방식이 좀더 표나게 두드러진다.[23] '-는'의 반복 형태가 백석의 시에서 옛날 이야기를 구연하는 형식으로부터 왔음을 다시 한 번 짐작케 하는 대목이다. 이처럼 백석의 시는 전통 시가의 반복 기법이나 '엮음'의 방식을 계승하면서도 속도감의 효과를 그대로 가져오는 것이 아니라 나름의 개성적인 방식으로 독특한 리듬감을 살려내고 있다. '-는'의 반복이 일으키는 또 하나의 효과는 연쇄의 효과라고 할 수 있다. '외발 가진 조마구'의 행적은 낱낱이 기술되는 데서 끝나지 않고 '-는'의 반복에 의해 지연되다가 '외발 가진 조마구'라는 어휘가 출현하는 순간 연쇄적으로 누적되어 온 행적들이 합쳐져 하나의 이미지를 형성한다. 이러한 연쇄의 효과는 연상의 연쇄와 현재 시제의 반복을 통해 시 전체에도 작용하고 있다. 각 연은 의미상 병렬의 구조를 취하는 것처럼 보이지만, "도적놈들같이 쿵쿵걸이며" 다니는 "소를잡아먹는노나리군들"에서 "외발가진조마구"로, 엄마가 해 주는 "샛 빩안천두의이야기"로, 막내고모와 어머니가 모이는 밤의 분위기는 다시 명절 전날밤의 분위기로, '섣달 내빌날밤'의 분위기로 연쇄 효과를 일으켜 옛적의 정취 어린 밤이 강하게 환기되는 역할을 한다.[24]

---

23) 심재휘는 백석 시에서 시간상으로 오래 지속되어온 사건이나 사실을 인용할 때 '-다는'이라는 간접화법을 사용한다는 사실을 지적한 바 있다.(심재휘, 앞의 글, 118쪽)
24) 이 글에서 인용하지는 않았지만, 『사슴』 이후의 시 중에서 「넘언집 범같은 노큰마니」에서도 이러한 연쇄의 효과는 발휘된다. 조사의 반복, 문장 구조의 반복, 술어의 반복, 연결어미의 반복 등 다양한 반복 기법을 종합적으로 선보인 이 시에서는 '국수당 고개→노큰마니의 집→노큰마니→노큰마니와 관련된 구체적인 일화'가 연쇄적으로 연결되어 초점 대상을 향해 다가가면서 제목인 '넘언집 범같은 노큰마니'라는 종합적인 이미지를 형성하는 데 기여한다.

3. 대구와 병렬의 구조

어휘나 품사, 문장 성분의 반복 못지 않게 백석 시에 자주 등장하는 반복의 기법은 동일한 문장 구조가 반복되는 형태이다. 이러한 유형의 시에 대해서 선행 연구들은 반복과 나열의 형태[25], 또는 열거식 병렬법[26]이라고 지칭해 왔다. 이 유형의 시들은 각 연의 같은 위치에 동일하거나 유사한 표현이 반복되어 쓰여 대구를 이루거나, 동일한 문장구조가 각 연이나 행에 반복해서 쓰여 시각적으로 동일한 값을 갖는 것처럼 보이는 병렬의 구조를 지닌다. 이 글에서는 대구와 병렬의 방법을 기본으로 한 변형까지도 여기에 포괄해서 다루려고 한다.

    달빛도 거지도 도적개도 모다 즐겁다
    풍구재도 얼럭소도 쇠드랑볕도 모다 즐겁다

    도적괭이 새끼락이나고
    살진 쪽제비 트는 기지게길고

    홰냥닭은 알을낳고 소리치고
    강아지는 겨를먹고 오줌싸고

    개들은 게뭏이고 쌈지거리하고
    놓여난 도야지 등구재며오고

    송아지 잘도 놀고

---

25) 고형진, 앞의 글, 219~220쪽.
26) 정효구, 앞의 글, 204쪽.

까치 보해 짖고

신영길 말이 울고가고
장돌림 당나귀도 울고가고

대들보우에 베틀도 채일도 토리개도 모도들 편안하니
구석구석 후치도 보십도 소시랑도 모도들 편안하니
-「연자ㅅ간」

한 연을 이루는 두 개의 행이 모두 정확하게 대구를 이루고 있는 이 시는 반복 기법을 사용한 시들 중에서도 단순한 형태를 하고 있다. 그러나 각각의 연이 모두 다른 형태를 띠고 있는 데다 각 연의 길이도 각기 다르고, 대구를 이루는 명사가 다양하게 쓰여 반복의 구조에 약간의 변화를 주고 있다. 반복과 변화의 구조는 하루종일 연자매가 돌아가는 연자간의 분위기를 보여 주는 데 매우 적합한 구조이다. 연자매의 움직임도 위치의 차이와 회전의 반복을 통해 이루어지는 것이니 말이다. 자연물과 동물과 사물이 한데 어우러진 연자간의 즐겁고 편안한 분위기는 평화롭고 활기 넘치는 농촌 공동체의 정서를 환기한다. 생명이 있는 것과 없는 것, 넉넉한 것과 그렇지 못한 것, 농촌 공동체의 평화로운 일원인 가축들과 그들을 노리는 쪽제비며 먹을 것을 훔쳐 먹는 도둑 고양이까지도 농촌 공동체의 품 안에 넉넉히 포용된다.[27] 이질적인 성향의 단어들이 나열되면서도 그것들이 대립적인 속성을 지니지 않고 多者를 품은 一者처럼 포용되는 백석 시의 중요한 특징을 이 시의 구조를 통해서도 확인할 수 있다.[28]

백석은 시작 기간 전체에 걸쳐 다양한 반복 기법을 실험하여 자신의

---

27) 백석의 소설 「닭을 채인 이야기」에도 '쪽제비'가 농촌 공동체의 일원으로 자연스럽게 등장하고, 「마을의 遺話」에는 쥐, 가재, 산새, '닭개즘생' 등이 등장한다.

시에 리듬감을 부여한다. 그러한 예 중의 하나인 대구의 구조는 백석의 그밖의 시에서도 종종 발견된다. 「大山洞」에서는 "비애고지 비애고지는 / 제비야 네말이다"라는 두 행이 매 연마다 반복되고 나머지 두 행에도 '-란/단 말이지' 라는 문장 형태가 반복되며 대구를 이룬다. "異邦거리는 / -속에 / -속에"의 형태가 1·2·3연에 걸쳐 반복되며 대구를 이루는 「安東」도 대구를 기본 구조로 한 시라고 할 수 있다. 그러나 동일한 문장 구조가 반복되는 형태가 좀더 성공적으로 드러나는 것은 병렬의 구조를 띠는 시에 와서이다.

봄첨날 한종일내 노곤하니 벌불 작난을 한날 밤이면 으례히 싸개동당을 지나는데 잘망하니 누어 싸는 오줌이 넙적다리를 흐르는 따끈따끈 한 맛자리에 펑하니 괴이는 척척한 맛

첫 녀름 일은저녁을 해 치우고 인간들이 모두 터앞에 나와서 물외포기에 당콩포기에 오줌을 주는때 터낮에 밭마당에 샛길에 떠도는 오줌의 매캐한 재릿한 내음새

긴 긴 겨울밤 인간들이 모두 한잠이 들은 재밤중에 나혼자 일어나서 머리맡 쥐발같은 새끼오강에 한없이 누는 잘매럽던 오줌의 사르릉 쪼로록하는소리

그리고 또 엄매의 말엔 내가 아직 굳은 밥을 모르던때 살갗 퍼런 망내고무가 잘도 받어 세수를 하였다는 내 오줌빛은 이슬같이 샛맑앟기도 샛맑았다는 것이다.

-「童尿賦」

「동뇨부」는 각 연이 동일한 값을 갖는 병렬의 구조로 이루어진 반복

---

28) 이러한 백석 시의 성향을 최학출은 "이질성을 내포한 동일성의 세계"라고 불렀다.(최학출, 「1930년대 한국 모더니즘시의 근대성과 주체의 욕망체계에 대한 연구」, 서강대학교 박사학위논문, 1995. 1, 167쪽)

기법이 성공적으로 구현된 작품이다. 이 시는 '-ㄴ/는 + 명사'의 형태로 각 연이 끝나고 있어서[29] 형태상으로 병렬 구조로 이루어져 있다. 두드러진 형태상의 병렬은 촉각, 후각, 청각, 시각적 이미지의 병렬이라는 의미상의 병렬을 가져오는 효과를 발휘한다. 정효구는 각 연의 무게가 대등한 평행의 구조를 하고 있는 열거식 병렬법을 객관주의 정신의 발로라고 보았다. 개인의 주관적인 감정을 드러내지 않고 사실적으로 대상을 묘사하려는 태도가 깔려 있다는 것이다.[30] 이러한 해석은 백석 시의 표현 기법을 시인의 시작 태도 및 시정신과 관련지어 해석해 냈다는 점에서 의미 있지만, 백석 시의 반복 기법에서 병렬 구조가 일으키는 효과는 대등한 값의 병치와 객관주의 정신의 발로에 한정되는 것은 아니다. 촉각, 후각, 청각, 시각의 네 가지 감각은 따로따로 분리됨으로써가 아니라 중첩됨으로써 오줌과 관련된 유년의 기억을 불러와 향수를 자극한다. 각 감각적 이미지는 기억을 구체화하고 구체화된 기억들이 이루는 병렬의 구조는 오히려 중첩과 종합의 효과를 발휘해 유년의 추억을 환기한다. 병렬 구조가 일으키는 중첩과 종합의 효과는 자족적인 유년의 공동체를 그리는 데 적합한 방식으로 활용된다.

> 흙담벽에 볕이따사하니
> 아이들은 물코를흘리며 무감자를 먹었다
>
> 돌덜구에 天上水가 차게
> 복숭아 낡에 시라리타래가 말러갔다
>
> —「初冬日」

---

29) 마지막 연에서는 "내 오줌빛" 뒤에 "-은 이슬같이 샛맑앟기도 샛맑았다는 것이다"라는 설명적 진술이 이어져 약간의 변형이 이루어지고 있지만, 전체적인 병렬의 구조를 깨는 것이라고 볼 수는 없다. 오히려 병렬의 구조를 바탕으로 한 약간의 변형이라고 보아야 하며, 백석의 시에서 이런 식의 변형은 자주 나타난다.
30) 정효구, 앞의 글, 200~201쪽.

병렬 구조가 변형된 형태의 인용시는 백석 시의 병렬 구조가 일으키는 또 다른 효과를 확인시켜 준다. 1연의 2행을 제외하면 이 시에는 '-에 -이/가 어떠하다'라는 문장 구조가 반복되어 쓰였다. 각각 '-니', '-게', '-았다'로 문장의 종결 어미를 다르게 끝맺어 변화를 주었지만, 동일한 문장 구조는 쉽게 발견된다. 병렬 구조는 "아이들은 물코를흘리며 무감자를 먹었다"라는 이질적인 구조의 문장을 부각시키는 역할을 한다. 초겨울날의 풍경을 통해 시인이 보여 주려 한 것은 물코를 흘리며 무감자를 먹는 아이들의 건강하고 천진난만한 모습이었을 것이다.

> 산골집은 대들보도 기둥도 문살도 자작나무다
> 밤이면 캥캥 여우가 우는山도 자작나무다
> 그맛있는 모밀국수를 삶는 장작도 자작나무다
> 그리고 甘露같이 단샘이 솟는 박우물도 자작나무다
> 山넘어는 平安道땅도 뵈인다는 이山골은 온통 자작나무다
>
> —「白樺」

'-도 자작나무다'라는 동일한 문장 구조가 매행에 반복되어 쓰인 이 시에서도 각 행은 병렬 관계로 맺어져 있다.[31] 1행은 산골집을 이루는 구성요소들이 자작나무로 이루어졌다는 점을 보여 주고, 2·3·4행은 산골집의 배경을 이루거나 주변에 있는 사물들 역시 자작나무임을 각각을 부각시키는 방식으로 보여 주고 있다. 마지막 행은 '이山골은 온통 자작나무다'라는 변형된 문장 구조를 통해 전체의 병렬 구조를 뭉뚱그려 정리하는 역할을 한다. 병렬 구조를 이루는 반복적 리듬이 시각적으로 변용되어 하나의 풍경을 이루는 효과를 이 시는 발휘한다. 'A는 B이다'라는 지시 형태의 변형인 'A도 (C도 D도 E도 F도…) B다'라는 문장

---

31) 고형진은 어휘의 나열과 반복의 혼재 형태를 보인다는 점에서 「白樺」도 '엮음'의 표현 형태를 계승한 시로 보았다. (고형진, 앞의 글, 220쪽)

구조를 통해 구체적인 어휘들이 촘촘하고 경쾌한 리듬을 따라 나열될 때마다 자작나무 한 그루씩이 그 자리에 심어지는 듯한 효과를 발휘해 시 한 편을 다 읽고 나면 마침내 빽빽하게 자작나무가 심어진 숲 하나를 이루게 된다. 리듬을 시각화하는 풍경화의 기법은 이전의 시에서는 볼 수 없었던 독특한 미학이라 하지 않을 수 없다. 주관적인 표현이라고는 '그 맛있는 모밀국수' 정도밖에 찾아 볼 수 없는 이 시에서 거대한 밀림과 맞닥뜨린 것과 같은 정서적 충격을 맛보게 되는 것은 병렬 구조의 반복적 리듬이 만들어내는 풍경의 극대화라는 효과 때문일 것이다. 백석은 실험을 표방하지 않으면서도 반복 기법의 다양한 변용과 실험을 통해 새로운 미학을 창출해냈다는 점에서 이상과는 대척점에서 30년대의 모더니티를 구현한 시인이라고 할 수 있다.

> 거리는 장날이다
> 장날거리에 녕감들이 지나간다
> 녕감들은
> 말상을하였다 범상을하였다 쪽재피상을하였다
> 개발코를하였다 안장코를하였다 질병코를하였다
> 그코에 모두 학실을썼다
> 돌체돗보기다 대모체돗보기다 로이도돗보기다
> 녕감들은 유리창같은눈을 번득걸이며
> 투박한 北關말을 떠들어대며
> 쇠리쇠리한 저녁해속에
> 사나운 즘생같이들 살어졌다
>
> —「夕陽」

반복 기법을 복합적으로 실현한 시에서 백석 시의 독특함은 더욱 개성 있게 발현된다. 인용한 시에서는 부연을 통한 연쇄의 효과와 동일한 문장 구조를 반복하는 병렬의 방법이 어우러져 새로운 미적 효과를 자아내고 있다. 먼 거리에서부터 초점 대상을 향해 차츰 다가가 초점 대상을 클로즈업하듯이, 이 시의 시선은 '거리-장날-영감들-영감들의 얼굴-영감들의 코-코에 걸친 학실-좀더 확대된 돋보기'로 좁혀 들어가다가, 다시 '유리창같은 눈-투박한 북관말-쇠리쇠리한 저녁해-사라진 영감들의 모습'으로 멀어져 간다.[32] 해가 지기 전에 마지막으로 붉게 타오르듯이 "쇠리쇠리한 저녁해속에 / 사나운 즘생같이들 살어"져 가는 "녕감들"은 강렬한 인상을 남긴다. 이전의 시에서 볼 수 없었던 새로운 풍경을 그려내고 있는 이 시의 효과는 많은 부분 반복 기법의 활용에 기대고 있다. '녕감들'이라는 대상을 포착할 때까지 이 시의 앞 부분은 앞 문장을 부연하는, 꼬리에 꼬리를 무는 연쇄의 방식으로 이루어져 있다. '거리는 **장날**이다-**장날**거리에 **녕감**들이 지나간다-**녕감**들은…'으로 이어지는 연쇄를 통해 대상을 포착한 후에는 "…상을 하였다", "…코를 하였다", "…돋보기다"라는 동일한 문장 구조를 세 번씩 반복하며 대상을 클로즈업해 다룬다. 이 시에서 병렬의 구조는 특징을 순간적으로 포착해 구체화하는 효과에 기여하고 있다. 영감들의 희화화된 외모나 투박한 北關말과는 어울리지 않는 "돌체돋보기", "대모체돋보기", "로이도돋보기"는 "쇠리쇠리한 저녁해 속"으로 사나운 짐승같이 사라져 간 영감들의 모습과 어우러져 쓸쓸함을 자아낸다. 유리창같은 안경알에 되비치는 저녁해의 빛살이 영감들이 사라진 뒤에도 오래도록 남는 정서적 효과를 이 시는 유발하고 있다. 「夕陽」은 백석 시의 반복 기법이 새롭고 독특한 효과를 자아낸 시로 기억될 것이다.

---

32) 서정주의 「映山紅」에도 이와 비슷한 시선과 거리의 조정 방법이 계승된다. ("영산홍 꽃 잎에는 / 山이 어리고 // 山자락에 낮잠 든 / 슬픈 小室宅 // 小室宅 툇마루에 / 놓인 놋요강 // 山 넘어 바다는 / 보름 살이 때 // 소금 발이 쓰려서 / 우는 갈매기" (서정주, 「映山紅」 전문)

4. 제시-변형의 반복 구조

백석의 시에서 반복 기법이 시각적으로 두드러진 시는 유년 화자가 등장하는 초기시들이다. 백석 시의 표현 기법에 대한 지금까지의 연구사가 초기시에 집중되어 온 데는 이러한 사정이 작용하고 있었다. 초기시에서부터 반복 기법을 다양하게 실험해 온 백석은 후기시[33]에 와서도 다양한 반복 기법을 선보였다. 어휘나 특정 품사, 문장 성분 등이 반복해서 쓰인 형태라든가 동일한 문장 구조가 반복해서 쓰인 대구와 병렬의 방법을 복합적으로 활용하는 시들은 『사슴』 이후에 발표된 시에도 여전히 눈에 띈다. 그러나 후기시에서 무엇보다도 주목해야 하는 것은 기본 문장이 제시되고, 그 문장이 그대로 반복되거나 다소 변형된 형태로 반복되는 '제시-변형'의 독특한 기법을 창안하고 있는 점이다.

       오이 밭에 벌 배채 통이 지는 때는
a   산에 오면 산 소리
b   벌로 오면 벌 소리

a ' 산에 오면
       큰 솔 밭에 뻐꾸기 소리
       잔 솔 밭에 덜거기 소리

b ' 벌로 오면
       논두렁에 물닭의 소리
       갈 밭에 갈새 소리

---

33) 시집 『사슴』 발간 이후에 발표된 시를 일반적으로 후기시라 부르는데, 이 글도 그러한 견해에 따랐다. 이 장에서는 그 중에서도 내성적 화자가 두드러진 시들을 주된 대상으로 삼았다.

> a ″ 산으로 오면 산이 들썩 산 소리 속에 나 홀로
> b ″ 벌로 오면 벌이 들석 벌소리 속에 나 홀로
>
> 定州 東林 九十여里 긴긴 하로 길에
> a‴ 산에 오면 산 소리 b‴ 벌에 오면 벌 소리
> 적막 강산에 나는 있노라
>
> — 「적막강산」

인용한 시는 '제시-변형의 반복 구조'가 가장 단순화된 형태로 드러난 시로 이 유형의 시가 어떻게 구조화되는지를 이해하는 데 도움이 된다. '산에 오면 산 소리 / 벌로 오면 벌 소리'라는 기본 문장은 이 시의 각 연에서 다양하게 변주된다. 기본 문형을 유지하면서도 기본 문장에 다른 형태를 부연하여 기본 문장의 의미를 더욱 구체화하고 있는 것이다. a ' 와 b ' 는 기본 문장인 a와 b를 각각 구체화하고 있다. 산소리는 "큰 솔 밭에 뻐꾸기 소리"와 "잔 솔 밭에 덜거기(늙은 장끼-인용자 주) 소리"로 구체화되고, 벌소리는 "논두렁에 물닭의 소리"와 "갈 밭에 갈새 소리"로 구체화된다. a ″ 와 b ″ 는 a와 b를 구체화하는 것은 물론, a ' 와 b ' 를 부연하는 역할을 한다. 각각에 "나 홀로"라는 의미가 첨가됨으로써 마지막 연의 "적막 강산에 나는 있노라"를 자연스럽게 유도한다. a‴와 b‴는 a와 b를 거의 동일하게 반복함으로써 시상을 모아주는 역할을 한다.

이러한 반복 기법의 변주는 「나와 나타샤와 힌당나귀」, 「수박씨, 호박씨」, 「許俊」, 「北方에서」, 「국수」, 「마을은 맨천 구신이 돼서」, 「南新義州柳洞朴時逢方」 등에 다양한 형태로 변형되어 나타나 백석의 후기시를 구성하는 중요한 창작 원리로서 기능한다.

가난한 내가
아름다운 나타샤를 사랑해서
오늘밤은 푹푹 눈이나린다

나타샤를 사랑은하고
눈은 푹푹 날리고
나는 혼자 쓸쓸히 앉어 燒酒를 마신다
燒酒를 마시며 생각한다
나타샤와 나는
눈이 푹푹 쌓이는밤 힌당나귀타고
산골로가쟈 출출이 우는 깊은산골로가 마가리에살쟈

눈은 푹푹 나리고
나는 나타샤를 생각하고
나타샤가 아니올리 없다
언제벌서 내속에 고조곤히와 이야기한다
산골로 가는것은 세상한데 지는것이아니다
세상같은건 더러워 버리는것이다

눈은 푹푹 나리고
아름다운 나타샤는 나를 사랑하고
어데서 힌당나귀도 오늘밤이 좋아서 응앙 응앙 울을것이다
─「나와 나타샤와 힌당나귀」

화자의 처지와 화자가 처한 상황이 제시되어 있는 1연은 이 시에서 반복되거나 변주되는 기본 문장이다. 1연에 제시된 기본 문장은 다시 '나는 가난하다', '나는 아름다운 나타샤를 사랑한다'[34], '오늘밤은 푹

---

[34] 이 문장은 다시 '나타샤는 아름답다', '나는 나타샤를 사랑한다'와 같이 나눌 수 있으나, '나타샤는 아름답다'라는 문장이 별도로 반복되거나 변형되어 나타나는 일은 없으므로 이 문장을 나누는 것은 생략하기로 한다.

푹 눈이 나린다'와 같이 나눌 수 있다. 이 문장들은 2연에서 "나타샤를 사랑은하고 / 눈은 푹푹 날리고 / … / 나타샤와 나는 / 눈이 푹푹 쌓이는밤"으로, 3연에서 "눈은 푹푹 나리고 / 나는 나타샤를 생각하고"로, 다시 4연에서 "눈은 푹푹 나리고 / 아름다운 나타샤는 나를 사랑하고"로 변형되어 나타난다. 기본 문장의 반복은 이 시에 푹푹 내리는 눈과 함께 낭만적인 정서를 전체적으로 환기한다. 그리고 나머지 부분들은 기본 문장에 대한 부연이나 앞문장에 대한 부연, 내용 첨가를 통해 시상을 구체화하여 전개하는 역할을 한다. 2연은 "나타샤를 사랑은하고 / 눈은 푹푹 날리고 / 나는 혼자 쓸쓸히 앉어 燒酒를 마신다"와 같이 연결어미 '−고'의 반복이라는 나열의 형태로 이루어져 있지만, 내가 혼자 쓸쓸히 앉어 소주를 마시는 이유는 나타샤를 사랑하는 정황과 관련돼 있다는 것을 짐작하기는 어렵지 않다. 기본 문장에 소주를 마시는 행위가 추가되고, 다시 "燒酒를 마시며 생각한다"라는 문장이 부연된다. 그리고 생각의 내용으로 흰당나귀 타고 나타샤와 함께 산골로 가자는 화자의 바람이 이어진다. 3연에 와서 나타샤에 대한 사랑과 산골로 가는 것에 대한 화자의 생각은 좀더 구체적으로 부연된다. 그리고 마지막 연에 와서는 기본 문장이 "아름다운 나타샤"가 "나를 사랑"하는 것으로 변형되고 "어데서 흰당나귀도 오늘밤이 좋아서 응앙 응앙 울을것이다"라는 내용이 추가되어 화자의 바람을 강하게 드러낸다. 기본 문장의 제시와 변형의 구조는 이 시에서 나타샤에 대한 그리움과 깊은 산골이라는 이상향에 대한 희구라는 화자의 정서적 깊이를 심화하는 역할을 한다. 여러 번 반복되어 나타나는 '푹푹 날리는 눈'과 함께 화자의 그리움은 푹푹 쌓여 온 천지를 뒤덮는 깊이를 획득한다.

　　눈이 많이 와서
　　산엣새가 벌로 날여 맥이고

눈구덩이에 토끼가 더러 빠지기도하면
마을에는 그무슨 반가운것이 오는가보다
한가한 애동들은 어둡도록 꿩사냥을하고
가난한 엄매는 밤중에 김치가재미로 가고
마을을 구수한 즐거움에 차서 은근하니 흥성 흥성 들뜨게 하며 이것은 오
는것이다
이것은 어늬 양지귀 혹은 능달쪽 외따른 산녑 은댕이 예대가리밭에서
하로밤 뽀오햔 힌김속에 접시귀 소기름불이 뿌우현 부엌에
산멍에같은 분틀을 타고 오는것이다
이것은 아득한 넷날 한가하고 즐겁든 세월로 부터
실같은 봄비속을 타는듯한 녀름 벷속을 지나서 들쿠레한 구시월 갈바람속
을 지나서
대대로 나며 죽으며 죽으며 나며 하는 이 마을 사람들의 으젓한 마음을 지
나서 텁텁한 꿈을 지나서
집웅에 마당에 우물든덩에 함박눈이 푹푹 싸히는 여늬 하로밤
아배앞에 그어린 아들앞에 아배앞에는 왕사발에 아들앞에는 새끼사발에
그득히 살이워 오는것이다
이것은 그 곰의 잔등에 업혀서 길여났다는 먼 녯적 큰마니가
또 그 집등색이에 서서 자채기를 하면 산넘엣 마을까지 들렸다는
먼 녯적 큰 아바지가 오는것같이 오는것이다

아, 이 반가운것은 무엇인가
이 히수무레하고 부드럽고 수수하고 슴슴한것은 무엇인가
겨울밤 쩡 하니 닉은 동티미국을 좋아하고 얼얼한 댕추가루를 좋아하고
싱싱한 산꿩의 고기를 좋아하고
그리고 담배내음새 탄수내음새 또 수육을 삶는 육수국 내음새 자욱한 더
북한 삿방 쩔쩔 끓는 아르 굳을 좋아하는 이것은 무엇인가

이 조용한 마을과 이마을의 으젓한 사람들과 살틀하니 친한것은 무엇인가
이 그지없이 枯淡하고 素朴한것은 무엇인가
— 「국수」

‘이것은 오는 것이다’라는 문장과 ‘이 --- 것은 무엇인가’라는 기본 문장이 시 전체에 걸쳐 조금씩 변형된 채로 반복되고 있는 시이다. 스무 고개의 형식을 취하고 있는 이 시에는 오는 주체이기도 한 ‘이것’이 무엇인지 시의 본문에서는 직접 밝혀지지 않는다. ‘이것’과 관련된 마을 전체의 분위기와 ‘이것’의 모양이며 냄새, 색깔 등이 구체적으로 묘사됨으로써 그 실체에 점점 더 가까이 다가가지만 ‘이것’이 무엇인지는 제목을 통해서 비로소 분명히 알 수 있다. 이러한 방식도 백석 시 이전의 시에서는 찾아보기 힘들다.[35] 시의 화자는 여러 가지 감각적 이미지를 동원해 국수의 실체를 구체화하기도 하지만, 무엇보다도 국수에 영혼을 불어넣는다. 국수는 마지막 행에 오면 ‘枯淡하고 素朴’하다는 인간적인 속성을 부여받기에 이른다.

기본 문장의 ‘제시-변형’이라는 반복 구조를 통해 시인이 의도한 효과는 국수의 실체를 구체화하는 데 있다. ‘국수’라는 단어가 환기하는 실체보다 훨씬 더 풍부하고 구체적인 국수를 우리는 이 시에서 만나게 된다. 그것은 시각, 청각, 후각, 미각, 촉각 등의 모든 감각을 동원하여 복합적인 이미지로 다가오며, 우리 민족이 국수를 먹고 살아왔던 오랜 세월의 무게가 실려 다가온다. 반복 기법의 변용을 통해 ‘국수’는 이와 같이 새로운 의미를 창출하기에 이른다. 스무 고개의 형식을 취하고 있지만, 이 시는 단지 수수께끼를 풀이하는 과정에 그치지 않고 국수를 먹고 살아온 사람들의 즐거움과 아픔, 기쁨과 슬픔을 한데 불러모으는 주술적인 기능을 한다. 기본문장의 ‘제시-변형’이라는 반복 구조가 집단적 정서를 불러모아 주술적 기능에 결정적으로 기여한다. 백석이 차용

---

35) 스무 고개의 형식과는 거리가 있지만, 한용운의 「알 수 없어요」에 쓰인, ‘-은 누구의 ---입니까’라고 반복적으로 물음으로써 님의 실체에 다가가는 방식은 「국수」와 간접적으로 관련된 것으로 볼 수 있을 것이다.

한 산문의 형식에 정서의 깊이를 불어넣는 힘은 많은 부분 기본문장의 '제시-변형'의 반복 구조에 기대고 있다.

> 어진 사람이 많은 나라에 와서
> 어진 사람의 즛을 어진사람의 마음을 배워서
> 수박씨 닦은것을 호박씨 닦는것을 입으로 앞니빨로 밝는다
>
> 수박씨 호박씨를 입에 넣는 마음은
> 참으로 철없고 어리석고 게으른 마음이나
> 이것은 또 참으로 밝고 그윽하고 깊고 무거운 마음이라
> 이마음안에 아득하니 오랜 세월이 아득하니 오랜 지혜가 또 아득하니 오랜 人情이 깃들인것이다
> 泰山의 구름도 黃河의 물도 옛님군의 땅과 나무의 덕도 이마음안에 아득하니 뵈이는것이다
>
> 이 적고 가부엽고 갤족한 히고 깜안 씨가
> 조용하니 또 도고하니 손에서 입으로 입에서 손으로 올으날이는 때
> 벌에 우는 새소리도 듣고싶고 거문고도 한곡조 뜯고싶고 한 五千말 남기고 函谷關도 넘어가고싶고
> 기쁨이 마음에 뜨는 때는 히고 깜안 씨를 앞니로 까서 잔나비가 되고
> 근심이 마음에 앉는때는 히고 깜안 씨를 혀 끝에 물어 까막까치가 되고
>
> 어진 사람이 많은 나라에서는
> 五斗米를 벌이고 버드나무아래로 돌아온 사람도
> 그 넓차개에 수박씨 닦은것은 호박씨 닦은것은 있었을것이다
> 나물먹고 물마시고 팔벼개하고 누었든 사람도
> 그 머리 맡에 수박씨 닦은것은 호박씨 닦은것은 있었을것이다.
> — 「수박씨, 호박씨」

1연에 제시된 기본 문장은 "어진 사람이 많은" 남의 나라에 와서 '수

박씨 호박씨'를 "앞니빨로 밝는(바르는-인용자 주)" 행위를 서술하고 있다. 이어지는 연에서는 기본 문장이 변형되면서 1연의 내용을 부연하거나 구체화한다. 2연에서는 "수박씨 호박씨를 입에 넣는 마음"이 어떤 마음인지 구체적으로 서술된다. 구체화에는 다시 '-고'라는 연결어미가 나열되는 반복 기법이 사용된다. 여기서 "철없고 어리석고 게으른 마음"과 "밝고 그윽하고 깊고 무거운" 이질적인 마음이 동시에 제시되는데, 이질적인 것들을 포괄하는 이러한 방법은 백석 시의 중요한 특징이기도 하다. 3연에 오면 "수박씨 호박씨"가 "이 적고 가부엽고 갤족한 히고 깜안 씨"로 구체화되고, 어진 사람의 마음 역시 2연에서보다 더 구체적으로 제시된다. "벌에 우는 새소리도 듣고싶고 거문고도 한곡조 뜯고싶고 한 五千말 남기고 函谷關도 넘어가고싶"은 마음이 바로 어진 사람의 마음이자 수박씨 호박씨를 입에 넣는 마음이며 철없고 어리석고 게으르면서도 밝고 그윽하고 깊고 무거운 마음인 것이다. 마지막 4연에 오면 고사에 기대어 구체적인 인물을 떠올리면서 구체화에 한 발 더 접근한다.

시의 화자는 수박씨와 호박씨 닦은 것을 바르는 행위를 여러 번 반복하면서 그 행위에 대해 생각해 본다. 그는 수박씨와 호박씨를 입에 넣는 마음에 대해 여러 모로 생각해 보고 그 마음을 직접 느껴 보려고 한다. 백석의 후기시에 오면 생각이나 마음이라는 시어가 자주 등장한다는 사실에 이미 몇몇 논자들이 주목한 바 있다. 여기서 우리는 일찍이 최두석이 백석이 무심결에 밝힌 창작방법의 일종이라고 했던 '되새김질'의 방법이 구체적으로 작품 속에서 구현된 방법이 반복 기법이라는 생각에 이를 수 있다. 초기시에서 수식 어구를 부연하는 방식으로 등장했던 '되새김질'의 방법은 후기시에 오면 시의 앞부분에 기본 문장을 제시하고 시의 나머지 부분에서 기본 문장의 형태를 여러 번 반복하거나 변형하는 방식으로 실현된다. 자신의 지난 삶을 곰곰이 돌아보며 반성적으로 사유하는 「北方에서」라든가 「南新義州柳洞朴時逢方」 같은 내성적 화자[36]가 등장하는 시에서는 이러한 기법이 좀더 적극적으로 활용된다.

아득한 넷날에 나는 떠났다
扶餘를 肅愼을 勃海를 女眞을 遼를 金을,
興安嶺을 陰山을 아무우르를 숭가리를.
범과 사슴과 너구리를 배반하고
송어와 메기와 개구리를 속이고 나는 떠났다.

나는 그때
자작나무와 익갈나무의 슬퍼하든것을 기억한다
갈대와 장풍의 붙드든 말도 잊지않었다
오로촌이 멧돌을 잡어 나를 잔치해 보내든것도
쏠론이 십리길을 딸어나와 울든것도 잊지않었다.

나는 그때
아모 익이지못할 슬픔도 시름도 없이
다만 게을리 먼 앞대로 떠나나왔다
그리하여 따사한 해ㅅ귀에서 하이얀 옷을 입고 매끄러운 밥을먹고 단샘을 마시고 낮잠을 잤다
밤에는 먼 개소리에 놀라나고
아츰에는 지나가는 사람마다에게 절을 하면서도
나는 나의 부끄러움을 알지못했다.

그동안 돌비는 깨어지고 많은 은금보화는 땅에 묻히고 가마귀도 긴 족보를 이루었는데

---

36) 시인과 거리가 일치하며 자신의 지나온 삶에 대해 반성적 사유를 보여 주는 시에 등장하는 화자를 가리켜 내성적 화자라 지칭한 논문으로는 졸고, 「백석 시 연구」(앞의 글)가 있다.

이리하야 또 한 아득한 새 녯날이 비롯하는때
이제는 참으로 익이지못할 슬픔과 시름에 쫓겨
나는 나의 녯 한울로 땅으로—나의 胎盤으로 돌아왔으나

이미 해는 늙고 달은 파리하고 바람은 미치고 보래구름만 혼자 넋없이 떠
도는데

아, 나의 조상은 형제는 일가친척은 정다운 이웃은 그리운것은 사랑하는
것은 우럴으는것은 나의 자랑은 나의 힘은 없다 바람과 물과 세월과 같이 지
나가고 없다.

—「北方에서」

1연 1행에 제시된 '아득한 녯날에 나는 떠났다'라는 기본 문장은 이
시의 전개를 지배하는 상상력의 원천이 된다. 시 전체는 기본 문장에 대
한 부연 설명이거나 기본 문장과 인과적 관계로 맺어져 있다. '제시-변
형'의 반복 구조가 좀더 다채롭게 활용된 이 시에는 그밖에도 연결어미
의 반복이라든가 문장 성분의 반복과 같은 기법이 복합적으로 쓰였다.

1연에서는 기본 문장 다음에 바로 어디를, 혹은 누구를 떠났는지 떠
난 대상에 대해 부연한다. 그리고 떠날 때의 화자의 상황까지도 부연 서
술한다. 2연에는 떠나던 순간의 기억에 대한 구체적인 진술이 이루어진
다. 자신을 위해 슬퍼한 존재들을 일일이 기억하는 것으로 보아 화자는
떠나던 순간을 여러 번 되풀이해서 생각해 보고는 했을 것이다. 3연에
서는 "떠나나왔다"라는 서술어가 다시 반복되면서 그때의 화자의 심리
상태가 서술된다. 완료의 의미를 지니는 과거형 어미를 통해 화자는 지
난 과거를 돌아보고 있다. 떠날 수밖에 없었던 과거는 지금은 화자에게
부끄러움의 대상이 된다. 4연에서는 오랜 세월이 흐른 뒤 화자가 다시
돌아온 사실을 서술하고 있다. 이는 기본 문장과 인과 관계로 맺어졌다

는 점에서 인접성의 원리에 의해 상상력이 전개된 예라고 할 수 있을 것이다. 5연과 6연은 돌아온 화자에게 남은 것이라고는 상실감 뿐이라는 사실을 문장 성분의 나열을 통해 구체적으로 보여 주고 있다. 이 시에 쓰인 반복 기법을 통해 화자의 상실감은 정서적 깊이를 지닌 채 확장된다. "떠났다"는 사실에 대한 화자의 오랜 집착은 이미 지난 일에 대해 오래도록 되씹으며 고민하는 '되새김질'의 방식과 관련된다.

초기시에는 수식 어구의 나열이라는 부분적이고 단순한 형태로 '되새김질'의 방법이 나타났다면, 후기시에 와서는 좀더 전면적으로 '되새김질'의 방법이 활용된다. 기본 문장의 반복과 변형을 통해 독특한 리듬을 자아내는 것은 물론이고, 화자의 심리 상태와 정서를 확장해 독자에게 전달하는 역할을 한다. "문 밖에 나가디두 않구 자리에 누어서, / 머리에 손깍지 벼개를 하고 굴기도 하면서, / 나는 내 슬픔이며 어리석음이며를 소처럼 연하여 쌔김질하는 것이었다"라는 「남신의주유동박시봉방」의 한 구절은 백석의 시가 생겨나는 원천이기도 하면서 반복 기법을 활용한 백석의 시작 방법을 드러내는 구절이라고 할 수 있을 것이다. 여러 번 되풀이되는 기본 문장의 변형을 통해 리듬감은 물론 정서적 깊이까지 확보하는 것이야말로 백석 시의 반복 기법이 지니는 또 하나의 효과인 셈이다. 「남신의주유동박시봉방」에는 단속적인 기능을 하는 쉼표가 여러 번 쓰였는데, 이는 초기시의 '-는 -는 -는' 형태가 발휘하던 지연 및 단속의 효과가 변형된 형태라고 할 수 있다.

5. 반복 기법의 시사적 의의

이상에서 살펴본 바와 같이 백석 시의 두드러진 표현 기법인 반복 기법은 어휘 및 품사, 문장 성분의 반복, 동일한 문장 구조의 반복, 기본 문장의 제시와 변형이라는 반복 구조 등으로 다양하게 변주되어 나타난다. 반복 기법이 일으키는 효과는 시에 따라 다양한 형태로 나타나지만, 연쇄를 통한 이미지의 누적 효과, 중첩과 종합의 효과, 정서의 심화와 구체화의 효과 등으로 집약된다. 유년 화자가 등장하는 초기시에서 반복 기법이 세월의 깊이를 더해 줌으로써 유년의 공간에 풍요로움을 실어 주는 역할을 했다면, 후기시에 와서는 그리움이나 상실감의 깊이를 더해 주는 방식으로 정서의 심화에 기여한다.

전통적인 반복 기법을 다양하게 변주한 백석 시의 방법은 '되새김질'의 방식을 시각적·청각적으로 구현한 형태로서, 시대적인 논리에 의해 시작 활동까지 제한 당했던 1930년대 후반기를 개성적인 문체의 실현으로 견뎌낸 백석 시의 정신으로부터 나온 것이다. 특히 백석의 후기시는 지나온 과거 시간에 대한 회상과 고향을 떠나 일본, 만주 등지에 이르는 기행의 방식을 통해 끝없이 되물어 온 '나는 누구인가' 라는 질문에 대답해 나가는 과정을 보여 준다. 여기서 우리는 백석 시의 반복 기법이 형식적인 효과를 발휘하는 데 그치지 않고 자아를 탐색해 나가는 시인의 정신 세계를 보여 주는 원리로까지 확대되는 것을 알 수 있다.

백석의 후기시에 집중적으로 나타나는 '기본 문장의 제시-변형' 이라는 반복 구조는 백석의 시가 이루어낸 독특한 표현 기법이자 창작 원리로서, 후대의 시인들에게 계승되어 변주된다. 그 대표적인 예를 김수영의 시에서 찾아볼 수 있다. 김수영의 「눈」, 「꽃잎2」, 「풀」 등의 작품에 나타나는 독특한 리듬의 실현은 기본 문장을 제시하고 그것의 변형을 반복적으로 제시하거나 부연하는 백석 시의 반복 기법과 긴밀히 관련된다.[37] 기본 문장의 '제시-변형'이라는 반복 기법이 드러나는 김수영의 시에서도 이런 방법은 구체화의 원리로 작동하고 있다.[38] 반복의 기법은 전통 시가에서부터 현대시에 이르기까지 시의 중요한 기법으로 활용되어 왔지만, 백석에서 김수영으로 이어지는 독특한 반복 기법의 실현은, 서정적 장르로서의 시에 산문성을 도입했다고 평가되어 온 백석과 김수영의 시가 여전히 서정성을 지니는 이유를 해명해 주는 중요한 단서가 된다. 백석과 김수영의 시작 방법에 대한 연구가 산문성, 혹은 서사지향성을 밝히는 데 머무르지 않고 그럼에도 불구하고 왜 이들의 시가 서정적인가를 해명하는 방향으로 나아가야 하는 이유를 우리는 여기서 시사받을 수 있다. 백석과 김수영의 시는 운문성과 산문성, 혹은 시와 산문을 이분법적으로 분할하는 경직된 시론을 재고할 것을 요청한다는 점에서도 하나의 계보를 형성하고 있다고 할 수 있을 것이다. 앞으로의 백석 시의 표현 기법 연구는 산문성을 밝히거나 증명하는 차원에서 한 걸음 더 나아가 산문적인 표현 형태를 지니고 있음에도 운율이 느껴지고 서정성이 포착되는 원인을 밝히는 방향으로 이루어져야 한다. 그것이 백석 시의 기법에 심층적으로 다가가는 길이 될 것이다.

주제어 : 반복 기법, 나열, 수식, 병렬, 대구, 제시-변형의 반복 구
　　　　조, 연쇄, 중첩, 구체화, '되새김질', 서정성

---

37) 서우석은 『詩와 리듬』(문학과지성사, 1981, 142~160쪽)에서 김수영의 시가 독특한 리듬을
　　실현하고 있음에 일찍이 주목하였다.
38) 김수영 시의 비유 구조를 살펴봄으로써 김수영 시의 창작 원리를 병렬과 구체화의 원리라 구
　　명해 낸 연구로 권혁웅의 「한국현대시의 시작방법 연구」(고려대학교 박사학위 논문, 2000.
　　6)가 있다.

◆참고문헌

1. 기본 자료

백석, 『사슴』, 선광인쇄주식회사, 1936.

이동순 편, 『백석시전집』, 창작과비평사, 1987.

김학동 편, 『백석전집』, 새문사, 1990.

정효구 편, 『백석』, 문학세계사, 1996.

김재용 편, 『백석전집』, 실천문학사, 1997.

2. 논문·평론 및 단행본

고형진, 「백석 시와 '엮음'의 미학」, 『현대시의 전통과 창조』, 열화당, 1998.

고형진, 『한국 현대시의 서사지향성 연구』, 시와시학사, 1995.

권혁웅, 「한국 현대시의 시작방법 연구」, 고려대학교 박사학위논문, 2000. 6.

김기림, 「『사슴』을 안고」, 『조선일보』, 1936. 1. 29.

김명인, 「백석시고」, 『우보 전병두박사 화갑기념 논문집』, 우보 전병두박사 화갑
    기념논문집 편찬위원회, 1983.

김영민, 「백석 시의 특질 연구」, 『현대문학』, 1989. 3.

류경동, 「잃어버린 시간의 복원과 허무의 시의식」, 『1930년대 후반문학의 근대성
    과 자기성찰』, 상허학회, 깊은샘, 1998.

박용철, 「백석 시집 『사슴』 평」, 『조광』, 1936. 4.

방연정, 「1930년대 후반 시의 표현방법과 구조적 특성 연구」, 한국교원대학교 박
    사학위논문, 2000. 8.

서우석, 『시와 리듬』, 문학과지성사, 1981.

서지영, 「한국 현대시의 산문성 연구」, 서강대학교 박사학위논문, 1999. 7.

심재휘, 「1930년대 후반기 시 연구」, 고려대학교 석사학위논문, 1997. 7.

오장환, 「백석론」, 『풍림』 통권 5호, 1937. 4.

이경수, 「백석 시 연구」, 고려대학교 석사학위논문, 1993. 8.

이승원, 「풍속의 시화와 눌변의 미학」, 『한국 시문학의 비평적 탐구』, 삼지원, 1985.

정효구, 「백석시의 정신과 방법」, 『한국학보』, 1989년 겨울.

최두석, 「백석의 시세계와 창작방법」, 『우리 시대의 문학』 6집, 1987.

최학출, 「1930년대 한국 모더니즘 시의 근대성과 주체의 욕망체계에 대한 연구」, 서강대학교 박사학위논문, 1995. 1.

유리 로트만, 『시텍스트의 분석: 시의 구조』, 유재천 역, 가나, 1987.

◆ SUMMARY

A study on the repeat skills of Baekseok's poetry

Lee, Kyung-Soo

The repeat skills of Baekseok's poetry are the principle and the writing skill, flew through his world of poetry. The aims of this thesis focused on examining that the repeat skills of Baekseok's early poetry are changed and act on his latter poetry, especially realizing the unique skill.

By the arranged form of the repeat skills, this thesis divided these skills into three types. In the research history, it was marked as arrangement, enumeration, arranging in a row, repetition, rhetoric, expatiation. In this thesis, I use the repeat skills. The above terms are used by the different basis. But investigating what are repeated and arranged, it could be chained in the same basis. We can find some kinds of characteristics in his poetry. First, the specified part of speech, vocabulary, sentence element are repeated in a sentence-' the structure of the enumeration and rhetoric' -. Second, the repetition of the same sentence structure-' the structure of the antithesis and arranging in a row' -. Third, the repetition or transformation of the presented, basic sentence-the repeat structure of the presentation of the basic sentence and the transformation-. Especially, this thesis focused on 'the repeat structure of the presentation of the basic sentence and the transformation' which are never mentioned.

The notable repeat skill of Baekseok's poetry is the frequent repetition of the sentence element or the specified part of speech. 「SaSum」, his a collection of poems, showed clearly this type-the structure of the enumeration and rhetoric. This thesis focused on the repeat form of the pre-noun '-는' and clarified that it was connected with the oral narration form of the old story. The repeat skill, showing the structure of the enumeration and rhetoric, is contribute to the accumulation effect of the images, through the chain.

The repetition of the same sentence structure are frequently showed in Baekseok's poetry, and appeared as the structure of the antithesis and arranging in a row. This thesis included the transformation based on the structure of the antithesis and arranging in a row. This repeat skill made the esthetic effects-the reiteration and the synthesis of the images. <백화>, <석양> make the emotional effect-maximization of scenery-.

Baekseok's latter poetry, above all, create the unique skill of 'presentation-transformation' . This skill and repeat of transform the basic sentence which is presented. This repeat skill make the deepening and materializing effect of the emotion.

The skills of Baekseok's poetry play a variation on the traditional skills and realize the visual and aural reminiscence. It appear the repeat form of the pre-noun '-는' in the early poetry, and the presentation and transformation of the basic sentence. In late 1930s, by the logis of the times, the poem writings were restricted. This skill caused by the Baekseok's poetic spirit which realize the individual style. Especially in his latter poems, the persona looked back the passed time and space. And it showed his continuos process of the question and answer on 'who I am'. The repeat skills of Baekseok's poetry not only display the formal effect but are extended to showing the spiritual world of the poet-searching the self.

최인훈 초기 중단편 소설의 현대성

김 영 찬*

1. 머리말

　우리 소설사에서 최인훈의 소설은 전후문학과 1960년대 문학을 가르는 하나의 중요한 척도로 인정되고 있다. 물론 이때 '1960년대 문학'이라는 규정은 단순한 연대기적인 의미가 아니라 전시기와는 뚜렷이 구별되는 문학적 특성을 내장하고 있다는 측면에서 질적인 의미의 규정이다. 전쟁과 그 파괴적인 결과의 압도적인 무게에 짓눌린 주체의 방향 상실과 환멸, 자기분열 등이 전후문학의 질적인 빈곤함을 낳았다고 할 때, 그것은 곧 현실에 대한 객관적인 탐구와 그 현실에 대응해나가는 주체에 대한 성찰의 빈곤으로 요약될 수 있을 것이다. 1960년대 문학의 새로움은 전후문학이 안고 있는 그같은 한계의 극복이라는 차원에서 이야

---

* 세명대학교 강사.

기될 수 있다.

그런 측면에서 주체의 동일성을 회복하려는 지향을 바탕으로 전후 현실을 논리적으로 파악하려는 시도를 펼치고 있는 최인훈의 소설은 1960년대 소설의 출발점이라는 의미를 가지고 있다. 그리고 대부분의 논자들은 그 근거를 『광장』에서 찾고 있다. 『광장』은 현실의 관념화라는 방법론을 바탕으로 자유와 평등의 문제를 제기함으로써 이데올로기의 벽 속에 폐쇄되었던 전후소설의 한계를 '일거에 넘어설 수 있는 발판'을 마련한 것으로 평가된다.[1] 특히 『광장』의 문학사적 의미는 4·19라는 역사적 사건과 관련지어 규정되고 있으며, 그것은 『광장』이 4·19가 없었다면 쓰여지지 못했을 것이라는 작가 자신의 언급을 통해서도 확인된다.[2]

이처럼 『광장』을 4·19라는 역사적 결정 요인과 직접 연결시키고 그에 따라 1960년대 소설의 원점으로 특권화하는 관점은 널리 인정되고 있는 문학사적 통념이다. 이에 따르면 문학사의 새로운 단계가 열리게 된 원인은 4·19라는 한 역사적 사건으로 환원된다. 이러한 관점은 『광장』은 물론이고 그 밖의 최인훈의 소설들, 더 나아가 1960년대 소설 전반의 성격을 평가하는 데서도 기본적인 전제가 되고 있다. 1960년대 소설의 특성을 4·19라는 역사적 사건의 문학적 반향으로 파악하고 있는 대부분의 문학사적 인식이나, 전후 소설과의 결정적인 단절의 계기와 질적인 새로움의 근원을 4·19로 환원하는 4·19 세대의 문학적 자기 규정도 이와 무관하지 않다.

물론 4·19가 갖는 역사적 의미를 고려할 때, 그러한 인식은 어느 정도 근거가 있다. 또한 1960년대 소설이 4·19로 분출된 새로운 시대정신(Zeitgeist)과 어떤 형식으로든 관련을 맺고 있는 것도 사실이다. 그러나 그러한 문학사적 인식의 자명성에 의해 은폐되고 있는 또 다른 측면을 고

---

1) 김윤식·정호웅, 『한국소설사』, 예하, 1993, 348면.
2) 최인훈, '作者의 말', 『광장』, 정향사, 1961.

려할 필요가 있다. 그것은 바로 역사의 시간과 구별되는 문학의 시간의 상대적 자율성이며, 그 속에서 작동하는 문학사의 내적 동학(dynamics) 이다. 그 점을 염두에 두지 않고 1960년대 문학의 특성을 단순히 4·19 라는 역사적 사건의 반향으로 환원하는 문학사 인식은 일면적일 수밖에 없다. 그럴 경우 흔히 역사와 문학의 서로 다른 이질적인 시간성[3]과 그 사이의 비동시성이 간과되기가 십상이다. 1960년대 소설의 질적인 새로 움의 근원을 4·19라는 하나의 원인으로 환원하기보다는 다양한 차별적 인 시간성들의 중층결정 속에서 이해해야 하는 것은 그 때문이다.[4]

이 글에서는 그러한 시각에서 『광장』 이전에 발표된 최인훈의 초기 중단편 소설들을 살펴볼 것이다. 「그레이구락부 전말기」, 「라울전」, 「우 상의 집」, 「가면고」 등 최인훈의 초기 소설들은 지금까지 『광장』의 눈에 띄는 성과에 가려 그리 큰 주목을 받지 못했다. 그 작품들은 단지 『광 장』을 발표하기까지의 예비 단계 정도로만 인식되는 것이 고작이었다. 그것을 이후의 문학적 작업을 예시하는 최인훈 문학의 원점으로 자리매 김하는 경우에도, 기껏해야 「그레이구락부 전말기」를 중심으로 최인훈 소설의 문학적 태도를 규명하는 데서 더 나아가지 않고 있다.[5] 그렇게 『광장』 이전의 최인훈의 초기 소설은 소홀히 다루어지거나 단편적으로 만 언급되고 있는 실정이다.[6]

그러나 최인훈의 초기 소설은 단순히 이후 문학적 작업의 예비 단계 정도로만 환원되지 않는 문제성을 지니고 있다. 무엇보다도 먼저 「그레 이구락부 전말기」와 「라울전」, 「우상의 집」, 「가면고」 등은 『광장』 이전

---

3) 루이 알튀세르, 『자본론을 읽는다』, 김진엽 역, 두레, 1991, 127-129면 참조.
4) 페리 앤더슨은 유럽 모더니즘의 기원과 양상에 대해 이러한 관점에서 설명하고 있다.(페리 앤 더슨, 「근대성과 혁명」, 『창작과 비평』, 1993년 여름호 참조) 그러나 1960년대 문학의 성격 규정과 관련하여 이에 대한 상세한 논의는 이 글의 주된 관심이 아니므로 차후에 다른 글에서 상론하고자 한다.
5) 이러한 경향을 보여주는 대표적인 논의로는 오생근과 김민수의 글이 있다.
   오생근, 「믿음의 세계와 창의 문학」, 『삶을 위한 비평』, 문학과지성사, 1978.
   김민수, 「1960년대 소설의 미적 근대성 연구」, 중앙대학교 박사학위논문, 1999.

에 이미 작가 고유의 문학적 색채가 뚜렷하게 드러나는, 그 자체로 자기 완결적인 문학세계를 보여주고 있다. 게다가 그 소설들은 주제의식과 문학적 방법의 측면에서 이후 전개되는 최인훈 소설들의 한 핵심을 고스란히 선취하고 있기도 하다. 중요한 것은 1960년대 소설사의 지평과 관련하여 그 소설들이 갖는 의미이다. 최인훈의 초기 소설은 4 · 19와는 별도로 그와는 또 다른 차원에서 비동시적으로 진행되고 있었던 1960년대 소설의 정체성 형성의 과정을 보여주고 있다. 그 점에서 최인훈의 초기 소설은 1960년대 소설의 원점으로 4 · 19와『광장』을 특권화하는 기존의 문학사적 인식을 재조정할 수 있는 중요한 근거가 될 수 있다. 이 글에서는 그러한 문제의식을 바탕으로『광장』이전에 발표된 최인훈의 초기 소설들의 현대성을 밝히고 그것이 갖는 문학사적 의미를 살펴볼 것이다.

2. 지식인적 욕망과 현실 논리의 긴장

최인훈은 1959년에 「그레이구락부 전말기」와 「라울전」을 『자유문학』에 발표하면서 작품 활동을 시작한다. 「그레이구락부 전말기」[7]는 현

---

6) 그런 가운데서도 「가면고」에 대한 개별 작품론은 간혹 볼 수 있는데, 김현과 김병익의 글이 그 대표적인 예이다. 김현은 「가면고」를 '자기 발견'의 선언이자 '관념의 높은 드라마를 보여주는 우수한 작품'으로 평가하고 있고, 김병익은 「가면고」에서 펼치고 있는 사랑을 통한 구원이라는 주제의 '초월성'과 '영원성'을 부각시키고 있다. 그러나 그들의 논의도 그나마 작품 해설의 수준을 크게 벗어나지 않는 것이어서 「가면고」에 대한 기존 평가의 시각을 전형적으로 보여준다는 점에서 의미가 있을 뿐, 그 작품을 최인훈 소설의 발전 과정이나 문학사적인 견지에서 정확하게 자리매기는 작업은 채 이루어지지 않고 있다.
김현, 「정신의 치료술-가면고」, 『현대한국문학전집』 16(최인훈 集), 신구문화사, 1967.
김병익, 「사랑, 혹은 현대의 구원-가면고」에 대하여」, 『가면고/크리스머스 캐럴』, 문학과지성사, 1976.

실로부터 고립된 채 내부로의 정신적 망명을 시도하는 전후 젊은이들의 치기 어린 유희와 그 좌절의 과정을 그리고 있는 작품이며, 「라울전」[8]은 랍비 라울이라는 인물을 주인공으로 내세워 지식의 문제를 탐구하고 있는 작품이다. 이 두 소설은 이후 창작 활동의 전시기에 걸쳐 지속된 작가의 욕망구조와 세계인식의 원형질을 보여주고 있다는 점에서 중요한 의미가 있다.

언뜻 보면 이 두 소설은 서로 먼 거리에 있는 것처럼 보인다. 「라울전」이 나사렛 예수가 활동했던 시대를 배경으로 인간 이성과 신의 섭리의 어긋남이라는 기독교적인 주제를 다루고 있는 반면, 「그레이구락부 전말기」는 전후 현실을 살아가는 젊은이들의 현실인식과 삶의 태도를 그리고 있기 때문이다. 그러나 이 두 작품은 똑같이 지식인적인 욕망의 좌절로 인한 회의와 방황의 양상을 그리고 있다는 점에서 공통점을 지니고 있다.

「라울전」은 운명에 패배하는 라울이라는 한 지식인의 좌절 과정을 그리고 있는 소설이다. 소설의 의미구조는 주인공인 랍비 라울과 그의 친구이자 필생의 숙적인 바울의 경쟁과 대결이라는 형식을 통해 나타난다. 라울은 한 스승의 문하에서 성전을 공부하고 똑같이 신의 교법사가 된 친구인 바울에게서 평생 경쟁의식과 두려움을 느낀다. 바울에 대한 라울의 압박감과 두려움은 둘이 함께 공부하던 시절부터 지적 능력에서나 신앙심에서나 자기보다 열등한 바울이 항상 자신을 제치고 우연에 힘입어 승리하곤 했던 일들에서 비롯된다. 그 때문에 라울은 번번이 자신에게 이유 없는 패배를 안겨주는 바울이 부당하게 신의 은총을 받는 것이 아닌가 하는 의구심을 품으면서 바울에 대한 운명적인 열등감을 갖게 된다. 그러면서도 라울은 지성의 힘에 대한 신념을 버리지 않고

---

7) 『자유문학』, 1959년 10월호.
8) 『자유문학』, 1959년 12월호.

'인생을 한 치, 한 치 계산하면서 살아간다는 다짐을 나날이 굳히면서'[9] 살아간다. 즉 라울은 바울에 대한 열등감을 갖게 만드는 비합리적인 운명의 힘에 대항하여 이성의 힘에 대한 신념을 고수하면서, 학문 탐구를 통해 세계와의 합일에 이르려고 노력하는 것이다.

> 그는 일생 자신 속에 살아왔었다. 경전과 철학을 연구하는 생활 속에서 번번이 찾아들던 저 황홀경 신과 일체가 되고 세계와 일체가 되었다고 느껴지던 그 경지(境地). 적어도 그 누구보다도 신에게 가까운 자리에 있다는 희열이 넘친 은총감이 그의 생활의 중추뼈였다. 그러한 특권이 라울 그 자신의 지성에 힘입은 것이라는 것을 너무나 잘 알았던 그였다. 학문이 없는 자가 신을 인식할 수 있다는 것을 그리이스 철학의 대가인 랍비 라울은 믿지 않았다. 바울과의 생애를 통한 운명적인 경쟁 속에서 바울의 그 불로소득적인 행운에 대항하여 라울의 자신을 견지시켜 준 것은 바로 라울 자신의 지적인 우위 그것이었다.(「라울전」, 87면)

이러한 라울의 면모는 이성의 힘에 대한 확신을 바탕으로 보편적인 진리를 추구하고 또 그것을 통한 자아 실현을 욕망하는 전형적인 지식인의 그것이다. 그러나 합리적 이성에 대한 라울의 자기확신은 바울에게 또 다시 패배함으로써 결정적으로 무너져버린다. 라울은 경전과 사료를 파고드는 치밀한 계보학적인 연구를 통해 예수가 메시아라는 결론에 도달하고도 정작 행동하기를 주저하고 있는 사이에, 예수에게 흥미를 보인다는 이유로 자신을 당국에 밀고했던 바울이 오히려 스스로 전향하여 '나사렛의 무리'가 되었다는 소식을 접하게 되는 것이다. 라울은 완전히 확신하지 못하던 예수의 신성(神性)을 바울이 전향했다는 소식을 듣는 그 순간에 긍정해버리며, '또 당했다'는 느낌과 함께 '생애를

---

9) 최인훈, 「라울전」, 『총독의 소리』, 홍익출판사, 1968, 61면. 이후 「라울전」과 「그레이구락부 전말기」, 「우상의 집」의 인용 각주는 인용문 뒤에 이 책의 면수를 부기하는 것으로 대신한다.

그렇게 헛물을 켜온 자의 절망'(77면)을 맛본다. 그것은 '주를 스스로의 힘으로 적어도 반(半)은 인식했던' 자기가 아니라 '하필 사울 같은 불성실한 그리고 전혀 엉뚱한 자'(85면)에게 은총을 내리는 불합리한 신의 섭리에 대한 당혹과 절망으로 이어진다. 여기서 라울이 느끼는 절망감은 그 종교적 외피를 걷어내고 보면 곧 합리적 이성의 한계를 벗어나서 움직이는 세계의 논리에 대한 절망감으로 해석될 수 있을 것이다. 바울이 나사렛 예수의 무리가 되고 충실했던 종들이 자신의 은혜를 저버림으로써, '불실한 벗과 천한 노예와 종들'이 석학(碩學)인 자신을 〈몫〉에서 빼돌릴 수 있는 일이 일어난 것'(88면)에 대해 당혹해하는 라울의 심경 역시 그 연장선상에 있다.

이렇듯 「라울전」은 언뜻 보기에 신의 섭리는 인간 이성의 기준을 초월한다는 종교적인 주제를 다루고 있는 듯하지만, 작가는 그 종교적 주제의 이면에서 스스로 믿었던 이성의 힘이 운명의 벽 앞에서 무너지는 것을 경험하는 한 지식인의 회의와 좌절의 역사를 탐구한다. 결국 「라울전」에서 최인훈은 합리적 이성을 통해 세계를 전유하고 자아를 실현하려는 지식인적인 욕망과 그것을 불가능하게 하는 비합리적인 세계의 논리를 대립시키면서 세계의 논리에 패배하고 좌초하는 지식인의 존재조건에 대한 성찰을 전개하고 있는 셈이다. 그리고 그 성찰에는 자아와 세계의 조화로운 합일에 대한 욕망을 좌절시키면서 인간의 이성이나 의지와는 무관하게 전개되는 세계의 논리에 대한 패배의식과 무력감이 배음(背音)으로 깔려 있다. 그 점에서 이 작품은 전쟁과 전후의 현실을 겪으면서 합리적 이성으로 통제되지 않는 압도적인 현실의 파괴성 앞에서 자기 삶의 준거로서 작용하던 이성의 무력함을 경험한 전후 사회 지식인의 존재조건에 대한 알레고리로 읽힐 수 있다.

「라울전」이 지식인이 처한 삶의 운명적인 딜레마를 알레고리적 형식을 통해 성찰하고 있는 작품이라면, 「그레이구락부 전말기」는 전후의 황폐한 현실을 나름의 방식으로 견디고 있는 젊은이들의 좌절과 회의를 통해 지식인으로서의 삶의 태도를 모색하고 있는 작품이다. 「그레이구락부 전말기」에서도 역시 중심이 되고 있는 것은 이성 혹은 관념과 현실의 대립 구도이다. 책읽기를 통해 세계의 보편적인 원리를 간파했다고 생각한 주인공 현은 이후 '두 겹으로 싸인 덫에 치어 발버둥치는'(10면) 자신을 발견하게 된다. 그것은 책이 결국 아무 쓸모가 없음을 깨달은 데서 온 것으로, 그 때문에 현은 무력감과 자조에 빠져든다. 소설에서는 다소 불분명하게 암시되어 있을 뿐이지만, 현이 회의와 자조에 빠져들게 되는 원인은 분명 관념과 현실의 어긋남에 있다.

그러던 중 현은 우연한 기회에 '행동을 거부하는 철저한 무위'를 실천하는 '그레이구락부'라는 모임에 가담하여 안정을 얻지만, 어느 날 불온 단체와 접촉했다는 혐의로 형사의 취조를 받고 무혐의로 풀려나면서 그레이구락부는 해산하게 된다. 그 사건을 겪은 후, 현은 모임의 취지를 깨지 않기 위해 지금껏 애써 외면해왔던 키티에 대한 사랑에 충실하기로 결심한다. 최인훈은 이같은 현의 방황의 궤적을 통해 현실에서 눈 돌리는 순수한 내면성에로의 침잠이 갖는 현실적인 무력함을 보여주는 동시에 관념과 현실의 어긋남에 대처하는 삶의 방식에 대한 나름의 결론을 이끌어내고 있다. 남녀간의 사랑이 바로 그것이다.

그러나 현은 키티의 그 잠든 얼굴에서 비로소 이성을 발견하고 있었다. 지금껏 현에게 있어서 키티는 이성이라느니보다도 재주 있는 여인이었다. 그 재주가 키티의 매력이었다. 크리스마스날 그녀와 입술을 맞추는 순간에도 마찬가지였다. 총명치 못한 연인을 상상하기는 곤란한 일이었다. 그러나 지금 현 자신의 악랄한 심리적 트릭에 골탕을 먹고 이렇게 남의 집 소파에서 잠든 키티는 그저 여자였다. 그리고 현 자신도 그저 남자인 것을, 그저 사람인 것을 느끼는 것이었다. 아름답고 신비하지만 그것만을 쓰고 있을 수 없는 가면을 인제는 벗어야 할 것이 아니냐, 현은 그렇게 생각하였다.(53~54면)

최인훈은 결국 관념과 현실의 어긋남으로 인한 회의와 자기분열에서 벗어나는 길을 사랑에서 찾고 있다. 중요한 것은 이 사랑의 성격이다. 우선 여기서 사랑은 관념 혹은 이성의 영역을 등진 어떤 곳에 있는 가치로 의미화되고 있다. 그것은 '이성 · 그저 여자'를 '재주 있는 여인 · 총명한 여인'과 이분법적으로 대립시키면서 사랑에서 '이성(理性)'이나 '지성'과 관련된 의미소(sememe)를 배제하고 있는 데서도 간접적으로 드러난다. 하지만 그렇다고 해서 사랑은 구체적인 현실의 영역에 있는 것도 아니다. '그저 여자(남자)', '그저 사람'이라는 표현에서도 드러나듯, 그것은 현실적 맥락이 사상된 채 현실 이전의 영역에 존재하는 본원적인 본능에 가까운 것으로 의미화된다. 따라서 최인훈의 사랑은 관념과 현실의 대립 구도를 초월하는 곳에 존재한다. 문제는 그로 인해 사랑이라는 결론에 이르는 과정에서 소설의 앞머리에 제기되었던 관념과 현실의 괴리라는 애초의 토픽이 도중에서 무화(無化)되어 버린다는 점이다. 이때 사랑은 관념과 현실의 어긋남이 발생할 수밖에 없는 현실의 맥락을 벗어난 곳에서 그에 대한 구원의 형식으로 찾아온다는 점에서 현실 외부에 존재하는 어떤 초월적인 가치가 된다.[10] 그 점은 이후 사랑을 현대인을 구원으로 이끄는 인류 보편적인 가치로 추상화하고 있는 「가면고」에서 한층 뚜렷하게 나타난다.

그렇게 볼 때 「그레이구락부 전말기」에 나타나는 사랑이라는 결론은 관념과 현실의 어긋남으로 인해 겪게 되는 회의와 좌절, 무력감을 현실의 외부에서 상상적으로 넘어서기 위한 관념적인 보상기제에 가깝다.

---

10) 관념과 현실의 어긋남에서 비롯된 회의와 좌절에 대한 구원을 사랑에서 찾는 발상법은 이후 『광장』을 비롯한 최인훈의 소설에서 지속적으로 반복된다. 물론 4 · 19 이후 최인훈의 소설은 관념과 현실의 긴장 자체를 주제화하는 데까지 나아가기는 하지만, 그럼에도 불구하고 『광장』에서 단적으로 드러나듯 구원의 형식으로 제시되는 사랑은 이같은 성격을 크게 벗어나지 않는다.

이렇게 최인훈이 현실의 바깥에서, 상상적 해결 방식인 사랑에서 대안을 찾는 것은 뒤집어 이야기하면 그만큼 현실에 대한 회의가 크다는 것을 보여주는 것이다. 그런 의미에서 그것은 곧 구체적인 현실 속에서는 진정한 해결책을 발견할 수 없다는 체념적 인식의 전도된 거울상(mirror image)이다. 같은 맥락에서 그것은 언제나 현실 논리의 벽에 부딪혀 현실 속에서는 실현될 수 없는 합리적 이성의 한계에 대한 운명론적인 인식의 전도된 거울상이기도 하다. 최인훈은 「그레이구락부 전말기」에서 사랑이라는 대안을 발견하지만, 그 뒷전에는 인간의 의지와는 무관하게 전개되는 세계의 논리에 대한 패배의식과 무력감이 은밀히 감추어져 있는 것이다.

이렇게 보면, 「그레이구락부 전말기」의 의미구조는 「라울전」의 그것과 크게 다르지 않다. 이성의 한계를 벗어난 불가항력적인 세계의 논리에 패배하는 과정을 그리고 있는 「라울전」과 좌절된 지식인적 욕망에 대한 보상의 형식으로 사랑을 제시하는 「그레이구락부 전말기」의 구도에는 모두 전후 사회 지식인의 존재조건에 대한 성찰이 개재되어 있다. 그것은 현실에서 겪는 무력감을 자기 자신에 대한 혐오감이나 정신적 방황으로 표현하면서 끊임없이 회의하고 사색하는 주인공들의 내면의식을 통해 나타나고 있다. 그리고 그 성찰의 이면에는 인간의 이성으로 이해하고 통제할 수 있는 한계를 벗어나 그 바깥에서 개인을 제약하는 불가항력적인 세계(현실)의 논리에 대한 패배의식과 체념적인 인식이 짙게 배어 있다.

문제는 그 성찰의 내용이 아직은 빈약하다는 점이다. 소설의 의미구조를 형성하는 지식인적인 욕망과 세계(현실) 논리의 긴장은 체념적인 형이상학적 운명론에 의해 절대화되거나(「라울전」) '사랑'이라는 결론으로 모호하게 얼버무려지고 봉합되어버림으로써(「그레이구락부 전말기」), 철저한 사유의 대상이 되지는 못하고 있다. 이 점은 『광장』과 그

이후의 소설들이 그 긴장 자체를 현실에 대한 비판적 사변이 전개되어
나가는 소설적 계기로 전화시키는 것과 대조적이다. 물론 이는 단편이
라는 한계도 작용한 것이겠지만, 『광장』 이전의 작품에 대해 작가 스스
로도 지적하듯이 '현실의 역사'에 대한 소설적 고려가 빠져 있기 때문
에 발생하는 현상이다. 그런 측면에서만 본다면 4·19는 분명 최인훈에
게 소설적 사유를 심화시켜나가는 데 의미 있는 전환의 계기였음에 틀
림없다.

3. 세계에 대한 정관적 태도와 주체 복원을 향한 자기의식의 현상학

「그레이구락부 전말기」와 「라울전」 같은 초기 소설에서 서사의 구도
와 의미구조를 형성하는 기본 동력은 합리적 이성을 삶의 준거로 삼아
관념과 현실을 일치시키려는 욕망이다. 4·19 이후 최인훈의 소설이 그
러한 욕망의 좌절을 야기한 객관적인 역사 현실의 상황을 소설의 의미
화 영역에 끌어들이는 데 비해, 아직 이 시기의 소설은 주로 그 욕망의
좌절로 인한 정신적 방황에 초점이 맞추어져 있다. 최인훈의 초기 소설
에 나타나는 그러한 주인공들의 회의와 방황은 전후 사회를 살아가는
작가 자신의 정신적 상황을 그대로 반영하고 있는 것으로 보인다. 이 소
설들에서 주목되는 것은 그에 대응하는 작가 고유의 문학적 태도와 방
법이 소설 속에서 이미 구체화되고 있다는 점이다. 그 문학적 태도와 방
법의 특성은 「그레이구락부 전말기」에서 주인공의 연설문의 형식으로
삽입되는 다음과 같은 구절에서 암시된다.

행동의 손 발은 갖지 못하고 관조의 창문만을 가진 인간형이 있다. 손 하나 발 하나 까딱하긴 싫고 다만 눈에 보이는 온갖 빛깔 형태를 굶주린 듯 주시함으로써 보람을 느끼는 사람, 이런 사람은 〈창〉 타이프의 인간이다. 창은 두 가지 의무가 교차한 물건이다. 창은 우선 외부로부터 차단된 건물을 전제한다. 거치른 행동과 운동의 번잡에 대한 보호를 뜻하는 〈건물〉의 일부분인 것이다. 블라인드를 치고 커어튼을 늘이고 덧창을 달고 자물쇠를 채우고 하는 모든 것이 이 창의 폐쇄성을 나타내는 것이다. 그러나 한편 창은 이같이 폐쇄된 건물이 외계와 소통하기 위한 지점이다. 창에서 이루어지는 외계와의 교통은 다만 시각에 의해서만 행하여진다. 시각에 의한 교섭은 간접적이고 번거로움이 없다. 그는 화창한 인생의 봄과 가혹한 투쟁의 겨울을 바라본다. 그는 환락에 몸을 불사르지 않는 한편 비참에 대하여 저주하지도 않는다. 〈세계는 만들어지지 않은 것이 좋았다〉 하는 말을 그는 시인하지 않는다. 〈세계가 만들어진 것은 우선 좋은 일이었다〉 하는 것이 그의 미학이요 윤리학이다.(25면)

이 구절은 작가 자신의 문학적 지향에 대한 직접적인 언급은 아니다. 하지만 이후 전개되는 최인훈 문학의 성격은 여기서 설명하는 '관조의 창문만을 가진 인간형'이 보여주는 의식과 행위의 성격에서 크게 벗어나지 않는다.[11] 그 핵심은 세계에 적극적으로 개입하기보다는 세계로부터 한 걸음 떨어져 거리를 두고 바라보는 정관적(靜觀的) 태도이다. 「그레이구락부 전말기」와 「라울전」의 주인공들이 그런 것처럼, 실제로 최인훈의 소설에서 주인공들은 현실과 적극적으로 관계를 맺는 행동적인 인물이 아니라 현실로부터 자발적으로 고립된 채 세계를 정관하면서 사유하는 인물들이다. 그러한 인물들의 특징은 현실에 대한 작가적 태

---

11) 오생근 역시 위의 구절에서 삶과 문학에 대한 최인훈의 작가적 태도를 읽고 있다. 그는 주로 위 인용문의 후반부의 내용에 근거하여 최인훈의 소설에 나타나는 '〈창〉 타입의 인간'이 행동하는 사람들이 아니라 바라보는 사람들이며, 어두운 밀실에 안주하기를 거부하고 창 밖의 세계와 만나기를 열망하는 개방적인 인간인 동시에 일정한 정신의 높이에서 자유로운 삶을 견지하려는 고독한 인간이라고 분석하고, 그것을 최인훈의 작품 경향과 연결시켜 설명한다. 오생근, 앞의 글, 222-228면 참조.

도가 그대로 투사된 것이라고 할 수 있다. 세계와 주체 사이에 가로놓인 '창'을 통한 세계와의 소통은 그 태도의 성격을 집약하고 있는 메타포이다. 그처럼 세계와 물리적으로 단절된 채 바라보는 것만으로 자족하는 태도는 앞서 밝힌 바대로 개인의 이성이나 의지와는 무관하게 전개되는 완강하고 불가항력적인 현실 앞에서 느끼는 지식인으로서의 무력감에서 나오는 것이다. 그리고 거기에는 동시에 개인적 욕망을 좌절시키는 부정적인 현실로부터 물리적·심리적 거리를 확보함으로써 자아를 보호하려는 방어의식이 자리잡고 있다. 세계에 대한 정관적 태도는 거기에서 비롯되는 것이다.

그러나 최인훈의 소설에서 그 정관적 태도는 양가적(兩價的) 성격을 지닌다. 그것은 부정적인 현실 속에서의 자기보존을 위한 수동적인 반응기제이면서도, 다른 한편에서는 그 부정적인 현실에 나름의 방법으로 대응할 수 있는 주체성(subjectivity)의 구성적 계기가 되고 있기 때문이다. 위 인용문에서 서술자는 오직 시각을 통해서만 외부 세계와 소통한다는 점을 강조한다. 그것은 물론 현실에 대한 정관적 태도에서 비롯된 것이며, 그 점은 '시각에 의한 교섭은 간접적이고 번거로움이 없다'는 구절에서도 다시 확인되고 있다. 서술자는 거기에서 더 나아가 시각적인 '교섭'과 연결된 세계에 대한 초연한 거리 유지를 '미학'과 '윤리학'의 차원으로까지 격상시킨다. 즉, 세계와 의식적으로 거리를 유지하면서 창을 통해 세계를 응시하는 일이 중요한 미적 방법론의 차원으로 전환되고 있는 것이다. 이러한 서술자의 관점이 작가의 그것을 그대로 반영한 것이라고 본다면, 이는 현실에 대응하는 작가 자신의 문학적 방법론을 상징화한 것이라고 할 수 있을 것이다. 그 문학적 방법론의 핵심이 여기서는 시지각(視知覺)의 특권화를 통해 암시되고 있는 셈이다.

중요한 것은 이 시지각의 특권화가 자기규정적(self-definitive) 주체에 대한 의식적 지향과 무관하지 않다는 점이다. "표상행위는 인간이

주체로서 자기 삶을 관계 중심의 우월한 위치로 가져오는 것을 의미한
다"[12]는 하이데거의 지적은 시각을 통한 표상작용과 세계의 존재를 결정
짓는 중심축으로서의 주체 정립의 연관성을 설명하고 있거니와, 최인훈
이 시각을 통한 소통을 의식적으로 강조하는 이면에는 혼란스러운 세계
에 질서를 부여하고 일관된 세계상(weltbild)을 구성할 수 있는 주체로
서려는 욕망이 담겨 있다고 보아야 할 것이다. 그런 측면에서 시각의 특
권화는 개인의 삶을 압박하는 혼란스럽고 부정적인 현실을 자신의 해석
체계 속에 가지런히 편입시킴으로써 자신의 의식적 통제 아래 두려는 욕
망과 관련되어 있다. 그것은 전후 현실의 견고한 부정성 속에서 겪는 현
실적인 무력감을 상상적으로 넘어서면서 지식인으로서의 자신의 존재를
확인하고 실현하는 하나의 방법이 될 수 있기 때문이다. 최인훈의 소설
에서 세계에 대한 해석의 의지(will to interpretation)가 유독 두드러
지게 전경화되어 있는 것도 그러한 맥락에서 이해할 수 있을 것이다.

  이처럼 최인훈이 시각을 통한 세계와의 소통을 강조하는 이면에는
세계를 상상적으로 통제할 수 있는 주체 정립에 대한 의식적 지향이 숨
겨져 있다. 최인훈이 이후 작품들에서 현실을 '풍속과 이념' 혹은 '밀실
과 광장' 등의 관념적인 이분법적 틀을 통해 재구성하려고 한 것도 이
문제와 무관하지 않다. 그것 역시 혼란스러운 현실을 자신의 해석체계
에 편입시켜 관념으로 통제할 수 있는 형태로 재배열함으로써 세계에
대한 주체의 우위를 회복하려는 시도의 연장선상에 있는 것이다. 따라
서 당연히 최인훈에게 있어 세계의 원리는 외적으로 다양하고 혼란스러
운 세계 그 자체가 아니라 주체의 내부에 존재하게 된다. 이때 세계를
향한 시선이 필연적으로 주체의 내부를 향한 시선과 분리될 수 없게 되
는 것은 그 때문이다. 일반적으로 세계에 대한 근대적 인식 주체의 표상

---

12) M.하이데거, 『세계상의 시대』, 최상욱 역, 서광사, 1995, 53면.

작용이 자기 자신에 대한 표상작용과 필연적으로 연관되어 있다는 사실은 그 점과 관련하여 시사하는 바가 크다.[13] 그렇게 볼 때, 위의 인용문에 곧바로 이어지는, "대도시의 전모를 높은 지점에서 바라보는 것은 그것 스스로 사람으로 하여금 깊으디 깊은 상념 속으로 무한정 끌고 들어가는 힘이 있었다"(26면)라는 구절도 그냥 넘겨버릴 수만은 없는 의미를 담고 있다. 이는 세계를 바라보는 행위가 세계에 대한 사유를 유발한다는 점을 암시하고 있는 구절이지만, 여기서 '깊으디 깊은 상념'이라는 말에는 단순히 세계에 대한 외적인 해석적 지향뿐만 아니라 내면으로의 시선의 이동이라는 차원이 함축되어 있는 것이다.[14]

시선을 자신의 내면으로 옮겨 자기 자신을 표상하는 행위가 자기 자신으로 소급해 들어가 자신을 되돌아보는 것인 한, 그것은 곧 자기성찰(self-reflection)과 다른 것이 아니다. 결국 최인훈은 위 인용문에서 시각으로만 세계와 소통하는 '〈창〉 타이프의 인간'이라는 메타포를 통해 전후 사회 지식인이 가질 법한 주체 복원의 욕망과 함께 '자기성찰'로 수렴되는 자신의 중요한 인식적·미학적 지향까지도 은연중 의식화하고 있는 셈이다.

이렇게 「그레이구락부 전말기」의 한 구절에서 암시되는 작가 자신의 문학적 태도와 방법은 물론 4·19 이후의 작품들 속에서 지속적으로 관철되고 있지만, 해당 작품과 함께 「라울전」, 「우상의 집」, 「가면고」 등 4·19 이전에 발표된 그의 초기작들에서도 이미 다양한 형태로 나타나

---

13) "'나는 어떤 것을 표상한다'는 것은 동시에 '나', 즉 표상하는 자를 (내 앞에서, 즉 나를 내 앞으로 세우면서) 표상한다. 인간의 모든 표상작용(Vor-stellen)은 '자신'을 표상하는 것(Sich-stellen)이다."(M.하이데거「박찬국 역」, 『니체와 니힐리즘』, 지성의샘, 1996, 225면)
14) 최인훈은 전집을 내면서 『광장』뿐만 아니라 거의 모든 작품을 다시 수정했는데, 「그레이구락부 전말기」 역시 다른 작품들과 마찬가지로 한자어를 우리말로 고친다는 큰 원칙 아래 수정되었다. 작품이 전집판(『우상의 집』, 전집8, 문학과지성사, 1976)에 재수록되었을 때 이 구절은 다음과 같이 수정되었는데, 거기에서는 이 점이 좀더 분명하게 드러난다. "도시의 전모를 높은 곳에서 바라보는 것은, 그것 스스로 **사람으로 하여금 깊으디 깊은 속으로 끝 모르게 끌고 들어가는** 힘이 있었다."(강조-인용자)

고 있다는 점이 중요하다. 최인훈의 초기 소설에서 세계에 대한 정관적 태도는 적극적으로 행동하기보다는 현실에서 한 걸음 떨어져 회의하고 사색하는 주인공들의 모습에 그대로 반영되어 있다. 이때 주인공들의 시선은 주로 자신의 내면을 향해 있으며, 그들은 현실에 적응하지 못하고 방황하는 자신의 내적 상황을 끊임없이 의식하면서 되돌아본다. 「그레이구락부 전말기」에서 전형적으로 드러나듯 그것은 많은 부분 자기혐오와 자조(自嘲)의 과잉으로 채색되어 있다. 그렇지만 그 자기혐오와 자조는 '자아 완성'이라는 관념적 기준에 끊임없이 자신의 내적 상황을 비추어보는 과정에서 발생하는 반성적 의식의 산물이기도 하다. 최인훈의 초기 소설은 자신이 관념적으로 설정한 그 '자아 완성'이라는 기준에 끊임없이 스스로를 비추어보면서 자신의 삶과 의식을 거기에 일치시키고자 하는 내적 욕망의 드라마를 펼쳐가고 있다. 최인훈 초기 소설의 자기성찰은 그러한 반성적 의식과 내적 욕망의 드라마 속에서 구체화되고 있는 것이다.

최인훈의 초기소설에서 주체의 동일성을 회복함으로써 흔들리지 않는 강한 주체로 서고자 하는 욕망은 그 자기성찰을 이끌어 가는 동력이 되고 있다. 「그레이구락부 전말기」와 「라울전」, 「가면고」 등에서 공통적으로 주인공들의 의식과 행위를 동기화하고 있는 '자기 완성'과 '자기 구원'이라는 토픽은 그러한 주체 복원의 욕망을 달리 표현한 것이다. 실제로 이 작품들의 주인공들은 모두 자기분열 의식에 짓눌려 있으며, 자기구원을 향한 그들 행위의 궤적은 그 자기분열을 극복하고 주체의 동일성을 회복하기 위한 의식적인 노력이라고 할 수 있다. 비록 다시 환멸에 빠지기는 하지만 '순수'를 지향하는 집단 결사에 가입함으로써 '갈래갈래 찢긴 나'(17면)에 대한 '자기혐오'(13면)에서 벗어날 수 있는 구원의 길을 발견하는 「그레이구락부 전말기」의 현이나, 인간 이성과 섭리의 어긋남에 의문을 품으면서 자아와 세계의 조화로운 합일을 갈망하는 「라울전」의 라울이 보여주는 삶의 궤적이 그 단적인 예이다. 이 두 작품들에서 나타나는 주체 복원의 욕망이 주인공들이 겪는 회의와 절망의 배면에 음화(陰畵)의 형태로 존재하고 있다면, 잇달아 발표된 중편 「가면고」에서는 그와는 달리 그 욕망과 그것의 실현 자체가 주제의 전면에 전경화되어 있다.

「가면고」[15]의 주인공 민은 자기의 얼굴에 덧씌워져 있는 '허위의 얼굴 가죽'[16]을 벗겨내고 '표정과 감정의 틈바구니에 한 치의 여유도 없는 그런 투명한 얼굴'(356면)을 소유하기를 욕망한다. 민은 그것이야말로 자신을 둘러싸고 있는 '찬란한 회의와 분열의 무지개'(354면)를 걷어내고 자아를 완성하는 길이라고 생각한다. 그러한 민의 욕망은 작품에서 최면 환상 속의 민의 분신인 다문고 왕자와 민이 창작한 무용극 속의 왕자의 갈망으로 변주되어 나타나는데, '브라마의 얼굴'을 갖기를 갈망하는 다문고 왕자와 마술사의 저주로 얼굴에 씌워진 탈을 벗고자 하는 왕자의 소망이 각각 그것이다. 그 세 경우 모두에서 가면을 벗은 투명한 얼굴로 상징되는 자아 완성에 대한 욕망은 자기분열을 극복하고 자기동일적인 주체성을 회복하려는 욕망과 다른 것이 아니다. 최인훈은 이 작품에서 동일한 모티프를 반복하고 있는 서로 다른 세 가지 이야기를 중층적인 구조로 엮어가면서 주체 복원의 욕망 자체를 주제화하고 있는 셈이다.

특히 「가면고」에서 '자아 완성'이 '인간의 운명이 외적인 조건 때문에 우롱당하는 분위기'(399면)를 역전시키는 '내적 승리'(361면)로 의미화되고 있다는 점에 주목할 필요가 있다. 「가면고」의 의미구조가 역사

---

15) 『자유문학』, 1960년 7월호. 「가면고」의 발표 시기는 4·19 이후 7월이지만, 최인훈은 이 작품이 실제로는 '4·19를 전후한 격동 속에서' 씌어진 것임을 밝히고 있다. 그리고 작가 스스로 「가면고」를 4·19의 영향을 받기 이전의 작품으로 분류하고 있다. 최인훈, 「나에게 있어 『광장』 이전과 이후」, 『문학과 사회』, 1996년 가을호, 1362면 참조.

16) 최인훈, 「가면고」, 『현대한국문학전집』 16(최인훈 集), 신구문화사, 1967, 356면. 이후 「가면고」를 인용할 때는 인용문의 뒤에 이 책의 면수만을 부기한다.

적인 상황과 거리를 두고 있고 또 작가 스스로도 그러한 해석의 여지를
경계하고 있음에도 불구하고[17], 이 점은 자기분열을 극복하고 동일성을
회복하려는 주체 복원의 욕망이 혼란스러운 전후 현실의 분열상을 자기
의식 속에서 극복하려는 욕망과 다르지 않음을 암시한다. 그것은 달리
말하면 혼란스러운 현실의 지배력에 흔들리지 않는 자기규정적인 주체
를 정립하려는 욕망이기도 하다. 이렇게 볼 때 「가면고」는 언뜻 현실의
직접적인 재현과는 거리가 있는 '인간 내면의 역사'를 다루고 있는 듯
보이지만, 그 여백에는 전후 현실에 대한 지식인의 방법적 대응이라는
이면적 주제가 징후적으로 자리잡고 있다. 달리 말해, 「가면고」는 전후
현실의 파괴적인 영향력과 그 속에서 훼손된 주체를 문제삼는 동시에 그
것을 극복하는 방법론으로서의 자기의식의 현상학을 보여주고 있는 것
이다. 그런 측면에서 「가면고」는 비역사적인 주제를 통해 역사적인 현실
을 우회적으로 문제삼고 그 현실에 대응하는, 초기 최인훈 소설의 방법
론을 가장 전형적으로 보여주는 작품이라고 할 수 있을 것이다.

　이렇게 최인훈 초기 소설에서 원 상황으로 설정되고 있는 주체의 자
기분열의 이면에는 파편화된 전후현실의 분열상이 하위텍스트
(subtext)로 자리잡고 있다. 최인훈 초기 소설에 나타나는 정관적 태도
는 그 현실에 대한 무력감과 체념적 인식의 산물이지만, 동시에 자기성
찰이라는 방법적 태도를 낳는 계기가 되고 있기도 하다. 그리고 그 자기
성찰을 이끌어가는 것은 전후 사회의 피폐함에 나름의 방식으로 대응할
수 있는 주체를 회복하고 그 주체성의 근거를 확보하려는 욕망이다. 「라
울전」과 「그레이구락부 전말기」, 「가면고」는 최인훈이 회복하고자 하는
그 자기동일적 주체성이 역설적이게도 이미 다른 것이 아닌 자기 완성

---

17) 이 작품에서 최인훈은 '전쟁 같은 외적인 조건'과 '사람의 마음'을 절대적으로 대립시키며
　　(355면), 신경학회의 한 최면시술사의 입을 빌려 '모든 인간의 정신 활동을 이처럼 〈환경〉과
　　그에 대한 〈대응〉의 두 가지로 분해'(419면)하여 해석하는 경향에 대해 비판하고 있다.

을 향한 내적 욕망의 드라마를 펼쳐가는 성찰적 주체의 자기의식으로 모습을 드러내고 있음을 보여주고 있는 셈이다.

4. 미적 자의식과 자기성찰의 원리

최인훈의 초기 소설에서 돋보이는 것은 자신의 문학세계에 대한 뚜렷한 자의식을 어떤 형태로든 객관화하고 있다는 점이다. 앞장의 인용문에서 주체 복원의 욕망과 자기성찰의 지향이 우회적으로 암시된다는 데 대해서는 이미 지적했지만, 다른 측면에서 보면 창을 통해서만 세계와 소통하는 '〈창〉 타이프의 인간'은 문학의 상대적 자율성에 대한 메타포로도 읽힌다. 그렇게 본다면 주체와 세계의 사이에 가로놓인 창은 세계와의 직접적인 부딪힘에서 올 수 있는 즉자적이고 무반성적인 직접성을 여과시키면서 반성적인 세계 해석의 도구가 되는 매개적 장치라고 할 수 있다. 다시 말해, 최인훈은 그러한 메타포를 통해 자신의 글쓰기가 갖는 의미가 현실과 상대적으로 독립된 자율적인 공간 속에서 이루어지는 현실에 대한 반성적 성찰에 있음을 우회적으로 암시하고 있는 것이다. 「그레이구락부 전말기」에서는 비록 흐릿하게 암시되고 있을 뿐이지만, 다른 4·19 이전의 작품들에서 이처럼 자신의 문학적 지향을 의식적으로 객관화하거나 주제화하는 경향은 곳곳에서 나타나고 있다. 특히 소설 속에서 작가 자신이 지향하는 글쓰기의 의미와 방법을 우회적으로 선언하는 「우상의 집」에서 그 점은 좀더 뚜렷하게 드러난다.

「우상의 집」[18]은 환도 직후에 별 할 일 없이 명동의 한 찻집을 드나들면서 소일하던 '나'가 겪은 일화를 이야기하고 있는 작품이다. '나'

는 '문단에서 확고한 존재'인 K 선생을 찻집으로 가끔 찾아와 대화를 나누다 훌쩍 사라지곤 하는 기인(畸人)인 '그'에게 점점 호기심을 느낀다. '나'는 '그'의 '인간적 부피와 매력'에 끌려 그와 가까워지는데, 그러던 중 그의 사춘기 시절의 아픈 경험을 듣고 나서 기행을 일삼는 '그'라는 인간을 비로소 온전히 이해한 것 같다는 느낌을 얻는다. '그'는 전쟁 중에 폭격이 있었던 날, 넘어진 기둥에 깔린 짝사랑하던 여인을 공포 때문에 버려 두고 도망친 자신에 대한 죄의식에 시달리고 있었던 것이다. 그러나 어느 날 '나'는 오래 모습을 보이지 않는 그를 정신병원에서 찾아내고, 의사로부터 그가 정신이상자이며 그가 했던 이야기도 모두 거짓말이라는 이야기를 듣고 충격을 받게 된다. 이러한 스토리라인만으로 본다면 이 소설은 작가가 겪었을 법한 일화에 약간의 허구를 곁들여 가공한 가벼운 소품 이상은 아니다. 그간 이 작품에 대한 진지한 접근이 없었던 것도 많은 부분 작품이 지닌 그러한 외양 때문이다. 그러나 이 소설은 여러 측면에서 소설쓰기에 대한 알레고리로 읽을 수 있는 작품이다. 이 소설에서 최인훈은 자기 자신의 소설쓰기의 방법론을 이중으로 객관화하고 있다. 그 중 하나는 '그'가 '나'에게 자신이 했던 거짓말을 합리화하는 다음과 같은 구절에서 드러난다.

> 그것은 이를테면 인텔리의 최고급 장난이 아닌가. 거짓말 연애편지를 띄워 보내서 친구를 골탕멕이는 건 건전한 장난이고, 그보다 더 계획적이구 훨씬 합리적인 지적인 트릭, 게다가 정신사적 연구라는 계몽적 가치까지 있는 트릭은 병적이구 정신 병원감이라?(「우상의 집」, 111면)

여기서 '합리적인 지적 트릭'이나 '정신사적 연구라는 계몽적 가치까지 있는 트릭'이라는 표현은 '그'의 거짓말, 즉 허구 창조가 갖는 의

---

18) 『자유문학』, 1960년 2월호.

미를 '그'가 직접 언명하고 있는 부분인데, 이것은 소설쓰기의 의미에 대한 작가의 생각을 그대로 표현하고 있는 것이다. 즉, 여기서 최인훈은 한 광인의 입을 빌려 소설쓰기가 현실에 대한 관념적 조작을 가하는 합리적이고 지적인 허구 창조와 다른 것이 아님을 역설하고 있다. 이 과정에서 최인훈은 '그'의 거짓말을 과대망상증 환자가 갖는 배설 욕구의 충족일 뿐이라고 진단하는 의사에 대한 '그'의 비난을 통해 지적인 허구 창조의 의미를 경시하는 세상의 관습적인 기준을 우회적으로 비판하기도 한다. 이는 다분히 사실주의적 재현 방식을 관습적으로 추종하면서 최인훈의 소설과 같이 현실에 대한 관념적 조작이 기조가 되는 비사실주의적인 소설을 폄하하는 전후 시기 한국 문단에 대한 우회적인 비판으로 읽힌다. 그것을 통해 작가는 경험적인 사실을 충실히 재현하기보다는 의식 속에서 주관적으로 재구성하면서 합리적으로 분석하는 것을 기조로 하는 자신의 소설쓰기의 방법론을 의식적으로 반추하고 있는 것이다.

앞서 「우상의 집」에서 소설쓰기의 방법론이 이중으로 객관화되고 있다고 했거니와, 그 첫째 층위가 이처럼 내용의 차원에서 직접적으로 드러나는 것이라면, 둘째 층위는 작품의 형식적 구성을 통해 간접적으로 드러난다. 그것을 밝히기 위해서는 우선 이 소설의 시점(point of view)에 주목할 필요가 있다. 이 작품은 최인훈의 소설로서는 드물게 일인칭 시점으로 전개되면서 '나'의 눈에 비친 '그'의 의식과 행적을 그리고 있다. 이때 작가의 경험적 자아와 친연성이 있는 인물은 '나'가 아니라 오히려 '나'의 눈에 포착되는 '그'이다. 그것은 소설 속에서 '그'가 '나'에게 털어놓는 독서 경험과 전쟁 경험, 허구 창조에 대한 생각이, 최인훈이 여러 곳에서 밝힌 바 있는 작가의 그것과 상당 부분 일치하는 데서 드러난다. 이는 흔히 볼 수 있는 일인칭 서술자와 경험적 자아 간의 관습적인 관계를 전도시킨 것이다. 최인훈은 그럼으로써 작가 자신의 소설쓰기의 방법론을 서술자가 직접 설명하기보다는 그것을 역으로 뒤집어 한 광기 어린 인물이 뒤틀린 어법으로 표현하는 데에 서술자가 반응하는 방식으로 구성한 것이다. 다시 말해, 이 작품에서 작가 자신이 역설하는 소설쓰기의 의미와 방법은 서술자 '나'의 눈에 뒤틀린 형태로 거울상(mirror image)처럼 비춰지는 구조 속에서 표현되는 것이다. 이처럼 비록 명시적이지는 않지만 소설쓰기 자체를 주제화하여 그것을 의식적으로 뒤틀린 방식으로 객관화하고 반추하고 있는 이 소설은 소설쓰기에 대한 최인훈의 자의식을 그대로 드러내 보여주고 있다.

이렇듯 소설 속에서 소설쓰기 자체에 대한 자의식을 드러내는 경향은 초기 최인훈 소설의 자기성찰적인 성격을 보여주는 한 실례이다. 본시 철학적인 의미에서 자기성찰은 근대적 주체성의 구조이자 인식 원리로서, 주체 스스로 자신을 성찰의 주체이자 객체로 정립하는 것을 의미한다.[19] 그 자기성찰이라는 근대적 주체성의 원리는 예술의 경우 낭만주의 예술에서 보는 것과 같은 절대적 내면성의 형식으로 나타난다. 근대 예술에서 작품의 언어와 형식이나 예술 창작 과정 자체를 작품 속에서 주제화하거나 그것 자체에 대한 자의식을 드러내는 미적 자의식은 그 자기성찰 원리의 특수한 미학적 변형이라고 할 수 있을 것이다.[20] 이러한 두 영역에서의 자기성찰, 즉 자기 자신의 의식과 존재조건을 돌아보고 성찰하는 인지적 자기성찰과 미적 자의식으로 표현되는 미학적 자기성찰은 4·19 이후 최인훈 소설의 핵심적인 원리로 기능하고 있다. 그러나 중요한 것은 그것이 단지 4·19 이후의 작품들에만 국한되는 것은 아니라는 점이다. 이미 조금 엿보았지만, 4·19 이전의 초기 소설에서도 이 자기성찰은 비록 아직은 미숙한 형태나마 소설의 중요한 부분을

---

19) 이에 대해서는 위르겐 하버마스, 『현대성의 철학적 담론』, 이진우 역, 문예출판사, 1994, 36-40면 참조.
20) 근대 예술에 나타나는 자기성찰(자기반영)의 구체적인 양상에 대해서는 문학과 영화를 중심으로 논의를 전개하고 있는 로버트 스탬의 『자기반영의 영화와 문학』(한나래, 1998)을 참고할 수 있다.

차지하고 있다. 「그레이구락부 전말기」와 「라울전」, 「가면고」 등에서 보이는 '내적 상황의 탐구'[21]는 인지적 영역에서 이 자기성찰을 구체화하고 있는 것이라고 할 수 있다. 최인훈의 초기 소설에서 인지적 자기성찰은 '자아의 완성'이라는 관념적 기준에 끊임없이 스스로를 거울에 비추듯 비추어보면서 그 기준과 자신의 현 상황간의 격차를 측정하는 인물들의 내면의식에서 구체화되고 있다는 점은 앞장에서 이미 밝힌 바 있다. 그렇게 보면 특히 「가면고」에서 주인공이 거울에 자신의 모습을 비추어보는 장면이 곳곳에 나오는 것도 우연은 아니다.

반면 최인훈의 초기 소설에서 미학적 자기성찰은, 앞서 살펴보았듯이 「그레이구락부 전말기」의 한 부분이나 「우상의 집」에서처럼 소설쓰기의 의미나 방법을 우회적으로 암시하거나 주제화하면서 자기 자신의 소설쓰기에 대한 자의식을 드러내는 부분에서 구체화된다. 그러한 경향은 이후 『서유기』나 『소설가 구보씨의 일일』 등에서 좀더 본격적으로 나타나지만, 그것은 분명 최인훈의 문학 행위의 초기부터 발견할 수 있는 현상이다. 특히 「가면고」에서는 그러한 미학적 자기성찰이 좀더 복잡한 형식으로 드러나고 있다.

「가면고」에서 최인훈은 '자아 완성'을 통한 구원이라는 문제를 일반성에까지 높인 작품을 구성해 보려는'(376면) 작중 주인공인 민의 창작상의 고민에 자신의 글쓰기에 대한 자의식을 투사한다. 즉, 작품 속에서 민이 겪는 창작상의 고민은 작가 자신의 그것을 거울처럼 반사하고 있는 것이다. 그것은 주제의 측면에서도 똑같이 반복되는데, 사랑을 통한 구원은 민이 창작하는 작품 속의 무용극의 주제이기도 하지만 동시에 그 무용극을 포함하고 있는 소설 「가면고」의 주제이기도 하다는 점에서 그렇다. 이러한 작품의 구성은 작가 자신의 소설쓰기의 의미를 소설 속

---

21) 김병익, 「일세대의 문학적 의미」, 『한국문학의 의식』, 동화출판공사, 1976, 19면.

에서 다시 다른 형태로 객관화하여 재현함으로써 반성적으로 확인하고
성찰하고자 하는 미적 자의식의 산물이다.

「가면고」에서 자기성찰은 그처럼 작가 자신의 소설쓰기를 복제한 예
술 창작의 과정을 소설 속에 삽입하면서 이루어지기도 하지만, 소설 전
체의 작품 내적인 차원에서는 세 개의 서로 다른 이야기가 맞물리면서 전
개되는 중층적 구조를 통해서 구체화된다. 이 소설에는 먼저 소설의 주
인공인 민이 현실에서 겪는 이야기가 있고, 그 안에 민의 최면 환상 속에
서 나타나는 다문고 왕자의 이야기와 민이 구상하여 공연하는 〈신데렐라
공주〉의 이야기가 삽입되어 있다. 그 세 이야기는 모두 똑같이 얼굴 위에
덮씌워진 가면을 벗는다는 것으로 상징되는 자아 완성이라는 동기에서
출발해서 사랑을 통해 구원에 이른다는 동일한 결론으로 수렴된다. 이때
민의 현실적인 이야기 안에 삽입되어 있는 다문고 왕자와 〈신데렐라 공
주〉의 이야기는 전체 소설의 틀이 되고 있는 민의 이야기를 똑같이 변형
된 형태로 재연하면서 전체 이야기의 내부에서 그것을 다시 거울처럼 되
비추고 있다. 거기에 더해서 작품의 말미에는 민의 최면 환상의 의미를
놓고 최면술사들 사이에서 벌어지는 토론 장면이 덧붙여지는데, 그것은
민의 최면 환상에 대한 비평적 논평으로 기능하면서 전체 이야기의 의미
를 소설 속에서 다시 되돌아보고 성찰하는 장치가 되고 있다.

다시 말해, 「가면고」는 소설의 전체 틀이 되는 현실적인 이야기에 구
조와 주제의 차원에서 그것을 변형된 형태로 반복하고 있는 최면 환상
과 무용극이라는 소설 속 허구가 삽입되어 현실적인 이야기를 거울처럼
반사하는 동시에, 다시 거기에 대한 비평적 논평이 전체 이야기들의 의
미를 되돌아보고 반추하는 중층적인 반사 구조로 되어 있다. 그처럼 작
품 속에 삽입된 또 다른 이야기가 전체 작품의 플롯이나 주제를 반복하
면서 되비추는 것을 일찍이 앙드레 지드(Andr Gide)는 심연구조(mise
en abyme)라고 불렀거니와[22], 「가면고」는 그 심연구조를 한층 복잡한

형태로 보여주고 있는 셈이다.

「가면고」에서 나타나는 이러한 심연구조는 큰 이야기 속의 작은 이야기들이 큰 이야기의 동기와 주제를 반복적으로 재연하여 반사한다는 측면에서 자기성찰적인 성격을 지니고 있다.[23] 그 점에서 그것은 미학적 자기성찰의 원리가 소설의 형식적 구조의 차원에서 표현된 것이라고 할 수 있다. 그러한 「가면고」의 구조는 궁극적으로는 작가 자신의 현실적인 상황과 그에 대한 상징적 해결책의 모색을 허구로 변형시켜 여러 각도에서 비춰보고 성찰하려는 의지가 형식적으로 표현된 것이다. 따라서 그것은 주체의 내면의식을 응시하면서 주체의 상황을 돌아보고 성찰하는 인지적 자기성찰이 형식적 차원에서 표현된 것이라고 할 수 있다. 앞서 밝혔듯이, 「가면고」에서 작가 자신의 소설쓰기를 소설 속에서 작중인물이 창작하는 또 다른 형태의 허구로 재연하여 예술 창작과정 그 자체를 주제화하는 경향 역시 그 점에서는 마찬가지이다. 그렇게 볼 때, 최인훈의 소설에 나타나는 미학적 자기성찰은 궁극적으로는 현실 속에서 자기규정적인 주체의 근거를 확보하려는 욕망의 산물이라고 할 수 있다. 따라서 최인훈의 소설에서 인지적 자기성찰과 미학적 자기성찰은 서로 떨어져 존재하지 않는다. 그 둘은 서로 뗄 수 없이 연관되어 있으며, 최인훈이 지닌 주체 정립의 욕망을 각각 내용과 형식의 차원에서 구체화하고 있는 것이다.

---

22) 심연구조(mise en abyme)에 대해서는 방미경, 「작품 속의 작품—Mise en abyme」, 『현대비평과 이론』, 1997년 봄·여름호 참조. 방미경은 'mise en abyme'를 '작품 속의 작품'으로 번역하고 있는데, 오히려 현대비평에서 그것은 작품 속에 삽입되어 그 작품을 반사하는 작품 속의 작품만을 가리키기보다는 그렇게 형성된 작품의 구조 자체를 지칭하는 경우가 많다. 따라서 이 글에서는 'mise en abyme'를 '심연구조'로 번역하여 작품 전체의 구조적 특성을 일컫는 말로 사용하기로 하겠다.
23) 린다 허천에 따르면, 현대 소설에 나타나는 심연구조는 자기의식 혹은 자기성찰성(self-reflectiveness)과 연관되어 있다. Linda Hutcheon, *Narcissistic Narrative: The Metafictional Paradox*, Metheun, 1980, p.9 참조.

5. 최인훈 초기 소설의 현대성과 문학사적 의미

보통 1960년대 문학을 거론할 때 앞자리에 놓이게 되는 작품은 최인훈의『광장』이다. 그때『광장』의 의미는 자유와 평등의 문제를 중심으로 계열화되면서 4·19의 의미장 속에 자리잡게 된다. 그에 따르면, 전후 소설과의 단절과 1960년대 문학의 출발은『광장』에서부터 시작되는 것이다. 일반적인 문학사적 인식에서『광장』은 그렇게 전후 소설과의 단절과 1960년대 문학의 출발의 계기로서 특권화된다. 그러한 관점은 1960년대 문학이 4·19라는 역사적 사건에 그 문학적 이념의 줄기를 대고 있으며 그 원점에 있는 것이 바로『광장』이라는 인식에서 나온 것이다. 거기에서 4·19는 문학적 지형의 변화를 결정한 핵심적인 결정 요인으로 인식되고 있다. 작가 스스로도 그와 비슷한 맥락에서『광장』이전의 작품과 이후 작품 사이의 비약을 설명하는 결정적인 계기로 4·19를 내세우면서『광장』의 각별한 의미를 부각시키고 있다.[24]

그러나 문학사의 지층을 좀더 세밀하게 들여다보면,『광장』, 그 밖의 최인훈의 소설들, 전후소설, 1960년대 소설 등을 기본 항(項)으로 하는 문학사의 서사(narrative)는 조금 달라질 수 있다. 그것은 문학의 심급에서 진행되는 전환이 4·19 같은 하나의 뚜렷한 역사적 사건에 의해서만 일방적으로 결정되는 것은 아니라는 기본적인 인식을 전제로 한다. 즉, 겉보기에 자명해 보이는 그 역사적 결정 과정의 이면에는 역사적 시

---

24) "문단 등장에서『광장』이전까지의 작품들과『광장』사이에는 분명한 어떤 비약이 있다. (중략) 그 비약을 설명하는 것은 4·19라고 하는 역사적 사실이라고 할 수밖에 없다. 4·19가 없었더라면「가면고」의 선을 따라서 현실의 역사와는 상대적으로 무관한 인간의 내면의 역사를 탐구하는 계열의 작품들을 써나가지 않았을까 싶은 것은 이유 있는 추측이라고 생각한다."(최인훈,「나에게 있어 〈광장〉 이전과 이후」,『문학과 사회』, 1996년 가을호, 1362면)

간과 문학적 시간의 근소한 어긋남과 비동시적인 교차가 있다는 것이다. 최인훈의 소설과 관련해서 볼 때, 그것은 단지 어떤 특징이 4·19 이전의 소설에도 나타난다는 정도의 의미에 그치는 것은 아니다.

『광장』을 1960년대 문학의 원점으로 보는 시각은 일단 1960년대 문학의 두 방향[25]을 모두 포괄할 수 있는 것이라는 점에서 유용한 것은 사실이다. 실제로『광장』에는 당대 현실의 비판적 형상화와 이데올로기 비판, 그리고 자유주의적인 개인의 내면적 자기인식이 교직되어 나타나고 있어서, 각기 다른 그 두 방향의 문학적 지향을 동시에 선취하고 있는 측면이 있다. 그러나 각도를 약간 달리하여 이청준, 김승옥, 서정인 등 1960년대 문학의 한 특정한 계보와의 관계를 중심에 놓고 1960년대 소설과 최인훈 소설의 관계를 따진다면, 문제는 조금 미묘해진다. 특히 그것이 전후 소설과의 단절이라는 문제와 겹쳐진다면 더욱이나 그렇다.

우선 앞에서 인용한 최인훈의 발언으로 에둘러 가보자. 거기에서 최인훈은 실은 그 문제에 대해 말하지 않으면서 말하고 있다.[26] 그는 "4·19가 없었더라면 「가면고」의 선을 따라서 현실의 역사와는 상대적으로 무관한 인간의 내면의 역사를 탐구하는 계열의 작품을 써나"갔을 것이라고 말한다. 이 언술을 전후 소설과의 단절과 1960년대 소설의 출발이라는 새로운 문학사적 문제틀(problématique) 위에 옮겨놓을 때, 최인훈이 스스로 보지 않은 채 공백으로 남겨 놓고 있는 지점이 드러난다. 거기에는 최인훈 소설의 문학사적 의미를 4·19라는 역사적 심급과 비

---

25) 정희모는 1960년대 문학의 흐름을 관념과 허구성, 미학을 중시하는 계열과 객관 현실을 중시하는 계열로 분류하고 전자의 경향으로 김승옥, 이청준, 최인훈을, 후자의 경향으로 이호철, 박태순, 김정한, 이문구 등을 들고 있다. 이 두 계열은 다시 각각 '문지' 계열과 '창비' 계열로 정리할 수 있는데, 이러한 분류법은 1960년대 문학의 실상과 대체로 부합한다.
정희모, 「1960년대 소설의 서사적 새로움과 두 경향」, 민족문학사연구소 현대문학분과, 『1960년대 문학연구』, 깊은샘, 1998.
26) 모든 텍스트의 언술에는 특정한 문제틀에 의해 가시성의 장(場)에서 배제된 비가시적인 것이 있으며, 그것은 부재, 침묵, 불연속성, 공백의 형태로 존재한다. 징후적 독해(lecture symptomale)는 그처럼 언술의 주체가 말하면서 동시에 침묵하고 있는 것을 표면에 드러내는 것이다. 징후적 독해에 대해서는 루이 알튀세르, 앞의 책, 21–42면과 109–115면 참조.

동시적으로 교차하는 또 다른 심급에서 가늠할 수 있게 해주는 단서가 숨어 있다. 그렇게 위 언술의 부정적인(negative) 함의를 뒤집어 그것을 새로운 의미장 속에 위치시켜보면, 4·19 이전 최인훈 소설의 초점이 '현실의 역사와는 상대적으로 무관한' 개인의 내면성에 있었음을 재확인하고 있는 위 언술은 그의 소설이 어떤 지점에서 전후 소설과 단절하고 '1960년대 소설'에 이르는 길을 열게 되었는가를 보여주는 언술로 전환된다. 『광장』 이전에 창작된 최인훈의 초기 소설이 문제성을 띠게 되는 것은 바로 이 지점이다.

작가 자신의 지적처럼, 『광장』 이전의 초기 최인훈 소설의 초점이 현실 역사와의 관련성을 상대적으로 배제한 개인의 내면성에 가 있었던 것은 사실이다. 그러나 그 '개인의 내면성'이 함축하고 있는 의미는 그렇게 간단하지는 않다. 이 맥락에서 중요한 것은 최인훈의 초기 소설에서 그 개인의 내면성을 지탱해주고 있는 원리와 문학적 방법론이다.

앞에서 지적했듯이, 최인훈의 소설을 규율하고 있는 핵심 원리는 자기성찰이다. 그것은 『광장』 이후의 작품에서뿐만 아니라 그 이전의 작품들에서도 이미 여러 형태로 구체화되고 있음은 이미 살펴본 바 있다. 최인훈의 초기 소설에서 인지적 차원과 미학적 차원에서 각각 구체화되고 있는 자기성찰은 현실 속에서 자신의 위치를 점검하고 되돌아보려는 자기확인의 산물이다. 그것은 전자의 경우 스스로 설정한 관념적 기준에 자신의 현 상황을 비추어보면서 끊임없이 그 간극을 측정하고 극복하려고 하는 자기의식의 현상학으로 나타나며, 후자의 경우는 소설 속에서 소설쓰기의 의미를 되돌아보고 성찰하는 미적 자의식으로 나타난다. 이러한 자기성찰이 중요한 것은 그것이 문학적 주체성의 확립과 연관되어 있기 때문이다. 즉, 최인훈의 초기 소설에서 구체화되고 있는 자기성찰은 한국적 근대의 현실을 나름의 방식으로 견디고 넘어설 수 있는 자기규정적 주체의 근거를 확보하려는 욕망의 산물이다. 최인훈의 초기 소설에는 이미 그러한 욕망의 드라마를 펼쳐가는 주체, 그리고 자기 자신으로 되돌아 들어가 스스로의 의식과 활동을 객체로 삼는 성찰적인 정신 운동의 주체가 모습을 보이고 있는 것이다.

최인훈의 초기 소설이 전후 소설과 결별하는 곳은 바로 이 지점이다. 그것은 전쟁의 후유증에서 벗어나지 못한 채 주체의 상실과 분열에 짓눌려 있었던 전후 소설의 실상을 생각해보면 쉽게 이해된다. 전후 소설이 그런 의미에서 주체의 상실과 부재로 특징지어진다면[27], 최인훈의 초기 소설은 전후 현실의 파괴적인 영향력에 압도되지 않고 현실과의 인식적·심미적 거리를 유지할 수 있는 자율적인 주체를 되살려 놓고 있는 것이다. 최인훈의 초기 소설에서 그 주체는 관념과 현실 논리 사이의 거리를 끊임없이 의식하면서 회의와 절망에 빠져들면서도 그 회의와 절망 자체를 객관화하고 그것을 결국 자율적 존재로서의 자기 자신의 근거를 끊임없이 되돌아보고 되새기는 자기성찰의 동력으로 전화시키는 성찰의 주체이다. 소설 속에서 소설쓰기의 의미를 끊임없이 되돌아보는 미학적 자기성찰 역시 이 성찰적 주체의 자기의식의 산물이다. 최인훈 초기 소설의 현대성은 바로 그곳에서 찾을 수 있다. 미학적 현대성의 기본은 무엇보다도 그렇게 자기 자신을 성찰의 주체이자 대상으로 정립하는 성찰적 주체의 존재에 있기 때문이다.[28] 최인훈의 초기 소설은 그 점에서 『광장』 이전에 이미 전후 소설이 안고 있던 하나의 중요한 한계를 넘어서고 있는 셈이다.

---

27) 김현은 전후 소설의 특징을 개인 존재에 대한 통찰이 결여된 몰개성적 허무주의로 정리하고 있고, 하정일은 앞의 글에서 1950년대 문학에서는 진정한 의미의 주체가 존재하지 않는다고 지적한다. 전후 소설에 대한 그러한 평가는 서로 다른 관점과 맥락에서 나온 것이기는 하지만, 전후 소설이 주체의 부재로 특징지어질 수 있다는 점에서는 일치한다. 그리고 전후 소설의 일반적인 성격에 관한 한, 그것은 세세한 부분에서 논란의 여지가 있기는 하지만 크게 부정할 수는 없는 결론이다.
김현, 「허무주의와 그 극복」, 『사회와 윤리』, 일지사, 1974.
하정일, 앞의 글, 18면.
28) 이에 대해서는 최문규, 「역사철학적 현대성과 그 이념적 맥락」, 『탈현대성과 문학의 이해』, 민음사, 1996, 42면 참조.

그리고 이 점은 또한 최인훈의 초기 소설과 이청준, 김승옥, 서정인 등을 주축으로 한 1960년대 소설의 한 계보와의 접점이 형성되는 지점이기도 하다. 특히 최인훈에 대한 4·19 세대 비평가들의 평가가 수렴되는 지점을 보면 문제는 좀더 분명해진다. 김현, 김치수, 김병익 등 4·19 세대 비평가들은 최인훈의 소설에서 그들 세대의 문학적 지향을 정당화하는 중요한 특징을 추출하고 그것을 1960년대 소설가들이 계승하고 있다고 평가하는데,[29] 그때 그들이 거론하는 것이 바로 '반성적 언어와 기술(記述) 양식'(김현), '자기인식'(김치수), '내적 상황의 탐구'(김병익) 등이다. 그러한 특징은 이미 살펴본 대로 자기규정적 주체의 자기성찰을 구체화하고 있는 『광장』이전의 작품에도 그대로 적용될 수 있는 것이다. 최인훈의 초기 소설이 『광장』이전에 이미 질적인 의미에서 1960년대 소설을 선취했다고 볼 수 있는 근거는 거기에 있다.

그러나 문제는 거기에서 그치지 않는다. 왜냐하면 거기에는 『광장』의 문학사적 의미와 1960년대 소설의 성격 규정의 문제가 함께 복잡하게 얽혀 있기 때문이다. 그 점에서 4·19 세대 비평가들의 강조점이 앞서 최인훈이 『광장』에서 이룬 '비약'으로 설명한 '현실 역사와의 관련성'과는 거리를 두고 있다는 점을 눈여겨볼 필요가 있다. 그들은 오히려 최인훈 소설의 성과로 개인주의적 주체의 내면의식과 반성적인 문학적 방법론을 강조하고 있다. 김치수가 『광장』에 대한 평가의 초점을 '자기인식'과 '개인의 탐구'에 맞추고 있는 것은 그 좋은 예이다.[30] 4·19 세대 비평가들은 『광장』을 '비약'의 계기로 부각시키는 최인훈과는 달리, 오히려 그런 관점에서 『광장』이전의 초기 소설에서부터 이어지고 있었

---

29) 김현, 「해설」, 『총독의 소리』, 홍익출판사, 1968.
   김치수, 「한국소설의 과제」, 김병익·김주연·김치수·김현, 『현대한국문학의 이론』, 민음사, 1972.
   김병익, 「일세대의 문학적 의미」, 『한국문학의 의식』, 동화출판공사, 1976.
30) 김치수, 앞의 글, 151–153면.

던 연속적인 특성에 주목하고 있었던 것이다. 이러한 그들의 평가가 이청준, 김승옥, 서정인 등의 작품세계에 대한 옹호의 연장선상에 있는 것인 한, 적어도 그들을 중심에 놓고 볼 때 1960년대 소설의 원점으로서 『광장』의 특권적인 지위는 흔들릴 수밖에 없다. 실제로 그들의 작품세계는 4·19라는 열린 공간으로 인해 가능해진 『광장』의 문학사적인 성과―예컨대 현실에 대한 객관적 형상화와 이데올로기에 대한 비판적 성찰―와는 어느 정도 거리가 있다. '개인 의식', '자기 세계의 확보', '의식 내부의 조작'[31] 등으로 요약될 수 있는 그들의 작품세계는 굳이 따지자면 현실 역사와의 관련성보다는 개인의 내면성에 더 초점을 맞추고 있다는 점에서, 오히려 역설적이지만 『광장』 이전의 초기 소설들의 경향에 좀더 가깝다. 그렇게 개인주의적 주체의 내면의식과 언어와 방법에 대한 자의식을 강조하는 흐름의 선을 따라간다면, 『광장』은 결정적인 단절과 새로운 시작의 계기가 될 수 없다. 문학사의 시간층에서 그 원점은 최인훈의 초기 소설로까지 거슬러올라가는 것이다.

그렇게 볼 때 최인훈의 초기 소설은 1960년대 소설사에 대한 기존의 시각을 재조정할 것을 요구한다. 우선 최인훈이라는 한 작가의 작품세계에 국한해서 보더라도, 그의 초기 소설은 4·19가 전후 소설과의 단절을 이루게 한 유일한 결정 요인이 아님을 보여준다. 즉 문학의 주체와 방법이라는 차원에 시선을 고정시킬 때, 최인훈 소설의 흐름에서 전후 소설과의 단절과 4·19의 영향은 비동시적으로 나타나고 있는 것이다. 이는 달리 말하면 최인훈 소설의 문학적 주체성의 형성에는 4·19 외에도 그의 고유한 독서 경험이나 개인적 이력, 전쟁과 전후 현실의 체험을 내면화하는 방식, 전후 소설과의 관계 등의 여러 요인이 개입하고 있음을 뜻한다.[32] 이 점을 고려하지 않은 채 최인훈의 소설, 그리고 더 나아

---

31) 김주연, 「새시대 문학의 성립」, 『상황과 인간』, 박우사, 1969.
  김현, 「구원의 문학과 개인주의」, 『사회와 윤리』, 일지사, 1974.

가 1960년대 소설에 대한 설명을 4·19로 환원하는 문학사 인식은 소
박한 역사결정론의 위험에서 자유롭지 않다. 따라서 굳이 『광장』을
1960년대 문학의 원점으로 보고자 한다면, 그것은 4·19라는 역사적
시간성과 그와는 비동시적으로 진행되고 있었던 문학적 시간성이 교차
하면서 형성된 복합국면(conjoncture)의 산물이라는 점이 먼저 고려되
어야 할 것이다.

6. 맺음말

『광장』으로 대표되는 최인훈의 소설은 전후 현실의 피폐함과 피해의
식 속에서 형성되었던 전후소설의 한계를 딛고 새로운 문학적 현대성을
꽃피워간 1960년대 소설의 앞자리에 놓인다. 그것은 최인훈의 소설이
이청준과 김승옥, 서정인 등 이른바 4·19 세대를 중심으로 전개되어간
1960년대 소설의 한 계보에 영향을 미쳤을 뿐만 아니라, 그 자체로서도
1960년대 문학의 새로운 질적 특성을 보여주는 중요한 지표가 되고 있
기 때문이다. 문제는 최인훈의 그러한 문학사적 위치에 대한 평가가
4·19라는 역사적 결정 요인에 지나치게 의존하고 있다는 점이다. 그것
은 최인훈의 소설은 물론이고 1960년대 문학 전반에 대한 설명을 단순
화할 수 있는 위험이 있다. 따라서 최인훈 소설의 성격이나 그와 연관된
1960년대 문학의 성격을 온전하게 밝히기 위해서는, 서로 조금씩 어긋
나는 이질적인 시간성의 교차를 통해 형성되는 불연속적인 문학사의 지

---

32) 이에 대한 상세한 설명은 일단 다음에 이어질 본격적인 최인훈론의 과제로 남겨놓고자 한다.

층에 대한 세밀한 고려가 필요하다. 『광장』 이전에 발표된 최인훈의 초기 소설은 그 점에서 중요한 참고 자료가 된다.

앞서 살펴보았듯이, 최인훈의 초기 소설은 현실과의 인식적·심미적 거리를 유지하면서 자신의 의식과 활동의 의미를 되돌아보는 성찰적 주체의 형성을 보여주고 있다. 최인훈의 초기 소설은 그 지점에서 전후 소설과 결별하고 이청준과 김승옥으로 대표되는 1960년대 소설의 한 방향에 길을 열어주고 있다. 최인훈 소설의 문학사적 의미가 내면성과 언어의식을 강조한 1960년대 소설의 한 흐름의 행보를 선취하고 그것을 심화시켜나간 데 있다면, 그런 측면에서 그 원점은 4·19와 『광장』 이전의 소설들에 있다. 그렇게 볼 때 최인훈의 초기 소설은 4·19에 앞서 그와는 또 다른 심급에서 비동시적으로 진행되고 있었던 문학사의 연속성과 비연속성을 선명하게 보여주는 중요한 실례이다.

1960년대 소설의 원점으로서 『광장』을 특권화하는 시각을 재조정할 수밖에 없는 이유는 여기에 있다. 이는 물론 부분적으로 1960년대 소설 중에서도 이청준과 김승옥, 서정인 등을 주축으로 한 특정한 흐름(이른바 '문지' 계열)에 초점을 맞추었을 때 적용될 수 있는 이야기이다. 1960년대 소설의 또 다른 경향에 초점을 맞춘다면 이야기는 조금 달라질 수 있다. 그러나 그것이 적어도 최인훈 소설의 문학사적 의미의 한 부분을 차지하고 있는 이상, 최인훈의 초기 소설이 갖는 문제성은 크게 흔들리지 않는다. 최인훈의 초기 소설은 무엇보다도 전후 소설과의 단절과 1960년대 소설의 정체성 형성이라는 문학사의 서사(narrative)가 결코 하나의 갈래로 단순화될 수 없다는 것을 보여주고 있기 때문이다.

주제어 : 자기성찰, 미적 자의식, 현대성, 주체, 시간성

◆참고 문헌

최인훈, 「나에게 있어 『광장』 이전과 이후」, 『문학과사회』, 1996년 가을호.
오생근, 「믿음의 세계와 창의 문학」, 『삶을 위한 비평』, 문학과지성사, 1978.
김 현, 「정신의 치료술-가면고」, 『현대한국문학전집』 16(최인훈 集), 신구문화
　　　사, 1967.
＿＿＿, 「해설」, 『총독의 소리』, 홍익출판사, 1968.
＿＿＿, 「허무주의와 그 극복」, 『사회와 윤리』, 일지사, 1974.
＿＿＿, 「구원의 문학과 개인주의」, 『사회와 윤리』, 일지사, 1974.
김치수, 「한국소설의 과제」, 김병익 · 김주연 · 김치수 · 김현, 『현대한국문학의 이
　　　론』, 민음사, 1972.
김병익, 「사랑, 혹은 현대의 구원-「가면고」에 대하여」, 『가면고/크리스머스 캐
　　　럴』, 문학과지성사, 1976.
＿＿＿, 「일세대의 문학적 의미」, 『한국문학의 의식』, 동화출판공사, 1976.
김주연, 「새시대 문학의 성립」, 『상황과 인간』, 박우사, 1969.
김민수, 「1960년대 소설의 미적 근대성 연구」, 중앙대학교 박사학위논문, 1999.
정희모, 「1960년대 소설의 서사적 새로움과 두 경향」, 민족문학사연구소 현대문
　　　학분과, 『1960년대 문학연구』, 깊은샘, 1998.
하정일, 「주체성의 복원과 성찰의 서사」, 민족문학사연구소 현대문학분과, 『1960
　　　년대 문학연구』, 깊은샘, 1998.
김윤식 · 정호웅, 『한국소설사』, 예하, 1993.
방미경, 「작품 속의 작품-Mise en abyme」, 『현대비평과 이론』, 1997년 봄 · 여름호.
최문규, 「역사철학적 현대성과 그 이념적 맥락」, 『탈현대성과 문학의 이해』, 민음사.
페리 앤더슨, 「근대성과 혁명」, 『창작과비평』, 1993년 여름호.
루이 알튀세르, 『자본론을 읽는다』, 김진엽 역, 두레, 1991.
M.하이데거, 『세계상의 시대』, 최상욱 역, 서광사, 1995.
M.하이데거, 『니체와 니힐리즘』, 박찬국 역, 지성의샘, 1996.

위르겐 하버마스, 『현대성의 철학적 담론』, 이진우 역, 문예출판사, 1994.
로버트 스탬, 『자기반영의 영화와 문학』, 오세필 · 구종상 역, 한나래, 1998.
Linda Hutcheon, *Narcissistic Narrative*: The Metafictional Paradox, Metheun, 1980.

◆ SUMMARY

The Desire for Restoring Subject and Self-reflection
-Modernity of Choi Inhoon's Earlier Novels-

Kim, Young-Chan

The most important principle of Choi Inhoon's novels is 'self-reflection'. It is already embodied not only in his novels after *Kwangjang*, but also in earlier works. In Choi Inhoon's earlier novels, self-reflection which is presented in cognitive and aesthetic level respectively is the product of self-affirmation aims at inspecting and turning round his own situation. In the former case, it is presented as a phenomenology of self-consciousness that is tend to measure and furthermore overcome the gab between his own ideal criterion and his present situation. And in the latter case, it is presented as an aesthetic self-consciousness that reflects on the meaning of his writing in his own novels. Such a self-consciousness is very important, because it is connected with literary subjectivity. In other words, Choi Inhoon's self-consciousness in his earlier novels is the product of the desire for ensuring a basis of self-definitive subjectivity which can cope with and overcome Korean modernity. Choi Inhoon's earlier novels already show us a subject who develops a drama of such desire and also a reflective subject who can objectify his own consciousness and activities all together.

This is the very spot where Choi Inhoon's earlier novels break with the Post-war novels; contrary to the Post-war novels, they revived an autonomous subject who can keep a cognitive and aesthetic distance from reality without being overwhelmed by destructive affections of the post-war reality. The modernity of Choi Inhoon's earlier novels can be found at this point,because the foundation of aesthetic modernity is the existence of a reflective subject who can set up himself as a subject and a object of reflection at once. And at the same time, it is the point where Choi Inhoon's earlier novels open the way for novels in the 1960s; they anticipate novels in the 1960s in that they show the inner consciousness of individualist subject and the self-consciousness on the literary language and method.

Judging from this point of view, Choi Inhoon's earlier novels call upon us to reregulate the existing viewpoint on the literary history of the 1960s. They show that '4 · 19' is not the one and only determinant of rupturing with the Post-war novels. Therefore In the level of literary subject and method, the rupture with the Post-war novels and being affected by '4 · 19' are take place at the different times. Without thinking over this point, understanding of literary history which reduce cause of shaping identity of Choi Inhoon's own novels and novels in the 1960s to only an event in history as '4 · 19', is not free from naive historical determinism. Therefore, in order to explain about Choi Inhoon's novels and novels in the 1960s entirely, it is necessary to give consideration to uncontinuous layers of literary history which are shaped by intersection between differential temporalities each other. Novels which are written before *Kwangjang* become the important reference data in that point.

북한 희곡 50년, 그 경향과 특징

이 상 우

1. 머리말

지난 50여년 간 북한의 연극과 희곡은 어떠한 경향을 나타냈으며 그 특징은 어떠한지를 살피는 것이 이 글의 주된 목적이다. 그 동안 이러한 종류의 글은 여러 편이 발표된 바 있다. 특히 1988년 납·월북 문인에 대한 해금조치가 취해진 직후에 쏟아져 나온 일련의 북한 문예 관련 단행본들, 가령 『북한의 문학』(권영민 편, 1989), 『북한의 예술』(김문환 편, 1990), 『북한의 공연예술』(서연호·이강렬 공저, 1990), 『북한의 가극·연극 40년』(한국비평문학회 편, 1990) 등에서 이러한 개관적 성격의 글을 살펴볼 수 있다. 그리고 최근 들어 문예진흥원의 『통일문학전집』 발간사업이 착수(1999)되었고, 남한에서 최초로 『북한문학사』(신형기·오성호 공저, 2000)가 출간되는 등 급격한 남북 화해의 분위기에 발맞추어 북한 문화예술에 대한 남한 사회의 포용력이 증대되고 남북 문화 교류의 움직임이 여러 부면에서 활발하게 논의되고 있는 실정이다. 이에 따라 북한 연극과 희곡의 실상을 올바로 이해하고자 하는 사회적 요구가 커지자 이를 다시 체계적으로 재점검하는 시도들이 잇따라 나타나게 되었다. 유진월의 「북한 문예이론의 변천과 연극의 특성」(『북한문학의 이해』, 1999.12), 이상우의 「극양식을 중심으로 본 북한희곡의 양상」(『한국극예술연구』, 2000.5), 양승국의 「북한의 연극과 희곡문학의 현실」(『한국연극』, 2000.9) 등이 그 대표적인 사례들이다. 이 중에서 특히 이상우와 양승국의 논문은 문예진흥원의 『통일문학전집』 발간사업 및 한국연극협회의 남북 연극 교류를 위한 기초 연구의 성격을 지닌 것이어서 최근의 남북 문화 교류의 움직임과 긴밀한 관련이 있다.

그러한 저간의 사정에도 불구하고 북한 연극과 희곡에 대한 연구가 아직까지 포괄적, 개괄적 접근의 수준에서 크게 벗어나지 못하고 있는 점은 우리 국문학계(또는 연극학계)의 반성을 필요로 하는 일이다. 포괄적인 총론적 접근에서 벗어나 치밀하고 심도있는 각론적 접근이 지속적으로 진행되고 축적되어야 북한 연극 및 희곡에 대한 연구 수준이 일정한 궤도에 오를 수 있음은 물론이다.[1] 개별 시기, 주제, 양식, 기법, 이론, 작가 및 작품에 대한 각론적 연구가 희곡 분야에서 보다 광범위하게 집적되어야 할 것이다. 또 이를 통해 궁극적으로는 북한희곡사 및 북한연극사, 더 나아가 통일연극사의 집필이 가능한 단계에까지 이르러야 함은 두말할 나위도 없다. 그러한 점에서 한국극예술학회가 2001년 2월에 한양대학교에서 〈북한 연극과 희곡문학의 구조와 특성〉이라는 제

---

1) 지난 몇 년 사이에 이석만, 현재원, 박명진, 이영미, 황두진 등에 의한 각론적 연구가 있었다. 그러나 지속적인 연구가 수행되지 못하였고, 더러는 지엽적인 고찰에 그치는 경우도 있었다. 현재까지의 각론적 연구 성과로는 박명진의 「전후 북한 희곡과 무갈등론」(『한국희곡의 이데올로기』, 1998)을 모범적인 사례로 꼽을 수 있다.

목을 내걸고 개최한 학술 심포지움은 여러모로 의미있는 계기가 되었
다. 특히 이 심포지움에서 「리동춘의 희곡세계」(현재원), 「피바다식 혁
명가극의 특성과 서사적 성격」(이영미), 「북한의 음악극 〈춘향전〉 연구」
(엄국천) 등과 같은 각론적 논의가 펼쳐질 수 있었던 점은 뜻깊은 성자
로 평가할 수 있다.

　　그러나 한국 희곡 및 연극사 연구자들 가운데에도 북한의 연극과 희
곡문학의 실상에 관해 바르게 이해하고 또 구체적으로 파악하고 있는
사람은 그리 많지 않은 실정이다. 총론적 이해는 각론적 연구를 위한 필
수적 전제조건이 된다는 점에서 올바른 각론적 연구의 확대를 기대하기
위해서는 체계적인 총론적 접근이 선행되어야 함은 물론이다. 본고는
외람되게도 이같은 목적을 수행하기 위해 씌어진 것이다.

2. 시기 구분과 극양식의 문제

　　주지하다시피 북한 연극과 희곡의 흐름은 몇 가지의 시기로 구분하
여 살펴보는 것이 통례로 되어 있다. 물론 그것은 북한문학사의 시기 구
분을 원용하는 것인데, 이는 희곡뿐만 아니라 모든 문학예술에 마찬가
지로 적용되고 있다. 이에 따라 북한 연극과 희곡의 흐름은 ① 평화적
건설 시기(1945.8-1950.6), ② 조국해방전쟁 시기(1950.6-1953.7),
③ 전후복구건설 시기(1953.7-1960), ④ 사회주의의 전면적 건설 시기
(1960-1966), ⑤ 유일사상체계 확립 시기(1967-현재)로 나누어 보는
것이 일반적이다. 북한의 문학예술은 철저하게 당에 예속되는 것이기
때문에 당의 노선이 변함에 따라 그때마다의 당의 방침과 수령의 교시

에 맞춰 작품의 내용과 창작방법이 달라진다. 특히 1967년 유일사상체계 확립기 이전의 경우에는 이같은 시기 구분에 따라 작품 경향의 변모가 확연하게 나타난다.

그러나 유일사상체계 확립기 이후에는 작품 경향의 변화보다 새로운 '주체 극예술' 양식의 출현과 그 양식적 특징에 주목해야 한다. 1970년을 전후한 시점부터 김정일의 주도 하에 이른바 '연극혁명'이 진행되면서 주로 1970-80년대에 대대적으로 다양한 주체 극양식들이 개발된다. 1970년대 초반에 〈피바다〉를 비롯한 5대 혁명 가극이 일찌감치 완성되고, 시극, 음악무용서사시, 음악무용이야기, 음악무용서사시극 등 장르 복합적 공연예술 양식이 1970년대에 등장한다. 또 1978년 〈성황당〉을 필두로 모습을 나타낸 혁명연극은 1980년대에 〈경축대회〉(1988)가 창작됨으로써 5대 혁명연극의 완성을 이루게 된다. 한편 김일성을 주인공으로 한 '수령 형상화' 작품들과 그 가계(김형직, 강반석, 김정숙 등)의 영웅적 형상화 작품들이 집체 창작극의 형태로 나타나게 되는 것도 1970대 초반의 일이다. 이렇듯 유일사상체계 확립 이후의 희곡들에서 특히 주목해야 하는 점은 이 다기한 주체 극예술 양식의 특징을 변별적으로 이해하는 일이다.

물론 이 주체 극예술 양식들 사이에는 서로 많은 공통점이 존재한다. 방창, 설화, 가요, 관현악 연주, 흐름식 무대전환 등의 요소는 대체로 양식들 간에 서로 공유되는 인자들이다.[2] 이러한 인자들을 배열하고 조합하는 방법의 차이에 의해 새로운 극예술 양식들이 만들어진다고 해도 과언이 아니다. 주체 극예술 양식들의 또 한 가지 공통점은 이른바 '혁명적 대작'을 지향한다는 점이다. 대부분의 극양식들에서 다루어지는 서사 규모나 무대 운용의 규모는 일반적으로 스케일이 매우 크다고

---

2) 이러한 요소들은 1970년대 이후 극작 분야에서 보편화되어 현실 주제의 일반 희곡에 적용되기도 한다.

할 수 있다.

유일사상체계 확립기 이전 희곡들의 경우 북한문학사의 일반적인 시기 구분 방법이 대체적인 작품 경향을 파악하는 중요한 준거틀이 되지만, 여기서 한 걸음 더 나아가 세심한 주의를 요하는 미학적 분기의 시점이 존재한다는 점을 알아야 한다. 가령, 1947년 고상한 사실주의의 공식화, 1950년대 중반의 도식주의·기록주의 논쟁과 종파 투쟁, 1958년 천리마운동의 본격화 등과 같은 시점은 해당 시기의 작품에 큰 영향을 미치는 주요 분기점이 되므로 시기 구분에서 주목을 요하는 시점이 된다.

3. 민주기지 건설과 희곡

해방 직후 '북조선임시인민위원회'는 북한 지역을 민주주의 통일 독립국가 건설을 위한 '민주기지'로 규정하면서 토지개혁을 비롯한 일련의 '민주개혁' 조치를 단행한다. 민주개혁 조치를 통해 민주기지를 강화하고 이 민주기지의 역량을 총동원하여 통일 민족국가를 건설한다는 것이 북한의 기본 정책이었다. 이러한 정책에 의해 해방 직후 북한에서 연극은 당국의 대대적인 지원을 받으며 성장하게 된다. 북한 당국은 연극이 민주기지를 강화하는 데 주요한 선전 선동의 수단이 될 수 있다고 판단한 것이다. 이에 따라 1946년 '북조선예술총동맹'(이후 '북조선문학예술총동맹'으로 개칭)이 결성되어 조직적인 형태의 연극운동이 일어나게 된다. 평양에 국립극단 격인 '중앙예술공작단'이 만들어지고 각 도에는 각 도 인민위원회 산하의 도 공작단이 설치되는 것이다. 이 공작단들은 주로 대도시 주민들의 사상 계몽을 위해 공연 활동을 하였다.[3] 반면 그 밖의 농어촌, 광산 지역 주민의 사상 계몽을 위하여 이동극단을 조직하여 공연 활동을 벌였다.

1947년에 들어서는 기존의 중앙예술공작단을 '국립극장'으로 개편하고, 평양에 '인민예술극장', '교통성 예술단', '내무성 극단', '인민군 예술극장', '노동자 예술단', '청년 예술단' 등을 설치하였다. 1947-48년 간에는 각 도에 도 공작단을 도립극장으로 개편하고 이동예술대를 조직하여 공연 활동을 전개하였다.[4]

중앙과 각 지역의 극단들이 공연한 공연 레퍼터리는 주로 북한의 민주개혁 및 민주조국 건설 의지를 소재로 한 것들이 많았다. 이 시기의 주목할 만한 작품은 토지개혁과 농촌 문제를 주제로 다룬 것이었다. 대표적인 작품으로는 한태천의 〈바우〉(1946), 박영호의 〈비룡리 사람들〉(1947), 탁진의 〈꽉쇠〉(1947), 백문환의 〈성장〉(1948), 한민의 〈장가가는 날〉(1948) 등이 있다. 1947년 2월 『문화전선』에 발표된 〈바우〉는 일제 말부터 1946년 토지개혁기까지 평안도의 한 농촌 마을을 배경으로 변모하는 농촌상을 그린 작품이다. 일제 말기, 1945년 해방, 1946년 토지개혁 등을 거치면서 바우는 무식한 머슴에서 혁명적인 마을 지도자로 변신한다. 해방이 되자 징용에서 돌아온 그는 방해자들과 싸우며 마을의 민주 건설에 앞장선다. 민주 건설기의 방해자들은 으레 지주(정구)이거나 남한 한민당에서 보낸 테러단(재순)이게 마련이다. 재순 유형의 북파 간첩은 과거 북한에서 지주였거나 아니면 지주의 사주를 받은 자로서 이후 북한 희곡에 상습적으로 등장하는 주인공의 적대자유형이다.

한편, 민지기지 건설을 위한 노동자들의 모습을 그린 희곡으로는 송

---

3) 신고송, 「민주연극의 체제 수립을 위하여」, 『해방기념 평론집』, 1946.8. (이선영 외, 『현대문학비평자료집』, 1권, 78-79면)
4) 리령, 「해방후 연극예술의 발전」, 『빛나는 우리예술』, 조선예술사, 1960, 22면.

영의 〈나란히 선 두 집〉(1949), 〈자매〉(1949), 신고송의 〈불길〉(1949) 등이 있다. 송영의 〈나란히 선 두 집〉은 인민군 창설 1주년을 맞은 1949년 봄, 흥남의 한 공장 마을을 배경으로 씌어진 작품인데 여성에 대한 편견을 지닌 구세대와 일하는 여성 노동자들인 신세대 사이의 세대 갈등을 통해 남녀를 차별하는 봉건의식의 타파와 근로와 증산 의욕의 고취, 민주 건설 의지의 중요성을 강조하고 있다. 이와 더불어 인민군대와 소련군에 대한 찬양도 은연중 드러내고 있다.

북한 문학의 중요한 주제인 항일혁명전통을 다룬 희곡이 이미 이 시기부터 나타난다는 점도 주목할 만하다. 조기천의 서사시를 희곡으로 각색한 〈백두산〉(1947)을 비롯해 박령보의 〈장백산〉(1947), 〈태양을 기다리는 사람들〉(1948) 등이 대표적인 작품이다. 특히 박령보는 항일혁명전통을 희곡으로 형상화하는 데 선편을 쥔 작가이다. 그는 이후에도 〈해바라기〉(1960), 〈태양의 딸〉(1961) 등 항일혁명전통을 그린 역작을 계속 발표하였다. 항일혁명전통을 다룬 작품들에서 김일성은 예외없이 항일무장투쟁의 영웅으로 묘사되는데 〈태양을 기다리는 사람들〉에서 김일성(김사장)은 만주와 북선(北鮮)의 인민들이 고대하는 민중의 메시아(태양)로 설정되어 있다. 북한에서 항일혁명전통에 대한 강조는 곧 김일성의 우상화 작업과 상통하는 것이라는 관점에서 볼 때, 1947-48년간에 이미 김일성에 대한 영웅 서사 만들기가 문학계 일각에서 시작되었다고 할 수 있다.

남한 사회의 모순과 이에 대한 남한 민중들의 투쟁을 주제로 다룬 희곡도 이 시기부터 지속적으로 나타나는 하나의 기본 유형이다. 이 시기의 이 주제를 다룬 작품으로는 남궁만의 〈제주도〉(1948), 〈하의도〉(1949), 송영의 〈금산군수〉(1949), 함세덕의 〈산사람들〉(1949), 〈대통령〉(1950), 류기홍의 〈은파산〉 등이 대표적이다. 〈금산군수〉와 〈대통령〉이 남한 지도층에 대한 풍자극이라 한다면, 〈제주도〉, 〈하의도〉, 〈산사람들〉 등은 제주 4.3 항쟁과 하의도 소작쟁의 등 남한 민중의 대정부 항쟁을 그린 작품이다. 역사극으로는 서북 지방의 민중 봉기를 그린 남궁만의 〈홍경래〉(1947)와 왜적으로부터 조국을 지킨 민족 영웅 이순신의 애국적 면모를 그린 김태진의 〈리순신 장군〉(1948) 등이 대표적이다.

이 시기의 북한 연극과 희곡에는 소련의 영향이 크게 작용한 것으로 보인다. 특히 북한 연극과 희곡의 사실주의 기법의 형성에 소비에트의 연극은 큰 영향을 미친 것으로 보인다. 소련의 연극과 희곡에 대한 동향을 소개하는 글이 이 시기의 문예지에 자주 눈에 띄고[5], 소련 극단의 내조(來朝) 공연, 스타니슬라브스키 시스템의 도입 등 소련의 사실주의 연극 방법을 기초로 북한 사회주의적 사실주의 연극의 기틀을 수립하려 했다는 신고송의 증언[6], 시모노브, 코르데이추크, 수로보, 레오노브, 소보크, 고노레 등 많은 소련 작가의 희곡들이 번역·상연되었고 이 작품들로부터 높은 사상성과 예술성을 배웠다는 윤두헌의 증언[7] 등은 이러한 사실을 뒷받침해주는 중요한 방증자료가 된다. 소련 극예술은 1950년대 중반까지 북한 연극에 일정한 영향을 미치지만 1956년 8월 종파 사건 이후 북한에서 '주체'가 강조되면서 별다른 영향을 미치지 못하게 된다.

---

5) 아소프노프의 「소비에트 연극의 동향」(『문학예술』 9호, 1949), 김승구의 「소련의 희곡문학에 대하여」(『문학예술』 12호, 1949).
6) 신고송, 『연극이란 무엇인가』, 국립출판사, 1956, 83-84면.
7) 윤두헌, 「해방 5주년을 맞는 조선 극문학」, 『문학의 전진』, 1950.7. (『현대문학비평자료집』 2권, 86면)

4. 전쟁과 희곡

6.25 전쟁기의 북한 연극은 "모든 것은 전쟁 승리를 위하여!"라는 당의 슬로건을 위해 복무해야 한다는 과제를 부여받았다. 이에 따라 민주건설 시기의 극장 공연 체제가 기동적인 소편대 체제로 바뀌게 된다. 전선이나 후방에서 인민군과 주민들에게 미국과 남한 군대에 대한 적개심, 전투 및 생산의지를 고취시키기에 용이한 기동력 있는 소품 및 단막극들이 이 시기에는 작품의 주종을 이룬다. 전쟁 3년 동안 씌어진 희곡을 분류해 보면 장막극이 33편인데 비해 단막극은 무려 220편에 달한다.[8] 각 극장별로 연극 소편대를 구성하여 전선 위문 공연 및 노동자·농민 위로 공연을 전개하였기에 이 시기의 공연 레퍼터리는 단막극이 압도적 지위를 차지하게 된다. 허준의 〈수원회담〉(1950), 김승구의 〈새벽에 온 사람들〉(1950), 류기홍의 〈정찰병〉(1951), 남궁만의 〈싸우는 로동자들〉(1951), 한태천의 〈명령 하나밖에 받지 않았다〉(1952), 권준언의 〈가을 전선〉(1952), 박훈의 〈산의 개가〉(1952) 등이 그 대표적인 작품들이다.

1951년 동부전선의 한 야전병원을 무대로 삼은 〈정찰병〉은 어느 용맹한 정찰병의 투철한 임무수행 정신을 그린 작품이다. 정찰 중에 미군 장교를 체포한 정찰병은 자신의 부상은 아랑곳하지 않고 부상을 입은 미군 장교를 살리기 위해 애쓴다. 그 이유는 미군 장교를 살려야만 그를 통해 적의 정보를 획득할 수 있기 때문이다. 그러한 정찰병의 투철한 사명감에 반한 간호원은 그를 흠모하게 된다. 야전병원의 다른 부상병도

---

8) 윤두헌, 「극문학 상의 몇 가지 문제」, 『조선문학』, 1954.3. (『현대문학비평자료집』 3권, 133면)

빨리 전선에 나가 싸울 수 있도록 퇴원시켜 달라고 군의관을 보챈다. 정찰병과 부상병을 통해 인민군의 불타는 전의와 용맹성을 보여준 이 작품은 전선에서 공연되기에 적합한 소품이다. 〈수원회담〉은 1950년 6월 29일 서울 함락 직후 수원의 한 저택에 모여 전쟁 대책을 논의하는 韓美 지도부(이승만, 맥아더, 신성모, 백성욱, 미 군사고문 등)가 인민군의 공격에 놀라 혼미백산하여 달아나는 모습을 그린 풍자 희극이다. 남한과 미군 지도부의 부패, 타락, 비겁, 반민중성을 우스꽝스럽게 폭로한 점에서 〈수원회담〉은 송영의 〈금산군수〉를 연상케 한다. 이승만을 비롯한 남한 지도층에 대한 풍자라는 측면에서는 함세덕의 〈대통령〉과 흡사한 점이 있다. 〈새벽에 온 사람들〉은 1950년 6월 인민군이 서울에 돌입하던 날 서울의 한 가정을 무대로 씌어진 작품이다. 남한 당국의 선전에 속아 인민군에 대한 왜곡된 선입견을 가진 김상춘 일가는 국군과 인민군의 모습을 직접 접해 보고 자신의 판단이 잘못 되었음을 깨닫게 된다. 국군은 잔인하고 난폭하며 반민중적인 데 비해 인민군은 주먹밥을 얻어먹고 돈을 내거나 쌀로 대신 갚기도 할 만큼 인민에 대한 따뜻한 배려심을 지니고 있음이 부각되고 있다. 이 작품의 상연 목적은 인민군의 친근한 이미지를 남한 민중에게 선전하기 위한 것으로 보인다.

이 시기의 대표적 장막극으로는 한성의 〈탄광 사람들〉(1951), 〈바다가 보인다〉(1953), 송영의 〈강화도〉(1953) 등이 주목할 만하다. 김사량이 쓴 동명의 종군기를 각색한 〈바다가 보인다〉는 인민군의 영웅적 전투 활동을 그린 작품이며, 역사극 〈강화도〉는 신미양요 사건을 극화한 것으로 반미사상을 고취시킬 목적으로 씌어진 것이다.

조국해방전쟁 시기의 북한 희곡에서는 애국주의, 대중적 영웅주의 등이 부각되고, 기동적인 공연 활동을 통해 희곡의 선전 선동적 기능이 제고된 점이 주목할 만한 특징이라고 할 수 있다.

5. 전후 복구건설과 희곡

종전 후 당의 노선은 "모든 것을 민주기지 강화를 위한 전후 인민 경제 복구 발전에로!"라는 슬로건이 대변하듯 전후 복구 노력에 초점이 맞춰진다. 이에 따라 전후 북한 연극에 제기된 미학적 과제는 '전국 작가 예술가 대회'(1953.9)의 결정에서 구체적으로 천명된다. 그것은 "전쟁 승리를 위하여 우리 인민들이 발휘한 애국주의와 대중적 영웅주의를 건설 투쟁의 승리에로 계속 앙양시키도록 할 것", "현실의 거대한 전변 속에 대담하게 들어가 로동 계급의 실지 생활을 체득할 것" 등으로 요약될 수 있는 것이었다. 즉, 전쟁 후 당의 목표는 복구를 위한 '건설 투쟁'에 매진하는 것이며, 예술가는 이 투쟁을 올바로 형상화하기 위해 건설 투쟁의 현장에 직접 뛰어들어 이를 경험해야 한다는 것이다.

이에 따라 이 시기의 희곡들은 생동감 넘치는 건설 투쟁의 현장을 그리고 있다. 그 현장은 대개 두 가지로 나뉜다. 하나는 노동자들의 복구 건설 투쟁의 현장이고, 또 다른 하나는 농촌의 집단 경리화 현장이다. 전자의 주제를 다룬 희곡으로는 류기홍의 〈그립던 곳에서〉(1954)와 리동춘의 〈위대한 힘〉(1958)이 대표적이고, 후자의 주제를 다룬 희곡으로는 리동춘의 〈새길〉(1954), 조령출 · 김덕윤의 〈열두삼천리벌〉(1954)이 대표적이다.

〈그립던 곳에서〉는 1953년 어느 제강소를 배경으로 노동자 박갑철의 전후 복구 건설 투쟁을 그린 작품이다. 전쟁이 끝나고 '그립던' 제강소로 다시 돌아온 제대군인 박갑철은 공장의 복구 문제로 직장장, 기사장 등과 갈등을 벌인다. 갈등의 초점은 훼손된 전기로부터 고친 후에 속도전을 전개하자는 박갑철의 주장과 '60일 단축운동'의 목표 달성을 위해 무조건 밀어붙여야 한다는 직장장, 기사장의 주장이 대립되는 점에 있다. 둘 사이에 속도전에 대해서는 이견이 없으므로 이들 사이의 갈등은 본질적으로 비적대적인 것이며, 문제가 되는 것은 직장장, 기사장 등이 지닌 공명심, 관료주의, 형식주의, 무사안일주의가 된다. 이 작품은 작가의 현장 체험을 바탕으로 씌어진 것이어서 노동 현장의 핍진한 재현, 생산 현장의 전문 기술 용어의 사용 등이 두드러지게 나타난다. 〈위대한 힘〉도 용광로 복구 건설 현장에서 기술적인 문제로 빚어지는 노동자들 사이의 갈등을 그린 작품이다.

농촌의 사회주의적 개조, 즉 협동화, 집단 경리화의 주제를 다룬 〈새길〉은 1953년 황해도 '새길협동농장'에서 실제로 있었던 집단 경리의 성공담을 그린 것인데 농업의 개인 경리보다 집단 경리가 훨씬 더 우월하다는 것을 선전한 작품이다. 제대 군인 김철수를 중심으로 한 협동농장 참여자들은 미참여자인 최근성과 민씨를 설득하는 한편 어려움에 처한 그들의 농사를 돕는다. 협동농장에 대해 불신을 품던 그들도 집단 경리의 성공과 참여자들의 선행에 감동하여 마침내 협동농장의 참여를 결심한다. 그들은 자기 토지에 대한 애착과 개인 경리에 대한 집착 때문에 협동농장 참여에 미온적이었던 것이지 농업 협동화 그 자체에 대해 적대적인 것은 아니다. 〈새길〉에서 적대적 갈등의 양상은 찾아보기 어렵다. 이처럼 갈등을 미온적으로 그렸다는 이유로 이 작품은 1956년에 개최된 '제2차 조선작가대회'에서 도식주의 작품으로 몰려 한설야, 신고송 등으로부터 호된 비난을 받게 된다. 한설야는 대회 보고문에서 "갈등을 자기 생명으로 하는 극작품에서 현실 긍정에만 조급하고 비판성을 포기할 때 우리는 리동춘의 〈새길〉과 같은 현실 미화의 작품을 대하게 됩니다. 이처럼 사회주의 사실주의 창작방법을 현실 긍정의 면에서만 보려는 데 우리 작품의 일부를 도식주의의 함정에 떨어뜨리게 한 주요한 요인이 있습니다."[9]라면서 〈새길〉이 무갈등론과 도식주의에 사로잡힌 현실 미화의 작품이라고 준엄하게 비판했다. 또 신고송은 〈새길〉이 그나마 지닌 장점은 갈등의 예리성에 있는 것이 아니라 부차적 소재들(에피소드, 대사 등)에 있을 뿐이라며 역시 갈등의 미흡함을 지적하였다.[10]

이같은 도식주의의 문제는 〈새길〉에만 있었던 것은 아니고 〈그립던 곳에서〉와 같은 건설 투쟁의 주제를 다룬 희곡들에도 적용되는 것이었다. 이 작품들에서 긍정적 주인공들은 대부분 제대 군인이고 독신자이고 과부의 아들이며, 생산 현장에서 문제점을 타개하기 위해 뭔가 창의적 고안에 열중하고 있으며, 같은 직장에 있는 애인으로부터 위로와 격려를 받는다. 그와 대립되는 인물은 일제시대부터 기술자 생활을 해온 낡은 기술신비주의자이다. 지배인은 대체로 원만함을 유지하며, 당 위원장은 호인형으로 적당한 정치적 제스추어를 취하다가 해결이 가까워지면 갑자기 예리한 인물로 변모하면서 사건의 판관으로서 자기 역할을 마친다. 이처럼 슈제트의 유사성에 의한 도식주의는 전후 복구 건설기 문학 작품에 만연해 있던 문제였다. 그 근본 원인은 작가의 '현실에 대한 소극적인 긍정'과 '투쟁에 대한 형식적 참가'에 있었다.[11]

전후 복구 건설기에 항일혁명전통을 다룬 작품으로는 송영의 〈백두산은 어데서나 보인다〉(1956)가 대표적이다. 혁명가극 〈밀림아 이야기 하라〉의 원전이 되는 이 작품은 1930년대 만주 항일유격투쟁의 소재를 다룬 것인데, 1953년에 항일무장투쟁 전적지 조사단의 일원으로 백두산 등지에 파견된 적이 있는 송영이 이때 수집한 자료를 바탕으로 쓴 것으로 알려져 있다. 송영은 1956년에 전적지 조사단을 대표하여 동명의 보고서를 쓰기도 하였다. 한편 이 시기에 6.25전쟁을 소재로 다룬 한성

---

9) 한설야, 「전후 조선문학의 현 상태와 전망」, 『제2차 조선작가대회 문헌집』, 조선작가동맹출판사, 1956. (『현대문학비평자료집』 4권, 58면)
10) 신고송, 「극문학 발전을 위한 몇 가지 중심 문제」, 위의 책 (『현대문학비평자료집』 4권, 114면)
11) 박태영, 「희곡의 흥미에 대하여」, 『조선문학』, 1955.5. (『현대문학비평자료집』 3권, 397-398면)

의 〈우리를 기다리라〉(1954), 리종순·최건의 〈다시는 그렇게 살 수 없다〉(1954) 등이 씌어졌다.

6. 천리마운동과 희곡

1956년 4월의 노동당 제3차 대회에서는 교조주의와 형식주의를 퇴치하고 주체를 확립할 것이 특히 강조되었는데, 국립극장은 제3차 당대회를 경축하는 공연으로 한설야의 동명 소설을 각색한 〈승냥이〉를 상연하였다. 반미, 반제사상을 표방한 이 작품을 새삼 제3차 당 대회에 맞춰 상연한 것은 이 대회의 중대 강령이 바로 주체사상의 강조에 있었던데 기인하는 것이다. 이 시기에 이처럼 '주체'가 강조된 것은 소련의 후르시초프에 의한 스탈린 개인숭배 비판에 대해 김일성 개인숭배 체제를 구축 중이던 북한이 큰 충격을 받았기 때문이었다. 소련의 반스탈린주의 여파로 북한은 1956년 이른바 '8월 종파 사건'을 겪게 된다.[12] 이 사건을 통해 결국 김일성 반대파는 자기 정체를 드러내게 되는데 이들을 완전 제압한 북한은 소련과 일정한 거리를 유지하면서 김일성의 개인숭배 체제를 더욱 강화하게 된다. 이른바 '천리마운동'은 김일성 유일지배 체제의 강화를 위한 목적으로 시작된 것이었다.

북한은 도시와 농촌에서 사회주의적 개조가 완성됨으로써 사회주의 제도가 확립되는 시점을 1958년 8월로 산정하고 있다. 그리고 사회주의 기초 건설을 위한 제1차 5개년 계획이 성공적으로 수행되었다고 자

---

12) 도식주의 비판도 소련의 반스탈린주의에 영향을 받은 것이었다.

평한 1961년부터는 '사회주의의 전면적 건설'을 위한 투쟁에 들어섰다고 선언하게 되었다. 이를 성공적으로 수행하기 위해서는 인민 대중을 공산주의적으로 교양 개조하는 것이 필요했다. 따라서 이 시기의 문학은 이러한 목표를 위해 복무하여야 했다. 즉, 이 시기의 예술 창작은 '공산주의적 교양 개조'에 모든 초점이 맞춰지게 된다.

문제는 적대적 모순이 없는 공산주의 사회에서 갈등구조가 드러나는 작품을 쓸 수 없다는 점에 있었다. 당은 될 수 있으면 문학 작품이 부정적인 인물을 비판하는 것보다 본받을 만한 천리마 영웅이나 모범적 공산주의자의 풍모를 그려주길 기대했다. 김일성은 『천리마시대에 맞는 문학예술을 창조하자』(1964)에서 과거에는 문학예술 작품이 부정적 사실을 비판하는 데 초점을 맞췄다고 한다면 지금은 긍정적 모범을 내세우는 데 초점을 맞춰야 할 것이라고 교시하였다. 이는 문학 창작방법에 큰 영향을 미쳐서 이 시기의 희곡에는 대개 부정적 인물이 거의 등장하지 않고 긍정적 인물의 미담 소개가 주조를 이루는 미담형 희곡이 범람하게 된다. 이 시기의 대표적 미담형 희곡은 박령보의 〈아침노을〉(1964)이다. 이 작품은 1960년대 초반의 어느 농촌 협동조합의 축산반에서 있었던 한 처녀(김정임)의 미담을 극화한 것이다. 모범적인 축산반원 김정임은 자신이 맡은 토끼 사육을 위해 헌신적인 노력을 한다. 토끼가 죽어가자 한밤중에 수십 리 길을 달려 약초를 구해오기도 하고 필사의 노력으로 얼음구덩이에 빠진 아이들의 목숨을 구하기도 한다. 그녀는 '고상한 공산주의자의 풍모'를 보여준 '천리마 영웅'인 것이다. 조백령의 〈붉은 선동원〉(1961)은 천리마시대 공산주의적 인간의 전형을 창조한 뛰어난 작품으로 평가받고 있다.

공산주의적 미풍이 지배하는 천리마 현실에서는 이같은 미담형 희곡이 아니면 리동춘의 〈산울림〉(1961)이나 지재룡의 〈청춘의 활무대〉(1963)와 같은 경희극의 방향으로 나갈 수밖에 없었다. 〈산울림〉은 바위산을 개간하자는 주인공과 이를 무모한 공상이라고 일축하는 관리위원장 사이의 소소한 갈등을 보여준다. 그러나 이 천리마시대의 부정 인물은 사회제도나 당 정책에 반대하는 것이 아니라 자신의 경험주의, 보수주의, 소극성과 같은 낡은 잔재 때문에 사회주의적 진전에 방해가 되는 것이다. 이러한 작은 문제점을 교정하면 부정 인물도 얼마든지 천리마의 역군이 될 수 있는 것이다. 이처럼 경희극에서는 부정 인물이 가벼운 웃음으로 교양 개조되면서 부정이 극복되고 더 큰 동지적 단결을 이루어 가는 과정을 보여준다.

이 시기에 항일혁명전통 주제를 다룬 작품으로는 용감한 항일유격대 여대원 김순실의 영웅적 투쟁담을 그린 박령보의 연작 희곡 〈해바라기〉(1960), 〈태양의 딸〉(1961)이 대표적이며, 남한 혁명 주제를 다룬 작품으로는 4.19 혁명을 그린 송영의 〈분노의 화산은 터졌다〉(1960)가 대표적이다. 〈분노의 화산은 터졌다〉는 4.19 혁명 당시의 마산과 서울을 배경으로 남한 정부의 부정부패 실상을 폭로하고 이에 항거하는 학생들의 처절한 반정부 투쟁을 박진감 넘치게 묘파하였다.

7. 주체 시대와 희곡

1967년 5월 당 중앙위원회 제4기 15차 전원회의에서 유일사상체계의 확립을 결의하고, 1970년 11월 제5차 당 대회에서 주체사상을 당의 유일한 지도 이념으로 결정함에 따라 북한은 '주체의 시대'로 접어들게 된다. 따라서 유일사상체계의 확립이 결정된 1967년은 '주체 시대'의 기점으로 산정된다.

　　주체 시대의 문학은 이제까지 창작방법의 중대 원칙이었던 사회주의적 사실주의 원칙을 새롭게 수정한 주체 문예 이론에 의해 규정된다. 주체 문예 이론에서의 사회주의적 사실주의란 민족적 형식에다 사회주의적 내용을 담은 사실주의를 의미한다. 그것은 종래의 당성, 계급성, 인민성의 원칙을 고수하면서 종자론, 속도전 이론, 통속예술론, 군중예술론 등 주체사상에 근거한 새로운 문예 원칙들을 보강하는 것을 의미한다. 민족적 형식이란 과거의 전통적 형식의 부활을 의미하는 것이 아니라 '자기 민족의 미감과 요구에 맞고 자기 민족이 좋아하는 형상 수단과 수법, 형상 기교'를 의미하는 것이다.[13] 이는 통속예술론과 맥락을 같이하는 것이다. 군중예술론은 집체 창작의 우월성을 주장한 이론이다.

　　주체 시대에 새롭게 등장하는 '혁명적 극예술들'은 이러한 주체 문예론의 원리에 의해 만들어진 것이다. 이 혁명적 극예술들은 혁명가극, 혁명연극, 시극, 음악무용서사시, 음악무용이야기, 음악무용서사시극, 집체 창작 희곡(수령 형상화 희곡) 등이다. 이 다기한 혁명적 극예술들은 1920-30년대 만주 항일혁명운동 당시 문화공작 활동의 일환으로 전개된 항일혁명연극의 전통을 계승한 것으로서 1970년대에 폭넓은 연극 실험과 양식 개발이 진행되고, 1980년대에 그 양식적 틀이 완전 정착되면서 북한 주체문예의 확고한 정전(正典)으로 확립된다. 1970년대를 '주체문예의 전성기'로 규정하는 것은 이 시기에 대부분의 혁명적 극예술들이 탄생하기 때문이다.

　　1967년 이후에 씌어진 주요 집체 창작 희곡으로는 〈승리의 기치따라〉(1969), 〈우리의 어머니〉(1970), 〈혁명의 새아침〉(1971), 〈위대한 전환〉(1973) 등이 있다. 이 희곡들은 군중예술론의 원칙에 의거해 집체 창작되었다는 점에도 의미가 있지만, 그보다는 소설 『불멸의 역사』 총

---

13) 김정일, 『주체문학론』, 조선로동당출판사, 1992, 114면.
14) 신형기·오성호, 『북한문학사』, 평민사, 2000, 255면.

서에 비견되는 이른바 '수령 형상화' 희곡이라는 점에서 큰 의미를 지닌다. 1967년 4월 15일 김일성의 생일에 결성된 '4.15 문학창작단'은 항일혁명전통의 역사를 대작으로 쓰는 작업을 시작하는데 그 첫 번째 과업이 바로 『불멸의 역사』 총서가 된다.[14] 이 소설적 대업에 비견되는 것이 집체 창작 방식에 의해 씌어지는 수령 형상화 희곡이다. 수령 형상화 희곡은 수령(김일성)이 극의 주인공으로 직접 등장하는 작품을 의미한다.

〈승리의 기치따라〉는 6.25 전쟁기에 전방 고지에서 적과 맞서 싸우는 인민 군대의 영웅적 투쟁을 찬미하는 동시에 이를 지휘하는 '최고사령관 동지'(김일성)의 탁월한 영도력을 예찬하는 작품이다. 한편 〈우리의 어머니〉, 〈혁명의 새아침〉, 〈위대한 전환〉 등은 항일혁명전통의 주제를 다루면서 수령과 그 가계(어머니 강반석과 그 동생들)를 형상화한 작품이다. 이 작품들에서 주인공은 금성장군(김일성)과 그의 어머니 강반석, 그리고 그 형제들이다. 이 작품들은 항일유격대의 영웅적 투쟁 활동을 생생하게 그리면서 수령의 영도력과 어머니 강반석의 혁명의지를 형상화하는 데 주력하였다.

주체 시대에 들어 새로운 혁명적 극예술이 각광받는 중요한 이유는 그것이 항일혁명전통을 계승하는 극예술이기 때문이다. 그런 점에서 볼 때 가장 중요한 혁명적 극예술은 혁명가극과 혁명연극이 될 수밖에 없다. 그것은 혁명가극과 혁명연극이 1930년대 항일무장투쟁 과정에서 창조된 혁명적 연극을 가장 잘 계승한 극예술인 까닭이다. 현재 김일성의 창작으로 알려져 있는 혁명가극과 혁명연극의 주요 레퍼터리들은 1930년대 항일무장투쟁 과정에서 항일유격대의 집단 창작에 의해 만들어진 것이다. 혁명가극 〈피바다〉(일명 血海), 〈꽃파는 처녀〉, 〈밀림아 이야기하라〉, 〈한 자위단원의 운명〉, 그리고 혁명연극 〈성황당〉, 〈3인1당〉, 〈딸에게서 온 편지〉, 〈경축대회〉 등이 그러한 작품에 해당한다. 항일유격대는 문화예술공작의 일환으로 연극회를 조직하여 유격 근거지 (해방지구)에서 연극 활동을 벌였는데, 이 문화예술공작은 김일성에 의해 직접 지도되었다고 한다.[15] 오늘날 북한에서 혁명가극, 혁명연극의 레퍼터리들을 김일성이 친히 창작했다고 주장하는 것은 이같은 이유에 서이다. 이 레퍼터리들 중에서 〈피바다〉, 〈성황당〉, 〈경축대회〉가 당시 사람들에게 가장 커다란 인상을 남겨준 작품이라고 전해진다. 특히 당시 항일혁명연극들 가운데 〈피바다〉는 비극 양식을 대표하는 작품으로, 그리고 〈성황당〉은 희극 양식을 대표하는 작품으로 꼽힌다. 오늘날 북한에서 〈피바다〉와 〈성황당〉을 각각 혁명가극, 혁명연극의 수범으로 꼽아 '〈피바다〉식 혁명가극', 〈성황당〉식 혁명연극'이라고 부르는 것은 이 때문이다.

항일무장투쟁 시기에 창작된 이 혁명적 연극의 각본을 1960년대 말부터 김정일의 지도에 의해 가극 형식으로 다시 각색한 것이 바로 혁명가극이다. 혁명가극은 드라마는 물론 독창, 합창, 방창, 혁명가요, 관현악, 무용, 조선화 무대미술 등 여러 형상 수단들이 혼합된 방대한 규모의 총체적 공연예술이다. 종래의 악극이나 서양의 오페라와 비슷한 양식이나 방창, 절가, 조선화 무대미술 등 독창적인 표현수단을 지녔다는 점에서 주체적 극예술으로 평가된다. 특히 방창과 절가는 북한에서 만들어진 독창적인 기법으로서 북한 스스로가 '인류 예술사에 기여한 최대 공적'이라고 주장하고 있다. 북한은 방창의 발견을 코페르니쿠스의 지동설 발견, 콜롬부스의 신대륙 발견보다 더 위대한 발견이라고 주장하며, 절가의 발견으로 이제 인류 가극사에 아리아의 시대는 가고 절가화 시대가 왔다고 자랑하고 있다.[16]

---

15) 리상태, 「항일무장투쟁 과정에서 창조된 혁명적 연극」, 『항일무장투쟁 과정에서 창조된 혁명적 문학예술』, 과학원출판사, 1960, 81-82면.
16) 장철, 「인류 가극사에 방향전환의 새 시원을 열어놓은 위대한 사변」, 『조선예술』, 1981.2, 39면.

북한에서 혁명가극의 정전으로 꼽히는 '5대 혁명가극'은 〈피바다〉
(1971), 〈당의 참된 딸〉(1971), 〈꽃파는 처녀〉(1972), 〈밀림아 이야기하
라〉(1972), 〈금강산의 노래〉(1973) 등 5편이다. 5대 혁명가극 가운데
〈당의 참된 딸〉은 6·25 전쟁을 배경으로 한 것이고, 나머지 작품들은
일제 강점기 만주 항일무장투쟁의 소재를 다룬 것이다. 이 밖에 대표적
인 혁명가극으로는 〈은혜로운 해빛 아래〉(1972), 〈연풍호〉(1973), 〈남
강마을 녀성들〉(1974), 〈한 자위단원의 운명〉(1974), 〈청춘과원〉(1974)
등을 꼽을 수 있다.

혁명연극은 혁명가극의 창작이 일단락된 후 1978년부터 김정일의
지도에 의해 항일혁명연극을 주체 문예이론의 원칙에 맞춰 재창조한 연
극을 말한다. 1978년 국립연극단에 의해 공연된 〈성황당〉이 최초의 혁
명연극이다. 이 혁명연극에서는 내용상으로는 주체사상에 입각한 혁명
적 내용과 더불어 인민 대중의 정서와 구미에 맞는 내용이 특히 중시되
었다. 때문에 숭고미, 비장미가 지배적인 혁명가극과는 달리 혁명연극
에는 풍자와 해학의 요소가 농후하다. 혁명연극에서 다루어진 주제는
미신 타파, 문맹 퇴치, 봉건적 폐습의 타파, 애국심의 고취 등 다양한 형
태를 나타내고 있다. 형식면에서는 다장면 구성 방식, 흐름식 입체 무대
미술, 음악적 요소의 사용 등이 두드러진 특징으로 나타난다.

이러한 내용과 형식을 지닌 혁명연극으로는 〈성황당〉(1978), 〈혈분만국
회〉(1984), 〈3인1당〉(1986), 〈딸에게서 온 편지〉(1987), 〈경축대회〉
(1988) 등의 5대 혁명연극을 비롯해 〈충성의 해발〉(1984) 등 여러 편이
있다. 〈성황당〉은 종교와 미신을 타파하고 인간 스스로의 자주적 힘을
믿을 것을 강조한 풍자 희극이고, 〈혈분만국회〉는 헤이그 밀사 사건을
통해 애국심을 고취하고 민족 자주성과 주체성을 강조한 작품이다. 〈성
황당〉과는 달리 비장미와 숭고미가 지배적이다. 〈3인1당〉은 당파싸움
의 폐단을 지적한 작품이고, 〈딸에게서 온 편지〉는 문맹을 퇴치하고 지

력을 신장시켜 지주와 일제에 맞서 싸우자는 내용의 계몽극이며, 〈경축대회〉는 일본군을 풍자하고 항일유격대의 용맹성을 찬양한 작품이다. 〈혈분만국회〉에서 볼 수 있듯이 이준의 의로운 애국 행동이 실패할 수밖에 없었던 것은 그것이 항일혁명전통 이전에 존재한 것, 즉 항일혁명전통의 계선 밖에 놓여있었기 때문이다. 김일성은 올바른 투쟁 역사의 기원이다. 그의 등장 이전에 올바른 투쟁의 방법은 있을 수 없었다. 혁명연극 〈혈분만국회〉는 항일무장투쟁을 직접 다룬 것은 아니지만 이런 맥락에서 역시 항일혁명전통의 유일성을 강조한 작품인 것이다.

시극은 북한에서 '극적 형상 방식에 강한 선동성과 호소성, 서정성을 지닌 시를 결합함으로써 등장인물의 격동적인 사상과 감정을 직접적으로 표현해주는 연극 양식'으로 규정된다. 대표적인 시극으로는 인민상 계관 작품인 〈보통강의 서사시〉(1971)가 첫 손에 꼽힌다. 평양 보통강 유역의 토성낭 빈민굴을 무대로 일제 말기부터 전후 복구기까지의 역사적 대장정을 형상화한 작품이다. 보통강 토성낭 주민들의 고난과 극복, 영광의 역사를 통해 일제, 지주, 미국에 대한 적개심을 고취하고 보통강 개수공사와 전후 복구 사업을 통해 나타난 수령의 은혜를 찬양하는 작품이다. 남녀 주창자에 의해 낭송되는 시와 등장인물들의 삽입시에 방창을 곁들여 시와 음악적 요소의 결합을 꾀한 점이 이 시극의 형식적 특징이다. 시극은 음악, 무용 등과 결합한 총체적 공연예술의 형태인 음악무용서사시, 음악무용이야기, 음악무용서사시극 등으로 발전하며, 순수한 시극 형태는 그리 활발하게 공연되지 못한다.

음악무용서사시류에서 가장 선편을 쥔 양식은 음악무용서사시이다. 음악무용서사시는 '음악과 무용을 기본 형상수단으로 삼아 거대한 역사적 사실을 서사시적 화폭으로 반영하는 대규모적 종합예술형식'을 말한다. 합창, 무용, 시 낭송, 관현악 등의 표현수단들이 유기적으로 결합되어 있는데, 개별적인 극중 인물이 존재하지 않는다는 점이 다른 극양식들과 크게 구별되는 점이다. 극중 인물의 구체적 생활, 행동, 성격 등이 전혀 나타나지 않고 중대한 역사적 사건들이 서사시적으로 펼쳐질 뿐이다. 따라서 드라마적 요소가 미약한 것이 특징이다. 음악무용서사시 작품으로는 김일성의 70회 생일을 맞아 공연된 〈영광의 노래〉(1982)가 대표적이다. 이 작품은 김일성의 장구한 혁명 역사를 주요한 역사적 사건을 중심으로 전개하였다. 북한 공연예술에서 '서사시'는 극적 사건의 스케일이 큰 것을 의미하는 것이다.

음악무용이야기는 음악무용서사시에 비해 구체적인 서사(이야기)를 갖고 있다는 점에서 차이가 있다. 형상수단에 있어서 그것은 음악무용서사시와 큰 차이가 없지만 드라마의 기능이 강화되어 구체적인 극중 인물과 사건이 설정된 점이 음악무용서사시와 다른 큰 특징이다. 음악무용이야기 작품으로는 〈낙원의 노래〉(1977)가 대표적이다.

음악무용서사시극은 음악, 무용, 시를 기본 형상수단으로 하여 거대한 사회·역사적 사실을 서사시적 화폭으로 전개하는 종합예술형식의 일종으로 규정된다. 기본적인 틀에 있어서는 음악무용서사시와 비슷한데, 중요한 차이점은 전자가 결여하고 있는 극적 요소를 가지고 있다는 점이다. 그러면서 또 음악무용이야기와 구별되는 점은 작은 이야기가 아니라 거대한 사회·역사적 사실을 다룬다는 점이다. 이같은 음악무용서사시극 작품으로는 〈고난의 행군〉, 〈두만강반에서의 한 해 여름〉, 〈대부대 선회작전〉, 〈백두산 서남부에서〉, 〈우리의 대오는 백배해〉 등이 대표적이다. 이들은 대부분 항일혁명투쟁을 주제로 다룬 작품들이다. 인민상 계관 작품인 〈고난의 행군〉(1974)은 1938년 백두산 일대를 배경으로 김일성이 이끄는 항일유격대의 유격전 활동을 형상화한 작품이다. 행군 도중에 일본 토벌군의 추격을 받게 될 때 김일성의 탁월한 전술로 이를 격퇴시킨 것이라든가, 최고사령부를 보호하기 위해 헌신하는 제7연대의 숭고한 투쟁담, 부하 유격대원들에게 자신의 음식물을 나눠주는 김일성의 인간적 풍모 등을 짜임새있게 형상화하였다.

8. 결론 및 남은 과제

주체 시대에 씌어진 현실 주제의 희곡은 대략 수백 편에 이르는데 이에 대해서는 상론할 형편이 되지 못한다. 개괄적으로나마 이 희곡들을 살펴보면, ① 일상적 삶을 통해 북한 체제의 우월성을 강조하거나, ② 일상 현실에서 공민적 자각심을 갖는 '숨은 영웅'을 형상화하거나, ③ 남한 현실을 비판적으로 다루거나, ④ 항일무장투쟁을 그린 것, ⑤ 조국해방전쟁(6.25 전쟁)을 다룬 것, ⑥ 해외 동포의 현실을 다룬 것 등으로 분류할 수 있다. ①의 경우(〈행복한 가정〉, 〈인민의 행복〉 등)에는 대개 평양의 고급 아파트를 무대로 편리해진 평양의 생활 수준을 찬미하면서 이를 '위대한 수령'이나 '친애하는 지도자 동지'의 은덕으로 돌린다. 이제 그 주인공들에게 남은 일은 수령과 지도자 동지에게 보은하는 것이다. ②의 경우(〈축복받은 청년〉, 〈우리가 사는 집〉, 〈다시 찾은 운전일지〉 등)에는 자기 임무를 성실히 수행하는 숨은 노력 영웅에게는 결국 수령(또는 지도자 동지)의 보답이 따른다는 공산주의적 사필귀정의 논리를 보여준다. 대개 숨은 영웅의 미담이 극적 서사를 이끌게 된다. ③(〈성난 물결〉, 〈붉은 목련화〉 등)과 ④(〈하루낮 하루밤〉 등), ⑤(〈보뚝〉, 〈산간역을 찾아온 처녀〉 등)의 경우는 이전 시대부터 지속적으로 다루어지는 주제를 다시 반복한 것이다. ⑥의 경우(〈행복〉, 〈길〉 등)는 대개 재일동포 문제를 다루는 사례가 많은데 해외동포를 북한 사회에 포용한 수령의 은혜를 찬양하는 유형이 일반적이다.

1970년대 이후에 씌어진 현실 주제의 희곡들에는 이전에 보기 어려운 일상적 생활 현실을 생동감 넘치게 그리는 경향이 강하게 나타난다. 주택 문제, 건강 문제, 결혼 문제, 연애 문제, 대학 입시 문제 등과 같은 소소한 일상사들도 희곡 속의 주요 소재로 다루어진다. 1970년대 이후의 현실 주제 희곡에 나타나는 미묘한 변화의 양상을 섬세하게 분석하는 일은 앞으로 남은 북한 희곡 연구의 중요한 과제이다. 북한 연극 및 희곡에 대한 각론적 연구가 절실히 요망되는 것은 바로 이같은 이유에서이다.

주제어 : 주체 극예술, 혁명적 대작, 도식주의, 미담형 희곡, 수령 형상화 희곡 항일혁명연극, 혁명가극, 혁명연극, 시극, 음악무용서사시, 음악무용이야기, 음악무용서사시극, 현실주제 희곡

◆참고 문헌

1. 단행본

강진, 『주체 극문학의 기원』, 평북:문학예술종합출판사, 1996.

권영민 편, 『북한의 문학』, 서울:을유문화사, 1989.

김경희 · 림상호, 『〈피바다〉식 혁명가극』, 평양:문예출판사, 1991.

김문환 편, 『북한의 예술』, 서울:을유문화사, 1990.

김윤식, 『한국현대사실주의소설연구』, 서울:문학과지성사, 1990.

김일성, 『천리마시대에 맞는 문학예술을 창조하자』, 평양:조선로동당출판사, 1969.

김재용, 『북한문학의 역사적 이해』, 서울:문학과지성사, 1994.

김정일, 『주체문학론』, 평양:조선로동당출판사, 1992.

리렬 외, 『빛나는 우리예술』, 평양:조선예술사, 1960.

박종원 · 류만, 『조선문학개관(2)』, 평양:사회과학출판사, 1986.

서연호 · 이강렬, 『북한의 공연예술(2)』, 서울:고려원, 1990.

신고송, 『연극이란 무엇인가』, 평양:국립출판사, 1956.

신형기, 『북한소설의 이해』, 서울:실천문학사, 1996.

신형기 · 오성호, 『북한문학사』, 서울:평민사, 2000.

최동호 편, 『남북한 현대문학사』, 서울:나남출판, 1995.

한국비평문학회 편, 『북한 가극 · 연극 40년』, 서울:신원문화사, 1990.

『문학예술사전(상,중,하)』, 평양:과학백과사전종합출판사, 1991.

이선영 · 김병민 · 김재용 편, 『현대문학비평자료집(전8권)』, 서울:태학사, 1993

2. 논문

박명진, 「전후 북한 희곡과 무갈등론」, 『한국희곡의 이데올로기』, 서울:보고사, 1998.

양승국, 「북한의 연극과 희곡문학의 현실」, 『한국연극』, 2000.9.

유진월, 「북한 문예이론의 변천과 연극의 특성」, 『북한문학의 이해』, 서울:청동거
울, 1999.

이상우, 「극양식을 중심으로 본 북한희곡의 양상」, 『한국극예술연구』 제11집, 한
　　국극예술학회, 2000.
이석만, 「1950년대 북한 연극론의 전개양상 연구」, 『한국연극학』 제9호, 한국연
　　극학회, 1997.
현재원, 「'전후복구건설시기' 북한희곡에서의 도식주의 · 기록주의 문제」, 『한국
　　전후문학연구』, 서울:성균관대출판부, 1993.

◆ SUMMARY

North Korea' s drama, the tendency and characteristics

Lee, Sang-woo

It is main object of this treatise that investigate about change aspect of North Korea' s drama and the characteristic that appear during the last fifty years. We divide North Korea' s drama according to main time in this treatise and examined the tendency and characteristic. The division followed the standard of time that hold usually in North Korea. That is, It is general (1) the time for the peaceful construction (1945.8 - 1950.6), (2) the time for the war of motherland' s liberation (1950.6 - 1953.7), (3) the post-war time for rehabilitative construction (1953.7 - 1960), (4) the time for the socialist entire construction (1960 - 1966), that divide by (5) the time of the establishment for the system of one thought (1967 - presents).

Generally, the form of drama that is announced at time from (1) to (4) is socialistic realism work, and the subject and substance follow North Korea party line policy, North Korea supremo's direction. The socialistic realism form of North Korea's drama is being made by Soviet Union's effect in 1940 - 50 years mainly. Specially, Soviet Union's realism play and drama affected big organization of North Korea's drama immediately after liberlation.

While, the pattern of dramas that is announced at time of (5) is various form and it is characteristic that appear. Therefore, distinguish drama of this time from thing of front time and call that is 'The dramatic arts of the independence' (주체 극예술).

This 'The dramatic arts of the independence' s inherit the theatrical tradition of anti-Japan revolution that happen in Man-joo area (the north-eastern area of China) in rule period of Japan imperialism, and the formal characteristic is that is having complex performing arts form. That play of anti-Japan revolution was made by leader Kim Il-sung of anti-Japan revolutionary movement of 1920 - 30 years, is emphasized in North Korea. In the meantime, from early 1970' s, formed 'Revolutionary dramatic arts' (혁명적 극예술) is insisted in North Korea that present North Korea's supremo Kim Jung-il made as leading. Performing arts are very important national culture business in North Korea so much.

North Korea's performing arts that is made in period of the independence erupted by great many performing art forms because mix and rearranges various artistic ureas such as chorus, narration, song, group dancing, orchestra performance, stage conversion of flowing way. These various performing arts

are retaining common feature in point that intend
'Revolutionary masterpiece' (혁명적 대작) that stage scale is
big also.

Lately, the dramas that reflect actual everyday life are
appearing much. Trifling problems of life of these dramas are
dealt with the housing problem, the health problem, the question
of marriage, the love problem, the college matriculation
problem to site of drama. But, though the political subject
appears usually to these work, it is that exist on background of
the work.

The general research in the research about North Korea' s
drama was many until present but the research that detail
forward should be achieved much. This treatise is that is written
on precondition for research target that is such. This treatise is
that is written by spread the correct awareness about North
Korea' s drama, and by desire that more individual researches
consist.

1920년대 문학의 재인식 –『상허학보』 제7집

2001년 8월 25일 인쇄
2001년 8월 31일 발행

저　자　상　허　학　회
펴낸이　박　현　숙
박은곳　신화인쇄공사

110-290
서울시 종로구 인사동 153-3 금좌B/D 305호
T.723-9798, 722-3019 F.722-9932
펴낸곳 도서출판 **깊 은 샘**
등록번호/제2-69. 등록년월일/1980년 2월 6일

ISBN 89-7416-108-7
※ 잘못된 책은 교환해 드립니다.

값 15,000